200
crônicas escolhidas

RUBEM BRAGA

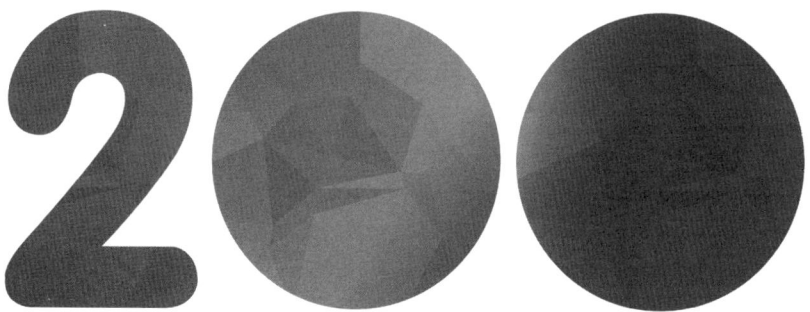

crônicas escolhidas

Atualizada com os últimos livros do cronista

Seleção e prefácio • André Seffrin

São Paulo
2024

© Espólio Roberto Seljan Braga, 2023

1ª Edição, Global Editora, São Paulo 2024

Jefferson L. Alves – diretor editorial
Gustavo Henrique Tuna – gerente editorial
Flávio Samuel – gerente de produção
André Seffrin – coordenação editorial
Equipe Global Editora – produção editorial e gráfica

Dados Internacionais de Catalogação na Publicação (CIP)
(Câmara Brasileira do Livro, SP, Brasil)

Braga, Rubem, 1913-1990
   200 crônicas escolhidas / Rubem Braga ; seleção e prefácio André Seffrin. – 1. ed. – São Paulo : Global Editora, 2024.

   ISBN 978-65-5612-530-5

   1. Crônicas brasileiras I. Seffrin, André. II. Título.

23-175452   CDD-B869.8

Índices para catálogo sistemático:
1. Crônicas : Literatura brasileira   B869.8

Cibele Maria Dias - Bibliotecária - CRB-8/9427

Obra atualizada conforme o
NOVO ACORDO ORTOGRÁFICO DA LÍNGUA PORTUGUESA

Global Editora e Distribuidora Ltda.
Rua Pirapitingui, 111 – Liberdade
CEP 01508-020 – São Paulo – SP
Tel.: (11) 3277-7999
e-mail: global@globaleditora.com.br

g grupoeditorialglobal.com.br   **X** @globaleditora
f /globaleditora   **⊙** @globaleditora
▶ /globaleditora   **in** /globaleditora
💬 blog.grupoeditorialglobal.com.br

Direitos reservados.
Colabore com a produção científica e cultural.
Proibida a reprodução total ou parcial desta obra sem a autorização do editor.

Nº de Catálogo: **4521**

SUMÁRIO

Estas duzentas *escolhidas* –
André Seffrin 17

O conde e o passarinho 21

    Sentimento do mar 23

    A empregada do doutor Heitor 26

    Batalha no Largo do Machado 29

    O conde e o passarinho 33

    Chegou o outono 35

    Véspera de São João no Recife 37

    Luto da família Silva 41

Morro do Isolamento 43

    Almoço mineiro 45

    Mar 47

    Coração de mãe 49

    Nazinha 54

    Os mortos de Manaus 57

Crônicas da Guerra na Itália 63

    A menina Silvana 65

    Cristo morto 69

Um pé de milho 73

    Eu e Bebu na hora neutra da madrugada 75

Foi uma senhora 80

Aula de inglês 82

Passeio à infância 85

A companhia dos amigos 87

Um pé de milho 89

Dia da Marinha 90

Conversa de abril 93

Não mais aflitos 96

Da praia 99

História do corrupião 101

História do caminhão 109

Os fícus do Senhor 114

Aventura em Casablanca 118

Fim da aventura em Casablanca 121

Verdadeiro fim da aventura em Casablanca ... 124

Louvação 127

Receita de casa 129

Eu, Lúcio de Santo Graal 132

Sobre o vento Noroeste 134

História de São Silvestre 137

Em Cachoeiro 143

As velhinhas da Rue Hamelin 146

O homem rouco 149

Sobre o amor, etc. 151

Sobre o inferno 154

Lembrança de um braço direito 157

Biribuva 162

O homem rouco 167

Procura-se 169

Histórias de Zig 171

Aconteceu com Orestes 176

Conto de Natal 180

A secretária 183

Uma lembrança 185

Os romanos 188

Pedaços de cartas 190

O barco *Juparanã* 193

O motorista do 8-100 196

O vassoureiro 198

A visita do casal 200

Os saltimbancos 202

O funileiro 204

O jabuti 206

Nascem varões 208

A borboleta amarela 211

A que partiu 213

A navegação da casa 215

Dona Teresa 218

Pedaço de pau 220

Marcha noturna 222

O afogado	224
A velha	227
O sino de ouro	229
A morta	231
Queda do Iguaçu	233
Força de vontade	235
O telefone	237
A praça	239
O senhor	241
Quermesse	243
Os jornais	245
Quinca Cigano	247
Partilha	249
Manifesto	251
Do Carmo	253
Natal	255
Imigração	257
No mar	259
A viajante	261
Mangue	263
Cinelândia	265
Um sonho	267
Os amantes	269
Os perseguidos	272
A borboleta amarela	274
Visão	278

A grande festa 280

A equipe 282

Impotência 283

O verão e as mulheres 285

Opala 287

Homem no mar 288

Recado ao senhor 903 290

Lembranças 292

Madrugada 294

O homem dos burros 296

O verão e as mulheres 297

Galeria Cruzeiro 299

O jovem casal 301

O morto 303

O outro Brasil 305

A Revolução de 30 307

Neide 309

A feira 311

Mãe 313

A casa das mulheres 316

A casa dos homens 317

Caçada de paca 319

O lavrador 321

Cajueiro 322

Rita 323

Buchada de carneiro 324

O gesso 326

Ai de ti, Copacabana! 329

As luvas 331

Os amigos na praia 333

O padeiro 334

A casa 336

Fim de semana na fazenda 337

Sobre o amor, desamor... 340

São Cosme e São Damião 342

A primeira mulher do Nunes 344

A mulher esperando o homem .. 348

Coisas antigas 351

Desculpem tocar no assunto 353

Ai de ti, Copacabana! 355

Homenagem ao sr. Bezerra 358

Um mundo de papel 360

Sizenando, a vida é triste 362

Lembranças da fazenda 364

Ele se chama Pirapora 366

Viúva na praia 369

História triste de tuim 371

Bilhete a um candidato 374

Entrevista com Machado de Assis 376

O pavão 379

Os trovões de antigamente 380

Natal de Severino de Jesus 382

Montanha 384

Ardendo sobre o rochedo 385

A tartaruga 387

Quarto de moça 388

A Deus e ao Diabo também 389

Visita de uma senhora do bairro 391

A palavra 393

O homem e a cidade 394

A minha glória literária 396

Quem sabe Deus está ouvindo 398

É domingo, e anoiteceu 400

História de pescaria 402

A traição das elegantes 405

O mistério da poesia 407

Conversa de compra de passarinho 409

Os embrulhos do Rio 411

O mato 413

O compadre pobre 415

Um sonho de simplicidade 417

Os Teixeiras moravam em frente 419

As Teixeiras e o futebol 421

A vingança de uma Teixeira 423

A casa viaja no tempo 425

Lembranças 427

Nós, imperadores sem baleias 429

Não ameis à distância! 431

Ao crepúsculo, a mulher... 433

O crime (de plágio) perfeito 435

As pitangueiras d'antanho 437

Pescaria de barco 439

Aquele folheto perdido 440

Meu ideal seria escrever... 442

Uma certa americana 444

Marinheiro na rua 446

A moça chamada Pierina 448

Monos olhando o Rio 450

Apareceu um canário 452

Os pobres homens ricos 454

Moscas, e teto azul 456

Lembrança do compadre Joaquim 458

Pessoas que acontecem 460

Negócio de menino 462

Em Roma, durante a guerra 464

A mulher e seu passado 466

Mestre Aurélio entre as palavras 467

A traição das elegantes 468

200 crônicas escolhidas (1977) 471

Os sons de antigamente 473

Recado de primavera 475

O macuco tem ovos azuis 477

O chamado Brasil brasileiro 479

A rainha Nefertite 482

Recado de primavera 484

Onde nomeio um prefeito 485

Gaita de foles e "Maringá" 488

O doutor Progresso acendeu o cigarro na Lua 490

Em Portugal se diz assim 493

A grande mulher internacional 498

As boas coisas da vida 501

Lembrança de Cassiano Ricardo 503

O enxoval da negra Teodora 505

Aproveite sua paixão 510

O verdadeiro Guimarães 512

Por quem os sinos bimbalham 514

O sr. Alberto, amigo da natureza 517

Origem das crônicas 519

Sobre o autor 523

Sobre o selecionador 525

ESTAS DUZENTAS *ESCOLHIDAS*

Rubem Braga escrevia seus textos num puxa-puxa que sempre encantou Manuel Bandeira. Por puxa-puxa devemos entender esse estilo meio gaiato de palavra-puxa-palavra, numa pegada de quem vai tomando gosto pelo tema, que nem sempre é dos mais sedutores. Um estilo que parece ter nascido com ele, esse autor cujo nome aos poucos se tornou sinônimo de crônica. Sim, ao falar de crônica, estamos quase sempre falando de Rubem Braga.

A história destas *escolhidas* tem tempo. De começo, às *50 crônicas escolhidas* (1951) seguiram-se as *100 crônicas escolhidas* (1958), que reuniram, na verdade, 102 crônicas; mais adiante, as *200 crônicas escolhidas* (1977), que repetiram o mistério da anterior ao incluir o inesperado de outras duas crônicas de brinde. Livro sucessivamente reeditado nas décadas seguintes, ele volta agora reformulado.

É a mesma seleção, mas com o incontornável acréscimo de alguns textos de *Recado de primavera* (1984) e *As boas coisas da vida* (1988), últimas coletâneas publicadas pelo cronista. Como todas as suas outras coletâneas, as duas pertencem também ao território flutuante das antologias. Antologias que Rubem extraía de seu vasto material de imprensa, que mais destiladas ficavam quando ele se dispunha a selecionar de novo, a partir das seleções anteriores, para alcançar as tais *escolhidas*.

Em cada volume atualizado das *escolhidas*, é preciso ainda lembrar, aconteciam trocas ou acréscimos que exigiam também cortes em relação ao passado. Os motivos das trocas, como ele mesmo admitiu, eram por vezes de ordem apenas sentimental; os dos cortes, por sua vez, diziam respeito, unicamente, aos números fechados de capa – 50, 100, 200. Trabalhos de rearranjo que Rubem costumava fazer de tempos em tempos, e até da mudança de um título ele cuidou: em 1986, o livro *A cidade e a roça* passou a se chamar *O verão e as mulheres*.

Por esses e outros motivos, buscamos aqui adequar um menor número de crônicas de *A traição das elegantes* (1967) para dar lugar a outras, de *Recado de primavera* e *As boas coisas da vida*, somente agora, repito, incorporadas às *escolhidas*. No mais, a vontade do autor foi amplamente respeitada.

André Seffrin

200

crônicas escolhidas

O conde e o passarinho

SENTIMENTO DO MAR

Passo pela padaria miserável e vejo se já tem pão fresco. As jogadas e os camarões estão aqui. Está aqui a garrafa de cachaça. Você vai mesmo? Pensei que fosse brincadeira sua.

Arranja um chapéu de palha. Hoje vai fazer sol quente. Andamos na madrugada escura. Vamos calados, com os pés rangendo na areia. Vem por aqui, aí tem espinhos. Os mosquitos do mangue estão dormindo. Vem. Arrasto a canoa para dentro da água. A água está fria. Ainda é quase noite... O remo está úmido de sereno, sujo de areia. Senta ali na proa, virada para mim. Olha a água suja no fundo da canoa. Põe os pés em cima da poita. Eu estou dentro d'água até os joelhos, empurro a canoa e salto para dentro. Uma espumarada de onda fria bate na minha cara. Remo depressa, por causa da arrebentação. Fica sentada, não tem medo não. Firma aí. Segura dos lados. Não se mexa! Firme! Ôôôôi... Quase! Outra onda dá um balanço forte e joga um pouco de água dentro do barco. Estou remando em pé, curvado para a direita, com esforço. A outra onda passa mansa, mansa, a proa bate n'água e avança. O remo está frio nas minhas mãos. Eu o mergulhei dentro d'água para limpar a areia. A água que escorre molha as mangas de meu paletó. O mar está muito calmo. Esse ventinho que está vindo e passando em seus cabelos é o vento da terra. O terral vem de longe, lá do meio da terra, dos matos dormentes atrás dos morros. Vem da terra escura para o mar escuro. Nós iremos com ele.

Levantei a vela encardida. O meu leme está quebrado, mas tenho o remo. Vamos um pouco beirando a praia para o norte. Agora o ventinho nos pega. A vela treme feito mulher beijada. Fica túmida feito mulher beijada. Às vezes, a força do vento diminui um pouco, e ela bambeia, amolece, feito mulher possuída. Olha lá a sua casa. Não está vendo, não? O pão está bom? Se você comer todo agora, vai ficar com fome lá fora. Me dá essa cuia, vou tirar a água da canoa. Raspo o fundo do barco, onde o cheiro forte e enjoado da maresia, esse cheiro que eu amo, embebeu para sempre o lenho. Viro um pouco a vela, sento, e passo o remo para a esquerda. O leme, assim como está, ajuda. Vamos cortando a água maciamente... A água está cinza, escura, pesada, como óleo. O balanceio nos leva. A praia pobre ficou lá longe, com luzinhas piscando. Estamos quietos, e ela rói o pão olhando a água. A água fala alguma coisa ao batelão, lambendo seu corpo, numa ternura de velha amiga com velho amigo.

Ela está quase deitada. O frio do fim da noite, o ar cheio de água, com um cheiro úmido, me faz abrir as narinas, apaga o meu sono. Na penumbra imensa seus cabelos parecem úmidos sobre a testa morena. Nós avançamos no bamboleio manso, conversando com moleza. A sua voz me vem, atravessando o vento fraco, entre a voz da água na beira da canoa. Seu corpo, na proa, sobe e desce no horizonte... Ela está virada para mim. Contempla lá atrás a terra que vai morrendo no escuro, que é apenas um vago debrum sujo além da água. Eu olho a água. Tenho vontade de beijar a água. Beijar de leve a flor salgada da água, depois beijar com lábios úmidos, com pureza, de manso, aquela boca sob os olhos negros, sob a testa morena. Mas isso é apenas um desejo à toa sem força nenhuma, um desejo que sabe que veio à toa e que vai à toa.

Acendo um cigarro e pergunto:

— Você quer fumar?

A minha amiga não fuma, e ri. Ri muito, como se eu tivesse ficado triste muito tempo e de repente tivesse dito uma coisa engraçadíssima. Ri... Seu riso quebra, parte, destrói o encanto molengo da madrugada. É como se estivéssemos em terra e, por exemplo, fizesse sol, em uma tarde comum, ou nós andássemos depressa pela rua. Seu riso rasga a calma do mar escuro, como se o mar não estivesse soluçando sob a canoa.

Uma claridade pastosa, débil, vem lá do fundo sobre o qual o seu corpo deitado se balança. E nós conversamos animadamente, como se estivéssemos em um bonde, fôssemos a um cinema. Não estamos sozinhos no mundo, em uma canoa no meio do mar. A nossa vida não é apenas esta velha canoa, esta vela encardida e pequena, este remo úmido. Somos gente da terra, sem nenhuma evasão nem mistério. Conversamos. Eu conto histórias do mar, como se fosse um velho pescador. Ela me interrompe para contar uma coisa – uma coisa terrena, acontecida na terra, dentro de uma casa na terra, com lâmpada elétrica, onde os homens se atormentam. E eu ouço, me interesso. Desci a vela.

Vou remando, remando tão bestamente como se os músculos de quem rema não tivessem alma, como se a água rompida pelo remo não tivesse músculos e alma, como se eu jamais tivesse sentido pulsar, nas minhas veias rolando ondas, a vertigem calma do mar. Remo, não há mais encanto nenhum. Tudo vai clareando no ar e na água. Remarei, pescarei. Pedirei a ela que se levante para que eu possa descer a pedra pela proa, até sentir bater na lama. Pescarei. Se ela estiver cansada, se ela achar cacete, voltarei para terra conversando. Ela achará cacete. Ela é da terra, está viciada pela terra, e não poderia lhe ensinar meu sentimento. Meu sentimento é inútil, eu converso conversas da terra com essa filha da terra. Eu pescarei e assobiarei um samba. Eu remarei para a terra logo que ela estiver cansada do mar.

Rio, janeiro, 1935

A EMPREGADA DO DOUTOR HEITOR

Era noitinha em Vila Isabel... As famílias jantavam. Os que ainda não haviam jantado chegavam nos ônibus e nos bondes. Chegavam com aquela cara típica de quem vem da cidade. Os homens que voltam do trabalho da cidade. As mulheres que voltam das compras na cidade. Caras de bondes, caras de ônibus. As mulheres trazem as bolsas, os homens trazem os vespertinos. Cada um entrará em sua casa. Se o homem tiver um cachorro, o cachorro o receberá no portãozinho, batendo o rabo. Se o homem tiver filhos, os filhos o receberão batendo palmas. Ele dará um beijinho mole na testa da mulher. A mulher mandará a empregada pôr a janta, e perguntará se ele quer tomar banho. Se houver rádio, o rádio será ligado. O rádio tocará um fox. Ouvindo o fox, o homem pensará na prestação do rádio, a mulher pensará em outra besteira idêntica. O homem dirá à empregada para dar comida às crianças. A mulher dirá que as crianças já comeram. A empregada servirá a mesa. Depois lavará os pratos. Depois irá para o portão. O homem conversará com a mulher dizendo: "mas, minha filha, eu não tive tempo..." A mulher ficará um pouco aborrecida e como nenhum dos dois terá ânimo para discutir, ela dirá: "mas, meu bem, você nunca tem tempo..." Então o homem, para concordar com alguma coisa, concordará com o seguinte: a empregada atual é melhor que a outra. A outra era muito malcriada. Muito. Era demais. Essa agora é boazinha. Depois, sem propósito nenhum, o homem dará um suspiro. A mulher olhará o relógio. O homem perguntará que horas são. A mulher olhará outra vez, porque não tinha reparado.

— Oito e quinze...

No relógio da sala de jantar do vizinho serão quase oito e vinte. Em compensação a família é maior. O velho estará perguntando ao filho se o chefe da repartição já está bom. Na véspera o filho dissera ao pai que o chefe da repartição estava doente. O velho é aposentado. O filho está na mesma repartição onde ele esteve. A filha está em outra repartição. Eles têm um amigo que é importante na prefeitura. Todos os três gostam de conversar a respeito da repartição. Talvez mesmo não gostem de conversar a esse respeito. Mas conversam. A casa da família é uma repartição. O velho está aposentado, não assina mais o ponto. A moça saiu com o namorado que é quase noivo e que a levará ao Bulevar, à Praça 7 de Março, ao cinema. Eles vão acompanhados da menorzinha. A moça na repartição ganha 450, mas só recebe 410 miliquinhentos, e se julga independente. A sua tia costuma dizer aos conhecidos: ela tem um bom emprego. O emprego é tão bom que ela às vezes até trabalha. Ela um dia se casará e será muito infeliz. Perderá o emprego por causa de uma injustiça e negócios de política, quando mudar o prefeito e o amigo de seu pai for aposentado. Depois do primeiro filho ficará doente e morrerá. A criança também morrerá. Também, coitadinha, viver sem mãe, não vale a pena. A tia chorará muito e comentará: coitada, tão moça, tão boa... E continuará vivendo. Aliás a vida é muito triste. Essa opinião é defendida, entre outras pessoas, pela cozinheira da casa, que já está velha e nunca vai ao portão porque não tem nada que fazer no portão. É uma mulata desdentada e triste, que há quinze anos responde à mesma dona de casa: "eu já vou, dona Maria". E há quinze anos vai fazer o que dona Maria manda. E que nunca teve uma ideia interessante, por exemplo: matar dona Maria, incendiar a casa. Está tão cansada de viver que nem sequer mais quebra os pratos. Um dia ficará mais doente. Com muito trabalho, e por ser um homem de bom coração, o seu patrão arranjará para ela um leito na Santa Casa, onde ela falecerá. Seu corpo será aproveitado no Instituto Anatômico, mais escuro e mais feio pelo formol.

As luzes estão acesas em todas as casas daquela rua quieta de Vila Isabel. Um homem dobra a esquina: vem do Bulevar. Outro homem dobra a esquina: vai ao Bulevar. Algumas empregadas amam. Algumas famílias vão ao cinema.

De longe vem um rumor, um canto. Vem chegando. Toda gente quer ver. São quinze, vinte moleques. Devem ser jornaleiros, talvez engraxates, talvez moleques simples. Nenhum tem mais de quinze anos. É uma garotada suja. Todos andam e cantam um samba, batendo palmas para a cadência. Passam assim, cantando alto, uns rindo, outros muito sérios, todos se divertindo extraordinariamente. O coro termina, e uma voz de criança canta dois versos que outra voz completa. E o coro recomeça. Eles vão andando depressa como se marchassem para a guerra. O batido das palmas dobra a esquina. Ide, garotos de Vila Isabel. Ide batendo as mãos, marchando, cantando. Ide, filhos do samba, ide cantando para a vida que vos separará e vos humilhará um a um pelas esquinas do mundo.

O menino, filho do doutor Heitor, ficou com inveja, olhando aqueles meninos sujos que cantavam e iam livres e juntos pela rua. A empregada do doutor Heitor disse que aqueles eram os moleques, e que estava na hora de dormir. A empregada do doutor Heitor é de cor parda e namora um garboso militar que uma noite não virá ao portão e depois nunca mais aparecerá, deixando a empregada do doutor Heitor à sua espera e à espera de alguma coisa. De alguma coisa que será um molequinho vivo que cantará samba na rua, marchando, batendo palmas, desentoando com ardor.

Rio, fevereiro, 1935

BATALHA NO LARGO DO MACHADO

Como vos apertais, operários em construção civil, empregados em padarias, engraxates, jornaleiros, lavadeiras, cozinheiras, mulatas, pretas, caboclas, massa torpe e enorme, como vos apertais! E como a vossa marcação é dura e triste! E sobre essa marcação dura a voz do samba se alastra rasgada:

> *Implorar*
> *Só a Deus*
> *Mesmo assim às vezes não sou atendido.*
> *Eu amei...*

É um profundo samba orfeônico para as amplas massas. As amplas massas imploram. As implorações não serão atendidas. As amplas massas amaram. As amplas massas hoje estão arrependidas. Mas amanhã outra vez as amplas massas amarão... As amplas massas agora batucam... Tudo avança batucando. O batuque é uniforme. Porém dentro dele há variações bruscas, sapateios duros, reviramentos tortos de corpos no apertado. Tudo contribui para a riqueza interior e intensa do batuque. Uma jovem mulata gorducha pintou-se bigodes com rolha queimada. Como as vozes se abrem espremidas e desiguais, rachadas, ritmadas, e rebentam, machos e fêmeas, muito para cima dos fios elétricos, perante os bondes paralisados, chorando, altas, desesperadas!

Como essas estragadas vozes mulatas estalam e se arrastam no ar, se partem dentro das gargantas vermelhas. Os tambores surdos fazem o mundo tremer em uma cadência negra, absoluta. E no fundo a cuíca geme e ronca, nos puxões da mão negra. As negras estão absolutas com seus corpos no batuque. Vede que vasto crioulo que tem um paletó que já foi dólmã de soldado do Exército Nacional, tem gorro vermelho, calça de casimira arregaçada para cima do joelho, botinas sem meia, e um guarda-chuva preto rasgado, a boca berrando, o suor suando. Como são desgraçados e puros, e aquela negra de papelotes azuis canta como se fosse morrer. Os ranchos se chocam, berrando, se rebentam, se misturam, se formam em torno do surdo de barril, à base de cuícas, tamborins e pandeiros que batem e tremem eternamente. Mas cada rancho é um íntegro, apenas os cordões se dissolvem e se reformam sem cessar, e os blocos se bloqueiam.

Meninas mulatas, e mulatinhas impúberes e púberes, e moças mulatas e mulatas maduras, e maduronas, e estragadas mulatas gordas. Morrem as raças puras, morríssimam elas! Vede tais olhos ingênuos, tais bocas de largos beiços puros, tais corpos de bronze que é brasa, e testas, e braços, e pernas escuras, que mil escalas de mulatas! Vozes de mulatas, cantai, condenadas, implorai, implorai, só a Deus, nem a Deus, à noite escura, arrependidas. Pudesse um grande sol se abrir no céu da noite, mas sem deturpar nem iluminar a noite, apenas se iluminando, e ardendo, como uma grande estrela do tamanho de três luas pegando fogo, cuspindo fogo, no meio da noite! Pudesse esse astro terrível chispar, mulatas, sobre vossas cabeças que batucam no batuque.

O apito comanda, e no meio do cordão vai um senhor magro, pobre, louro, que leva no colo uma criança que berra, e ele canta também com uma voz que ninguém pode ouvir. As caboclas de cabelos pesados na testa suada, com os corpos de seios grandes e duros, caboclos, marcando o batuque. Os negros e mulatos inumeráveis, de macacão, de camisetas de seda de mulher, de capa de gabardine apenas, chapéus de palha, cartolas, caras com vermelhão. Batucam!

Vai se formar uma briga feia, mas o cordão berrando o samba corta a briga, o homem fantasiado de cavalo dá um coice no soldado, e o cordão empurra e ensurdece os briguentos, e tudo roda dentro do samba. Olha a clarineta quebrada, o cavaquinho oprimido, o violão que ficou surdo e mudo, e que acabou rebentando as cordas sem se fazer ouvir pelo povo e se mudando em caixa, o pau batendo no pau, o chocalho de lata, o tambor marcando, o apito comandando, os estandartes dançando, o bodum pesado.

Mas que coisa alegre de repente, nesses sons pesados e negros, uma sanfoninha cujos sons tremem vivos, nas mãos de um moleque que possui um olho furado. Juro que iam dois aleijados de pernas de pau no meio do bloco, batendo no asfalto as pernas de pau.

Com que forças e suores e palavrões de barqueiros do Volga esses homens imundos esticam a corda defendendo o território sagrado e móvel do povo glorioso da escola de samba da Praia Funda! No espaço conquistado as mulatas vestidas de papel verde e amarelo, barretes brancos, berram prazenteiras e graves, segurando arcos triunfais individuais de flores vermelhas. Que massa de meninos no rabo do cortejo, meninos de oito anos, nove, dez, que jamais perdem a cadência, concebidos e gerados e crescidos no batuque, que batucarão até morrer!

De repente o lugar em que estais enche demais, o suor negro e o soluço preto inundam o mundo, as caras passam na vossa cara, os braços dos que batucam espremem vossos braços, as gargantas que cantam exigem de vossa garganta o canto da igualdade, liberdade, fraternidade. De repente em redor o asfalto se esvazia e os sambas se afastam em torno, e vedes o chão molhado, e ficais tristes, e tendes vontade de chorar de desespero.

Mas outra vez, não para nunca, a massa envolve tudo. Pequenos cordões que cantam marchinhas esgueladas correm empurrando, varando a massa densa e ardente, e no coreto os clarins da banda militar estalam.

Febrônio fugiu do manicômio no chuvoso dia de sexta-feira, 8 de fevereiro de 1935... Foi preso no dia 9 à tarde. Neste dia de domingo, 10 de fevereiro pela manhã, o *Diário de Notícias* publica na primeira página da segunda seção:

> *A sensacional fuga de Febrônio, do Manicômio Judiciário, onde se achava recolhido, desde 1927,* constituiu um verdadeiro pavor para a população carioca. *A sua prisão, ocorrida na tarde de ontem, veio trazer a tranquilidade ao espírito de todos,* inclusive ao das autoridades *que o procuravam.*

Que repórter alarmado! Injuriou, meus senhores, o povo e as autoridades. Encostai-vos nas paredes, população! Mas eis que na noite do dia chuvoso de domingo, 10 de fevereiro, ouvimos:

Bicho-papão
Bicho-papão
Cuidado com o Febrônio
Que fugiu da detenção...

Isso ouvimos no Largo do Machado, e eis que o nosso amigo Miguel, que preferiu ir batucar em dona Zulmira, lá também ouviu, naquele canto glorioso de Andaraí, a mesma coisa. Como se esparrama pelas massas da cidade esparramada essa improvisação de um dia? As patas inumeráveis batem no asfalto com desespero. O asfalto porventura não é vosso eito, escravos urbanos e suburbanos?

A cuíca ronca, ronca, ronca, estomacal, horrível, é um ronco que é um soluço, e eu também soluço e canto, e vós também fortemente cantais bem desentoados com este mundo. A cuíca ronca no fundo da massa escura, dos agarramentos suados, do batuque pesadão, do bodum. O asfalto está molhado nesta noite de chuvoso domingo. Ameaça chuva, um trovão troveja. A cuíca de São Pedro também está roncando. O céu também sente fome, também ronca e soluça e sua de amargura?

Nesta mormacenta segunda-feira 11 de fevereiro, um jornal diz que "a batalha de confete do Largo do Machado esteve brilhantíssima".

Repórter cretiníssimo, sabei que não houve lá nem um só miserável confete. O povo não gastou nada, exceto gargantas, e dores e almas, que não custam dinheiro. Eis que ali houve, e eu vi, uma batalha de roncos e soluços, e ali se prepararam batalhões para o Carnaval – nunca jamais "a grande festa do Rei Momo" – porém a grande insurreição armada de soluços.

Rio, fevereiro, 1935

O CONDE E O PASSARINHO

Acontece que o conde Matarazzo estava passeando pelo parque. O conde Matarazzo é um conde muito velho, que tem muitas fábricas. Tem também muitas honras. Uma delas consiste em uma preciosa medalhinha de ouro que o conde exibia à lapela, amarrada a uma fitinha. Era uma condecoração.

Ora, aconteceu também um passarinho. No parque havia um passarinho. E esses dois personagens – o conde e o passarinho – foram os únicos da singular história narrada pelo *Diário de S. Paulo*.

Devo confessar preliminarmente que, entre um conde e um passarinho, prefiro um passarinho. Torço pelo passarinho. Não é por nada. Nem sei mesmo explicar essa preferência. Afinal de contas, um passarinho canta e voa. O conde não sabe gorjear nem voar. O conde gorjeia com apitos de usinas, barulheiras enormes, de fábricas espalhadas pelo Brasil, vozes dos operários, dos teares, das máquinas de aço e de carne que trabalham para o conde. O conde gorjeia com o dinheiro que entra e sai de seus cofres, o conde é um industrial, e o conde é conde porque é industrial. O passarinho não é industrial, não é conde, não tem fábricas. Tem um ninho, sabe cantar, sabe voar, é apenas um passarinho e isso é gentil, ser um passarinho.

Eu quisera ser um passarinho. Não, um passarinho, não. Uma ave maior, mais triste. Eu quisera ser um urubu.

Entretanto, eu não quisera ser conde. A minha vida sempre foi orientada pelo fato de eu não pretender ser conde. Não amo os condes. Também não amo os industriais. Que amo eu? Pierina e pouco mais. Pierina e a vida, duas coisas que se confundem hoje e amanhã, mais se confundirão na morte.

Entendo por vida o fato de um homem viver fumando nos três primeiros bancos e falando ao motorneiro. Ainda ontem ou anteontem assim escrevi. O essencial é falar ao motorneiro. O povo deve falar ao motorneiro. Se o motorneiro se fizer de surdo, o povo deve puxar a aba do paletó do motorneiro. Em geral, nessas circunstâncias, o motorneiro dá um coice. Então o povo deve agarrar o motorneiro, apoderar-se da manivela, colocar o bonde a nove pontos, cortar o motorneiro em pedacinhos e comê-lo com farofa.

Quando eu era calouro de Direito, aconteceu que uma turma de calouros assaltou um bonde. Foi um assalto imortal. Marcamos no relógio quanto nos deu na cabeça, e declaramos que a passagem era grátis. O motorneiro e o condutor perderam, rápida e violentamente, o exercício de suas funções. Perderam também os bonés. Os bonés eram os símbolos do poder.

Desde aquele momento perdi o respeito por todos os motorneiros e condutores. Aquilo foi apenas uma boa molecagem. Paciência. A vida também é uma imensa molecagem. Molecagem podre. Quando poderás ser um urubu, meu velho Rubem?

Mas voltemos ao conde e ao passarinho. Ora, o conde estava passeando e veio o passarinho. O conde desejou ser que nem o seu patrício, o outro Francisco, o Francisco da Úmbria, para conversar com o passarinho. Mas não era o Santo Francisco de Assis, era apenas o conde Francisco Matarazzo. Porém, ficou encantado ao reparar que o passarinho voava para ele. O conde ergueu as mãos, feito uma criança, feito um santo. Mas não eram mãos de criança nem de santo, eram mãos de conde industrial. O passarinho desviou e se dirigiu firme para o peito do conde. Ia bicar seu coração? Não, ele não era um bicho grande de bico forte, não era, por exemplo, um urubu, era apenas um passarinho. Bicou a fitinha, puxou, saiu voando com a fitinha e com a medalha.

O conde ficou muito aborrecido, achou muita graça. Ora essa! Que passarinho mais esquisito!

Isso foi o que o *Diário de S. Paulo* contou. O passarinho, a esta hora assim, está voando, com a medalhinha no bico. Em que peito a colocareis, irmão passarinho? Voai, voai, voai por entre as chaminés do conde, varando as fábricas do conde, sobre as máquinas de carne que trabalham para o conde, voai, voai, voai, voai, passarinho, voai.

Rio, fevereiro, 1935

CHEGOU O OUTONO

Não consigo me lembrar exatamente o dia em que o outono começou no Rio de Janeiro neste 1935. Antes de começar na folhinha ele começou na rua Marquês de Abrantes. Talvez no dia 12 de março. Sei que estava com Miguel em um reboque do bonde Praia Vermelha. Nunca precisei usar sistematicamente o bonde Praia Vermelha, mas sempre fui simpatizante. É o bonde dos soldados do Exército e dos estudantes de medicina. Raras mulatas no reboque; liberdade de colocar os pés e mesmo esticar as pernas sobre o banco da frente. Os condutores são amenos. Fatigaram-se naturalmente de advertir soldados e estudantes; quando acontece alguma coisa eles suspiram e tocam o bonde. Também os loucos mansos viajam ali, rumo do hospício. Nunca viajou naquele bonde um empregado da City Improvements Company: Praia Vermelha não tem esgotos. Oh, a City! Assim mesmo se vive na Praia Vermelha. Essenciais são os esgotos da alma. Nossa pobre alma inesgotável! Mesmo depois do corpo dar com o rabo na cerca e parar no buraco do chão para ficar podre, ela, segundo consta, fica esvoaçando pra cá, pra lá. Umas vão ouvir Francesca da Rimini declamar versos de Dante, outras preferem a harpa de Santa Cecília. A maioria vai para o Purgatório. Outras perambulam pelas sessões espíritas, outras à meia-noite puxam o vosso pé, outras no firmamento viram estrelinhas. Os soldados do Exército não podem olhar as estrelas: lembram-se dos generais. Lá no céu tem três estrelas, todas três em carreirinha. Uma é minha, outra é sua. O cantor tem pena da que vai ficar sozinha. Que faremos, oh meu grande e velho amor, da estrela disponível? Que ela fique sendo propriedade das almas errantes. Nossas pobres almas erradas!

Eu ia no reboque, e o reboque tem vantagens e desvantagens. Vantagem é poder saltar ou subir de qualquer lado, e também a melhor ventilação. Desvantagem é o encosto reduzido. Além disso os vossos joelhos podem tocar o corpo da pessoa que vai no banco da frente; e isso tanto pode ser doce vantagem como triste desvantagem. Eu havia tomado o bonde na praça José de Alencar; e quando entramos na rua

Marquês de Abrantes, rumo de Botafogo, o outono invadiu o reboque. Invadiu e bateu no lado esquerdo de minha cara sob a forma de uma folha seca. Atrás dessa folha veio um vento, e era o vento do outono. Muitos passageiros do bonde suavam.

No Rio de Janeiro faz tanto calor que depois que acaba o calor a população continua a suar gratuitamente e por força do hábito durante quatro ou cinco semanas ainda.

Percebi com uma rapidez espantosa que o outono havia chegado. Mas eu não tinha relógio, nem Miguel. Tentei espiar as horas no interior de um botequim, nada conseguindo. Olhei para o lado. Ao lado estava um homem decentemente vestido, com cara de possuidor de relógio.

— O senhor pode ter a gentileza de me dar as horas?

Ele espantou-se um pouco e, embora sem nenhum ar gentil, me deu as horas: 13h48. Agradeci e murmurei: chegou o outono. Ele deve ter ouvido essa frase tão lapidar, mas aparentemente não ficou comovido. Era um homem simples e tudo o que esperava era que o bonde chegasse a um determinado poste.

Chegara o outono. Vinha talvez do mar e, passando pelo nosso reboque, dirigia-se apressadamente ao centro da cidade, ainda ocupado pelo verão. Ele não vinha soluçando *les sanglots longs des violons* de Verlaine, vinha com tosse, na Quaresma da cidade gripada.

As folhas secas davam pulinhos ao longo da sarjeta; e o vento era quase frio, quase morno, na rua Marquês de Abrantes. E as folhas eram amarelas, e meu coração soluçava, e o bonde roncava.

Passamos diante de um edifício de apartamentos cuja construção está paralisada no mínimo desde 1930. Era iminente a entrada em Botafogo; penso que o resto da viagem não interessa ao grosso público. O próprio começo da viagem creio que também não interessou. Que bem me importa. O necessário é que todos saibam que chegou o outono. Chegou às 13h48, na rua Marquês de Abrantes e continua em vigor. Em vista do quê, ponhamo-nos melancólicos.

Rio, março, 1935

VÉSPERA DE SÃO JOÃO NO RECIFE

O que é da terra, é da terra, e fala da terra. João, eu falarei da terra. Ora, João, tu tinhas um vestido de peles de camelo, e uma cinta de couro em volta de teus rins; e a tua comida era gafanhotos e mel silvestre. E a filha de Herodias bailou, e era linda. E quando disse o que queria neste mundo, o rei entristeceu. Eras a voz que clama no deserto, e clamavas na cadeia. E tua cabeça veio num prato para as mãos da bailarina.

João, esta geração de homens continua a mesma da qual disse o Senhor: "São semelhantes aos meninos que estão assentados no terreiro, e que falam uns para os outros e dizem: nós temos cantado ao som da gaita, para vos divertir, e vós não bailastes; temos cantado em ar de lamentação, e vós não chorastes".

João, ontem foi a noite de véspera de teu dia. O povo bailava ao som de gaitas. Não bailei nem chorei. Estive em Boa Vista, Afogados, Areias, Tigipió, na Estrada de Jaboatão. E estive em Campo Grande e Beberibe. E estive, por que não dizer?, na zona noturna da ilha do Recife. E em toda a parte, o povo te festejava.

Às vezes, chovia furiosamente, às vezes a lua brilhava. E às vezes o céu ficava parado e fechado, sem luz e sem chuva. Mas na terra humilde, a noite era sempre a mesma. As casinhas, à margem das ruas esburacadas, estavam alumiadas por lanternas. É um enfeite triste, colorido, de uma luz pobre. Nas janelas e nas portas se penduravam as estrelas. Estrelas gordas de papel de cor, com uma luz fraca por dentro. Esses balões estrelados, cativos da parede, forneciam imagens nas ruas tão escuras. As estrelas do céu, por exemplo, haviam descido para a terra, para perto da lama, para as casinhas baixas. E teu retrato, segurando o menino Jesus, estava colado nelas. Pelos quintais enlameados, as fogueiras ardiam. Firmadas por quatro estacas, com folhas de cana, bananeiras meninas enterradas em volta, as fogueiras enfeitadas, de espaço a espaço, ensanguentavam a noite preta. Elas haviam brotado nos oitões, nos mangues, nos pomares, junto das pontes, ao longo das ruas, pelos fundos dos matos, como flores de fogo na noite preta.

E os fogos pipocavam. O Recife, João, todos já sabem que é um prato raso. A água é quase irmã da terra, beijando a flor das ruas, e as pontes quase se apoiam na massa líquida, e, para ver a cidade, é preciso andar toda a cidade...

Os fogos pipocavam pela noite adentro. Uns tinham estalos secos, intermitentes, esparsos; outros rebentavam roucos; outros chiavam; outros crepitavam; outros eram urros de pólvora. Eu não estava no meio da noite, eu estava no centro de muitas noites. E muitas noites antigas avançavam, negras, sobre mim, e eu as reconhecia, penosamente. Estava deitado na trincheira, fazia três abaixo de zero. Os fuzis inimigos amorosamente derrubavam folhas sobre mim, as balas passavam com uns silvos finos e iam morrer no fundo do mato. Eu bebera cachaça, estava deitado na terra fria da trincheira e, pelas montanhas enormes, pelos buracos dos vales fundos, as metralhadoras crepitavam, crepitavam.

João, eu as conhecia pelo sotaque; eram todas estrangeiras. Aquela do oeste era Hotchkiss pesada, a que estava em baixo era Colt, uma cacarejando em nossa frente era Zebê, e centenas de máquinas cuspiam fogo. Agora, sobre o meu crânio, assobiavam apenas os fuzis Mauser dos caçadores de trincheiras, e longe, do outro lado da linha, do outro lado da noite, roncou um Schneider. Nas primeiras noites, João, eu não podia dormir, e as granadas, quando rebentavam a cinquenta metros, rebentavam dentro de meu peito. Agora eu desistira de ter qualquer medo, e o metralhar imenso me dava sono. Eu apenas temia morrer não tendo nome nenhum de mulher para dizer palavras do fim. Eu voava nos caminhões de munição, acossados pela metralha nas estradas, sobre o abismo, nas curvas onde as balas furavam as carrocerias, a toda a velocidade, de faróis apagados na noite escura, sacolejando e roncando terrivelmente. Mas para mim não era mais uma noite perigosa: era apenas uma grande noite triste. Eu não queria matar ninguém, não me importava se alguém me matasse, e dois sargentos me olhavam com ódio, murmurando que eu era um espião. Eu era espião, João, João; eu era um espião da vida, no meio da morte. Eu ainda não tinha vinte anos, não tinha mais nenhum deus para me entender depois da morte, não tomava banho há um mês, estava sujo e magro, meu lápis de repórter quebrou a ponta. Havia esse mesmo crepitar de fogos pela vasta noite, e, junto dos acantonamentos, as fogueiras se acendiam para os soldados gelados. Meu papel de repórter estava sujo da terra das trincheiras, eu já não escrevia nada. A guerra era demasiado estúpida para não me fazer sorrir, eu não reconhecia aliados nem inimigos; apenas via homens pobres se matando para bem dos homens ricos; apenas via o Brasil se matando com armas estrangeiras. No fim, João, eu berrei contra os comerciantes da paz que haviam sido os comerciantes da guerra, e, entretanto, eu não conhecia o mecanismo das carnificinas; e me chamaram de cínico, quando somei os contos de réis que custava a morte de um soldado e disse que tal morte era muitas vezes mais cara que um naufrágio de primeira classe no *Principessa Malfalda*, só contando munição gasta. Eu não era cínico, João, eu, pelo menos, jamais fui cínico do cinismo dos cães de luxo; eu sempre tive o direito de ter o cinismo puro dos vira-latas, sem casa nem dono.

João, eu não tenho mais dezenove anos, estou na rua e não na trincheira, mas esses estampidos na noite transformam a noite. João, alguém canta, moças cantam nos bailes dos palanques, entre canjiquinhas, milho-verde, folhas, flores, fogueiras, abraços, olhares, amores, e outras noites me cercam. Eu tinha treze anos e naquela noite, ela subitamente me amou. Me amou talvez apenas um minuto, sentiu uma ternura e me deu aquele lenço de seus cabelos. Era um lenço grande, de flores encarnadas e azuis, e aquela chita estava sempre em volta de sua garganta ou amarrada em seus cabelos. Eu dormi na praia e o lenço tinha um cheiro terno e quente de cabelos castanhos, e aquele cheiro me entontecia e nunca em noite nenhuma eu amei nem amarei mais amada com amor assim. João, naquela noite também havia cantos, e o vento do sudoeste no ar escuro tinha o mesmo cheiro.

João, são muitas noites antigas que me prendem no meio desta noite. Pobres as noites sob as lâmpadas da redação, mesquinhas as noites de trabalho insincero, tristes noites sem ternura noturna.

João, o povo, na noite imensa, festeja a ti. Há fogueiras e amores e bebedeiras, mas eu não irei a festa nenhuma. Amanhã, João, esse povo continuará na vida. Por que o distrais assim com teus fogos, João? Amanhã, os pobres estarão mais pobres e os ricos os esmagarão, e muitos homens irão clamar nas cadeias, como tu clamavas. João, amanhã outra vez a miséria dos donos da vida continuará deturpando a beleza da vida;

as moças suburbanas irão perder a beleza no trabalho escravo; as crianças continuarão a crescer, magras e ignorantes; o suor dos homens será explorado. João, João, inútil João; o povo está gemendo, as metralhadoras se viram para os peitos populares. Ninguém dividiu as túnicas, nem os pães, como tu mandaste, João, inútil João.

Recife, junho, 1935

LUTO DA FAMÍLIA SILVA

A assistência foi chamada. Veio tinindo. Um homem estava deitado na calçada. Uma poça de sangue. A Assistência voltou vazia. O homem estava morto. O cadáver foi removido para o necrotério. Na seção dos Fatos Diversos do *Diário de Pernambuco*, leio o nome do sujeito: João da Silva. Morava na rua da Alegria. Morreu de hemoptise.

João da Silva – Neste momento em que seu corpo vai baixar à vala comum, nós, seus amigos e seus irmãos, vimos lhe prestar esta homenagem. Nós somos os joões da silva. Nós somos os populares joões da silva. Moramos em várias casas e em várias cidades. Moramos principalmente na rua. Nós pertencemos, como você, à família Silva. Não é uma família ilustre; nós não temos avós na história. Muitos de nós usamos outros nomes, para disfarce. No fundo, somos os Silva. Quando o Brasil foi colonizado, nós éramos os degredados. Depois fomos os índios. Depois fomos os negros. Depois fomos imigrantes, mestiços. Somos os Silva. Algumas pessoas importantes usaram e usam nosso nome. É por engano. Os Silva somos nós. Não temos a mínima importância. Trabalhamos, andamos pelas ruas e morremos. Saímos da vala comum da vida para o mesmo local da morte. Às vezes, por modéstia, não usamos nosso nome de família. Usamos o sobrenome "de Tal". A família Silva e a família "de Tal" são a mesma família. E, para falar a verdade, uma família que não pode ser considerada boa família. Até as mulheres que não são de família pertencem à família Silva.

João da Silva – Nunca nenhum de nós esquecerá seu nome. Você não possuía sangue azul. O sangue que saía de sua boca era vermelho – vermelhinho da silva. Sangue de nossa família. Nossa família, João, vai mal em política. Sempre por baixo. Nossa família, entretanto, é que trabalha para os homens importantes. A família Crespi, a família Matarazzo, a família Guinle, a família Rocha Miranda, a família Pereira Carneiro, todas essas famílias assim são sustentadas pela nossa família. Nós auxiliamos várias famílias importantes na América do Norte, na Inglaterra, na França, no Japão. A gente de nossa família trabalha nas plantações de mate, nos pastos, nas fazendas, nas usinas, nas praias, nas fábricas, nas minas, nos balcões, no mato, nas cozinhas, em todo lugar onde se trabalha. Nossa família quebra pedra, faz telhas de barro, laça os bois, levanta os prédios, conduz os bondes, enrola o tapete do circo, enche os porões dos navios, conta o dinheiro dos bancos, faz os jornais, serve no Exército e na Marinha. Nossa família é feito Maria Polaca: faz tudo.

Apesar disso, João da Silva, nós temos de enterrar você é mesmo na vala comum. Na vala comum da miséria. Na vala comum da glória, João da Silva. Porque nossa família um dia há de subir na política...

Recife, junho, 1935

Morro do Isolamento

ALMOÇO MINEIRO

Éramos dezesseis, incluindo quatro automóveis, uma charrete, três diplomatas, dois jornalistas, um capitão-tenente da Marinha, um tenente-coronel da Força Pública, um empresário do cassino, um prefeito, uma senhora loura e três morenas, dois oficiais de gabinete, uma criança de colo e outra de fita cor-de-rosa que se fazia acompanhar de uma boneca.

Falamos de vários assuntos inconfessáveis. Depois de alguns minutos de debates ficou assentado que Poços de Caldas é uma linda cidade. Também se deliberou, depois de ouvidos vários oradores, que estava um dia muito bonito. A palestra foi decaindo, então, para assuntos muito escabrosos: discutiu-se até política. Depois que uma senhora paulista e outra carioca trocaram ideias a respeito do separatismo, um cavalheiro ergueu um brinde ao Brasil. Logo se levantaram outros, que, infelizmente, não nos foi possível anotar, em vista de estarmos situados na extremidade da mesa. Pelo entusiasmo reinante supomos que foram brindados o soldado desconhecido, as tardes de outono, as flores dos vergéis, os proletários armênios e as pessoas presentes. O certo é que um preto fazia funcionar a sua harmônica, ou talvez a sua concertina, com bastante sentimento. Seu Nhonhô cantou ao violão com a pureza e a operosidade inerentes a um velho funcionário municipal.

Mas nós todos sentíamos, no fundo do coração, que nada tinha importância, nem a Força Pública, nem o violão de seu Nhonhô, nem mesmo as águas sulfurosas. Acima de tudo pairava o divino lombo de porco com tutu de feijão. O lombo era macio e tão suave que todos imaginamos que o seu primitivo dono devia ser um porco extremamente gentil, expoente da mais fina flor da espiritualidade suína. O tutu era um tutu honesto, forte, poderoso, saudável.

É inútil dizer qualquer coisa a respeito dos torresmos. Eram torresmos trigueiros como a doce amada de Salomão, alguns louros, outros mulatos. Uns estavam molinhos, quase simples gordura. Outros eram duros e enroscados, com dois ou três fios.

Havia arroz sem colorau, couve e pão. Sobre a toalha havia também copos cheios de vinho ou de água mineral, sorrisos, manchas de sol e a frescura do vento que sussurrava nas árvores. E no fim de tudo houve fotografias. É possível que nesse intervalo tenhamos esquecido uma encantadora linguiça de porco e talvez um pouco de farofa. Que importa? O lombo era o essencial, e a sua essência era sublime. Por fora era escuro, com tons de ouro. A faca penetrava nele tão docemente como a alma de uma virgem pura entra no céu. A polpa se abria, levemente enfibrada, muito branquinha, desse branco leitoso e doce que têm certas nuvens às quatro e meia da tarde, na primavera. O gosto era de um salgado distante e de uma ternura quase musical. Era um gosto indefinível e puríssimo, como se o lombo fosse lombinho da orelha de um anjo louro. Os torresmos davam uma nota marítima, salgados e excitantes da saliva. O tutu tinha o sabor que deve ter, para uma criança que fosse *gourmet* de todas as terras, a terra virgem recolhida muito longe do solo, sob um prado cheio de flores, terra com um perfume vegetal diluído mas uniforme. E do prato inteiro, onde havia um ameno jogo de cores cuja nota mais viva era o verde molhado da couve – do prato inteiro, que fumegava suavemente, subia para a nossa alma um encanto abençoado de coisas simples e boas.

Era o encanto de Minas.

São Paulo, 1934

MAR

A primeira vez que vi o mar eu não estava sozinho. Estava no meio de um bando enorme de meninos. Nós tínhamos viajado para ver o mar. No meio de nós havia apenas um menino que já o tinha visto. Ele nos contava que havia três espécies de mar: o mar mesmo, a maré, que é menor que o mar, e a marola, que é menor que a maré. Logo a gente fazia ideia de um lago enorme e duas lagoas. Mas o menino explicava que não. O mar entrava pela maré e a maré entrava pela marola. A marola vinha e voltava. A maré enchia e vasava. O mar às vezes tinha espuma e às vezes não tinha. Isso perturbava ainda mais a imagem. Três lagoas mexendo, esvaziando e enchendo, com uns rios no meio, às vezes uma porção de espumas, tudo isso muito salgado, azul, com ventos.

Fomos ver o mar. Era de manhã, fazia sol. De repente houve um grito: o mar! Era qualquer coisa de largo, de inesperado. Estava bem verde perto da terra, e mais longe estava azul. Nós todos gritamos, numa gritaria infernal, e saímos correndo para o lado do mar. As ondas batiam nas pedras e jogavam espuma que brilhava ao sol. Ondas grandes, cheias, que explodiam com barulho. Ficamos ali parados, com a respiração apressada, vendo o mar...

Depois o mar entrou na minha infância e tomou conta de uma adolescência toda, com seu cheiro bom, os seus ventos, suas chuvas, seus peixes, seu barulho, sua grande e espantosa beleza. Um menino de calças curtas, pernas queimadas pelo sol, cabelos cheios de sal, chapéu de palha. Um menino que pescava e que passava horas e horas dentro da canoa, longe da terra, atrás de uma bobagem qualquer – como aquela caravela de franjas azuis que boiava e afundava e que, afinal, queimou a sua mão... Um rapaz de quatorze ou quinze anos que nas noites de lua cheia, quando a maré baixa e descobre tudo e a praia é imensa, ia na praia sentar numa canoa, entrar numa roda, amar perdidamente, eternamente, alguém que passava pelo areal branco e dava boa-noite... Que andava longas horas pela praia infinita para catar conchas e búzios crespos e conversava com os pescadores que consertavam as redes. Um menino que levava na canoa um pedaço de pão e um livro, e voltava sem estudar nada, com vontade de dizer uma porção de coisas que não sabia dizer – que ainda não sabe dizer.

Mar maior que a terra, mar do primeiro amor, mar dos pobres pescadores maratimbas, mar das cantigas do catambá, mar das festas, mar terrível daquela morte que nos assustou, mar das tempestades de repente, mar do alto e mar da praia, mar de pedra e mar do mangue... A primeira vez que saí sozinho numa canoa parecia ter montado num cavalo bravo e bom, senti força e perigo, senti orgulho de embicar numa onda um segundo antes da arrebentação. A primeira vez que estive quase morrendo afogado, quando a água batia na minha cara e a corrente do "arrieiro" me puxava para fora, não gritei nem fiz gestos de socorro; lutei sozinho, cresci dentro de mim mesmo. Mar suave e oleoso, lambendo o batelão. Mar dos peixes estranhos, mar virando a canoa, mar das pescarias noturnas de camarão para isca. Mar diário e enorme, ocupando toda a vida, uma vida de bamboleio de canoa, de paciência, de força, de sacrifício sem finalidade, de perigo sem sentido, de lirismo, de energia; grande e perigoso mar fabricando um homem...

Este homem esqueceu, grande mar, muita coisa que aprendeu contigo. Este homem tem andado por aí, ora aflito, ora chateado, dispersivo, fraco, sem paciência, mais corajoso que audacioso, incapaz de ficar parado e incapaz de fazer qualquer coisa, gastando-se como se gasta um cigarro. Este homem esqueceu muita coisa, mas há muita coisa que ele aprendeu contigo e que não esqueceu, que ficou, obscura e forte, dentro dele, no seu peito. Mar, este homem pode ser um mau filho, mas ele é teu filho, é um dos teus, e ainda pode comparecer diante de ti gritando, sem glória, mas sem remorso, como naquela manhã em que ficamos parados, respirando depressa, perante as grandes ondas que arrebentavam – um punhado de meninos vendo pela primeira vez o mar...

Santos, julho, 1938

CORAÇÃO DE MÃE

O nome da rua eu não digo, e o das moças muito menos. Se me perguntarem se isso não aconteceu na rua Correia Dutra com certas jovens que mais tarde vieram a brilhar no rádio eu darei uma desculpa qualquer e, com meu cinismo habitual, responderei que não.

As moças eram duas, e irmãs. A mãe exercia as laboriosas funções de dona de pensão. Uma senhora que é dona de pensão no Catete pode aceitar depois indiferentemente um cargo de ministro da guerra da Turquia, restauradora das finanças do Reich ou poeta português. A pensão da mãe das moças era uma grande pensão, pululante de funcionários, casais, estudantes, senhoras bastante desquitadas. E não devo dizer mais nada: quanto menos se falar da mãe dos outros, melhor. Juntarei apenas que essa mãe era muito ocupada e que as moças possuíam, ambas, olhos azuis. No pardieiro pardarrão, tristonho, as duas meninas louras viviam cantarolando. Creio ser inevitável dizer que eram quase dois excitantes e leves canários belgas a saltitar em feio e escuro viveiro – e a mãe era muito ocupada.

A tendência das moças detentoras de olhos azuis é para ver a vida azul-celeste; e a dos canários é voar. Mesmo sobre os casarões do Catete o céu às vezes é azul, e o sol acontece ser louro. Uns dizem que na verdade esse céu azul não pertence ao Catete, e sim ao Flamengo: a população do Catete apenas o poderia olhar de empréstimo. Outros afirmam que o sol louro é da circunscrição de Santa Teresa e da paróquia de Copacabana; nós, medíocres e amargos homens do Catete, também o usufruiríamos indebitamente. Não creio em nada disso. A mesma injúria assacaram contra Niterói ("Niterói, Niterói, como és formosa", suspirou um poeta do século passado, que foi o dos suspiros) declarando que Niterói não tem lua própria, e a que ali é visível é de propriedade do Rio. Não, em nada disso creio. Em minhas andanças e paranças já andei e parei em Niterói, onde residi na rua Lopes Trovão, e recitava habitualmente com muito desgosto de uma senhorita vizinha:

"Caramuru, Caramuru, filho do fogo, mãe da rua Lopes Trovão!"

Já não me lembro quem me ensinou esses versinhos, aliás mimosos. Ainda hoje costumo repeti-los quando de minhas pequenas viagens de cabotagem, jogando miolo de pão misto às pobres gaivotas.

Ora, aconteceu que uma noite, ou mais propriamente, uma madrugada, a mãe das moças de olhos azuis achou que aquilo era demais. Cá estou prevendo o leitor a perguntar que "aquilo" é esse, que era demais. Explicarei que Marina e Dorinha haviam chegado em casa um pouco tontas, em alegre e promíscua baratinha. Certamente nada acontecera de excessivamente grave – mas o coração das mães é aflito e severo. Aquela noite nenhum hóspede dormiu: houve um relativo escândalo e muitas imprecações.

No dia seguinte pela manhã aconteceu que Marina estava falando ao telefone com voz muito doce e dona Rosalina (a mãe) chegou devagarinho por detrás e ouviu tropos que tais:

— Pois é... a velha é muito cacete. Não, não liga a isso não. É cretinice da velha, mas a gente tapeia. Olha, nós hoje vamos ao dentista às cinco horas. É...

"A velha..." Essa expressão mal-azada foi o início da tormenta. A conversa telefônica foi interrompida da maneira pela qual um elefante interromperia a palestra amorosa de dois colibris na relva. Verdades muito duras foram proferidas em voz muito alta. A "velha" vociferava que aquilo era uma vergonha e preferia matar aquelas duas pestes a continuar aquele absurdo. "Maldita hora – exclamou – em que teu pai foi-se embora." Assim estavam as coisas quando Dorinha apareceu no corredor – e foi colhida ou colidida em cheio pela tormenta. Houve ligeira reação partida de Marina, assim articulada:

— E a senhora também! Pensa que estou disposta a viver ouvindo desaforos? A senhora precisa deixar de ser...

Depois do verbo "ser" veio uma palavra que elevou dona Rosalina ao êxtase da fúria. As moças foram empolgadas em um redemoinho de tapas e pontapés escada abaixo, ao mesmo tempo que dona Rosalina berrava:

— Fora! Para fora daqui, todas duas!

("Todas duas" é um galicismo, conforme algum tempo depois observou um leitor da *Gramática expositiva superior* de Eduardo Carlos Pereira, residente naquela pensão, em palestra com alguns amigos.)

Outras palavras foram gritadas em tão puro e rude vernáculo que tentarei traduzi-las assim:

— Passem já! Vão fazer isso assim assim, vão para o diabo que as carregue, suas isso assim assim! Não ponham mais os pés em minha casa!

(O leitor inteligente substituirá as expressões "isso assim assim" pelos termos convenientes; a leitora inteligente não deve substituir coisa alguma para não ficar com vergonha.)

As moças desceram até o quarto sob intensa fuzilaria de raiva maternal, arrumaram chorando e tremendo uma valise e se viram empurradas até a porta da rua. Nessa porta dona Rosalina fez um comício que, mesmo contando os discursos do senhor Maurício de Lacerda na Primeira República e os piores artigos dos falecidos senhores Mário Rodrigues e Antônio Torres produzidos sob o mesmo regime, foi das coisas mais violentas que já se disseram em público neste país. O café da esquina se esvaziou; automóveis, caminhões e um grande carro da Limpeza Pública estacionaram na estreita rua. As duas mocinhas, baixando as louras cabeças, choravam humildemente.

*

Gente muito misturada etc. É assim que os habitantes dos bairros menos precários e instáveis costumam falar mal de nosso Catete. Mas uma coisa ninguém pode negar: nós, do Catete, somos verdadeiros *gentlemen*. O cavalheirismo do bairro se manifestou naquele instante de maneira esplendente quando a senhora dona Rosalina deu por encerrado, com um ríspido palavrão, o seu comício.

Em face daquelas mocinhas expulsas do lar e que soluçavam com amargura houve um belo movimento de solidariedade. Um cavalheiro – o precursor – aproximou-se de Marina e sugeriu que em sua pensão, na rua Buarque de Macedo, havia dois quartos vagos, e que elas não teriam de pensar no pagamento da quinzena. Um segundo a esse tempo sitiava Dorinha, propondo chamar um táxi e levá-la para seu apartamento, onde ela descansaria, precisava descansar, estava muito nervosa. A ideia do táxi revoltou alguns presentes, que ofereceram bons carros particulares.

De todos os lados apareceram os mais bondosos homens – funcionários, militares, estudantes, médicos, bacharéis, engenheiros sanitários, jornalistas, comerciários, seminaristas e atletas – fazendo os mais tocantes oferecimentos.

Um bacharel pela Faculdade de Niterói (então denominada "a Teixeirinha") que morava na própria pensão de dona Rosalina e que havia três meses não podia pagar o quarto, ofereceu-se, não obstante, para levar os dois canários até São Paulo, onde pretendia possuir um palacete. Ouvindo isso, um estudante de medicina que se sustentava a médias no Lamas tomou coragem e propôs conduzi-las para o Uruguai. Seria difícil averiguar por que ele escolheu o Uruguai; naturalmente era um rapaz pobre, com o inevitável complexo de inferioridade: ao pensar em estrangeiro não tinha coragem de pensar em país maior ou mais distante.

Em certo momento um caixeirinho do armazém disse que as moças poderiam ir morar com sua prima, em Botafogo. Essa ideia brilhante de oferecer uma proteção feminina venceu em toda a linha. Um jovem oficial de gabinete do Ministro da Agricultura sugeriu que elas fossem para casa de sua irmã. Um doutorando indicou a residência de sua irmã casada, e um tenente culminou com um gesto largo ofertando-lhes a proteção de sua própria mãe, dele. A luta chegou a tal ponto que um bancário, intrépido, ofereceu três mães, à escolha. Em alguns minutos as infelizes mocinhas tinham à sua disposição cerca de quinze primas, 23 irmãs solteiras, quatro tias muito religiosas, 41 irmãs casadas e 83 mães.

O mais comovente era ver como todos aqueles bons homens procuravam passar a mão pelas cabeças das mocinhas, e lhes dirigiam as palavras mais cheias de ternura e bondade cristã. Trêmulas e nervosas, Marina e Dorinha hesitavam. De qualquer modo a situação havia de ser resolvida. O cavalheiro que tinha conseguido parar o carro em local mais estratégico começou a empurrar docemente as moças para dentro dele, entre alguns protestos da assistência. Vários outros choferes pretenderam inutilmente fazer valer seus direitos – e até o motorista da Limpeza Pública quis à viva força conduzi-las para a boleia do grande caminhão coletor de lixo.

Foi então que, subitamente, dona Rosalina irrompeu de novo escada abaixo; desceu feito uma fúria, abriu caminho na massa compacta e agarrou as filhas pelos braços, gritando:

— Passem já para dentro! Já para dentro suas desavergonhadas!

Eis o motivo pelo qual eu sempre digo: não há nada, neste mundo, como o coração de mãe.

Rio, 1939

NAZINHA

No meio da noite comum do jornal um colega de redação perguntou-me:
— Quinze anos – é menina ou senhorita?
Estava redigindo uma nota social e me propunha esse problema simples.
— Senhorita.
Ele ficou meio em dúvida e eu argumentei:
— Põe senhorita. Mocinha de quinze anos fica toda contente quando o jornal chama de senhorita...
Mas ele explicou:
— Essa, coitada, não vai ficar contente. É um falecimento...
E pôs "senhorita". E continuou a noite comum de jornal. Nem sei explicar por que pensei nisso no meu caminho de sempre, depois do trabalho, na rua vazia, de madrugada. Menina ou senhorita? Senti de repente uma pena gratuita daquela mocinha que morrera. Nem me dera ao trabalho de perguntar seu nome. Entretanto ali estava comovido... Oh!, Senhor, o Diabo carregue as meninas e senhoritas, e que elas morram aos quinze anos, se julgarem conveniente! Pensei vagamente assim, mas a lembrança daquele diálogo perdido na rotina do serviço de redação insistia em me comover. Senti simpatia pelo meu companheiro de trabalho por causa de sua expressão:
— Essa, coitada...
Bom sujeito, o Viana. E fiquei imaginando que no dia seguinte poderia ler no jornal o nome da mocinha e de seus pais. E que talvez um dia, por acaso, eu conhecesse esses pais. Ele seria um senhor de uns quarenta e cinco anos, moreno, bigodes malcuidados, a cara magra, os cabelos grisalhos. Ela seria uma senhora de quarenta e um anos, ou talvez apenas trinta e oito anos, vagamente loura, os olhos parados, a cara triste, talvez um pouco gorda, de luto, muito religiosa, meio espírita depois da morte da filha. E então eu lhes contaria que me lembrava bem dessa morte, e contaria a conversa da redação – mentindo talvez um pouco, inventando uma conversa mais comovida, para ser delicado. E eles chamariam a outra irmã, uma garota de seis ou sete anos, os olhos claros, e lhe diriam que

fosse lá dentro buscar os retratos de Iná – poderia ser Iná, talvez com o apelido de Nazinha, o nome da filha morta. E viriam dois retratos: um aos treze anos, na janela da casa, rindo; outro aos nove anos, com a irmãzinha ao colo, muito séria. E então a mãe diria que só tinham aqueles dois retratos – que pena! e que gostava mais daquele dos nove anos:

— Não é, Alfredo? Está mais com o jeitinho dela...

O senhor Alfredo concordaria mudamente e eu me sentiria ali inútil, sem saber o que dizer, e iria embora. E talvez, depois que eu saísse, a mulher dissesse ao marido:

— Parece ser boa pessoa...

E isso não teria importância nenhuma, nem me faria ficar melhor nem pior do que sou. E nada disso acontecerá. Mas pensei em tudo isso andando na rua deserta e subindo as escadas para o meu quarto. E hoje, depois de tantos dias, senti vontade de escrever isso, talvez na vaga esperança de que o senhor Alfredo – esse homem qualquer que perdeu uma filha e que, não sei por que, eu penso que se chama senhor Alfredo – leia o que estou escrevendo.

"Senhor Alfredo. O senhor e sua senhora..."

Não, não vale a pena escrever aqui um bilhete ao senhor Alfredo. Vai ver que a mocinha era órfã de pai, e eu estarei tentando consolar um senhor Alfredo que nem existe, nem com esse nome, nem com nenhum outro. Vai ver que a mocinha era doente, talvez aleijada de nascença, e que sua morte foi, no dizer de sua própria mãe, "um descanso, coitada, para ela e para os outros". Oh, o Diabo carregue as meninas e senhoritas, e que elas morrem, morrem às dúzias, às grosas, aos milhões! Morrem todas as pálidas Nazinhas, morrem, morrem, morrem, e não me amolem, pelo amor de Deus!

Nazinha... Por que inventei para a moça esse nome de Nazinha? Agora eu a vejo nitidamente e, não sei por que, a imagino uns vinte e três dias antes de morrer, magrinha, os olhos claros, os cabelos castanho-claros, vestida de preto como se estivesse de luto antecipado por si mesma. Seus lábios são pálidos, e os dentes de cima um pouco salientes deixam a boca semiaberta, e ela tem um ar tímido, dentro de seu vestido preto, com meias de seda pretas, sapatos pretos, um ar tímido de quem estivesse pedindo uma esmola, a esmola de viver.

Nazinha... Reparo em seus sapatos pretos de salto alto (sapatos de moça, de senhorita, não de menina) e imagino que eles foram comprados pela mãe, que primeiro levou outro par que não servia porque estava apertando um pouco, e depois foi na loja trocar. E tudo isso me comove, essa simples história dos sapatos de Nazinha, desses sapatos com que ela foi enterrada. Pobres sapatos, pobre Nazinha. Pensemos em outra coisa.

São Paulo, agosto, 1942

OS MORTOS DE MANAUS

Febre tifoide, 6; difteria, 2; coqueluche, 2; sarampo, 1... lia automaticamente um folheto jogado sobre a mesa da redação.

Febre tifoide, 6; difteria, 2; coqueluche, 2... Pensei num pequeno grupo de engraxates que quase toda noite se reúne na esquina da avenida São João e Anhangabaú e canta sambas, fazendo a marcação com as escovas e as latas de graxa. São uns quatro ou cinco pretos que cantam assim pela madrugada, fazendo de seus instrumentos de trabalho instrumentos de música. Mas que poderia escrever sobre eles? Pensei também numa fita de cinema, num livro, numa determinada pessoa. Os assuntos passavam pela cabeça e iam-se embora sem querer ficar no papel. Febre tifoide, 6; difteria, 2; coqueluche, 2; sarampo, 1. São os mortos de Manaus. Apanhei o folheto e vi que era o Boletim Estatístico do Amazonas. Uma nota de estatística demógrafo-sanitária; as pessoas que faleceram em Manaus durante o primeiro trimestre do corrente ano. Larguei o folheto e continuei a procurar assunto.

Aquela notícia dos mortos de Manaus me fez lembrar um poema de Mário de Andrade sobre o seringueiro; Mário de Andrade me fez pensar em uma outra pessoa que também vi várias vezes no bar da Glória e essa outra pessoa me fez pensar em uma tarde de chuva; isso me lembrou a necessidade de comprar um chapéu, o chapéu me fez pensar no lugar onde o deixei e, logo depois, numa canção negra cantada por Marian Anderson: "eu tenho sapatos, tu tens sapatos..." Nessa altura a preocupação de encontrar um assunto fez voltar meu pensamento para os engraxates da avenida São João; mas logo rejeitei essa ideia.

E na minha frente continuava o folheto sobre a mesa: febre tifoide, 6; difteria, 2; coqueluche, 2... Sim, eu voltava aos mortos de Manaus. Ou melhor, os mortos de Manaus voltavam a mim, rígidos, contados pela estatística, transformados apenas em números e nomes de doenças. Ao todo 428 pessoas mortas em Manaus durante o primeiro trimestre do ano de 1940. Que doença matou mais gente? Senti curiosidade de saber isso. O número mais alto que encontrei foi 73; diarreia e enterite.

Com certeza na maior parte crianças. Morrem muitas crianças dessas coisas de intestinos no Brasil. Dizem os médicos que é por causa da alimentação pouca ou errada, pobreza ou ignorância das mães. Eis uma coisa que não chega a me dar pena porque me irrita: o número de crianças que morrem no Brasil.

Lembro-me que certa vez juntei uma porção de artigos médicos sobre o assunto e escrevi uma crônica a respeito. Mas já nem sei exatamente o que os médicos diziam. O que me irrita é o trabalho penoso das mulheres, o sacrifício inútil de dar vida a tantas crianças que morrem logo. Agora me lembro de um trecho da tal crônica: eu dizia que a indústria nacional que nunca foi protegida é a indústria humana, de fazer gente. Preferimos importar o produto em vez de melhorar a fabricação dele aqui. Não se toma providência para aproveitar o produto nem para que ele seja lançado em boas condições no mercado. A lei só cuida de que ele não deixe de ser fabricado. Fabricação de anjinhos em grande escala! Que morram aos montes as crianças: mas que nasçam aos montões! É brutal.

Mas afinal seriam mesmo crianças, na maior parte, aquelas 73 pessoas? Nem disso tenho certeza. Vamos ver qual é a outra doença que mata mais gente. Passo os olhos pela lista. É impaludismo: 60. Depois tuberculose, 51. Depois nefrites, 32. Noto que houve dois suicidas e dois assassinados. E 19 mortos por "debilidade congênita". É a tal fabricação a grosso de gente. Fico pensando nesses débeis congênitos de Manaus. Tenho o desejo cruel de assistir a um filme em que os visse morrer: um filme feito em janeiro, fevereiro e março de 1940 em Manaus. Muito calor, chuvas. Dezenove crianças imobilizando seus corpinhos magros nos bairros pobres. Vejo esses corpinhos que não possuem força para crescer, para viver: vejo esses pequeninos olhos que ficam parados. Dezenove enterros: "debilidade congênita". Se nos cinemas aparecessem uns complementos nacionais feitos assim, cruelmente, o povo que à noite vai aos cinemas se divertir ficaria horrorizado e amargurado. Que pensamento de mau gosto!

Penso nesses 60 mortos de impaludismo, nesses 51 mortos de tuberculose e tenho uma visão de seus corpos magros, enfim cansados de tremer, enfim cansados de tossir, sendo levados para o cemitério em dias de chuva, um após o outro. Sem febre mais: frios, frios, amarelados, brancos, míseros corpos de tuberculosos, de impaludados.

Lepra, 18; câncer e outros tumores malignos, 10; tumores não malignos, 2. Esse negócio de medicina tem lá os seus humorismos: que estranhos tumores são esses não malignos porém assassinos! Broncopneumonia, 24; doenças do fígado e das vias biliares, 24; disenteria bacilar, 5; doenças do parto, 5; gripe, 6; sífilis, 3; apendicite, 1... A lista é grande. Das 428 pessoas falecidas 235 eram do sexo masculino e 193 do sexo feminino. Ainda bem que os homens morrem mais: 235 homens mortos, 193 mulheres mortas no primeiro trimestre de 1940 em Manaus.

De um modo geral não há nisso nada demais: está visto que as pessoas têm mesmo de morrer. Que morram. Se a gente começa a pensar muito nessas coisas, passa a vida não pensando em mais nada. Então por que esses mortos de Manaus vêm se instalar na minha mesa, sub-repticiamente, esses mortos de Manaus sem nomes, numerados de acordo com suas doenças, na última página de um boletim de estatística? Enquanto eu procurava assunto e ouvia o samba dos engraxates e via o bar da Glória, e pensava em comprar um chapéu, esses mortos de Manaus me espreitavam certamente, esses 428 mortos absurdos de uma distante Manaus, esses impiedosos desconhecidos mortos me olhavam e expunham no boletim suas mazelas fatais e sabiam que eu não lhes poderia fugir.

Viajaram longamente no seio desse boletim, cada um com o nome de sua doença – o nome de sua morte – pregado na testa; esperaram meses até que eu os visse; o acaso os trouxe para cima de minha mesa; e eles se postaram ali, inflexíveis, reclamando atenção, anônimos, frios, mas impressionantes e duros.

Eu não tenho nada a ver com os mortos de Manaus! Tu nada tens a ver com os mortos de Manaus! Não importa: os mortos de Manaus estão mortos e existem mortos, devidamente registrados, com suas doenças expostas, impressos em boletim, contados e catalogados! Os mortos de Manaus existem: são 428 mortos que morreram em janeiro, que morreram em fevereiro, que morreram em março do ano de 1940.

Eles existem, eles não estão apenas jogados sobre a minha mesa, mas dentro de mim, mortos, peremptórios, em número de 428. Há dois que morreram por causas "não especificadas", mas nem por isso estão menos mortos que os outros, certamente. Os mortos de Manaus! Eles estão jogados sobre a mesa, e a mesa é vasta e fria como a tristeza do mundo, e eu me debruço, e eles projetam sobre minha alma suas 428 sombras acusativas. Sim, eu percebo que estão me acusando de qualquer coisa. Um deles – talvez um daqueles amargos e cínicos assassinados ou, espantosamente, apenas uma criança congenitamente débil – um deles não está tão grave como os outros e ri para mim de modo tranquilo mas terrível. E murmura:

"Pobre indivíduo, nós aqui te estamos a servir de assunto, e nós o sabemos. À nossa custa escreves uma coisa qualquer e ganhas em troca uma cédula. Talvez a nossa lembrança te atormente um pouco, mas sairás para a rua com esta cédula, e com ela te comprarás cigarros ou chopes, com ela te movimentarás na tua cidade, na tua mesquinha vida de todo dia. E o rumor dessa vida, e o mofino prazer que à nossa custa podes comprar te ajudará a esquecer a nossa ridícula morte!"

Assim fala um deles, mas sem muita amargura. São 428, e agora todos guardam silêncio. Mas esse silêncio de 428 mortos de verão em Manaus é tão pesado e tenso que eu percebo que acima desses intranquilos ruídos do tráfego das ruas da cidade por onde daqui a pouco andarei, acima de algumas palavras que me disserem, ou de ternura, ou de aborrecimento, acima dos diurnos ou noturnos sons da vida, e do samba dos engraxates, e das músicas dos rádios do café onde entrarei, e das palavras de estranhos, perdidas nas esquinas, e do telefone e de minha própria voz, acima de tudo estará esse silêncio pesado. Estará sobre tudo como pesada nuvem pardo-escura tapando o céu de horizonte a horizonte, grossa, opressora, transformando o sol em um pesado mormaço. Os sons e as vozes da vida adquirem um eco sob essa tampa de nuvem grossa, pois essa nuvem é morta e está sobre todas as coisas.

Arredai, mortos de Manaus! Seja o que for que tiverdes a dizer, tudo o que me disserdes será tremendo, mas inútil. Eu me sentia em vossa frente inquieto e piedoso, mas sinto que não quereis minha piedade: os vossos olhos, os vossos 428 pares de olhos foscos me olham imóveis, acusadores, obstinados. Pois bem! A mais débil de todas as brisas do mundo, a mais tímida aragem da vida dentro em pouco vos afastará, pesada nuvem de mortos! Sereis varridos como por encanto para longe de minha vida e de minha absurda aflição. A força da vida – sabei, oh mortos – a força de vida mais mesquinha é um milagre de todo dia. Eu não tenho culpa nenhuma, e nada tenho a ver convosco. Arredai, arredai. Eu não tenho culpa de nada, eu não tenho culpa nenhuma!

São Paulo, setembro, 1940

Crônicas da Guerra na Itália

A MENINA SILVANA

A véspera tinha sido um dia muito duro: nossos homens atacaram uma posição difícil e tiveram de recuar depois de muitas horas de luta. Vocês já sabem dessa história, que aconteceu no fim de novembro. O comando elogiou depois os médicos que deixaram de se alimentar, abrindo mão de suas refeições para dá-las aos soldados. Um homem, entretanto, fora elogiado nominalmente: um pracinha, enfermeiro da companhia, chamado Martim Afonso dos Santos. Às nove horas da manhã – essa história também já chegou aí – Martim foi ferido por uma bala quando socorria um ferido na linha de frente. Não foi uma bala no peito; o projétil ficou alojado nas nádegas. Mas não importa onde a bala pegue um homem: o que importa é o homem. Martim Afonso dos Santos fez um curativo em si próprio e continuou a trabalhar. Até as onze e meia da noite atendeu aos homens de sua companhia. Só então permitiu que cuidassem de si.

Resolvi entrevistar Martim e fui procurá-lo num posto de tratamento da frente, onde me disseram que ele devia estar. Lá me informaram que ele tinha sido mandado para um hospital de evacuação, muitos quilômetros para a retaguarda – para encurtar conversa, eu andei mais tarde de posto em posto, de hospital em hospital, e até agora ainda não encontrei o diabo do pretinho. Encontrarei.

No posto de tratamento estavam dois homens que acabavam de ser feridos em um desastre de jipe e um outro com um estilhaço de granada na barriga da perna.

— Padioleiros, depressa!

Os homens saíram para apanhar o ferido – mas quando eles entraram, eu estava procurando o nome de Martim no fichário, e não ergui os olhos. O médico me informou que, como o ferimento era leve, eu devia procurá-lo em tal hospital; talvez já tivesse tido alta... Foi então que distraidamente me voltei para a mesa onde estava sendo atendido o último ferido – e tive uma surpresa. Quem estava ali não era um desses homens barbudos de botas enlameadas e uniforme de lã sujo que são os fregueses habituais do posto. O que vi ao me voltar foi um pequeno corpo alvo e fino que tremia de dor.

Um camponês velho deu as informações ao sargento: Silvana Martinelli, 10 anos de idade.

A menina estava quase inteiramente nua, porque cinco ou seis estilhaços de uma granada alemã a haviam atingido em várias partes do corpo. Os médicos e os enfermeiros, acostumados a cuidar rudes corpos de homens, inclinavam-se sob a lâmpada para extrair os pedaços de aço que haviam dilacerado aquele corpo branco e delicado como um lírio – agora marcado de sangue. A cabeça de Silvana descansava de lado, entre cobertores. A explosão estúpida poupara aquela pequena cabeça castanha, aquele perfil suave e firme que Da Vinci amaria desenhar. Lábios cerrados, sem uma palavra ou um gemido, ela apenas tremia um pouco – quando lhe tocavam num ferimento, contraía quase imperceptivelmente os músculos da face. Mas tinha os olhos abertos – e quando sentiu a minha sombra, ergueu-os um pouco. Nos seus olhos eu não vi essa expressão de cachorro batido dos estropiados, nem essa luz de dor e raiva dos homens colhidos no calor do combate, nem essa impaciência dolorosa de tantos feridos, ou o desespero dos que acham que vão morrer. Ela me olhou quietamente. A dor contraía-lhe, num pequeno tremor, as pálpebras, como se a luz lhe ferisse um pouco os olhos. Ajeitei-lhe a manta sobre a cabeça, protegendo-a da luz, e ela voltou a me olhar daquele jeito quieto e firme de menina correta.

Deus, que está no Céu – se é que, depois de tantos desgovernos cruéis e tanta criminosa desídia, ninguém o pôs para fora de lá, ou Vós mesmo, Senhor, não vos pejais de estar aí quando Vossos filhos andam neste inferno! – Deus sabe que tenho visto alguns sofrimentos de crianças e mulheres. A fome dessas meninas da Itália que mendigam na entrada dos acampamentos, a humilhação dessas mulheres que diante dos soldados trocam qualquer dignidade por um naco de chocolate – nem isso, nem o servilismo triste, mais que tudo, dos homens que precisam levar pão à sua gente, nada pode estragar a minha confortável guerra de correspondente. Vai-se tocando, vai-se a gente acostumando no ramerrão da guerra; é um ramerrão como qualquer outro: e tudo entra nesse ramerrão – a dor, a morte, o medo, o disco de Lili Marlene junto de uma lareira que estala, a lama, o vinho, a cama-rolo, a brutalidade, a ajuda, a ganância dos aproveitadores, o heroísmo, as cansadas pilhérias – mil coisas no acampamento e na frente, em sucessão monótona. Esse corneteiro que o frio da madrugada desafina não me estraga a lembrança de antigos quartéis de ilusões, com alvoradas de violino – Senhor, eu juro, sou uma criatura rica de felicidades meigas, sou muito rico, muito rico, ninguém nunca me amargará demais. E às vezes um homem recusa comover-se: meninas da Toscana, eu vi vossas irmãzinhas do Ceará, barrigudinhas, de olhos febris, desidratadas, pequenos trapos de poeira humana que o vento da seca ia a tocar pelas estradas. Sim, tenho visto alguma coisa, e também há coisas que homens que viram me contam: a ruindade fria dos que exploram e oprimem e proíbem pensar, e proíbem comer, e até o sentimento mais puro torcem e estragam, as vaidades monstruosas que são massacres lentos e frios de outros seres – sim, por mais distraído que seja um repórter, ele sempre, em alguma parte em que anda, vê alguma coisa.

Muitas vezes não conta. Há 13 anos trabalho neste ramo – e muitas vezes não conto. Mas conto a história sem enredo dessa menina ferida. Não sei que fim levou, e se morreu ou está viva, mas vejo seu fino corpo branco e seus olhos esverdeados e quietos. Não me interessa que tenha sido inimigo o canhão que a feriu. Na guerra, de lado a lado, é impossível, até um certo ponto, evitar essas coisas. Mas penso nos homens que começaram esta guerra e nos que permitiram que eles começassem. Agora é tocar a guerra – e quem quer que possa fazer qualquer coisa para tocar a guerra mais depressa, para aumentar o número de bombas dos aviões e tiros das metralhadoras, para apressar a destruição, para aumentar aos montes a colheita de mortes, será um patife se não ajudar. É preciso acabar com isso, e isso só se acaba a ferro e fogo, com esforço e sacrifícios de todos, e quem pode mais deve fazer muito mais, e não cobrar o sacrifício do pobre e se enfeitar com as glórias fáceis. É preciso acabar com isso, e acabar com os homens que começaram isso e com tudo o que causa isso – o sistema idiota e bárbaro de vida social, onde um grupo de privilegiados começa a matar quando não tem outro meio de roubar.

Pelo corpo inocente, pelos olhos inocentes da menina Silvana (sem importância nenhuma no oceano de crueldades e injustiças), pelo corpo inocente, pelos olhos inocentes da menina Silvana (mas oh! hienas, oh! porcos, de voracidade monstruosa, e vós também, águias pançudas e urubus, oh! altos poderosos de conversa fria ou voz frenética, que coisa mais sagrada sois ou conheceis que essa quieta menina camponesa?), pelo corpo inocente, pelos olhos inocentes da menina Silvana (oh! negociantes que roubais na carne, quanto valem esses pedaços estraçalhados?) – por esse pequeno ser simples, essa pequena coisa chamada uma pessoa humana, é preciso acabar com isso, é preciso acabar para sempre, de uma vez por todas.

Fevereiro, 1945

CRISTO MORTO

— Depois de uns 20 minutos, você vai ver na frente, à esquerda, um morro com uma casinha branca, isolada, bem no cimo. Ali você sai da estrada e pega a *mulateira* que tem à sua esquerda. Dobre logo antes de uma capelinha arrebentada. Tome cuidado com o carro na mulateira, porque ali o campo está minado.

Ouvindo essas indicações, saí pensando comigo mesmo que "uma capelinha arrebentada" é uma das indicações mais vagas que se pode dar a um viajante nesta região da Itália. É costume plantar igrejas no alto dos montes. Quando vem a guerra, essas igrejas são frequentemente usadas como postos de observação, e um PO é sempre um alvo frequentado pelas granadas da artilharia.

Tenho visitado muitas igrejas. Nos dois últimos dias visitei três. A primeira está situada num dos lugares mais belos do mundo, e não foi muito arrebentada: mas uma formação de *partigiani* se instalou lá dentro, onde dorme e faz comida. As imagens não tinham grande interesse, mas os livros em latim do padre (que sumiu) eram todos de 1700. No alto de um confessionário encontrei um quadro a óleo, pintado sobre madeira, que era um ex-voto. Representava toda uma família ajoelhada, com velas acesas na mão, diante da Virgem. A um canto estava escrito o nome da família e a data: 1601. Tirei o quadro da parede para vê-lo melhor, e logo dois *partigiani* se apressaram a dizer que se eu quisesse poderia carregar. Não o fiz – menos por escrúpulo do que pelo peso do quadro.

Ali, como em tantas igrejas da Itália e mesmo do Brasil, chocou-me o contraste entre o bom gosto às vezes maravilhoso da construção e decoração antiga e o mau gosto escandaloso e ofuscante do clero e dos devotos destes últimos cem anos. Isso faz com que os altares em funcionamento sejam, com frequência, os lugares mais desagradáveis das igrejas, com aquela trapalhada de dourados e vermelhos à luz de velas.

Há tempos me levaram para ver um milagre: a Capela de Ronchidos, ou Ronchidosso, perto de Gaggio-Montano, a 1 045 metros de altitude. Essa capela era um PO alemão que devassava incrivelmente as nossas linhas. Os americanos da 10ª Divisão de Montanha a ocuparam – mas antes disso a capela recebeu fortes chacoalhadas de 105. Ficou completamente destruída, mas a santa foi encontrada intacta, com uma granada aos pés, uma granada que não explodira.

Devo confessar que não cheguei a ver a imagem, que tinha sido retirada meia hora antes de minha chegada. A capela, de construção fortíssima, apresentava apenas uns restos de paredes.

Mas depois desse milagre, vi um não milagre que me pareceu mais impressionante. Uma granada, não sei se nossa ou "deles", atingiu uma capelinha poucos quilômetros à direita do Monte Castelo, e um pouco mais ao norte. Apenas duas paredes ficaram de pé: o teto e as outras paredes ruíram. Havia uma tela com uma imagem de uma santa que não identifiquei: e no fundo havia uma grande cruz de madeira onde estava pregado um Cristo em tamanho natural – refiro-me ao tamanho de Cristo feito homem, naturalmente.

A cruz, pintada de preto, não parecia ter sido atingida. Mas o Cristo, de massa cor de carne, fora decapitado por um estilhaço. A mão esquerda da imagem despregara-se do braço da cruz, e o braço caíra ao longo do corpo, que tombou para o lado direito. A mão direita continuava, entretanto, pregada, e os pés também. E aquele corpo sem cabeça, pendurado a uma só mão, com os joelhos curvados, parecia querer cair a qualquer momento sobre o monte de escombros. Entre as pedras e os tijolos alguém plantara, como legenda do quadro, um cartaz simples: "Perigo – Minas".

E então me ocorreu que não há minas somente para a imprudência dos pés, senão também da cabeça. Não basta andar com todo cuidado – é preciso pensar, e (ainda mais aflitivo) é preciso sentir com todo cuidado. Lembrei-me de um verso de um poema que um amigo fez há tempos – "Vou soltar minha tristeza no pasto da solidão". Não se deve soltar: o pasto da solidão é cheio de minas.

Tudo isso podem ser ideias à toa, mas aquele Cristo decapitado depois de crucificado me pareceu mais cristão que a Madona intocada sorrindo com a granada aos pés, entre as ruínas de sua capela. Aquele pobre Cristo de massa, sem cabeça, pendendo para um só lado da cruz, me pareceu mais irmão dos homens, na sua postura dolorosa e ridícula, igual a qualquer outro morto de guerra, irmão desses cadáveres de homens arrebentados que tenho visto, e que deixam de ser homens, deixam de ser amigos ou inimigos para ser pobres bichinhos mortos, encolhidos e trancados, vagamente infantis, como bonecos destruídos.

O boneco de Deus estava ali. Perdera não apenas a cabeça, ainda mais. Perdera até a majestade que costuma ter o Cristo na sua cruz, olhando-nos do alto do Seu martírio, dominando-nos do alto de Sua dor. Não dominava mais nada. Era um pobre boneco arrebentado e mal seguro, numa postura desgraçada e grotesca. Era um morto da guerra. E ai dos mortos! Que faremos com os mortos? Podem rezar missas aos potes para que as almas deles se salvem, mas eles não querem isso. Eles querem saber de nós – eles nos vigiam. Eles vigiam o nosso reino da terra; foi por esse reino que eles morreram. Estão espantados: querem saber por que morreram, para que morreram. Eles morreram muito jovens, quando ainda queriam viver mais; não gostaram da própria morte, por isso não gostaram da guerra.

Enquanto um homem for dono deste campo e mais daquele campo, e outro homem se curvar, jornada após jornada, sobre a terra alheia ou alugada, e não tiver de seu nem o chão onde vai cair morto – esperem a guerra. Ela explodirá – e enquanto não explodir estará lavrando surda. O homem rico lutará contra outro menos rico que também quer ficar mais rico, ou não quer ficar ainda menos rico; e o homem pobre lutará por ele, ou contra ele. Lutará para não perder o pouco que tem, ou lutará porque não tem nada a perder. De qualquer modo haverá guerra – e os bonecos serão outra vez arrebentados e estripados.

E os homens subirão até as igrejas, não para ver a Deus, mas para ver os outros homens que eles precisam matar. E o Cristo de massa perderá a cabeça outra vez; e não perderá grande coisa, porque o Cristo-Deus, o Cristo-Rei, esse já a perdeu há muito tempo.

Abril, 1945

Um pé de milho

EU E BEBU NA HORA NEUTRA DA MADRUGADA

Muitos homens, e até senhoras, já receberam a visita do Diabo, e conversaram com ele de um modo galante e paradoxal. Centenas de escritores sem assunto inventaram uma palestra com o Diabo. Quanto a mim, o caso é diferente. Ele não entrou subitamente em meu quarto, não apareceu pelo buraco da fechadura, nem sob a luz vermelha do abajur. Passou um dia inteiro comigo. Descemos juntos o elevador, andamos pelas ruas, trabalhamos e comemos juntos.

A princípio confesso que estava um pouco inquieto. Quando fui comprar cigarros, receei que ele dirigisse algum galanteio baixo à moça da tabacaria. É uma senhorinha de olhos de garapa e cabelos castanhos muito simples, que eu conheço e me conhece, embora a gente não se cumprimente. Mas o Diabo se portou honestamente. O dia todo – era um sábado – correu sem novidade. Ele esteve ao meu lado na mesa de trabalho, no restaurante, no engraxate, no barbeiro. Eu lhe paguei o cafezinho; ele me pagou o bonde.

À tarde, eu já não o chamava de Belzebu, mas apenas de Bebu, e ele me chamava de Rubem. Nossa intimidade caminhava rapidamente, mesmo sem a gente esperar. Quando um cego nos pediu esmola, dei duzentos réis. É meu hábito, sempre dou duzentos réis. Ele deu uma prata de dois mil-réis, não sei se por veneta ou porque não tinha mais miúdo. Conversamos pouco; não havia assunto.

À noite, depois do jantar, fomos ao cinema... Outra vez me voltou a inquietude, que sentira pela manhã. Por coincidência, ele ficou sentado junto a duas mocinhas que eu conhecia vagamente, por serem amigas de uma prima que tenho no subúrbio. Temi que ele fosse inconveniente; eu ficaria constrangido. Vigiei-o durante a metade da fita, mas ele estava sossegado em sua cadeira; tranquilizei-me. Foi então que reparei que ao meu lado esquerdo sentara-se uma rapariga que me pareceu bonita. Observei-a na penumbra. A sua pele era morena, e os cabelos quase crespos. Sentia a tepidez de seu corpo. Ela acompanhava a fita com muita atenção. Lentamente, toquei o seu braço com o meu; era fácil e natural;

isto sempre acontece por acaso com as pessoas que estão sentadas juntas no cinema. Mas aquela carícia banal me encheu as veias de desejo. Suavemente, deslizei a minha mão para a esquerda. A moça continuava olhando para o filme. Achei-a linda e tive a impressão de que ela sentia como eu estava emocionado, e que isto lhe dava prazer.

Mas neste momento, ouço um pequeno riso e viro-me. Bebu está me olhando. Na verdade não está rindo; está sério. Mas em seus olhos há uma qualquer malícia. Envergonhei-me como uma criança. A fita acabou e não falamos no incidente. Eu fui para o jornal fazer o plantão da noite.

Só conversamos à vontade pela madrugada. A madrugada tem uma hora neutra que há muito tempo observo. É quando passo a tarde toda trabalhando, e depois ainda trabalho até a meia-noite na redação. Estou fatigado, mas não me agrada dormir. É aí que vem, não sei como, a hora neutra. Eu e Bebu ficamos diante de uma garrafa de cerveja em um bar qualquer. Bebemos lentamente sem prazer e sem aborrecimento. Na minha cabeça havia uma vaga sensação de efervescência, alguma coisa morna, como um pequeno peso. Isto sempre me acontece: é a madrugada, depois de um dia de trabalheiras cacetes. Conversamos não me lembro sobre o quê. Pedimos outra cerveja. Muitas vezes pedimos outra cerveja. Houve um momento em que olhei sua cara banal, seu ar de burocrata avariado e disse:

— Bebu, você não parece o Diabo. É apenas, como se costuma dizer, um pobre-diabo.

Ele me fitou com seus olhos escuros e disse:

— Um pobre-diabo é um pobre Deus que fracassou.

Disse isto sem solenidade nenhuma, como se não tivesse feito uma frase. De repente me perguntou se eu acreditava no Bem e no Mal. Não respondi; eu não acreditava.

Mas a nossa conversa estava ficando ridícula. Desagradava-me falar sobre esses assuntos vagos e solenes. Disse-lhe isto, mas ele não me deu a menor atenção. Grunhiu apenas:

— Existem.

Depois, afrouxou o laço da gravata e falou:

— Há o Bem e o Mal, mas não é como você pensa. Afinal quem é você? Em que você pensa? Com certeza naquela moça que vende cigarros, de olhos de garapa, de cabelos castanhos...

Estas palavras de Bebu me desagradaram. Ele dissera exatamente como por acaso: *aquela moça de olhos de garapa*... Era assim que eu me exprimia mentalmente, era esta a imagem que me vinha à cabeça sempre que pensava nos olhos daquela senhorinha.

Sei que não é uma comparação nova; há muitos olhos que têm aquela mesma cor meio verde, meio escura, de caldo de cana; olhos doces, muito doces; e muitas pessoas já notaram isso; e até eu já vi essa imagem em uma poesia, não me lembro de quem. Mas a coincidência era alarmante; não podia ser coincidência. Bebu lia no meu pensamento, e, o que era pior, lia sem nenhum interesse, como se lê um jornal de anteontem. Isso me irritou:

— Ora, Bebu, não se trata de mim. Você estava falando do Bem e do Mal. Uma conversa besta...

Ele não ligou:

— Está bem, Rubem: o Bem e o Mal existem, fique sabendo. Você morou muito tempo em São José do Rio Branco, não morou?

— Estive lá quase dois anos. Trabalhava com o meu tio. Um lugarzinho parado...

— Bem. Lá havia um prefeito, um velho prefeito, o Coronel Barbirato. Mas o nome não tem importância. Imagine isto: uma cidade pequena onde há sempre um prefeito, o mesmo prefeito. Esse prefeito nunca será deposto, nunca deixará de ser reeleito, sempre será o prefeito. E há também um homem que lhe faz oposição. Esse homem uma vez quis depor o prefeito, mas foi derrotado e o será sempre. O povo da cidade teme, aborrece, estima, odeia o prefeito; não importa. Pois é isto.

Bebu pôs um pouco de cerveja no copo e continuou falando:

— É isto: o Bem e o Mal. O prefeito acha que os bancos do jardim devem ser colocados diante da igreja: isto é o Bem. O homem da oposição acha que eles devem ficar em volta do coreto? Isto é o Mal. Entretanto...

— Bebu, deixe de ser chato.

— Não amole. Você sabe a minha história. Fiz uma revolução contra Deus. Perdi, fui vencido, fui exilado; nunca tive nem implorei anistia. Deus me venceu para todos os séculos, para a eternidade. É o prefeito eterno, ninguém pode fazer nada. Agora, se tem coragem, imagine isto: eu saio de meu inferno uma bela tarde, junto meu pessoal, faço uma campanha de radiodifusão, arranjo armamento, vou até o Paraíso e derroto aquele patife. Expulso de lá aquela canalha, todas aquelas onze mil virgens, aquela santaria imunda. O que acontece?

Eu não respondi. Irritava-me aquele modo de falar. Bebu continuou com mais veemência:

— Acontece isto, seu animal: não acontece nada! Você reparou quando uma revolução vence? Os homens se renderão diante do fato consumado. O Bem será o Mal, e o Mal será o Bem. Quem passou a vida adulando Deus irá para o inferno deixar de ser imbecil. Eu farei a derrubada: em vez de anjinhos, os capetinhas, em vez dos santos, os demônios. Tudo será a mesma coisa, mas exatamente o contrário. Não precisarei nem modificar as religiões. Só mudar uma palavra nos livros santos: onde estiver "não", escrever "sim", onde estiver "pecado", escrever "virtude". E o mundo tocará para a frente. Vocês não seguirão a minha lei, como não seguem a dele; não importa, será sempre a lei.

Eu me sentia atordoado. Percebi que lá fora, na rua, as lâmpadas se apagavam e murmurei: seis horas. Bebu falava com um ar de desconsolo:

— Mas não pense nisto. Aquele patife está firme. É possível depô-lo? Impossível! Impossível...

Olhei a sua cara. Dentro de seus olhos, no fundo deles, muito longe, havia um brilho. Era uma pequena, miserável esperança, muito distante, mas todavia irredutível. Senti pena de Bebu. É estranho, eu não posso olhar uma pessoa assim, no fundo dos olhos, sem sentir pena. Fui consolando:

— Enfim, meu caro, não adiantaria coisa alguma. Você como está, vai bem. Tem seu prestígio...

— Eu estou bem? Canalha! Pensa que, quando me revoltei, foi à toa? Conhece o meu programa de governo, sabe quais foram os ideais que me levaram à luta? Pode explicar por que, através de todos os séculos, desde que o mundo não era mundo até hoje, até sempre, fui eu, Lúcifer, o único que teve peito para se revoltar? Você sabe que, modéstia à parte, eu era o melhor da turma? Eu era o mais brilhante, o mais feliz, o mais puro, era feito de luz. Por que é que me levantei contra ele, arriscando tudo? O governo atual diz que eu fui movido pela ambição e pela vaidade. Mas todos os governos dizem isto de todos os revolucionários fracassados! Olhe, você é tão burro que eu vou lhe dizer. Esta joça não ficava assim não. Eu podia lhe contar o meu programa; não conto, porque não sou nenhum desses políticos idiotas que vivem salvando a pátria com plataformas. Mas reflita um pouco, meu animal. Deus me derrotou, me esmagou, e nunca nenhum vencedor foi mais infame para com um vencido. Mas pelo amor que você tem a esse canalha, diga-me: o que é que ele fez até agora? A vida que ele organizou e que ele dirige não é uma miséria? – uma porca miséria? Você sabe perfeitamente disto. Os homens não sofrem, não se matam, não vivem fazendo burradas? É impossível esconder o fracasso. Deus fracassou, fracassou mi-se-ra-vel-mente! E agora, vamos, me diga: por pior que eu fosse, acha possível, camarada, acha possível que eu organizasse um mundo tão ridículo, tão sujo?

Não respondi a Bebu. Esvaziamos em silêncio o último copo de cerveja. Eu ia pedir outra, mas refleti amargamente que não tinha mais dinheiro no bolso. Ele, por sua vez, constatou o mesmo. Saímos. Lá fora já era dia:

— Puxa vida! Que sol claro, Bebu! Isto deve ser sete horas.

Andamos até a esquina da avenida.

Ele me perguntou:

— Onde é que você vai?

— Vou dormir. E você?

Bebu me olhou com seus olhos escuros e respondeu com um sorriso de anjo:

— Vou à missa...

Julho, 1933

FOI UMA SENHORA

(Resposta a uma enquete da revista *Leitura:* "Qual foi o tipo que mais o impressionou?")

Foi uma senhora – e não lhe digo o nome, senhor redator, porque na verdade não sei. Foi uma bela senhora – mas para que contar essas coisas? Seria melhor que eu falasse de outras pessoas. Sim, houve outras pessoas que me impressionaram muito; cinco ou seis ou mais, sete ou oito, deixa-me ver. Nove – lembro-me neste momento de nove, conto-as nos dedos. Sou muito impressionável. Agora, neste começo de velhice, parece que... Mas basta! Por que maldita inclinação hei de eu estar sempre a explicar meu temperamento? Quando me convencerei de que a ninguém interessam meus desmanchos internos? Grandes e feios desmanchos, na verdade – mas vou lhe falar a respeito daquela mulher.

Abençoada eternamente seja aquela mulher. Eu a conheci dez minutos depois de minha morte. O médico e as duas enfermeiras me levaram até o elevador, mas desci sozinho. Fiz questão. Repugnava-me aquele médico, repugnavam-me as enfermeiras, três corvos brancos que tinham presidido à minha morte. Brancos, frios, vorazes, vorazes de minha carne, de minha dor física, vorazes, precisos, profissionais. Eu não sentia mais nenhuma dor aguda, mas ainda estava completamente embrulhado naquele sentimento da morte, a morte anunciada, ou pior ainda, insinuada, sussurrada – e durante dez ou vinte minutos intensamente vivida. Corvos!

Eu pensara com raiva, com uma desesperada raiva, que ia deixar a vida. Tudo o que eu podia enxergar às vezes, e vagamente, era a cara do médico – uma cara de óculos, uma cara fria, a cara de um inimigo. Parecia exatamente um inimigo meu; a boca, o nariz, os óculos, tudo era igual à cara do meu inimigo. E ele mesmo era meu inimigo, pois me torturava ali com as mãos impiedosas e tinha aqueles olhos frios. Na minha impotência sonhei em me erguer, matá-lo, depois sair à rua, tomar um automóvel, matar outro inimigo, matar torturando o patife. Desfilaram diante de mim outras caras de inimigos, caras antipáticas, frias, cruéis, mesquinhas, todos satisfeitos porque eles iam continuar vivos e eu ia morrer – eu ia morrer naquele momento, estava morrendo. Assassinei-os a todos em imaginação, assassinei-os e insultei-os mentalmente com pesados palavrões. Depois meu pensamento voltou para mim mesmo, e tive pena de morrer, tive uma extraordinária pena de mim, e me dirigi palavras de amizade. Pobre Rubem, lá se vai ele! E ouvi vozes amigas de homens e mulheres, revi rostos amigos – e pensei em vós, alma querida, alma querida a que jamais servi bem. Pensei em vós, e pensei com doçura e uma espécie de remorso, e senti que a vida tinha valido a pena porque vos estimei e tive a vossa estima; pensei em vós, e vos beijei os olhos... Uma dor aguda, insuportável, me feriu; depois, através das lágrimas que formavam poças nos meus olhos, vi outra vez aquela cara fria, de óculos frios...

Estivera desmaiado tão pouco tempo, mas no elevador me parecia que eu tinha regressado de uma longa morte. O cabineiro me olhou com susto, queria ir buscar um táxi. Eu não quis. Consegui chegar sozinho até a rua, e me encostei a uma parede. Fazia sol, ventava, era uma bela manhã de uma beleza assanhada e feliz. Mas meus olhos ainda viam a morte, a amargura da morte ainda embrulhava meu coração – embrulhava como um sujo papel de embrulho embrulha alguma coisa. Sentia-me fraco e vazio; talvez fosse melhor ter morrido, não ter voltado. Foi então que passou aquela mulher.

Seus finos cabelos negros brilhavam ao sol e sua pele era muito branca. Por um instante deteve em mim os grandes olhos verdes ou azuis, talvez porque lesse em meus olhos o que eu acabara de passar. Aqueles olhos! Não diziam que estavam com pena, apenas me davam coragem; eram limpos, amigos; e eram tão belos, eram fascinantes; era a vida, a úmida luz da vida, a bela e ansiosa vida. Voltei-me quando ela passou. Era alta, pisava com uma graça firme, caminhava levada pela poderosa e leve energia da vida, caminhava ao sol naquela manhã de vento, naquela manhã assanhada que brilhava feliz, brilhava em seus finos cabelos negros... Desculpe, senhor redator. Estou escrevendo demais, minha resposta está enorme. Eu sou muito impressionável! Sim, de todos os tipos humanos e divinos nenhum como aquela senhora me impressionou tanto; e quando a vi novamente, meses depois, em um bar... Mas para que falar nessas coisas?

Dezembro, 1943

AULA DE INGLÊS

— *Is this an elephant?*

Minha tendência imediata foi responder que não; mas a gente não deve se deixar levar pelo primeiro impulso. Um rápido olhar que lancei à professora bastou para ver que ela falava com seriedade, e tinha o ar de quem propõe um grave problema. Em vista disso, examinei com a maior atenção o objeto que ela me apresentava.

Não tinha nenhuma tromba visível, de onde uma pessoa leviana poderia concluir às pressas que não se tratava de um elefante. Mas se tirarmos a tromba a um elefante, nem por isso deixa ele de ser um elefante; e mesmo que morra em consequência da brutal operação, continua a ser um elefante; continua, pois um elefante morto é, em princípio, tão elefante como qualquer outro. Refletindo nisso, lembrei-me de averiguar se aquilo tinha quatro patas, quatro grossas patas, como costumam ter os elefantes. Não tinha. Tampouco consegui descobrir o pequeno rabo que caracteriza o grande animal e que, às vezes, como já notei em um circo, ele costuma abanar com uma graça infantil.

Terminadas as minhas observações, voltei-me para a professora e disse convictamente:

— *No, it's not!*

Ela soltou um pequeno suspiro, satisfeita: a demora de minha resposta a havia deixado apreensiva. Imediatamente me perguntou:

— *Is it a book?*

Sorri da pergunta: tenho vivido uma parte de minha vida no meio de livros, conheço livros, lido com livros, sou capaz de distinguir um livro à primeira vista no meio de quaisquer outros objetos, sejam eles garrafas, tijolos ou cerejas maduras – sejam quais forem. Aquilo não era um livro, e mesmo supondo que houvesse livros encadernados em louça, aquilo não seria um deles: não parecia de modo algum um livro. Minha resposta demorou no máximo dois segundos:

— *No, it's not!*

Tive o prazer de vê-la novamente satisfeita – mas só por alguns segundos. Aquela mulher era um desses espíritos insaciáveis que estão sempre a se propor questões, e se debruçam com uma curiosidade aflita sobre a natureza das coisas.

— *Is it a handkerchief?*

Fiquei muito perturbado com essa pergunta. Para dizer a verdade, não sabia o que poderia ser um *handkerchief*; talvez fosse hipoteca... Não, hipoteca não. Por que haveria de ser hipoteca? *Handkerchief!* Era uma palavra sem a menor sombra de dúvida antipática; talvez fosse chefe de serviço ou relógio de pulso ou ainda, e muito provavelmente, enxaqueca. Fosse como fosse, respondi impávido:

— *No, it's not!*

Minhas palavras soaram alto, com certa violência, pois me repugnava admitir que aquilo ou qualquer outra coisa nos meus arredores pudesse ser um *handkerchief*.

Ela então voltou a fazer uma pergunta. Desta vez, porém, a pergunta foi precedida de um certo olhar em que havia uma luz de malícia, uma espécie de insinuação, um longínquo toque de desafio. Sua voz era mais lenta que das outras vezes; não sou completamente ignorante em psicologia feminina, e antes dela abrir a boca eu já tinha a certeza de que se tratava de uma pergunta decisiva.

— *Is it an ashtray?*

Uma grande alegria me inundou a alma. Em primeiro lugar porque eu sei o que é um *ashtray*: um *ashtray* é um cinzeiro. Em segundo lugar porque, fitando o objeto que ela me apresentava, notei uma extraordinária semelhança entre ele e um *ashtray*. Sim. Era um objeto de louça de forma oval, com cerca de treze centímetros de comprimento.

As bordas eram da altura aproximada de um centímetro, e nelas havia reentrâncias curvas – duas ou três – na parte superior. Na depressão central, uma espécie de bacia delimitada por essas bordas, havia um pequeno pedaço de cigarro fumado (uma bagana) e, aqui e ali, cinzas esparsas, além de um palito de fósforos já riscado. Respondi:

— *Yes!*

O que sucedeu então foi indescritível. A boa senhora teve o rosto completamente iluminado por uma onda de alegria; os olhos brilhavam – vitória! vitória! – e um largo sorriso desabrochou rapidamente nos lábios havia pouco franzidos pela meditação triste e inquieta. Ergueu-se um pouco da cadeira e não se pôde impedir de estender o braço e me bater no ombro, ao mesmo tempo que exclamava, muito excitada:

— *Very well! Very well!*

Sou um homem de natural tímido, e ainda mais no lidar com mulheres. A efusão com que ela festejava minha vitória me perturbou; tive um susto, senti vergonha e muito orgulho.

Retirei-me imensamente satisfeito daquela primeira aula; andei na rua com passo firme e ao ver, na vitrine de uma loja, alguns belos cachimbos ingleses, tive mesmo a tentação de comprar um. Certamente teria entabulado uma longa conversação com o embaixador britânico, se o encontrasse naquele momento. Eu tiraria o cachimbo da boca e lhe diria:

— *It's not an ashtray!*

E ele na certa ficaria muito satisfeito por ver que eu sabia falar inglês, pois deve ser sempre agradável a um embaixador ver que sua língua natal começa a ser versada pelas pessoas de boa-fé do país junto a cujo governo é acreditado.

Maio, 1945

PASSEIO À INFÂNCIA

Primeiro vamos lá embaixo no córrego; pegaremos dois pequenos carás dourados. E como faz calor, veja, os lagostins saem da toca. Quer ir de batelão, na ilha, comer ingás? Ou vamos ficar bestando nessa areia onde o sol dourado atravessa a água rasa? Não, catemos pedrinhas redondas para a atiradeira, porque é urgente subir no morro; os sanhaços estão bicando os cajus maduros. É janeiro, grande mês de janeiro!

Podemos cortar folhas de pita, ir para o outro lado do morro e descer escorregando no capim até a beira do açude. Com dois paus de pita, faremos uma balsa, e, como o carnaval é no mês que vem, vamos apanhar tabatinga para fazer formas de máscaras. Ou então vamos jogar bola-preta: do outro lado do jardim tem um pé de saboneteira.

Se quiser, vamos. Converta-se, bela mulher estranha, numa simples menina de pernas magras e vamos passear nessa infância de uma terra longe. É verdade que jamais comeu angu de fundo de panela?

Bem pouca coisa eu sei: mas tudo que sei lhe ensino. Estaremos debaixo da goiabeira; eu cortarei uma forquilha com o canivete. Mas não consigo imaginá-la assim; talvez se na praia ainda houver pitangueiras... Havia pitangueiras na praia? Tenho uma ideia vaga de pitangueiras junto à praia. Iremos catar conchas cor-de-rosa e búzios crespos, ou armar o alçapão junto do brejo para pegar papa-capim. Quer? Agora devem ser três horas da tarde, as galinhas lá fora estão cacarejando de sono, você gosta de fruta-pão assada com manteiga? Eu lhe dou aipim ainda quente com melado. Talvez você fosse como aquela menina rica, de fora, que achou horrível nosso pobre doce de abóbora e coco.

Mas eu a levarei para a beira do ribeirão, na sombra fria do bambual; ali pescarei piaus. Há rolinhas. Ou então ir descendo o rio numa canoa bem devagar e de repente dar um galope na correnteza, passando rente às pedras, como se a canoa fosse um cavalo solto. Ou nadar mar afora até não poder mais e depois virar e ficar olhando as nuvens brancas. Bem pouca coisa eu sei; os outros meninos riram de mim porque cortei uma iba de assa-peixe. Lembro-me que vi o ladrão morrer afogado com os soldados de canoa dando tiros, e havia uma mulher do outro lado do rio gritando.

Mas como eu poderia, mulher estranha, convertê-la em menina para subir comigo pela capoeira? Uma vez vi uma urutu junto de um tronco queimado; e me lembro de muitas meninas. Tinha uma que era para mim uma adoração. Ah, paixão da infância, paixão que não amarga. Assim eu queria gostar de você, mulher estranha que ora venho conhecer, homem maduro. Homem maduro, ido e vivido; mas quando a olhei, você estava distraída, meus olhos eram outra vez os encantados olhos daquele menino feio do segundo ano primário que quase não tinha coragem de olhar a menina um pouco mais alta da ponta direita do banco.

Adoração de infância. Ao menos você conhece um passarinho chamado saíra? É um passarinho miúdo: imagine uma saíra grande que de súbito aparecesse a um menino que só tivesse visto coleiras e curiós, ou pobres cambaxirras. Imagine um arco-íris visto na mais remota infância, sobre os morros e o rio. O menino da roça que pela primeira vez vê as algas do mar se balançando sob a onda clara, junto da pedra.

Ardente da mais pura paixão de beleza é a adoração da infância. Na minha adolescência você seria uma tortura. Quero levá-la para a meninice. Bem pouca coisa eu sei; uma vez na fazenda riram: ele não sabe nem passar um barbicacho! Mas o que sei lhe ensino; são pequenas coisas do mato e da água, são humildes coisas, e você é tão bela e estranha! Inutilmente tento convertê-la em menina de pernas magras, o joelho ralado, um pouco de lama seca do brejo no meio dos dedos dos pés.

Linda como a areia que a onda ondeou. Saíra grande! Na adolescência me torturaria; mas sou um homem maduro. Ainda assim às vezes é como um bando de sanhaços bicando os cajus de meu cajueiro, um cardume de peixes dourados avançando, saltando ao sol, na piracema; um bambual com sombra fria, onde ouvi silvo de cobra, e eu quisera tanto dormir. Tanto dormir! Preciso de um sossego de beira de rio, com remanso, com cigarras. Mas você é como se houvesse demasiadas cigarras cantando numa pobre tarde de homem.

Julho, 1945

A COMPANHIA DOS AMIGOS

O jogo estava marcado para as 10 horas, mas começou quase 11. O time de Ipanema e Leblon tinha alguns elementos de valor, como Aníbal Machado, Vinicius de Moraes, Lauro Escorel, Carlos Echenique, o desenhista Carlos Thiré, e um cunhado do Aníbal que era um extrema-direita tão perigoso que fui obrigado a lhe dar uma traulitada na canela para diminuir-lhe o entusiasmo. Eu era beque do Copacabana e atrás de mim estava o guardião e pintor Di Cavalcanti. Na linha média e na atacante jogavam um tanto confusamente Augusto Frederico Schmidt, Fernando Sabino, Orígenes Lessa, Newton Freitas, Moacir Werneck de Castro, o escultor Pedrosa, o crítico Paulo Mendes Campos. Não havia juiz, o que facilitou muito a movimentação da peleja, que se desenrolou em três tempos, ficando convencionado que houve dois jogos. Copacabana venceu o primeiro por 1×0 (houve um gol deles anulado porque Di Cavalcanti declarou que passara por cima da trave; e, como não havia trave, ninguém pôde desmentir). O segundo jogo também vencemos, por 2 a 1. Esse 1 deles foi feito passando sobre o meu cadáver. Senti um golpe no joelho, outro nos rins e outro na barriga; elevei-me no ar e me abati na areia, tendo comido um pouco da mesma.

A torcida era composta de variegadas senhoras que ficavam sob as barracas e chupavam melancia. Uma saída do *center-forward* Schmidt (passando a bola gentilmente para trás, para o *center-half*) e uma defesa de Echenique foram os instantes de maior sensação.

Carlos Drummond de Andrade deixou de comparecer, assim como outros jogadores do Copacabana, como Sérgio Buarque de Holanda e Chico Assis Barbosa. Afonso Arinos de Melo Franco jogará também no próximo encontro, em que o Leblon terá o reforço de Fernando Tude e Edison Carneiro, além de Otávio Dias Leite e outros. Joel Silveira mora em Botafogo, mas como sua casa é perto do Túnel Velho jogará no Copacabana.

Assim nos divertimos nós, os cavalões, na areia. As mulheres riam de nosso "prego". Suados, exaustos de correr sob o sol terrível na areia quente e funda, éramos ridículos e lamentáveis, éramos todos profundamente derrotados. Ah, bom tempo em que eu jogava um jogo inteiro – um meia-direita medíocre mas furioso – e ainda ia para casa chutando toda pedra que encontrava no caminho.

Depois mergulhamos na água boa e ficamos ali, uns trinta homens e mulheres, rapazes e moças, a bestar e conversar na praia. Doce é a companhia dos amigos; doce é a visão das mulheres em seus maiôs, doce é a sombra das barracas; e ali ficamos debaixo do sol, junto do mar, perante as montanhas azuis. Ah, roda de amigos e mulheres, esses momentos de praia serão mais tarde momentos antigos. Um pensamento horrivelmente besta, mas doloroso. Aquele amará aquela, aqueles se separarão; uns irão para longe, uns vão morrer de repente, uns vão ficar inimigos. Um atraiçoará, outro fracassará amargamente, outro ainda ficará rico, distante e duro. E de outro ninguém mais ouvirá falar, e aquela mulher que está deitada, rindo tanto sua risada clara, o corpo molhado, será aflita e feia, azeda e triste.

*

E houve o Natal. Os Bragas jamais cultivaram com muito ardor o Natal; lembro-me que o velho sempre gostava de reunir a gente num jantar, mas a verdade é que sempre faltava um ou outro no dia. Nossas grandes festas eram São João e São Pedro – em São João havia fogueira no quintal, perto do grande pé de fruta-pão, e em São Pedro, padroeiro da cidade, havia uma tremenda batalha naval aérea inesquecível de fogos de artifício. Hoje não há mais nem São João, nem São Pedro, e continua não havendo Natal. Tomei um suco de laranja e fui dormir. A cidade estava insuportável, com milhões de pessoas na rua, os caixeiros exaustos, os preços arbitrários, o comércio, com o perdão da palavra, lavando a égua, se enchendo de dinheiro. Terá nascido Cristo para todo ano dar essa enxurrada de dinheiro aos senhores comerciantes, que já em novembro começam a espreitar o pequenino berço na estrebaria com um olhar cúpido?

Atravessarei o ano na casa fraterna de Vinicius de Moraes. Estaremos com certeza bêbedos e melancólicos – mas, em todo caso, meus amigos, se eu não ficar melancólico farei ao menos tudo para ficar bêbedo. Como passam anos! Ultimamente têm passado muitos anos. Mas não falemos nisso.

Dezembro, 1945

UM PÉ DE MILHO

Os americanos, através do radar, entraram em contato com a Lua, o que não deixa de ser emocionante. Mas o fato mais importante da semana aconteceu com o meu pé de milho.

Aconteceu que no meu quintal, em um monte de terra trazido pelo jardineiro, nasceu alguma coisa que podia ser um pé de capim – mas descobri que era um pé de milho. Transplantei-o para o exíguo canteiro na frente da casa. Secaram as pequenas folhas, pensei que fosse morrer. Mas ele reagiu. Quando estava do tamanho de um palmo veio um amigo e declarou desdenhosamente que na verdade aquilo era capim. Quando estava com dois palmos veio outro amigo e afirmou que era cana.

Sou um ignorante, um pobre homem de cidade. Mas eu tinha razão. Ele cresceu, está com dois metros, lança as suas folhas além do muro – e é um esplêndido pé de milho. Já viu o leitor um pé de milho? Eu nunca tinha visto. Tinha visto centenas de milharais – mas é diferente. Um pé de milho sozinho, em um canteiro, espremido, junto do portão, numa esquina de rua – não é um número numa lavoura, é um ser vivo e independente. Suas raízes roxas se agarram no chão e suas folhas longas e verdes nunca estão imóveis. Detesto comparações surrealistas – mas na glória de seu crescimento, tal como o vi em uma noite de luar, o pé de milho parecia um cavalo empinado, as crinas ao vento – e em outra madrugada parecia um galo cantando.

Anteontem aconteceu o que era inevitável, mas que nos encantou como se fosse inesperado: meu pé de milho pendoou. Há muitas flores belas no mundo, e a flor de milho não será a mais linda. Mas aquele pendão firme, vertical, beijado pelo vento do mar, veio enriquecer nosso canteirinho vulgar com uma força e uma alegria que fazem bem. É alguma coisa de vivo que se afirma com ímpeto e certeza. Meu pé de milho é um belo gesto da terra. E eu não sou mais um medíocre homem que vive atrás de uma chata máquina de escrever: sou um rico lavrador da Rua Júlio de Castilhos.

Dezembro, 1945

DIA DA MARINHA

Estamos, no fim de um dia de trabalho, estreitamente ligados e profusamente amontoados, oito desconhecidos. Hoje é o Dia da Marinha; mas nem por isso apareceu uma galera na porta do escritório, nem eu pude pegar na esquina um bergantim; de maneira que viajamos com raiva e melancolia no velho autolotação. Sentimos a nossa respiração, os músculos mútuos; qualquer movimento que um faça aqui dentro repercute no outro.

Estou cerradamente imóvel; uma senhora de olhos azuis, que está acompanhada de um rapaz moreno, sentou-se ao meu lado. Com esse respeito que uma bela desconhecida inspira, fiquei ali agarrado ao meu canto, as pernas imprensadas pela cadeirinha da frente. Falavam em voz baixa, ela com uma espécie de paciência irritada, ele num tom surdo, meio queixoso, meio rude.

Não sei que espécie de pudor me impede de contar a conversa: como que me entristeceria ser indiscreto sobre aqueles dois desconhecidos. Era uma conversa de namorados, talvez de amantes. Ele a recriminava por alguma coisa, e ela respondia. Estavam os dois tristes, numa dessas crises de vazio melancólico que às vezes assalta os amantes urbanos.

— Porque você não se interessou...

— Mas não foi, você sabe que não foi. Ele tinha chegado...

As frases eram assim: e aquelas frases não contavam precisamente nada, mas diziam tudo.

*

Uma dessas histórias vulgares, com dificuldade de chave de apartamento, com hora de dentista, com indiscrições e ciúmes, telefone ocupado, cautelas infinitas e golpes súbitos de loucura – um desses casos tão iguais a todos e tão especialmente particulares. Fiquei comovido, meio triste, e um pouco aborrecido de estar incomodando o casal com minha presença forçada.

Foi então que ele disse alguma coisa que eu não ouvi, e ela deixou escapar uma exclamação:

— Ora bolas!

Os dois ficaram em silêncio, um silêncio em que aquela exclamação se eternizava, antipática e vulgar.

Porque o silêncio não tem substância; ele é vazio como grande redoma de vidro, e o que vive nele é a última palavra ou o último gesto. E aquele "ora bolas" continuava no silêncio, como se fosse uma desagradável mosca zumbindo dentro da redoma – aquela redoma em que o homem de cara morena e a senhora de olhos azuis deviam ter vivido minutos de silêncio infinito e suave.

Mas de repente ele viu alguma coisa; e nós todos voltamos a cabeça para ver. Na baía escura estava toda a esquadra tremendo de luzes. Vinte ou trinta ou quarenta navios de guerra grandes e pequenos estavam ali imóveis, faiscantes, as proas apontadas para o mar alto, com fieiras de luzes descendo dos mastros para a popa e a proa, dialogando com sinais luminosos, ferindo o céu e o dorso das montanhas com o jato cruzado de seus projetores de ouro.

— Que beleza!

Ela disse com uma veemência infantil – e nossos olhos todos eram olhos deslumbrados de criança.

— Mas que bonito!

Era a voz do homem. E depois que um ônibus qualquer nos trancou a vista, e o lotação virou à direita, eles ficaram calados. Mas agora era um doce silêncio, e senti que ela encostava mais nele o seu ombro esquerdo – e lentamente ele lhe segurou a mão. Nosso auto voava entre outros autos negros e luzidios, num galope veloz de motores surdos em demanda ao sul. E o silêncio deles era cheio de beleza. Que pode haver mais belo que uma esquadra no mar? Diante da esquadra faiscante de luzes, que importam o telefone em comunicação, a espera infeliz no fundo do bar, e toda a pequena mortificação ansiosa, ó inquietos amantes urbanos?

Passamos a encruzilhada nervosa do Mourisco. E quando o auto subia veloz a avenida Pasteur, alguém desceu uma vidraça, e entrou uma rajada de vento que jogou para trás os cabelos da mulher. Ah, sou um pobre homem, triste e feio, mas grave dentro de mim mesmo, sem nenhuma ambição além de manter o que tenho, que é pouco para os outros e tudo para mim. Sou o mais obscuro viajante deste velho autolotação, e estou aqui afundado e imóvel no último canto, escuro e só. Mas, que me seja dado murmurar sem que ninguém ouça (pois o ronco do motor abafa meu murmúrio); que me seja dado abençoar esses amantes e dizer que assim, os cabelos batidos pelo vento, a cara séria olhando para a frente, essa mulher de olhos azuis é bela como tudo o que é belo: cavalo galopando no campo, navio que avança pelo mar.

Dobramos à direita; agora o nosso lotação avança para o túnel; por que dizer o nosso lotação? É o nosso bergantim que avança para o túnel. É o nosso bergantim!

Janeiro, 1946

CONVERSA DE ABRIL

É abril, é mês de abril, me perdoareis. Andamos à noite pela praia, e vemos a lua que lambe o dorso liso da onda. Assim às vezes, na penumbra, há um brilho na curva de vosso lábio; e onda e lua têm a mesma substância clara e móvel de vosso fantástico ser. Eu pensarei em coisas longe; me perdoareis, porque na verdade vos levo comigo nessa dança triste.

É abril, me perdoareis. Estou completamente cansado. Retorno à aldeia depois de três dias de galope de jipe pelas estradas confusas de caminhões e poeira e explosões. Tenho no bolso um caderno de notas. Quereis que vos descreva essas montanhas e vales, e o que fazem os seres humanos neste tempo de primavera? Deixai-me estirar o corpo na cama; depois tiro as botas. Ouvi-me. As montanhas, já vos descreverei as montanhas. São números. Deus, que seco paisagista sou, que vejo uma paisagem de números – e como escorre sangue desses números! Aqui é a cota 724; aqui é 870, aqui é 910. Novecentos e dez. Eu digo isso e não vos comoveis! Escorre sangue do número 910. Esse número foi dito por um homem a outro homem, e foi repetido de homem a homem, e apontado tantas vezes no mapa sujo com um lápis, às vezes um lápis trêmulo. Contra ele se voltaram os binóculos e os canhões. Sobre ele desceram, numa ronda feroz, os aviões cuspindo fogo. Onde era 910, o chão tremia em um inferno de explosões, fogo e fumaça. Depois os homens cansados começaram a subir, lentos. Pense nesse homem, um qualquer. Por exemplo: I.G. 194.345. Eis um homem. Ah, podeis preferir murmurar assim: eis Antônio, filho do Pedro e Iracema; o que teve coqueluche e empinou papagaio vermelho. O que quase morreu afogado quando foi na ilha comer ingá. O que estava trabalhando com seu Fagundes, e parece que namorava aquela menina, filha de dona Maria, na cabeça da ponte. Sim, é um magrinho que naquela noite aqui em casa, no aniversário de Ester, tocou violão. Sim, esse é Antônio; lembraremos sua cara magra, seus olhos pardos; estava sempre de sapatos de duas cores, vermelho e branco. Parecia um bom rapaz.

Seria um bom rapaz? Digamos que não. Compreendereis: prefiro dizer que não, ou não dizer nada. Nem falar do que sentia, nem de seu sonho, nem de sua ruindade. Todo homem é ruim e sonha. Que importa? Ah, já sei. Quando chegar a notícia todos dirão: "Foi aquele que morreu, Antônio, filho de dona Iracema, aquele que era guarda-livros da casa de ferragens, logo aquele, tão bom rapaz!" Todos dirão: "tão bom". E a menina da cabeça da ponte, daqui, vamos dizer, a dois anos, ficará noiva, vamos dizer, de um rapaz de Muqui, que, também vamos dizer, se chamará Antônio. E lhe dirá na segunda noite de namoro, na cabeça da ponte, ou, vamos dizer, na praia, junto às canoas: "Eu já tive um namorado meio noivo chamado Antônio; ele morreu na guerra". Ficará triste. Nem por isso deixarão de estar macios e duros os seus seios, sob a blusa branca. O outro a beijará encostando o corpo.

Espero que me perdoeis; é abril, invento coisas. I.G. 194.345 vai com os outros subindo para 910. Vão subindo. Vistos assim de longe, parecem lentos. Por que se deitam? As metralhadoras abriram fogo; cai uma barragem de morteiros. Ali é um campo de minas. Morreu I.G. 194.345. Os outros avançam lentos, menos um que... Mas que importa? Já vos descrevi a paisagem e falei dos seres humanos. Como estou cansado! Passai a mão pela minha cabeça. Está tão suja de poeira. Estou completamente cansado e tenho um caderno cheio de notas. Escreverei com quatro folhas de papel-carbono. Sei escrever. Vivo disso. Sou honrado. Escreverei, não triste, nem alegre; contarei fatos. Acaso me compreendeis? Contarei fatos referentes à primavera nas montanhas. Eu sei escrever. Abrir a máquina, pôr os papéis, os carbonos, e dizer: "O desenvolvimento da ofensiva da primavera". Sim, contarei fatos. E eu, tudo que eu escrevo, podem confiar em mim os concidadãos. Não invento; procuro ser preciso; dizer com clareza; vejo as notas; às vezes paro para pensar. Depois a pequena máquina trepida. Não é, bem o sabeis, uma metralhadora, pois meu mister é mais humilde. É uma máquina de escrever. Sou uma máquina de escrever. Agora mesmo, cabeceando de sono e cansaço, posso sentar e escrever para pegar o correio que sai às sete e meia. Acendo duas velas, puxo um caixote e escrevo. Sou uma máquina de escrever com algum uso, mas em bom estado de funcionamento. Estou escrevendo; estou fazendo a guerra; aqui vim em busca de paz. Sou calmo e poderoso, porque meu dever é escrever, tenho o que escrever, e escrevo. Certamente coisas sem maior importância; como I.G. 194.345, por exemplo.

Subitamente retorno à escola, e o professor me passa um dever: fazer uma composição sobre a primavera. Faço. Ele lê e não entende. Em parte alguma, nem em Lamartine, há nenhuma flor chamada 910. Entretanto, por que mandaram uma patrulha de homens sujos e cansados colher essa flor? O professor ri, mostrando a composição aos outros alunos e zomba de mim. "O senhor Braga fez uma composição muito comprida e muito boa, mas eu vou passá-la ao professor Figueira, porque ele é que é professor de matemática". As outras crianças me olham com estranheza. Levanto, tenho a voz trêmula. Há risos que me ferem como um insulto. Explico. "No 874... o senhor sabe, à esquerda de 850 do sul..." Atacam-me de todos os lados olhares e risos, como insultos. Desabo sobre a carteira; choro; choro convulsivamente, sou um menino que o mais desgraçado pranto sacode pelos ombros magros.

Alguém me passa a mão pela cabeça. Meus cabelos estão muito sujos. Mas ergo a cabeça e sou outra vez um homem – de barba por fazer, os olhos ardidos e vermelhos, mas secos. Levanto-me com esforço para pegar o camburão d'água. Está vazio. Gostaria ao menos de lavar a cara. Estou cansado, estou completamente cansado, meu amor.

Abril, 1946

NÃO MAIS AFLITOS

Assim é o homem que espera a mulher. Vê o relógio, fuma, e telefona. Sabe que ela vem; tem vindo. Pode estar tranquilo; mais cinco minutos e chegará. E, como é natural, ela chega. Mas no bojo desse fato simples, esperado, certo, há um elemento de surpresa, um recôndito milagre. O instante em que ela chega pode ser rigorosamente previsto. Sabemos que está no trem; mas quando o trem para e ela surge, isso não é um fenômeno que vem atrás do outro numa cadeia de coisas. Essa presença é sempre um fato inédito; o céu interveio. Ou não digamos o céu; vamos dizer que a força secreta da vida saltou de súbito, produziu um instante livre, novo, solto em si mesmo. Não foi o ônibus, nem o trem, nem o táxi que a trouxe. Se ela veio andando, não veio andando pela rua. É evidente que podemos reconstituir materialmente sua viagem; mas no instante em que chega há o leve choque de algo que aparece, como a leve carga de chuva grossa e rápida que uma pequena nuvem lança, ou como um raio de sol que intervém, louro, fino, vibrante, entre duas massas de penumbra. Se ela desceu atrás da casa, pelo pomar, sentimos que não apenas passou sob as mangueiras. "Baixou", como dizem os espíritas.

É uma realidade superior, um mundo de fantasias que se encarna de súbito aos nossos olhos. A natureza da mulher é assim feita não só da estrita carne e da voz, os olhos líquidos e os cabelos, a tênue veia atrás dos joelhos, os vestidos, a boca e, santo Deus, os braços; há a substância improvisada de algas, nuvens e brisas; e mais. Um leve murmúrio de estrelas. Está visto que falar assim é dizer bobagens. Mas por que lembramos a leve onda trêmula, ou um apito longo de trem que ouvimos uma tarde numa capoeira, depois de um silêncio deixado por um bando de periquitos? As sensações da vida sobem dentro de nós; há um leve aperto de garganta. Lembramos inhames à beira do córrego, e o calor do pescoço do cavalo sob a crina; em alguma parte há marolas gulosas de água verde lambendo o batelão.

E flor! É inacreditável como a mulher se parece com a flor. Fixemos: uma flor. Sabemos o que é, como nasceu, e que morrerá. Mas nossa botânica não explica a frescura desse milagre; nem muito menos por que nos emociona. Podemos passar diante de uma casa de flores, e ver, e achar belas as flores. Mas a flor que de repente nasce no muro familiar, que adianta prová-la? É uma aparição; algo que traz do fundo da terra uma inesperada palavra de candor. Parece dizer: eis-me aqui. E não é apenas a brisa que a estremece: é a vida.

Vejam, concidadãos. Eu escrevia as coisas acima em minha casa, há cinco minutos. Tinha o pensamento longe. Na verdade confesso que, ao pôr o papel na máquina, o primeiro que bati foi o título do que ia escrever. E era: "Recordação da Aldeia de Pavana". Ia falar de uma aldeia onde tive a revelação da primavera, na Itália; falaria das casas e do céu; mas no meio da escrita me esqueci, embora por baixo das palavras sobre a mulher e a flor eu sentisse confusamente respirar a aldeia. Escrevo em minha casa. Pois ouvi uma voz e cheguei à janela. Era uma jovem que passava para me dizer bom-dia; vai à praia. Entrou, sentou-se; tivemos uma rápida conversa banal. É moça, bela, simples; é mais conhecida que amiga. Temos uma espécie de amizade distraída, fraca, suave. Quando se foi, cheguei à janela, e acompanhei-a com os olhos até a esquina. Ela não sabia que estava sendo vista. Andava com seu passo natural, e não se voltou. Ia pensando suas coisas. Comoveu-me. Não sei por que seus saltos altos me comoveram, enquanto andava, e assim também o leve movimento de seus cabelos. Seria despropositado dizer-lhe a mínima palavra de ternura, hoje, amanhã, ou nunca. Não podemos recolher o brilho do lombo elástico de uma onda e fazer um discurso ao mar, acaso podemos? Quando subimos aquela capoeira estorricada, entre carvões de troncos, ao sol ardente, antes de pegar o caminho do outro lado do morro, paramos um instante sob uma árvore qualquer; e então uma brisa vinda dos morros passou em nossa cara suada. Temos um vago sentimento de bênção; a sombra, a leve mão da brisa. Mas seria absurdo dizer: muito obrigado. Na verdade, falamos muito pouco, embora, nos botequins, levemos horas a tagarelar. No fundo somos calados; para a ternura e para a ofensa. Como poderia dizer a essa moça que nos comoveu seu corpo de breves ancas andando sobre os saltos altos; ou que o leve movimento de seus cabelos castanhos nos fez bem?

Se estamos apaixonados, então temos o direito de dizer: escute, minha senhora, quando levantou os dois braços para arrumar os cabelos, duas bandeiras amigas acenaram por um céu distante, os coleiras-do-brejo ergueram voo; a árvore meneou suas franças, e as nuvens se tornaram violetas. Lembramos confusamente cachoeiras se deixando cair com um ar fidalgo. A parte de dentro de seus braços é mais clara que a de fora, e isso, tão fácil de prever, nos comove como um segredo amigo; a senhora erguendo os braços com as mãos atrás da cabeça fica mais alta.

Isso, concidadãos, podemos dizer, se estamos apaixonados; mas mesmo isso escassamente dizemos. E ora não estamos apaixonados. Nossa comoção por essa moça é gratuita. O que sentimos por ela é uma espécie de gratidão. Não tínhamos pensado nisso; mas agora nos damos conta de que sua presença é um favor da vida: e quando a encontramos numa esquina achamos que é uma gentileza da municipalidade para com nossa mesquinha, às vezes surdamente aflita pobre pessoa.

Tenho vontade de vos conclamar para uma grande manifestação pública, mas cada um onde estiver, no ônibus galopante, diante da mesa ou em casa ou na rua; deitado em sua cama, no chuveiro ou no trabalho. Uma grande manifestação de boa vontade e boa-fé. Vamos fazer isso em silêncio, e depois não comentaremos. Vamos agradecer a brisa na cara suada; a mulher com luz nos olhos; o menino, a onda, o pássaro, o chão.

O bom chão; dormir no chão. Morrer, descansar no bom úmido chão, não mais imprudentes, não mais aflitos, não mais aflitos!

Maio, 1946

DA PRAIA

Lembro que olhando pela porta do bar vimos a indecisa aurora que animava as ondas. Erguemo-nos, saímos. O oceano amanhecia como um poderoso trabalhador, a resmungar; ou como grande, vasta mulher, entre murmúrios; ou como árvore imensa num insensível espreguiçamento de ramos densos de folhas. No seio da imensa penumbra nascia um mundo de solidão perante nossos olhos cansados. Era um mundo puro, mas triste e sem fim; um grande mundo que assombrava e amargava o pobre homem perdido na praia. Agora todos haviam partido, eu estava só. Não tinha um amigo, nem mulher, nem casco de canoa, nem pedra na mão. A maneira mais primária e raivosa de comunicação com o mar é ter uma pedra na mão e lançá-la. É um desafio de criança ou de louco; é um apelo.

Para o homem solitário da praia o mar tem uma vida de espanto. Já nadei em uma praia solitária de mar aberto; tem um gosto de luta e de suicídio; dá uma espécie de raiva misturada com medo. Não apenas imaginamos que naquela praia selvagem grandes peixes vorazes devem se aproximar, e a cada instante julgamos pressentir o ataque de um tubarão; também sentimos, na força da onda que rompemos, uma estranha vida, como se estivéssemos lutando entre os músculos de um imenso animal.

Para o sul e para o norte a grande praia deserta; atrás, baixos morros selvagens e arenosos, num horizonte morto; e o mar sitiando tudo, acuando tudo, com seu tumulto e seus estrondos. Mais de uma vez vagabundei sozinho em canoa pelas costas desertas. Mas montado em canoa temos um domínio: jogamos um jogo com a água e o vento, e ganhamos. O homem só na praia, perante as ondas mais altas que ele, esse é de uma fraqueza patética. Pode desconhecer o mar e seguir caminhando em silêncio pela areia; se o faz, porém, sabe que está fugindo a um insistente desafio. Sua linha de movimento, ao longo da praia, com o mar bramindo a seu flanco, é uma perpendicular constrangedora às grandes linhas de ação da natureza. A espuma das ondas que lhe chega aos pés ou deles se aproxima, ora mais, ora menos, acuando-o de um lado, lembra-lhe que não deve andar em reta, mas se afastando e se abeirando do mar, para ter, nessas oblíquas, uma ilusão de que não se desloca fora do eixo da natureza. Só o vento, não soprando do seio da terra nem do centro do mar, mas empurrando-o pelas costas ou batendo-lhe a cara, pode restaurá-lo no ritmo do mundo. Empurrado pelo vento, ele está de bem com a natureza e se deixa levar, embora com um vago ressentimento. Contrariado pelo vento, ele põe em jogo seu instinto de luta, e sua marcha mais banal tem um secreto sabor heroico.

Assim anda o homem solitário na longa praia. Mas aqui a praia não é deserta. Atrás de nós estão os edifícios fechados, e a cidade que desperta penosamente. Parados entre a solidão do oceano e a solidão urbana, estamos entre o mundo puro e infinito de sempre e o mundo precário e quadriculado de todo dia. Este é o mundo que nos prende; estamos amarrados a ele pelos fios de mil telefones.

E ainda somos abençoados, porque vivemos nesta cidade perante o amplo mar. Quando nós, homens, erguemos uma cidade, quantas vezes somos desatentos e pueris! Há cidades entre montanhas, e são tristes; mais tristes são aquelas em que vegetamos no mesquinho plano sem fé, limitados a norte, sul, leste, oeste pelo mesmo frio cimento que erguemos. Se todas as esquinas são em ângulo reto, que esperança pode haver de clemência e doçura? Apenas o céu nos dá a curva maternal de que temos sede. Mas o homem, por natureza, pouco olha o céu; é um animal prisioneiro da grosseira força da gravidade: ela puxa nossos olhos para o plano, para o chão. Plantai a vossa povoação junto a um rio, e estareis perdoados; tendes o fluir melancólico das águas para levar as vossas canoas nas monções do sonho.

Mas deixemos o mar; entremos por esta rua. Estrondam bondes. A lenta maré humana começa a subir. Os açougues mostram a carne vermelha a uma luz cruel; as filas se mexem inquietas, sem avançar, velhas cobras de barriga vazia. Voltemos para casa, e sejamos humildes. O mundo é seco. Não mais sonhar em remover as povoações para a beira do mar oceano, nem abrir caminhos para a fuga da tristeza humana. Estamos outra vez quadriculados em nosso tédio municipal: a torneira não tem água. Ajoelhemos perante a torneira seca: e, embora sem lágrimas, choremos.

Junho, 1946

HISTÓRIA DO CORRUPIÃO

Capítulo I

Na calçada da avenida, ao lado do Municipal, estava o vendedor de passarinho. Era de tarde e passava muita gente com pressa. Saindo do aperto quente e sujo de uma lotação, parei um instante a ver o que era – um corrupião mansinho, que estava solto, no canto da calçada.

Mais dois ou três sujeitos pararam também um momento. Apareceu então um senhor de idade, bem-vestido, com um chapéu de aba virada, e perguntou quanto era. O homem deu o preço, e o velho pediu para ver o pássaro.

O vendedor abaixou-se para apanhar o corrupião. Mas o passarinho saiu andando e dobrou a esquina que dá para os fundos do teatro. Várias vezes o homem se abaixou para pegá-lo, mas ele escapava com um pulinho ligeiro, e afinal se meteu embaixo de um automóvel parado. Eu não tinha lá muita pressa, e resolvi assistir à caçada. Parece que a maior parte das pessoas que passavam apressadamente também não tinha muita pressa: porque paravam e ficavam ali olhando.

Em pouco tínhamos formado o que o jornal de um partido contra os corrupiões chamaria de "um pequeno grupo", mas um órgão corrupionista diria ser "uma verdadeira multidão". Éramos, para usar ainda a linguagem dos jornais, pessoas pertencentes a todas as classes sociais, sem distinção de cor, credo, convicções filosóficas ou nacionalidade. A ornamentação do grupo estava a cargo de três jovens alunas de bailado do Municipal, principalmente uma de olhos verdes e corpo esgalgo que... Xô, mulher! Estou fazendo uma crônica sobre o corrupião.

Era lindo o bicho, com sua calma de passarinho manso. Andava para um lado e outro, embaixo de um automóvel, junto ao qual vários cidadãos se agachavam. Alguns desses cidadãos se limitavam a abanar a mão sobre o para-lama para enxotar o corrupião. Um outro tentava assobiar como assobiam os corrupiões. Assobiou muito e seu exemplo foi imitado por um chofer de praça, que também se pôs a assobiar junto do para-choque. Os assobios diziam:

"Vinde, vinde, ó lindo corrupião. Não nos conheceis? Somos dois corrupiões. Fiu, fiu. Há aqui um senhor bem trajado com sessenta anos presumíveis que deseja vos comprar. Talvez seja um homem que desde a mais remota infância sonhou em ter um corrupião, e passou a vida sentindo o quão miserável é um homem que jamais teve um amigo corrupião que coma em sua palma, cante em sua varanda e alegre os seus olhos e o seu incompreendido coração. Talvez na infância tenha tido um corrupião e agora deseje rever a sua alegria nos olhos do neto. Vinde, corrupião. Fiu, fiu."

Mas acho que podiam fazer fiu-fiu a tarde inteira sem resultado. Talvez o corrupião fosse nortista, estivesse mais acostumado a ser chamado de "sofrê". Ou ficasse perturbado pelo pequeno incidente que sobreveio, aliás sem maiores consequências, mas que todavia, por dever de ofício, passarei a contar. Um dos homens, ao se abaixar para espiar debaixo do automóvel, esticou uma perna para trás. Uma senhora gordalhufa, dessas de chapéu, embrulho e bolsa, que andam na rua com ar sério como se afinal de contas tivessem alguma coisa realmente mais importante ou mais linda para fazer do que ver um corrupião – foi castigada pelo deus dos passarinhos. Pois tendo querido abrir caminho no meio do grupo tropeçou na perna do homem e – tru-buc-tuc – abalroou de revés em outro sujeito, tirando-lhe da boca o cigarro, que soltou fagulhas; deixou cair os embrulhos e a bolsa, a qual bolsa, naturalmente farta de ser apertada e oprimida contra os enormes seios da senhora, tratou de se abrir no chão para tomar um pouco de ar, lançando no asfalto vários pequenos objetos. Não enumerarei os objetos para não cansar o leitor desta emocionante história. E o melhor talvez mesmo seja ficar por aqui hoje, convocando os interessados para voltar na próxima semana para assistir à continuação desse emocionante episódio desenrolado em nossa bela capital.

Capítulo II

A gordalhufa senhora não caiu ao comprido, como seria mais belo. Agarrou-se às pernas, ou melhor, às perneiras de um cabo da Polícia Militar. Começou depois, ajudada por vários populares, a catar os objetos que haviam caído de sua bolsa, e cuja enumeração eu já disse que me recuso a fazer, pois além do mais considero isso impróprio de um cavalheiro. E confesso que sou um cavalheiro. Tanto assim que ajudei a mulher a se erguer, agarrando-lhe um gordo braço e puxando-o para cima com energia, mas sem apertá-lo demasiado nem aplicar nenhum pontapé na referida senhora, que bem o merecia por ter perturbado o sossego moral de um grupo de pessoas de bem que ajudava um pobre homem a reaver o seu corrupião.

O passarinho saiu de baixo de um automóvel, mas passou para baixo de outro automóvel sem que alguém conseguisse apanhá-lo. O vendedor dirigia-se a várias pessoas pedindo que fossem embora, pois aquele ajuntamento logo atrairia um guarda, e ele não tinha licença. Naturalmente o guarda exigiria que ele pagasse os impostos competentes e o prenderia em flagrante se sobre a cabecinha do corrupião não estivesse devidamente colado um selo de consumo de cor azul.

Ninguém atendeu ao apelo. Numerosas pessoas agacharam-se em volta do carro e continuaram a chamar o corrupião de várias maneiras, tais como maneira de chamar cachorro, estalando os dedos e assobiando, maneira de chamar gato, fazendo pchi-pchi-pchi, maneira de chamar galinha, fazendo prun-prun, maneira de chamar mulher, dizendo vem cá meu bem etc. O senhor de idade que queria comprar o passarinho contemplava tudo enlevado.

Foi então que ouvimos estranhos guinchos como de um animal selvagem em estado de fúria; até o corrupião estremeceu. Com triste surpresa vimos que se tratava da mulher. Estava possessa como um orangotango fêmea. Até então não dissera uma só palavra simplesmente por ter engasgado de raiva. Pensávamos que tivesse seguido seu caminho. Não; estava ali de pé, de posse de todos os seus pertences, e berrava:

— Socorro! Socorro urgente! Ordem Política! Ordem Social! Polícia, Polícia, Polícia Especial.

Essas entidades compareceram imediatamente em carros silvando com desespero, com metralhadoras, motocicletas, porretes, sujeitos de cara feia, uns de mão no revólver, outros de revólver na mão. Ficaram todos perplexos, e alguém gritou:

— Comunistas!

Outro alguém berrou:

— Quinta-coluna! Nazi!

E uma voz mais forte anunciou:

— As mulheres nuas!

Os policiais ora formavam barreiras, ora davam tiros, ora ameaçavam, ora espancavam um cidadão qualquer que citava a Constituição da República, sem dizer exatamente qual delas.

— O alemão que insultou o Brasil!

— Cuspiu na bandeira!

— Foi japonês!

— Entraram ali as mulheres nuas!

A ideia de que em alguma parte havia mulheres nuas nos perturbou a todos. Invadimos dezoito lojas comerciais num perímetro de setecentos metros e íamos saqueando confusamente lápis, produtos farmacêuticos, orquídeas, ferramentas de marcenaria, artefatos de borracha, pequenas lâmpadas coloridas, fitas de cetim, dicionários de bolso, pastéis de camarão e tapetes de linóleo. Ah, deviam certamente ser lindas essas mulheres nuas que adejavam entre o asfalto e as sobrelojas em nossa tarde de tumulto e sangue, ascendiam suavemente no elevador aberto de um edifício em construção, sorrindo com meiguice para um mulato servente de pedreiro, ou escapavam de pernas estiradas, a suspirar com doçura dentro de um negro automóvel reluzente guiado por um eunuco, e estavam sempre em nossos olhos em plena beleza de nudez, mas apenas por um segundo invisíveis. Quando vieram dois caminhões do Exército chamados com urgência, e as ambulâncias, que badalavam lastimosamente, começaram a socorrer algumas pessoas atropeladas e a atropelar algumas outras – arrebentamos uma vitrine e recuamos atônitos. Uma das mulheres nuas – a loura de pele dourada – se fizera negra, erguera um braço e se imobilizara numa atitude propositalmente imbecil, disfarçando-se em manequim de anúncio de um chuveiro elétrico. A água caía sobre o seu reluzente corpo de massa. Oh...

— A outra? A outra!?

Era urgente encontrá-la ainda de carne, a morena esgalga, que todos sabiam lindíssima, principalmente quando nua. Avançamos de cabeça baixa, cantando desafinados o Hino Nacional através de tiroteios, rompemos cordões de isolamento, matamos diversos escoteiros, destruímos num café o grande espelho em cujo fundo parecia ter se refugiado a sua doce imagem, e galgamos de assalto um carro do Corpo de Bombeiros que viera para combater o incêndio que lavrava no coração da cidade, dentro de nossos peitos cheios de ânsia.

— Ei-la!

Olhamos. Miséria, desgraça, irrisão. Por que há de sempre o povo ser enganado, e batido, e perder? Choramos de raiva. Aquela também se transformara em uma estátua idiota numa postura ridícula, no meio de um canteiro em frente ao Teatro. A multidão começou a refluir em silêncio, evitando pisar em alguns cadáveres que estavam disseminados por aqueles logradouros públicos. Quando surgiu um caminhão da Marinha, umas pessoas ergueram vivas e outras bateram palmas, sem saber por quê; talvez porque nós todos temos no fundo do coração um desejo de ser marinheiros, fugir para além do oceano, numa praia de coqueiros e amor livre; talvez porque, embora de armas embaladas, nenhum daqueles homens estivesse atirando contra nós, o que, afinal de contas, era uma gentileza da parte deles. Os ânimos pareciam ter serenado, quando sucederam os fatos que passarei a narrar na próxima semana, se os senhores tiverem paciência, conforme lhes peço.

Capítulo III

Pedem-me para acabar de contar a história do corrupião, mas jamais o farei.

Uma vez que a multidão se desesperou, não ouvimos falar do pequeno pássaro manso. Dizem que voou e foi pousar, quem sabe, no ramo florido de um verso romântico de Vinicius de Moraes, e ali ficou se balançando no alto de um primeiro terceto.

Continuarei minha narrativa. No meio do povo surgiu a bela mulher que trazia uma rosa na mão e lhe dizia: "minha pequena irmã". Dizia isso muito séria, e com um tão delicado sentimento que ficamos extáticos. Apareceu então o moço de cabelos revoltos que uns diziam ser um católico místico e fanático e outros diziam ser um moço perdido, e fosse o que fosse tinha uma voz forte e quente que se fez ouvir. Acusava a bela mulher:

— É esta a que debalde procuramos, arrebentando as portas da alucinação! É esta a mulher nua!

Embora sua voz fosse muito convincente, o fato é que a bela mulher estava visivelmente vestida. Umas pessoas riram, outras gritaram, algumas jogaram pedras no moço mas ele continuou:

— Sim, é a mulher nua. (Sua fronte sangrava de uma pedrada, o que lhe ficava muito bem.) Vede-a, concidadãos. Contemplai-a em sua esplêndida e fatal nudez. Vede como é divina de beleza, milímetro por milímetro.

Um cidadão de meia-idade, que usava óculos, interveio com uma voz firme e completamente calma:

— O cavalheiro está equivocado, lamento dizê-lo. Aquela senhora está vestida. O cavalheiro parece que enxerga mal, ou talvez não tenha prática suficiente nesse delicado assunto. Já tive oportunidade, modéstia à parte, de ver diversas mulheres nuas, e posso informar com segurança que essa nossa distinta patrícia acha-se vestida.

E voltando-se para a grande multidão:

— Eis o que tinha a declarar.

Ouviram-se algumas palmas; alguém murmurou que se tratava de um redator do *Jornal do Brasil* que já foi membro do Conselho Deliberativo da ABI, mas houve quem opinasse se tratar de um antigo funcionário da Alfândega. (O leitor me perdoará se não identifico perfeitamente os personagens desta história, pois estando no meio da multidão nem sempre consegui obter dados precisos. A senhora que tropeçou e caiu no primeiro capítulo e se ergueu no segundo consta que se chamava dona Penhoca, e uma das jovens bailarinas tem o lindo nome de Zizita; consegui mesmo, num esforço meritório de reportagem, obter o seu número de telefone, mas não desejo sobrecarregar o leitor com detalhes.)

Conforme íamos dizendo, ouviram-se palmas depois das palavras do senhor de óculos. É estranho, porém, que essas palmas não fossem muito entusiásticas; e talvez fosse possível perceber no meio delas vagos murmúrios de desaprovação.

A voz do moço:

— Fiscal, burguês, filisteu, ou quem quer que sejais – tendes olhos e óculos na cara e não vedes! Vós porém, ó povo pobre de Deus, e vós, ó mocidade das Academias, erguei, erguei os olhos. Vede-a! Está nua. A blusa e o cinto e a saia de leve azul não podem nos enganar. Isso é apenas um disfarce. Ela está nua. Se duvidais, eu vos dou a prova desta verdade profunda! (Pausa; silêncio profundamente emocionado no seio da massa.) Tirai-lhe essas leves roupas e vereis como está nua, completamente nua!

Ao meu lado um senhor calvo bateu com a cabeça e disse:

— Esse moço tem pensamentos profundos.

Disse isso alto; dois rapazes que o ouviram, e que até então pareciam meio incrédulos, aprovaram essa observação com um súbito entusiasmo; sem dúvida se sentiam satisfeitos pelo fato de compreender e partilhar de um pensamento profundo; pois assim são os moços.

— Um momento! (A voz do homem de óculos estava agora um pouco trêmula, e sua cara quadrangular bastante pálida.) Um momento! Eu apelo para o bom senso de meus concidadãos...

Uma chuva de pedras cortou-lhe a palavra; alguém lhe passou uma rasteira; seus óculos voaram. Um pequeno grupo de fanáticos atacou-o com tal fúria que lhe rasgou as roupas, e ele mal conseguiu fugir em cuecas, correndo às tontas devido à falta dos óculos. E estava tão ridículo nessa fuga (usava botinas pretas, meias pretas e ligas vermelhas, nas pernas cabeludas), que ficou patente que ele não tinha razão e era um reles agente provocador. O fato é que a polícia começou a atirar de vários pontos, para restabelecer a calma. A multidão fluía e refluía para um lado e outro como um cardume de sardinhas assustado. Começou então a correr o boato de que havia fila em uma padaria do Largo da Carioca. A mulher da rosa esvanecera-se. Quando conseguimos atingir o Largo da Carioca os boatos se multiplicavam e havia uma fila tão grande que várias pessoas de espírito de iniciativa resolveram formar outras menores, que logo começaram a crescer vertiginosamente. Falava-se secretamente não só em pão como em leite, carne, açúcar e manteiga; havia pobres mulatas do morro com latas de banha na cabeça, fazendo pensar que se tratava de fila de água; sujeitos com vespertinos na mão sugerindo filas de ônibus; mulheres com crianças no colo que acreditavam estar metidas numa fila para apanhar cartão para poder entrar na fila da distribuição dos presentes de Natal no Palácio Guanabara; homens ácidos de filas de pagamento de imposto no último dia improrrogável sem multa. O moço de cabelos revoltos começou a fazer um discurso, mas ninguém lhe deu importância.

Da Praça da República até o Passeio Público e da Praça Tiradentes até o Cais Pharoux as filas se alongavam, se enroscavam, cruzando-se e espremendo-se de tal modo que os guardas enérgicos porém nem sempre atenciosos desistiram de esclarecer a situação, e cada um entrou na fila que lhe ficava mais próxima, e que talvez fosse da sessão das oito do dia seguinte do Metro Tijuca.

Quando surgiu a lua, embora houvesse muitos milhares de automóveis, ônibus e caminhões paralisados buzinando de maneira ensurdecedora, algumas pessoas começaram a cantar o "Luar do sertão". Era talvez gente que acreditava estar na fila para ver o corpo de Catulo da Paixão Cearense, embora talvez estivesse caminhando, à razão de cinquenta centímetros por hora, para a bilheteria das gerais do ansiado Fla-Flu. O fato é que toda a multidão começou a cantar o "Luar do sertão", alguns motoristas que insistiram em buzinar foram silenciosamente esganados até a morte; e com tanta emoção cantava o povo que muitas vozes românticas pediram que se apagassem as luzes para que o luar ficasse mais lindo.

Um soldado ergueu sua metralhadora de mão e rebentou, com uma curta rajada, duas lâmpadas. Toda a tropa começou então a fazer o mesmo, e muitas pessoas choravam de emoção dizendo que aquilo provava que os soldados são amigos do povo; pois são, eles também, filhos do povo, e tão brasileiros como nós.

Quando todas as luzes se apagaram, aconteceu que a lua entrou atrás de uma grossa nuvem e ficamos em completa escuridão; de maneira que, não enxergando mais nada, não posso descrever os fatos que se sucederam, pois sou um repórter consciencioso e não desejo transmitir ao leitor informações menos corretas.

A verdade é que me lembrei de que sou um pai de família e tenho deveres não só com o povo como também e especialmente com os meus; e fui para casa a pé. Levei muito tempo para chegar, mas ainda cheguei a tempo, pois só dez minutos depois parou à minha porta o misterioso caminhão. Hesito em contar essa história, que a muitos parecerá fantástica; de qualquer modo não a contarei hoje, pois me sinto um pouco fatigado.

Junho, 1946

HISTÓRIA DO CAMINHÃO

Capítulo I

Quando parou à minha porta o enorme caminhão fechado, com soldados de fuzil na mão, e um deles me perguntou: "é aqui?" – eu suspirei e disse que sim.

Já fui preso várias vezes; não há de ser por mais uma que perderei minha natural dignidade. Tratei de apanhar a escova de dentes, a pequena, frívola e patética escova de dentes que anda sempre na bolsa das senhoras desonestas e no bolso dos políticos perseguidos. E dispondo também de dois maços de cigarro, esperei impávido, embora chateado. Só então notei que o caminhão era do Ministério da Fazenda.

Funcionários desembarcavam fardos, e começaram a colocá-los na saleta da frente. Isso não me agradou. Indiquei-lhes a entrada de serviço e ordenei que colocassem os fardos no quartinho da empregada. É, com vergonha que o digo, um quartinho minúsculo onde uma pessoa não pode respirar com muita força que esgota completamente o ar. Em pouco tempo ele estava literalmente cheio de pacotes.

Um suboficial aproximou-se de mim respeitosamente:

— Está entregue?

Respondi secamente:

— Pode retirar-se.

O caminhão partiu. Voltei então ao livro que começara a ler, e que era um desses romances introspectivos tão profundos que a gente dorme e cai num estado de catalepsia; de maneira que esqueci o incidente. Só pela noite, tendo chegado de uma fila onde se metera de madrugada, a empregada reclamou, e veio me tomar satisfações como costumam fazer as empregadas modernas.

Respondi-lhe que aquilo devia ser alguma ideia de minha mulher, que de vez em quando tem uma. Não desejo criticá-la; é uma senhora que tem seus encantos, mas depois de 25 anos de casado estou imunizado contra qualquer crise de desespero. Se me aparecer em casa, embrulhado em papel colorido, um faquir vivo com uma trombeta na mão e uma lagartixa pendurada em cada orelha pela cauda, eu o recebo de boa cara, pois imagino que deve ser alguma ideia de minha mulher e ela sem falta me provará que aquilo é excelente para espantar o homem que vem cobrar a prestação do sofá; que, com o dinheiro assim economizado, poderemos comprar quem sabe uma piteira de marfim, igual àquela que lhe presenteei quando éramos noivos e que ela perdeu num piquenique. Ela é assim, minha mulher, prática e romântica; acostumei-me; e, afinal de contas, não tenho outra.

*

Quando descobri que os fardos continham notas de mil cruzeiros, logo percebi que houvera um engano. Que fazer? O governo anda confuso com muitos problemas e, sempre que não sabe o que fazer, faz dinheiro, o que afinal de contas é uma coisa de que todo mundo gosta. Os oposicionistas sistemáticos ficam irritados e passam a metade do dia falando em inflação, dizendo que há dinheiro demais; e a outra metade do dia passam cavando o dinheiro, com certeza porque acham que é de menos o que possuem.

Pensei em procurar o ministro da Fazenda e contar-lhe a história; mas com toda certeza o ministro não me receberia porque os ministros estão sempre muito ocupados em receber pessoas e por causa disso jamais recebem quem quer que seja. A mulher, chegando em casa, opinou que o melhor era eu ir à Polícia; mas não creio que fique bem a um homem honrado ir à Polícia por causa de negócios de dinheiro.

Acabei, enfim, me conformando com o fato. "Pobre sim, honrado nunca" – dizia meu padrinho, que tinha esse lema e graças a ele morreu rico e foi enterrado com as maiores honrarias, com direito a prefeito e bispo. Lembrei-me disso, e também de que meu lar é humilde, como a maior parte dos lares do Brasil, e desde que casamos minha mulher está sempre querendo comprar umas coisas que jamais compramos. Nunca o fizemos por falta de dinheiro – pois digam o que disserem sobre inflação, em minha casa sempre reinou uma grande deflação. Só os sonhos inflavam dentro de nós; mas ultimamente, para falar a verdade, até eles andavam murchos. Sonhar cansa, como qualquer outra coisa; e com a velhice nós, os pobres, já que não podemos economizar dinheiro, passamos a economizar ambições.

Já que eu estava com dinheiro, o papel era comprar coisas. Coisas boas, tudo artigo estrangeiro, coisas de metal, luzidias, práticas, elegantes, elétricas, tipo de após-guerra.

Lembrei-me do tempo em que eu passava os domingos a ler o *Jornal do Brasil* e a vontade que tinha de fazer mil e um negócios ali anunciados. Resolvi esperar até o domingo e comprar o jornal nesse dia em que ele está pululando de ofertas maravilhosas. Foi o que fiz; esperei o domingo. O leitor tenha um pouco de paciência e espere também o próximo domingo para se embasbacar com o desenvolvimento desta agradável história.

Capítulo II

Conforme disse, me vi cheio de dinheiro, que o Ministério da Fazenda me mandou levar em casa em um caminhão. Se o leitor espera que eu explique como e por que o governo me mandou esse dinheiro, perde seu tempo; houve murmúrios segundo os quais houvera um engano de endereço, e as notas se destinariam a um cavalheiro que iria financiar a safra de amendoim e a candidatura de Brederodes. Creio que fizeram mais dinheiro para ele, evitando assim o escândalo e o trabalho de passar sobre o meu cadáver para reaver o que me haviam entregue.

O fato é que, tendo adquirido o *Jornal do Brasil* de domingo, comecei a anotar alguns anúncios, e na segunda-feira me pus a empregar o capital. Comprei inicialmente dois galos de prata e uma caricatura artística de Rui Barbosa, em bronze, uma arca de jacarandá, uma colcha de vicunha e uma grande peça de renda do Norte com labirinto; tudo velhas aspirações. A seguir adquiri um rádio, pegando o mundo inteiro, "inclusive Portugal", uma arara vermelha e azul, um "macaco barrigudo, macho, delicado e manso" e "uma linda canarinha pronta para juntar", segundo rezava o anúncio, e se lia em seus olhos cheios de ansiedade romântica.

Contratei, também, uma senhora moça que se oferecia "de boa apresentação, desembaraçada, falando idiomas". Quando estou aborrecido, mando colocá-la numa poltrona a um canto da sala, e dizer várias coisas em inglês, francês e alemão, com todo o desembaraço. Jamais me preocupei em saber o que ela diz, mas suponho que sejam coisas agradáveis. Como ela às vezes fala um pouco alto, nós vamos para outra sala e fechamos a porta, deixando-lhe ordem de falar durante meia hora. Aquela voz de mulher falando em línguas importantes dá um certo tom distinto ao nosso lar.

Um anúncio extremamente tentador me levou a comprar um motor trifásico. Achei bom ter um motor trifásico. Às vezes mando ligá-lo para obrigar a senhora desembaraçada a falar ainda um pouco mais alto. O ruído do motor trifásico combinado com a voz da senhora parece que excita a canarinha, que se põe a cantar.

Como o macaco barrigudo, apesar de ser realmente manso e delicado, me parecia um pouco triste, comprei um lustre com pingente de Versalhes, por doze contos, verdadeira pechincha; ele agora está mais contente, e também gosta muito de brincar com os galos de prata e a renda de labirinto.

Depois de um certo tempo notei que a senhora moça de fina educação, boa apresentação e desembaraçada parecia estar ficando, por sua vez, um pouco triste, e se punha horas na janela olhando o mar. Chegou até a murmurar coisas em português, o que me desgostou. Português nós todos falamos aqui em casa, principalmente minha mulher. Sempre tive vontade de comprar um binóculo de marinha, para umas navegações que pensei em fazer na juventude. Comprei um, excelente, e o dei de presente à senhora, para que olhe o mar com mais eficiência. Ela me agradeceu com um sorriso e teve a bondade de murmurar algumas palavras, creio que em baixo alemão. Gostei tanto que mandei que repetisse aquilo durante o jantar, de dois em dois minutos. Cada vez que ela o fazia, minha mulher ficava um instante de garfo no ar, os olhos sonhadores, e demonstrava uma grande admiração – ela, que a princípio implicava com a boa senhora, talvez por causa de sua boa apresentação, e de seu desembaraço.

— Como fala bem essa língua! – comentava minha mulher. — Deve ser ótimo falar em língua estrangeira! É tão bonito! As pessoas não entendem, mas é realmente muito bonito. Fale um pouquinho mais, sim?

Mandamos colocar lá fora uma placa avisando que em nossa casa *on parle habla spricht spoke*, e não sei mais o que vários idiomas. Nossa vizinha criticou muito isso, mas está morrendo de inveja, pois tudo o que se ouve em sua casa é português, e assim mesmo com um sotaque paraibano que é uma tristeza.

Diariamente continuo a comprar coisas, tais como um acordeom com oitenta baixos e um contrabaixo de quatro cordas. Sempre tive vontade de tocar um desses instrumentos, mas tenho o ouvido péssimo e jamais consegui aprender nada de música. Quando eu era pobre me conformava com isso. Agora toco o acordeom e o contrabaixo à vontade, e com toda força. Minha mulher a princípio pareceu ficar meio irritada; ela também passou a vida humilhada por não saber tocar coisa alguma. Fiz-lhe uma delicada surpresa, adquirindo um piano de cauda Pleyel, em segunda mão, mas em perfeito estado por dezessete contos. À tarde, depois do jantar, ela martela o piano e eu dou duro no contrabaixo; a arara grita esporadicamente, o macaco se mete dentro da arca de jacarandá e a caricatura artística em bronze de Rui Barbosa faz uma cara de quem está estourando de dor de cabeça. Mas é um bom exercício, e nos lava a alma, e à noite dormimos muito melhor.

Minha mulher, que é muito piedosa, disse há tempos que eu devia gastar algum dinheiro em obras de benemerência. Achei que ela estava com razão, pois sempre tive ligeiras tendências marxistas, e acho que os ricos devem ficar um pouco menos ricos para que os pobres fiquem um pouco menos pobres, aliás, sem exagero. Assim sendo, e como o governo houvesse fechado os cassinos, fundei a "Sociedade Protetora das *Girls*". Comecei protegendo duas, e tudo corria muito bem quando minha mulher sugeriu, com certa violência, que era melhor aplicar a verba em menores abandonados. Argumentei que uma das *girls* era menor, e a outra, se não o era, o fora muito recentemente; e ambas estavam abandonadas; e quem sabe, meu Deus, o que lhes poderia acontecer lançadas ao abandono com aqueles corpos tão lindos e aquelas almas tão frágeis – mas tão frágeis!

Que o quê: minha "Sociedade Protetora" teve de ser fechada. Agora só funciona na ilegalidade; pois mesmo em segredo gosto de praticar a caridade, o que aliás penso que tem mais merecimento; e como é bom!

Aqui, para tristeza do leitor, encerro esta magnífica história, e se pensam que vou contar outra, muito se enganam, pois agora tenho mais o que fazer – e o tempo já me é pouco para fazer o Bem.

Julho, 1946

OS FÍCUS DO SENHOR

> É uma crônica de 1943 e não é tão inédita que não tenha sido publicada em duas revistas. Mas ambas circulavam quase às ocultas e foram fechadas logo depois pelo governo. A crônica pode ser má, e creio mesmo que está mal escrita, de um modo diferente do meu modo costumeiro de escrever mal. Mas naqueles tempos já era uma grande coisa quando se conseguia escrever alguma coisa que não fosse louvaminhas ao Senhor; e quando se escrevia era ao mesmo tempo com raiva e contensão, duas circunstâncias que atrapalham qualquer estilo, e ainda mais o meu, que se atrapalha à toa. Talvez por isso mesmo reli com uma espécie de carinho e resolvi publicar outra vez.

Ninguém pode amar mais do que eu esta cidade do Rio de Janeiro. Ó grande beleza de cidade, ó cidade que é vinte, trinta, quarenta cidades imprevistas, uma infiltrada na outra, esta mais colonial que Ouro Preto, aquela mais nova que Goiânia, uma de alta montanha, uma de oeste de Minas, uma toda de praia, outra de casarões de arvoredo – ó ruas estranguladas entre mares e morros, recantos e esplanadas, cartões-postais baratos e segredos de esquinas sutis, avenidas afogadas em sol e ladeiras de húmus esquecidos – cidade de minhas tantas agonias e felicidades, palcos de velhas inquietações, canais de silenciosa aventura, blocos de cimento que me esmagaram, praças de humilhações, arrabaldes de exaltações líricas – minha medíocre história anda escrita em tuas ruas e nenhuma entre as cidades é mais formosa do que tu, nem sabe mais coisas de mim.

Entretanto muitas coisas em ti me aborrecem de maneira quase dolorosa – e nada em ti e em outra cidade me aborrece tanto quanto a humilhação dos fícus.

*

A cretinice é uma árvore chamada fícus. Um jardineiro sádico, de instintos miseráveis – um jardineiro que era bem, na sua crueldade e mesquinhez, o perfeito rei dos animais –, inventou a degradação do fícus. Eis uma árvore. Se a deixais crescer, ela cresce. Não vos pede ajuda – quer apenas a terra, a água, o ar – e vai crescendo. E o tronco se projeta alto e grosso da base de um encordoamento enérgico de raízes encravadas no chão, e os galhos partem oblíquos, e vão lançando ramas, e eis uma árvore nobre entre as mais nobres, grande, bela e poderosa.

Mas o fícus é apenas um arbusto – e o mesquinho rei dos animais e dos vegetais tem uma tesoura na mão. Esse arbusto jamais será uma bela árvore. Ide à praça Paris, olhai o jardim, e tremereis de vergonha. Ali não há árvores. Há cubos, há caras de cão, pirâmides, paralelepípedos, poltronas, esferas; se quiserdes haverá telefones, sopeiras, cilindros, qualquer bicho e qualquer objeto, escarradeiras ou focas – tudo o que quiserdes. Basta ter na mão uma tesoura – e saber.

*

Escrevendo outro dia a um velho amigo me ocorreu lembrar que os animais se domesticam facilmente com um chicote na mão direita e um torrão de açúcar na esquerda. Os vegetais querem tesoura e estrume. O homem é o rei da Criação.

*

Entre os homens às vezes há reis. E quando é Rei de fato – eia, eis, alalá, heil, banzai! –, quando é rei de fato com ou sem essas exclamações, ele monta a sua máquina de mandar. São máquinas monstros de mil compartimentos complexos – masmorras e picadeiros, com aparelhos de metralhadoras, microfones, casas de moedas e medalhas, jornais, uniformes, bandeiras, talentos, alicates de arrancar unhas e técnicos em festinhas escolares, foguetes, benemerências – se a quiséssemos conhecer, toda essa engrenagem de aço e sentimentos, de ouro e vaidades, de bem-aventuranças fáceis e torturas facílimas, haveríeis de gastar uma vida, e não conseguiríeis. Não é preciso. Afinal, tudo é simples, tudo é chicote e torrão de açúcar, tudo é tesoura e estrume.

*

Para uns é preciso que o chicote entre na carne, para outros basta que sibile no ar – para muitos basta que o chicote exista. Uns se jogam de quatro para lamber farelos de açúcar preto, outros recebem com ares de dignidade alvos tabletes refinadíssimos, uns se limitam a ficar mansos, outros aprendem proezas e dão espetáculos graciosos. E a degradação humana sob o fascismo ora é brutal ora é sutil – e se abre um estranho picadeiro de feras avacalhadas sob o mesmo círculo de assistência que se bestifica e bate palmas porque até o silêncio é um crime – e a floresta magnífica dos homens se muda em praça Paris com sofás de fícus e caixas de pó de arroz de fícus, guarda-chuva de fícus, toda uma alucinação idiota de formas obedientes e escravas – de fícus.

Cortai a tesoura e serrote as folhas e palmas de uma palmeira, cravai-lhe no tronco o machado – ela não vira borboleta, nem vaso, é uma palmeira que morre, uma coluna partida, pois a árvore mutilada guarda a sua dignidade de árvore. Sob qualquer fascismo há homens assim. E há outros que não são altos e fidalgos como esses mas na sua medíocre existência também resistem às humilhações com um obscuro instinto da luz e da altura e em cada ramo decepado a seiva incorruptível lança na mesma direção um renovo obstinado que a tesoura há de cortar outra vez. A tirania do jardineiro os mutila, eles não têm meio de reagir, são despojados de tudo menos a riqueza do cerne. Há os que se adaptam mas não se acostumam, se submetem mas não se servilizam, os vencidos jamais convencidos. E há os fícus.

Os que poderiam ser gigantes, e gostariam de ser gigantes e sentem com amargura e revolta o primeiro corte da tesoura. Mas o tempo passa, a vida é curta e a tesoura é certa. Então o desgraçado já não espera a tesoura. Ele mesmo fica sendo sua própria tesoura. Não é mais necessário que o oprimam de fora, ele já se espreme por dentro e distribui a seiva para os galhos em curvas e todo se modela em forma de poltrona para o perfeito conforto do assento do Rei.

Que as forças mais profundas da terra se revelem numa espantosa arrebentação, num terremoto de raízes revoltadas, e a floresta dos homens se embebede com os uivos do vento e as águas da tempestade, e se contorça e se enfureça num bracejar medonho de galhos subitamente libertados e caia por terra, pisado e esmagado, o rei da tesoura e do estrume, do chicote e do torrão de açúcar. Não adianta. Aquele fícus já viveu demais – e silenciosamente, no recesso da floresta, ele continuará a alisar e proteger, numa luxúria de ramos curvos e folhagem macia, a imaginária bunda do Senhor.

Agosto, 1946

AVENTURA EM CASABLANCA

Cheguei pelas nove da manhã, e como saíra de Roma na véspera à tardinha, em um duro avião militar, e no aeroporto resolveram me crivar de vacinas, e eu estava magro, nervoso, cansado, a mão direita numa tipoia, e ainda por cima um oficial me informou que eu com aquela prioridade poderia ficar mofando dias e dias ali, e outro oficial insistia em que eu deveria ficar hospedado no próprio aeroporto, ao que lhe respondi que jamais, e outro oficial tentou mostrar-me o regulamento ou não sei que instruções que eu nunca leria, nem que o Comando Supremo o exigisse com um ultimato à minha pessoa – aconteceu que, quando um sargento, um simples, um genial sargento americano simpatizou com minha cara barbada, meu mau humor e dois ou três palavrões que eu proferia com o ar de quem não teme em absoluto ser fuzilado, antes estaria disposto a considerar isso uma especial fineza – contra os regulamentos, os aeroportos, a guerra e Nossa Senhora mãe de Deus – e me arranjou um papelzinho carimbado e um jipe que me permitiram ir para o hotel, visto que eu declarara terminantemente que não compreendia coisa alguma do que me diziam e apenas quando o citado sargento perguntou afinal o que é que eu queria, eu respondi que eu queria ir para o Brasil, e então ele riu muito, disse por sua vez dois palavrões cordiais e me mandou para um hotel – ah, se o leitor se cansou de um período tão comprido, imagine como estava eu cansado, não de ler, mas de viver e sofrer todo esse período que durou seguramente duas horas, pois só depois das onze cheguei ao hotel.

Consegui um banho; e me joguei na cama porque há mais de 24 horas não dormia. Mas uma hora depois ouvi um rumor e acordei, como é de meu costume, assustado; mais, porém, do que o costume: em minha frente estava um árabe todo coberto de seus panos brancos e com uma barba preta de árabe falso que faz papel de bandido em filme imperialista. Aquele assassino disfarçado me falava em francês, e me chamava de *lieutenant*, e o que era pior, *Lieutenant* Davis. Respondi-lhe que *je ne suis pas lieutenant, get out, voglio dormire*, que porcaria, e o miserável bateu em retirada, convencido de que, mesmo com o punhal que certamente trazia oculto sob as vestes, não lhe seria fácil enfrentar um poliglota tão violento quanto eu. Mas, tendo acordado, senti vontade de sair. Passei uma água na cara, meti as botas e meu uniforme que era um misto de dois ou três uniformes brasileiros e americanos – e desci.

Na portaria fui avisado de que devia levar um papelzinho para comer num restaurante e devia telefonar sistematicamente às oito da noite e às cinco da madrugada, caso dormisse fora, para ver se havia avião para mim, e se eu perdesse um avião, iria para o fim de uma fila que só se esgotaria uma semana depois, talvez mais.

Andei pela cidade, barbeei-me, fiz umas compras pitorescas para minha encantadora esposa, fui assaltado por moleques mendigos, vi negros de *short* e barrete vermelho, mulheres de que a gente só vê os olhos, magazines e mafuás, encontrei até um português chamado Teixeira, que me deteve na rua para dizer que era português, com o que, segundo lhe informei com um certo exagero, me deu um imenso prazer; e a rua principal parece com Bolonha, se Bolonha fosse branca e limpa. Foi ali que subitamente duas senhoras me deram o braço e me convidaram para beber. Creio que não era a primeira vez que tinham essa luminosa ideia aquele dia, porque estavam meio alegres. Uma era bonita e a outra era dessas que a gente diz que enfim há piores; eu tinha dinheiro no bolso e achei a ideia boa.

Levaram-me para um boteco com ingênuas pinturas murais, e começamos com muitos conhaques e apresentações. Uma era francesa, outra árabe afrancesada; e pareciam encantadas pelo fato de eu ser brasileiro. Contei-lhes que nasci, modéstia à parte, em Cachoeiro de Itapemirim, e elas ficaram, ao que parece, tão impressionadas, que mandaram vir mais conhaque. Falo francês como quem cospe pedras, e além do mais estava terrivelmente cansado com meses de luta para falar italiano e inglês; de maneira que tomei o partido de falar pouco, beber muito e exprimir os tradicionais laços de amizade que ligam Cachoeiro de Itapemirim a Casablanca passando a mão pelos cabelos das damas; que eram castanhos. Assim entardecemos no boteco, e uma delas cantava. A certa altura, convidei um sargento americano para tomar alguma coisa, e ele acabou baldeando a tal que há piores para beber no balcão. Foi então que meus olhos bateram na lista de preços, que estava pregada na parede, suspensa sobre nossas cabeças como a espada de Dâmocles, como diria um bêbado de certo nível cultural. Fiz um violento esforço cerebral para transpor os francos para dólares, dólares para liras e afinal liras para mil-réis; tentei mesmo chegar até cruzeiros, mas a essa altura já estava exausto. Cada gota de conhaque custava uma pequena fortuna, e calculei que estava às beiras da falência. Fiz outra vez o cálculo traduzindo diretamente os francos para as liras e as liras para o mil-réis, para ver se assim saía mais barato. Mas deu mais ou menos no mesmo, e eu ainda não terminara o cálculo quando surgiu na mesa uma garrafa de champanhe, o que me fez berrar imediatamente pela conta.

Aqui começa, meus senhores, o mistério de Casablanca. Contarei o resto domingo que vem. Faço questão, porém, de esclarecer desde logo que a história que Joel Silveira andou contando por aí sobre Ingrid Bergman e mim é inexata. Mas explicarei tudo no outro domingo, se os amigos tiverem um pouco de paciência.

Setembro, 1946

FIM DA AVENTURA EM CASABLANCA

Muitos leitores me dizem que estão indignados com esse negócio de eu começar uma história num domingo e não acabar. Consolem-se comigo, que também me aborreço muito. Hoje, por exemplo, devo acabar de contar minhas aventuras em Casablanca. Ora, quando eu comecei aquilo, estava convencido de que era uma boa história. Hoje, relendo a primeira parte, fiquei com sono e desanimado; e quando penso que devo fazer a segunda, francamente, sinto náuseas.

Afinal, o leitor nada tem a ver com o que me aconteceu em Casablanca. E não me perguntou nada. Eu é que me meti a contar a história. Se tivesse contado de uma só vez, vá lá. Mas neste momento estou na posição de uma pessoa que começa a contar uma anedota e é interrompida; e quando pretende continuar se dá conta, subitamente, que a anedota não tem nenhuma graça nem interesse, ou, o que é lamentável, ela se esqueceu do fim. Está visto que não me esqueci do fim de minhas aventuras em Casablanca. Mas só agora percebo que fiz uma horrível imprudência; porque, francamente, não me é possível contar a história tal como aconteceu. Como acontece em muitas histórias, a parte mais interessante é de caráter confidencial; seria da maior inconveniência que eu a contasse em público. Mesmo em particular, quando sou interrogado, guardo um pesado silêncio, ou digo qualquer mentira que me ocorre, pois além de ser um homem responsável perante minha pátria, Deus e minha família, sou um perfeito cavalheiro, e um perfeito cavalheiro deve saber guardar perfeito silêncio em circunstâncias como essas. Fosse apenas o meu nome que estivesse em jogo, vá lá; eu talvez não hesitasse em comprometê-lo pois a probidade profissional e o respeito ao público me obrigariam a contar tudo direitinho, visto que comecei. Tanto mais que muitas pessoas, inclusive senhoras de sociedade, manifestaram-se muito aflitas para saber o fim. São corações fracos. Ficam assustadas quando imaginam o quadro final do primeiro capítulo destas emocionantes aventuras: um pobre correspondente de guerra brasileiro, desarmado, com a mão direita neutralizada por uma tipoia, maldormido e bem bebido, metido no fundo de um barzinho da perigosa cidade de Casablanca, com duas mulheres desconhecidas e duvidosas, uma enorme conta e um gerente que revela na cara sentimentos de banditismo piores que os de um Humphrey Bogart. Sei que uma boa parte da população do país não tem dormido quase nada esta semana, de medo que me aconteça alguma coisa. Que fazer?

Pois se tranquilizem, minhas senhoras. A verdade é que se alguma das senhoras passasse cinco minutos depois por aquele bar (o que não creio que aconteça, porque aquela zona é considerada perigosa, mesmo para Casablanca) se deteria na calçada e ficaria certa de que o escritor Bernanos andava pelas proximidades, pois ouviria as exclamações com que ele costuma iniciar e terminar seus artigos, tais como *la France immortelle, l'honneur de France, la France de toujours, jamais! jamais!, c'est une trahison, on ne passe pas, vive la France* e *allons, enfants de la patrie*. O senhor Bernanos costuma dizer essas coisas ao mesmo tempo que chama de imbecis, idiotas e canalhas todas as pessoas que não acreditam que os franceses foram para a Síria por inspiração de Jeanne d'Arc e para colocar o *esprit* contra o grosseiro materialismo russo, inglês e americano. Assim a paixão patriótica cega as inteligências mais claras; e muitas vezes me pus a imaginar que se o senhor Bernanos é tão orgulhoso e desvairado tendo, afinal de contas, nascido na França, como ele seria insuportável se pudesse provar, como eu posso (sem querer com isso, repito, humilhar ninguém), que nascera em uma cidade como Cachoeiro de Itapemirim – afinal de contas uma cidade de gente decente e boa, de famílias conhecidas, gente que a gente sabe quem é, e que fala uma língua direita que qualquer pessoa de bem pode entender.

Mas naquele momento eu estava no estrangeiro, e era obrigado a falar em língua estrangeira, o que sempre é incômodo e ligeiramente humilhante, pois como dizia aquele português, o Teixeira, não há nada mais hipócrita e constrangedor pra um homem de bem do que chamar queijo de *fromage* ou *cheese* quando está vendo com toda a clareza que no fundo aquilo é queijo mesmo. Confesso, entretanto, que naquele momento não me importava falar francês, pois a França bem merecia, e inclusive eu estava empolgado por uma onda de admiração pela França, ali representada por aquela senhora de cabelos castanhos e voz meio rouca porém muito doce. Nessa voz ela me dizia que *non, non, jamais*;

que elas duas me haviam convidado para beber e que portanto tinham o direito de pagar; que era estúpido de minha parte querer afrontá-las com o meu sujo dinheiro; e chegou a insinuar coisas depreciativas para a boa educação e o cavalheirismo do homem brasileiro, o que seria intolerável se não fosse dito com ar tão meigo e por uma boca tão fresca à qual um dentinho ligeiramente acavalado do lado esquerdo não tirava graça nenhuma, antes me pareceu acrescentar alguma. Neste ponto proponho ao leitor uma conversa de homem para homem. Prometo pela minha palavra de honra não voltar nunca mais a escrever histórias em série, continuando no próximo domingo. Prometo, ainda domingo que vem, terminar de uma vez por todas estas excitantes aventuras de Casablanca e nunca mais falar nisso. Era minha intenção, juro, acabar essa história hoje, tanto que logo que sentei à máquina escrevi o título "Fim da aventura em Casablanca", como o leitor pode verificar. Mas, domingo que vem acabo de qualquer jeito e prometo mesmo prestar declarações sobre as coisas que, com tão condenável indiscrição, o correspondente Joel Silveira que passou por Casablanca alguns dias depois de minha partida andou espalhando aí pelos botequins sobre meu encontro com a atriz Ingrid Bergman, quando a verdade é muito diferente e – vou dizendo desde logo – nada contém que possa desabonar a conduta daquela senhora.

Setembro, 1946

VERDADEIRO FIM DA AVENTURA EM CASABLANCA

Devem estar lembrados os senhores que duas mulheres me arrastaram para um bar, onde bebemos e fizemos uma grande despesa. Elas pagaram – e isso me deixou tão comovido, que me pus a cantar a *Marselhesa* com os olhos úmidos. A explicação sentimental da coisa era que estávamos no dia seguinte ao Dia da Vitória, e elas ainda não tinham festejado o fim da guerra com um brasileiro. Eis que nada era por mim; era por uma das Nações Unidas, o Brasil, que eu representava naquele botequim como o senhor João Neves e outros representam agora na Europa.

— A outro bar! – gritei eu. — A outro bar!

Sim, eu queria retribuir aquelas gentilezas que atingiam a minha pátria através de minha garganta; pois o brasileiro é assim, sentimental e generoso; e se o brasileiro é assim, este aqui então não se fala. Estava disposto a gastar todo o meu dinheiro com aquelas senhoras, especialmente a de dentinho acavalado. Lembro-me de um bêbado de minha terra, que dizia:

— No dia em que eu tirar vinte contos na loteria não fica uma mulher pobre nesse Cachoeiro!

Nunca tirou; ainda há mulheres pobres, o que é pena. Mas a senhora do dentinho acavalado me fez saber que era enfermeira voluntária de um hospital aliado; e estava na hora de entrar em serviço. Sairia somente pelas cinco e meia da manhã. Depois de muitos debates (confesso, com ligeira vergonha, que tentei demovê-la do cumprimento de seu dever) ela me pediu o telefone do hotel. Chamaria pelas cinco e meia e iríamos, num carro puxado por um cavalo branco, visitar o palácio do sultão. Disse que a madrugada em Casablanca é linda em maio; conduziu-me carinhosamente até uma rua mais perto do centro, orientou-me e abandonou-me.

Ah, pobre homem triste e bêbado numa cidade confusa, longe dos seus e de sua terra, sem um amigo, ao escurecer. Andei para um lado e outro, quase me atropelaram e eu murmurava de mim para mim coisas meigas e desoladas – em francês. Em mau francês; tão ruim que às vezes eu mesmo não entendia bem, o que aumentava minha confusão. Vi o anúncio luminoso de um barzinho e parti naquela direção como a pobre criança perdida no meio de um conto antigo, na escuridão, marcha no rumo de uma luzinha que vê lá longe.

O bar era estreito e ruidoso com muitas mulheres e oficiais; mas havia a um canto uma pequena mesa vazia, e me sentei. Deus sabe por que pedi champanhe. Era, segundo creio, de Argel; mas naquela altura dos acontecimentos, poderia ser licor de cacau que eu não notaria a diferença. Fiquei por ali a erguer brindes imaginários, pensando coisas, vendo as pessoas que conversavam, discutiam e riam dentro do botequim. Havia um piano, e alguém tocava. Insensivelmente, comecei a acompanhar a música, batendo com os dedos na mesa; e de súbito levei um susto e ergui a cabeça. Era o "Tico-tico no fubá" – e a pianista tocava olhando para mim e sorrindo. Em menos de meio segundo, eu a havia baldeado para a mesa e quinze minutos depois ela já fazia uma ideia razoável do que significa tico-tico no fubá. Como não sei como é tico-tico nem como é fubá em francês, minha explicação foi um pouco longa, e ajudada pelos gestos que eu fazia com os dedos sobre a mesa tentando imitar o gentil passarinho no ato de bicar o fubá. Partimos daí para outras conversas; ela voltou ao piano para tocar outra música brasileira que resultou ser cubana, mas nem por isso deixou de me comover, pois era tocada para mim, e logo mandei arriar outra champanhe.

Neste ponto, tenham santa paciência, eu me detenho. Não contarei o caso do americano bêbado que queria brigar com o francês, em cujo caso tive uma intervenção bilíngue; nem como me retirei sem conseguir pagar a conta, que a pianista disse que ela pagaria porque assim seria mais barato 35%, mas me daria oportunidade aquela noite mesmo de comprar outras bebidas que beberíamos com outra senhorita e um oficial ruivo que tinha um jipe que nos levaria não sei onde; sendo que eu devia estar na porta do bar à hora de sua saída, ao que afiancei que estaria rente como pão quente. Paremos por aqui. A versão de Joel Silveira sobre o meu encontro com Ingrid Bergman no Coq d'Or vale tanto quanto a de Egydio Squeff sobre os perigos que corri nas mãos de uma suposta espiã que se dizia tcheca, embora seja verdade que na confusão dos tempos de guerra há mulheres que se fazem passar por espiãs para atrair os incautos.

A mistura dessas duas histórias tem dado lugar a uma grande confusão, ainda mais quando combinada com o passeio no carro puxado por um cavalo branco, pela madrugada. Sou um homem de certa idade, e tenho visto coisas. Algumas aconteceram comigo, porém poucas. Calarei. Além do mais a Suécia era um país neutro.

Setembro, 1946

LOUVAÇÃO

Já escrevi sobre isso: mas a coisa me impressionou, e além do mais ainda não recebi os jornais, são seis e quarenta, e Chico Brito combinou de passar com o Cavalcanti às oito horas para irmos às enxovas. Se começar a procurar assunto, acabo perdendo a pescaria. E acontece que há pouco, quando acordei, eu estava sonhando com isso. Via um homem de avental e touca, como se fosse um sacerdote, mas um sacerdote em paramentos brancos de padeiro. E ele erguia à luz um pequeno pão branco. A luz era a mesma luz de meu quarto, um raio de sol fraco e louro: e o pequeno pão brilhava como hóstia e o homem dizia: "É puro, é puro".

O jornal deu esse caso do padeiro de Brás de Pina que foi autuado por estar fabricando pão com farinha de trigo pura. Entende-se que a Prefeitura tem razão. Temos pouco trigo – e precisamos misturá-lo. O padeiro será punido, mas que ele ouça este canto matinal em seu favor.

Glória a ti, padeiro de Brás de Pina, padeiro do pão puro.

Entre o falso leite, a falsa arte, a falsa crítica de arte, o falso dinheiro do governo, a falsa palavra do político; entre a falsa mulher, a falsa meia de *nylon*, a falsa companhia e a falsa democracia – glória a ti. Mergulhamos no frenesi das falsificações; nossos panos são de falsos tecidos, os sapatos de falso couro, as garrafas de falsa bebida, as palavras de falsa moral. Há orquestras tocando falsas músicas e oradores com a voz embargada, pela falsa emoção; e o chefe de Polícia resolve punir falsos crimes. Os partidos fazem uma falsa coalizão ou se colocam em falsa oposição ou hipotecam falso apoio; e todos comem falsa manteiga, bebem água de falsa pureza e tomam falsos banhos sem água. De tudo isso nos queixamos aos falsos amigos; e todos nos fazem falsas promessas, e nos oferecemos falsos banquetes; quando tudo piora, o povo nas ruas promove falsos distúrbios, quebrando falsos artigos de falsos comerciantes.

Tu, só tu, fazes o puro pão. Às escondidas, nesta cidade pecaminosa; contra as posturas municipais e contra os costumes; é aí, na penumbra de Brás de Pina, que formas a tua massa pura e a levas ao forno de verdadeiro fogo do ideal, ao fogo do teu coração. Glória a ti, verdadeiro padeiro, último preparador da branca hóstia da verdade eterna e terrena do pão dos homens: glória a ti.

Sim, glória ao padeiro que acredita no pão. Não acreditam na paz os homens que a fazem; até a guerra a fizeram sem acreditar. Glória a ti, padeiro que fazes pão.

Setembro, 1946

RECEITA DE CASA

Cyro dos Anjos escreveu, faz pouco tempo, uma de suas páginas mais belas sobre as antigas fazendas mineiras. Ele dá os requisitos essenciais a uma fazenda bastante lírica, incluindo, mesmo, uma certa menina de vestido branco. Nada sei dessas coisas, mas juro que entendo alguma coisa de arquitetura urbana, embora Caloca, Aldari, Jorge Moreira e Ernani, pobres arquitetos profissionais, achem que não.

Assim vos direi que a primeira coisa a respeito de uma casa é que ela deve ter um porão, um bom porão com entrada pela frente e saída pelos fundos. Esse porão deve ser habitável porém inabitado; e ter alguns quartos sem iluminação alguma, onde se devem amontoar móveis antigos, quebrados, objetos desprezados e baús esquecidos. Deve ser o cemitério das coisas. Ali, sob os pés da família, como se fosse no subconsciente dos vivos, jazerão os leques, as cadeiras, as fantasias do carnaval do ano de 1920, as gravatas manchadas, os sapatos que outrora andaram em caminhos longe.

Quando acaso descerem ao porão, as crianças hão de ficar um pouco intrigadas; e como crianças são animais levianos, é preciso que se intriguem um pouco, tenham uma certa perspectiva histórica, meditem que, por mais incrível e extraordinário que pareça, as pessoas grandes também já foram crianças, a sua avó já foi a bailes, e outras coisas instrutivas que são um pouco tristes mas hão de restaurar, a seus olhos, a dignidade corrompida das pessoas adultas.

Convém que as crianças sintam um certo medo do porão; e embora pensem que é medo do escuro, ou de aranhas-caranguejeiras, será o grande medo do Tempo, esse bicho que tudo come, esse monstro que irá tragando em suas fauces negras os sapatos da criança, sua roupinha, sua atiradeira, seu canivete, as bolas de vidro, e afinal a própria criança.

O único perigo é que o porão faça da criança, no futuro, um romancista introvertido, o que se pode evitar desmoralizando periodicamente o porão com uma limpeza parcial para nele armazenar gêneros ou utensílios ou mais facilmente tijolos, por exemplo; ou percorrendo-o com uma lanterna elétrica bem possante que transformará hienas em ratos e cadafalsos em guarda-louças.

Ao construir o porão deve o arquiteto obter um certo grau de umidade, mas providenciar para que a porta de uma das entradas seja bem fácil de arrombar, porque um porão não tem a menor utilidade se não supomos que dentro dele possa estar escondido um ladrão assassino, ou um cachorro raivoso, ou ainda anarquistas búlgaros de passagem por esta cidade.

Um porão supõe um alçapão aberto na sala de jantar. Sobre a tampa desse alçapão deve estar um móvel pesado, que fique exposto ao sol ao menos duas horas por dia, de tal modo que à noite estale com tanto gosto que do quarto das crianças dê a impressão exata de que o alçapão está sendo aberto, ou o terrível meliante já esteja no interior da casa.

Não preciso fazer referência à varanda, nem ao caramanchão, nem à horta e jardim; mas se não houver ao menos um cajueiro, como poderá a família viver com decência? Que fará a família no verão, e que hão de fazer os sanhaços, e as crianças que matam os sanhaços, e as mulheres de casa que precisam ralhar com as crianças devido às nódoas de caju na roupa? Imaginem um menino de nove anos que não tem uma só mancha de caju em sua camisinha branca. Que honras poderá esperar essa criança na vida, se a inicia assim sem a menor dignidade?

Mas voltemos à casa. Ela deve ter janela para vários lados e se o arquiteto não providenciar para que na rua defronte passem bois para o matadouro municipal ele é um perfeito fracasso. E o piso deve ser de tábuas largas, jamais enceradas, de maneira que lavar a casa seja uma das alegrias domésticas. Depois de lavado o assoalho, são abertas as portas e janelas, para secar. E quando a madeira ainda estiver um pouco úmida, nas tardes de verão, ali se devem deitar as crianças, pois eis que isso é doce.

O que é essencial em uma casa – e entretanto quantos arquitetos modernos negligenciam isso, influenciados por ideias exóticas! – é a sala de visitas. Seu lugar natural é ao lado da sala de jantar. Ela deve ter móveis incômodos e bem envernizados, e deve permanecer rigorosamente fechada através das semanas e dos meses. Naturalmente se abre para receber visitas, mas as visitas dessa categoria devem ser rigorosamente selecionadas em conselho de família.

As crianças jamais devem entrar nessa sala, a não ser quando chamadas expressamente para cumprimentar as visitas. Depois de apertar a mão da visita, e de ouvir uma pequena referência ao fato de que estão crescidas (pois em uma família honrada as crianças estão sempre muito crescidas) devem esperar ainda cerca de dois minutos até que a visita lhes dirija uma pilhéria em forma de pergunta, por exemplo: se é verdade que já tem namorada. Devem então sorrir com condescendência (podem utilizar um pequeno ar entre a modéstia e o desprezo) e se retirar da sala.

Não desejo me alongar, mas não posso deixar de corrigir uma omissão grave.

Trata-se de uma gravura, devidamente emoldurada, com o retrato do Marechal Floriano Peixoto. Essa gravura deve estar no porão, não pregada na parede, mas em todo caso visível mediante a lanterna elétrica, em cima de um guarda-comida empoeirado, apoiada à parede. Pois é bem inseguro o destino de uma família que não tem no porão, empoeirado, mas vigilante, um retrato do Marechal de Ferro, impertérrito, frio, a manter na treva e no caos, entre baratas, ratos e aranhas, a dura ordem republicana.

Outubro, 1946

EU, LÚCIO DE SANTO GRAAL

Já fiz muita coisa em jornal, mas o sonho secreto do coração jamais se cumpriu. É verdade que os sonhos mudam; lembro-me que, no tempo de rapazinho, a suprema autoridade era para mim Yves, do *Fon-Fon!*, o senhor Bastos Portela. Ele respondia a centenas de cartas com um ar displicente e irônico, rejeitando os poemas ou dizendo alguma coisa sobre as torturas ou delícias da alma que suas fãs lhe expunham.

Sim, era supremo. Às vezes feroz, às vezes delicadíssimo, escrevia com navalha ou pluma e tinha, por cima de tudo, um ar de desencanto, ou fastio que raramente lhe permitia uma pequena frase lírica.

Mandei-lhe, certa vez, alguma coisa que escrevi, uma croniqueta de vinte linhas. Levou semanas para responder, e como o *Fon-Fon!* custava a chegar lá em Cachoeiro! Eu já estava triste quando um belo dia veio a resposta. Yves não publicava minha literaturinha, mas me tratava com uma certa gentileza. Dizia, se bem me lembro, que aquilo devia ser coisa de estudante em férias, e acrescentava algo assim como "hum! você pode ser um humorista".

Não me zanguei com a recusa da croniqueta; com as semanas de espera eu já não fazia muita fé naquilo. (Os escritores adolescentes são horríveis pais, que vivem renegando os filhos semanas e às vezes dias depois de nascidos, passando seu amor de armas e bagagens para outro filho que acham um primor e que logo renegarão; com o tempo a gente fica menos ambicioso e mais humilde e se às vezes contempla a filharada toda com aborrecimento pelo menos não a despreza mais por amor dos recém-nascidos, que já sabemos que não são grande coisa.) Também não mandei mais colaboração; creio que fui passar as férias na praia e adeus literatura.

Há muito tempo não leio o *Fon-Fon!*, pois me chateei quando a revista virou integralista; não sei se Yves continua funcionando. Sim, Yves era supremo; mas o meu grande sonho não era ser Yves.

Devo ter algum pudor em confessá-lo. Não é coisa, vamos dizer, muito viril. Que fazer? Rirá de mim o leitor severo; mas que se dane. Meu sonho é ter um "Consultório Sentimental". Não com o meu nome;

com um pseudônimo, um bom pseudônimo que intrigasse e encantasse as damas. "Mas quem será?", perguntariam elas, erguendo ao céu os belos olhos negros ou azuis. "Quem será, hein?" E ficariam minutos assim, talvez beliscando levemente o lábio inferior. E o Braga, moita.

Minhas respostas seriam infernais, oh, santo Deus, como eu brilharia. Haveria de mergulhar no coração das damas e de lá traria as pérolas lindíssimas que sempre julgo haver recônditas no fundo desses pequenos e confusos oceanos. De vez em quando eu seria irônico, mas também não demais; às vezes um pouco paradoxal, mas também sem abuso. No mais das vezes seria manso, ainda que profundo; terno, embora ligeiramente superior. Às vezes poderia mesmo ser distinto e tão discreto que pediria perdão, mas me negaria a dar conselho em caso tão delicado. Outras vezes rasgaria apelos: "Ame, e creia no seu amor. Tenha a coragem de seus sentimentos; acredite na vida! Conte com meu apoio moral!"

Absolutamente, ab-so-lu-ta-men-te não cederia aos rogos de missivistas ansiosas por me falar pessoalmente, ou sequer pelo telefone. Não, nunca. Ao palerma do Braga elas não pilhariam; só poderiam lidar com o fantástico doutor de almas, profundo conhecedor do coração epistolar feminino, irônico porém tão humano, severo porém tão meigo.

É inútil, ó belas do Brasil; no dia em que eu me instalar atrás de meu soberbo pseudônimo podeis me mandar retratos até em maiô. Pessoalmente só merecereis o meu desprezo; porque "Juan" (ou "Vic", ou "Parsifal", ou "doutor Cândido"?) só tratará com as senhoras e senhoritas através de cartas. Pessoalmente (que terá havido com ele, com esse terrível conhecedor de mulheres? desengano ou soberbo fastio? mágoa ou tédio, Senhor?), pessoalmente as mulheres jamais o atingirão, ainda que venham lágrimas sobre a tinta azul em papel cor-de-rosa.

Sim, eu serei misterioso, magnífico, e irredutível, quer me chame "doutor Mefisto", quer me chame "Johnny", ou, o que talvez prefira, "Lúcio de Santo Graal". E então as damas ficarão exasperadas, fascinadas...

E lá atrás de seu pseudônimo fabuloso ficará escondido, mergulhado na escuridão, ferido e medroso, o pobre coração do Braga.

Outubro, 1946

SOBRE O VENTO NOROESTE

Dormis; mas em vosso sono há um ranger de flores secas; e sentis também a boca seca e na garganta uma fina, indefinível areia. Ora pois, saiamos, é o Noroeste que se ergueu. Em Santos é o vento da neurastenia; aqui não é tanto. Mas vinde comigo e vos mostrarei não somente o mar de desorientadas correntes, e as árvores assanhadas e as esquinas batidas de lufadas de poeira, depois de vagarosos bafos de calor, como se invisíveis bolas de ar quente rolassem pela calçada. Mostrarei mais coisas, inclusive esta janela que sempre é tão sossegada, tão acostumada a se abrir e fechar pela mão humana, e agora bate desesperada, com uma espécie de raiva. Notai esta moça loura de pele fina e rosada. Perdeu a fragrância, está avermelhada e um pouco áspera; nesta senhora morena de pele seca surgem finíssimas rugas que nunca houve. E todas cerram um pouco os olhos e têm os lábios secos; e se inquietam não apenas pela poeira como porque o vento lhes bate nos cabelos. Adeus, calor sereno, adeus frio excitante, e bom ar um pouco úmido e macio; vivemos em temperaturas desiguais e a saliva seca em nossa boca. Perdemos o ritmo, porque a força do vento varia de zero a rajada, e se quebrando pelas esquinas, assim desigual, ora se detém, ora se choca consigo mesmo, numa sarabanda de folhas. Acaso rodopiaremos subitamente alegres, ou andaremos nervosos de cara ao vento ou aflitos nos deteremos de mãos nos olhos? Sim, poderemos tomar um banho e fechar tudo. Mas dentro do quarto fechado sentiremos um calor desigual e uma pressão oscilante, como se invisíveis correntes atravessassem as paredes.

Ah, bem sei, estamos vivendo tempos inquietos e não faz mal que soprem ventos inquietantes sobre a terra desde que já sopram na alma dos homens.

E se na verdade não somos pescadores nem aviadores, que temos a ver com o vento? Ele não para o ônibus, não piora nem melhora o bife do restaurante, não ofende nossos horários civis. Sim, mas podíamos alegar perante as autoridades que esse vento desgosta as flores; e é preciso protegê-las. Ao menos, com os estudantes, peçamos um abatimento de 50% no número de folhas secas que rangem dentro de nós. Se o governo não tomar providências, esse vento invadirá as casas de luxo, inclusive as lojas de antiguidade, e quebrará vasos de porcelana da dinastia Ming. Como viver sem esses vasos de porcelana da dinastia Ming? Não, leitor, não creiais que eu tenha algum em casa; suponho que eles ficam melhor nas próprias lojas onde são vendidos e colocados nas vitrines. Alguém os compra? Sempre há muitos; parece que a dinastia Ming era muito trabalhadora e passava o tempo todo a fazer vasos.

Mas devemos evitar prejuízos ao comércio honrado, que paga seus impostos; mesmo porque em caso contrário virá a Polícia e então será impossível manter a ordem. Precisamos de ordem! Não aquela com O grande, que é revista católica ou delegacia de Polícia ou legenda de bandeira. Precisamos da ordem vulgar, a mansa ordem da vida, eis aqui: torneiras com água, açougues com carne, padarias com pão, pão com manteiga, açucareiros com açúcar, veículos com espaço, mulheres com sorrisos e até mesmo, por que não, claras risadas matinais e por que não também vespertinas, e mesmo digamos noturnas. Risadas de mulheres... São lindas. Mas hoje em dia as senhoras e senhorinhas andam cheias de problemas não sentimentais; pleiteiam coisas; falam coisas; até mesmo fazem coisas; e acabam parecidas com coisas, ou com falta de coisas, quando no fundo sabemos que são seres especiais, delicadíssimos e cheios de um doce mistério.

Que fazer? Sim, naturalmente precisamos mudar de chefe de Polícia; mas logo em seguida, ou concomitantemente, cessar esse vento Noroeste. Estão falando em "clima de confiança". Sei; com Noroeste!

Ah, sopra, vento, atiça as fagulhas; anda; vá; torce-te, vento; nas esquinas; dá lufadas contra o prédio de apartamento, tira o zinco da favela, joga cisco no olho da jovem datilógrafa, irrita os nervos do dentista que extrai um nervo, dá um tapa de folha seca na cara daquele senhor. Venham lufadas e poeira: fique perigoso o mar e inquietante a vida sobre a terra, e tenhamos sol amarelo e lua fosca, e garganta seca. Todos telefones em comunicação; mas todos, todos, fazendo guem-guem-guem até enjoar. Os sonâmbulos acordam cansadíssimos; pois é o vento Noroeste; a empregada perde o cartão de racionamento, o funcionário o ponto, o rapaz o dinheiro, o homem do escritório o documento, o estrangeiro o passaporte, o professor a caneta-tinteiro, o autotransporte a direção, o atropelado as pernas, a mocinha a vergonha, o amante a chave, a mulher o dinheiro que gastou no penteado, o mundo a graça, e a mãe a paciência com esses meninos que estão impossíveis, impossíveis, açoitados pelo vento Noroeste, carregado de germes de espírito de porco em pó. Que voe o pó; não adianta defesa; ao pó voltaremos, que somos pó, não mais.

Todas as flores terão as pétalas logo murchas, ressecadas; seque também o úmido beijo de amor; é o Noroeste, é o Noroeste, não há como lutar contra o Noroeste, embora eu lute bravamente com esta crônica seca na mão, ainda que os tipos da máquina estalem sobre folhas secas. Estou cansado.

Dezembro, 1946

HISTÓRIA DE SÃO SILVESTRE

Capítulo I

Talvez não tivessem sido muito atentos em suas orações, talvez tivessem bebido em demasia ou ainda pode ter acontecido que sobre o leve fervor de fraternidade que reinava naquele instante dentro daquela casa caísse de súbito o peso de um ano inteiro de pecados e quizílias. Quando festejamos a entrada do Ano-Bom, nós próprios nos sentimos bons, e todos os que estamos juntos a comer, a beber, a dançar, nos tratamos dentro de um espírito de boa vontade bastante leviano. E apesar de nosso ar inocente estamos sendo cruéis com o ano que morre; bailamos sobre a sua sepultura e abafamos com sambas e outras músicas profanas os estertores de sua agonia.

Mas isso são filosofias, e desejo narrar o fato que presenciei. Deliberadamente o faço já fora de época, para que os meus milhares de leitores tenham, daqui até o próximo Ano-Bom, tempo suficiente para esquecer a história, por mais impressionante que ela seja.

Do ponto em que me achava sentado o espetáculo era de uma grande beleza burguesa.

Dizem que a burguesia é uma classe já condenada pela História, e que breve sumirá no sorvedouro social, visto que a posse por um grupo limitado de pessoas (ainda que sejam pessoas de bem) da terra e das máquinas e meios de produção em geral conduz forçosamente a Más Consequências. Dizem que isso é verdadeiro a um tal ponto que os países mais prósperos do mundo burguês só gozam por exemplo dessa felicidade primária e aliás bastante medíocre que é estar todo o povo a trabalhar granjeando com honradez o seu pão quando esse trabalho se destina à Morte, e não à Vida. Assim dizem. Em nações soberbas, como a Alemanha, a França, a Inglaterra e os Estados Unidos há em tempos normais milhões de desempregados, homens que não têm o que fazer, e ficam, se me perdoem a expressão, bestando por ali como se o trabalho dos outros bastasse para a fartura geral, o que não se dá. Só em tempo de guerra ou de preparação para a guerra todos acham o que fazer. Em outros países as eras de Prosperidade redundam em fatos reprováveis, como é a destruição em grande escala de mercadorias. Quando queimamos ou jogamos ao mar milhões de sacas de café produzidos com desagradável esforço, não o fazemos porque o Mundo esteja abarrotado de café, a tal ponto que todas as famílias decentes tenham na despensa mais quilos de café do que o estimável em vista do problema do espaço no lar.

Não, não é assim. O café, que é pouco para as pessoas que querem tomar café, é demasiado para as pessoas que querem vender café. O que acontece é uma coisa profundamente trágica e estranha, eis que o café não é produzido para ser bebido, e sim para dar lucros. O mesmo sucede com outros produtos, de maneira que já temos visto a maior parte dos povos do mundo (inclusive povos do Oriente que, bem ou mal, também pertencem à Humanidade, embora sejam de alma atravessada ou enviesada, segundo julgam muitos cristãos do Ocidente), a maior parte dos povos dos mundos, íamos dizendo, passar necessidades de roupa e de boca quando os jornais mais sérios e as estações de rádio cujos conselhos são ouvidos com mais atenção afirmam que há Superprodução. Proibimos a instalação de usinas de açúcar não porque a vida para a humanidade esteja demasiado doce, mas, sim, porque é preciso proteger os lucros dos donos de usinas de açúcar existentes. Fazemos isso para evitar que o açúcar fique muito barato, como se fosse um grande pecado ficar o açúcar muito barato. Além disso, se o país A produz colchetes e o país B também produz colchetes, e ambos desejam vender colchetes ao país J, isso resulta em uma disputa entre nações, sendo convidados escritores, declamadoras, militares, eclesiásticos e escroques do país J a visitar ora o país A, ora o país B, na esperança de que se esforcem para colocar o país J a favor do país A em sua guerra contra o país B, ou a favor do país B em sua guerra contra o país A, visto que no Sistema do Imperialismo o único meio de saber quem tem direito de vender colchetes é transformar as fábricas de colchetes em fábricas de espoletas e travar batalhas terrestres, aéreas e navais que enriquecem as Páginas da História.

Tudo isso se diz em desfavor do Regime Burguês, isso e muito mais, que tenho visto comentado em livros, jornais e palestras de pessoas que parecem preparadas e importantes, e que mesmo depois das refeições tratam desses assuntos com a maior licença e despejo. E como até um certo ponto eu ainda posso me considerar uma figura da Nova Geração, tenho o dever de estar a par dessas coisas e levá-las em conta, embora eu prefira não alimentar nenhuma Opinião Pessoal a esse respeito. Mas se em minha consciência eu tenho alguma coisa a dizer em favor do Sistema da Burguesia, sou um homem bastante decente para o fazer aqui neste momento, mesmo correndo o risco de que este jornal, embora seja um órgão reconhecidamente honesto, e lido pelas melhores famílias da cidade, caia em mãos de algum perverso proletário.

Mas a observação pessoal é uma Fonte de Sabedoria e eu observo as coisas com dois olhos que, embora castanhos e mesmo tirantes a verde, veem este mundo com bastante clareza. O salão estava iluminado de maneira própria a despertar Sentimento de Infância e provocar Deslumbramento e Sonho. As fortes e claríssimas Lâmpadas Elétricas tinham sido apagadas, luzindo sobre a grande mesa um candelabro com velas, e pequenas lâmpadas penduradas na Árvore de Natal de dois metros e quarenta centímetros de altura; e nos cantos dos salões, em peanhas incrustadas a cerca de dois metros uma da outra, em sábia disposição, havia castiçais providos de pequenas lâmpadas elétricas em forma de chama de vela e de várias cores, notadamente a azul e a vermelha. Assim era possível obter o que a mais perfeita Iluminação Indireta e Fria que representa aliás o ápice do conforto da burguesia moderna não poderia proporcionar: reflexos maravilhosos sobre as porcelanas, a prata das baixelas, os grandes pratos de finos molhos tornados mais sedutores assim, e os vinhos das taças, o linho da toalha que era um sonho de açucenas, a seda que envolvia os roliços corpos das mulheres belas, deixando, à doce vista nossa, metade dos seios macios, e também nimbava seus cabelos e dava cintilações aos olhos divinais. De meu posto de observação, que era uma profunda poltrona, que devemos reconhecer como uma grande contribuição do Sistema Burguês para o aconchego do Corpo Humano, eu via essas mulheres, demorando minha atenção sobre quatro ou cinco especialmente Jovens e Belas.

Eram bem diferentes uma da outra, mas apesar disso cada uma separadamente era tão linda e sedutora que, ao demorar dois minutos a vista em sua figura, o observador era levado a acreditar que aquilo era a figura da própria Beleza Humana, e que nada poderia haver que se lhe comparasse; de modo que ao fixar os olhos em outra sentia uma extraordinária surpresa e um encanto perturbador – tudo isso a tal ponto que ali na minha poltrona, metido naquele *summer-jacket* emprestado, eu me pus a considerar que, quando eu ficar rico, vou adquirir meia dúzia de pessoas assim e colocá-las em Minha Residência, esta sorrindo, controlando aquela, tal lânguida a um canto, tal ajeitando os cabelos com as mãos à nuca, os Belos Braços erguidos, tal fumando em piteira de âmbar.

Seriam ainda onze horas da noite, e estávamos ali à espera do Ano-Bom, de uísque em punho; e fiquemos a esta altura por hoje, pois não posso ocupar todo o espaço deste jornal, onde há outros Pobres-Diabos que também escrevem e não é justo que eu tome todo o espaço, embora, para ser franco, eu duvido muito que qualquer deles tenha uma história para contar mais empolgante e instrutiva do que esta.

Até a semana que vem!

Capítulo II

Dá a Terra uma volta completa ao Sol; e que outra coisa pode fazer senão dar outra?

A esse movimento da Terra se chama Revolução; mas contra essa Revolução as Autoridades não tomam nenhuma providência.

Disso nos queixávamos durante a festa – porque ali entre cristais e louras bebidas e mulheres, contemplando a pálida e meiga, macia carne do peru, qualquer ideia de Revolução nos parecia de mau gosto. Durante uma Revolução podem acontecer muitas coisas desagradáveis, inclusive que se quebrem Cristais Finos.

Esses pensamentos, voando nas asas dos minutos, nos levavam para a Meia-Noite; e sentíamos um leve nervosismo como se alguma coisa realmente fosse acontecer quando os longos e floridos ponteiros do comprido Relógio de Mogno se juntassem no número doze. Bebíamos com afã. Eu contemplava as espáduas nuas de uma Mulher da Raça Branca; sua carne era alva e delicada como a do peru; lembrei-me de histórias magníficas do Tempo do Apogeu da Burguesia, em que mulheres assim esplêndidas eram banhadas em champanhe *demi-sec*, e suspirei pela decadência de uma Civilização cujos Frutos excelentes não colhi.

Desculpai-me, leitor. Sinto que sois possuído de uma insuportável ansiedade em saber o que aconteceu à Meia-Noite; e embora com certa pena, saltarei sobre várias Considerações Filosóficas Sutis, para narrar os fatos. Perdereis assim um ramalhete de ideias finas, dominadas pela dolorosa impressão de que nós, da Alta Burguesia, já não gozamos hoje da Inocência do Prazer como antigamente. Houve tempo, em que nos isolávamos unicamente para sentir maior deleite em nossa própria refinada presença mútua. Hoje, onde quer que estejamos, nosso *party* tem alguma coisa de fortaleza; sentimo-nos sitiados, e inventamos mil maneiras de desfazer em nós mesmos essa impressão desagradável; a malquerença e a incompreensão da plebe nos cerca de mil olhos que são menos deslumbrados que invejosos; se eu, o Poderoso Braga, mandasse encher de champanhe uma banheira de Mármore Fino e banhasse aquela bela Senhora da Raça Branca pela Madrugada, os jornais da ralé e mesmo órgãos de Imprensa Respeitáveis não compreenderiam esse Gesto.

Prometo não fazê-lo!

Na realidade tenho me preocupado muito com o Problema Social. Como atenderá o Socialismo a essas necessidades Superiores do homem? Consultei um amigo extremista muito compreensivo, e ele me disse que no Regime Socialista haverá piscinas públicas de champanhe. Talvez fosse boa vontade dele, a quem dou minhas contribuições para o Desenvolvimento do Extremismo através de cheques mensais, que todavia são menores que os outros, que assino em benefício da Liga Espiritualista de Defesa da Civilização Cristã e Paz na Terra Entre os Homens de Boa Vontade, que tem muitas despesas avalizando promissórias de jornalistas que são Verdadeiros Democratas Ardorosos e adquirindo Autos Blindados com Alto-Falantes e Metralhadoras Ponto 50 para fazer propaganda da Paz Social durante movimentos Grevistas.

Enfim, tenho gasto um dinheirão, como diria um burguês mais grosseiro.

Mas onde há mais a alegria sobre a terra? Quando as taças tiniram, lábios amantes se beijaram e sirenes e hinos saudaram a Meia-Noite, o passarinho do relógio começou a cantar. Foi então que aconteceu a Coisa Impressionante. Um grande Corvo de Madeira Preta surgiu das trevas, matou o gracioso cuco com uma bicada e muitas luzes se apagaram, e nós todos, trêmulos, não víamos mais do que o Corvo e a Sombra do Corvo. Houve um silêncio tremendo e depois ouvimos a sua voz roufenha: "Eu sou o Corvo saído das catacumbas do Ano Morto. Eu venho do ventre escuro do tempo, eu sou o Corvo do Ano Morto. Rindo, bebendo, bailando, beijando-se e dizendo tolices e fazendo votos levianos de felicidades vós tripudiais sobre o cadáver do Ano Morto. Vós tripudiais sobre vossos próprios cadáveres. Quanta coisa dentro de vós morreu este ano!

Quantas flores pisastes no jardim de vossa alma, e a ternura que secou, e as nuvens de fumo acumuladas entre vossos olhos e as estrelas, fumo de vossa maldade. Olhai para trás, senti dentro de vós mesmos o peso morto de vossa Desídia e aí tereis a imagem do Ano Novo. Assim será. Estareis caminhando para a Doença e o Remorso; continuareis a negociar com a moeda de vossa covardia. Sabeis disso. Por que não chorais agora, por que não encheis vossas taças com fel e vossos pratos com cinza?"

Então as luzes todas se acenderam, fazendo-se uma claridade dolorosa. Os homens começaram a se mover, mas estavam recurvos e reumáticos, com narizes aduncos, como se tivessem afivelada ao rosto a máscara das próprias almas. E nas mulheres havia as rugas da fealdade, suas peles estavam murchas e ásperas e falando com uma voz arrastada e rouca, elas enumeravam suas próprias maldades e sujeiras com um tom monótono; na verdade ninguém lhes dava atenção. Todas as roupas estavam com cheiro de mofo, um insuportável cheiro de mofo ou de asas úmidas do Corvo Sujo. Tudo isso durou apenas um segundo. Logo se fez completa escuridão e o Corvo disse:

— Eis o que vos trarão os Anos-Bons. Festejai-os, festejai-os!

Sua voz se extinguiu, e novamente a iluminação do ambiente voltou a ser conforme foi descrito minuciosamente no capítulo primeiro desta história, e o pequeno cuco redivivo acabou de marcar a Meia-Noite, e o alegre ruído de vozes, retinir de taças e votos de felicidades entre abraços e beijos trocados por homens elegantes e Mulheres Maravilhosas, com sirenes e hinos, tudo ressurgiu numa alegria sem fim. Ficou tacitamente combinado que ninguém contaria o Desagradável Incidente, mesmo porque cada um ficou com um inexplicável sentimento de culpa, como se ele próprio tivesse virado Corvo e promovido toda aquela cena desprimorosa.

Janeiro, 1947

EM CACHOEIRO

Chego à janela de minha casa e vejo que umas coisas mudaram. Ainda está ali a longa casa das Martins, a casa surpreendente de dona Branquinha. Relembro os bigodes do coronel, e as moças que estavam sempre brigando porque nossa bola batia nas vidraças. Jogávamos descalços na rua de pedras irregulares e tínhamos os dedos e unhas dos pés escalavrados e fortes. Vista de fora, aquela casa podia parecer quente; mas ainda sinto na planta dos pés o frio bom de ladrilhos da ampla sala toda aberta para a sombra doce do pomar de romãs e carambolas; atrás do pomar o rio chorando. Ali está ainda a casa de meus tios onde antes moraram os Leões e os Medeiros. Agora até meu tio morreu, e no lugar do pé de cajá-manga há uma mangueira; e um renque de acácias espanholas, amarelas e vermelhas, corre sob as janelas do lado. Vão construir no terreno em frente, onde havia aquela interminável família de negros e depois os cachorros de caça do Nilo Nobre.

Estou cercado de lembranças – sombras, murmúrios, vozes da infância, preás, mandis e sanhaços; gosto de ingá na ilha do rio, fruta-pão assada com manteiga, fumegante no café da tarde, lagostins saindo das locas e passeando na areia nas tardes quentes, piaus vermelhos, lua atrás do Itabira, nomes que esquecera, aquela menina lourinha, filha de seu Duarte, que morreu, enterro alegre de meu irmão, acho que Francisquinho, com nós todos esperando debaixo do caramanchão; e meu pai na cadeira de balanço, Zina guiando o Ford, bois passando para o matadouro, mulheres de lenço na cabeça descendo do Amarelo, vendendo ovos a um "florim" a dúzia; e escorregamos em folha de pita pelo morro abaixo até o açude... Mergulho nesse mundo misterioso e doce e passeio nele como um pequeno rei arbitrário que desconhece o tempo; ainda existe o colégio de tia Gracinha, ainda existe o coqueiro junto da ponte do córrego; esfregamos nossos braços com urucu, e, para evitar frieira, temos sempre um barbante amarrado no tornozelo. São dezenas, centenas de lembranças graves e pueris que desfilam sem ordem, como se eu sonhasse. Entretanto uma parte desse mundo perdido ainda existe e de modo tão natural e sereno que parece eterno; agora mesmo chupei um caju de 25 anos atrás.

É extraordinário que eu esteja aqui, nesta casa, nesta janela e ao mesmo tempo é completamente natural e parece que toda minha vida fora daqui foi apenas uma excursão confusa e longa; moro aqui. Na verdade onde posso morar senão em minha casa?

Abre-se uma janela do Centro Operário. Será a aula de dona Palmira em 1920 ou há reunião para discutir os estatutos? Durante toda a minha infância eles discutiram os estatutos. Eu não podia entender nada, mas havia pontos terrivelmente sérios. Era "Centro Operário de Proteção Mútua" ou "Centro Operário E de Proteção Mútua"? Pela noite afora, ano após ano, um mulato meio velho e magro, de óculos, o dedo em riste, a voz rascante, atacava com extraordinária ferocidade aquele E. Não conseguiu derrubá-lo; os operários talvez se sentissem fracos sozinhos, precisavam daquele E que os conjugava com outras camadas sociais. Ficou o E, meu pai foi diretor, e quando morreu teve auxílio no enterro, tudo sem ser operário, tudo graças àquele E. Sem o E eu talvez não tivesse estudado ali, não me sentaria no comprido banco, onde o último da esquerda era o preto Bernardino e à direita o rosto lindo de Lélia, com seus cabelos doces e uma covinha quando sorria. Quando não estavam discutindo os estatutos, ou providenciando um enterro de sócio, com a bandeira do Centro em cima do caixão, os operários E todos que queriam proteção mútua estavam dançando; sons de pistom atravessam seu sono infantil: eu achava estranho e ao mesmo tempo alegre e feliz haver baile na mesma sala onde eu tinha aulas.

Bem, tenho de sair. Mas no momento em que vou deixar a janela, vejo um homem que passa para baixo; é um velho com seu andar lento. É Chico Sapo. Inútil querer lembrar-lhe o nome. Talvez ele se zangue com esse; mas eu nunca soube de outro, e esse nome que a um estranho pode parecer engraçado, a verdade é que ele tem para nós alguma coisa de nobre. Sim, é Chico Sapo, o ferreiro, pai de Manuel Sapo e também de Pio Sapo, que agora me contam que morreu. É o velho Chico Sapo, e nenhum rei da Inglaterra tem um nome mais nobre. Lá vai ele, no seu lento andar de sempre, mais velho e útil que o pé de fruta-pão, da idade talvez das águas do rio, e tão antigo e tão laborioso e tão Cachoeiro de Itapemirim como as águas do rio. Passa agora como passava na minha mais remota infância; trabalha através dos séculos, sério, calado e obscuro, o velho Chico Sapo; e é sólido, respeitável e eterno.

    Quando volto ao centro, e olho de baixo para a Câmara Municipal, não é um trabalhador do tempo de minha infância que vejo. Mas é também um trabalhador que está ali, de pé, junto àquela porta, de componedor na mão, com o mesmo assobio de dezoito anos atrás. Lá está Hélio Ramos diante de sua caixa de tipos. Eu estou longe daquele menino de quinze anos metido a fazer artigos, e meus amigos também envelhecem, João Madureira se lamenta da careca; sentimo-nos passar e estragar. Mas vemos lá em cima Hélio Ramos no seu posto. Sou informado de que agora ele tem seis filhos e não apenas toca na banda como é maestro. Mas ali, de componedor na mão, é o mesmo Hélio Ramos, grave e eterno, acumulando uma estranha nobreza no melhor valor dessa palavra, nobreza igual à de lorde Chico Sapo e *sir* Orlando Sapateiro, nobreza de Cachoeiro de Itapemirim.

Fevereiro, 1947

AS VELHINHAS DA RUE HAMELIN

Paris, setembro – Rue Hamelin, onde morreu Proust. Ali pertinho é a Rua Lauriston, onde morreram muitas outras pessoas menos conhecidas: ali era a casa das torturas da Gestapo. Mas na Rue Hamelin há coisas imortais: suas velhinhas não morrem nunca. Há aquelas duas que vão todo dia ao mesmo "bistrô"; uma corpulenta, sempre de chapéu, que lê o "Fígaro" e reclama a qualidade do vinho, mas reclama com uma dignidade que se ajusta bem aos seus setenta e muitos anos; reclama e bebe. Mora um pouco para baixo de minha casa, e eu gostaria de imaginar que mora na casa em que morreu Proust; mas não, onde Proust morreu vive hoje um sindicato.

Atravessa a avenida Kleber com um passo lento no seu vestido negro sempre impecável; como todas essas outras digníssimas velhas usa um vestido que se fecha no pescoço em uma espécie de gola alta, onde há rendas e talvez elástico, talvez barbatana, uma gola que mantém a cabeça ereta através dos séculos, capaz de ver de cima, sem se curvar, as pequenezas do mundo presente. Atravessa a avenida sem olhar para os lados, como se todos os choféres de Paris tivessem o dever de respeitá-la; talvez ao se aproximarem de sua pessoa esses carros motorizados se transformem secretamente em coches e diligências, para fazer ambiente para a sua travessia.

A outra velhinha tem o ar triste – e come muito. Não creio que dure muito; mas é verdade que há trinta anos atrás ela poderia dar a mesma impressão. É infinitamente velha, e apesar da gola apertada anda devagarinho a olhar disfarçadamente para o chão, como se temesse tropeçar e cair dentro de alguma sepultura. Sua própria velhice já deve ser uma coisa muito velha; ela deve ter perdido algum neto muito querido na guerra franco-prussiana e desde então tem esse ar triste.

Há ainda uma velha pobre, mas também vestida com a maior dignidade. Outro dia cheguei à janela, atraído por alguns sons feios e tristes que pareciam querer se encaminhar no sentido de uma certa melodia: era essa velha que cantava. Cantava no meio da rua, em pleno sol, parada, olhando os cinco andares de janela. Hesitei um instante antes de lhe jogar algum dinheiro. Sua presença era tão severa como a da genitora de um magistrado mineiro em dia de missa de sétimo dia pela alma de outra genitora de outro magistrado mineiro, na igreja de São José. Temi ofendê-la jogando-lhe dinheiro, como já fizera em benefício do cego e da mocinha ou do homem da rebeca ou do algeriano do macaco que dança ao som do tambor. (Sim, porque a Rue Hamelin tem seus artistas errantes.) A velha senhora tentava cantar uma velha canção; joguei-lhe algumas moedas dentro de um maço de cigarros. Parou de cantar e recolheu o dinheiro com um gesto difícil e lento, sem se dignar a me agradecer.

Há dois velhos extraordinariamente magros, extraordinariamente brancos, vestidos de negro, com chapéus negros, que andam juntos mas não se falam nunca, como se há quarenta anos atrás tivessem esgotado de maneira irremediável o último assunto; mas há um velho que, segundo descobriu Dom Carlos de Reverbel, adora o trato com os outros seres humanos. Veste-se com menos esmero, talvez com uma limpeza duvidosa; até seus cabelos brancos e sua pele parecem mais encardidos pelos anos e pelas intempéries. Usa uma espécie de sobrecasaca imutável e gosta de ficar parado perto do "metrô" Boissières. De vez em quando detém um transeunte. Já assistimos a essa cena, que o próprio Dom Reverbel, com sua paciência, já viveu duas vezes. O ancião pede desculpas e faz alguma pergunta sobre a direção em que deve viajar para uma certa *"gare"*. A pessoa explica com gentileza: descer em Trocadéro, pegar então direção de Sèvres etc. O velho ouve com a máxima atenção, movendo a cabeça; e acaba perguntando se não seria muito incômodo mostrar-lhe o itinerário no mapa. Vêm então os dois até o mapa e a explicação é repetida. O velho agradece muito, e o outro segue seu caminho, convencido de que praticou uma boa ação. O que não é inexato. Seria inexato, porém, pensar que o digno senhor pretendia ir à Rua Molitor ou a qualquer outra parte. Nunca. Jamais desce as escadas do "metrô"; continua ali na calçada, com um ar meio desorientado, à espera de outra pessoa a quem perguntará o itinerário de outra estação. Nunca vai, nunca foi a parte alguma; nasceu, já de sobrecasaca, num desses escuros casarões da Rue Hamelin, e no lugar de morrer talvez vire estátua na pracinha ali atrás: há muitas estátuas em Paris e se esse velho se disfarçar em bronze e ficar quietinho no meio do jardim, ninguém duvidará que ele seja, por exemplo, o próprio Hamelin. (Desconfio vagamente que é.)

    Mas foi na esquina de Galilée que assisti a um dos encontros mais tocantes que me foi dado presenciar na vida. Vinha de um lado uma velhinha e de outro lado outra. À primeira vista eram iguais; vestidas de negro, luzidias, com passos miúdos, magrinhas como duas formigas. Duas formigas quando se encontram param, para conversar – e as velhinhas pararam na esquina. Durante um instante uma pareceu observar com atenção a outra; e cada uma deve ter chegado à conclusão de que a outra estava irrepreensível, desde os sapatos pretos até o chapéu preto, desde a bolsa até à pintura das faces. (Porque essas velhinhas de Paris muitas vezes se pintam: além de se pintarem creio que se armam com espartilhos e outros mecanismos capazes de suster na vertical seus minguadíssimos restinhos de carne que talvez de outro modo, libertados de tudo isso, virassem cinza e se espalhassem ao vento dos *boulevards*.) As duas formiguinhas se fiscalizaram um instante: eram ambas tão incrivelmente velhinhas que talvez cada uma apenas quisesse se certificar de que a outra realmente ainda estava viva, ainda existia ao cabo de tantos séculos. Ambas resistiram à crítica – e então como ficaram alegrinhas em se ver! Como ficaram alegrinhas! Parei para vê-las; trocavam palavras gentis com suas vozes de meninas roucas, agitando um pouco, ao falar, as duas mãos, movendo um pouco para a frente os corpos mirradinhos, concordando, agradecendo, sorrindo infinitamente felizes. Então se separaram – e apenas achei um pouco exagerado que, ao se separarem, uma dissesse *"au revoir"* à outra. Não, elas não se reverão: não, tudo tem um limite, mesmo essas velhinhas da Rue Hamelin. Certamente cada uma chegou em casa, deitou-se assim mesmo, toda bem-vestidinha, em sua caminha, trançou as mãos sobre o peito murcho – e morreu, afinal.

Setembro, 1947

O homem rouco

SOBRE O AMOR, ETC.

Dizem que o mundo está cada dia menor.
É tão perto do Rio a Paris! Assim é na verdade, mas acontece que raramente vamos sequer a Niterói. E alguma coisa, talvez a idade, alonga nossas distâncias sentimentais.
Na verdade há amigos espalhados pelo mundo. Antigamente era fácil pensar que a vida era algo de muito móvel, e oferecia uma perspectiva infinita e nos sentíamos contentes achando que um belo dia estaríamos todos reunidos em volta de uma farta mesa e nos abraçaríamos e muitos se poriam a cantar e a beber e então tudo seria bom. Agora começamos a aprender o que há de irremissível nas separações. Agora sabemos que jamais voltaremos a estar juntos; pois quando estivermos juntos perceberemos que já somos outros e estamos separados pelo tempo perdido na distância. Cada um de nós terá incorporado a si mesmo o tempo da ausência. Poderemos falar, falar, para nos correspondermos por cima dessa muralha dupla; mas não estaremos juntos; seremos duas outras pessoas, talvez por este motivo, melancólicas; talvez nem isso.
Chamem de louco e tolo ao apaixonado que sente ciúmes quando ouve sua amada dizer que na véspera de tarde o céu estava uma coisa lindíssima, com mil pequenas nuvens de leve púrpura sobre um azul de sonho. Se ela diz "nunca vi um céu tão bonito assim" estará dando, certamente, sua impressão de momento; há centenas de céus extraordinários e esquecemos da maneira mais torpe os mais fantásticos crepúsculos que nos emocionaram. Ele porém, na véspera, estava dentro de uma sala qualquer e não viu céu nenhum. Se acaso tivesse chegado à janela e visto, agora seria feliz em saber que em outro ponto da cidade ela também vira. Mas isso não aconteceu, e ele tem ciúmes. Cita outros crepúsculos e mal esconde sua mágoa daquele. Sente que sua amada foi infiel; ela incorporou a si mesma alguma coisa nova que ele não viveu. Será um louco apenas na medida em que o amor é loucura.
Mas terá toda razão, essa feroz razão furiosamente lógica do amor. Nossa amada deve estar conosco solidária perante a nuvem. Por isso indagamos com tão minucioso fervor sobre a semana de ausência.

Sabemos que aqueles sete dias de distância são sete inimigos: queremos analisá-los até o fundo, para destruí-los.

Não nego razão aos que dizem que cada um deve respirar um pouco, e fazer sua pequena fuga, ainda que seja apenas ler um romance diferente ou ver um filme que o outro amado não verá. Têm razão; mas não têm paixão. São espertos porque assim procuram adaptar o amor à vida de cada um, e fazê-lo sadio, confortável e melhor, mais prazenteiro e liberal. Para resumir: querem (muito avisadamente, é certo) suprimir o amor.

Isso é bom. Também suprimimos a amizade. É horrível levar as coisas a fundo: a vida é de sua própria natureza leviana e tonta. O amigo que procura manter suas amizades distantes e manda longas cartas sentimentais tem sempre um ar de náufrago fazendo um apelo. Naufragamos a todo instante no mar bobo do tempo e do espaço, entre as ondas de coisas e sentimentos de todo dia. Sentimos perfeitamente isso quando a saudade da amada nos corrói, pois então sentimos que nosso gesto mais simples encerra uma traição. A bela criança que vemos correr ao sol não nos dá um prazer puro; a criança devia correr ao sol, mas Joana devia estar aqui para vê-la, ao nosso lado. Bem; mais tarde contaremos a Joana que fazia sol e vimos uma criança tão engraçada e linda que corria entre os canteiros querendo pegar uma borboleta com a mão. Mas não estaremos incorporando a criança à vida de Joana; estaremos apenas lhe entregando morto o corpinho do traidor, para que Joana nos perdoe.

Assim somos na paixão do amor, absurdos e tristes. Por isso nos sentimos tão felizes e livres quando deixamos de amar. Que maravilha, que liberdade sadia em poder viver a vida por nossa conta! Só quem amou muito pode sentir essa doce felicidade gratuita que faz de cada sensação nova um prazer pessoal e virgem do qual não devemos dar contas a ninguém que more no fundo de nosso peito. Sentimo-nos fortes, sólidos e tranquilos. Até que começamos a desconfiar de que estamos sozinhos e ao abandono trancados do lado de fora da vida.

Assim o amigo que volta de longe vem rico de muitas coisas e sua conversa é prodigiosa de riqueza; nós também despejamos nosso saco de emoções e novidades; mas para um sentir a mão do outro precisam se agarrar ambos a qualquer velha besteira: você se lembra daquela tarde em que tomamos cachaça num café que tinha naquela rua e estava lá uma loura que dizia etc., etc. Então já não se trata mais de amizade, porém de necrológio.

Sentimos perfeitamente que estamos falando de dois outros sujeitos, que por sinal já faleceram – e eram nós. No amor isso é mais pungente. De onde concluireis comigo que o melhor é não amar; porém aqui, para dar fim a tanta amarga tolice, aqui e ora vos direi a frase antiga: que melhor é não viver. No que não convém pensar muito, pois a vida é curta e, enquanto pensamos, ela se vai, e finda.

Maio, 1948

SOBRE O INFERNO

"O inferno são os outros" – diz esse desagradável senhor Sartre no final de *Huis Clos*, e eu respondo: "eu que o diga!" Hoje estou com um pendor para confissões; vontade de abrir meu peito em praça pública; quem for pessoa discreta, e se aborrecer com derrames desses, tenha a bondade de não continuar a ler isto.

Conheci um homem que estava tão apaixonado, tão apaixonado por uma mulher (acho que ela não gostava dele), que uma vez estávamos nós dois num bar e no meio da conversa ele disse fremente:

— Isso é o maior verso da língua portuguesa!

Fiquei pateta, pois não escutara verso nenhum. Ele então pediu silêncio, e que ouvisse. Havia conversas na mesa ao lado, ruídos vários lá dentro, autos e ônibus que passavam, um bonde na outra rua, um violoncelo tocando num rádio qualquer, e lá no finzinho disso, longe, longe, um outro rádio com o samba que mal se podia ouvir e só era reconhecível pelos fragmentos de música que nos chegavam. O maior verso da língua portuguesa estava na letra daquele samba e avisava que "Emília, Emília, Emília, eu não posso mais".

Ele não podia mais. Ninguém pode mais com o inferno de Emília e ninguém sai dele, pois ninguém pode sair do inferno. Estou informado de que alguns moços leem às vezes o que escrevo, e isso me comove e ao mesmo tempo me dá um senso de responsabilidade. Sim, devo pensar nos moços e cuidar de dizer coisas que os não desorientem. Falar do inferno, por exemplo, é mau. Dante e outros espalharam muitas notícias falsas a respeito, e a pior delas é que para lá vão os culpados.

Na verdade para lá se vai pelo caminho da maior inocência, assobiando levianamente talvez, escutando os passarinhos que trinam de alegrar o coração e com o passo estugado e leve de quem sente um grande prazer em andar. Ah, caminhos de vosso corpo, distante amada. Pensar que neles passearam em tempo antigo minhas mãos, estas mesmas mãos que estão aqui; ah, queridos caminhos, inesquecíveis e divinos, quem diria que me haveríeis de conduzir a esta ilha de silenciosa tortura e atra solidão.

Emília, Emília, Emília! Sabei, moços, que há inferno, e não fica longe; é aqui.

*

Ah, eu pensava essas coisas vãs e me sentia muito cansado, e uma grande amargura estava em meu coração. Cruzei os braços sobre a mesa e neles descansei a cabeça; e como que adormeci. Então tive uma grande pena de minha alma e de meu corpo, e de todo mim mesmo, pobre máquina de querer e de sentir as coisas. Ponderei o meu ridículo e a minha solidão, e pensei na morte com um suave desejo.

A certeza da morte me pareceu tão doce que se fosse figurá-la seria como a casta Beatriz que viesse passar a mão pela minha cabeça e me dizer para dormir. E sob essa mão doce, minha cabeça iria sossegando, e a memória das coisas ruins iria andando para trás, e se deteria apenas em uma hora feliz. E ali, ó mais amada de todas as amadas, tudo seria tão puro e tão perfeito que a brisa se deteria um instante entre as flores para sentir a própria suavidade; e então seria bom morrer.

Mas o jornalista profissional Rubem Braga, filho de Francisco de Carvalho Braga, carteira 10.836, série 32ª registrado sob o número 785, Livro II, fls. 193, ergue a fatigada cabeça e inspira com certa força. Nesse ar que inspira entra-lhe pelo peito a vulgar realidade das coisas, e seus olhos já não contemplam sonhos longe, mas apenas um varal com uma camisa e um calção de banho, e, ao fundo, o tanque de lavar roupas de seu estreito quintal, desta casa alugada em que ora lhe movem uma ação de despejo.

E é bom que haja uma ação de despejo, sempre devia haver, em toda casa, para que assim o sentimento constante do precário nos proibisse de revestir as paredes alheias com nossa ternura e de nos afeiçoarmos sem sentir até à humilde torneira, e ao corrimão da escada como se fosse um ombro de amigo onde pousamos a mão.

Sinto com a máxima precisão que as letras, nos bancos, se aproximam precípites de seus vencimentos, e que os deveres se acumulam com desgraciosa urgência, e tudo é preciso providenciar, telefonar, mercadejar, sofrer.

Suspiro como Jorge Machado Moreira, meu antigo correspansável, e Luís Vaz de Camões, meu antigo poeta, sobre tanta necessidade aborrecida. E acabando o suspiro me ergo e vou banhar o triste corpo, porque a alma, oh-lá-lá, devo mergulhá-la não no sempiterno Nirvana, porém na desgraça miúda e suja da jornada civil, lítero-comercial, entre apertos de elevador e palavras sem fé. Dou apressado adeus a mim mesmo e o bonde São Januário, disfarçado em escuro e feio lotação, leva mais um operário.

Julho, 1948

LEMBRANÇA DE UM BRAÇO DIREITO

É um caso banal, tanto que muitas vezes já ouvi contar essa história: "Ontem, quando chegamos a São Paulo, o tempo estava tão fechado que não pudemos descer. Ficamos mais de uma hora rodando dentro do nevoeiro porque o teto estava muito baixo..."

Mas ando pelo chão há muito tempo: chão perigoso, onde há pedras e buracos para um homem já escalavrado e já afundado; porém chão. Subi ao avião com indiferença, e como o dia não estava bonito lancei apenas um olhar distraído a esta cidade do Rio de Janeiro e mergulhei na leitura de um jornal qualquer. Depois fiquei a olhar pela janela e não via mais que nuvens, e feias. Na verdade, não estava no céu; pensava coisas da terra, minhas pobres, pequenas coisas. Uma aborrecida sonolência foi me dominando, até que uma senhora nervosa ao meu lado disse que "nós não podemos descer!" O avião já estava fazendo sua ronda dentro de um nevoeiro fechado. Procurei acalmar a senhora.

Ela estava tão aflita que embora fizesse frio se abanava com uma revista. Tentei convencê-la de que não devia se abanar, mas acabei achando que era melhor que o fizesse. Ela precisava fazer alguma coisa e a única providência que aparentemente podia tomar naquele momento de medo era se abanar. Ofereci-lhe meu jornal dobrado, no lugar da revista, e ficou muito grata, como se acreditasse que, produzindo mais vento, adquirisse a maior eficiência na sua luta contra a morte.

Gastei cerca de meia hora com a aflição daquela senhora. Notando que uma sua amiga estava em outra poltrona ofereci-me para trocar de lugar e ela aceitou. Mas esperei inutilmente que recolhesse as pernas para que eu pudesse sair de meu lugar junto à janela; acabou confessando que assim mesmo estava bem, e preferia ter um homem – "o senhor" – ao lado. Isso lisonjeou meu orgulho de cavalheiro: senti-me útil e responsável. Era por estar ali um Braga, homem decidido, que aquele avião não ousava cair. Havia certamente piloto e copiloto e vários homens no avião. Mas eu era o homem ao lado, o homem visível, próximo, que ela podia tocar. E era nisso que ela confiava: nesse ser de casimira grossa, de gravata, de bigode, a cujo braço acabou se agarrando. Não era o meu braço que apertava, mas um braço de homem, ser de misteriosos atributos de força e proteção.

Chamei a aeromoça, que tentou acalmar a senhora com biscoitos, chicles, cafezinho, palavras de conforto, mão no ombro, algodão nos ouvidos, e uma voz suave e firme que às vezes continha uma leve repreensão e às vezes se entremeava de um sorriso que sem dúvida faz parte do regulamento da aeronáutica civil, o chamado sorriso para ocasiões de teto baixo.

Mas de que vale uma aeromoça? Ela não é muito convincente; é uma funcionária. A senhora evidentemente a considerava uma espécie de cúmplice do avião e da empresa e no fundo (pelo ressentimento com que reagia às suas palavras) responsável por aquele nevoeiro perigoso.

A moça em uniforme estava sem dúvida lhe escondendo a verdade e dizendo palavras hipócritas para que ela se deixasse matar sem reagir.

A única pessoa de confiança era evidentemente eu: e aquela senhora, que no aeroporto tinha um certo ar desdenhoso e solene, disse duas malcriações para a aeromoça e se agarrou definitivamente a mim. Animei-me então a pôr a minha mão direita sobre a sua mão, que me apertava o braço. Esse gesto de carinho protetor teve um efeito completo: ela deu um profundo suspiro de alívio, cerrou os olhos, pendeu a cabeça ligeiramente para o meu lado e ficou imóvel, quieta. Era claro que a minha mão a protegia contra tudo e todos: ficou como adormecida.

O avião continuava a rodar monotonamente dentro de uma nuvem escura; quando ele dava um salto mais brusco eu fornecia à pobre senhora uma garantia suplementar apertando ligeiramente a minha mão sobre a sua: isso sem dúvida lhe fazia bem.

Voltei a olhar tristemente pela vidraça; via a asa direita, um pouco levantada, no meio do nevoeiro. Como a senhora não me desse mais trabalho, e o tempo fosse passando, recomecei a pensar em mim mesmo, triste e fraco assunto.

E de repente me veio a ideia de que na verdade não podíamos ficar eternamente com aquele motor roncando no meio do nevoeiro – e de que eu podia morrer.

Estávamos há muito tempo sobre São Paulo. Talvez chovesse lá embaixo; de qualquer modo a grande cidade, invisível e tão próxima, vivia sua vida indiferente àquele ridículo grupo de homens e mulheres presos dentro de um avião, ali no alto.

Pensei em São Paulo e no rapaz de vinte anos que chegou com trinta mil-réis no bolso uma noite e saiu andando pelo antigo Viaduto do Chá, sem conhecer uma só pessoa na cidade estranha. Nem aquele velho viaduto existe mais, e o aventuroso rapaz de vinte anos, calado e lírico, é um triste senhor que olha o nevoeiro e pensa na morte.

Outras lembranças me vieram, e me ocorreu que na hora da morte, segundo dizem, a gente se lembra de uma porção de coisas antigas, doces ou tristes. Mas a visão monótona daquela asa no meio da nuvem me dava um torpor, e não pensei mais nada. Era como se o mundo atrás daquele nevoeiro não existisse mais, e por isso pouco me importava morrer. Talvez fosse até bom sentir um choque brutal e então tudo se acabar. A morte devia ser aquilo mesmo, um nevoeiro imenso, sem cor, sem forma, para sempre.

Senti prazer em pensar que agora não haveria mais nada, que não seria mais preciso sentir, nem reagir, nem providenciar, nem me torturar; que todas as coisas e criaturas que tinham poder sobre mim e mandavam na minha alegria ou na minha aflição haviam se apagado e dissolvido naquele mundo de nevoeiro.

A senhora sobressaltou-se de repente e começou a me fazer perguntas muito aflita. O avião estava descendo mais e mais e entretanto não se conseguia enxergar coisa alguma. O motor parecia estar com um som diferente: podia ser aquele o último desesperado tredo ronco do minuto antes de morrer arrebentado e retorcido. A senhora estendeu o braço direito, segurando o encosto da poltrona da frente e de repente me dei conta de que aquela mulher de cara um pouco magra e dura tinha um belo braço, harmonioso e musculado.

Fiquei a olhá-lo devagar, desde o ombro forte e suave até as mãos de dedos longos, e me veio uma saudade extraordinária da terra, da beleza humana, da empolgante e longa tonteira do amor. Eu não queria mais morrer, e a ideia da morte me pareceu de repente tão errada, tão feia, tão absurda, que me sobressaltei. A morte era uma coisa cinzenta, escura, sem a graça, sem a delicadeza e o calor, a força macia de um braço ou de uma coxa, a suave irradiação da pele de um corpo de mulher moça.

Mãos, cabelos, corpo, músculos, seios, extraordinário milagre de coisas suaves e sensíveis, tépidas, feitas para serem infinitamente amadas. Toda a fascinação da vida me golpeou, uma tão profunda delícia e gosto de viver, uma tão ardente e comovida saudade, que retesei os músculos do corpo, estiquei as pernas, senti um leve ardor nos olhos. Não devia morrer! Aquele meu torpor de segundos atrás pareceu-me de súbito uma coisa vil, doentia, viciosa, e ergui a cabeça, olhei em volta, para os outros passageiros, como se me dispusesse afinal a tomar alguma providência.

Meu gesto pareceu inquietar a senhora. Mas olhando novamente para a vidraça adivinhei casas, um quadrado verde, um pedaço de terra avermelhada, através de um véu de neblina mais rala. Foi uma visão rápida, logo perdida no nevoeiro denso, mas me deu uma certeza profunda de que estávamos salvos porque a terra *existia*, não era um sonho distante, o mundo não era apenas nevoeiro e havia realmente tudo o que há, casas, árvores, pessoas, chão, o bom chão sólido, imóvel, onde se pode deitar, onde se pode dormir seguro e em todo sossego, onde um homem pode premer o corpo de uma mulher para amá-la com força, com toda sua fúria de prazer e todos os seus sentidos, com apoio no mundo.

No aeroporto, quando esperava a bagagem, vi perto a minha vizinha de poltrona. Estava com um senhor de óculos, que, com um talão de despacho na mão, pedia que lhe entregassem a sua maleta. Ela disse alguma coisa a esse homem, e ele se aproximou de mim com um olhar inquiridor que tentava ser cordial. Estivera muito tempo esperando; a princípio disseram que o avião ia descer logo, era questão de ficar livre a pista; depois alguém anunciara que todos os aviões tinham recebido ordem de pousar em Campinas ou em outro campo; e imaginava quanto incômodo me dera sua senhora, sempre muito nervosa. "Ora, não senhor." Ele se despediu sem me estender a mão, como se, com aqueles agradecimentos, que fora constrangido pelas circunstâncias a fazer, acabasse de cumprir uma formalidade desagradável com relação a um estranho – que devia permanecer um estranho.

Um estranho – e de certo ponto de vista um intruso, foi assim que me senti perante aquele homem de cara meio desagradável. Tive a vaga impressão de que de certo modo o traíra, e de que ele o sentia.

Quando se retiravam, a senhora me deu um pequeno sorriso. Tenho uma tendência romântica a imaginar coisas, e imaginei que ela teve o cuidado de me sorrir quando o homem não podia notá-lo, um sorriso sem o visto marital, vagamente cúmplice. Certamente nunca mais a verei, nem o espero. Mas seu belo braço direito foi, um instante, para mim, a própria imagem da vida, e não o esquecerei depressa.

Julho, 1948

BIRIBUVA

Era meia-noite, com chuva e um vento frio. O gatinho estava na rua com um ar tão desamparado que o meu amigo se impressionou. Verdade que meu amigo estava um pouco bêbado; se não estivesse, talvez nem visse a tristeza do gatinho, pois já notei que as pessoas verdadeiramente sóbrias não enxergam muito; veem apenas provavelmente o que está adiante de seus olhos no tempo presente. O bêbado vê o que há e o que deveria ter havido antigamente, e além o que nascerá na madrugada que ainda dorme, no limbo de trevas e luz da eternidade – embaixo da cama de Deus. Sim. Ele criou o mundo em seis dias e dormiu como um pedreiro cansado no sétimo. Porém não criou tudo, guardou material para surpreendentes caprichos a animar com seu sopro divino. Darei exemplos, se me pedirem. Conheço uma dama que me pus a examinar com a máxima atenção; ela me apresentou a seus pais e a seus dignos avós e mostrou-me, no velho álbum da família, suas mais remotas tias-bisavós, algumas vestidas de *new-look*, e uma cheia de graça.

Sim, aqui e ali havia um traço que tentava esboçar o encanto que viria; na boca desse rapaz de 1840; na mão dessa dama que segura um leque, nos olhos desse menino antigo o milagre vinha nascendo lento e fluido, o espírito ia se infiltrando na matéria e animando-a na sua mais íntima essência. Mas não basta. Autorizam-nos as escrituras santas a admitir que, mesmo quando é Ele próprio que se encarna, o Espírito Santo ajuda a fecundar uma terrena mulher, e assim foi com a mãe de João Batista, o qual trouxe no peito mais força do que jamais puxaria de toda a fieira dos pais de Isabel e de Zacarias, uma força vinda de Deus.

Sentiu isso o poeta antigo perante sua amada, "formosa qual se a própria mão divina lhe traçara o contorno e a forma rara". É assim; mas lá vou eu a falar de bíblias e poetas e desse raio dessa mulher, e quase deixo o gatinho na chuva à mercê de um bêbado vulgar.

O bêbado era meio poeta, e trouxe o bichinho para casa. Pela manhã o vimos: ele examinava lentamente a sala e, desconfiado, quis ficar debaixo do sofá. Mas já pela tarde escolhera um canto, onde se espichou.

Reunimo-nos para batizá-lo, e, como ele é todo preto e foi achado à meia-noite, resolvemos que seria Meia-Noite.

No segundo dia, porém, uma alemã que ama e entende gatos fez a revelação; Meia-Noite era uma gatinha. Deve ter dois meses e meio, disse mais.

Ora, isso é o mesmo que ser menina apenas com leves tendências a senhorita; e a uma senhorita de família não fica bem esse nome de Meia-Noite. Esse nome haveria de lhe lembrar sempre sua origem miserável e triste; e o grande gato ruivo do vizinho, gordo e católico a tal ponto que embora se chame Janota nós todos sentimos que ele é o próprio G. K. Chesterton, poderia tratá-la com irônico desprezo.

Da nossa perplexidade aproveitou-se o menino, que queria dar ao bicho o nome de Biriba. Declarou que se tratava, sem dúvida nenhuma, da viúva do Biriba.

Não importa que seja uma gatinha adolescente; também as moças de dezesseis anos que se vestem de luto aliviado à maneira antiga recebem esse nome de viúva do Biriba. Alguém ajeitou as coisas, e concluímos que a linda gatinha ficaria se chamando Biribuva.

Devo confessar que não sou um *gentleman*; venho de famílias portuguesas, não digo pobres, mas de condição modesta, gente honrada e trabalhadora que, pelejando através dos séculos no cabo da enxada ou atrás do balcão, nunca teve tempo para se fazer *gentlemen* ou *ladies*. Isso ficou privilégio do ramo espúrio ainda que muito distinto dos Braga, os chamados Bragança. E hoje, vejam bem, os Braga são uns pobres enfiteutas, e os Bragança altos senhorios. Melancolias da História; mas de qualquer modo devo confessar que os costumes de minha casa são um tanto rudes, e às vezes mesmo acontece que o garçom de luvas brancas não nos serve o chá das cinco com a devida pontualidade, o que nos produz um grande abatimento moral. Enfim, nos conformamos – mesmo porque não temos luvas, nem garçom, nem chá.

Biribuva talvez tenha compreendido a situação, e faz questão de mostrar pelo seu delicado exemplo as regras da distinção e da aristocracia. Sai todas as noites, dorme o dia inteiro, não trabalha, e vive a se espreguiçar e a se lamber.

A gatinha escolheu minuciosamente o canto mais confortável de nosso velho sofá, e ali se aninha com tanta graça e tranquilidade como se este fosse o seu direito natural. Se bato à máquina com mais força ou falamos demasiado alto, a jovem condessinha de Biribuva ergue com lentidão a cabeça e nos fita, graciosamente aborrecida, com seus olhos verdes que têm no centro um breve risco vertical azul. Assim ela nos faz entender que as pessoas finas jamais falam tão alto (apenas murmuram coisas e, às vezes, suspiram) e não escrevem jamais a máquina nem mesmo a caneta, pois isso é um baixo trabalho manual.

Pela manhã assisti a seu banho de sol. Meu escritório tem duas janelas, uma dando para leste e outra para o norte; de maneira que pela manhã o sol entra por uma e depois por outra, e há uma hora intermediária em que entra pelas duas. Assim eu havia entrecerrado ambas as janelas e ficou apenas no assoalho uma faixa de luz. Ali se esticou Biribuva, tão negra e luzente. Depois de fazer algumas flexões da mais fina graça, começou, com a língua muito rubra, a proceder a uma cuidadosa toalete; e afinal ficou esticada, a se aquecer. Depois de uns dez minutos retirou-se para seu canto de sombra; tive a impressão, quando esticou a patinha negra, de que consultava um invisível reloginho de pulso, naturalmente de ouro, cravejado de brilhantes.

Às vezes a condessinha dá a entender que se dignaria a brincar um pouco; e então agitamos em sua frente um barbante ou lhe damos uma bola de pingue-pongue. Ela dá saltos e voltas com uma graça infinita, vibrando no ar a patinha rápida; tem bigodes do tamanho dos de um bagre velho; e suas orelhas negras são translúcidas como o tecido dessas meias *fumées*.

Um dia ela crescerá, e então...

Devo dizer que o grande gato ruivo da vizinha, que nos visitava toda tarde, cortou suas visitas.

Apareceu um dia na janela do quintal. Biribuva estava em seu canto do sofá. Voltou-se e viu o bichano quatro vezes maior do que ela. Assumiu instantaneamente uma atitude de defesa, toda arrepiada e com os olhos fixos no gatão. Suas garras apareceram e ela soltou um miau! que era mais um gemido estranho e prolongado.

Isso certamente aborreceu o velho Janota, que lhe lançou um olhar do maior desprezo e se retirou. A condessinha de Biribuva ficou ainda alguns minutos arrepiada e nervosa. Tentei fazer-lhe uma festinha e ela continuou a olhar fixamente para aquele lado. Afinal sossegou, e como uma das gavetas de minha mesa estivesse entreaberta ela se aninhou lá dentro – pois, modéstia à parte, Biribuva é uma grande apreciadora de minhas crônicas, ou pelo menos as acha muito repousantes.

Mas o incidente nos alarmou. Dentro de alguns meses Biribuva será uma senhorita. Não tenho filhas moças e sou mau conhecedor da alma feminina. É verdade que confio muito em Biribuva, mas resido em um bairro perigoso. Na minha vizinhança há dois generais e um tabelião, e todos têm gatos. Gatos de general e gatos de tabelião são bichos manhosos, e experientes, como toda gente sabe. Se Biribuva fraquejar, teremos, em um ano, três gerações de gatinhos. Que fazer com eles?

Olho a graciosa Biribuva, ainda tão inocente e jovem, e estremeço em pensar essas coisas. Afogaremos seus filhinhos ou os abandonaremos na rua? Criar todos não será possível; minha casa é pequena e jornalista ganha muito pouco.

Biribuva, inteiramente despreocupada, corre para cá e para lá atrás da bola de pingue-pongue, por debaixo dos móveis. Levá-la para uma rua distante e abandoná-la? Seria preciso ter coração muito duro para fazer uma coisa dessas. Depois a verdade é que esta casa sem Biribuva ficaria tão sem graça, tão vulgar e tão vazia que não ousamos pensar nisso.

Que fazer? Faço crônicas: é exatamente tudo o que sei fazer, assim mesmo desse jeito que os senhores estão vendo. Os leitores queixam-se: Biribuva não interessa. Está bem, não tocarei mais no assunto. Mas no fundo os leitores é que não interessam. Querem que eu fale mal do governo ou bem das mulheres, como tenho costume. Entretanto olho para a condessinha de Biribuva, que está ali agora a coçar a orelha com a pata esquerda, e penso no seu destino humilde.

Meu amigo bêbado, que a recolheu da rua molhada, à meia-noite, criou para todos nós uma ternura – e um problema. Estamos num impasse: as forças secretas da vida preparam o mistério e o drama de Biribuva nos telhados do bairro.

*

Na verdade não preciso tocar mais no assunto.

Nossa perplexidade dolorosa findou. Biribuva sumiu ontem à noite e até hoje (são quatro da tarde) não voltou. Talvez tenha compreendido tudo com sua fina sensibilidade. Ficamos todos na sala, tristes, em silêncio, até que eu, como dono da casa, me julgasse obrigado a proferir a eterna frase imbecil: "foi melhor assim" – que é um bom fim de história.

Agosto, 1948

O HOMEM ROUCO

Deus sabe o que andei falando por aí; coisa boa não há de ter sido, pois Ele me tirou a voz.

Ela sempre foi embrulhada e confusa; a mim próprio muitas vezes parecia monótona e enjoada, que dirá aos outros. Mas era, afinal de contas, a voz de uma pessoa, e bem ou mal eu podia dizer ao mendigo "não tenho trocado", ao homem parado na esquina, "o senhor pode ter a gentileza de me dar fogo", e ao garçom "por favor, mais um pedaço de gelo". Dizia certamente outras coisas, e numa delas me perdi. Fiquei dias afônico, e hoje me comunico e lamento com uma voz de túnel, roufenha, intermitente e infame.

Ora, naturalmente que me trato. Deram-me várias pastilhas horríveis e um especialista me receitou uma injeção e uma inalação que cheguei a fazer uma vez e me aborreceu pelo seu desagradável jeito de vício secreto ou de rito religioso oriental. Uma leitora me receitou pelo telefone chá de pitangueira, laranja-da-terra e eucalipto, tudo isso agravado por um dente de alho bem moído.

Não farei essas coisas. Vejo-me à noite, no recolhimento do lar, tomando esse chá dos tempos coloniais e me sinto velho e triste de cortar o coração.

Alguém me disse que se trata de rouquidão nervosa, o que me deixa desconfiado de mim mesmo. Terei muitos complexos? Precisamente quantos? Feios, graves? Por que me atacaram a garganta, e não, por exemplo, o joelho? Ou quem sabe que havia alguma coisa que eu queria dizer e não podia, não devia, não ousava, estrangulado de timidez, e então engoli a voz?

Quando era criança, agora me lembro, passei um ano gago porque fui com outros moleques gritar "Capitão Banana" diante da tenda de um velho que vendia frutas e ele estava escondido no escuro e me varejou um balde d'água em cima. Naturalmente devo contar essa história a um psicanalista. Mas então ele começará a me escarafunchar a pobre alma, e isso não vale a pena. Respeitemos a morna paz desse brejo noturno onde fermentam coisas estranhas e se movem monstros informes e insensatos.

Afinal posso aguentar isso, sou um rapaz direito, bem-comportado, talvez até bom partido para uma senhorita da classe média que não faça questão da beleza física mas sim da moral, modéstia à parte.

O remédio é falar menos e escrever mais, antes que os complexos me paralisem os dedos, pobres dedos, triste mão que... mas, francamente, página de jornal não é lugar para a gente falar essas coisas.

Eu vos direi, senhora, apenas, que a voz é feia e roufenha, mas o sentimento é límpido, é cristalino, puro – e vosso.

Setembro, 1948

PROCURA-SE

Procura-se aflitivamente pelas igrejas e botequins, e no recesso dos lares e nas gavetas dos escritórios, procura-se insistente e melancolicamente, procura-se comovida e desesperadamente, e de todos os modos e com muitos outros advérbios de modo, procura-se junto a amigos judeus e árabes, e senhoras suspeitas e insuspeitas, sem distinção de credo nem de plástica, procura-se junto às estátuas e na areia da praia, e na noite de chuva e na manhã encharcada de luz, procura-se com as mãos, os olhos e o coração um pobre caderninho azul que tem escrita na capa a palavra "endereços" e dentro está todo sujo, rabiscado e velho.

Pondera-se que tal caderninho não tem valor para nenhuma outra pessoa de boa-fé, a não ser seu desgraçado autor. Tem este autor publicado vários livros e enchido ou bem ou mal centenas de quilômetros de colunas de jornal e revista, porém sua única obra sincera e sentida é esse caderninho azul, escrito através de longos anos de aflições e esperanças, e negócios urgentes e amores contrariadíssimos, embora seja forçoso confessar que há ali números de telefone que foram escritos em momentos em que um pé do cidadão pisava uma nuvem e outro uma estrela e os outros dois... – sim, meus concidadãos, trata-se de um quadrúpede. Eu sou um velho quadrúpede e de quatro joelhos no chão eu peço que me ajudeis a encontrar esse objeto perdido.

Pois eis que não perdi um simples caderno, mas um velho sobrado de Florença e um pobre mocambo do Recife, um arcanjo de cabelos castanhos residente em Botafogo em 1943, um doce remorso paulista e o endereço do único homem honrado que sabe consertar palhinha de cadeira no Distrito Federal.

O caderno é reconhecível para os estranhos mediante o desenho feito na folha branca do fim, representando Vênus de Milo em birome azul, cujo desenho foi feito pelo abaixo-assinado no próprio Museu do Louvre, e nesse momento a deusa estremeceu. Haverá talvez um número de telefone rabiscado no torso da deusa, assim como na letra K há trechos de um poema para sempre inacabado escrito com letra particularmente ruim.

Na segunda página da letra D há notas sobre vencimentos de humildes, porém nefandas dívidas bancárias e com uma letra que eu não digo começa o nome de meu bem, que é todo o mal de minha vida.

Procura-se um caderninho azul escrito a lápis e tinta e sangue, suor e lágrimas, com setenta por cento de endereços caducos e cancelados e telefones retirados e, portanto, absolutamente necessários e urgentes e irreconstituíveis. Procura-se, e talvez não se queira achar, um caderninho azul com um passado cinzento e confuso de um homem triste e vulgar... Procura-se, e talvez não se queira achar.

Outubro, 1948

HISTÓRIAS DE ZIG

Um dia, antes do remate de meus dias, ainda jogarei fora esta máquina de escrever e, pegando uma velha pena de pato, me porei a narrar a crônica dos Braga. Terei então de abrir todo um livro e contar as façanhas de um deles que durou apenas onze anos, e se chamava Zig.

Zig – ora direis – não parece nome de gente, mas de cachorro. E direis muito bem, porque Zig era cachorro mesmo. Se em todo o Cachoeiro era conhecido por Zig Braga, isso apenas mostra como se identificou com o espírito da Casa em que nasceu, viveu, mordeu, latiu, abanou o rabo e morreu.

Teve, no seu canto de varanda, alguns predecessores ilustres, dos quais só recordo Sizino, cujos latidos atravessam minha infância, e o ignóbil Valente, que encheu de desgosto meu tio Trajano. Não sei onde Valente ganhou esse belo nome; deve ter sido literatura de algum Braga, pois hei de confessar que só o vi valente no comer angu. E só aceitava angu pelas mãos de minha mãe.

Um dia, tio Trajano veio do sítio... Minto! Foi tio Maneco. Tio Maneco veio do sítio e, conversando com meu pai na varanda, não tirava o olho do cachorro. Falou-se da safra, das dificuldades da lavoura...

— Ó Chico, esse cachorro é veadeiro.

Meu pai achava que não; mas, para encurtar conversa, quando tio Maneco montou sua besta, levou o Valente atrás de si com a coleira presa a uma cordinha. O sítio não tinha três léguas lá de casa. Dias depois meu tio levou a cachorrada para o mato, e Valente no meio. Não sei se matou alguma coisa; sei apenas que Valente sumiu. Foi a história que tio Maneco contou indignado a primeira vez que voltou no Cachoeiro; o cachorro não aparecera em parte alguma, devia ter morrido...

— Sem-vergonhão!

Acabara de ver o Valente que, deitado na varanda, ouvia a conversa e o mirava com um olho só.

Nesse ponto, e só nele, era Valente um bom Braga, que de seu natural não é povo caçador; menos eu, que ando por este mundo a caçar ventos e melancolias.

Houve, certamente, lá em casa, outros cães. Mas vamos logo ao Zig, o maior deles, não apenas pelo seu tamanho como pelo seu espírito. Sizino é uma lembrança vaga, do tempo de Quinca Cigano e da negra Iria, que cantava "O crime da caixa-d'água" e "No mar desta vida", em cujo mar afirmava encontrar às vezes "alguns escolhos", e eu tinha a impressão de que "escolhos" eram uns peixes ferozes piores que tubarão.

*

Ao meu pai chamavam de coronel, e não o era; a mim muitos me chamam de capitão, e não sou nada. Mas isso mostra que não somos de todo infensos ao militarismo, de maneira que não há como explicar o profundo ódio que o nosso bom cachorro Zig votava aos soldados em geral. A tese aceita em família é que devia ter havido, na primeira infância de Zig, algum soldado que lhe deu um pontapé. Haveria de ser um mau elemento das forças armadas da Nação, pois é forçoso reconhecer que mesmo nas forças armadas há maus elementos, e não apenas entre as praças de pré como mesmo entre os mais altos... mas isto aqui, meus caros, é uma crônica de reminiscências canino-familiares e nada tem a ver com a política.

Deve ter sido um soldado qualquer, ou mesmo um carteiro. A verdade é que Zig era capaz de abanar o rabo perante qualquer paisano que lhe parecesse simpático (poucos, aliás, lhe pareciam) mas a farda lhe despertava os piores instintos. O carteiro de nossa rua acabou entregando as cartas na casa de tia Meca. Volta e meia tínhamos uma "questão militar" a resolver, por culpa de Zig.

Tão arrebatado na vida pública, Zig era, entretanto, um anjo do lar. Ainda pequeno tomou-se de amizade por uma gata, e era coisa de elevar o coração humano ver como aqueles dois bichos dormiam juntos, encostados um ao outro. Um dia, entretanto, a gata compareceu com cinco mimosos gatinhos, o que surpreendeu profundamente Zig.

Ficou muito aborrecido, mas não desprezou a velha amiga e continuou a dormir a seu lado. Os gatinhos então começaram a subir pelo corpo de Zig, a miar interminavelmente. Um dia pela manhã, não aguentando mais, Zig segurou com a boca um dos gatinhos e sumiu com ele. Voltou pouco depois, e diante da mãe espavorida abocanhou pelo dorso outro bichinho e sumiu novamente. Apesar de todos os protestos da gata, fez isso com todas as crias. Voltou ainda, latiu um pouco e depois saiu na direção da cozinha. A gata seguiu-o, a miar desesperada. Zig subiu o morro, ela foi atrás. Em um buraco, lá no alto, junto ao cajueiro, estavam os cinco bichos, vivos e intactos. A mãe deixou-se ficar com eles e Zig voltou para dormitar no seu canto.

Estava no maior sossego quando a gata apareceu novamente, com todas as crias a miar atrás. Deitou-se ao lado de Zig, e novamente os bichinhos começaram a passear pelo seu corpo.

Um abuso inominável. Zig ficou horrivelmente aborrecido, e suspirava de cortar o coração, enquanto os gatinhos lhe miavam pelas orelhas. Subitamente abocanhou um dos bichos e sumiu com ele, desta vez em disparada. Em menos de cinco minutos havia feito outra vez a mudança, correndo como um desesperado morro abaixo e morro acima. Mas as mulheres são teimosas, e quando descobrem o quanto é fraco e mole um coração de Braga começam a abusar. O diabo da gata voltou ainda cinicamente com toda a sua detestável filharada. Previmos que desta vez Zig ia perder a paciência. O que fez, simplesmente, foi se conformar, embora desde então esfriasse de modo sensível sua amizade pela gata.

Mas não pensem, por favor, que Zig fosse um desses cães exemplares que frequentam as páginas de *Seleções*, somente capazes de ações nobres e sentimentos elevados, cães aos quais só falta falar para citarem Abraham Lincoln, e talvez Emerson. Se eu afirmasse isso, algumas dezenas de leitores de Cachoeiro de Itapemirim rasgariam o jornal e me escreveriam cartas indignadas, a começar pelo doutor Lofego, a quem Zig mordeu ignominiosamente, para vergonha e pesar do resto da família Braga.

*

De vez em quando aparecia lá em casa algum sujeito furioso a se queixar de Zig.

Assisti a duas dessas cenas: o mordido lá embaixo, no caramanchão, a vociferar, e minha mãe cá em cima, na varanda, a abrandá-lo. Minha mãe mandava subir o homem e providenciava o curativo necessário. Mas se a vítima passava além da narrativa concreta dos fatos e começava a insultar Zig, ela ficava triste: "Coitadinho, ele é tão bonzinho... é um cachorro muito bonzinho". O homem não concordava e ia-se embora ainda praguejando. O comentário de mamãe era invariável: "Ora, também... Alguma coisa ele deve ter feito ao cachorrinho. Ele não morde ninguém..."

"Cachorrinho" deve ser considerado um excesso de ternura, pois Zig era, sem o mínimo intuito de ofensa, mas apenas por amor à verdade, um cachorrão. E a verdade é que mordeu um número maior de pessoas do que o necessário para manter a ordem em Cachoeiro de Itapemirim. Evitávamos, por isso, que ele saísse muito à rua, e o bom cachorro (sim, no fundo era uma boa alma) gostava mesmo de ficar em casa; mas se alguém saía ele tratava de ir atrás.

Contam que uma de minhas irmãs perdeu o namorado por causa da constante e apavorante companhia de Zig.

Quanto à minha mãe, ela sempre teve o cuidado de mandar prender o cachorro domingo pela manhã, quando ia à missa. Às vezes, entretanto, acontecia que o bicho escapava; então descia a escada velozmente atrás das pegadas de minha mãe. Sempre de focinho no chão, lá ia ele para cima; depois quebrava à direita e atravessava a Ponte Municipal. Do lado norte trotava outra vez para baixo e em menos de quinze minutos estava entrando na igreja apinhada de gente. Atravessava aquele povo todo até chegar diante do altar-mor, onde oito ou dez velhinhas recebiam, ajoelhadas, a Santa Comunhão.

Zig se atrapalhava um pouco – e ia cheirando, uma por uma, aquelas velhinhas todas, até acertar com a sua dona. Mais de uma vez o padre recuou indignado, mais de uma vez uma daquelas boas velhinhas trincou a hóstia, gritou ou saiu a correr assustada, como se o nosso bom cão que a fuçava, com seu enorme focinho úmido, fosse o próprio Cão de fauces a arder.

Mas que alegria de Zig quando encontrava, afinal, a sua dona! Latia e abanava o rabo de puro contentamento, e não a deixava mais. Era um quadro comovente, embora irritasse, para dizer a verdade, a muitos fiéis. Que tinham lá suas razões, mas nem por isso ninguém me convence de que não fossem criaturas no fundo egoístas, mais interessadas em salvar suas próprias e mesquinhas almas do que em qualquer outra coisa.

Hoje minha mãe já não faz a longa e penosa caminhada, sob o sol de Cachoeiro, para ir ao lado de lá do rio assistir à missa. Atravessou a ponte todo domingo durante muitas e muitas dezenas de anos, e está velha e cansada. Não me admiraria saber que Deus, não recebendo mais sua visita, mande às vezes, por consideração, um santo qualquer, talvez Francisco de Assis, fazer-lhe uma visitinha do lado de cá, em sua velha casa verde; nem que o Santo, antes de voltar, dê uma chegada ao quintal para se demorar um pouco sob o velho pé de fruta-pão onde enterramos Zig.

Outubro, 1948

ACONTECEU COM ORESTES

Confesso que ao pegar o *Diário Carioca*, vou diretamente à procura do "Dia Astrológico" fornecido por um senhor Mirakoff, redator interplanetário do fogoso matutino.

Em minha tão distante mocidade gastei, confesso, em mesas de pôquer ou *cook-can* (naquele honrado tempo não se falava nem de "buraco" nem de "pif-paf" ou "biriba") longas noites que se houvessem sido dedicadas ao estudo dos bons autores me teriam provido, nesta amarga e fria velhice, de um cabedal de conhecimentos que não possuo e que, para falar com todo o descaramento, não me fazem falta alguma, ou fazem menos que o dinheiro perdido através das referidas noites para falsos e vorazes amigos que sempre tinham um *four* de sete quando eu me pavoneava em apostas levianas com um *flush* de copas todo vermelho e bonito, cheio de figuras e corações palpitantes. Nós, os sentimentais, não devemos jogar pôquer, jogo de matemáticos, é esta a moral. Criei, então, o hábito, muito comum entre tais viciados, de "filar" ou "chorar" a carta pedida; e ao ver a seção "Dia Astrológico" faço o mesmo. Ponho a mão sobre o pequeno trecho referente a pessoas nascidas entre 22 de dezembro e 20 de janeiro, que são minhas companheiras de infortúnio, e a vou retirando devagarinho. Costumo entregar-me a esse exercício logo após as minhas abluções matinais, à mesa do café; e, palavra por palavra, vou lendo até o fim a sentença dos astros para o dia que se inaugura.

"Sarcasmo e dores de garganta; a tarde será favorável para negócios de minas." Estremeço. Ouvirei ou direi sarcasmos? Como evitar dores de garganta? Qual dos meus amigos terá algum negócio escuso referente a minas para que eu possa adquirir urgentemente algumas ações e especular com violência? Às vezes os astros dizem coisas assim: "Complicações com o outro sexo, malícia e tonteiras" ou anunciam "Imaginação fantástica e negócios insolúveis, dores nos rins e nas pernas".

Está visto que não acredito nessas coisas, e meus rins jamais doeram. O fato, porém, é que não posso deixar de sentir um doce calor no coração quando os astros confessam que o dia nascente me traz "Espírito generoso e sucessos sociais". Isso predispõe bem qualquer pessoa, e desde logo evito fazer notar às pessoas responsáveis dentro de minha organização doméstica o fato de que a manteiga está rançosa e o leite, aguado. Afinal é difícil apurar a responsabilidade do ranço da manteiga, e talvez mesmo o dia astrológico esteja desfavorável à manteiga fresca; quanto ao leite, devemos ser generosos admitindo que quando a Comissão Central do Leite ou algum de seus prepostos lhe deita um pouco de água está, afinal de contas, obrando de maneira democrática, pois está possibilitando a um maior número de pessoas tomar leite embora mais fraco. Este pensamento generoso me faz bem e fico à espera dos sucessos sociais.

O mesmo não acontece se o senhor Mirakoff prevê "Irritabilidade, ânsia e gestos arrebatados". Nesses casos é inútil lutar contra o sistema planetário; o melhor é jogar imediatamente a manteigueira na cabeça da empregada e desfechar por escrito ou de viva voz ataques terríveis ao governo Vargas, que mantém essa sujíssima bandalheira do leite no Distrito Federal, em virtude da qual alguns espertalhões bem empistolados do PSD ganham fortunas, enquanto as criancinhas pobres definham subalimentadas, citando a opinião de um jornalista americano meu amigo, segundo a qual se certo dia alguém ousasse servir um leite tão infame na cidade de Nova York, o povo sairia para as ruas e toda a administração municipal seria amarrada em cadeiras elétricas e minuciosamente torrada.

Se o horóscopo anuncia "Notícias alvissareiras e negócios promissores" confesso que espero o carteiro com certa ânsia, e me posto algum tempo junto ao telefone; se nada obtenho, dou as caras pela rua Primeiro de Março à espera de que o senhor Guilherme Silveira me encontre ali pela calçada do Banco do Brasil e abrindo os braços exclame:

"Oh, Braga! Você vai me tirar de uma grande dificuldade. Imagine que estamos com excesso de caixa aqui no banco, e eu precisava me ver livre pelo menos de uns 150 mil contos. Você não conhece ninguém que tope um empréstimo? Olhe, eu faço a coisa barata, quatro por cento ao ano... Dê um jeito nisso, ó Braga irmão!"

Também é impossível não ficar impressionado quando as "astralidades" (esta é uma palavra que parece exclusiva do senhor Mirakoff) predizem simplesmente: "Espírito brilhante. Favorabilidades. Cupido está favorável."

Abro a máquina com ímpeto e imediatamente me ponho a escrever coisas estupendas; cada frase minha vai cintilando, faiscando, reverberando com singular talento. Feito o que, ponho a minha famosa gravata dourada, coloco uma pequena flor à lapela e saio para a rua cheio de "favorabilidades", inteiramente à disposição das damas.

Devo confessar que nem as damas nem o senhor Guilherme Silveira parecem dar muita atenção aos astros. Leiam Mirakoff! – é a mensagem que lhes envio.

Mas não leiam sempre. Há dias tristes, em que me sinto com "espírito versátil e medos infundados" ou "misantropia e desequilíbrio arterial pela tarde, e a noite será de nostalgia".

*

E a verdade é que, embora exagerando um pouco nos dias a favor, o senhor Mirakoff passou anos a me dirigir razoavelmente a pobre vida. Triste bicho deste pequeno e úmido planeta eu me sentia sob a influência dos signos misteriosos que a ciência dos caldeus lia nas curvas cerúleas do Infinito, e quando Saturno entrava em Virgo ou Vênus atingia os Peixes eu sentia coisas estranhas dentro de mim, e me punha a empreender viagens, ou fazer novas relações ou evitar negócios de imóveis, obediente, como um peru, às linhas do zodíaco.

Mas ah, professor Mirakoff! Tudo de repente começou a falhar, e me voltei para os astros inquieto e surpreso como alguém que olhasse o maquinismo do relógio que de repente começou a endoidar. Os planetas não estavam mais funcionando, e cada um começou a errar como bêbado pelas faixas proibidas, como se o senhor Edgard Estrela, da Diretoria do Trânsito, do Governo Celeste, tivesse baixado uma nova portaria, ainda não compreendida. Em meio às piores "conjugações" eu boiava feliz dentro de um sonho, e os milagres esvoaçavam à minha volta como colibris entre papoulas lindas; e quando deviam chover do sol "favorabilidades" a flux, eu mergulhava nas trevas do mais torpe e vil desânimo.

Não leiam Mirakoff! Mirakoff não sabe nada, murmurei então. Mas um amigo que me conhece e espreita segurou-me o braço e abanou a cabeça. "Não, Braga, não. Mirakoff está certo marcando o destino das pessoas que vivem na Terra: mas tu, ó imprudente, andas com um pé no Céu e outro no Inferno e ora tombas de um lado e ora tombas de outro, e não há planeta que te domine pois entregaste tua alma a outra alma, e tu não és mais tu, nem mais sabes de ti. Lembra-te de Orestes!"

Pensei em Orestes, o matricida, irmão de Electra, rei de Argos e da Lacedemônia, mas ele falava de Orestes Barbosa dizendo à sua amada: "Tu pisavas nos astros distraída..."

E compreendi tudo. Adeus, professor Mirakoff.

Outubro, 1948

CONTO DE NATAL

Sem dizer uma palavra o homem deixou a estrada, andou alguns metros no pasto e se deteve um instante diante da cerca de arame farpado. A mulher seguiu-o sem compreender, puxando pela mão o menino de seis anos.

— Que é?

O homem apontou uma árvore do outro lado da cerca. Curvou-se, afastou dois fios de arame e passou. O menino preferiu passar deitado, mas uma ponta de arame o segurou pela camisa. O pai agachou-se zangado:

— Porcaria...

Tirou o espinho de arame da camisinha de algodão e o moleque escorregou para o outro lado. Agora era preciso passar a mulher. O homem olhou-a um momento do outro lado da cerca e procurou depois com os olhos um lugar em que houvesse um arame arrebentado ou dois fios mais afastados.

— Pera aí...

Andou para um lado e outro e afinal chamou a mulher. Ela foi devagar, o suor correndo pela cara mulata, os passos lerdos sob a enorme barriga de oito ou nove meses.

— Vamos ver aqui...

Com esforço ele afrouxou o arame do meio e puxou-o para cima. Com o dedo grande do pé fez descer bastante o de baixo.

Ela curvou-se e fez um esforço para erguer a perna direita e passá-la para o outro lado da cerca. Mas caiu sentada num torrão de cupim.

— Mulher!

Passando os braços para o outro lado da cerca o homem ajudou-a a levantar-se. Depois passou a mão pela testa e pelo cabelo empapado de suor.

— Pera aí...

Arranjou afinal um lugar melhor, e a mulher passou de quatro, com dificuldade. Caminharam até a árvore, a única que havia no pasto, e sentaram-se no chão, à sombra, calados.

O sol ardia sobre o pasto maltratado e secava os lameirões da estrada torta. O calor abafava, e não havia nem um sopro de brisa para mexer uma folha.

De tardinha seguiram caminho, e ele calculou que deviam faltar umas duas léguas e meia para a fazenda da Boa Vista quando ela disse que não aguentava mais andar. Ele pensou em voltar até o sítio de "seu" Anacleto.

— Não...

Ficaram parados os três, sem saber o que fazer, quando começaram a cair uns pingos grossos de chuva. O menino choramingava.

— Eh, mulher...

Ela não podia andar e passava a mão pela barriga enorme. Ouviram então o guincho de um carro de bois.

— Ô, graças a Deus...

Às sete horas da noite, chegaram com os trapos encharcados de chuva a uma fazendazinha. O temporal pegou-os na estrada e entre os trovões e os relâmpagos a mulher dava gritos de dor.

— Vai ser hoje, Faustino, Deus me acuda, vai ser hoje.

O carreiro morava numa casinha de sapê, do outro lado da várzea. A casa do fazendeiro estava fechada, pois o capitão tinha ido para a cidade há dois dias.

— Eu acho que o jeito...

O carreiro apontou a estrebaria. A pequena família se arranjou lá de qualquer jeito junto de uma vaca e um burro.

No dia seguinte de manhã o carreiro voltou. Disse que tinha ido pedir uma ajuda de noite na casa de "siá" Tomásia, mas "siá" Tomásia tinha ido à festa na Fazenda de Santo Antônio. E ele não tinha nem querosene para uma lamparina, mesmo se tivesse não sabia ajudar nada. Trazia quatro broas velhas e uma lata com café.

Faustino agradeceu a boa vontade. O menino tinha nascido. O carreiro deu uma espiada, mas não se via nem a cara do bichinho que estava embrulhado nuns trapos sobre um monte de capim cortado, ao lado da mãe adormecida.

— Eu de lá ouvi os gritos. Ô Natal desgraçado!

— Natal?

Com a pergunta de Faustino a mulher acordou.

— Olhe, mulher, hoje é dia de Natal. Eu nem me lembrava...

Ela fez um sinal com a cabeça: sabia. Faustino de repente riu. Há muitos dias não ria, desde que tivera a questão com o coronel Desidério, que acabara mandando embora ele e mais dois colonos. Riu muito, mostrando os dentes pretos de fumo:

— Eh, mulher, então "vamo" botar o nome de Jesus Cristo!

A mulher não achou graça. Fez uma careta e penosamente voltou a cabeça para um lado, cerrando os olhos. O menino de seis anos tentava comer a broa dura e estava mexendo no embrulhinho de trapos:

— Eh, pai, vem vê...

— Uai! Pera aí...

O menino Jesus Cristo estava morto.

Dezembro, 1940

A SECRETÁRIA

Procuro um documento de que preciso com urgência. Não o encontro, mas me demoro a decifrar minha própria letra, nas notas de um caderno esquecido que os misteriosos movimentos da papelada pelas minhas gavetas fizeram vir à tona.

Isso é que dá encanto ao costume da gente ter tudo desarrumado. Tenho uma secretária que é um gênio nesse sentido. Perdeu, outro dia, cinquenta páginas de uma tradução.

Tem um extraordinário senso divinatório, que a leva a mergulhar no fundo do baú do quarto da empregada os papéis mais urgentes; rasga apenas o que é estritamente necessário guardar mas conserva com rigoroso carinho o recibo da segunda prestação de um aparelho de rádio, que comprei em São Paulo em 1941. Isso me fornece algumas emoções líricas inesperadas: quem não se comove de repente quando está procurando um aviso de banco e encontra uma conta de hotel de Teresina de quatro anos atrás, com todos os vales das despesas extraordinárias, inclusive uma garrafa de água mineral? Caio em um estado de pureza e humildade; tomar uma água mineral em Teresina, numa saleta de hotel, quatro anos atrás...

Não importa que ela faça sumir, por exemplo, minha carteira de identidade. Afinal estou cansado de saber que sou eu mesmo; não me venham lembrar essa coisa, que me entristece e desanima. Prefiro lembrar esse telefone de Buenos Aires que anotei, com letra nervosa, em um pedaço de maço de cigarros, ou guardar com a maior gravidade esse bilhete que diz: "Estive aqui e não te encontrei. Passo amanhã. 'S.'" Quem é esse "S." ou essa "S." e por que, e onde e quando procurou minha humilde pessoa? Que sei? Era afinal, uma criatura humana, alguém que me procurava. Lamento que não estivesse em casa. Espero que eu tenha tratado bem a "S.", que "S." tenha encontrado em mim um apoio e não uma decepção – e que ao sair de minha casa ou de meu quarto do hotel tenha murmurado consigo mesmo – "o Rubem é um bom sujeito".

Há papéis de visão amarga, que eu deveria ter rasgado dez anos atrás; mas a mão caprichosa de minha jovem secretária, que o preservou carinhosamente, não será a própria mão da consciência a me apontar esse remorso velho, a me dizer que devo lembrar o quanto posso ser inconsciente e egoísta? Seria melhor talvez esquecer isso; e tento me defender diante desse papel velho que me acusa do fundo do passado. Não, eu não fui mau; andava tonto; e pelo menos era sincero.

Mas para que diabo tomei tantas notas sobre a produção de manganês – e por que não mandei jamais esta carta tão afetuosa, tão cheia de histórias e tão longa a um amigo distante?

Meus arquivos, na sua desordem, não revelam apenas a imaginação desordenada e o capricho estranho da minha secretária. Revelam a desarrumação mais profunda, que não é de meus papéis, é de minha vida.

Sim, estou cheio de pecados; e quando algum dia for chamado a um tribunal, humano ou celeste, para me julgar, talvez a única prova a meu favor que encontre à mão seja essa pequena nota com um PG a lápis e uma assinatura ilegível que atesta que – se respondi com frieza a muita bondade e paguei com ingratidão ou esquecimento algum bem que me fizeram – pelo menos, Senhor, pelo menos é certo que saldei corretamente a nota da lavagem de um terno de brim à lavanderia Ideal, de Juiz de Fora, em 1936... E esta certeza humilde me dá um certo consolo.

Janeiro, 1949

UMA LEMBRANÇA

Foi em sonho que revi a longamente amada; sentada numa velha canoa, na praia, ela me sorria com afeto. Com sincero afeto – pois foi assim que ela me dedicou aquela fotografia com sua letra suave de ginasiana.

Lembro-me do dia em que fui perto de sua casa apanhar o retrato, que me prometera na véspera. Esperei-a junto a uma árvore; chovia uma chuva fina. Lembro-me de que tinha uma saia escura e uma blusa de cor viva, talvez amarela; que estava sem meias. Os leves pelos de suas pernas lindas queimados pelo sol de todo o dia na praia estavam arrepiados de frio. Senti isso mais do que vi, e, entretanto, esta é a minha impressão mais forte de sua presença de quatorze anos: as pernas nuas naquele dia de chuva, quando a grande amendoeira deixava cair na areia grossa pingos muito grandes. Falou muito perto de mim, e perguntei se tomara café; seu hálito cheirava a café. Riu, e disse que sim, com broas. Broas quentinhas, eu queria uma? Saiu correndo, deu a volta à casa, entrou pelos fundos, voltou depois (tinha dois ou três pingos de água na testa) com duas broas ainda quentes na mão. Tirou do seio a fotografia e me entregou.

Dei uma volta pela praia e pelas pedras para ir para casa. Lembro-me do frio vento sul, e do mar muito limpo, da água transparente, em maré baixa. Duas ou três vezes tirei do bolso a fotografia, protegendo-a com as mãos para que não se molhasse, e olhei. Não estava, como neste sonho de agora, sentada em uma canoa, e não me lembro como estava, mas era na praia e havia uma canoa. "Com sincero afeto..." Comi uma broa devagar, com uma espécie de unção.

Foi isso. Ninguém pode imaginar por que sonha as coisas, mas essa broa quente que recebi de sua mão vinte anos atrás me lembra alguma coisa que comi ontem em casa de minha irmã. Almoçamos os dois, conversamos coisas banais da vida da cidade grande em que vivemos. Mas na hora da sobremesa a empregada trouxe melado. Melado da roça, numa garrafa tampada com um pedaço de sabugo de milho – e veio também um prato de aipim quente, de onde saía fumaça. O gosto desse melado com aipim era um gosto de infância. Lembra-me a mão longa de uma jovem empregada preta de minha casa: lembro-me quando era criança, ela me servia talvez aipim, então pela primeira vez eu reparei em sua mão, e como era muito mais clara na palma do que no dorso; tinha os dedos pálidos e finos, como se fosse uma princesa negra.

Foi no tempo da descoberta da beleza das coisas: a paisagem vista de cima do morro, uma pequena caixa de madeira escura, o grande tacho de cobre areado, o canário-belga, uma comprida canoa de rio de um só tronco, tão simples, escura, as areias do córrego sob a água clara, pequenas pedras polidas pela água, a noite cheia de estrelas... Uma descoberta múltipla que depois se ligou tudo a essa moça de um moreno suave, minha companheira de praia.

Foi em sonho que revi a longamente amada; entretanto, não era a mesma; seu sorriso e sua beleza que me entontecia haviam vagamente incorporado, atravessando as camadas do tempo, outras doçuras, um nascimento dos cabelos acima da orelha onde passei meus dedos, a nuca suave, com o mistério e o sossego das moitas antigas, os braços belos e serenos. Gostaria de descansar minha cabeça em seus joelhos, ter nas mãos o músculo meigo das panturrilhas. E devia ser de tarde, e galinhas cacarejando lá fora, a voz muito longe de alguma mulher chamando alguma criança para o café...

Tudo o que envolve a amada nela se mistura e vive, a amada é um tecido de sensações e fantasias e se tanto a tocamos, e prendemos e beijamos é como querendo sentir toda sua substância que, entretanto, ela absorveu e irradiou para outras coisas, o vestido ruivo, o azul e branco, aqueles sapatos leves e antigos de que temos saudade; e quando está junto a nós imóvel sentimos saudade de seu jeito de andar; quando anda, a queremos de pé, diante do espelho, os dois belos braços erguidos para a nuca, ajeitando os cabelos, cantarolando alguma coisa, antes de partir, de nos deixar sem desejo mas com tanta lembrança de ternura ecoando em todo o corpo.

Foi em sonho que revi a longamente amada. Havia praia, uma lembrança de chuva na praia, outras lembranças: água em gotas redondas correndo sobre a folha da taioba ou inhame, pingos d'água na sua pele de um moreno suave, o gosto de sua pele beijada devagar... Ou não será gosto, talvez a sensação que dá em nossa boca tão diferente uma pele de outra, esta mais seca e mais quente, aquela mais úmida e mansa. Mas de repente é apenas essa ginasiana de pernas ágeis que vem nos trazer o retrato com sua dedicatória de sincero afeto; essa que ficou para sempre impossível sem, entretanto, nos magoar, sombra suave entre morros e praia longe.

Janeiro, 1949

OS ROMANOS

Foi no Leblon, no domingo de sol, e não era escola de samba nem rancho direito, era apenas uma tentativa de rancho, sem mulheres, sem música própria. Eram quase todos negros e mulatos, quase todos muito fortes e vestidos da maneira mais imaginosa, com saiotes e escudos e capacetes com muitos dourados e prateados, e de espada na mão. Cantavam o samba estranho *Maior é Deus do Céu* e no estandarte estava escrito assim: "Henredo o Império Romano".

Todos achamos graça nesse H que dava ao enredo, que afinal não era enredo nenhum, uma súbita solenidade, sugerindo graves palavras históricas e heroicas, hostes de hunos, hierofantes, hieróglifos e hierarquias. E era muito guerreira a marcação da bateria – e Júlio César, com seu capacete de papel prateado de dois palmos de altura acima do pixaim, e brandindo com o enorme braço negro uma espada de ouro, nunca esteve tão soberbo na sua glória.

Não, não morreu o Império Romano, embora Mussolini fizesse questão de suicidá-lo pela segunda vez. Ele rebenta soberano do fundo dos carnavais e tu, Marco Antônio, continuas a suspirar pela serpente do velho Nilo. E tu, Cleópatra, continuas a dizer ao homem que envias para vigiar o teu amado: "Se o achares triste, dize que eu estou dançando; se o achares alegre dize que adoeci de súbito..."

E esses pretos e mulatos que hoje dominam o mundo com suas espadas de bobagem, e se fazem Neros e Brutus e Calígulas, são os mesmos que de súbito se precipitam esfarrapados no "sujo" mais feroz – pois quando não são imperadores preferem ser miseráveis terríveis e não os pobres contribuintes da taxa sindical do ano inteiro.

A secreta gravidade e a espantosa riqueza do carnaval chocam-se com essa arrumação extraordinariamente pífia que os decoradores da Prefeitura fizeram na avenida, em um requinte de mau gosto que tenta ser popular e fica sendo apenas ruim – e com a indigência mental desses carros alegóricos subvencionados, sem espírito, nem beleza, nem nada.

Pelo gosto da Prefeitura acabaríamos na infinita palermice de um carnaval de Buenos Aires, com aqueles funcionários municipais fazendo préstitos e a multidão aborrecida e enorme.

Mas no seio do povo rebentam as imaginações como flores de loucura, esses sambas chorando, esses batuques heroicos, essa invenção incessante onde se despeja toda a fantasia, toda a tristeza, toda a opressão dos homens.

Bem-aventurados os que fazem o carnaval, os que não fogem nem se recolhem, mas enfrentam as noites bárbaras e acesas, bem-aventurados os gladiadores e Césares e chiquitas e baianas, e que a vida depois lhes seja leve na volta do sonho em que se esbaldam!

Fevereiro, 1949

PEDAÇOS DE CARTAS

Um caderno velho, com notas de uma viagem pelo Nordeste. Transcreverei aqui trechos de cartas de nordestinos que emigram para a Amazônia. E sua leitura agora, depois da tristeza imensa em que findou a "Batalha da Borracha", é triste...

Os homens vão para o Amazonas e pelo caminho escrevem e recebem cartas. Maria Cristina, de Mossoró, escreve a Raimundo, que já está em São Luís do Maranhão esperando vapor que o levará a Belém: "... Não, não creio que tenhas tamanha desconfiança em mim... serei firme e constante..."

Um pai escreve ao filho: "... Aqui vamos vivendo, espero que logo que você receber dinheiro me mande alguma coisa, nós vivemos muito aperreados". Outro pai dá um conselho ao filho emigrante: "... Seja obediente..." Outro dá notícias de Apodi: "Aqui ultimamente tem caído um bom inverno, e a lagoa já encheu". E a mãe acrescenta: "Impossível descrever as saudades que tenho de ti... mas tenho fé em São José que breve voltarás".

Um homem que já chegou a Belém escreve ao amigo em Massapé: "José Maria, não esqueço um só instante daí, de tua casa e palestra nestas horas os meus olhos vertem lágrimas de saudades de nosso torrão que tanto amo de verdade". Outro escreve para a mãe no Rio: "Segundo o que dizem vamos ganhar muito dinheiro".

Teógenes escreve ao irmão que ficou em Lavras, Ceará: "Oxalá que esteja bem chuvido por aí. Aqui a notícia que corre é que no Amazonas há superabundância de dinheiro, diga ao Izael que venha para o Amazonas."

Do marido à mulher: "Isaura, tu não imaginas, toda noite sonho contigo. Não fico em Belém porque não dá futuro portanto vou assinar o contrato voltarei com brevidade do Acre."

Um rapaz ainda em Fortaleza escreve à mãe no Rio: "Mamãe se Deus quiser voltarei com muito dinheiro. Voltarei para provar que sou homem e não sou um moleque." Outro: "Um pouco adoentado, não há de ser nada, dentro de alguns dias seguirei para o Amazonas para fazer fortuna".

Um que escreve de Teresina ao pai em Santa Quitéria: "Não sei quanto vou ganhando, e não sei quanto vou ganhar, se eu pegar um dinheiro não me esqueço do senhor".

A mãe, do sertão do Ceará, ao filho, em Belém: "Até esta data nada recebi, disseram que eu não tinha direito nem a sua mulher porque você não era casado no civil. Tenha pena de sua mãe que ela está morrendo de fome, eu quero que você mande ordem."

A mulher em Mossoró escreve ao marido em Manaus: "Eu só recebi quatro mil-réis, porque só tinha na lista duas pessoas mas eu conversei com o Dr. hoje mesmo já recebi seis mil-réis... Bote a benção nos seus meninos e aceite um coração cheio de mil saudades de tua querida esposa."

Irmã em Macau ao irmão em São Luís: "Não estava esperando esta notícia de ires para o Amazonas... Lembra-te que deixaste um pai velho e uma irmã e que estes ainda desejam ver-te... Olha Antônio, v. podendo nos mandar qualquer coisa não deixe de mandar que aqui as coisas estão muito ruim... Quando estiver aperreado faça uma promessa à N. S. do Perpétuo Socorro. Papai envia-te uma feliz benção... P.S. Compadre Fausto foi também para o Amazonas, será que te encontrarás com ele aí?" Nota à margem, em letra trêmula, da mãe do rapaz: "Pouca esperança já me resta de ver-te pois estou muito velha..."

Mãe em Icó ao filho ainda em Fortaleza: "Desde a tua saída fiquei em tempo de ficar doida, nem posso dormir e nem comer. Dioclécio me escreveu que você não seguisse nessa Cia. Americana que vão para as matas que estão os caboclos brabos que é mesmo que ser uma guerra. Eu lhe mando dizer que os legumes não sustentarão quase nada, mas o feijão vai até mais adiante, milho pouco: mas vai se vivendo."

Pai, de Independência (Rio Grande do Norte), escreve ao filho em São Luís: "Peço-te logo que possível escreveres dizendo-me alguma coisa a respeito deste destino, se serve; pois, como sabes aqui cada vez pior as precisões cada dia aumentam conforme seja as condições que mandares me dizer irei também".

Filha, de Mossoró, ao pai em São Luís: "Papai eu agora não estou no meu emprego porque faltou massa para fazer o pão e seu Zezinho disse que eu e Terezinha passasse uns dias suspensa do trabalho".

Filho, de Belém, à mãe, em Sobral: "Mãe primeiro que tudo me bote a benção. Mãe o que eu prometi de mandar dinheiro para a senhora até o fazer esta carta ainda não peguei em dinheiro eu tenho promessa de receber dinheiro aqui em Belém do Pará... Eu à vista do que estava em Iguatu aqui é um grande céu melhor do que lá porque estou gozando melhor vida... Mãe avise ao Anocrato que venha para o Amazonas que se ganha dinheiro segundo dizem, e a qualquer alguns de meus amigos..."

"Mãe faça jeito do João vir para o Amazonas porque em todo lugar que ele chegar não falta nada sim porque um homem como esse gasta tudo o que pega com as raparigas."

Março, 1949

O BARCO *JUPARANÃ*

Apresento-vos um navio que não é dos maiores do mundo: tem 26 metros de popa a proa, e seis de largura. Está sendo todo pintado de branco; assim ficará mais bonito. Estão sendo arrumados seus oito camarotes, e também seu bar com uma boa geladeira. Foi lançado à água em 1926, mas agora está todo renovado, e galante.

Quereis fretar esse navio e nele navegar a vossa tristeza e o sonho vosso? Arranjo por três dias; e pagareis oitocentos cruzeiros por dia. Isso inclui, senhor, a lenha para o motor de oitenta cavalos, e o pagamento dos treze tripulantes, inclusive o papo cordial e a cachacinha fornecidos em seu próprio camarote, pelo comandante Pedro Pichim. Seu nome, tal como ficou registrado em Moscou, é Pedro Epichim, e assim ele se assina; mas está acostumado a ser chamado de "seu" Pedro Pichim.

O cozinheiro é bom, e não ficareis espantado ao reparar, por exemplo, que o timoneiro às vezes usa um enorme facão de mato pendurado no cinto. Nosso barco é muito florestal. Nele podereis subir de Regência do Rio Doce a Colatina e entrar em muitas lagoas, inclusive na maior e mais bela de todas as lagoas de água doce deste imenso Brasil, de água muito clara e muito funda, cercada de floresta imponente, com a Ilha do Imperador no meio, tendo uns 32 quilômetros de comprimento e na maior largura uns cinco.

Nesse navio podereis levar, se tendes muitos amigos, até trezentas pessoas, e se tendes muitos haveres até 25 toneladas de carga. Aconselho-vos a não levar tanto, pois se é verdade que o *Juparanã* cala, sem carga, apenas 55 centímetros, também é certo que seu casco se afunda na água mais um centímetro por duas toneladas de carga; de maneira que, tendo muito peso, ele perde o que me parece ser seu encanto principal, que é a presteza e graça com que acode ao chamado de qualquer bandeira branca na margem, encostando os peitos no barranco, como pata maternal.

Assim essa viagem de 130 quilômetros desde a Barra até Colatina tem na verdade muito mais do dobro, não só pelo capricho do canal como pelo bom coração de nosso barco. Às vezes aparece uma bandeira branca à margem direita e outra à margem esquerda; e nem é bandeira direito, é um saco de algodão ou um simples lenço, qualquer farrapo branco chamando, mandando seu apelo da fímbria da floresta escura. E lá vamos costurando o rio, da margem norte à margem sul.

Quando anoitece, basta ao caboclo ribeirinho agitar uma lanterna ou lamparina, um simples tição bem aceso para que o *Juparanã* mude de rumo e, com sua grande roda traseira batendo como um coração amigo, vá apanhá-lo na barranca humilde. E ele é amigo de suas irmãs menores, essas canoas do Rio Doce, canoas de peroba, cobi, vinhático, cerejeira, oiticica, araribá, seja de vinte metros de comprido e quatro palmos e chave de largura, seja canoinha boieira que um menino guia. O canoeiro, do meio do rio, faz um sinal, e ele para, delicado. O canoeiro vem vindo, e agita um papel na mão:

— Firmino, esta carta é para botar no Correio em Colatina...

E se o canoeiro viaja, sua canoa também vai. Temos nesta viagem atadas a cada lado seis canoas compridas, e Pedro Pichim me diz que chega a levar trinta em suas ilhargas amigas.

Não é preciso comprar passagem, fica entendido que em cima é primeira classe e embaixo é segunda. Camarote e comida são pagos em separado. Pedro Pichim, o velho lobo do rio, leva na mão um caderno escolar onde toma nota do nome do passageiro e o preço da passagem: da fazenda Maria Bonita até a fazenda Boa Esperança, ele calcula, por exemplo, dez cruzeiros. Há 26 anos, desde que esse navio, vindo da Alemanha, foi montado em Colatina e lançado às águas do rio, que Pedro Pichim o comanda para baixo e para cima – e ajuda a pôr a mesa, oferece manga às damas e ingá às criancinhas, tão cheio de autoridade e tão simplesmente cordial, já com dois filhos homens na tripulação. Antigamente, diz ele que muitas vezes tinha de cobrar passagem de revólver na cinta, às vezes mesmo na mão porque algum baiano de maus bofes resolvia fazer carinho no cabo do seu facão de mato e dizer que já tinha pago. "Então paga outra vez porque senão encosto o barco no barranco e você salta."

Quem sobe da Barra e vê, logo acima de Povoação, no lado norte, uma pequena sede de fazenda fazendo um claro no debrum escuro da mata e pergunta seu nome, lhe respondem: é o Império da Boa Vontade. No dia azul em que esse império se estender pelo mundo, há de ter como nau capitânia de sua grande Marinha de Paz o barco *Juparanã*, amigo de todas as bandeiras brancas.

Março, 1949

O MOTORISTA DO 8-100

Tem o *Correio da Manhã* um repórter que faz, todo domingo, uma página inteira de tristezas. Vive montado em um velho carro, a que chama de Gerico; a palavra, hoje, parece que se escreve com "j"; de qualquer jeito (que sempre achei mais jeitoso quando se escrevia com "g") é um carro paciente e rústico, duro e invencível como um velho jumento. E tinha de sê-lo; pois sua missão é ir ver ruas esburacadas e outras misérias assim.

Pois esse colega foi convidado, outro dia, a ver uma coisa bela. Que estivesse pela manhã bem cedo junto ao edifício Brasília (o último da avenida Rio Branco, perto do Obelisco) para assistir à coleta de lixo. Foi. Viu chegar o caminhão 8-100 da Limpeza Urbana, e saltarem os ajudantes, que se puseram a carregar e despejar as latas de lixo. Enquanto isso, que fazia o motorista? O mesmo de toda manhã. Pegava um espanador e um pedaço de flanela, e fazia o seu carro ficar rebrilhando de limpeza. Esse motorista é "um senhor já, estatura mediana, cheio de corpo, claudicando da perna direita; não ficamos sabendo seu nome".

Não poupa o bom repórter elogios a esse humilde servidor municipal. E sua nota feita com certa emoção e muita justeza mostra que ele não apenas sabe reportar as coisas da rua como também as coisas da alma.

Cada um de nós tem, na memória da vida que vai sobrando, seu caminhão de lixo que só um dia despejaremos na escuridão da morte. Grande parte do que vamos coletando pelas ruas tão desiguais da existência é apenas lixo; dentro dele é que levamos a joia de uma palavra preciosa, o diamante de um gesto puro.

É boa a lição que nos dá o velho motorista manco; e há, nessa lição, um alto e silencioso protesto. Não conheço este homem, nem sei que infância teve, que sonhos lhe encheram a cabeça de rapaz. Talvez na adolescência ele sucumbisse a uma tristeza sem remédio se uma cigana cruel lhe mostrasse um retrato de sua velhice: gordo, manco, a parar de porta em porta um caminhão de lixo. Talvez ele estremecesse da mais alegre esperança se uma cigana generosa e imprecisa lhe contasse: "Vejo-o guiando um grande carro na avenida Rio Branco; para diante de um edifício de luxo; o carro é novo, muito polido, reluzente..."

É costume dizer que a esperança é a última que morre. Nisto está uma das crueldades da vida; a esperança sobrevive à custa de mutilações. Vai minguando e secando devagar, se despedindo dos pedaços de si mesma, se apequenando e empobrecendo, e no fim é tão mesquinha e despojada que se reduz ao mais elementar instinto de sobrevivência. O homem se revolta jogando sua esperança para além da barreira escura da morte, no reino luminoso que uma crença lhe promete, ou enfrenta, calado e só, a ruína de si mesmo, até o minuto em que deixa de esperar mais um instante de vida e espera como o bem supremo o sossego da morte. Depois de certas agonias a feição do morto parece dizer: "enfim veio; enfim, desta vez não me enganaram".

Esse motorista, que limpa seu caminhão, não é um conformado, é o herói silencioso que lança um protesto superior. A vida o obrigou a catar lixo e imundície; ele aceita a sua missão, mas a supera com esse protesto de beleza e de dignidade. Muitos recebem com a mão suja os bens mais excitantes e tentadores da vida; e as flores que vão colhendo no jardim de uma existência fácil logo têm, presas em seus dedos frios, uma sutil tristeza e corrupção, que as desmerece e avilta. O motorista do caminhão 8-100 parece dizer aos homens da cidade: "O lixo é vosso: meus são estes metais que brilham, meus são estes vidros que esplendem, minha é esta consciência limpa".

Março, 1949

O VASSOUREIRO

Em um piano distante alguém estuda uma lição lenta, em notas graves. De muito longe, de outra esquina, vem também o som de um realejo. Conheço o velho que o toca, ele anda sempre pelo meu bairro; já fez o periquito tirar para mim um papelucho em que me são garantidos 93 anos de vida, muita riqueza, poder e felicidade.

Ora, não preciso de tanto. Nem de tanta vida, nem de tanta coisa mais. Dinheiro apenas para não ter as aflições da pobreza; poder somente para mandar um pouco, pelo menos, em meu nariz; e da felicidade um salário mínimo: tristezas que possa aguentar, remorsos que não doam demais, renúncias que não façam de mim um velho amargo.

Joguei uma prata da janela, e o periquito do realejo me fez um ancião poderoso, feliz e rico. De rebarba me concedeu quatorze filhos, tarefa e honra que me assustam um pouco. Mas os periquitos são muito exagerados, e o costume de ouvir o dia inteiro trechos de óperas não deve lhes fazer bem à cabeça. Os papagaios são mais objetivos e prudentes, e só se animam a afirmar uma coisa depois que a ouvem repetidas vezes.

Chiquita, a pequenina jabota, passeia a casa inteira, erguendo com certa graça o casco pesado sobre as quatro patinhas tortas, e espichando e encolhendo o pescoço curioso, tímido e feio. Nunca diz nada, o que é pena, pois deve ter uma visão muito particular das coisas.

Agora não se ouve mais o realejo; o piano recomeça a tocar. Esses sons soltos, e indecisos, teimosos e tristes, de uma lição elementar qualquer, têm uma grave monotonia. Deus sabe por que acordei hoje com tendência a filosofia de bairro; mas agora me ocorre que a vida de muita gente parece um pouco essa lição de piano. Nunca chega a formar a linha de uma certa melodia. Começa a esboçar, com os pontos soltos de alguns sons, a curva de uma frase musical; mas logo se detém, e volta, e se perde numa incoerência monótona. Não tem ritmo nem cadência sensíveis. Para quem a vive, essa vida deve ser penosa e triste como o esforço dessa jovem pianista do bairro, que talvez preferisse ir à praia, mas tem de ficar no piano. Na verdade eu é que estou pensando em ir à praia, eu é que estou preso a um teclado de máquina. Espero que esta crônica, tão cansativa e enjoada para mim, possa parecer ao leitor de longe como essa lição de piano me parece no meio da manhã clara: alguma coisa monótona e sem sentido, ou às vezes meio desentoada, mas suave.

Passa o vassoureiro. É grande, grosso e tem bigodes grossos como todos os de seu ofício. Aos cinquenta anos darei um bom vassoureiro de bairro. De todos os pregões, o seu é o mais fácil: "Vassoura... vassoureiro..." e convém fazer a voz um tanto cava. Ele me parece digno, levando entrecruzadas sobre os ombros, numa composição equilibrada e sábia, tantas vassouras, espanadores e cestos. Seu andar é lento, sua voz é grave, sua presença torna a rua mais solene. É um homem útil.

Não ousaria dizer o mesmo de mim mesmo; mas, enfim, já trabalhei, já cumpri o meu dever, como o velho do realejo e a mocinha do piano; vagamente acho que mereço ir à praia.

Abril, 1949

A VISITA DO CASAL

Um casal de amigos vem me visitar. Vejo-os que sobem lentamente a rua. Certamente ainda não me viram, pois a luz do meu quarto está apagada.

É uma quarta-feira de abril. Com certeza acabaram de jantar, ficaram à toa, e depois disseram: vamos passar pela casa do Rubem? É, podemos dar uma passadinha lá. Talvez venham apenas fazer hora para a última sessão de cinema. De qualquer modo, vieram. E me agrada que tenham vindo. Dá-me prazer vê-los assim subindo a rua vazia e saber que vêm me visitar.

Penso um instante nos dois; refaço a imagem um pouco distraída que faço de cada um. Sei há quantos anos são casados, e como vivem. A gente sempre sabe, de um casal de amigos, um pouco mais do que cada um dos membros do casal imagina. Como toda gente, já fui amigo de casais que se separaram. É tão triste. É penoso e incômodo, porque então a gente tem de passar a considerar cada um em separado – e cada um fica sem uma parte de sua própria realidade. A realidade, para nós, eram dois, não apenas no que os unia, como ainda no que os separava quando juntos. Havia um casal; quando deixa de haver, passamos a considerar cada um, secretamente, como se estivesse com uma espécie de luto. Preferimos que vivam mal, porém juntos; é mais cômodo para nós. Que briguem e não se compreendam, e não mais se amem e se traiam; mas não deixem de ser um casal, pois é assim que eles existem para nós. Ficam ligeiramente absurdos sendo duas pessoas.

Como quase todo casal, esse que vem me visitar já andou querendo se separar. Pois ali estão os dois juntos. Ele com seu passo largo e um pouco melancólico, a pensar suas coisas; ela com aquele vestido branco tão conhecido que "me engorda um pouco, chi, meu Deus, estou vendo a hora que preciso comprar esse livro *Coma e emagreça*, meu marido vive me chamando de bola de sebo, você acha, Rubem?"

Eu gosto do vestido. Quanto a ela própria, eu já a conheço tanto, nesta longa amizade, em seus encantos e em seus defeitos, que não me lembro de considerar se em conjunto é bonita ou não, e tenho uma leve surpresa sempre que ouço alguma opinião de uma pessoa estranha; não posso imaginar qual seria minha impressão se a visse agora pela primeira vez. "Ele diz que eu tenho corpo de mulata, você acha, Rubem? Diz que eu quando engordo minha gordura vem toda para aqui" – e passa as mãos nas ancas, rindo. "Nesse negócio de corpo de mulata você deve mesmo consultar o Rubem, mulher." Um gosta de mexer com o outro falando comigo. "Você já reparou nessa camisa dele? Fale francamente, você tinha coragem de sair na rua com uma camisa assim?"

Penso essas bobagens em um segundo, enquanto eles se aproximam de minha casa. Na tarde que vai anoitecendo tem alguma coisa tocante esse casal que anda em silêncio na rua vazia; e eu sou grato a ambos por virem me visitar. Estou meio comovido.

A campainha bate. Acendo a luz e vou lhes abrir a porta e também, discretamente, o coração. "Quase que não batemos, vimos a luz apagada. O que é que você faz aí no escuro?"

Digo que nada, às vezes gosto de ficar no escuro. "Eu não disse que ele era um morcegão?"

Sou um morcegão cordial; trago um conhaque para ele e um vinho do Porto para ela.

Maio, 1949

OS SALTIMBANCOS

O que mais me emocionou nesse Ballet des Champs Elysées que está no Municipal foi a história do circo de feira. Aqueles pobres saltimbancos de aldeia que armam sua barraca e se põem a dançar e fazer mágicas têm toda a graça e mistério da arte que foi o grande encantamento de nossa infância: o circo.

Íamos, uma vez por semana, ao cinema assistir às séries de Eddie Polo ou Pearl White. Mas aquilo era uma rotina, ainda que saborosa.

A chegada do circo era um acontecimento. Os artistas do circo eram de carne e osso e entretanto participavam da vaga irrealidade da gente de cinema. Eram seres caídos de súbito do céu e que voltariam de repente ao seu mistério azul e entretanto estavam ali – homens, mulheres, meninos, que olhávamos como se fossem heróis ou anjos.

Lembro-me ainda do espanto com que, menino, me aproximei de um garoto que vira trabalhar no picadeiro. Vira-o na sua malha, a dar saltos e cambalhotas; vira-o passando as solas de sapato no giz, lançando-se ao trapézio, enfrentando sério, perfeito, compenetrado e bem-penteado, o perigo de morte que a charanga tornava tremendo com um silêncio pesado e interminável em meio aos seus dobrados. Vira-o agradecer as ovações do público e sumir-se para o fundo, coberto de glórias, como um pequeno deus que se recolhe ao mistério da própria glória. E agora estava em minha frente vestido como um menino comum, comendo, como eu mesmo, um pé de moleque.

Não, não estava vestido como um menino comum, como qualquer de meus companheiros. Sua roupa trazia a marca das grandes cidades – e, para começar, no lugar da nossa tosca botina preta cujo bico estava gasto e esbranquiçado de chutar pedras pela rua, ele tinha sapatos.

Já vira um único menino – filho de um lojista, um menino que estudava em um internato do Rio e fora passar as férias no interior – calçando sapatos no lugar de botinas. E aquilo me parecera a mostra suprema da elegância. Mas os sapatos do menino do circo eram incomparáveis, de duas cores; branco e amarelo. E tinha calça e paletó de casimira, tinha um boné de um verde-cinza...

Embora eu estivesse completamente perturbado pela presença do semideus, ele trocou algumas palavras comigo. Compreendi então que até sua linguagem era, como não podia deixar de ser, diferente da nossa. Ao pedaço de bambu que eu tinha na mão, com a linha e o anzol, ele chamou caniço. Eu nunca ouvira essa palavra. Aquilo para nós era iba – e caniço me pareceu uma palavra estranha e supremamente elegante.

Lembro-me que depois desse encontro, quando estava com outros meninos na beira do rio a pescar piabas e moreias, tive vontade, a certa altura, de usar aquela palavra nova. Com um ar distraído, disse que o meu caniço não estava muito bom, mas o menino ao meu lado não prestou atenção. Disse outra vez aquela palavra mágica que me fazia importante, que me dava uma secreta superioridade sobre os outros. Mas outro menino disse apenas:

— Hein? Ah, cala a boca, não espanta o peixe...

Guardei a palavra, tímido, quase envergonhado. Fui reencontrá-la depois, comovido, em um livro de leitura. E anos mais tarde, quando li em um almanaque a frase célebre "o homem é um caniço pensante" ainda me lembrei do menino do circo.

Outra palavra que me perturbou e seduziu – eu deveria ter quinze anos e nunca tinha ouvido falar francês – foi em uma calçada do Rio. Foi exatamente ali perto do Municipal. Uma senhora esbarrou comigo. Senti, em um instante, ao mesmo tempo que o embaraço pelo encontrão, e uma onda de perfume fino, que ela dizia: "*pardon*". Voltei-me depois que ela passou: era certamente uma francesa e me pareceu linda, com um vestido leve e esvoaçante, de chapeuzinho. Senti-me grosseiro por não ter dito nada, em minha atrapalhação – e aquela palavra "*pardon*", vinda da mulher fascinante e estranha envolta naquele perfume, nunca mais a esqueci.

Foi talvez, pensando essa bobagem e outras, que eu senti os olhos úmidos quando Danielle Darmance, depois de sua acrobacia maravilhosa, vestiu a roupa humilde e saiu andando pelo fundo do palco, linda e triste, enquanto se desarmava a barraca do circo.

Emoções misturadas de infância e adolescência, perdidas e esquecidas há muito tempo que esses saltimbancos de Paris ressuscitam com sua graça de milagres.

Maio, 1949

O FUNILEIRO

O funileiro que se instalou à sombra de uma árvore, na minha rua, é um italiano do Sul. "Nós somos quase todos italianos – diz ele. Mas tem de tudo. Tem muito cigano. Aí para Engenho de Dentro tem cigano que faz até tacho de cobre."
— O senhor não faz?
Abana a cabeça. Trabalha entre Copacabana e Ipanema, onde ninguém quer tacho de cobre. Sinto, por um instante, a tentação de lhe encomendar um tacho de cobre. Mas percebo que é um desejo pueril, um eco da infância.

O grande e belo tacho de cobre que eu desejo, ele não poderia fazê-lo; ninguém o poderia. Não é apenas um objeto de metal, é o centro de muitas cenas perdidas, e a distância no tempo o faz quase sagrado, como se o fogo vermelho e grosso em que se faziam as goiabadas cheirosas fossem as chamas da pira de um rito esquecido. Em volta desse tacho há sombras queridas que sumiram, e vozes que se apagaram. As mãos diligentes que areavam o metal belo também já secaram, mortas.

Inútil enfeitar uma sala com vasilhame de cobre; a lembrança dos grandes tachos vermelhos da infância é incorruptível, e seria transformar uma parte da própria vida em motivo de decoração. Que emigrado da roça não sentiu uma indefinível estranheza e talvez um secreto mal-estar a primeira vez que viu, pregada na parede de um apartamento de luxo, um estribo de caçamba? É como se algo de sólido, de belo, de antigo, fosse corrompido; a caçamba sustenta, no lugar da bota viril de algum alto e rude tio da lavoura, um ramalhete de flores cor-de-rosa...

A beleza, suprema bênção das coisas e das criaturas, é também um pecado, punido pelo desvirtuamento que desliga o que é belo de sua própria função para apresentá-lo apenas em sua forma. O *antique* tem sempre um certo ar corrupto e vazio; é como se a sua beleza viesse de sua função e utilidade; e desligada destas assume um ar equívoco... O *antique* é sempre falso; é uma coisa antiga que deixa de ser coisa para ser apenas antiga. A caçamba de teu apartamento jamais é autêntica. Pode tê-lo sido, não é mais: é apenas um vaso de metal, para flores.

A mulher bela que amaste com as tuas mãos e tua boca e teus músculos e todo o fervor de teu sangue e todo o desvario de teus olhos, e tua respiração e teu desespero – que valem, perto dela, as mais esplêndidas belezas de *show*? O *show* desliga insidiosamente a mulher de sua beleza, que então começa a esplender solta, mas com prejuízo de sua força humana. É uma coisa complexa, infinita, necessária, sagrada – a mulher bela – que se dissolve, e perde a transcendência e o *pathos*.

A tua caçamba, homem do apartamento, pode estar perfeita e brilhante; falta-lhe a lama dos humildes caminhos noturnos por onde teu cavalo não marchou; nunca terás por ela a amizade inconsciente mas profunda do homem que a usou longamente como estribo, que a teve na sua função, e não como vaso de flores.

O velho italiano conversa comigo enquanto bate, sabiamente, contra o ferro do cabeceiro, com um martelo grosso, o fundo de uma panela de alumínio. Mas são longas as conversas do funileiro; são longas como as ruas em que ele anda, longas como os caminhos da recordação.

Maio, 1949

O JABUTI

O funileiro desce a rua; não vai malsatisfeito porque sempre fez algum dinheiro em nossa esquina. Não se queixa da profissão, mas diz que é dura. Há os dias de chuva, por exemplo. Sim, existe um Sindicato, mas ele não acredita que valha de nada. Enfim... Depois de arrumar suas ferramentas e suas folhas de zinco e alumínio ele se despediu com indiferença.

Em seu lugar, como em um *ballet*, aparecem três moças de *short*. Uma delas traz uma bola branca e as três ficam a jogá-la com as mãos, na esquina. Uma tem o corpo mais bem-traçado que as outras; é mais linda quando ergue os braços para deter a bola, com um gesto ao mesmo tempo ágil e indolente. Depois elas somem, caminho da praia, e aparecem dois velhos, de guitarra e bandolim. O cego da guitarra já o conheço; não aparecia há algum tempo, e costumava passar acompanhado de uma velha. Ele tocava e os dois cantavam, com vozes finas, horríveis e tristes, os últimos sambas; a mulher vendia o jornal de modinhas e recolhia as moedas jogadas do alto dos apartamentos. Na voz daquele casal triste todos os sambas pareciam iguais, e nenhum parecia samba. Eram mais pungentes e ridículos quando tentavam cantar marchinhas alegres de carnaval. Terá morrido a velha portuguesa?

Os dois atravessam a rua vazia com um ar tão hesitante como se ambos fossem cegos. Param já longe de minha janela, e daqui ouço a mistura confusa e triste de suas vozes e instrumentos.

Um menino vem avisar que o nosso jabuti está fugindo: apanhou-o já na calçada, virado para cima; certamente perdeu o equilíbrio ao passar da soleira do portão para a calçada.

Esse filhote de jabuti tem um quintal para seu domínio, e uma casa inteira onde pode passear. Mas segue o exemplo de um outro jabuti que um vizinho deixou aqui nos meses do verão. Vem exatamente no mesmo rumo, atravessando a cozinha, a sala de jantar e o escritório até a varanda. Quando encontra uma porta fechada fica esperando. Desce penosamente os degraus, avança colado ao muro. Às vezes cai no caminho e fica de patas para cima, impotente; às vezes chega até a rua. Sempre que tem de se lançar de um degrau a outro se detém um pouco; mas sempre arrisca.

Aonde levará essa trilha secreta dos jabutis, essa linha misteriosa do destino que eles parecem obrigados a seguir com obstinação e sacrifício? Se eu os deixasse seguir, seriam levados para alguma outra casa, esmagados por algum carro ou comidos por algum bicho quando caíssem de barriga para o ar. Neste mundo de cimento e asfalto não há maiores esperanças para eles. Entretanto, o pequeno jabuti insiste sempre em sua aventura, com o passo penoso e lerdo. Há alguma fonte secreta, algum reino fabuloso, alguma coisa que o chama de longe; e lá vai ele carregando seu casco humilde, lentamente, para atender a esse apelo secreto...

Junho, 1949

NASCEM VARÕES

Do quarto crescente à lua cheia o mar veio subindo de fúria até uma grande festa desesperada de ondas imensas e espumas a ferver. Vi-o estrondando nas praias, arrebentando-se com raiva nas pedras altas. O vento era manso, e depois do sol louro e alegre vinha a lua entre raras nuvens de leite; mas o mar veio crescendo de fúria; e as mulheres de meus amigos que estavam grávidas, todas deram à luz meninos. Sim, nasceram todos varões.

Nascem varões. O poeta Carlos faz um poema seco e triste. Disse-me: quando crescer, Pedro Domingos Sabino não lerá esses versos; ou então não os poderá entender. O poeta contempla com inquietação e melancolia os varões do futuro. Não os entende; sente que neste mundo estranho e fluido as vozes podem perder o sentido ao cabo de uma geração; entretanto faz um poema. Sinto vontade de romper esse momento surdo e solene em que mergulhamos; ora bolas, nasceu mais um menino. Afinal os meninos sempre nasceram, e inclusive isso é a primeira coisa que costumam fazer: aparentemente essa história é muito antiga, e talvez monótona. Mas estamos solenes. As mães olham os que nasceram. Os pais tomam conhaque e providências. O mundo continua.

O que talvez nos perturba um pouco é esse sentimento da continuação do mundo. Esses pequeninos e vagos animais sonolentos que ainda não enxergam, não ouvem, não sabem nada, e quase apenas dormem, cansados do longo trabalho de nascer – ali está o mundo continuando, insistindo na sua peleja e no seu gesto monótono. Nós todos, os homens, lhes daremos nosso recado; eles aprenderão que o céu é azul e as árvores são verdes, que o fogo queima, a água afoga, o automóvel mata, as mulheres são misteriosas e os gaturamos gostam de frutas. Nós lhes ensinaremos muitas coisas, das quais muitas erradas e outras que eles mais tarde verificarão não ter a menor importância.

Este lhes falará de Deus e santos; aquele, da conveniência geral de andar limpo, ceder o lado direito à dama e responder as cartas. Temos um baú imenso, cheio de noções e abusões, que despejaremos sobre suas cabeças. E com esses trapos de ideias e lendas eles se cobrirão, se enfeitarão, lutarão entre si, se rasgarão, se desprezarão e se amarão. Escondidas nas dobras de bandeiras e flâmulas, nós lhes transmitiremos, discretamente, nossas perplexidades e nosso amor ao vício; a lembrança de que todavia não convém deixar de ser feroz; de que o homem é o lobo do homem, a mulher é o descanso do guerreiro; frases, milhões de frases, o espetáculo começa quando você chega, um beijo na face pede-se e dá-se, se quiser ofereça a outra face, se o guerreiro descansa a mulher quer movimento, os lobos vivem em sociedades chamadas alcateias, os peixes são cardume, desculpa de amarelo é friagem e desgraça pouca é bobagem. Armados de tão maravilhosos instrumentos eles empinarão seus papagaios, trocarão suas caneladas, distribuirão seus orçamentos, amarão suas mulheres, terão vontade de mandar, de matar e, de vez em quando, como nos acontece a todos, de sossegar, morrer.

Penso nessa jovem e bela mãe que tem nos braços seu primeiro filho varão. É o quadro eterno, de insuperável, solene e doce beleza, a madona e o *bambino*. Poderia ver ao lado, de pé, sério, o vulto do pai. Mas esse vulto é pouco nítido, quase apenas uma sombra que vai sumindo. Ele não tem mais importância. Desde seu último gemido de amor entrou em estranha agonia metafísica. Seu próprio ser já não tem mais sentido, ele o passou além. A mãe é necessária, sua agonia é mais lenta e bela, ela dará seu leite, sua própria substância, seu calor e seu beijo; e à medida que for se dando a esse novo varão, ele irá crescendo e se afirmando até deixá-la para um canto como um trapo inútil.

Honrarás pai e mãe – aconselha-nos o Senhor. Que estranho e cruel verbo Ele escolheu! Que necessidade melancólica sentiu de fazer um mandamento do que não está na força feroz da vida! Tem o verbo "honrar" um delicado sentido fúnebre.

Mas nós, os honrados e, portanto, os deixados à margem, os afastados da vida, os disfarçadamente mortos, nós reagimos com infinita crueldade. Muito devagar, e com astúcia, vamos lhes passando todo o peso de nossa longa miséria, todos os volumes inúteis que carregamos sem saber por que, apenas porque nos deram a carregar. Afinal, isto pode ser útil; afinal, isto pode ser verdade; isto deve ser necessário, visto que existe. Tais são as desculpas de nossa malícia; no fundo apenas queremos ficar mais leves para o fim da caminhada.

Muitos desses pais vigiaram a própria saúde para não transmitir nenhum mal à próxima geração; purificaram o corpo antes de se reproduzirem. Cumpriram seu rito pré-nupcial e depois, na carne da mãe, já fecundada, prosseguiram em cuidados ternos, como se esperassem ver nascer algo de perfeito, um anjo, limpo de toda mácula.

Procuram assim, aflitamente, limpar em pouco tempo todos os longos pecados da espécie, toda a triste acumulação de males através de gerações.

Agora estão com a consciência tranquila; agora podem começar a nobre tarefa de transmitir ao novo ser o seu vício e a sua malícia, a sua tristeza e o seu desespero, todo o remorso dos pecados que não conseguiram fazer, todo o amargor das renúncias a que foram obrigados. O menino deve ser forte para aguentar a vida – esta vida que lhe deixamos de herança. Deve ser bem forte! Forremos sua alma de chumbo, seu coração de amianto.

Nascem varões neste inverno; a lua é cheia, o mar vem crescendo de fúria sob um céu azul. Mas sua fúria sagrada é impotente; nós sobrevivemos: o mundo continua. E as ondas recuam, desanimadas.

Julho, 1949

A borboleta amarela

A QUE PARTIU

É uma doçura fácil ir aprendendo devagar e distraidamente uma língua. Mas às vezes acontece uma coisa triste, e a gente sem querer acha que a língua é que está errada, nós é que temos razão.

Eu tinha há muito, na carteira, o número do telefone de uma velha conhecida, em Paris. No dia seguinte ao de minha chegada disquei para lá. A voz convencional e gentil de uma *concierge* respondeu que ela não estava. Perguntei mais alguma coisa, e a voz insistiu:

— *Elle n'est pas là, monsieur. Elle est partie.*

Eu não tinha grande interesse no telefonema, que era apenas cordial. Mas o mecanismo sentimental de uma pessoa que chega a uma cidade estrangeira é complexo e delicado. Eu esperava ouvir do outro lado aquela voz conhecida, trocar algumas frases, talvez combinar um jantar "qualquer dia destes". Daquele número de telefone parisiense na minha carteira eu fizera, inconscientemente, uma espécie de ponto de apoio; e ele me falhava.

Então me deu uma súbita e desrazoável tristeza; a culpa era do verbo. Ela tinha "partido". Imaginei-a vagamente em alguma cidade distante, perdida no nevoeiro dessa manhã de inverno, talvez em alguma estação da Irlanda ou algum *hall* de hotel na Espanha. Não, sua presença para mim não tinha nenhuma importância; mas tenho horror de solidão, fome de criaturas, sou dessas pessoas fracas e tristes que precisam confessar, diante da autossuficiência e do conforto íntimo das outras: sim, eu preciso de pessoas; sim, tal como aquele personagem de não sei mais que comédia americana, *"I like people"*.

E subitamente me senti abandonado no quarto de hotel, porque ela havia partido; esse verbo me feria, com seu ar romântico e estúpido, e me fazia pobre e ridículo, a tocar telefone talvez com meses ou anos de atraso para um número de que ela talvez nem se lembrasse mais, como talvez de mim mesmo talvez nem se lembrasse, e se alguém lhe dissesse meu nome seria capaz de fazer um pequeno esforço, franzindo as sobrancelhas:

— Ah, sim, eu acho que conheço...

Mas a voz da *concierge* queria saber quem estava falando. Dei o meu nome. E me senti ainda mais ridículo perante aquela *concierge* desconhecida, que ficaria sabendo o segredo de minha tristeza, conhecendo a existência de um M. Braga que procura pelo telefone uma pessoa que partiu.

*

Meia hora depois o telefone da cabeceira bateu. Atendi falando francês, atrapalhado – e era a voz brasileira de minha conhecida. Estava em Paris, pois eu não tinha telefonado para ela agorinha mesmo? Sua voz me encheu de calor, recuperada assim subitamente das brumas da distância e do tempo, cálida, natural e amiga. Tinha "partido" para fazer umas compras, voltara em casa e recebera meu recado; telefonara para um amigo comum para saber o hotel em que eu estava.

Não sei se ela estranhou o calor de minha alegria; talvez nem tenha notado a emoção de minha voz ao responder à sua. Era como se eu ouvisse a voz da mais amada de todas as amadas, salva de um naufrágio que parecia sem remédio, em noite escura. Quando no dia seguinte nos encontramos para um almoço banal num bistrô, eu já estava refeito; era o mesmo conhecido de sempre, apenas cordial e de ar meio neutro, e ela era outra vez ela mesma, devolvida à sua realidade banal de pessoa presente, sem o prestígio misterioso da mulher que partira.

Custamos a aprender as línguas; "partir" é a mesma coisa que "sortir". Mas através das línguas vamos aprendendo um pouco de nós mesmos, de nossa ânsia gratuita, melancólica e vã.

Paris, janeiro de 1950

A NAVEGAÇÃO DA CASA

Muitos invernos rudes já viveu esta casa. E os que a habitaram através dos tempos lutaram longamente contra o frio entre essas paredes que hoje abrigam um triste senhor do Brasil.

Vim para aqui enxotado pela tristeza do quarto do hotel, uma tristeza fria, de escritório. Chamei amigos para conhecer a casa. Um trouxe conhaque, outro veio com vinho tinto. Um amigo pintor trouxe um cavalete e tintas para que os pintores amigos possam pintar quando vierem. Outro apareceu com uma vitrola e um monte de discos. As mulheres ajudaram a servir as coisas e dançaram alegremente para espantar o fantasma das tristezas de muitas gerações que moraram sob esse teto. A velha amiga trouxe um lenço, me pediu uma pequena moeda de meio franco. A que chegou antes de todas trouxe flores; pequeninas flores, umas brancas e outras cor de vinho. Não são das que aparecem nas vitrinas de luxo, mas das que rebentam por toda parte, em volta de Paris e dentro de Paris, porque a primavera chegou.

Tudo isso alegra o coração de um homem. Mesmo quando ele já teve outras casas e outros amigos, e sabe que o tempo carrega uma traição no bojo de cada minuto. Oh! deuses miseráveis da vida, por que nos obrigais ao incessante assassínio de nós mesmos, e a esse interminável desperdício de ternuras? Bebendo esse grosso vinho a um canto da casa comprida e cheia de calor humano (ela parece jogar suavemente de popa a proa, com seus assoalhos oscilantes sob os tapetes gastos, velha fragata que sai outra vez para o oceano, tripulada por vinte criaturas bêbadas) eu vou ternamente misturando aos presentes os fantasmas cordiais que vivem em minha saudade.

Quando a festa é finda e todos partem, não tenho coragem de sair. Sinto o obscuro dever de ficar só nesse velho barco, como se pudesse naufragar se eu o abandonasse nessa noite de chuva. Ando pelas salas ermas, olho os cantos desconhecidos, abro as imensas gavetas, contemplo a multidão de estranhos e velhos utensílios de copa e de cozinha.

Eu disse que os moradores antigos lutaram duramente contra o inverno, através das gerações. Imagino os invernos das guerras que passaram; ainda restam da última farrapos de papel preto nas janelas que dão para dentro. Há uma série grande e triste de aparelhos de luta contra o frio; aquecedores a gás, a eletricidade, a carvão e óleo que foram sendo comprados sucessivamente, radiadores de diversos sistemas, com esse ar barroco e triste da velha maquinaria francesa. Imagino que não usarei nenhum deles; mas abril ainda não terminou e depois de dormir em uma bela noite enluarada de primavera acordamos em um dia feio, sujo e triste como uma traição. O inverno voltou de súbito, gelado, com seu vento ruim a esbofetear a gente desprevenida pelas esquinas.

Hesitei longamente, dentro da casa gelada; qual daqueles aparelhos usaria? O mais belo, revestido de porcelana, não funcionava, e talvez nunca tivesse funcionado; era apenas um enfeite no ângulo de um quarto; investiguei lentamente os outros, abrindo tampas enferrujadas e contemplando cinzas antigas dentro de seus bojos escuros. Além do sistema geral da casa – esse eu logo pus de lado, porque comporta ligações que não merecem fé e termômetros encardidos ao lado de pequenas caixas misteriosas – havia vários pequenos sistemas locais. Chegaram uns amigos que se divertiram em me ver assim perplexo. Dei conhaque para aquecê-los, uma jovem se pôs a cantar na guitarra, mas continuei minha perquirição melancólica. Foi então que me veio a ideia mais simples: afastei todos os aparelhos e abri, em cada sala, as velhas lareiras. Umas com trempe, outras sem trempe, a todas enchi de lenha e pus fogo, vigiando sempre para ver se as chaminés funcionavam, jogando jornais, gravetos e tacos e toros, lutando contra a fumaceira, mas venci.

Todos tiveram o mesmo sentimento: apagar as luzes. Então eu passeava de sala em sala como um velho capitão, vigiando meus fogos que lançavam revérberos nos móveis e paredes, cuidando carinhosamente das chamas como se fossem grandes flores ardentes mas delicadas que iam crescendo graças ao meu amor. Lá fora o vento fustigava a chuva, na praça mal iluminada; e vi, junto à luz triste de um poste, passarem flocos brancos que se perdiam na escuridão. Essa neve não caía do céu; eram as pequenas flores de uma árvore imensa que voavam naquela noite de inverno, sob a tortura do vento.

Detenho-me diante de uma lareira e olho o fogo. É gordo e vermelho, como nas pinturas antigas; remexo as brasas com o ferro, baixo um pouco a tampa de metal e então ele chia com mais força, estala, raiveja, grunhe. Abro: mais intensos clarões vermelhos lambem o grande quarto e a grande cômoda velha parece se regozijar ao receber a luz desse honesto fogo. Há chamas douradas, pinceladas azuis, brasas rubras e outras cor-de-rosa, numa delicadeza de guache. Lá no alto, todas as minhas chaminés devem estar fumegando com seus penachos brancos na noite escura; não é a lenha do fogo, é toda a minha fragata velha que estala de popa a proa, e vai partir no mar de chuva. Dentro, leva cálidos corações.

Então, nesse belo momento humano, sentimos o quanto somos bichos. Somos bons bichos que nos chegamos ao fogo, os olhos luzindo; bebemos o vinho da Borgonha e comemos pão. Meus bons fantasmas voltam e se misturam aos presentes; estão sentados; estão sentados atrás de mim, apresentando ao fogo suas mãos finas de mulher, suas mãos grossas de homem. Murmuram coisas, dizem meu nome, estão quietos e bem, como se sempre todos vivêssemos juntos; olham o fogo. Somos todos amigos, os antigos e os novos, meus sucessivos eus se dão as mãos, cabeças castanhas ou louras de mulheres de várias épocas são lambidas pelo clarão do mesmo fogo, caras de amigos meus que não se conheciam se fitam um momento e logo se entendem; mas não falam muito. Sabemos que há muita coisa triste, muito erro e aflição, todos temos tanta culpa; mas agora está tudo bom.

Remonto mais no tempo, rodeio fogueiras da infância, grandes tachos vermelhos, tenho vontade de reler a carta triste que outro dia recebi de minha irmã. Contemplo um braço de mulher, que a luz do fogo beija e doura; ela está sentada longe, e vejo apenas esse braço forte e suave, mas isso me faz bem. De súbito me vem uma lembrança triste, aquele sagui que eu trouxe do norte de Minas para minha noiva e morreu de frio porque o deixei fora uma noite, em Belo Horizonte. Doeu-me a morte do sagui; sem querer eu o matei de frio; assim matamos, por distração, muitas ternuras. Mas todas regressam, o pequenino bicho triste também vem se aquecer ao calor de meu fogo, e me perdoa com seus olhos humildes. Penso em meninos. Penso em um menino.

Paris, abril de 1950

DONA TERESA

Minha empregada, Mme. Thérèse, que já ia se conformando em ser chamada de dona Teresa, caiu doente. Mandou-me um bilhete com a letra meio trêmula, falando em reumatismo. Dias depois apareceu, mais magra, mais pálida e menor; explicou-me que tudo fora consequência de uma corrente de ar. Que meu apartamento tem um *courant d'air* terrível, de tal modo que, àquela tarde, chegando em casa, nem teve coragem de tirar a roupa, caiu na cama. "Dói-me o corpo inteiro, senhor; o corpo inteiro."

O mesmo caso, ajuntou, houve cerca de 15 anos atrás, quando trabalhava em um apartamento que tinha uma corrente de ar exatamente igual a essa de que hoje sou sublocatário. Fez uma pausa. Fungou. Contou o dinheiro que eu lhe entregava, agradeceu a dispensa do troco. Foi lá dentro apanhar umas pobres coisas que deixara. Entregou-me a chave, fez qualquer observação sobre o aquecedor a gás – e depois, no lugar de ir embora, deixou-se ficar imóvel e calada, de pé, em minha frente. Repetiu a história da outra corrente de ar, a de 1935. Passou a mão pelos cabelos grisalhos – e me revelou que sua patroa de então, uma senhora forte, rica, bonita, de menos de quarenta anos, também fora vítima da corrente de ar. Outra pausa e acrescentou: morreu.

Vigiou um pouco minha surpresa, mas como eu não dissesse nada, queixou-se do frio. Tive um movimento de ternura por dona Teresa: ofereci-lhe o cachecol que o pintor Carybé comprou para mim em Buenos Aires, onde – isso me ocorreu na ocasião – um cachecol tem o nome bastante pitoresco e vivo de *bufanda*. Eu pensava apenas nisso, na palavra *bufanda*, quando Mme. Thérèse voltou a 1935 e detalhou como sua patroa morreu depois de pegar uma pneumonia devido à corrente de ar – igual a esta, senhor, igual. E uma mulher forte, nova...

Fiz uma pergunta desviacionista: era loura? Sim, loura, rosada. Meus olhos devem ter ficado tristes. Não há falta na praça de mulheres louras e rosadas, mas também não há tantas a ponto de devermos permitir que elas sucumbam assim, levadas pelo vento dos corredores. Fiquei calado. Então dona Teresa fez a seguinte pergunta:

— E a sua tosse, senhor, vai melhor?

Depois do quê, se despediu para sempre, com muitos agradecimentos; e desceu a escada com uma certa tristeza. Como sentisse que eu ficara a olhá-la da porta, voltou-se na primeira curva do caracol e me disse, suave como a minha mãe em Cachoeiro de Itapemirim, que eu cuidasse da tosse, mas disse – *hélas!* – sem esperança mais nenhuma.

Paris, junho de 1950

PEDAÇO DE PAU

Domingo, manhã de sol, na beira do Sena. Faço um passeio vagabundo e olho com preguiça as gravuras de um *bouquiniste*. Há um homem pescando, um casal a remar em uma canoa, o menino sentado no meio do barco. Há muita luz no céu, nas grandes árvores de pequenas folhas trêmulas, na água do rio. Junto de mim passa um casal de mãos dadas. O rapaz e a moça se parecem, ambos têm os olhos claros, o jeito simples, a cara mansa. Vão calados, distraídos, devem ter vindo de alguma província; dão uma ideia de sossego e felicidade tão grande. Parece que a vida será sempre essa manhã de domingo; eles terão sempre essas roupas humildes e limpas, essas mãos dadas sem desejo nem fastio, essa doçura vaga. Ficarão sempre assim, tranquilos e sem história, bem-comportados; a calçada em que andam parece estimá-los e eles estimam as árvores, a ponte, a água. São tão singelos como dizer *bonjour*.

À sombra de uma árvore, junto ao Pont Royal, vejo um velho gordo, em mangas de camisa; pôs uma cadeira na calçada e olha o rio, o palácio do outro lado, a mancha branca do Sacré-Coeur lá no fundo. Deve ser um burguês, um comerciante, que se dispõe a gozar da maneira mais simples o seu domingo. Passo perto dele e tenho uma surpresa: sob os cabelos despenteados a cara gorda é revolta e amarga, como a de um general mexicano que perdeu a revolução e o cavalo, ficou pobre e desacreditado. Reparo melhor: ele é cego. Está com uma camisa limpa, goza o vento leve na sombra e não vê nada dessa festa de luz que vibra em tudo. Imagino que essa luz é tanta que ele deve sentir sua vibração de algum modo, e não apenas pelo calor, alguma vaga sensação na pele, nos ouvidos, nas mãos. Talvez seja isso que ele exprima, mexendo vagamente os lábios.

Como tive vontade de dizer *bonjour* ao casal, tenho vontade de me sentar ao lado do cego, fazer com ele uma longa conversa preguiçosa. Falar de quê? Talvez de cavalos, cavalos de general, cavalos de carroça, cavalos de meu tio, casos simples de cavalos.

Ou quem sabe ele prefira conversar sobre frutas; provavelmente diria como eram grandes os morangos antigamente, numa chácara da infância. Também sei algumas histórias de baleias; mesmo já vi uma baleia. Todo mundo gosta de conversar sobre baleias. Hesito um segundo, e subitamente penso que se parar ou diminuir o passo, agora que estou a um metro de distância, ele voltará para mim os olhos cegos e inquietos.

— Um cego tem bem direito ao seu sossego no domingo.

Formulo esse pensamento, e uma vez que ele está mentalmente arrumado em palavras, eu o acho sólido, simples e gratuito como um pedaço de pau. Sim, há um pedaço de pau sobre o muro. Jogo-o lá embaixo, na água quase parada. Parece que joguei dentro d'água meu pensamento; fico vagamente vendo os círculos de água, com a alma tão simples e tão feliz como... como, não sei. Como um pedaço de pau. Um pedaço de pau repousando na manhã de domingo.

Paris, julho de 1950

MARCHA NOTURNA

Então Deus puniu a minha loucura e soberba; e quando desci ruelas escuras e desabei do castelo sobre a aldeia, meus sapatos faziam nas pedras irregulares um ruído alto. Sentia-me um cavalo cego. Perto era tudo escuro; mas adivinhei o começo da praça pelo perfil indeciso dos telhados negros no céu noturno.

De repente a ladeira como que encorcovou sob meus pés, não era mais eu o cavalo, eu montava de pé um cavalo de pedras, ele galopava rápido para baixo.

Por milagre não caí, rolei vertical até desembocar no largo vazio; mas então divisei uma pequena luz além. O homem da hospedaria me olhou com o mesmo olhar de espanto e censura com que outros me receberiam – como se eu fosse um paraquedista civil lançado no bojo da noite para inquietar o sono daquela aldeia.

— Só tenho seis quartos e estão todos cheios; eu e outro homem vamos dormir na sala; aqui o senhor não pode ficar de maneira alguma.

Disse-me que, dobrando à esquerda, além do cemitério, havia uma casa cercada de árvores; não era pensão mas às vezes acolhiam alguém. Fui lá, bati palmas tímidas, gritei, passei o portão, dei murros na porta, achei uma aldraba de ferro, bati-a com força, ninguém lá dentro tugiu nem mugiu. Apenas o vento entre árvores gordas fez um sussurro grosso, como se alguns velhos defuntos aldeões, atrás do muro do cemitério, estivessem resmungando contra mim.

Havia outra esperança, e marchei entre casas fechadas; mas, ao cabo da marcha, o que me recebeu foi a cara sonolenta de um homem que me desanimou com monossílabos secos. Lugar nenhum; e só a muito custo, e já inquieto porque eu não arredava da porta que ele queria fechar, me indicou outro pouso. Fui – e esse nem me abriu a porta, apenas uma voz do buraco escuro de uma alta janela me mandou embora.

— Não há nesta aldeia de cristãos um homem honesto que me dê pouso por uma noite? Não há sequer uma mulher desonesta? – assim bradei, em vão. Então, como longe passasse um zumbido de aeroplano, me pus a considerar que o aviador assassino que no fundo das madrugadas arrasa com uma bomba uma aldeia adormecida – faz, às vezes, uma coisa simpática. Mas reina a paz em todas estas varsóvias escuras; amanhã pela manhã toda essa gente abrirá suas casas e sairá para a rua com um ar cínico e distraído, como se fossem pessoas de bem.

Não há um carro, um cavalo nem canoa que me leve a parte alguma. Ando pelo campo; mas a noite se coroou de estrelas. Então, como a noite é bela, e como de dentro de uma casinha longe vem um choro de criança, eu perdoo o povo de França. Marcho entre macieiras silvestres; depois sinto que se movem volumes brancos e escuros, são bois e vacas; ando com prazer nessa planura que parece se erguer lentamente, arfando suave, para o céu de estrelas. Passa na estrada um homem de bicicleta. Para um pouco longe de mim, meio assustado, e pergunta se preciso de alguma coisa. Digo-lhe que não achei onde dormir, estou marchando para outra aldeia. Não lhe peço nada, já não me importa dormir, posso andar por essa estrada até o sol me bater na cara.

Ele monta na bicicleta, mas depois de alguns metros volta. Atrás daquele bosque que me aponta passa a estrada de ferro, e ele trabalha na estaçãozinha humilde: dentro de duas horas tenho um trem.

Lá me recebe pouco depois, como um grã-senhor: no fundo do barracão das bagagens já me arrumou uma cama de ferro; não tem café, mas traz um copo de vinho.

Já não quero mais dormir; na sala iluminada, onde o aparelho do telégrafo faz às vezes um ruído de inseto de metal, vejo trabalhar esse pequeno funcionário calvo e triste – e bebo em silêncio à saúde de um homem que não teme nem despreza outro homem.

Montfort-l'Amaury, setembro de 1950

O AFOGADO

Não, não dá pé. Ele já se sente cansado, mas compreende que ainda precisa nadar um pouco. Dá cinco ou seis braçadas, e tem a impressão de que não saiu do lugar. Pior: parece que está sendo arrastado para fora. Continua a dar braçadas, mas está exausto.

A força dos músculos esgotou-se; sua respiração está curta e opressa. É preciso ter calma. Vira-se de barriga para cima e tenta se manter assim, sem exigir nenhum esforço dos braços doloridos. Mas sente que uma onda grande se aproxima. Mal tem tempo para voltar-se e enfrentá-la. Por um segundo pensa que ela vai desabar sobre ele, e consegue dar duas braçadas em sua direção. Foi o necessário para não ser colhido pela arrebentação; é erguido, e depois levado pelo repuxo. Talvez pudesse tomar pé, ao menos por um instante, na depressão da onda que passou. Experimenta; não. Essa tentativa frustrada irrita-o e cansa-o. Tem dificuldade de respirar, e vê que já vem outra onda. Seria melhor talvez mergulhar, deixar que ela passe por cima ou o carregue; mas não consegue controlar a respiração e fatalmente engoliria água; com o choque perderia os sentidos. É outra vez suspenso pela água e novamente se deita de costas, na esperança de descansar um pouco os músculos e regular a respiração; mas vem outra onda imensa. Os braços negam-se a qualquer esforço; agita as pernas para se manter na superfície e ainda uma vez consegue escapar à arrebentação.

Está cada vez mais longe da praia, e alguma coisa o assusta: é um grito que ele mesmo deu sem querer e parou no meio, como se o principal perigo fosse gritar. Tem medo de engolir água, mas tem medo principalmente daquele seu próprio grito rouco e interrompido. Pensa rapidamente que, se não for socorrido, morrerá; que, apesar da praia estar cheia nessa manhã de sábado, o banhista da Prefeitura já deve ter ido embora; o horário agora é de morrer, e não de ser salvo. Olha a praia e as pedras; vê muitos rapazes e moças, tem a impressão de que alguns o olham com indiferença. Terão ouvido seu grito? A imagem que retém melhor é a de um rapazinho que, sentado na pedra, procura tirar algum espeto do pé.

A ideia de que precisará ser salvo incomoda-o muito; desagrada-lhe violentamente, e resolve que de maneira alguma pedirá socorro, mesmo porque naquela aflição já acha que ele não chegaria a tempo. Pensa insistentemente isto: calma, é preciso ter calma. Não apenas para salvar-se, ao menos para morrer direito, sem berraria nem escândalo. Passa outra onda, mais fraca; mas assim mesmo ela rebenta com estrondo. Resolve que é melhor ficar ali fora do que ser colhido por uma onda: com certeza, tendo perdido as forças, quebraria o pescoço jogado pela água no fundo. Sua respiração está intolerável, acha que o ar não chega a penetrar nos pulmões, vai só até a garganta e é expelido com aflição; tem uma dor nos ombros; sente-se completamente fraco.

Olha ainda para as pedras, e vê aquela gente confusamente; a água lhe bate nos olhos. Percebe, entretanto, que a água o está levando para o lado das pedras. Uma onda mais forte pode arremessá-lo contra o rochedo; mas, apesar de tudo, essa ideia lhe agrada. Sim, ele prefere ser lançado contra as pedras, ainda que se arrebente todo. Esforça-se na direção do lugar de onde saltou, mas acha longe demais; de súbito, reflete que à sua esquerda deve haver também uma ponta de pedras. Olha. Sente-se tonto e pensa: vou desmaiar. Subitamente, faz gestos desordenados e isso o assusta ainda mais; então reage e resolve, com uma espécie de frieza feroz, que não fará mais esses movimentos idiotas, haja o que houver; isso é pior do que tudo, essa epilepsia de afogado. Sente-se um animal vencido que vai morrer, mas está frio e disposto a lutar, mesmo sem qualquer força; lutar ao menos com a cabeça; não se deixará enlouquecer pelo medo.

Repara, então, que, realmente, está agora perto de uma pedra, coberta de mariscos negros e grandes. Pensa: é melhor que venha uma onda fraca; se vier uma muito forte, serei jogado ali, ficarei todo cortado, talvez bata com a cabeça na pedra ou não consiga me agarrar nela; e se não conseguir me agarrar da primeira vez, não terei mais nenhuma "chance".

Sente, pelo puxão da água atrás de si, que uma onda vem, mas não olha para trás. Muda de ideia; se não vier uma onda bem forte, não atingirá a pedra. Junta todos os restos de forças; a onda vem. Vê então que foi jogado sobre a pedra sem se ferir; talvez instintivamente tivesse usado sua experiência de menino, naquela praia onde passava as férias, e se acostumava a nadar até uma ilhota de pedra também coberta de mariscos. Vê que alguém, em uma pedra mais alta, lhe faz sinais nervosos para que saia dali, está em um lugar perigoso. Sim, sabe que está em um lugar perigoso, uma onda pode cobri-lo e arrastá-lo, mas o aviso o irrita; sabe um pouco melhor do que aquele sujeito o que é morrer e o que é salvar-se, e demora ainda um segundo para se erguer, sentindo um prazer extraordinário em estar deitado na pedra, apesar do risco. Quando chega à praia e senta na areia está sem poder respirar, mas sente mais vivo do que antes o medo do perigo que passou.

"Gastei-me todo para salvar-me", pensa, meio tonto; "não valho mais nada". Deita-se com a cabeça na areia e confusamente ouve a conversa de uma barraca perto, gente discutindo uma fita de cinema. Murmura, baixo, um palavrão para eles; sente-se superior a eles, uma idiota superioridade de quem não morreu, mas podia perfeitamente estar morto, e portanto nesse caso não teria a menor importância, seria até ridículo de seu ponto de vista tudo o que se pudesse discutir sobre uma fita de cinema. O mormaço lhe dá no corpo inteiro um infinito prazer.

Rio, novembro de 1949

A VELHA

Zico –

Ontem falamos de você, e me lembrei daquela tarde tão distante em que nós dois, sem um tostão no bolso, desanimados e calados, vínhamos pela avenida e vimos aquela velhinha recebendo dinheiro. Você se lembra? Já estava escurecendo, mas ainda não tinham acendido as luzes, e paramos um instante na esquina de uma dessas ruas estreitas que cortam a avenida. No guichê de uma casa de câmbio e viagens, ainda aberta, uma velhinha recebia maços de notas grandes. Foi tafulhando tudo na bolsa; depois saiu, com um passo miúdo, entrou pela ruazinha, onde as casas do comércio atacadista já estavam fechadas.

Sem olhar um para o outro, demos alguns passos, fascinados, atrás da velha. Senti um estranho arrepio e ao mesmo tempo um tremor; meu coração parecia bater mais depressa, e era como se alguém me apertasse a garganta.

A velhinha trotava em nossa frente, e não havia ninguém na rua. Era coisa de um segundo: arrancar a bolsa, tirar um daqueles maços de dinheiro, correr, dobrar a esquina. Nunca ninguém desconfiaria de nós – dois jornalistas pobres, quase miseráveis, mas de nome limpo. Naquele tempo nosso problema era dinheiro para andar de bonde no dia seguinte de manhã – e uma só daquelas notas daria para três meses de vida folgada, pagando a conta atrasada da pensão, comprando pasta de dentes, brilhantina, meias, uma toalha, uma camisa, cuecas, lenços...

Naquela idade para que precisava a velhinha de vestido preto de tanto dinheiro? Não teria nem mesmo tempo para gastá-lo. Além disso, a gente não precisava tomar tudo, uma parte só chegava de sobra. É estranho que ao longo de nossa miséria crônica nunca tivéssemos pensado, nem um minuto, em roubar; mas naquele momento a ideia surgiu tão subitamente e com tanta força que ficamos com um sentimento de frustração, de covardia, de vergonha e ao mesmo tempo de alívio quando, parados na calçada, vimos a velha dobrar a esquina.

Só então falamos, num desabafo, daquele segundo horrível de tentação. E fomos tocando a pé, mais pobres e mais tristes, para tomar nosso bonde na Galeria e comer o mesquinho jantar da pensão sob os olhos da dona Maria, inquieta com o atraso do pagamento...

Acho que depois nunca nos lembramos dessa tarde – e não sei por que ela me voltou à memória outro dia. Talvez porque um amigo falasse do "quebra-quebra" aqui no Rio e nunca esquecerei aquela mistura de pânico, de furor, de alegria, de raiva, de medo, de cobiça e de libertação do povo. Às vezes fico maravilhado pensando que, durante anos e anos, as joalherias expõem joias caríssimas e passam milhares de transeuntes pobres e nenhum arrebenta aquele vidro para agarrar uma joia. Não há de ser por medo – é mais por hábito, por uma longa e milagrosa domesticação.

Nós dois sentimos aquele tremor quase angustioso, aquela vontade quase irresistível de desfechar um golpe rápido, nós sofremos aquele segundo de agonia – sentindo, de uma maneira horrivelmente clara, que seria justo tomar uma parte do dinheiro da velha. E continuamos pobres (até hoje, Zico!) e seguimos nosso caminho de cabeça baixa (até hoje!) mas perdemos o direito de reprovar os que fazem o que não fizemos – por hesitação, ou por estranha covardia.

Rio, fevereiro de 1951

O SINO DE OURO

Contaram-me que, no fundo do sertão de Goiás, numa localidade de cujo nome não estou certo, mas acho que é Porangatu, que fica perto do rio do Ouro e da serra de Santa Luzia, ao sul da serra Azul – mas também pode ser Uruaçu, junto do rio das Almas e da serra do Passa Três (minha memória é traiçoeira e fraca; eu esqueço os nomes das vilas e a fisionomia dos irmãos, esqueço os mandamentos e as cartas e até a amada que amei com paixão) –, mas me contaram que em Goiás, nessa povoação de poucas almas, as casas são pobres e os homens pobres, e muitos são parados e doentes e indolentes, e mesmo a igreja é pequena, me contaram que ali tem – coisa bela e espantosa – um grande sino de ouro.

Lembrança de antigo esplendor, gesto de gratidão, dádiva ao Senhor de um grã-senhor – nem Chartres, nem Colônia, nem S. Pedro ou Ruão, nenhuma catedral imensa com seus enormes carrilhões tem nada capaz de um som tão lindo e puro como esse sino de ouro, de ouro catado e fundido na própria terra goiana nos tempos de antigamente.

É apenas um sino, mas é de ouro. De tarde seu som vai voando em ondas mansas sobre as matas e os cerrados, e as veredas de buritis, e a melancolia do chapadão, e chega ao distante e deserto carrascal, e avança em ondas mansas sobre os campos imensos, o som do sino de ouro. E a cada um daqueles homens pobres ele dá cada dia sua ração de alegria. Eles sabem que de todos os ruídos e sons que fogem do mundo em procura de Deus – gemidos, gritos, blasfêmias, batuques, sinos, orações, e o murmúrio temeroso e agônico das grandes cidades que esperam a explosão atômica e no seu próprio ventre negro parecem conter o germe de todas as explosões – eles sabem que Deus, com especial delícia e alegria, ouve o som alegre do sino de ouro perdido no fundo do sertão. E então é como se cada homem, o mais pobre, o mais doente e humilde, o mais mesquinho e triste, tivesse dentro da alma um pequeno sino de ouro.

Quando vem o forasteiro de olhar aceso de ambição e propõe negócios, fala em estradas, bancos, dinheiro, obras, progresso, corrupção – dizem que esses goianos olham o forasteiro com um olhar lento e indefinível sorriso e guardam um modesto silêncio. O forasteiro de voz alta e fácil não compreende; fica, diante daquele silêncio, sem saber que o goiano está quieto, ouvindo bater dentro de si, com um som de extrema pureza e alegria, seu particular sino de ouro. E o forasteiro parte, e a povoação continua pequena, humilde e mansa, mas louvando a Deus com sino de ouro. Ouro que não serve para perverter, nem o homem nem a mulher, mas para louvar a Deus.

E se Deus não existe não faz mal. O ouro do sino de ouro é neste mundo o único ouro de alma pura, o ouro no ar, o ouro da alegria. Não sei se isso acontece em Porangatu, Uruaçu ou outra cidade do sertão. Mas quem me contou foi um homem velho que esteve lá; contou dizendo: "eles têm um sino de ouro e acham que vivem disso, não se importam com mais nada, nem querem mais trabalhar; fazem apenas o essencial para comer e continuar a viver, pois acham maravilhoso ter um sino de ouro".

O homem velho me contou isso com espanto e desprezo. Mas eu contei a uma criança e nos seus olhos se lia seu pensamento: que a coisa mais bonita do mundo deve ser ouvir um sino de ouro. Com certeza é esta mesma a opinião de Deus, pois ainda que Deus não exista ele só pode ter a mesma opinião de uma criança. Pois cada um de nós quando criança tem dentro da alma seu sino de ouro que depois, por nossa culpa e miséria e pecado e corrupção, vai virando ferro e chumbo, vai virando pedra e terra, e lama e podridão.

Goiânia, março de 1951

A MORTA

Deu um grito, não bem um grito, um gemido tão alto e doloroso que ele mesmo acordou. Estava todo suado e trêmulo de susto: "ela vai morrer", pensava com angústia. Saltou da cama, foi até a janela aberta para a noite quente, de ar parado, ficou ali, sentindo que precisava acabar de acordar, deixar sair de sua cabeça aquela opressão que era como um bloco de nuvens baixas, escuras, de onde choviam pequenas pedras negras que o feriam. Choviam também cobras viscosas – e ele estava nu, descalço e nu, encerrado em um pátio de cimento, sem poder fugir. O céu descera até perto de sua cabeça, e as nuvens eram tão densas que comprimiam o ar, assim todo o seu corpo doía sob essa pressão, o pescoço doía de maneira intolerável.

"Mau jeito no travesseiro" – pensou. Então, ouviu, nos telhados vizinhos, os miados pungentes e longos de gatos no cio e compreendeu que aqueles gatos estavam miando há muito, como mulheres em dores de parto ou crianças torturadas. Sonhara tanta coisa, tanta coisa, que ainda tinha o peito opresso e a cabeça tonta. Tirou e jogou longe a calça e o paletó do pijama, atravessou o quarto nu, foi para baixo do chuveiro, abriu a torneira. Não havia água. Voltou com raiva, estirou-se assim na cama, os gatos estavam miando outra vez.

"Não posso dormir" – pensava. Os pesadelos o agarrariam outra vez. Levantou-se, encheu um copo de água na talha, lavou a cara, molhou os cabelos. Que calor! Foi ao banheiro, apanhou a toalha, voltou lá dentro para encher outro copo na talha, deitou um pouco nos pulsos, depois umedeceu a toalha, passou-a pelo corpo – mas cada vez parecia sentir mais calor. Sentou-se numa cadeira, pôs um braço sobre a mesa, apoiou nele a cabeça – "vou dormir assim" – pensou; e de súbito teve a revelação do que estivera sonhando. Havia uma mulher gritando de dor, morrendo, e aquela mulher era muito ligada a ele, alguém que ele amava, e que estava morrendo com longos, insuportáveis sofrimentos. Levantou-se.

Lembrou-se de que, na morte de Maria, todos o olhavam com assombro – sua calma, os olhos secos, a diligência e a precisão com que tomou várias providências enquanto outras pessoas choravam de desespero.

E compreendeu que guardara dentro de si aquela morte, intacta em toda sua dor, como uma grande pedra de diamante se queimando por dentro. E carregara dentro de si anos e anos aquela morte. Vivera coisas humilhantes sem se humilhar, passara perigos e necessidades e sofrimentos com uma espécie de indiferença profunda e secreta – protegido por aquela morte que ele não quisera sofrer, que não chegara a chorar, que guardara tão fundo em si mesmo que não podia sentir quando ela doesse, que não podia ouvir os gritos rasgando o ar, a intolerável dor dele mesmo e de Maria morrendo.

E agora aquele calor da noite, os gatos miando, tudo o transportava através dos anos para outra cidade, outra casa – a casa em que estava alguém morrendo. Tudo mais – o horrível pátio de cimento, as nuvens baixas chovendo cobras enroladas em pedras, tudo fora apenas um instante ao despertar, seu sonho longo e doloroso foi a morte que ele não pudera evitar, a morte que veio da maneira mais cruel e que ele no seu egoísmo de animal jovem se negara a sentir, se negara terminantemente a pensar, se negara a sofrer.

Vestiu-se rapidamente, telefonou pedindo um táxi, saiu, foi para um lugar onde se bebia e dançava, um amigo perguntou onde estivera até aquela hora da madrugada, ia respondendo – "em casa" –, respondeu – "por aí" –, porque falar em casa era falar na morta, e precisava esconder seu corpo dilacerado, seu sofrimento, sua intolerável agonia que não acabava nunca, nunca mais.

Rio, novembro de 1952

QUEDA DO IGUAÇU

Chegamos, e então aquilo tudo está acontecendo de maneira urgente, o mato, a água, as pedras, o ar. Aquilo está havendo naquele momento, como o movimento de um grande animal bruto e branco morrendo, cheio de uma espantosa vida desencadeada, numa agonia monstruosa, eterna, chorando, clamando. E até onde a vista alcança, num semicírculo imenso, há montes de água estrondando nesse cantochão, árvores tremendo, ilhas dependuradas, insanas, se toucando de arco-íris, nuvens voando para cima, como o espírito das águas trucidadas remontando para o sol, fugindo à torrente estreita e funda onde todas essas cachoeiras juntam absurdamente suas águas esmagadas, ferventes, num atropelo de espumas entre dois muros altíssimos de rocha.

E na terra em que pisamos junto ao abismo, a cara molhada, os pequenos bichos do mato se movem num perpétuo susto como se nosso movimento fosse uma traição acobertada pelo estrondo dessa catedral caindo absurda para as nuvens de vapor e espuma com toda uma orquestra de órgãos estrondando. Um avião passeia sobre as cataratas, mas ele ronda alto, como se tivesse medo de ser tragado pela respiração do monstro de água vibrando no ar. Do lado argentino, uma longa ponte sobre os saltos e um sábio caminho entre a floresta nos leva à intimidade de muitos saltos, num passeio maravilhoso que é um equilíbrio entre o idílico e o trágico, entre o mais suave segredo do mato e da água, o mais tímido murmúrio nas pedras e o grande estrondo da massa se precipitando no ar.

Um bando de papagaios passa para um lado, gritando; como em resposta vem depois, da mata escura, um bando de tucanos que, ao pousar, parecem estudar o equilíbrio entre o corpo e os grandes bicos coloridos. As borboletas invadem os caminhos e picadas, bandos e mais bandos, amarelas, vermelhas, azuis, com todos os caprichos do desenho e da cor, avançando no seu voo desarrumado e trêmulo, como flores tontas caídas da floresta sobre os caminhos úmidos.

Não, não há o que escrever sobre as quedas do Iguaçu; seria preciso viver longamente aqui, nesse mato alto, entre cobras, veados, antas e onças, em volta desse estrondo – e vir, nas manhãs e nas noites, vagar entre as nuvens e a espuma, a um canto do abismo fundo, com terror, com unção.

Foz do Iguaçu, março de 1951

FORÇA DE VONTADE

Refugou o copo de vinho que eu lhe oferecia; depois também não quis aceitar um cigarro. Não bebia, não fumava, não tinha nenhum vício. Tinha uma cara gorda e mole de padre, e falava com precisão sobre o custo da vida em São Paulo.

Contou-me por exemplo que seu pai, homem de 80 anos (que se lembra muito bem do tempo em que centenas de burros enchiam o largo do Arouche), seu pai, que mora na Quarta Parada, vai toda semana comprar carne em Mogi das Cruzes, onde é mais barata e mais bem servida. "Lá em casa comemos muito boa carne, todo dia" – disse ele com certa ênfase.

Não, não era casado – morava com os pais, que sustentava com seu trabalho. "Aliás" – me disse subitamente, com um brilho nos olhos e as mãos trêmulas como quem toma coragem para fazer uma confissão sensacional – "aliás este foi o primeiro ideal que me propus a realizar na vida. E realizei. Agora estou realizando o último dos meus três ideais."

Fiquei um instante indeciso, com medo de fazer perguntas. Nada, na figura daquele comerciante, faria à primeira vista supor que tivesse ideais, nem faria suspeitar aquela tensão com que subitamente começou a me falar. Eu me sentara por acaso ao seu lado na mesa daquele hotel em Foz do Iguaçu.

"Visitar pelo menos um país estrangeiro. Por isto vim nesta excursão. Hoje pela manhã já cumpri o que prometera a mim mesmo: fui ao Paraguai. Agora, depois do almoço, vou à Argentina. O outro ideal que me propus e também já cumpri era ter um diploma."

Não lhe perguntei que diploma tinha, e agora me lembro de que, desgraçadamente, me esqueci de reparar se havia algum anel de grau em seu dedo. Mas suponho que seja de Direito, pois quem quer ter um diploma e não faz muita questão de qual seja ele, desde que seja um diploma, acaba sendo bacharel em Direito.

"Há pouco tempo recusei uma boa posição em uma grande companhia para não me mudar para o Rio." Achei polido concordar com ele em que viver em São Paulo, sob certo ponto de vista, é na verdade mais interessante. "Não sei" – disse ele. "Eu não podia ir para o Rio. Eu não conheço o Rio. Agora, sim, posso ir conhecer o Rio." E então me explicou que seu sistema era este: para cumprir cada um de seus três ideais pusera ele mesmo um obstáculo diante de cada um. Como tinha desde criança muita vontade de ir ao Rio, resolvera não o fazer enquanto não cumprisse seu ideal número 3 – isto é, enquanto não visitasse pelo menos um país estrangeiro. O mesmo fizera em relação aos outros dois ideais. Por um momento tive a impressão de que ia me contar qual tinha sido a promessa que fizera em relação aos outros dois ideais – mas creio que ele achou que já se abrira demasiado comigo. Talvez o desanimasse minha cara meio sonolenta depois do vinho tinto do almoço, naquele dia quente.

Pouco depois ele seguiu, com o grupo de turistas de que fazia parte, para visitar as quedas e ir ao lado argentino. Só o vi depois do jantar e, como eu estava muito bem-disposto, me aproximei dele. Eu estava em uma roda em que se bebia alegremente uma boa *caña* paraguaia e insisti para que viesse tomar um cálice: "afinal v. deve estar contente hoje, precisa comemorar. Você realizou o terceiro e último ideal de sua vida – e em duplicata: visitou dois países estrangeiros!"

Embora ele recusasse o convite, sentei-me um momento a seu lado. "Sim" – disse ele – "eu provei minha força de vontade: realizei tudo o que prometera a mim mesmo um dia. E foi duro – tive de passar muitas necessidades e me esforçar muito. Quando eu era rapazinho eu não tinha força de vontade – mas hoje tenho a prova de que qualquer homem pode ter muita força de vontade – é uma coisa formidável."

Voltei para a roda, onde se bebia e se contavam anedotas. Logo depois resolvemos todos sair para dar uma volta em automóvel. Convidei o homem da força de vontade – havia um lugar no carro. Ele não aceitou. Ficou ali no saguão do hotel – e quando voltei para apanhar minha lanterna que esquecera, surpreendi a expressão de seu rosto: estava sério, triste e ao mesmo tempo com um ar tão aparvalhado e tão vazio como um homem que não tivesse coisa alguma a fazer na vida e acabasse de descobrir isso.

Foz do Iguaçu, março de 1951

O TELEFONE

Honrado Senhor Diretor da Companhia Telefônica:

Quem vos escreve é um desses desagradáveis sujeitos chamados assinantes; e do tipo mais baixo: dos que atingiram essa qualidade depois de uma longa espera na fila.

Não venho, senhor, reclamar nenhum direito. Li o vosso Regulamento e sei que não tenho direito a coisa alguma, a não ser a pagar a conta. Esse Regulamento, impresso na página 1 de vossa interessante Lista (que é meu livro de cabeceira), é mesmo uma leitura que recomendo a todas as almas cristãs que tenham, entretanto, alguma propensão para o orgulho ou soberba. Ele nos ensina a ser humildes; ele nos mostra o quanto nós, assinantes, somos desprezíveis e fracos.

Aconteceu por exemplo, senhor, que outro dia um velho amigo deu-me a honra e o extraordinário prazer de me fazer uma visita. Tomamos uma modesta cerveja e falamos de coisas antigas – mulheres que brilharam outrora, madrugadas dantanho, flores doutras primaveras. Ia a conversa quente e cordial, ainda que algo melancólica, tal soem ser as parolas vadias de cupinchas velhos – quando o telefone tocou. Atendi. Era alguém que queria falar ao meu amigo. Um assinante mais leviano teria chamado o amigo para falar. Sou, entretanto, um severo respeitador do Regulamento; em vista do que comuniquei ao meu amigo que alguém lhe queria falar, o que infelizmente eu não podia permitir; estava, entretanto, disposto a tomar e transmitir qualquer recado. Irritou-se o amigo, mas fiquei inflexível, mostrando-lhe o artigo 2 do Regulamento, segundo o qual o aparelho instalado em minha casa só pode ser usado "pelo assinante, pessoas de sua família, seus representantes ou empregados".

Devo dizer que perdi o amigo, mas salvei o Respeito ao Regulamento; *dura lex sed lex*; eu sou assim. Sei também (artigo 4) que se minha casa pegar fogo terei de vos pagar o valor do aparelho – mesmo se esse incêndio (artigo 9) for motivado por algum circuito organizado pelo empregado da Companhia com o material da Companhia. Sei finalmente (artigo 11) que se, exausto de telefonar do botequim da esquina a essa distinta Companhia para dizer que meu aparelho não funciona, eu vos chamar e vos disser, com lealdade e com as únicas expressões adequadas, o meu pensamento, ficarei eternamente sem telefone, pois "o uso de linguagem obscena constituirá motivo suficiente para a Companhia desligar e retirar o aparelho".

Enfim, senhor, eu sei tudo; que não tenho direito a nada, que não valho nada, não sou nada. Há dois dias meu telefone não fala, nem ouve, nem toca, nem tuge, nem muge. Isso me trouxe, é certo, um certo sossego ao lar. Porém amo, senhor, a voz humana; sou uma dessas criaturas tristes e sonhadoras que passa a vida esperando que de repente a Rita Hayworth me telefone para dizer que o Ali Khan morreu e ela está ansiosa para gastar com o velho Braga o dinheiro de sua herança, pois me acha muito simpático e insinuante, e confessa que em Paris muitas vezes se escondeu em uma loja defronte do meu hotel só para me ver entrar.

Confesso que não acho tal coisa provável: o Ali Khan ainda é moço, e Rita não tem o meu número. Mas é sempre doloroso pensar que se tal coisa acontecesse eu jamais saberia – porque meu aparelho não funciona. Pensai nisso, senhor: pensai em todo o potencial tremendo de perspectivas azuis que morre diante de um telefone que dá sempre sinal de ocupado – *cuém cuém cuém* – quando na verdade está quedo e mudo na minha modesta sala de jantar. Falar nisso, vou comer; são horas. Vou comer contemplando tristemente o aparelho silencioso, essa esfinge de matéria plástica: é na verdade algo que supera o rádio e a televisão, pois transmite não sons nem imagens, mas sonhos errantes no ar.

Mas batem à porta. Levanto o escuro garfo do magro bife e abro. Céus, é um empregado da Companhia! Estremeço de emoção. Mas ele me estende um papel: é apenas o cobrador. Volto ao bife, curvo a cabeça, mastigo devagar, como se estivesse mastigando meus pensamentos, a longa tristeza de minha humilde vida, as decepções e remorsos. O telefone continuará mudo; não importa: ao menos é certo, senhor, que não vos esquecestes de mim.

Rio, março de 1951

A PRAÇA

Aquela hora que você disse eu não estava lá; viajei no sábado, começando por Niterói. Que ar existe nessa praça Martim Afonso que eu conheço de tão antigamente e sempre me parece prestes a explodir em paralelepípedos e bondes? Nunca ninguém se demora ali. Há apenas transeuntes que a atravessam com a inquietação dos atropelamentos, a praça é feia, todas as pessoas se encaminham penosamente para uma condução, porém há sempre outros veículos que chegam primeiro e custam a passar e entrementes um outro casal toma um táxi, parte um ônibus para a esquerda, a direita ou os fundos, os cafés estão sempre cheios de gente com pressa, há sempre um garçom discutindo com outro e uma fila para barcas e lanchas e todos têm pressa em se retirar como se temessem algo desagradável. Esse algo desagradável é a explosão dramática da praça, com anúncios em gás néon rebentando, os fios saltando, os motores soltando ondas de fumaça negra que fabricarão em plena hora de sol mortificante uma noite cortada pelo colorido espantoso do incêndio de uma dessas eternas barracas de fogos juninos.

Essa iminência dramática jamais cumprida da praça Martim Afonso nos faz saudar com certo respeito os batedores de carteira e os mascates, nossos prováveis companheiros de catástrofe, pois sempre em Niterói encontramos uma cara conhecida que nunca lembramos de onde e no fundo não é conhecida em absoluto; subitamente o mar sujo e escravo começa a dar bofetadas raivosas na pedra como um amante irritado – *lapt, lapt, lapt* – e ao mesmo tempo desce um calor tão súbito que as crianças de colo começam a chorar, as mães dão palmadas nos mais crescidinhos que no meio daquela aflição querem comprar um sorvete que significaria a perda do bonde e a perdição definitiva da alma dessas pessoas comumente carregadas de embrulhos – por que, Senhor, se carrega sempre tanto embrulho na praça Martim Afonso em Niterói? – e há diariamente dezenas de embrulhos que são esquecidos nas barcas, lanchas, bondes, ônibus, lotações, balcões de mármore dos cafés onde aparelhos metálicos enviam jatos de vapor, as colherinhas caem no chão e o garçom não traz o troco e um sujeito quebra os óculos e comemora o caso com um rápido palavrão que faz com que o menino de cinco anos o olhe com certa estranheza pensando "é feio o pai dizer isso".

Depois, amor, depois me arremessei através de tudo, ergui os fios dos bondes e passei, arrebentei os motores dos ônibus e passei, creio que derrubei guardas a cavalo, que venci uma barragem de morteiros chineses, e passei, atropelei mulher gorda e passei, ainda que suado e molhado, apedrejado de insultos eu passei, pisei na gravata preta de um chofer e passei – eu estava terrível e surpreendentemente rápido como se os paralelepípedos fossem de borracha ou de fogo, eu abri caminho de cara fechada e brandindo um pesado embrulho cor-de-rosa, eu perdi oitenta e três cruzeiros, minha paciência caiu três metros além dos últimos limites e quebrou o pescoço e eu passei.

Depois, amor, séculos depois, houve um silêncio e uma brisa fresca junto do bambual entardecendo. Meus braços voltaram docemente aos meus ombros; tirei do bolso um lenço tão limpo, tão branco, fiquei sentado no chão, triste, feliz, pensando em ti. Sereno.

Rio, abril de 1951

O SENHOR

Carta a uma jovem que, estando em uma roda em que dava aos presentes o tratamento de "você", se dirigiu ao autor chamando-o "o senhor":

Senhora –

Aquele a quem chamastes senhor aqui está, de peito magoado e cara triste, para vos dizer que senhor ele não é, de nada, nem ninguém.

Bem o sabeis, por certo, que a única nobreza do plebeu está em não querer esconder sua condição e esta nobreza tenho eu. Assim, se entre tantos senhores ricos e nobres a quem chamáveis "você" escolhestes a mim para tratar de "senhor", é bem de ver que só poderíeis ter encontrado essa senhoria nas rugas de minha testa e na prata de meus cabelos. Senhor de muitos anos, eis aí; o território onde eu mando é no país do tempo que foi. Essa palavra "senhor", no meio de uma frase, ergueu entre nós dois um muro frio e triste.

Vi o muro e calei. Não é de muito, eu juro, que me acontece essa tristeza; mas também não era a vez primeira. De começo eram apenas os "brotos" ainda mal núbeis que me davam senhoria; depois assim começaram a tratar-me as moças de dezoito a vinte, com essa mistura de respeito, confiança, distância e desprezo que é o sabor dessa palavra melancólica. Sim, eu vi o muro; e, astuto ou desanimado, calei. Mas havia na roda um rapaz de ouvido fino e coração cruel; ele instou para que repetísseis a palavra; fingistes não entender o que ele pedia, e voltastes a dizer a frase sem usar nem "senhor", nem "você". Mas o danado insistiu e denunciou o que ouvira e que, no embaraço de vossa delicadeza, evitáveis repetir. Todos riram, inclusive nós dois. A roda era íntima e o caso era de riso.

O que não quer dizer que fosse alegre; é das tristezas que rimos de coração mais leve. Vim para casa e como sou um homem forte, olhei-me ao espelho; e como tenho minhas fraquezas, fiz um soneto. Para vos dar o tom, direi que no fim do segundo quarteto eu confesso que às vezes já me falece valor "para enfrentar o tédio dos espelhos"; e no último terceto digo a mim mesmo: "Volta, portanto, a cara e vê de perto/ a cara, a tua cara verdadeira/ ó Braga envelhecido, envilecido."

Sim, a velhice é coisa vil; Bilac o disse em prosa, numa crônica, ainda que nos sonetos ele almejasse envelhecer sorrindo. Não sou Bilac; e nem me dá consolo, mas tristezas, pensar que as musas desse poeta andam por aí encanecidas e murchas, se é que ainda andam e já não desceram todas à escuridão do túmulo. Vivem apenas, eternamente moças e lindas, na música de seus versos, cheios de sol e outras estrelas. Mas a verdade (ouvi, senhora, esta confissão de um senhor ido e vivido, ainda que mal e tristemente), a verdade não é o tempo que passa, a verdade é o instante. E vosso instante é de graça, juventude e extraordinária beleza. Tendes todos os direitos; sois um belo momento da aventura do gênero humano sobre a terra. De trás do meu muro frio eu vos saúdo e canto. Mas ser senhor é triste; eu sou, senhora, e humildemente, o vosso servo – R. B.

Rio, abril de 1951

QUERMESSE

De repente, os barris de chope começaram a produzir champanha; e a menina de amarelo subiu na árvore iluminada com uma extraordinária rapidez; saltou, mas veio descendo lentamente, como se nadasse no ar, sorrindo; e a charanga em uniforme da Guerra do Paraguai atacou o Dobrado Maior.

Então toda a multidão regressou alegremente à infância e começou a marchar por dentro de si mesma conduzindo flores e ninguém mais prestou atenção ao sorteio das prendas, a não ser um preto extraordinariamente triste, um homem preto de óculos escuros, magro e calado como um santo, que recebera por prêmio um país agrícola, porém não dispunha de meios para combater a saúva nem a devassidão dos aborígenes; mas este mesmo sorria, ainda que com timidez.

Eu fiquei tão feliz que me nasceu uma flor na lapela e uma namorada no braço; e marchava entre árvores feéricas. Quando ouvimos os primeiros tiros, nós todos deitamos no chão e respondemos alegremente; as metralhadoras derrubavam flores, mas as flores viraram pássaros e saíram voando até conseguirem formar no céu a palavra Paz; então nos levantamos rindo e nos abraçamos com aleluias. Um menino de cinco anos, mulatinho de olhos verdes, com seu gorro de marinheiro, lançou-se rindo nos meus braços, mas imediatamente galgou o peitoril do palácio e naquele instante se achava sozinho no salão dos doces, perante o Grande Bolo Iluminado.

Então tivemos a consciência de que estávamos sendo televisionados e minha namorada se disfarçou numa jovem casuarina; sentei-me no chão, apoiei a cabeça no seu tronco e adormeci.

Quando acordei, ela era outra vez mulher e passava a mão na minha cabeça e me dizia: "agora eu me chamo Teresa". Eu não quis perguntar por quê; tive receio de que ela me contasse alguma coisa triste e então me ergui dizendo rapidamente: "vamos ao Pavilhão La Fieste onde há gôndolas de cristal na água azul e distribuição de laranja-cravo; vamos assistir à corrida das Zebras Imperiais e ver a Girafa que planta bananeira, dizem que é uma coisa louca".

Ela, porém, fez um sorriso de dúvida, ou de pena, e partiu. Quando olhei em torno vi que não havia mais ninguém.

Eu estava sozinho na penumbra e no silêncio; sentei-me em um banco de pedra e fiquei apenas olhando uma parede cinzenta, uma parede fria, uma parede lisa, triste. Uma parede.

Rio, junho de 1951

OS JORNAIS

Meu amigo lança fora, alegremente, o jornal que está lendo e diz:
— Chega! Houve um desastre de trem na França, um acidente de mina na Inglaterra, um surto de peste na Índia. Você acredita nisso que os jornais dizem? Será o mundo assim, uma bola confusa, onde acontecem unicamente desastres e desgraças? Não! Os jornais é que falsificam a imagem do mundo. Veja por exemplo aqui: em um subúrbio, um sapateiro matou a mulher que o traía. Eu não afirmo que isso seja mentira. Mas acontece que o jornal escolhe os fatos que noticia. O jornal quer fatos que sejam notícias, que tenham conteúdo jornalístico. Vejamos a história deste crime. "Durante os três primeiros anos o casal viveu imensamente feliz..." Você sabia disso? O jornal nunca publica uma nota assim:

"Anteontem, cerca de 21 horas, na rua Arlinda, no Méier, o sapateiro Augusto Ramos, de 28 anos, casado com a senhora Deolinda Brito Ramos, de 23 anos de idade, aproveitou-se de um momento em que sua consorte erguia os braços para segurar uma lâmpada para abraçá-la alegremente, dando-lhe beijos na garganta e na face, culminando em um beijo na orelha esquerda. Em vista disso, a senhora em questão voltou-se para o seu marido, beijando-o longamente na boca e murmurando as seguintes palavras: 'Meu amor', ao que ele retorquiu: 'Deolinda'. Na manhã seguinte, Augusto Ramos foi visto saindo de sua residência às 7h45 da manhã, isto é, 10 minutos mais tarde do que o habitual, pois se demorou, a pedido de sua esposa, para consertar a gaiola de um canário-da-terra de propriedade do casal."

— A impressão que a gente tem, lendo os jornais – continuou meu amigo – é que "lar" é um local destinado principalmente à prática de "uxoricídio". E dos bares, nem se fala. Imagine isto:

"Ontem, cerca de 10 horas da noite, o indivíduo Ananias Fonseca, de 28 anos, pedreiro, residente à rua Chiquinha, sem número, no Encantado, entrou no bar Flor Mineira, à rua Cruzeiro, 524, em companhia de seu colega Pedro Amâncio de Araújo, residente no mesmo endereço. Ambos entregaram-se a fartas libações alcoólicas e já se dispunham a deixar o botequim quando apareceu Joca de tal, de residência ignorada, antigo conhecido dos dois pedreiros, e que também estava visivelmente alcoolizado. Dirigindo-se aos dois amigos, Joca manifestou desejo de sentar-se à sua mesa, no que foi atendido. Passou então a pedir rodadas de conhaque, sendo servido pelo empregado do botequim, Joaquim Nunes. Depois de várias rodadas, Joca declarou que pagaria toda a despesa. Ananias e Pedro protestaram, alegando que eles já estavam na mesa antes. Joca, entretanto, insistiu, seguindo-se uma disputa entre os três homens, que terminou com a intervenção do referido empregado, que aceitou a nota que Joca lhe estendia. No momento em que trouxe o troco, o garçom recebeu uma boa gorjeta, pelo que ficou contentíssimo, o mesmo acontecendo aos três amigos que se retiraram do bar alegremente, cantarolando sambas. Reina a maior paz no subúrbio do Encantado, e a noite foi bastante fresca, tendo dona Maria, sogra do comerciário Adalberto Ferreira, residente à rua Benedito, 14, senhora que sempre foi muito friorenta, chegado a puxar o cobertor, tendo depois sonhado que seu netinho lhe oferecia um pedaço de goiabada."

E meu amigo:

— Se um repórter redigir essas duas notas e levá-las a um secretário de redação, será chamado de louco. Porque os jornais noticiam tudo, tudo, menos uma coisa tão banal de que ninguém se lembra: a vida...

Rio, maio de 1951

QUINCA CIGANO

Entre os números que contam a grandeza do município de Cachoeiro de Itapemirim há este, capaz de espantar o leitor distraído: 25.379 pios de aves, anualmente. Não, a Prefeitura não espalhou pela cidade e distritos equipes de ouvidores municipais, encarregados de tomar nota cada vez que uma avezinha pia. Trata-se de pios feitos para caçadores. E quem os faz é uma família de caçadores de ouvido fino – os Coelho, cujas três gerações moram na mesma e linda ilha, onde o rio se precipita naquele encachoeirado, ou cachoeiro, que deu o nome à cidade.

Trata-se de um artesanato sutil; não lhe basta a perícia técnica de delicados torneiros que faz, desses pios bem-acabados, pequenas obras de arte; exige uma sensibilidade que há de estar sempre aguçada. Direis que é uma arte assassina; e na verdade, incontáveis milhares de bichos do Brasil e da América do Sul já morreram por acreditar, em um momento de fome ou de amor, naqueles pios imaginados entre os murmúrios do Itapemirim.

Dizem que os Coelho fazem até, em segredo, pios para caçar mulher. Famosa caçada é essa, em que não raro é o caçador a presa da caça. Não sei. Ainda que eu seja Coelho pela parte de mãe, devo ser de outro ramo, visto que nunca me deram um pio desses. Nem quero.

De minha família acho que saí mais ao tio segundo Quinca Cigano, nascido na lavoura mas vivido pelos caminhos, e que vivia de barganhar. Barganhava uma coisa por outra, e depois mais outra; e não sei o que arrumava, que depois de muito andar pelo mundo, voltava sempre ao Cachoeiro, tendo apenas de seu um cavalo magro e triste. Chegava sempre de noite, como um ladrão; e, como um ladrão, dava a volta por cima do morro e ficava parado, no escuro, atrás da tela da cozinha, esperando. Quando minha mãe ia à cozinha fazer o último café, Quinca Cigano, lá do escuro, murmurava seu nome. Ela se assustava; mas ele logo dizia, com sua voz que a poeira dos caminhos e a cachaça das vendinhas fazia cada vez mais rouca: "É Quinca".

Entrava; recebia, calado, comida para ele e seu cavalo. Tomava um banho, dormia – e de manhã cedo, de roupa limpa e barba feita, estava na sala de visitas conversando com meu pai. Movendo lentamente sua cadeira de balanço, meu pai lhe dava um cigarro de palha, e perguntava: "Então, Quinca?" Ele dizia que ia voltar para a família, para o sítio; agora queria derrubar aquela mata que dava para o sítio do Sobreira, formar um cafezal; ia fazer uma manga maior para os porcos; e comentava o preço do arroz e a queda das chuvas. Meu pai o ouvia, muito sério. Sabia que Quinca era sincero naquele momento; e também que alguns dias depois ele sumiria outra vez pelo mundo, no trote do seu cavalo, o cigano solitário.

Feito Quinca Cigano, eu também só tenho caçado brisas e tristeza. Mas tenho outros pesos na massa de meu sangue. Estou cansado; quero parar, engordar, morrer. Que os Coelho da ilha me arranjem um pio, não para caçar mulher, mas para caçar sossego. Deve ser um pio triste, mas tão triste que, a gente piando ele, só escute depois, nesse mato inteiro, um grande silêncio, o silêncio de todos os bichos tristes. Eu não quero, como Quinca Cigano, sair pelo mundo caçando passarinho verde. Passarinho verde não existe; e quem disse que viu, ou ensandeceu ou mentiu.

Rio, maio de 1951

PARTILHA

Os irmãos se separam e então um diz assim:

"Você fique com o que quiser, eu não faço questão de nada; mas se você não se incomoda, eu queria levar essa rede. Você não gosta muito de rede, quem sempre deitava nela era eu.

"O relógio da parede eu estou acostumado com ele, mas você precisa mais de relógio do que eu. O armário grande do quarto e essa mesa de canela e essa tralha de cozinha, e o guarda-comida também. Tudo isso é seu.

"O retrato de nossa irmã você fica com ele também: deixa comigo o de mãe, pois foi a mim que ela deu: você tinha aquele dela de chapéu, e você perdeu. O tinteiro de pai é seu; você escreve mais carta; e até que escreve bonito, você sabe que eu li sua carta para Júlia.

"Essas linhas e chumbadas, o puçá e a tarrafa, tudo fica sendo seu; você não sabe nem empatar um anzol, de maneira que para mim é mais fácil arrumar outro aparelho no dia que eu quiser pescar.

"Agora, tem uma coisa, o canivete. Pensei que você tivesse jogado fora, mas ontem estava na sua gaveta e hoje eu acho que está no seu bolso, meu irmão.

"Ah, isso eu faço questão, me dê esse canivete. O fogão e as cadeiras, a estante e as prateleiras, os dois vasos de enfeite, esse quadro e essa gaiola com a coleira e o alçapão, tudo é seu; mas o canivete é meu. Aliás, essa gaiola fui eu que fiz com esse canivete me ajudando. Você não sabe lidar com canivete, você na sua vida inteira nunca soube descascar uma laranja direito, mas para outras coisas você é bom. Eu sei que ele está no seu bolso.

"Eu estou dizendo a você que tudo que tem nesta casa, menos o retrato de mãe – a rede mesmo eu não faço questão, embora eu goste mais de rede e fui sempre eu que consertei o punho, assim como sempre fui eu que consertei a caixa do banheiro, e a pia do tanque, você não sabe nem mudar um fusível, embora você saiba ganhar mais dinheiro do que eu; eu vi o presente que você deu para Júlia, ela que me mostrou, meu irmão; pois nem a rede eu faço questão, eu apenas acho direito ficar com o retrato de mãe, porque o outro você perdeu.

"Me dê esse canivete, meu irmão. Eu quero guardar ele como recordação. Quem me perguntar por que eu gosto tanto desse canivete eu vou dizer: é porque é lembrança de meu irmão. Eu vou dizer: isso é lembrança de meu irmão que nunca soube lidar com um canivete, assim como de repente não soube mais lidar com seu próprio irmão. Ou então me dá vergonha de contar e eu digo assim: esse canivete é lembrança de um homem bêbado que antigamente era meu amigo, como se fosse um irmão. Eu estarei dizendo a verdade, porque eu acho que você nunca foi meu irmão.

"Eu sou mais velho que você, sou mais velho pouca coisa, mas sou mais velho, de maneira que posso dar conselho: você nunca mais na sua vida, nunca mais puxe canivete para um homem; canivete é serventia de homem, mas é arma de menino, meu irmão. Quando você estiver contrariado com um homem, você dê um tiro nele com sua garrucha; pode até matar à traição; nós todos nascemos para morrer. De maneira que, se você morresse agora, não tinha importância; mas eu não estou pensando em matar você, não. Se eu matasse, estava certo, estava matando um inimigo; não seria como você que levantou a arma contra seu irmão.

"Bem, mas veja em que condições você me dá esse canivete; um homem andar com uma coisa suja dessas no bolso; não há nada, eu vou limpar ele; nem para isso você presta; mas para outras coisas você é bom.

"Agora fique sossegado, tudo que tem aí é seu. Adeus, e seja feliz, meu irmão."

Rio, junho de 1951

MANIFESTO

Aos operários da construção civil: Companheiros –
Que Deus e Vargas estejam convosco. A mim ambos desamparam; mas o momento não é de queixas, e sim de luta. Não me dirijo a toda a vossa classe, pois não sou um demagogo. Sou um homem vulgar, e vejo apenas (mal) o que está diante de meus olhos. Estou falando, portanto, com aqueles dentre vós que trabalham na construção em frente de minha janela. Um carrega quatro grandes tábuas ao ombro; outro grimpa, com risco de vida, a precária torre do enguiçado elevador; qual bate o martelo, qual despeja nas formas o cimento, qual mira a planta, qual usa a pá, qual serra (o bárbaro) os galhos de uma jovem mangueira, qual ajusta, neste momento, um pedaço de madeira na serra circular.

Espero. Olho este último homem. Tem o ar calmo, veste um macacão desbotado, uma espécie de gorro pardo na cabeça, um lápis vermelho na orelha, uma trena no bolso de trás; e, pela cara e corpo, não terá mais de 25 anos. Parece um homem normal; vede, porém, o que faz. Já ajustou a sua tábua; e agora a empurra lentamente contra a serra que gira. Começou. Um guincho alto, agudo e ao mesmo tempo choroso domina o batecum dos martelos e rompe o ar. Dir-se-ia o espasmo de um gato de metal, se houvesse gatos de metal. Varando o lenho, o aço chora; ou é a última vida da árvore arrancada do seio da floresta que solta esse grito lancinante e triste? De momento a momento seu estridor me vara os ouvidos como imponderável pua.

Além disso, o que me mandais, irmãos, são outros ruídos e muita poeira; dentro de uns cinco dias tereis acabado o esqueleto do segundo andar e então me olhareis de cima. E ireis aos poucos subindo para o céu, vós que começastes a trabalhar em um buraco do chão.

Então me tereis vedado todo o sol da manhã. Minha casa ficará úmida e sombria; e ireis subindo, subindo. Já disse que não me queixo; já disse: melhor, cronicarei à sombra, inventarei um estilo de orquídea para estas minhas flores de papel.

Nossos ofícios são bem diversos. Há homens que são escritores e fazem livros que são como verdadeiras casas, e ficam. Mas o cronista de jornal é como o cigano que toda noite arma sua tenda e pela manhã a desmancha, e vai.

Vós ides subindo, orgulhosos, as armações que armais, e breve estareis vendo o mar a leste e as montanhas azuladas a oeste. Oh, insensatos! Quando tiverdes acabado, sereis desalojados de vosso precário pouso e devolvidos às vossas favelas; ireis tão pobres como viestes, pois tudo o que ganhais tendes de gastar; ireis, na verdade, ainda mais pobres do que sois, pois também tereis gastado algo que ninguém vos paga, que é a força de vossos braços, a mocidade de vossos corpos.

E ficará aqui um edifício alto e branco, feito por vós. Voltai uma semana depois e tentai entrar nele; um homem de uniforme vos barrará o passo e perguntará a que vindes e vos olhará com desconfiança e desdém. Aquele homem representa outro homem que se chama o proprietário; poderoso senhor que se apoia na mais sólida das ficções, a que se chama propriedade. O homem da serra circular estará, certamente, com o ouvido embotado; em vossos pulmões haverá lembrança de muita serragem e muito pó, e se algum de vós despencou do alto, sua viúva receberá o suficiente para morrer de fome um pouco mais devagar.

Não penseis que me apiedo de vós. Já disse que não sou demagogo; apenas me incomodais com vossa vã atividade. Eu vos concito, pois, a parar com essa loucura – hoje, por exemplo, que o céu é azul e o sol é louro, e a areia da praia é tão meiga. Na areia poderemos fazer até castelos soberbos, onde abrigar o nosso íntimo sonho. Eles não darão renda a ninguém, mas também não esgotarão vossas forças. É verdade que assim tereis deixado de construir o lar de algumas famílias. Mas ficai sossegados: essas famílias já devem estar morando em algum lugar, provavelmente muito melhor do que vós mesmos.

Ouvi-me, pois, insensatos; ouvi-me a mim e não a essa infame e horrenda serra que a vós e a mim tanto azucrina. Vamos para a praia. E se o proprietário vier, se o governo vier, e perguntar com ferocidade: "estais loucos?" – nós responderemos: "Não, senhores, não estamos loucos; estamos na praia jogando peteca." E eles recuarão, pálidos e contrafeitos.

Rio, julho de 1951

DO CARMO

Encontro na praia um velho amigo. Há anos que a vida nos jogou para lados diferentes, em profissões diversas; e nesses muitos anos apenas nos vimos ligeiramente uma vez ou outra. Mas aqui estamos de tanga, em pleno sol, e cada um de nós tem prazer em constatar que não envelheceu sozinho. E cata, com amável ferocidade, os sinais de decadência do outro. Lamentamo-nos, mas por pouco tempo; logo, num movimento de bom humor, resolvemos descobrir que, afinal de contas, nossa idade é confortável, e mesmo, bem pensadas as coisas, estimável. Quem viveu a vida sem se poupar, com a alma e o corpo, e recebeu todas as cargas em seus nervos pode conhecer, como nós dois, essa vaga sabedoria animal de envelhecer sem remorsos.

Lembramos os amigos de quinze a vinte anos atrás. Um enlouqueceu, outro morreu de beber, outro se matou, outro ficou religioso e muito rico; há outros que a gente encontra às vezes numa porta de cinema ou numa esquina de rua.

E Do Carmo?

Respondo que há uns dez anos atrás, quando andava pelo Sul, tive notícias de que ela estava na mesma cidade; mas não a vi. Nenhum de nós sabe que fim levou essa Maria do Carmo de cabelos muito negros e olhos quase verdes, a alta e bela Do Carmo. E sua evocação nos comove, e quase nos surpreende, como se, de súbito, ela estivesse presente na praia e estirasse seu corpo lindo entre nós dois, na areia. Falamos de sua beleza; nenhum de nós sabe que história pessoal o outro poderia contar sobre Do Carmo, mas resistimos sem esforço à tentação de fazer perguntas; não importa o que tenha havido; afinal foi com outro homem, nem eu, nem ele, que Do Carmo partiu para seu destino; e a verdade é que deixou nele e em mim a mesma lembrança misturada de adoração e de encanto.

Não teria sentido reencontrá-la hoje; dentro de nós ela permanece como um encantamento, em seu instante de beleza. Maria do Carmo "é uma alegria para sempre", e sua lembrança nos faz mais amigos.

Depois falamos de negócios, família, política, a vida de todo o dia. Voltamos ao nosso tempo, regressamos a hoje e tornamos a voltar. E de súbito corremos para a água e mergulhamos, com o vago sentimento de que essa água sempre salgada, impetuosa e pura, não limpa somente a areia de nosso corpo; tira também um pouco a poeira que na alma vai deixando a passagem das coisas e do longo tempo.

Rio, novembro de 1951

NATAL

É noite de Natal, e estou sozinho na casa de um amigo, que foi para a fazenda. Mais tarde talvez saia. Mas vou me deixando ficar sozinho, numa confortável melancolia, na casa quieta e cômoda. Dou alguns telefonemas, abraço à distância alguns amigos. Essas poucas vozes, de homem e de mulher, que respondem alegremente à minha, são quentes, e me fazem bem. "Feliz Natal, muitas felicidades!"; dizemos essas coisas simples com afetuoso calor; dizemos e creio que sentimos; e como sentimos, merecemos. Feliz Natal!

Desembrulho a garrafa que um amigo teve a lembrança de me mandar ontem; vou lá dentro, abro a geladeira, preparo um uísque, e venho me sentar no jardinzinho, perto das folhagens úmidas. Sinto-me bem, oferecendo-me este copo, na casa silenciosa, nessa noite de rua quieta. Este jardinzinho tem o encanto sábio e agreste da dona da casa que o formou. É um pequeno espaço folhudo e florido de cores, que parece respirar; tem a vida misteriosa das moitas perdidas, um gosto de roça, uma alegria meio caipira de verdes, vermelhos e amarelos.

Penso, sem saudade nem mágoa, no ano que passou. Há nele uma sombra dolorosa; evoco-a neste momento, sozinho, com uma espécie de religiosa emoção. Há também, no fundo da paisagem escura e desarrumada desse ano, uma clara mancha de sol. Bebo silenciosamente a essas imagens da morte e da vida; dentro de mim elas são irmãs. Penso em outras pessoas. Sinto uma grande ternura pelas pessoas; sou um homem sozinho, numa noite quieta, junto de folhagens úmidas bebendo gravemente em honra de muitas pessoas.

De repente um carro começa a buzinar com força, junto ao meu portão. Talvez seja algum amigo que venha me desejar Feliz Natal ou convidar para ir a algum lugar. Hesito ainda um instante; ninguém pode pensar que eu esteja em casa a esta hora. Mas a buzina é insistente. Levanto-me com certo alvoroço, olho a rua, e sorrio: é um caminhão de lixo. Está tão carregado, que nem se pode fechar; tão carregado como se trouxesse todo o lixo do ano que passou, todo o lixo da vida que se vai vivendo. Bonito presente de Natal!

O motorista buzina ainda algumas vezes, olhando uma janela do sobrado vizinho. Lembro-me de ter visto naquela janela uma jovem mulata de vermelho, sempre a cantarolar e espiar a rua. É certamente a ela quem procura o motorista retardatário; mas a janela permanece fechada e escura. Ele movimenta com violência seu grande carro negro e sujo; parte com ruído, estremecendo a rua.

Volto à minha paz, e ao meu uísque. Mas a frustração do lixeiro e a minha também quebraram o encanto solitário da noite de Natal. Fecho a casa e saio devagar; vou humildemente filar uma fatia de presunto e de alegria na casa de uma família amiga.

Rio, dezembro de 1951

IMIGRAÇÃO

José Leal fez uma reportagem na ilha das Flores, onde ficam os imigrantes logo que chegam. E falou dos equívocos de nossa política imigratória. As pessoas que ele encontrou não eram agricultores e técnicos, gente capaz de ser útil. Viu músicos profissionais, bailarinas austríacas, cabeleireiras lituanas. Paul Balt toca acordeão, Ivan Donef faz coquetéis, Galar Bedrich é vendedor, Serof Nedko é ex-oficial, Luigi Tonizzo é jogador de futebol, Ibolya Pohl é costureira. Tudo gente para o asfalto, "para entulhar as grandes cidades", como diz o repórter.

O repórter tem razão. Mas eu peço licença para ficar imaginando uma porção de coisas vagas, ao olhar essas belas fotografias que ilustram a reportagem. Essa linda costureirinha morena de Badajoz, essa Ingeborg que faz fotografias e essa Irgard que não faz coisa alguma, esse Stefan Cromick cuja única experiência na vida parece ter sido vender bombons – não, essa gente não vai aumentar a produção de batatinhas e quiabos nem plantar cidades no Brasil Central.

É insensato importar gente assim. Mas o destino das pessoas e dos países também é, muitas vezes, insensato: principalmente da gente nova e países novos. A humanidade não vive apenas de carne, alface e motores. Quem eram os pais de Einstein, eu pergunto; e se o jovem Chaplin quisesse hoje entrar no Brasil acaso poderia? Ninguém sabe que destino terão no Brasil essas mulheres louras, esses homens de profissões vagas. Eles estão procurando alguma coisa: emigraram. Trazem pelo menos o patrimônio de sua inquietação e de seu apetite de vida. Muitos se perderão, sem futuro, na vagabundagem inconsequente das cidades; uma mulher dessas talvez se suicide melancolicamente dentro de alguns anos, em algum quarto de pensão. Mas é preciso de tudo para fazer um mundo; e cada pessoa humana é um mistério de heranças e de taras. Acaso importamos o pintor Portinari, o arquiteto Niemeyer, o físico Lattes? E os construtores de nossa indústria, como vieram eles ou seus pais? Quem pergunta hoje, e que interessa saber, se esses homens ou seus pais ou seus avós vieram para o Brasil como agricultores, comerciantes, barbeiros ou capitalistas, aventureiros ou vendedores de gravata? Sem o tráfico de escravos não teríamos tido Machado de Assis, e Carlos Drummond seria impossível sem uma gota de sangue (ou uísque) escocês nas veias, e quem nos garante que uma legislação exemplar de imigração não teria feito Roberto Burle Marx nascer uruguaio, Villa-Lobos mexicano, ou Pancetti chileno, o general Rondon canadense ou Noel Rosa em Moçambique? Sejamos humildes diante da pessoa humana: o grande homem do Brasil de amanhã pode descender de um clandestino que neste momento está saltando assustado na praça Mauá, e não sabe aonde ir, nem o que fazer. Façamos uma política de imigração sábia, perfeita, materialista; mas deixemos uma pequena margem aos inúteis e aos vagabundos, às aventureiras e aos tontos porque dentro de algum deles, como sorte grande da fantástica loteria humana, pode vir a nossa redenção, a nossa glória.

Rio, janeiro de 1952

NO MAR

Se soubesse cantar alguma coisa cantaria "O ébrio", de Vicente Celestino. "Tornei-me um ébrio..."

Um grande cansaço pesava em todo seu corpo, por onde a água escorria. Fechou o chuveiro, começou a se enxugar lentamente. Quando foi se vestir, a porta do armário estava aberta, a que tem o espelho dentro, e ele se viu nu. Achou-se branco, detestavelmente branco como um europeu, sentiu-se meio gordo e mole. Há quanto tempo não tomava um banho de mar!

Odiou, de repente, sua vida de trabalho e de bar, vivida quase toda sob a luz artificial. Tinha mil coisas a fazer na cidade; precisava ir ao escritório daquele sujeito, telefonar para quatro ou cinco pessoas, providenciar aqueles papéis.

O telefone bateu. Ia atender, mas sentiu que se atendesse ficaria preso – preso àquele fio negro, aos compromissos, às salas dos edifícios do centro, à vida de todo dia. O telefone ainda tocava quando ele saiu. O sol era leve. Comprou três mexericas, saltou para a praia, esticou-se na areia, de bruços, os olhos sobre um braço, recebendo nas costas o calor do sol. Dentro de sua cabeça ainda giravam conversas e músicas da madrugada, rostos de mulher, encrencas de negócios.

Quando se levantou e começou a andar pela praia, teve a impressão de que, sob um guarda-sol colorido, estava um casal conhecido. Passou longe; não queria encontrar ninguém, tinha um certo pudor de seu corpo assim branco, pesado, sem graça. Foi andando e sentindo prazer em andar ao sol, em encher os pulmões de vento de mar. Num trecho de praia deserto teve vontade de fazer ginástica; mas se deixou ir andando a chapinhar, como menino, pela água cheia de espumas.

Foi quando parou, e ficou olhando as espumas, enquanto a marola se retirava, levando um pouco de areia sob os seus pés, e sentiu uma leve tontura, e teve consciência de como se afastara do mar, de como se fizera estranho ao mar, de como se esquecera do mar, como quem se esquece de um grande amigo ou de um grande cão querido, de uma pátria idolatrada, de uma mulher amada. Foi avançando devagar; recebeu no peito, depois na cara, os primeiros borrifos de espuma e, como sentisse frio, deu mais alguns passos depressa, para poder mergulhar. Teve prazer em beber um pouco de água salgada, depois em receber no corpo uma lambada de onda mais forte. Avançou ainda, passou a arrebentação, começou a nadar para fora; depois se voltou de costas, ficou boiando. Olhava duas nuvens brancas no céu muito azul. Era como se fossem as mesmas nuvens de vinte anos atrás, de trinta anos atrás, no mesmo céu da infância – e tudo o que tinha acontecido depois fora escuro e sem sentido, os homens com quem lidara, as mulheres que amara, e as brigas e tristezas – tudo era remoto e absurdo como um pesadelo em um túnel. As nuvens se moviam devagar. Sentiu que seu corpo ia afundando, moveu levemente os pés, sentia o sol quente na cara molhada.

Quando começou a nadar para voltar à terra, percebeu que uma corrente o puxava para fora, com uma força invencível, e que os músculos de seus braços doíam de fadiga. Debateu-se ainda, algum tempo, com uma súbita raiva de animal que não quer morrer, e a água abafou o seu grito rouco. Pensou confusamente que deixara as três mexericas na praia, e o telefone tocando no apartamento. Longe, no horizonte, passava um vapor.

Rio, abril de 1952

A VIAJANTE

Com franqueza, não me animo a dizer que você não vá.

Eu, que sempre andei no rumo de minhas venetas, e tantas vezes troquei o sossego de uma casa pelo assanhamento triste dos ventos da vagabundagem, eu não direi que fique.

Em minhas andanças, eu quase nunca soube se estava fugindo de alguma coisa ou caçando outra. Você talvez esteja fugindo de si mesma, e a si mesma caçando; nesta brincadeira boba passamos todos, os inquietos, a maior parte da vida – e às vezes reparamos que é ela que se vai, está sempre indo, e nós (às vezes) estamos apenas quietos, vazios, parados, ficando. Assim estou eu. E não é sem melancolia que me preparo para ver você sumir na curva do rio – você que não chegou a entrar na minha vida, que não pisou na minha barranca, mas, por um instante, deu um movimento mais alegre à corrente, mais brilho às espumas e mais doçura ao murmúrio das águas. Foi um belo momento, que resultou triste, mas passou.

Apenas quero que dentro de si mesma haja, na hora de partir, uma determinação austera e suave de não esperar muito; de não pedir à viagem alegrias muito maiores que a de alguns momentos. Como este, sempre maravilhoso, em que no bojo da noite, na poltrona de um avião ou de um trem, ou no convés de um navio, a gente sente que não está deixando apenas uma cidade, mas uma parte da vida, uma pequena multidão de caras e problemas e inquietações que pareciam eternos e fatais e, de repente, somem como a nuvem que fica para trás. Esse instante de libertação é a grande recompensa do vagabundo; só mais tarde ele sente que uma pessoa é feita de muitas almas, e que várias, dele, ficaram penando na cidade abandonada. E há também instantes bons, em terra estrangeira, melhores que o das excitações e descobertas, e as súbitas visões de belezas sonhadas. São aqueles momentos mansos em que, de uma janela ou da mesa de um bar, ele vê, de repente, a cidade estranha, no palor do crepúsculo, respirar suavemente, como velha amiga, e reconhece que aquele perfil de casas e chaminés já é um pouco, e docemente, coisa sua.

Mas há também, e não vale a pena esconder nem esquecer isso, aqueles momentos de solidão e de morno desespero; aquela surda saudade que não é de terra nem de gente, e é de tudo, é de um ar em que se fica mais distraído, é de um cheiro antigo de chuva na terra da infância, é de qualquer coisa esquecida e humilde – torresmo, moleque passando na bicicleta assobiando samba, goiabeira, conversa mole, peteca, qualquer bobagem. Mas então as bobagens do estrangeiro não rimam com a gente, as ruas são hostis e as casas se fecham com egoísmo, e a alegria dos outros que passam rindo e falando alto em sua língua dói no exilado como bofetadas injustas. Há o momento em que você defronta o telefone na mesa da cabeceira e não tem com quem falar, e olha a imensa lista de nomes desconhecidos com um tédio cruel.

Boa viagem, e passe bem. Minha ternura vagabunda e inútil, que se distribui por tanto lado, acompanha, pode estar certa, você.

Rio, abril de 1952

MANGUE

A madrugada era escura nas noites de mangue, baixas, meio trêmulas do ventinho frio. Mas do lado do mar o céu estava lívido, e se espelhava na água do canal pálido. Eu avançava no batelão velho; remava cansado, e tinha sono. De longe veio um rincho de cavalo; depois, numa choça de pescador, junto do morro, tremulou a luz de uma lamparina.

Aquele rincho de cavalo me fez lembrar a moça andando a cavalo. Ela era corada, forte. Viera do Rio, sabíamos que era muito rica, filha de um irmão rico de um homem de nossa terra. A princípio a olhei com espanto, quase desgosto: ela usava calças compridas, fazia caçadas, dava tiros, saía de barco com os pescadores. Mas na segunda noite, quando nos juntamos todos na casa de Joaquim Pescador, ela cantou; tinha bebido cachaça, como todos nós, e cantou primeiro uma coisa em inglês, mas depois o luar do sertão e uma canção antiga que dizia assim: "esse alguém que logo encanta deve ser alguma santa". Era uma canção triste.

Cantando, ela parou de me assustar; cantando, ela deixou que eu a adorasse de repente, com essa adoração súbita, mas tímida, esse fervor confuso da adolescência – adoração sem esperança, ela devia ter dois anos mais do que eu. E amaria o rapaz de suéter e sapato de basquete, que costuma ir ao Rio, ou (murmurava-se) o homem casado, que já tinha ido até a Europa e tinha um automóvel e uma coleção de espingardas magníficas. Não a mim, com minha pobre Flobert, não a mim, de calça e camisa, descalço, não a mim, que não sabia lidar nem com um motor de popa, apenas tocar um batelão preto com meu remo.

Duas semanas depois que ela chegou é que a encontrei na praia solitária; eu vinha a pé, ela veio galopando a cavalo; vi-a de longe, meu coração bateu adivinhando quem poderia estar galopando sozinha a cavalo, ao longo da praia na manhã fria. Pensei que ela fosse passar me dando apenas um adeus, esse "bom-dia" que no interior a gente dá a quem encontra: mas parou, o animal resfolegando e ela respirando forte, com os seios agitados dentro da blusa fina, branca. São as duas imagens que mais forte se gravaram na minha memória, desse encontro, a pele escura e suada do cavalo e a seda branca da blusa; aquela dupla respiração animal no ar fino da manhã.

E saltou, me chamando pelo nome, conversou comigo. Séria, como se eu fosse um rapaz mais velho do que ela, um homem como os de sua roda, com calças de *palm-beach*, relógio de pulso. Perguntou coisas sobre peixes; fiquei com vergonha de não saber quase nada, não sabia os nomes dos peixes que ela dizia, deviam ser peixes de outros lugares mais importantes, com certeza mais belos. Perguntou se a gente comia aqueles cocos dos coqueirinhos junto da praia – e falou de minha irmã, que conhecera, quis saber se era verdade que eu nadara desde a ponta do Boi até perto da lagoa.

De repente me fulminou: "por que você não gosta de mim? Você me trata sempre de um modo esquisito..." Respondi, estúpido, com a voz rouca: "eu não".

Ela então riu, disse que eu confessara que não gostava mesmo dela, e eu disse: "não é isso". Montou o cavalo, perguntou se eu não queria ir na garupa. Inventei que precisava passar na casa dos Lisboa. Não insistiu, me deu um adeus muito alegre; no dia seguinte foi-se embora.

Agora a água da lagoa estava mais pálida, e já havia uns laivos de rosa na água e no céu. Aquele rincho distante de cavalo me lembrava a moça rica e bonita, corada, impossível. E comecei a remar com força, sem me importar com a água fria que escorria pelo remo e me molhava a manga da camisa; fui remando, remando com toda a força.

Rio, agosto de 1952

CINELÂNDIA

Extraviei-me pela cidade na tarde de sábado, e então me deixei bobear um pouco pela Cinelândia. Foi certamente uma lembrança antiga que me fez sentar na Brasileira; e quando o garçom veio e perguntou o que eu desejava, foi um rapaz de 15 anos que disse dentro de mim: *"waffles* com mel". E disse meio assustado, como quem se resolve a fazer uma loucura.

Não sei por que, para aquele estudante de quinze anos, que dispunha apenas de 50 mil-réis mensais para suas despesas pequenas, *"waffles* com mel" ficou sendo o símbolo do desperdício; era uma pequena loucura a que se aventurava raramente, sabendo que iria desequilibrar seu orçamento.

Talvez viesse do nome inglês o prestígio dos *waffles*. E me lembro de ter encontrado na Cinelândia uma jovem rica de minha terra; aventurei-me, num gesto insensato, a convidá-la a entrar numa confeitaria, e depois de lhe ofertar, como um nababo, *"waffles* com mel" (lembro até hoje seus dentes brancos e finos), levei minha loucura até as últimas consequências, depois de meia hora de conversa, para prendê-la na mesa (a tia esperava numa porta de cinema), de fazer questão absoluta que ela provasse uma Banana Real! Era um insensato, o moço Braga.

Mais tarde, já na faculdade, e morando no Catete, me lembro que sábado, de tarde, às vezes a gente metia uma roupa branca bem limpa, bem passada (depois de vários telefonemas à tinturaria) e vínhamos, dois ou três amigos, lavados, barbeados, penteados, assim pelas cinco da tarde, fazer o *footing* na Cinelândia. E estavam ali moças de Copacabana e do Méier, com seus vestidos de seda estampados, a boca muito pintada, burburinhando entre as confeitarias e os cinemas. Não nos davam lá muita atenção essas moças: seus pequenos corações fremiam perante os cadetes e os guardas-marinhas, mais guapos e belos em seus uniformes resplendentes, com seus espadins brilhantes.

Tudo isso passou: o sábado inglês, as dificuldades do trânsito e o próprio tempo agiram, e nesta bela tarde de sábado em que me extravio pelo centro, há apenas alguns palermas como eu zanzando pela Cinelândia. Só agora reparo nisso, e então me sinto um velho senhor saudosista; não há mais sábado na Cinelândia, creio que não há mais cadetes nem guardas-marinhas, todos são tenentes-coronéis, capitães de corveta e de fragata, perdidos em Agulhas Negras, quartéis, cruzadores recondicionados nesses mares do mundo.

E Rui Morais, João Madureira, Miguel Sales, todos sumiram pela vida adentro, cada um no seu canto, com sua família – tenho a impressão de ter sobrado, terrível retardatário, na tarde da Cinelândia, diante dos *waffles* melancólicos, e se tivesse um amigo ao lado diria a ele, com a voz enjoada de um senhor idoso: "nem se compara: a Americana antiga era muito melhor..."

Rio, maio de 1952

UM SONHO

Não posso escrever sobre outra coisa. E não devia escrever nada hoje. Penso um instante no que sentirão os leitores: essa coisa que me emociona de maneira tão profunda, o sonho que ainda me dói no corpo e na alma, será para eles uma história vulgar; pior ainda, precisarei escrever com muito cuidado, para que esse instante de infinita pureza que eu vivi não pareça, a outrem, apenas um pequeno trecho de literatura barata.

Na verdade não houve nem mesmo um beijo, ou, se houve, ele perdeu qualquer sentido, para ficar apenas dentro de mim essa impressão de doçura profunda, e perfeita felicidade. Aquela mulher estava nua. E escrevendo "mulher nua" no jornal, como soa a escândalo! Seria preciso escrever com uma grande delicadeza para fazer sentir como eu senti naquele momento: beleza, pureza – alguma coisa tão limpa e tão suave, além de qualquer desejo, apenas o sentimento da vida mansa daquela pele de um dourado pálido.

Além dos nossos sentidos há um outro – mas não estou falando de coisas espirituais, eu estou falando em sentimentos vividos em um instante em que não há diferença entre coisas materiais e espirituais. Se as linhas de seu corpo ainda existiam, eram como uma vaga lembrança, um desenho imaterial suspenso no ar. O que me emocionava era a carne, como se eu vivesse a vida de seus tecidos, a sua doce vida perante o ar – leve como um sussurro de ramos longe, como um ruflar de ave imponderável, um murmúrio perdido na distância. E seu corpo era tão belo que senti um aperto na garganta, e os olhos úmidos.

Perdido! Eu lutava confusamente para não despertar de todo, pois sabia que então estaria perdido para sempre esse corpo feito de carne e de sonho. Uma angústia se apossou de mim, a claridade da janela me feria os olhos, afundei a cabeça no leito para salvar essa visão de vinte anos antes.

E ainda o revi por um instante, como se estivesse sumindo em uma luz dourada, e na luz se perdendo, voltando a ser apenas luz.

Desperto. Penso um instante nessa mulher de quem há tantos anos não tenho notícia nem quase lembrança, essa que foi perfeita na dignidade e na pureza de sua nudez – e que hoje anda não sei em que cidade ou país, não sei ao lado de quem – nem sei mesmo se ainda vive. Sua pessoa, sua risada, sua amargura, e o som de sua voz, tudo se perdeu em mim. Mas por um instante viveu, no meu sonho, aquele esplendor suave de uma nudez, que eu guardara tão quietamente no fundo de minha emoção como se quisesse proteger de todo o lirismo e de toda a sensualidade o momento melhor de minha vida.

Rio, maio de 1952

OS AMANTES

Nos dois primeiros dias, sempre que o telefone tocava, um de nós dois esboçava um movimento, um gesto de quem vai atender.

Mas o gesto era cortado no ar. Ficávamos imóveis, ouvindo a campainha bater, silenciar, bater outra vez. Havia um certo susto, como se aquele trinado repetido fosse uma acusação, um gesto agudo nos apontando. Era preciso que ficássemos imóveis, talvez respirando com mais cuidado, até que o aparelho silenciasse.

Então tínhamos um suspiro de alívio. Havíamos vencido mais uma vez os nossos inimigos. Nossos inimigos eram toda a população da cidade imensa, que transitava lá fora nos veículos dos quais nos chegava apenas um estrondo distante de bondes, a sinfonia abafada das buzinas, às vezes o ruído do elevador. Sabíamos quando alguém parava o elevador em nosso andar; tínhamos o ouvido apurado, pressentíamos os passos na escada antes que eles se aproximassem. A sala da frente estava sempre de luz apagada. Sentíamos, lá fora, o emissário do inimigo. Esperávamos, quietos. Um segundo, dois – e a campainha da porta batia, alto, rascante. Ali, a dois metros, atrás da porta escura, estava respirando e esperando um inimigo. Se abríssemos, ele – fosse quem fosse – nos lançaria um olhar, diria alguma coisa – e então o nosso mundo estaria invadido.

No segundo dia ainda hesitamos; mas resolvemos deixar que o pão e o leite ficassem lá fora; o jornal era remetido por baixo da porta, mas nenhum de nós o recolhia. Nossas provisões eram pequenas; no terceiro dia já tomávamos café sem açúcar, no quarto a despensa estava praticamente vazia. No apartamento mal iluminado, íamos emagrecendo de felicidade, devíamos estar ficando pálidos, e às vezes unidos, olhos nos olhos, nos perguntávamos se tudo não era um sonho; o relógio parara, havia apenas aquela tênue claridade que vinha das janelas sempre fechadas; mais tarde essa luz do dia distante, do dia dos outros, ia se perdendo, e então era apenas uma pequena lâmpada no chão que projetava nossas sombras nas paredes do quarto e vagamente escoava pelo corredor, lançava ainda uma penumbra confusa na sala, onde não íamos jamais.

Pouco falávamos: se o inimigo estivesse escutando às nossas portas, mal ouviria vagos murmúrios; e a nossa felicidade imensa era ponteada de alegrias menores e inocentes, a água forte e grossa do chuveiro, a fartura festiva de toalhas limpas, de lençóis de linho.

O mundo ia pouco a pouco desistindo de nós; o telefone batia menos e a campainha da porta quase nunca. Ah, nós tínhamos vindo de muito e muito amargor, muita hesitação, longa tortura e remorso; agora a vida era nós dois, e o milagre se repetia tão quieto e perfeito como se fosse ser assim eternamente.

Sabíamos estar condenados; os inimigos, os outros, o resto da população do mundo nos esperava para lançar seus olhares, dizer suas coisas, ferir com sua maldade ou sua tristeza o nosso mundo, nosso pequeno mundo que ainda podíamos defender um dia ou dois, nosso mundo trêmulo de felicidade, sonâmbulo, irreal, fechado, e tão louco e tão bobo e tão bom como nunca mais, nunca mais haverá.

*

No oitavo dia sentimos que tudo conspirava contra nós. Que importa a uma grande cidade que haja um apartamento fechado em alguns de seus milhares de edifícios; que importa que lá dentro não haja ninguém, ou que um homem e uma mulher ali estejam, pálidos, se movendo na penumbra como dentro de um sonho?

Entretanto, a cidade, que durante uns dois ou três dias parecia nos haver esquecido, voltava subitamente a atacar. O telefone tocava, batia dez, quinze vezes, calava-se alguns minutos, voltava a chamar; e assim três, quatro vezes sucessivas.

Alguém vinha e apertava a campainha; esperava; apertava outra vez; experimentava a maçaneta da porta; batia com os nós dos dedos, cada vez mais forte, como se tivesse certeza de que havia alguém lá dentro. Ficávamos quietos, abraçados, até que o desconhecido se afastasse, voltasse para a rua, para a sua vida, nos deixasse em nossa felicidade que fluía num encantamento constante.

Eu sentia dentro de mim, doce, essa espécie de saturação boa, como um veneno que tonteia, como se meus cabelos já tivessem o cheiro de seus cabelos, se o cheiro de sua pele tivesse entrado na minha.

Nossos corpos tinham chegado a um entendimento que era além do amor, eles tendiam a se parecer no mesmo repetido jogo lânguido, e uma vez que, sentado de frente para a janela, por onde se filtrava um eco pálido de luz, eu a contemplava tão pura e nua, ela disse: "meu Deus, seus olhos estão esverdeando".

Nossas palavras baixas eram murmuradas pela mesma voz, nossos gestos eram parecidos e integrados, como se o amor fosse um longo ensaio para que um movimento chamasse outro; inconscientemente compúnhamos esse jogo de um ritmo imperceptível como um lento, lento bailado.

Mas naquela manhã ela se sentiu tonta, e senti também minha fraqueza; resolvi sair, era preciso dar uma escapada para obter víveres; vesti-me lentamente, calcei os sapatos como quem faz algo de estranho; que horas seriam?

Quando cheguei à rua e olhei, com um vago temor, um sol extraordinariamente claro me bateu nos olhos, na cara, desceu pela minha roupa, senti vagamente que aquecia meus sapatos. Fiquei um instante parado, encostado à parede, olhando aquele movimento sem sentido, aquelas pessoas e veículos irreais que se cruzavam; tive uma tonteira, e uma sensação dolorosa no estômago.

Havia um grande caminhão vendendo uvas, pequenas uvas escuras; comprei cinco quilos, o homem fez um grande embrulho de jornal; voltei, carregando aquele embrulho de encontro ao peito, como se fosse a minha salvação.

E levei dois, três minutos, na sala de janelas absurdamente abertas, diante de um desconhecido, para compreender que o milagre se acabara; alguém viera e batera à porta, e ela abrira pensando que fosse eu, e então já havia também o carteiro querendo recibo de uma carta registrada e, quando o telefone bateu foi preciso atender, e nosso mundo foi invadido, atravessado, desfeito, perdido para sempre – senti que ela me disse isso num instante, num olhar entretanto lento (achei seus olhos muito claros, há muito tempo não os via assim, em plena luz), um olhar de apelo e de tristeza, onde, entretanto, ainda havia uma inútil, resignada esperança.

Rio, julho de 1952

OS PERSEGUIDOS

Ainda tirei o maço de cigarros do bolso para conferir novamente o número do apartamento, que anotara ali: 910. Apertei o botão da campainha. Atrás de mim, o Moreira, muito sujo, arfava; subíramos os três últimos andares pela escada, por precaução; e depois de um mês de cadeia ele não estava muito forte. Soube que mais de uma vez fora surrado; ficara dias sem comer, e sem sair de seu cubículo escuro, e por isso tinha aquela cara de retirante ou de cão batido. Não um cão batido – pois seus olhos estavam muito acesos, como se tivesse febre, e sua voz me parecia ao mesmo tempo mais rouca e mais alta. Sua aparência me impressionava; mas acima de qualquer sentimento eu tinha o desgosto de vê-lo tão sujo; de suas roupas miseráveis desprendia-se um cheiro azedo; e eu tinha a penosa impressão de que ele não dava importância alguma a isso. É estranho que ele me tratasse agora com certa superioridade; entretanto, eu tinha pena dele; pena e desgosto.

Como ninguém viesse, apertei novamente o botão. Moreira esboçou um gesto como se quisesse deter meu braço, evitar que eu tocasse outra vez; sua mão estava trêmula, ele parecia ter medo. Mas naquele mesmo instante a porta se abriu, e uma empregada de meia-idade, em uniforme, nos atendeu. Disse o nome – e ela nos mandou entrar. Então me vi marchando por um macio tapete claro, numa grande sala; junto às paredes, amplos sofás; e havia espelhos venezianos, enormes vasos de porcelana, quadros a óleo, flores. Um luxo de coisas e de espaço.

— Tenham a bondade de sentar e esperar um momento.

Logo que ela saiu, levantei-me e fui à janela. Era uma janela imensa, rasgada sobre o mar, o grande mar azul que arfava debaixo do sol. Nós tínhamos vivido aqueles tempos em quartos apertados e quentes, de uma só e miserável janela, dando para uma parede suja; nós vínhamos de casinhas de subúrbio, cheias de gente, feias e tristes; ou de cubículos imundos e frios; ou de uma enfermaria geral, com cheiro de iodofórmio. Entretanto, aquele apartamento de luxo não me espantara; apenas eu sentia que Moreira estava humilhado de estar ali. Mas essa vista do mar foi minha surpresa. Nos últimos tempos eu passava raramente junto do mar, e creio que nem o olhava; vivíamos como se fosse em outra cidade, afundados em seu interior, marchando por ruas de paralelepípedos desnivelados e bondes barulhentos. E ali estava o mar, muito mais amplo do que o mar que poderia ser visto lá embaixo, da rua, pelos pobres; o mar dos ricos era imenso, e mais puro e mais azul, pompeando sua beleza na curva rasgada de longínquos horizontes, enfeitado de ilhas, eriçado de espumas. E o vento tinha um gosto livre e virgem, um vento bom para se encher o pulmão.

Inspirei profundamente esse ar salgado e limpo; e tive a estranha impressão de que estava respirando um ar que não era meu e eu nem sequer o merecia. O ar de nós outros, os pobres, era mais quente e parado; tinha poeira e fumaça o ar dos pobres.

Rio, agosto de 1952

A BORBOLETA AMARELA

Era uma borboleta. Passou roçando em meus cabelos, e no primeiro instante pensei que fosse uma bruxa ou qualquer outro desses insetos que fazem vida urbana; mas, como olhasse, vi que era uma borboleta amarela.

Era na esquina de Graça Aranha com Araújo Porto Alegre; ela borboleteava junto ao mármore negro do Grande Ponto; depois desceu, passando em face das vitrinas de conservas e uísques; eu vinha na mesma direção; logo estávamos defronte da ABI. Entrou um instante no *hall*, entre duas colunas; seria um jornalista? – pensei com certo tédio.

Mas logo saiu. E subiu mais alto, acima das colunas, até o travertino encardido. Na rua México eu tive de esperar que o sinal abrisse; ela tocou, fagueira, para o outro lado, indiferente aos carros que passavam roncando sob suas leves asas. Fiquei a olhá-la. Tão amarela e tão contente da vida, de onde vinha, aonde iria? Fora trazida pelo vento das ilhas – ou descera no seu voo saçaricante e leve da floresta da Tijuca ou de algum morro – talvez o de São Bento? Onde estaria uma hora antes, qual sua idade? Nada sei de borboletas. Nascera, acaso, no jardim do Ministério da Educação? Não; o Burle Marx faz bons jardins, mas creio que ainda não os faz com borboletas – o que, aliás, é uma boa ideia. Quando eu o mandar fazer os jardins de meu palácio, direi: Burle, aqui sobre esses manacás, quero uma borboleta amare... Mas o sinal abriu e atravessei a rua correndo, pois já ia perdendo de vista a minha borboleta.

A minha borboleta! Isso, que agora eu disse sem querer, era o que eu sentia naquele instante: a borboleta era minha – como se fosse meu cão ou minha amada de vestido amarelo que tivesse atravessado a rua na minha frente, e eu devesse segui-la. Reparei que nenhum transeunte olhava a borboleta; eles passavam, devagar ou depressa, vendo vagamente outras coisas – as casas, os veículos ou se vendo –, só eu vira a borboleta, e a seguia, com meu passo fiel. Naquele ângulo há um jardinzinho, atrás da Biblioteca Nacional. Ela passou entre os ramos de acácia e de uma árvore sem folhas, talvez um flamboyant; havia, naquela hora, um casal de namorados pobres em um banco, e dois ou três sujeitos espalhados pelos outros bancos, dos quais uns são de pedra, outros de madeira, sendo que estes são pintados de azul e branco. Notei isso pela primeira vez, aliás, naquele instante, eu que sempre passo por ali; é que a minha borboleta amarela me tornava sensível às cores.

Ela borboleteou um instante sobre o casal de namorados; depois passou quase junto da cabeça de um mulato magro, sem gravata, que descansava num banco; e seguiu em direção à avenida. Amanhã eu conto mais.

*

Eu ontem parei a minha crônica no meio da história da borboleta que vinha pela rua Araújo Porto Alegre; parei no instante em que ela começava a navegar pelo oitão da Biblioteca Nacional.

Oitão, uma bonita palavra. Usa-se muito no Recife; lá, todo mundo diz: no oitão da igreja de São José, no oitão do teatro Santa Isabel... Aqui a gente diz: do lado. Dá no mesmo, porém oitão é mais bonito. Oitão, torreão.

Falei em torreão porque, no ângulo da Biblioteca, há uma coisa que deve ser o que se chama um torreão. A borboleta subiu um pouco por fora do torreão; por um instante acreditei que ela fosse voltar, mas continuou ao longo da parede. Em certo momento desceu até perto da minha cabeça, como se quisesse assegurar-se de que eu a seguia, como se me quisesse dizer: "estou aqui".

Logo subiu novamente, foi subindo, até ficar em face de um leão... Sim, há uma cabeça de leão, aliás há várias, cada uma com uma espécie de argola na boca, na Biblioteca. A pequenina borboleta amarela passou junto ao focinho da fera, aparentemente sem o menor susto. Minha intrépida, pequenina, vibrante borboleta amarela! pensei eu. Que fazes aqui, sozinha, longe de tuas irmãs que talvez estejam agora mesmo adejando em bando álacre na beira de um regato, entre moitas amigas – e aonde vais sobre o cimento e o asfalto, nessa hora em que já começa a escurecer, oh tola, oh tonta, oh querida pequena borboleta amarela! Vieste talvez de Goiás, escondida dentro de algum avião; saíste no Calabouço, olhaste pela primeira vez o mar, depois...

Mas um amigo me bateu nas costas, me perguntou "como vai, bichão, o que é que você está vendo aí?" Levei um grande susto, e tive vergonha de dizer que estava olhando uma borboleta; ele poderia chegar em casa e dizer: "encontrei hoje o Rubem, na cidade, parece que estava caçando borboleta".

Lembrei-me de uma história de Lúcio Cardoso, que trabalhava na Agência Nacional: um dia acordou cedo para ir trabalhar; não estava se sentindo muito bem. Chegou a se vestir, descer, andar um pouco junto da Lagoa, esperando condução, depois viu que não estava mesmo bem, resolveu voltar para casa, telefonou para um colega, explicou que estava gripado, até chegara a se vestir para ir trabalhar, mas estava um dia feio, com um vento ruim, ficou com medo de piorar – e demorou um pouco no bate-papo, falou desse vento, você sabe (era o noroeste) que arrasta muita folha seca, com certeza mais tarde vai chover etc., etc.

Quando o chefe do Lúcio perguntou por ele, o outro disse: "Ah, o Lúcio hoje não vem não. Ele telefonou, disse que até saiu de casa, mas no caminho encontrou uma folha seca, de maneira que não pôde vir e voltou para casa."

Foi a história que lembrei naquele instante. Tive – por que não confessar? – tive certa vergonha de minha borboletinha amarela. Mas enquanto trocava algumas palavras com o amigo, procurando despachá-lo, eu ainda vigiava a minha borboleta. O amigo foi-se. Por um instante julguei, aflito, que tivesse perdido a borboleta de vista. Não. De maneira que vocês tenham paciência; na outra crônica, vai ter mais história de borboleta.

*

Mas, como eu ia dizendo, a borboleta chegou à esquina de Araújo Porto Alegre com a avenida Rio Branco; dobrou à esquerda, como quem vai entrar na Biblioteca Nacional pela escada do lado, e chegou até perto da estátua de uma senhora nua que ali existe; voltou; subiu, subiu até mais além da copa das árvores que há na esquina – e se perdeu.

Está claro que esta é a minha maneira de dizer as coisas; na verdade, ela não se perdeu; eu é que a perdi de vista. Era muito pequena, e assim, no alto, contra a luz do céu esbranquiçado da tardinha, não era fácil vê-la. Cuidei um instante que atravessava a avenida em direção à estátua de Chopin; mas o que eu via era apenas um pedaço de papel jogado de não sei onde. Essa falsa pista foi que me fez perder a borboleta.

Quando atravessei a avenida ainda a procurava no ar, quase sem esperança. Junto à estátua de Floriano, dezenas de rolinhas comiam farelo que alguém todos os dias joga ali. Em outras horas, além de rolinhas, juntam-se também ali pombos, esses grandes, de reflexos verdes e roxos no papo, e alguns pardais; mas naquele momento havia apenas rolinhas. Deus sabe que horários têm esses bichos do céu.

Sentei-me num banco, fiquei a ver as rolinhas – ocupação ou vagabundagem sempre doce, a que me dedico todo dia uns quinze minutos. Dirás, leitor, que esse quarto de hora poderia ser mais bem aproveitado. Mas eu já não quero aproveitar nada; ou melhor, aproveito, no meio desta cidade pecaminosa e aflita, a visão das rolinhas, que me faz um vago bem ao coração.

Eu poderia contar que uma delas pousou na cruz de Anchieta; seria bonito, mas não seria verdade. Que algum dia deve ter pousado, isso deve; elas pousam em toda parte; mas eu não vi. O que digo, e vi, foi que uma pousou na ponta do trabuco de Caramuru. Falta de respeito, pensei. Não sabes, rolinha vagabunda, cor de tabaco lavado, que esse é Pai do Fogo, Filho do Trovão?

Mas essa conversa de rolinha, vocês compreendem, é para disfarçar meu desaponto pelo sumiço da borboleta amarela. Afinal arrastei o desprevenido leitor ao longo de três crônicas, de nariz no ar, atrás de uma borboleta amarela. Cheguei a receber telefonemas: "eu só quero saber o que vai acontecer com essa borboleta". Havia, no círculo das pessoas íntimas, uma certa expectativa, como se uma borboleta amarela pudesse promover grandes proezas no centro urbano. Pois eu decepciono a todos, eu morro, mas não falto à verdade: minha borboleta amarela sumiu. Ergui-me do banco, olhei o relógio, saí depressa, fui trabalhar, providenciar, telefonar... Adeus, pequenina borboleta amarela.

Rio, setembro de 1952

VISÃO

No centro do dia cinzento, no meio da banal viagem, e nesse momento em que a custo equilibramos todos os motivos de agir e de cruzar os braços, de insistir e desesperar, e ficamos quietos, neutros e presos ao mais medíocre equilíbrio – foi então que aconteceu. Eu vinha sem raiva nem desejo – no fundo do coração as feridas mal cicatrizadas, e a esperança humilde como ave doméstica – eu vinha como um homem que vem e vai, e já teve noites de tormenta e madrugadas de seda, e dias vividos com todos os nervos e com toda a alma, e charnecas de tédio atravessadas com a longa paciência dos pobres – eu vinha como um homem que faz parte da sua cidade, e é menos um homem que um transeunte, e me sentia como aquele que se vê nos cartões-postais, de longe, dobrando uma esquina – eu vinha como um elemento altamente banal, de paletó e gravata, integrado no horário coletivo, acertando o relógio do meu pulso pelo grande relógio da estrada de ferro central do meu país, acertando a batida do meu pulso pelo ritmo da faina quotidiana – eu vinha, portanto, extremamente sem importância, mas tendo em mim a força da conformação, da resistência e da inércia que faz com que um minuto depois das grandes revoluções e catástrofes o sapateiro volte a sentar na sua banca e o linotipista na sua máquina, e a cidade apareça estranhamente normal – eu vinha como um homem de quarenta anos que dispõe de regular saúde, e está com suas letras nos bancos regularmente reformadas e seus negócios sentimentais aplacados de maneira cordial e se sente bem-disposto para as tarefas da rotina, e com pequenas reservas para enfrentar eventualidades não muito excêntricas – e que cessou de fazer planos gratuitos para a vida, mas ainda não começou a levar em conta a faina da própria morte – assim eu vinha, como quem ama as mulheres de seu país, as comidas de sua infância e as toalhas do seu lar – quando aconteceu. Não foi algo que tivesse qualquer consequência, ou implicasse em novo programa de atividades; nem uma revelação do Alto nem uma demonstração súbita e cruel da miséria de nossa condição, como às vezes já tive.

Foi apenas um instante antes de se abrir um sinal numa esquina, dentro de um grande carro negro, uma figura de mulher que nesse instante me fitou e sorriu com seus grandes olhos de azul límpido e a boca fresca e viva; que depois ainda moveu de leve os lábios como se fosse dizer alguma coisa – e se perdeu, a um arranco do carro, na confusão do tráfego da rua estreita e rápida. Mas foi como se, presa na penumbra da mesma cela eternamente, eu visse uma parede se abrir sobre uma paisagem úmida e brilhante de todos os sonhos de luz. Com vento agitando árvores e derrubando flores, e o mar cantando ao sol.

Rio, novembro de 1952

A GRANDE FESTA

Não sei que tonalidade rósea descia dos imensos lustres suspensos no salão; ou era como se em alguma parte houvesse um crepúsculo em sangue irradiando uma luz fantástica e sutil; sei que no arfar do colo das mulheres suas peles pareciam mais morenas e coradas: como se os seus seios tivessem crescido imperceptivelmente. A que me dava o nome de amigo estava tão esplêndida que ela mesma cerrava os olhos de prazer para sentir seu sangue correndo satisfeito por todo o corpo sadio e recentemente lavado.

Sim, nós todos estávamos vestidos com certa dignidade e minuciosamente limpos; isso nos dava bem-estar; era um dia de festa geral.

Quem andasse pelo salão veria depois que ele não terminava; era um salão imenso e infinito, ladeado de parque e repuxos; a noite cantava de alegria pela voz dessas águas felizes. Todas as pessoas do mundo estavam na festa; toda a população tinha querido sair esta noite, e graças às máquinas hábeis e à engenharia emancipada e generosa todos estavam limpos e bem-vestidos, e uma grande percentagem trazia flores.

Alguém sussurrou que era a Primeira Festa da Terra; alguém indicou vários presidentes de república e imperadores; era fácil para cada um encontrar uma pessoa que amasse, ainda que ela nos dias comuns estivesse a grande distância; porque a festa era muito bem organizada.

Mesmo as pessoas doentes e tristes esta noite estavam bem; as pessoas truncadas estavam inteiras, e admiravam com prazer os próprios braços novos. Segundo a combinação geral ratificada de pé, por unânime aclamação, por todos os parlamentos, todos, àquela noite, eram felizes, sem que nenhuma lembrança do passado pudesse aborrecer alguém; e no futuro ninguém pensava, tal era o prazer da festa.

A que me dava o nome de amigo sorria, e me achava bem, sentia o quanto sua presença me fazia bem. Dizíamos com delicadeza um para o outro: "são seus olhos"; "não, são os seus".

E muitas pessoas olhavam outras com olhos azuis, novos, perfeitos e úmidos. Mas eu estava no setor dos olhos negros; eram emoldurados de cabelos negros; a boca se entreabria: os dentes eram pequenos e brancos; o colo arfava de manso. Todos tivemos prazer em conhecer muitas pessoas; a humanidade estava satisfeita consigo mesma; havia muito entendimento. Não sei se seriam os licores finos ou os sorrisos daquela boca feliz; mas eu imaginava nitidamente essa festa geral, esse salão com seu parque infinito. Foi então que uma rajada de vento fez bater uma janela; os vidros se estilhaçaram. Deixei por um instante a minha amiga, sem saber que nunca mais a haveria de ver; olhei pela vidraça partida a noite escura. Era uma noite triste e negra que chorava com seu vento, chorava de tristeza e de pobreza, e o mundo lá fora era um imenso terreno baldio com pequenos casebres clandestinos de madeira entre os quais passeavam grandes ratos famintos.

Percebi meu erro; voltei-me para o interior do salão, mas não havia mais ninguém; era um pequeno quarto frio construído por um demônio para nele prender a minha insuportável solidão.

Rio, outubro de 1952

A EQUIPE

Uma velha, amarelada fotografia de nosso time.

No primeiro plano vê-se a linha intrépida, ajoelhada sobre o joelho esquerdo, prestes a erguer-se, uma vez batida a chapa, e atacar com fúria.

A defesa está atrás, de pé pelo Brasil.

Esse de gorro era nosso melhor elemento. Lembro que nesse jogo Nico foi expulso de campo, injustamente, pelo juiz; mas não antes de marcar dois gols.

Esse mais gordo era Roberto Vaca-Brava, nosso *center-half*, homem capaz de jogar em qualquer posição. Até hoje lembro do time, como da letra de uma velha canção: Joca, Liberato e Zico; Tião, Roberto e Sossego; Baiano, eu, Coriolano, Antonico e Fuad.

Era um onze imortal, como aliás se nota nessa fotografia, nessa chuvosa tarde, antigamente heroica eternamente, em que empatamos, porém todos reconheceram que foi nossa a vitória moral.

E olhando o retrato, olho especialmente o meu: um rapazinho feio, de ar doce e violento, sobre quem disse o jornal: "o valoroso meia-direita" – e com toda razão, modéstia à parte. Esse alto, nosso quipa Joca Desidério, quando a linha fechava ele gritava para os beques – sai tudo, sai da frente – e avançava na linha. E chorava de raiva quando uma bola entrava. Mais tarde, por causa de um italiano, ele se fez assassino, mas com toda razão, segundo me contaram. Alviverde camisa do Esperança do Sul Futebol Clube, conhecido como os capetas verdes – somos nós!

Nós todos envergando essas cores sagradas; e no coração, dentro do peito, cada um tinha uma namorada na bancada. Cada um, menos um: era Fuad, que não interessava a ninguém, e morreu tuberculoso, sacrificado de tanto correr na extrema, pelas cores do clube – glória eterna! Era esse aqui, de nariz grande, esse turquinho feio.

Rio, novembro de 1952

IMPOTÊNCIA

Foi na última chuvarada do ano, e a noite era preta. O homem só estava em casa; chegara tarde, exausto e molhado, depois de uma viagem de ônibus mortificante, e comera, sem prazer, uma comida fria. Vestiu o pijama e ligou o rádio, mas o rádio estava ruim, roncando e estalando. "Há dois meses estou querendo mandar consertar esse rádio", pensou ele com tédio. E pensou ainda que há muitos meses, há muitos anos, estava com muita coisa para consertar, desde os dentes até a torneira da cozinha, desde seu horário no serviço até aquele caso sentimental em Botafogo. E quando começou a dormir e ouviu que batiam na porta, acordou assustado achando que era o dentista, o homem do rádio, o caixa da firma, o irmão de Honorina ou um vago fiscal geral dos problemas da vida que lhe vinha tomar contas.

A princípio não reconheceu a negra velha Joaquina Maria, miúda, molhada, os braços magros luzindo, a cara aflita. Ela dizia coisas que ele não entendia; mandou que entrasse. Há dois meses a velha lavava sua roupa, e tudo o que sabia a seu respeito é que morava em algum barraco, em um morro perto da Lagoa, e era doente. Sua história foi saindo aos poucos. O temporal derrubara o barraco, e seu netinho, de oito anos, estava sob os escombros. Precisava de ajuda imediata, se lembrara dele.

— O menino está... morto?

Ouviu a resposta afirmativa com um suspiro de alívio. O que ela queria é que ele telefonasse para a polícia, chamasse ambulância ou rabecão, desse um jeito para o menino não passar a noite entre os escombros, na enxurrada; ou arranjasse um automóvel e alguém para ir retirar o corpinho. Mas o telefone não dava sinal; enguiçara. E quando meteu uma capa de gabardina e um chapéu e desceu a escada viu que tudo enguiçara, os bondes, os ônibus, a cidade, todo esse conjunto de ferro, asfalto, fios e pedras que faz uma cidade, tudo estava paralisado, como um grande monstro débil.

— E os pais dele?

A velha disse que a mãe estava trabalhando em Niterói.

— E o pai?

Na mesma hora sentia que fizera uma pergunta ociosa; devia ser um personagem vago e impreciso, negro e perdido na noite e no tempo, o pai daquele pretinho morto. Ia atravessando a rua com a velha; subitamente, como a chuva estivesse forte, e ela tossisse, mandou que ela voltasse e esperasse na entrada da casa. Tentou fazer parar quatro ou cinco automóveis; apenas conseguiu receber na perna jatos de lama. Entrou, curvando-se, em um botequim sórdido que era o único lugar aberto em toda a rua, mas já estava com a porta de ferro à meia altura. Não tinha telefone. Contou a história ao português do balcão, deu explicações ao garçom e a um freguês mulato que queria saber qual era o nome do morro – e de repente sentiu que estava fazendo uma coisa inútil e ridícula, em contar aquela história sem nenhum objetivo. Bebeu uma cachaça, saiu para a rua, sob a chuva intensa, andou até a segunda esquina, atravessou a avenida, voltou, olhando vagamente dois bondes paralisados, um ônibus quebrado, os raros carros que passavam, luzidios e egoístas na noite negra. Sentiu uma alegria vingativa pensando que mais adiante, como certamente já acontecera antes, eles ficariam paralisados, no engarrafamento enervante do trânsito. Uma ruazinha que descia à esquerda era uma torrente de água enlameada. Mesmo que encontrasse algum telefone funcionando, sabia que não conseguiria àquela hora qualquer ajuda da polícia, nem da assistência, nem dos bombeiros; havia desgraças em toda a cidade, bairros inteiros sem comunicação, perdidos debaixo da chuva. Meteu o pé até acima dos tornozelos numa poça d'água. Encontrou a velha chorando baixinho.

— Dona...

Ela ergueu os olhos para ele, fixou-o numa pergunta aflitiva, como se ele fosse o responsável pela cidade, pelo mundo, pela organização inteira do mundo dos brancos. Disse à velha, secamente, que tinha arrumado tudo para "amanhã de manhã". Ela ainda o olhou com um ar desamparado – mas logo partiu na noite escura, sob a chuva, chorando, chorando.

Rio, agosto de 1952

O verão e as mulheres

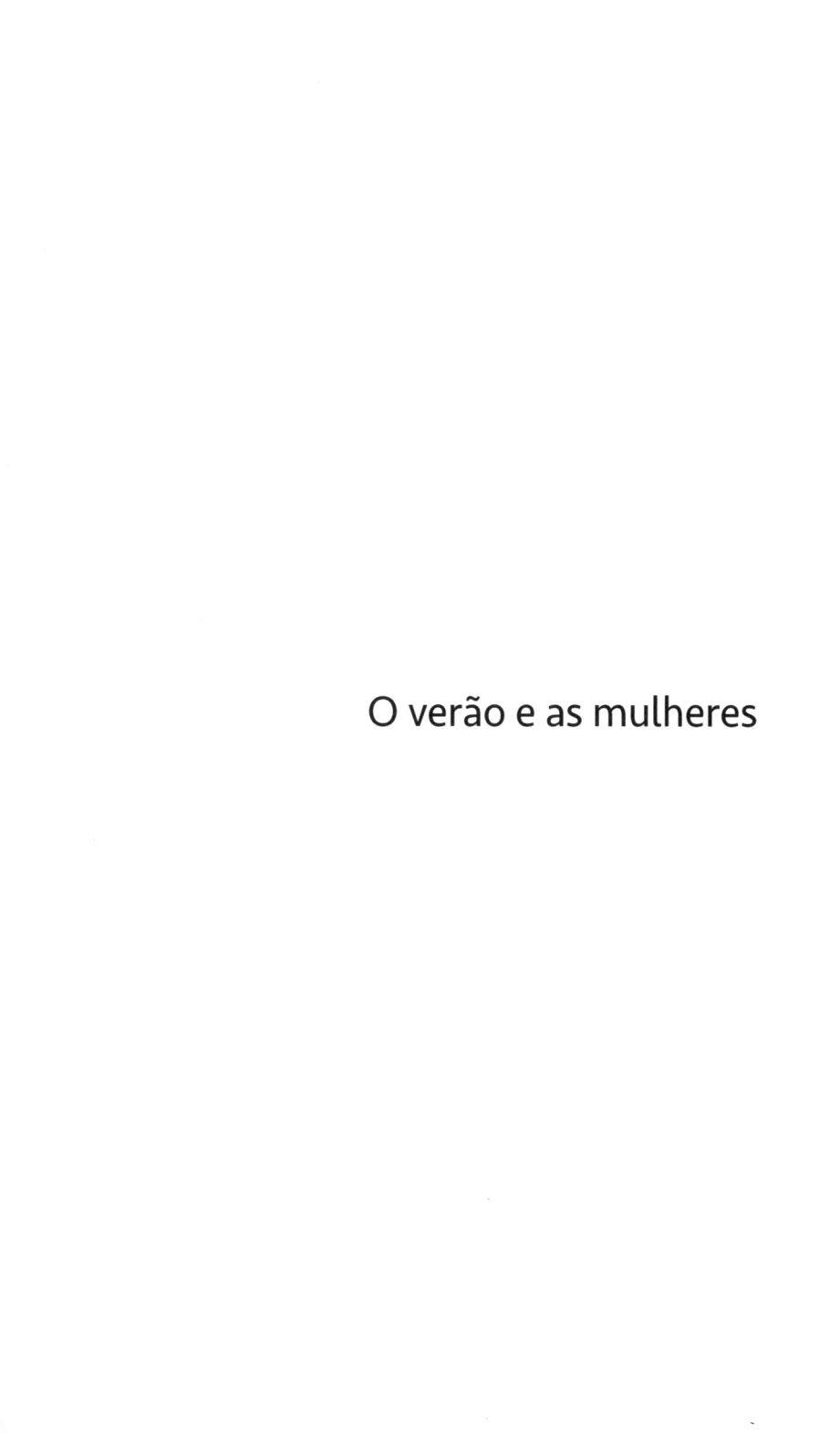

OPALA

Vieram alguns amigos. Um trouxe bebida, outros trouxeram bocas. Um trouxe cigarros, outro apenas seu pulmão. Um deitou-se na rede, e outro telefonava. E Joaquina, de mão no queixo, olhando o céu, era quem mais fazia: fazia olhos azuis.

Já do Observatório me haviam telefonado: "Vento leste, águas para o Sul, atenção, senhores cronistas distritais, o diretor avisa que Joaquina hoje está fazendo olhos azuis".

Às 19 horas enviei esta mensagem: "Confidencial para o Diretor. Neste momento uma pequena nuvem a boreste deste apartamento dá uma tonalidade levemente cinza ao azul dos olhos de Joaquina, que está meditando nessa direção. A bordo, todos distraídos, mas este Cronista Distrital mantém sua eterna vigilância. Lábios sem pintura de um rosa muito pálido combinam perfeitamente tonalidade cinza do azul referido."

A voz roufenha do Diretor: "Caso necessário, dispomos de um canteiro de hortênsias, tipo Independência Petrópolis, igualmente duas ondas de Cápri às cinco da tarde de agosto 1951, considerada uma das melhores safras de azul de onda último quarto de século".

Respondo secamente: "Desnecessário".

À meia-noite sentimos que o apartamento estava mal apoitado no bairro e derivava suavemente na direção da lua. Às seis da manhã havia uma determinada tepidez no ar quase imóvel e duas cigarras começaram a cantar em estilo vertical. Às sete da manhã seis homens vieram entelhar o edifício vizinho, e um deles assobiava uma coisa triste. Então uma terceira cigarra acordou, chororocou e ergueu seu canto alto e grave como um pensamento. Sobre o mar.

Joaquina dormia inocente dentro de seus olhos azuis; e o pecado de sua carne era perdoado por uma luminescência mansa que se filtrava nas cortinas antigas. Havia um tom de opala. Adormeci.

Janeiro, 1953

HOMEM NO MAR

De minha varanda, vejo, entre árvores e telhados, o mar. Não há ninguém na praia, que resplende ao sol. O vento é nordeste, e vai tangendo, aqui e ali, no belo azul das águas, pequenas espumas que marcham alguns segundos e morrem, como bichos alegres e humildes; perto da terra a onda é verde.

Mas percebo um movimento em um ponto do mar; é um homem nadando. Ele nada a uma certa distância da praia, em braçadas pausadas e fortes; nada a favor das águas e do vento, e as pequenas espumas que nascem e somem parecem ir mais depressa do que ele. Justo: espumas são leves, são feitas de nada, toda sua substância é água e vento e luz, e o homem tem sua carne, seus ossos, seu coração, todo seu corpo a transportar na água.

Ele usa os músculos com uma calma energia; avança. Certamente não suspeita de que um desconhecido o vê e o admira, porque ele está nadando na praia deserta. Não sei de onde vem essa admiração, mas encontro nesse homem uma nobreza calma, sinto-me solidário com ele, acompanho o seu esforço solitário como se ele estivesse cumprindo uma bela missão. Já nadou em minha presença uns 300 metros; antes, não sei; duas vezes o perdi de vista, quando ele passou atrás das árvores, mas esperei com toda confiança que reaparecesse sua cabeça, e o movimento alternado de seus braços. Mais uns 50 metros e o perderei de vista, pois um telhado o esconderá. Que ele nade bem esses 50 ou 60 metros; isto me parece importante; é preciso que conserve a mesma batida de sua braçada, e que eu o veja desaparecer assim como o vi aparecer, no mesmo rumo, no mesmo ritmo, forte, lento, sereno. Será perfeito; a imagem desse homem me faz bem.

É apenas a imagem de um homem, e eu não poderia saber sua idade, nem sua cor, nem os traços de sua cara. Estou solidário com ele, e espero que ele esteja comigo. Que ele atinja o telhado vermelho, e então eu poderei sair da varanda tranquilo, pensando – "vi um homem sozinho, nadando no mar; quando o vi, ele já estava nadando; acompanhei-o com atenção durante todo o tempo, e testemunho que ele nadou sempre com firmeza e correção; esperei que ele atingisse um telhado vermelho, e ele o atingiu".

Agora não sou mais responsável por ele; cumpri o meu dever, e ele cumpriu o seu. Admiro-o. Não consigo saber em que reside, para mim, a grandeza de sua tarefa; ele não estava fazendo nenhum gesto a favor de alguém, nem construindo algo de útil; mas certamente fazia uma coisa bela, e a fazia de um modo puro e viril.

Não desço para ir esperá-lo na praia e lhe apertar a mão; mas dou meu silencioso apoio, minha atenção e minha estima a esse desconhecido, a esse nobre animal, a esse homem, a esse correto irmão.

Janeiro, 1953

RECADO AO SENHOR 903

Vizinho –
Quem fala aqui é o homem do 1003. Recebi outro dia, consternado, a visita do zelador, que me mostrou a carta em que o senhor reclamava contra o barulho em meu apartamento. Recebi depois a sua própria visita pessoal – devia ser meia-noite – e a sua veemente reclamação verbal. Devo dizer que estou desolado com tudo isso, e lhe dou inteira razão. O regulamento do prédio é explícito, e se não o fosse, o senhor ainda teria ao seu lado a Lei e a Polícia. Quem trabalha o dia inteiro tem direito ao repouso noturno, e é impossível repousar no 903 quando há vozes, passos e músicas no 1003. Ou melhor: é impossível ao 903 dormir quando o 1003 se agita; pois como não sei o seu nome nem o senhor sabe o meu, ficamos reduzidos a ser dois números, dois números empilhados entre dezenas de outros. Eu, 1003, me limito a leste pelo 1005, a oeste pelo 1001, ao sul pelo Oceano Atlântico, ao norte pelo 1004, ao alto pelo 1103 e embaixo pelo 903 – que é o senhor. Todos esses números são comportados e silenciosos; apenas eu e o Oceano Atlântico fazemos algum ruído e funcionamos fora dos horários civis; nós dois, apenas, nos agitamos e bramimos ao sabor da maré, dos ventos e da lua. Prometo sinceramente adotar, depois das 22 horas, de hoje em diante, um comportamento de manso lago azul. Prometo. Quem vier à minha casa (perdão, ao meu número) será convidado a se retirar às 21:45, e explicarei: o 903 precisa repousar das 22 às 7, pois às 8:15 deve deixar o 783 para tomar o 109 que o levará até o 527 de outra rua, onde ele trabalha na sala 305. Nossa vida, vizinho, está toda numerada; e reconheço que ela só pode ser tolerável quando um número não incomoda outro número, mas o respeita, ficando dentro dos limites de seus algarismos. Peço-lhe desculpas – e prometo silêncio.

... Mas que me seja permitido sonhar com outra vida e outro mundo, em que um homem batesse à porta do outro e dissesse: "Vizinho, são três horas da manhã e ouvi música em tua casa. Aqui estou." E o outro respondesse: "Entra, vizinho, e come de meu pão e bebe de meu vinho. Aqui estamos todos a bailar e cantar, pois descobrimos que a vida é curta e a lua é bela."

E o homem trouxesse sua mulher, e os dois ficassem entre os amigos e amigas do vizinho entoando canções para agradecer a Deus o brilho das estrelas e o murmúrio da brisa nas árvores, e o dom da vida, e a amizade entre os humanos, e o amor e a paz.

Janeiro, 1953

LEMBRANÇAS

Zico Velho –

Aqui vamos pelejando neste largo verão. Escrevo com janelas e portas abertas, e a fumaça de meu cigarro sobe vertical. A única aragem é a das saudades; e por sinal que me aconteceu ontem lembrar um outro verão carioca de que nem eu nem você teremos saudade.

Cada um de nós tinha apenas um costume de casimira, e batíamos em vão as ruas do centro, a suar, procurando algum jeito de arranjar algum dinheiro; era horrível. Ainda hoje, quando passo pela esquina de Ouvidor e Gonçalves Dias me detenho um pouco, para gozar a pequena brisa que sempre sopra naquela esquina. Ali ficávamos os dois, abrindo o paletó, passando o lenço na testa: a brisa da esquina era amiga na cidade hostil. Na Avenida, olhávamos com inveja as pessoas que tomavam aquele espumoso refresco de coco da Simpatia; entrávamos em Ouvidor, parávamos um pouco na esquina e depois íamos à Colombo beber um copo de água gelada. A brisa e o copo de água da Colombo eram o nosso momento de oásis; e o copo de água traiu você!

Foi naquela porta (eu não estava nesse dia) que um sujeito da Polícia Política lhe bateu no ombro – e eu perdi por muito tempo o amigo e a sua clara gargalhada que me confortava naquele período de miséria e aflição. Escondi-me num subúrbio, depois fugi da cidade passando a barreira de "tiras" com uma carteira do Flamengo adulterada.

Essas coisas me fazem lembrar outras, também ásperas e tristes; estou num dia de lembranças ruins. Quando hoje vejo moços a falar no tédio da vida, tenho inveja: nós nunca tivemos tempo para sentir tédio. Como éramos pobres, como éramos duros! Um conterrâneo que a gente encontrava na rua e nos pagava meia dúzia de chopes na Brahma nos parecia um enviado de Deus; os chopes nos faziam alegres, e o gesto amigo nos enchia o coração; lembro-me de ter ido para casa a pé, sem 200 réis para o bonde, porque inteirara uma gorjeta de um desses enviados de Deus e rejeitara, como um príncipe, o dinheiro que ele me queria emprestar.

Sim, nós éramos estranhos príncipes; e as aflições e humilhações da miséria nunca estragaram os momentos bons que a gente podia surripiar da vida – uma boca fresca de mulher, a graça de um samba, a alegria de um banho de mar, o gosto de tomar uma cachaça pela madrugada com um bom amigo, a falar de amores e de sonhos.

Assim aprendemos a amar esta cidade; se o pobre tem aqui uma vida muito dura, e cada dia mais dura, ele sempre encontra um momento de carinho e de prazer na alma desta cidade, que é nobre e grande sobretudo pelo que ela tem de leviana, de gratuita, inconsequente, boêmia e sentimental.

Aníbal Machado, quando não tinha mais onde se esconder dos credores, passava o dia alegremente no banho de mar; e eu me lembro de uma noite em que não havia jantado e não sabia onde dormir, entrei ao acaso num botequim de Botafogo e um bêbedo desconhecido me deu um convite para um baile onde havia chope e sanduíche de graça.

Assim era esta cidade, e assim a conserve Deus, para salvar do desespero o pobre, o perseguido, o humilhado, e abençoá-lo com um instante de evasão e de sonho.

Quem lhe escreve, Zico, é um senhor quase gordo, de cabelos grisalhos; se algum rapaz melancólico ler esta correspondência entre velhos amigos, talvez ele compreenda que ainda se pode, à tardinha, ouvir as cigarras cantar nas árvores da rua; e, na boca da noite, aprender, em qualquer porta de boteco, os sambas e marchas do Carnaval que aí vem; que às vezes ainda vale a pena ver o sol nascer no mar; e que a vida poderia ser pior, se esta cidade fosse menos bela, insensata e frívola.

Janeiro, 1953

MADRUGADA

Todos tinham-se ido, e eu dormi. Mesmo no sonho, me picava, como um inseto venenoso, a presença daquela mulher. Via os seus joelhos dobrados; sentada sobre as pernas, na poltrona, descalça, ela ria e falava alguma coisa que não podia perceber, mas era a meu respeito. Eu queria me aproximar; ela e a poltrona recuavam, passavam sob outras luzes que brilhavam em seus cabelos e em seus olhos.

E havia muitas vozes, de homens e de outras mulheres, ruídos de copos, música. Mas isso tudo era vago: eu fixava a jovem mulher da poltrona, atento ao jogo de sombra e luz em sua testa, em sua garganta, nos braços: seus lábios moviam-se, eu via os dentes brancos, ela falava alegremente. Talvez fosse alguma coisa dolorosa para mim, eu percebia trechos de frases, mas ela estava tão linda assim, sentada sobre as pernas, os joelhos dobrados parecendo maiores sob o vestido leve, que o prazer de sua visão me bastava; uma luz vermelha corou seu ombro esquerdo, desceu pelo braço como uma carícia, depois chegou até o joelho. Eu tinha a ideia de que ela zombava de mim, mas ao mesmo tempo isso não me doía; sua imagem tão viva era toda minha, de meus dois olhos, e isso ela não me negava, antes parecia ter prazer em ser vista, como se meu olhar lhe desse mais vida e beleza, uma secreta palpitação.

Mas agora todos tinham sumido. Ergui-me, fui até a varanda, já era madrugadinha. Sobre o nascente, onde a barra do dia ainda era uma vaga esperança de luz, havia nuvens leves, espalhadas em várias direções, como se durante a noite o vento tivesse dançado no ar. Depois, aos poucos, foi se acendendo um carmesim, e sob ele o mar se fez quase verde. Eu ouvia a pulsação de um motor; um pequeno barco preto passava para oeste, como se quisesse procurar as sombras e precisasse pescar na penumbra. Imaginei a faina dos homens lá dentro, tomando café quente na caneca, arrumando suas redes, as mãos calosas puxando cabos grossos, molhados, frios, as caras recebendo o vento da madrugada no mar, aquele motor pulsando como um fiel coração. Duas aves de asas finas vieram de longe, das ilhas, passaram sobre meu telhado, em direção às montanhas. De longe vinha um chilrear de pássaros despertando.

Dentro de casa, no silêncio, parecia ainda haver um vago eco das vozes que tinham falado na noite: os móveis e as coisas ainda respiravam a presença de corpos e mãos. E a poltrona abria os braços, esperando recolher outra vez o corpo da mulher jovem. Apaguei as luzes, fiquei olhando o mar que a luz nascente fazia túmido. Uma brisa fresca me beijou. E havia um sossego, uma tristeza, um perdão, uma paciência e uma tímida esperança.

Fevereiro, 1953

O HOMEM DOS BURROS

"A burrama está forte devido ao capim-mimoso."
Íamos em um trem muito lento, de Teresina para São Luís. A certa altura a máquina teve de parar para esfriar. "Se ela continuar, se derrete", me explicaram. "Essa locomotiva é de bronze." Não acreditei; estaríamos sendo puxados pela estátua de uma locomotiva? "Pelo que já se gastou nesta estrada, moço, ela podia ter os trilhos de ouro." Mas o comerciante que me dizia essas coisas era muito chato. Preferi conversar com o homem dos burros.

Comprava-os a 400 cruzeiros em Cajazeiras, na Paraíba, vinha tocando pelo Ceará (Juazeiro, Crato, Coroatá), isso quer dizer umas 250 léguas, e se leva coisa de 36 dias, cada burro já chega a Coroatá valendo mais 400 cruzeiros e pesando menos uns 30 quilos. Um mês depois de invernado, era embarcado em trem para São Luís e ali em gambarras para Pinheiros, a 100 léguas de Belém do Pará. A essa altura, o burro já está valendo 1200 cruzeiros. Até ali em Coroatá, dos 300 burros paraibanos já tinham morrido 14. "O senhor pode calcular que 30 burros consomem um alqueire de milho num dia. Hein? Eu digo um alqueire, 45 quilos. O milho não está caro, comprei a seis cruzeiros quatro quilos. Uma burrama como essa de quase 300 animais precisa de uns 30 homens para tocar. A cada homem eu pago três cruzeiros por dia, com todas as despesas por minha conta."

E o homem, paciente, com pena de minha ignorância, me explicou que o burro é filho do cavalo com a jumenta. Burro com égua dá "escancho", um burro pode cobrir 20, 30 éguas, não reproduz. Um burro bem zelado trabalha 30 anos, vive 40.

O comerciante entrou na conversa, falou dos impostos, se queixou outra vez da estrada, dos fretes, do governo, de tudo. O homem dos burros apenas sabia falar de burros – e na sua cara magra havia uma grande paz e conformação. "Negócio de levar burros já foi melhor, mas não é mau. E eu gosto de lidar com burros." Me ofereceu um cigarro de palha. Aceitei. Quieto, magro, simples, com seu bigode grisalho e sua roupa cáqui, ele não sabia que era um desses homens que ainda explicam e fazem a gente entender esse absurdo tranquilo que é a unidade nacional.

Fevereiro, 1953

O VERÃO E AS MULHERES

Talvez tenha acabado o verão. Há um grande vento frio cavalgando as ondas, mas o céu está limpo e o sol é muito claro. Duas aves dançam sobre as espumas assanhadas. As cigarras não cantam mais. Talvez tenha acabado o verão.

Estamos tranquilos. Fizemos este verão com paciência e firmeza, como os veteranos fazem a guerra. Estivemos atentos à lua e ao mar; suamos nosso corpo; contemplamos as evoluções de nossas mulheres, pois sabemos o quanto é perigoso para elas o verão.

Sim, as mulheres estão sujeitas a uma grande influência do verão; no bojo do mês de janeiro elas sentem o coração lânguido, e se espreguiçam de um modo especial; seus olhos brilham devagar, elas começam a dizer uma coisa e param no meio, ficam olhando as folhas das amendoeiras como se tivessem acabado de descobrir um estranho passarinho. Seus cabelos tornam-se mais claros e às vezes os olhos também; algumas crescem imperceptivelmente meio centímetro.

Estremecem quando de súbito defrontam um gato; são assaltadas por uma remota vontade de miar; e certamente, quando a tarde cai, ronronam para si mesmas.

Entregam-se a redes; é sabido, ao longo de toda a faixa tropical do globo, que as mulheres não habituadas a rede e que nelas se deitam ao crepúsculo, no estio, são perseguidas por fantasias, e algumas imaginam que podem voar de uma nuvem a outra nuvem com facilidade. Sendo embaladas, elas se comprazem nesse jogo passivo e às vezes tendem a se deixar raptar, por deleite ou por preguiça.

Observei uma dessas pessoas na véspera do solstício, em 20 de dezembro, quando o sol ia atingindo o primeiro ponto do Capricórnio, e a acompanhei até as imediações do Carnaval. Sentia-se que ia acontecer algo no segundo dia de lua cheia de fevereiro; sua boca estava entreaberta: fiz um sinal aos interessados, e ela pôde ser salva.

Se realmente já chegou o outono, embora não o dia 22, me avisem. Sucederam muitas coisas; é tempo de buscar um pouco de recolhimento e pensar em fazer um poema.

Vamos atenuar os acontecimentos, e encarar com mais doçura e confiança as nossas mulheres. As que sobreviveram a este verão.

Março, 1953

GALERIA CRUZEIRO

Então, no fim da tarde, quando eu vinha pela Avenida, depois de andar por tantas e tão estreitas pequenas ruas atulhadas de bondes e caminhões, e passar o dia a discutir com homens comerciais, me senti tão cansado no fim da tarde quente, e tão desanimado de minha vida e de meus negócios em eterno atraso, e tão vazio de amor, que resolvi esquecer tudo, tomei um quarto no Hotel Avenida.

Tomei um quarto no Hotel Avenida em cima da Galeria Cruzeiro; mas à medida que a Galeria recuava no tempo (os bondes ainda passavam lá por baixo, eu podia ouvir seu ruído de meu quarto), eu avançava na idade, completara na véspera 54 anos e não estava muito bem de saúde. A luz de meu quarto era fraca e amarela, eu estava com a minha roupa feita no alfaiate Lima, em Itaúna, calçava botinas amarelas e escrevera minha profissão no livro do hotel: lavrador.

Tinha na mão algumas pequenas notas e as contava, faziam um total de vinte e seis mil-réis, com mais alguns níqueis vinte e sete mil e duzentos. Pus esse dinheiro em cima da mesa, e o contemplava e pensava assim: ao fim de 43 anos de trabalho na lavoura, porquanto aos 10 anos já pegava no cabo da enxada, eis o que resta a um homem trabalhador. Isto, uma propriedade hipotecada, a mulher doente, uma filha solteirona que dá faniquitos, um filho casado que mora longe e nunca se lembra de escrever, outro filho na penitenciária de Ouro Preto com um resto de seis anos de pena, e uma conta de hotel por pagar. Sem falar nos quatro filhos enterrados, que tiveram a sorte de morrer crianças. Sem falar neste relógio (quanto vale?), neste canivete preto, neste fumo de rolo e nesta vergonha na cara.

Devia ir à Polícia fazer queixa? Mas ali na Noite estava uma história igualzinha à que acontecera comigo, chamava-se conto do vigário, e o jornal ainda zombava do prejudicado, dizendo que ele quisera ser esperto. Então me deu um desânimo tão grande, eu estava cansado e suado, estiquei-me na cama assim vestido, botei os pés com as botinas amarelas em cima do cobertor vermelho e repeti com humilhação o meu nome, como se fosse um juiz que estivesse falando e me condenando: Anacleto

Cunha de Miranda. Então, lentamente, percebi que não tinham sido os dois vigaristas, tinha sido de um modo geral toda a minha vida que se iludira e falhara; ali estava na minha mão o canivete preto que eu tirara do bolso para picar fumo, o certo era enfiá-lo naqueles dois miseráveis, ou na minha própria garganta.

Levantei-me, olhei no espelho minha cara magra, suada, meus bigodes brancos amarelados, meus cabelos ralos, e desci, passei na portaria com uma vontade insensata de pedir a conta só para saber quanto é que não podia pagar (do sábado à quarta-feira eram quatro dias, fiz pequenas contas mentais), depois fiquei de pé, trêmulo, quando um bonde Ipanema – T. N. se aproximava, trêmulo de vontade e medo de me jogar debaixo dele – afinal avancei, o bonde não existia mais, porque tinham tirado há muito tempo o bonde dali, e eu percebi que estava engordando e ficando mais moço e me chamava Rubem Braga, e fui andando tristemente pela calçada cheia de gente apressada, ainda muito mortificado, apenas com um leve, distante, humilde, pobre alívio.

Abril, 1953

O JOVEM CASAL

Estavam esperando o bonde e fazia muito calor. Veio um bonde, mas estava tão cheio, com tanta gente pendurada nos estribos, que ela apenas deu um passo à frente, ele apenas esboçou com o braço o gesto de quem vai pegar um balaústre – mas desistiram.

Um homem com uma carrocinha de pão obrigou-os a recuar mais para perto do meio-fio; depois, o negrinho de uma lavanderia passou com a bicicleta tão junto, que um vestido esvoaçante bateu na cara do rapaz.

Ela se queixou de dor de cabeça; ele sentia uma dor de dente não muito forte, mas enjoada e insistente, mas preferiu não dizer nada. Ano e meio casados, tanta aventura sonhada, e estavam tão mal naquele quarto de pensão no Catete, muito barulhento: "Lutaremos contra tudo", havia dito – e ele pensou com amargor que estavam lutando apenas contra as baratas, as horríveis baratas do velho sobradão. Ela, apenas com um gesto de susto e nojo, se encolhia a um canto ou saía para o corredor – ele, com repugnância, ia matar o bicho; depois, com mais desgosto ainda, jogá-lo fora.

E havia as pulgas; havia a falta de água, e quando havia água, a fila dos hóspedes no corredor, diante da porta do chuveiro. Havia as instalações que sempre cheiravam mal, o papel da parede amarelado e feio, as duas velhas gordas, pintadas, da mesinha ao lado, que lhe tiravam o apetite para a mesquinha comida da pensão. Toda a tristeza, toda a mediocridade, toda a feiura duma vida estreita onde o mau gosto atroz e pretensioso da classe média se juntava à minuciosa ganância comercial – um ovo era "extraordinário"; quando eles pediam dois ovos, a dona da pensão olhava com raiva, estavam atrasados dias no pagamento.

Passou um ônibus enorme, parou logo adiante, abrindo com ruído a porta, num grande suspiro de ar comprimido, e ela nem sequer olhou o ônibus, era tão mais caro. Ele teve um ímpeto, segurou-a pelo braço, disposto a fazer uma pequena loucura financeira – "vamos pegar o ônibus!". Mas o monstro se fechara e partira, jogando-lhes na cara um jato de fumaça ruim.

Ele então chegou mais para perto dela – lá vinha outro bonde, não, mas aquele não servia – enlaçou-a pela cintura, depois ficou segurando seu ombro com um gesto de ternura protetora, disse-lhe vagas meiguices, ela apenas ficou quieta. "Está doendo muito a cabeça?" Ela disse que não. "Seu cabelo agora está mais bonito, meio queimado de sol." Ela sorriu levemente, mas de repente: "Ih, me esqueci da receita do médico", pediu-lhe a chave do quarto, ele disse que iria apanhar para ela, ela disse que não, ela iria; quando voltou, foi exatamente a tempo de perder um bonde quase vazio; os dois ficaram ali desanimados.

Então um grande carro conversível se deteve um instante perto dos dois, diante do sinal fechado. Lá dentro havia um casal, um sujeito meio calvo, de ar importante, na direção, uma mulherzinha muito pintada ao lado, sentiram o cheiro de seu perfume caro. A mulherzinha deu-lhes um vago olhar, examinou um pouco mais detidamente a moça, correndo os olhos da cabeça até os sapatos pobres, enquanto o senhor meio calvo dizia alguma coisa sobre anéis, e no momento do carro partir com um arranco macio e poderoso, ouviram que a mulherzinha dizia: "Se ele deixar aquele por 15 contos, eu fico."

Quinze contos – isso entrou dolorosamente pelos ouvidos do rapaz, parece que foi bater, como um soco, em seu estômago mal alimentado – 15 contos, meses e meses de pensão! Então olhou a mulher e achou-a tão linda e triste com sua blusinha branca, tão frágil, tão jovem e tão querida, que sentiu os olhos arderem de vontade de chorar de humilhação por ser tão pobre; disse: "Viu aquela vaca dizendo que vai comprar um anel de 15 contos?"

Vinha o bonde.

Abril, 1953

O MORTO

Foi em sonho talvez que vi brilhar a tua face lívida, Morte, e senti sobre mim tua foice fria e teu hálito de gelo, insuportável.

Porém meu dia não era chegado; foi alguém estranho que tombou a meu lado, no meio da noite, e eu pude continuar cabisbaixo o meu caminho.

Mas dentro de meu coração eu te detestei sem te temer, e senti que a vida era melhor, e com serenidade compus estes votos e orações de morto.

Que o mistério que existe em toda morte fosse na minha dignificado pela simplicidade.

E meu velório fosse assim como que uma festinha de despedida, onde mesmo as pessoas que ficassem com os olhos vermelhos pudessem rir sem remorso.

E aqueles que fossem saindo pensassem apenas: "Vamos a um bar; ele só não vai porque não pode"; e assim manifestassem confiança em mim.

E dois anos depois alguns homens se pusessem de repente a falar de mim, rindo, lembrando meu nome e figura com afetuosos palavrões, e que minha memória os ajudasse a beber mais, e com mais prazer.

Que alguma desconhecida mulher, em uma hora de angústia ou abatimento, lesse por acaso alguma coisa minha e sentisse ali um conforto de mão de companheiro.

E assim também que, a dois amantes, alguma coisa que escrevi em hora de paixão pudesse lhes fazer mais luminosa a felicidade.

Que tudo o que eu disse por tédio ou afetação pudesse ser esquecido e minha lição obscura fosse uma lição de insaciável liberdade e gosto de viver.

Que aqueles que foram meus amigos não precisassem esquecer ou disfarçar meus defeitos para me estimarem depois de morto, e me recordassem como a um homem – vago bloco de coisas – capaz de ser tolerado e possível de ser útil.

Que ao pobre e ao humilhado minha voz ajudasse a dar esperança e ânimo de luta.

Que alguma coisa de tudo o que fiz pudesse levar ao homem poderoso, atrás de seus estupendos recursos e de suas perfeitas teorias e de seus milhares de oficiais de gabinete e secretários, um recado humilde a favor da pobre e escura e triste humanidade do Brasil.

E assim também ao homem crente e orgulhoso de sua crença um pouco de vacilação e tolerância.

E as mulheres com que lidei esquecessem meus momentos de tédio e aflição e lembrassem de mim o que disse e fiz de melhor, nos grandes instantes de ternura, que são os instantes da verdade.

E tu, que foste a última de minhas amigas, que minha lembrança te fosse também suave – apenas a vaga mão pousando no teu ombro e a perdida voz dizendo teu nome, com o mais simples carinho, e um tom quase contente.

Maio, 1953

O OUTRO BRASIL

Houve um tempo em que sonhei coisas – não foi ser eleito senador federal nem nada, eram coisas humildes e vagabundas que entretanto não fiz, nem com certeza farei. Era, por exemplo, arrumar um barco de uns 15, 20 metros de comprido, com motor e vela, e sair tocando devagar por toda a costa do Brasil, parando para pescar, vendendo banana ou comprando fumo de rolo, não sei, me demorando em todo portinho simpático – Barra de São João, Piúma, Regência, Conceição da Barra, Serinhaém, Turiaçu, Curuçá, Ubatuba, Garopaba – ir indo ao léu, vendo as coisas, conversando com as pessoas – e fazer um livro tão simples, tão bom, que até talvez fosse melhor não fazer livro nenhum, apenas ir vivendo devagar a vida lenta dos mares do Brasil, tomando a cachacinha de cada lugar, sem pressa e com respeito. Isso devia ser bom, talvez eu me tornasse conhecido como um homem direito, cedendo anzóis pelo custo e comprando esteiras das mulheres dos pescadores, aprendendo a fazer as coisas singelas que vivem fora das estatísticas e dos relatórios – quantos monjolos há no Brasil, quantos puçás e paris? Sim, entraria pelos rios lentamente, de canoa, levando aralém, que poderia trocar por roscas amanteigadas, pamonha ou beiju, pois ainda há um Brasil bom que a gente desperdiça de bobagem, um Brasil que a gente deixa para depois, e entretanto parece que vai acabando; tenho ouvido falar em tanques de carpa, entretanto meu tio Cristóvão, na fazenda da Boa Esperança, tinha um pequeno açude no ribeirão onde criava cascudos, tem dias que dá vontade de beber jenipapina.

Já tomei muito avião para fazer reportagem, mas o certo não é assim, é fazer como Saint-Hilaire ou o Príncipe Maximiliano, ir tocando por essas roças de Deus a cavalo, nada de Rio-Bahia, ir pelos caminhos que acompanham com todo carinho os lombos e curvas da terra, aceitando uma caneca de café na casa de um colono. Só de repente a gente se lembra de que esse Brasil ainda existe, o Brasil ainda funciona a lenha e lombo de burro, as noites do Brasil são pretas com assombração, dizem que ainda tem até luar no sertão, até capivara e suçuarana – não, eu não sou contra o progresso ("o progresso é natural"), mas uma garrafinha de refrigerante americano não é capaz de ser como um refresco de maracujá feito de fruta mesmo – o Brasil ainda tem safras e estações, vazantes e piracemas com manjuba frita, e a lua nova continua sendo o tempo de cortar iba de bambu para pescar piau. E como ainda há tanta coisa, quem sabe que é capaz de haver mulher também, uma certa mulher que ainda seja assim, modesta porém limpinha, com os cabelos ainda molhados de seu banho de rio, parece que até banho de cachoeira ainda existe, até namoro debaixo de pitangueiras como antigamente, muito antigamente.

Julho, 1953

A REVOLUÇÃO DE 30

On n'est pas sérieux, quand on a dix-sept ans – disse o Sr. Arthur Rimbaud, que foi um adolescente desvairado. Eu era. Aos 17 anos eu era um magro e sério estudante de Direito que morava junto ao Campo de São Bento, atrás de Icaraí, e estudava Direito no Catete.

1929-30 foi uma das fases mais dolorosas de minha vida: perdi duas pessoas muito queridas e minha saúde foi abalada a um ponto que saí de uma conferência de três ilustres médicos friamente resolvido a dar um tiro na cabeça, no lugar de fazer a operação que eles tinham resolvido. (Procurei um outro médico ao acaso, um profissional sem nenhum cartaz, ele resolveu o caso e eu vendi com pequeno prejuízo o revólver que já comprara de segunda mão.)

Em outubro de 1930 eu devia estar em Cachoeiro, pois as aulas da faculdade estavam suspensas; fiquei no Rio para me tratar. No dia 24 de outubro vim ao médico, na Rua São José. Quando saí do consultório, notei um movimento na Galeria Cruzeiro. Fui para lá: todo mundo dizia que a Revolução tinha vencido. Custei a acreditar, inclusive porque eu era contra a Aliança Liberal. Um conhecido me convidou para ir até o Palácio Guanabara, onde diziam que o presidente já estava cercado. Preferi ficar vagando pela Avenida, que logo se encheu de povo; passavam automóveis abertos com gente de lenço vermelho a dar gritos de viva e morra; não me esquecerei de uma mulher meio gorda, de pernas abertas, sentada no radiador.

Depois de muito vagar, encontrei Leonardo Mota, que passara uma temporada em Cachoeiro. Ele também, se não era contra, não dava mostras de simpatizar com aquela revolução; ficamos a vagar pelo meio da Avenida, calados e sérios, no meio da multidão exaltada. Assistimos juntos ao incêndio de *O País*. Vimos a chegada dos bombeiros, e gente do povo subindo em seus carros para impedir que eles trabalhassem. Cada sujeito que saía da redação já em chamas trazia alguma coisa de lá; vi muitos que traziam um exemplar de um dicionário português ilustrado de capa vermelha, creio que Séguier.

Fomos depois até o Monroe; um colega meu de faculdade, que era "liberal" exaltado, fazia discurso trepado em um daqueles leões;

todo mundo parecia ter prazer em pisar na grama, como se isso fosse o símbolo de todas as liberdades de que o povo iria gozar. Havia uma alegria mais forte do que os gritos de ódio que alguns davam – "matar Romeiro Zander!", me propunha insistentemente, não sei por quê, um sujeito – uma alegria de que eu não participava, mas que olhava com calma, com uma certa melancolia, como achando que o meu povo tinha ficado doido.

Lembro-me de que era um dia nublado, às vezes caía uma chuvinha fraca, mas fazia calor e eu trouxera uma capa que comprara dias antes – fora a maior temeridade financeira que eu já praticara – na Casa Inglesa, Rua do Ouvidor. Esqueci-me dessa capa por um instante em um banco da barca da Cantareira e logo alguém a roubou; quando tomei o ônibus para ir para casa, comecei a sentir uma forte dor de dentes.

Na redação do *Correio do Sul*, em Cachoeiro – eu soube depois – alguns revolucionários mais exaltados foram me procurar aquele dia para que eu prestasse contas por alguns artigos violentos que escrevera contra a Aliança Liberal...

Depois o Sr. Getúlio Vargas tomou conta do país, todos começaram a ser muito felizes, mas até hoje não devolveram minha capa.

Agosto, 1953

NEIDE

O céu está limpo, não há nenhuma nuvem acima de nós. O avião, entretanto, começa a dar saltos, e temos de pôr os cintos para evitar uma cabeçada na poltrona da frente. Olho pela janela: é que estamos sobrevoando de perto um grande tumulto de montanhas. As montanhas são belas, cobertas de florestas; no verde-escuro há manchas de ferrugem de palmeiras, algum ouro de ipê, alguma prata de imbaúba – e de súbito uma cidade linda e um rio estreito. Dizem-me que é Petrópolis.

É fácil explicar que o vento nas montanhas faz corrente para baixo e para cima, como também o ar é mais frio debaixo da leve nuvem. A um passageiro assustado o comissário diz que "isso é natural". Mas o avião, com o tranquilo conforto imóvel com que nos faz vencer milhas em segundos, havia nos tirado o sentimento do natural. Somos hóspedes da máquina. Os motores foram revistos, estão perfeitos, funcionam bem, e temos nossas passagens no bolso; tudo está em ordem. Os solavancos nos lembram de que a natureza insiste em existir, e ainda nos precipita além dela, para os reinos azuis da Metafísica. Pode o avião vencer a montanha, e desprezar as passagens antigas que a humanidade sempre trilhou. Mas sua vitória não pode ser saboreada de perto: mesmo debaixo, a montanha ainda fez sentir que existe, e à menor imprudência da máquina o gigante vencido a sorverá de um hausto, e a destruirá. Assim a humilde lagoa, assim a pequena nuvem: a tudo isso somos sensíveis dentro de nosso monstro de metal.

A menina disse que era mentira, que não se via anjo nenhum nas nuvens. O homem, porém, explicou que sim, e pediu que eu confirmasse. Eu disse:

— Tem anjo sim. Mas tem muito pouco. Até agora, desde que saímos, eu só vi um, e assim mesmo de longe. Hoje em dia há muito poucos anjos no céu. Parece que eles se assustam com os aviões. Nessas nuvens maiores nunca se encontra nenhum. Você deve procurar nas nuvenzinhas pequenas, que ficam separadas umas das outras; é nelas que os anjos gostam de brincar. Eles voam de uma para outra.

A menina queria saber de que cor eram as asas dos anjos, e de que tamanho eles eram. O homem explicou que os anjos tinham as asas da mesma cor daquele vestidinho da menina; e eram de seu tamanho. Ela começou a duvidar novamente, mas chamamos o comissário de bordo. Ele confirmou a existência dos anjos com a autoridade de seu ofício; era impossível duvidar da palavra do comissário de bordo, que usa uniforme e voa todo dia para um lado e outro, e além disso ele tinha um argumento impressionante: "Então você não sabia que tem anjos no céu?" E perguntou se ela tinha vontade de ser anjo.

— Não.

— Que é que você quer ser?

— Aeromoça!

E começou a nos servir biscoitos; dois passageiros que estavam cochilando acordaram assustados, porque ela apertara o botão que faz descer as costas das poltronas; mas depois riram e aceitaram os biscoitos.

— A Baía de Guanabara!

Começamos a descer. E quando o avião tocava o solo, naquele instante de leve tensão nervosa, ela se libertou do cinto e gritou alegremente:

— Agora tudo vai explodir!

E disse que queria sair primeiro porque estava com muita pressa, para ver as horas na torre do edifício ali perto: pois já sabia ver as horas.

Não deviam ter-lhe ensinado isso. Ela já sabe tanta coisa! As horas se juntam, fazem os dias, fazem os anos, e tudo vai passando, e os anjos depois não existem mais, nem no céu, nem na terra.

Agosto, 1953

A FEIRA

Passa gente vindo da feira. Agora temos uma feira aqui perto de casa. Para mim, apenas movimenta a esquina, com tantas empregadas e donas de casa carregadas de sacos e cestas de frutas, verduras e legumes. Ao poeta Drummond, que mora mais além, a feira deve incomodar, porque os grandes caminhões roncam sob a sua janela, e o vozerio dos mercadores e freguesas perturba o seu sono matinal.

O que não tem a menor importância: na atual situação do mundo, é bom que os poetas estejam vigilantes. Quanto aos cronistas, que eles durmam em paz; é melhor que se recolham e se esqueçam de fazer a crônica destes dias, em que não há nenhum exemplo nem lição. O poeta é mais adequado para ouvir as exclamações patéticas ("os tomates estão pela hora da morte") e tomar o pulso aos fatos concretos da mercancia local. Além disso, deve subir até sua janela a fragrância das verduras e de todas essas coisas nascidas na terra, ainda frescas e vivas, coloridas. É bom que ele veja as quinquilharias ingênuas, as ervas misteriosas, as pequenas, inúteis e preciosas coisas do mar e do sertão, os cavalos-marinhos e as sementes escuras. Só ele poderá entender as coisas de barro e de palha, a glória dos tomates, o espanto de pedra no olho dos peixes eviscerados, e o constrangimento amarelo desses abacaxis sem sabor que amadureceram no meio do inverno.

Passa um homem careca, sério; deve ser um velho funcionário, e tem o ar de quem discute muito nas feiras, capaz de citar o preço dos pepinos em 1921 e de lamentar, como prova de decadência espiritual do Ocidente, o atual tamanho das bananas. Sim, eram maiores as bananas de antanho. A acreditar nele, as bananas-da-terra dos tempos coloniais mediam toesas. Em todo caso, não parece ir muito triste; carrega dois sacos verdes, e de um deles sai o pedaço de uma abóbora. Gosta de abóboras, o birbante.

"Não, senhora; só em doce; assim mesmo misturado com doce de coco" – respondeu aquele menino à dramática pergunta de sua velha tia sobre se gostava de abóbora. Essa resposta foi, na época, muito comentada como grave prova de insolência e talvez desagregação moral. Não era. Era uma prova de tolerância, boa vontade, anseio de compreensão; porque a verdade terrível é que o menino não gostava mesmo de abóbora e achava que o único defeito do doce de coco era conter, às vezes, por costume de família, um pouco de abóbora. Estava, entretanto, disposto a superar as próprias convicções em benefício do bem-estar geral. Tinha o pudor de que pensassem que ele odiava abóbora; era uma criança no fundo delicada, embora tenha resultado em um homem com frequência estúpido.

A feira, não sei por quê, me leva a essas divagações infantis; vagueio com suave emoção entre cebolas de brilho metálico e couves e alfaces líricas.

Há uma grata surpresa. A mais bela, esquiva e elegante senhora da rua está pessoalmente na feira. Veio sem pintura, um vestido leve, sandálias coloridas. Demoro-me em ver sua pele, seus cabelos, seus olhos, sobre um fundo de couves e beterrabas. Sua pele tem uma frescura vegetal. Suas mãos finas seguram os legumes com um experiente carinho. Quando vai para casa, um menino conduz suas compras. Ela, porém, fez questão de levar nas mãos, como sinal de alegria e de simplicidade, uma grande couve-flor.

Agosto, 1953

MÃE

(Crônica dedicada ao Dia das Mães, embora com o final inadequado, ainda que autêntico.)

O menino e seu amiguinho brincavam nas primeiras espumas; o pai fumava um cigarro na praia, batendo papo com um amigo. E o mundo era inocente, na manhã de sol.

Foi então que chegou a Mãe (esta crônica é modesta contribuição ao Dia das Mães), muito elegante em seu *short*, e mais ainda em seu maiô. Trouxe óculos escuros, uma esteirinha para se esticar, óleo para a pele, revista para ler, pente para se pentear – e trouxe seu coração de Mãe que imediatamente se pôs aflito, achando que o menino estava muito longe e o mar estava muito forte.

Depois de fingir três vezes não ouvir seu nome gritado pelo pai, o garoto saiu do mar resmungando, mas logo voltou a se interessar pela alegria da vida, batendo bola com o amigo. Então a Mãe começou a folhear a revista mundana – "que vestido horroroso o da Marieta neste coquetel", "que presente de casamento vamos dar à Lúcia? tem de ser uma coisa boa" – e outros pequenos assuntos sociais foram aflorados numa conversa preguiçosa. Mas de repente:

— Cadê Joãozinho?

O outro menino, interpelado, informou que Joãozinho tinha ido em casa apanhar uma bola maior.

— Meu Deus, esse menino atravessando a rua sozinho! Vai lá, João, para atravessar com ele, pelo menos na volta!

O pai (fica em minúscula; o Dia é da Mãe) achou que não era preciso:

— O menino tem OITO anos, Maria!

— OITO anos, não, oito anos, uma criança. Se todo dia morre gente grande atropelada, que dirá um menino distraído como esse!

E erguendo-se olhava os carros que passavam, todos guiados por assassinos (em potencial) de seu filhinho.

— Bem, eu vou lá só para você não ficar assustada.

Talvez a sombra do medo tivesse ganho também o coração do pai; mas quando ele se levantou e calçou a alpercata para atravessar os 20 metros de areia fofa e escaldante que o separavam da calçada, o garoto apareceu correndo alegremente com uma bola vermelha na mão, e a paz voltou a reinar sobre a face da praia.

Agora o amigo do casal estava contando pequenos escândalos de uma festa a que fora na véspera, e o casal ouvia, muito interessado – "mas a Niquinha com o coronel? não é possível!" – quando a Mãe se ergueu de repente:

— E o Joãozinho?

Os três olharam em todas as direções, sem resultado. O marido, muito calmo – "deve estar por aí" – a Mãe gradativamente nervosa – "mas por aí, onde?" – o amigo otimista, mas levemente apreensivo. Havia cinco ou seis meninos dentro da água, nenhum era o Joãozinho. Na areia havia outros. Um deles, de costas, cavava um buraco com as mãos, longe.

— Joãozinho!

O pai levantou-se, foi lá, não era. Mas conseguiu encontrar o amigo do filho e perguntou por ele.

— Não sei, eu estava catando conchas, ele estava catando comigo, depois ele sumiu.

A Mãe, que viera correndo, interpelou novamente o amigo do filho:

— Mas sumiu como? para onde? entrou na água? não sabe? mas que menino pateta! – O garoto, com cara de bobo, e assustado com o interrogatório, se afastava, mas a Mãe foi segurá-lo pelo braço: — Mas diga, menino, ele entrou no mar? como é que você não viu, você não estava com ele? hein? ele entrou no mar?

— Acho que entrou... ou então foi-se embora.

De pé, lábios trêmulos, a Mãe olhava para um lado e outro, apertando bem os olhos míopes para examinar todas as crianças em volta. Todos os meninos de oito anos se parecem na praia, com seus corpinhos queimados e suas cabecinhas castanhas. E como ela queria que cada um fosse seu filho, durante um segundo cada um daqueles meninos era o seu filho, exatamente ele, enfim – mas um gesto, um pequeno movimento de cabeça, e deixava de ser. Correu para um lado e outro. De súbito ficou parada olhando o mar, olhando com tanto ódio e medo (lembrava-se muito bem da história acontecida dois a três anos antes: um menino estava na praia com os pais, eles se distraíram um instante, o menino estava brincando no rasinho, o mar o levou, o corpinho só apareceu cinco dias depois, aqui nesta praia mesmo!) que deu um grito para as ondas e espumas – "Joãozinho!"

Banhistas distraídos foram interrogados – se viram algum menino entrando no mar – o pai e o amigo partiram para um lado e outro da praia, a Mãe ficou ali, trêmula, nada mais existia para ela, sua casa e família, o marido, os bailes, os Nunes, tudo era ridículo e odioso, toda essa gente estúpida na praia que não sabia de seu filho, todos eram culpados – "Joãozinho!" – ela mesma não tinha mais nome nem era mulher, era um bicho ferido, trêmulo, mas terrível, traído no mais essencial de seu ser, cheia de pânico e de ódio, capaz de tudo – "Joãozinho!" – ele apareceu bem perto, trazendo na mão um sorvete que fora comprar. Ela quase jogou longe o sorvete do menino com um tapa, mandou que ele ficasse sentado ali, se saísse um passo iria ver, ia apanhar muito, menino desgraçado!

O pai e o amigo voltaram a sentar, o menino riscava a areia com o dedo grande do pé, e quando sentiu que a tempestade estava passando, fez o comentário em voz baixa, a cabeça curva, mas os olhos erguidos na direção dos pais:

— Mãe é chaaata...

Maio, 1953

A CASA DAS MULHERES

A casa das seis mulheres amanhece tarde e lenta, chegam duas tão lavadas, penteadas, com perfumes, louças, e se olham passeando no capim, perto da piscina azul, e lhes dá vontade de fotografias. Chegam mais duas de *shorts* coloridos; depois uma some como por encanto, mas surge outra. Na casa das seis mulheres nunca são vistas seis mulheres; duas se afastaram para se dizer segredos, ou uma está lá dentro falando ao telefone, e quando vem contando uma história, outra sai correndo para mudar a blusa.

A vida é uma tarde de domingo; chove com energia, faz sol com prazer, há flores, vidros, luz e sombra na casa das seis mulheres. Os homens que chegam se sentem bem; mas os homens são transitivos; chegam, com suas vozes grossas, bebem tilintando gelo nos copos, fumam e partem; os homens são como sombras lentas e fortes, mas apenas sombras. Podem deixar algo no coração e nos segredos de alguma das seis mulheres, mas depois mergulham no cinzento de seus quotidianos, e a casa das seis mulheres continua limpa, luminosa e transparente entre árvores e flores.

Talvez seja para eles que as seis mulheres estão sempre se lavando, se penteando, se pintando e cambiando saias imprevistas e trescalando fragrâncias matinais ou sensuais – entretanto elas permanecem suspensas na indolência das tardes de domingo, e os homens, seres broncos, se apagam longe, são apenas ecos de telefone, fotos perdidas em álbuns fechados nas gavetas escuras. As seis mulheres continuam se lavando, se penteando na luz vesperal, e a casa das seis mulheres espera feliz entrar no bojo da noite cheia de estrelas carregando o sono e o sonho de cinco – porque sempre uma saiu, ou foi misteriosamente à sala escura, ou a um canto vigia, ou, escondida, se abandona ao pranto.

Fevereiro, 1954

A CASA DOS HOMENS

A casa dos homens está nessa idade em que certas casas começam a ficar mal-assombradas: em algum canto se adensa, ainda, porém, em demasia fluido, o ectoplasma de um primeiro fantasma, que é também um homem grosso e triste.

Talvez seja no porão; é impossível vê-lo; apenas em certo ponto há uma impressão de que o ar está um pouco mais pesado em nossa face. Os homens da casa não se importam com isso: eles se observam; levantam-se em seus quartos, juntam-se na grande sala, olham o velho relógio da parede e secretamente se censuram, pela presença mútua.

Há muito, por uma combinação tácita, nenhum deles traz mulher para casa no meio da noite. Antigamente, é verdade, vinham mulheres, às vezes duas ou três, e na sala bebiam vinho e riam: há lembrança de uma noite em que todos cantaram. Mas o tempo foi passando; a amizade dos homens cimentou-se em uma espécie de tédio amargo; querem evitar questões; mulheres criam questões.

Hoje seria ridículo pensar em trazer mulheres; a casa foi se carregando de cinzento, os móveis ficaram mais pesados, as sombras mais severas pela contínua presença de homens; se alguém colocasse em algum lugar um vaso de flores ou a gaiola de um canário, a censura muda dos móveis e das coisas, o olhar grave das paredes, a soturna irritação dos homens os transformariam lentamente em pequenos montes de cinza. Na verdade, aqui dentro se criou uma acomodação e um conforto grave, onde os homens não têm necessidade de sentir outra coisa a não ser que são homens e moram em uma casa de homens, entre coisas de homens.

O telefone era antigamente um elemento de perturbação; como não podiam dispensá-lo, os homens o encerraram em uma cabine; assim, cada um pode conversar à vontade com quem quiser, mesmo dizer facécias, sem que os outros tenham a obrigação odiosa de ouvir.

Sempre é possível admitir que no trato com pessoas estranhas – mulheres ou crianças, por exemplo – algum dos homens ainda use um tom ligeiro ou emotivo, que seria impróprio na severidade do convívio másculo. Na verdade, porém, a longa disciplina desse convívio aos poucos vai pesando no interior de cada homem.

Como estão envelhecendo, eles já saem menos de casa. É de crer que cada um juntará com seu trabalho um pequeno pecúlio que o dispense completamente de sair. Assim, os homens ficarão para sempre dentro da casa, com as cortinas descidas, e nem sequer mais se falarão; cada vez mais juntos e mais isolados pessoalmente, eles estarão preparados para morrer sem nenhuma lamentação; cada um será enterrado no quintal, e todos terão os olhos secos. Quando o último sucumbir sozinho, sem um gemido, o fantasma já deverá estar bastante denso para poder enterrá-lo. E como os fantasmas duram séculos, esse fantasma de homem ficará na casa em ruínas, severo e só, até que o último tijolo seja pó e a última pedra da casa se desfaça em pálida areia.

Fevereiro, 1954

CAÇADA DE PACA

Foi o português que trouxe a mangueira da Índia, foi o português que aprendeu, com o índio, a fazer redes, mas a ideia de armar a rede embaixo da mangueira é uma ideia toda brasileira. Creio que, ao longo dos quatro séculos e meio em que tentamos formar nos trópicos uma confusa civilização, esta foi a coisa mais bem combinada que chegamos a fazer. Esta profunda reflexão sociológica nasceu em meu fino espírito no último domingo, à tardinha, ao embalo de uma rede na sombra da mangueira; e daí para a frente meu espírito não produziu mais nada; apenas se deixou embalar junto com o corpo.

Havia uma brisa leve que tinha cheiro de mato; havia rolinhas que arrulhavam no calor meigo, no sono sereno; não era mais eu, era o Brasil que estava cochilando no bom domingo inventado por Deus especialmente para a gente poder ir ao sítio de Juca Chaves.

Depois começaram a falar de paca: conversa de paca é um negócio danado, como diz Cícero Dias. A gente começa a falar da carne da paca, fala de cachorro paqueiro, de espera da paca, então alguém diz que nesse mato tem paca e na fazenda vizinha tem um sujeito que é um bom caçador de paca, então adeus! Adeus rede, adeus sossego, adeus: o demônio da paca nos possui a todos, Tião vai pegar os cavalos, vamos conversar com o homem que tem cachorro para caçar paca, já chegamos no escuro, ainda disfarçamos, olhando a bruta sala de jantar da outra fazenda com seus imensos móveis de carvalho francês, carvalho francês é *chêne*, o velho retrato em tamanho natural, com *passe-partout* de veludo, da menininha que morreu há muitos, muitos anos, quando tinha cinco anos, depois combinamos tudo para 10 da noite no Alto do Veado, pois o homem disse: olhem que estive caçando paca desde a uma da madrugada até as três da tarde e não matei paca; meus cachorros estão cansados, mas não tem nada; minha paixão na vida é caçar paca, deixei de ser chofer no Rio de Janeiro porque lá não podia caçar paca; atraso a conta do armazém dois meses para comprar um cachorro que sabe trabalhar uma paca; já me botaram três contos de réis por esse cachorro aí, lá em São José do Rio Preto, e eu ando bem precisado de um dinheiro, mas não quis porque minha distração na vida é caçar paca, e esse cachorro – ah, o senhor vai ver esse cachorro atrás de uma paca!

Nessa conversa, eu que estava tão bonito na minha rede, aqui estou eu neste caminho escuro, nesta noite sem lua, sofrendo medo e cansando o braço e o corpo para conter em freio e bridão esse cavalo pai-d'égua; quem foi que disse que eu era peão? Vejo um vulto de égua, meu macho rincha, empaca, força o freio, estou suando; não é égua, é um poldro, diz Anti; eu digo que está bem, mas o poldro vem atrás, minha vontade é saltar no chão e fazer a pé essas duas léguas de noite; passamos a porteira mas não sei como o raio do poldro também passa a porteira, tenha paciência, Anti, vamos destrocar de cavalo, você é cavaleiro eu não sou, só sei andar bem mesmo é de táxi, me devolve meu manga-larga preto, não tem importância nenhuma esse defeito na mão.

E mais tarde saímos outra vez de caminhonete, mas é a pé que subimos morro, descemos morro tropicando na escuridão, já passa de meia-noite, os cachorros estão longe – coou, coou – lá vem a paca, apaga a luz e fecha a boca – coou, coou – não, a paca não vem, é uma hora, são duas horas, a paca está correndo, parece que virou o morro – coou, coou – a paca vem – tebéi! tebéi! – dois tiros de espingarda – cuim! cuim! – e o homem gritando lá embaixo no escuro: "Chumbaram meu cachorro!"

Então há uma grande discussão, era uma paca, eram duas pacas, mas ninguém viu paca; o moral da história é que havia cachaça demais para caçar paca e então erramos o caminho e acabaram os fósforos, voltamos subindo o morro, paramos no mato sem saber onde está a caminhonete, sim, havia cachaça demais e gasolina de menos, temos de voltar a pé, chegamos de madrugada e as mulheres ainda rindo de nós, perguntando: como é, cadê a paca? Foi Deus que fez o domingo, foi o brasileiro que armou a rede embaixo da mangueira e foi o Diabo que inventou a paca.

Março, 1954

O LAVRADOR

Esse homem deve ser de minha idade – mas sabe muito mais coisas. Era colono em terras mais altas, se aborreceu com o fazendeiro, chegou aqui ao Rio Doce quando ainda se podia requerer duas colônias de cinco alqueires "na beira da água grande" quase de graça. Brocou a mata com a foice, depois derrubou, queimou, plantou seu café.

Explica-me: "Eu trabalho sozinho, mais o menino meu." Seu raciocínio quando veio foi este: "Vou tratar de cair na mata; a mata é do governo, e eu sou 'fio' do Estado, devo ter direito." Confessa que sua posse até hoje ainda não está legalizada: "Tenho de ir a Linhares, mas eu 'magino' esse aguão..."

No começo não tinha prática de canoa, estava sempre com medo da canoa virar, o menino é que logo se ajeitou com o remo; são quatro horas de remo lagoa adentro. Diz que planta o café a uma distância de 10 palmos, sendo a terra seca; sendo fresca, distância de 15 palmos. Para o sustento, plantou cana, taioba, inhame, mandioca, milho, arroz, feijão. Disse que uma vez foi lá um homem do governo e proibiu ("empiribiu") armar fojos e mundéus, pois "se chegar a cair um cachorro de caçador, eles mete a gente na cadeia e a gente paga o que não possui".

Olho sua cara queimada de sol; parece com a minha, é esse mesmo tipo de feiura triste do interior. Conversamos sobre pescaria do robalo, piau, traíra. Volta a falar de sua terra e desconfia que eu sou do governo, diz que precisa passar a escritura. Não sabe ler, mas sabe que essas coisas escritas em um papel valem muito. Pergunta pela minha profissão, e tenho vergonha de contar que vivo de escrever papéis que não valem nada; digo que sou comerciante em Vitória, tenho um negocinho. Ele diz que o comércio é melhor que a lavoura; que o lavrador se arrisca e o comerciante é que lucra mais; mas ele foi criado na lavoura e não tem nenhum preparo. Endireita para mim o cigarro de palha que estou enrolando com o fumo todo maçarocado. Deve ser de minha idade – mas sabe muito mais coisas.

Maio, 1954

CAJUEIRO

O cajueiro já devia ser velho quando nasci. Ele vive nas mais antigas recordações de minha infância: belo, imenso, no alto do morro, atrás de casa. Agora vem uma carta dizendo que ele caiu.

Eu me lembro do outro cajueiro que era menor, e morreu há muito mais tempo. Eu me lembro dos pés de pinha, do cajá-manga, da grande touceira de espadas-de-são-jorge (que nós chamávamos simplesmente "tala") e da alta saboneteira que era nossa alegria e a cobiça de toda a meninada do bairro, porque fornecia centenas de bolas pretas para o jogo de gude. Lembro-me da tamareira, e de tantos arbustos e folhagens coloridas, lembro-me da parreira que cobria o caramanchão, e dos canteiros de flores humildes, "beijos", violetas. Tudo sumira; mas o grande pé de fruta-pão ao lado de casa e o imenso cajueiro lá no alto eram como árvores sagradas protegendo a família. Cada menino que ia crescendo ia aprendendo o jeito de seu tronco, a cica de seu fruto, o lugar melhor para apoiar o pé e subir pelo cajueiro acima, ver de lá o telhado das casas do outro lado e os morros além, sentir o leve balanceio na brisa da tarde.

No último verão ainda o vi; estava como sempre carregado de frutos amarelos, trêmulo de sanhaços. Chovera; mas assim mesmo fiz questão de que Carybé subisse o morro para vê-lo de perto, como quem apresenta a um amigo de outras terras um parente muito querido.

A carta de minha irmã mais moça diz que ele caiu numa tarde de ventania, num fragor tremendo pela ribanceira; e caiu meio de lado, como se não quisesse quebrar o telhado de nossa velha casa. Diz que passou o dia abatida, pensando em nossa mãe, em nosso pai, em nossos irmãos que já morreram. Diz que seus filhos pequenos se assustaram; mas depois foram brincar nos galhos tombados.

Foi agora, em fins de setembro. Estava carregado de flores.

Setembro, 1954

RITA

No meio da noite despertei sonhando com minha filha Rita. Eu a via nitidamente, na graça de seus cinco anos.

Seus cabelos castanhos – a fita azul – o nariz reto, correto, os olhos de água, o riso fino, engraçado, brusco...

Depois um instante de seriedade; minha filha Rita encarando a vida sem medo, mas séria, com dignidade.

Rita ouvindo música; vendo campos, mares, montanhas; ouvindo de seu pai o pouco, o nada que ele sabe das coisas, mas pegando dele seu jeito de amar – sério, quieto, devagar.

Eu lhe traria cajus amarelos e vermelhos, seus olhos brilhariam de prazer. Eu lhe ensinaria a palavra cica, e também a amar os bichos tristes, a anta e a pequena cutia; e o córrego; e a nuvem tangida pela viração.

Minha filha Rita em meu sonho me sorria – com pena deste seu pai, que nunca a teve.

Janeiro, 1955

BUCHADA DE CARNEIRO

Um dia, quando este mundo for realmente cristão, eu acho que ninguém terá coragem de matar um carneiro. Até que já devia ser pecado matar carneirinho. Tem tanto pecado na religião, que a gente por dentro mesmo não acha, não sente que é pecado – e matar um carneiro, ato bárbaro, contra um bichinho tão inocente, a balir, a chorar, é considerado coisa honesta! Entretanto, desejar a mulher do próximo é pecado. Vamos que seja pecado avançar na mulher do próximo, telefonar com más intenções para a mulher do próximo, dançar muito apertado com a mulher do próximo – mas cobiçar, meu Deus, não devia ser pecado, porque muitas vezes é somente castigo e aflição; eu que o diga!

Mas voltemos ao carneirinho; e contemos que tio Estácio carregou o bicho dentro da caminhonete horas e horas, o tempo todo ele chorando, como se adivinhasse o fim da viagem. Tio Estácio até chegou a botar um esparadrapo tapando a boca do bichinho para ele não se lamuriar mais, porque os balidos feriam a consciência, cortavam o coração dos algozes. Mas, de esparadrapo na boca, o carneirinho ficou tão infeliz, chorando para dentro, tão desgraçado, que tio Estácio tirou o esparadrapo. E durante horas continuou aquela triste lamentação. Foi de noite que eles chegaram ao sítio. Um camarada queria amarrar o carneirinho lá fora, onde ele pudesse comer capim, tio Estácio achou que era perigoso, tem muita cobra; "aliás, ponderou, como ele vai morrer amanhã, não convém que coma hoje; assim dá menos trabalho para limpar". Vejam que bom coração é o tio Estácio!

No dia seguinte, ao romper da alva, deu-se a execução, feita com requintes de técnica. Oh, se alguma senhora me lê, pare por aqui; eu sou um repórter fiel e tenho de contar tudo. A verdade é que não assisti ao ato nefando; tio Estácio também não; o carrasco foi Argemiro; o local, afastado da casa-grande. Ficamos tomando refresco de maracujá para acalmar os nervos, procurando não pensar no que estava acontecendo naquele momento. Juro que eu ainda tinha uma vaga esperança, um sonho louco de que o crime não se concretizasse, o carneirinho talvez pudesse fugir, ou talvez na hora o braço de Argemiro tombasse...

Mas aconteceu: uma paulada rija na cabeça e depois o bichinho, ainda vivo, foi sangrado.

É horrível pensar nisso. Vamos encerrar o assunto. Na verdade não houve mais nada. Apenas D. Irene passou o dia inteiro muito ocupada, dirigindo o serviço de duas negras e ela mesma trabalhando como doida.

No dia seguinte todo mundo acordou com um ar estranho, Lula e Juca disseram que nem queriam tomar café, Mário e Manuel chegaram de longe, havia alguma coisa no ar. Pelas duas ou três horas da tarde, essa coisa que estava no ar aterrissou na mesa.

Lá atrás eu falei de religião. Pois se há alguma coisa que pode dar uma ideia de céu, de bem-aventurança, de gostosura plena – é buchada. Intestinos e vísceras mil, sangue em sarapatel, tudo se confunde junto ao pirão, esse fabuloso pirão em que a gente sente a alma celestial do carneirinho. Devo dizer que os miolos foram comidos dentro do crânio, com toda a dignidade; e aquela parte em que o carneiro prova que não é ovelha foi petiscada frita – uma delícia. Comemos, comemos, comemos, comemos; e cada vírgula quer dizer pelo menos uma cachacinha, e o ponto e vírgula pelo menos duas. O ponto-final foi um grande sono de rede. E se vocês além de tudo ainda querem saber o moral da história, direi baixinho, envergonhado e contrafeito, mas confessarei: o crime compensa.

Fevereiro, 1955

O GESSO

Talvez um dia eu mande passar para o bronze; mas me afeiçoei a essa cabeça de gesso encardido que é a única lembrança material que tenho daquela que partiu.

Seus olhos brancos parecem fitar um mundo estranho, contemplar alguma coisa além das coisas deste mundo. O ar é severo, quase triste. Mas sei como fazer vibrar essa imobilidade; minha arma é a luz. É com a luz que devagar e ternamente vou passeando os olhos pela face, a testa, a orelha delicada, os cabelos presos atrás por um laço. Então é como se os músculos ainda vivessem e os cabelos ainda tivessem o brilho macio, os lábios ainda pudessem se comprimir levemente, como se ela tivesse alguma palavra a dizer e não quisesse dizê-la.

O escultor não se deixou encantar pela sua beleza; trabalhou com dura honestidade, com lenta obstinação, menos preocupado em fazer uma obra de arte em si mesma que em retratar a mulher.

Quantas vezes vi esses olhos se rindo em plena luz ou brilhando suavemente na penumbra, olhando os meus. Agora olham por cima de mim ou através de mim, brancos, regressados com ela à sua substância de deusa.

Agora ninguém mais a poderá ferir; e todos nós, desta cidade, que a conhecemos um dia; e, mais que todos, aquele que mais obstinada, mais angustiosamente soube amá-la, aquele que hoje a contempla assim, prisioneira do imóvel gesso, mas libertada de toda a dor e toda a paixão tumultuária da vida – todos nós morremos um pouco na sua ausência.

Muitas vezes encontro sua lembrança em alguma esquina da cidade; subitamente me sinto viver uma tarde antiga, como se a vida tivesse voltado um instante – ouço aquela voz dizer o meu nome, o bater de seus saltos na calçada, ao meu lado. Mas são lembranças vivas, carregadas de prazer e de angústia. Doem-me. Paro um momento na rua, como se fosse para deixar a tarde antiga passar pelos meus ombros, levada pela brisa; paro um momento e regresso ao dia de hoje, com todos os jogos do destino já idos e jogados.

Mas à noite, quando volto para casa, a cabeça de gesso me espera – imemorial, neutra, severa, apenas quase triste. E minha ternura é toda sossego e pureza.

Fevereiro, 1955

Ai de ti, Copacabana!

AS LUVAS

Só ontem o descobri, atirado atrás de uns livros, o pequeno par de luvas pretas. Fiquei um instante a imaginar de quem poderia ser, e logo concluí que sua dona é aquela mulher miúda, de risada clara e brusca e lágrimas fáceis, que veio duas vezes, nunca me quis dar o telefone nem o endereço, e sumiu há mais de uma semana. Sim, suas mãos são assim pequenas, e na última noite ela estava vestida de escuro, os cabelos enrolados no alto da cabeça. Revejo-a se penteando, com três grampos na boca; lembro-me de seu riso e também de suas palavras de melancolia no fim da aventura banal. Eu quis ser cavalheiro, sair, levá-la em casa. Ela aceitou apenas que eu chamasse um táxi pelo telefone, e que a ajudasse a vestir o capote; disse que voltaria...

Talvez telefone outro dia, e volte; talvez, como aconteceu uma vez, entre suas duas visitas, fique aborrecida por me telefonar em uma tarde em que tenho algum compromisso para a noite. "A verdade" – me lembro dessas palavras de uma tristeza banal – "é que a gente procura uma aventura assim para ter uma coisa bem fugaz, sem compromisso, quase sem sentimento; mas ou acaba decepcionada ou sentimental..." Lembrei-lhe a letra de uma velha música americana: *"I am getting sentimental over you"*. Ela riu, conhecia a canção, cantarolou-a um instante, e como eu a olhasse com um grande carinho meio de brincadeira, meio a sério, me declarou que eu não era obrigado a fazer essas caras para ela, e dispensava perfeitamente qualquer gentileza e me detestaria se eu quisesse ser falso e gentil. Juntou, quase nervosa, que também não lhe importava o que eu pudesse pensar a seu respeito; e que mesmo que pensasse o pior, eu teria razão; que eu tinha todo o direito de achá-la fácil e leviana, mas só não tinha o direito de tentar fazê-la de tola. Que mania que os homens têm...

Interrompi-a. Que ela, pelo amor de Deus, não me falasse mal dos homens; que isso era muito feio; e que a seu respeito eu achava apenas que era uma flor, um anjo *y muy buena moza*.

Meu bom humor fê-la sorrir. Na hora de sair disse que ia me dizer uma coisa, depois resolveu não dizer. Não insisti. "Telefono." E não a vi mais.

Com certeza não a verei mais, e não ficaremos os dois nem decepcionados nem sentimentais, apenas com uma vaga e suave lembrança um do outro, lembrança que um dia se perderá.

Pego as pequenas luvas pretas. Têm um ar abandonado e infeliz, como toda luva esquecida pelas mãos. Os dedos assumem gestos sem alma e todavia tristes. É extraordinário como parecem coisas mortas e ao mesmo tempo ainda carregadas de toda a tristeza da vida. A parte do dorso é lisa; mas pelo lado de dentro ficaram marcadas todas as dobras das falanges, ficaram impressas, como em Verônica, as fisionomias dos dedos. É um objeto inerte e lamentável, mas tem as rugas da vida, e também um vago perfume.

O telefone chama. Vou atender, levo maquinalmente na mão o par de luvas. A voz é de mulher e hesito um instante, comovido. Mas é apenas a senhora de um amigo que me lembra o convite para o jantar. Visto-me devagar, e quando vou saindo vejo sobre a mesa o par de luvas. Seguro-o um instante como se tivesse na mão um problema; e o atiro outra vez para trás dos livros, onde estavam antes.

Santiago, outubro, 1955

OS AMIGOS NA PRAIA

Éramos três velhos amigos na praia quase deserta. O sol estava bom; e o mar, violento. Impossível nadar: as ondas rebentavam lá fora, enormes, depois avançavam sua frente de espumas e vinham se empinando outra vez, inflando, oscilantes, túmidas, azuis, para poucar de súbito na praia. Mal a gente entrava no mar a areia descaía de chofre, quase a pique, para uma bacia em que não dava pé; alguns metros além havia certamente uma plataforma de areia onde o mar estourava primeiro. Demos alguns mergulhos, apanhamos fortes lambadas de onda e nos deixamos ficar conversando na praia; o sol estava bom.

Éramos três velhos amigos e cada um estava tão à vontade junto dos outros que não tínhamos o sentimento de estar juntos, apenas estávamos ali. Talvez há dez ou quinze anos atrás tivéssemos estado os três ali, ou em algum outro lugar da praia, conversando talvez as mesmas coisas. Certamente éramos os três mais magros, nossos cabelos eram mais negros... Mas que nos importava isso agora? Cada um vivera para seu lado: às vezes um cruzara com outro em alguma cidade e então possivelmente teria perguntado pelo terceiro. Meses, talvez anos, podem haver passado sem que os três se vissem ou se escrevessem; mas aqui estamos juntos tão à vontade como se todo o tempo tivéssemos feito isso.

Falamos de duas ou três mulheres, rimos cordialmente das coisas de outros amigos ("aquela vez que o Di chegou de São Paulo"... "o Joel outro dia me telefonou de noite...") mas nossa conversa era leve e tranquila como a própria manhã, era uma conversa tão distraída como se cada um estivesse pensando em voz alta suas coisas mais simples. Às vezes ficávamos sem dizer nada, apenas sentindo o sol no corpo molhado, olhando o mar, à toa. Éramos três animais já bem maduros a entrar e sair da água muito salgada, tendo prazer em estar ao sol. Três bons animais em paz, sem malícia nem vaidade nenhuma, gozando o vago conforto de estarem vivos e estarem juntos respirando o vento limpo do mar – como três cavalos, três bois, três bichos mansos debaixo do céu azul. E tão sossegados e tão inocentes que, se Deus nos visse por acaso lá de cima, certamente murmuraria apenas – "lá estão aqueles três" – e pensaria em outra coisa.

Rio, março, 1956

O PADEIRO

Levanto cedo, faço minhas abluções, ponho a chaleira no fogo para fazer café e abro a porta do apartamento – mas não encontro o pão costumeiro. No mesmo instante me lembro de ter lido alguma coisa nos jornais da véspera sobre a "greve do pão dormido". De resto não é bem uma greve, é um *lockout*, greve dos patrões, que suspenderam o trabalho noturno; acham que obrigando o povo a tomar seu café da manhã com pão dormido conseguirão não sei bem o que do governo.

Está bem. Tomo o meu café com pão dormido, que não é tão ruim assim. E enquanto tomo café vou me lembrando de um homem modesto que conheci antigamente. Quando vinha deixar o pão à porta do apartamento ele apertava a campainha, mas, para não incomodar os moradores, avisava gritando:

— Não é ninguém, é o padeiro!

Interroguei-o uma vez: como tivera a ideia de gritar aquilo?

"Então você não é ninguém?"

Ele abriu um sorriso largo. Explicou que aprendera aquilo de ouvido. Muitas vezes lhe acontecera bater a campainha de uma casa e ser atendido por uma empregada ou outra pessoa qualquer, e ouvir uma voz que vinha lá de dentro perguntando quem era; e ouvir a pessoa que o atendera dizer para dentro: "não é ninguém, não senhora, é o padeiro". Assim ficara sabendo que não era ninguém...

Ele me contou isso sem mágoa nenhuma, e se despediu ainda sorrindo. Eu não quis detê-lo para explicar que estava falando com um colega, ainda que menos importante. Naquele tempo eu também, como os padeiros, fazia o trabalho noturno. Era pela madrugada que deixava a redação de jornal, quase sempre depois de uma passagem pela oficina – e muitas vezes saía já levando na mão um dos primeiros exemplares rodados, o jornal ainda quentinho da máquina, como pão saído do forno.

Ah, eu era rapaz, eu era rapaz naquele tempo! E às vezes me julgava importante porque no jornal que levava para casa, além de reportagens ou notas que eu escrevera sem assinar, ia uma crônica ou artigo com o meu nome. O jornal e o pão estariam bem cedinho na porta de cada lar; e dentro do meu coração eu recebi a lição de humildade daquele homem entre todos útil e entre todos alegre; "não é ninguém, é o padeiro!"

    E assobiava pelas escadas.

Rio, maio, 1956

A CASA

Outro dia eu estava folheando uma revista de arquitetura. Como são bonitas essas casas modernas; o risco é ousado e às vezes lindo, as salas são claras, parecem jardins com teto, o arquiteto faz escultura em cimento armado e a gente vive dentro da escultura e da paisagem.

Um amigo meu quis reformar seu apartamento e chamou um arquiteto novo.

O rapaz disse: "vamos tirar esta parede e também aquela; você ficará com uma sala ampla e cheia de luz. Esta porta podemos arrancar; para que porta aqui? E esta outra parede vamos substituir por vidro; a casa ficará mais clara e mais alegre". E meu amigo tinha um ar feliz.

Eu estava bebendo a um canto, e fiquei em silêncio. Pensei nas casinhas que vira na revista e na reforma que meu amigo ia fazer em seu velho apartamento. E cheguei à conclusão de que estou velho mesmo.

Porque a casa que eu não tenho, eu a quero cercada de muros altos, e quero as paredes bem grossas e quero muitas paredes, e dentro da casa muitas portas com trincos e trancas; e um quarto bem escuro para esconder meus segredos e outro para esconder minha solidão.

Pode haver uma janela alta de onde eu veja o céu e o mar, mas deve haver um canto bem sossegado em que eu possa ficar sozinho, quieto, pensando minhas coisas, um canto sossegado onde um dia eu possa morrer.

A mocidade pode viver nessas alegres barracas de cimento, nós precisamos de sólidas fortalezas; a casa deve ser antes de tudo o asilo inviolável do cidadão triste; onde ele possa bradar, sem medo nem vergonha, o nome de sua amada: Joana, JOANA! – certo de que ninguém ouvirá; casa é o lugar de andar nu de corpo e de alma, e sítio para falar sozinho.

Onde eu, que não sei desenhar, possa levar dias tentando traçar na parede o perfil de minha amada, sem que ninguém veja e sorria; onde eu, que não sei fazer versos, possa improvisar canções em alta voz para o meu amor; onde eu, que não tenho crença, possa rezar a divindades ocultas, que são apenas minhas.

Casa deve ser a preparação para o segredo maior do túmulo.

Rio, maio, 1957

FIM DE SEMANA NA FAZENDA

São fazendas dos fins do século passado, não mais. Seus donos ainda estão lá; já não se balançam, é verdade, nas cadeiras austríacas da varanda; nem ouvem a partida desse bando de maritacas que se muda para o morro do outro lado da várzea.

Ou talvez ouçam, quem sabe. Mas estão hirtos dentro de suas molduras, nas paredes da sala. Assim, rígidos, pintados a óleo, eles parecem reprovar nossos uísques e nossas conversas. Mas eis que Mário Cabral toca o "Corta-jaca" no velho piano de cauda, e creio que eles gostam, talvez achem uma interessante novidade musical vinda da Corte. Mário ataca uma velha música francesa – "Solitude" – e creio bem que vi, ou senti, a senhora viscondessa suspirar de leve.

Ah, senhora viscondessa! Que solidão irremediável não sentis dentro de vossas grossas molduras douradas. Olhais para a frente, dura, firme. Lá fora as mangueiras e jabuticabeiras estão floridas, na pompa da manhã. Um beija-flor azul corta o retângulo da janela no seu voo elétrico e se imobiliza no ar, zunindo; insetos zumbem; a menina da casa passa no cavalo em pelo, a galope. Onde está vosso belo silhão? Onde está o senhor visconde?

Ele está em outra parede, também duro, de uniforme e espada, e seu casaco militar tem um pendão de penas de tucano. Não olha a esposa. Os dois não se olham. Alguma intriga? Não. Apenas eles estão cansados de estar casados, cansados de estar mortos, cansados de estar pintados, cansados de estar emoldurados e pendurados – e tão cansados e enfadados que há mais de sessenta anos não chupam uma só jabuticaba, sequer.

*

Se eu dissesse que cantava, mentiria. Não cantava. Estava quieto; demorou-se algum tempo, depois partiu.

Mas eu presto meu depoimento perante a História. Eu vi. Era um sabiá, e pousou no alto da palmeira. "Minha terra tem palmeiras onde canta o sabiá." Não cantou. Ouviu o canto de outro sabiá que cantava longe, e partiu.

Era um sabiá-laranjeira, de peito cor de ferrugem; pousou numa palmeira cheia de cachos de coquinhos, perto da varanda. Ouviu um canto distante, que vinha talvez dos pés de mulungu. Sabeis, naturalmente: é agosto e os mulungus estão floridos, estão em pura flor, cada um é uma grande chama cor de tijolo. Foi de lá que veio um canto saudoso, e meu sabiá-laranjeira partiu.

Mas ele estava pousado na palmeira. Descansa em paz nas ondas do mar, meu velho Antônio Gonçalves Dias; dorme no seio azul de Iemanjá, Antônio. Ainda há sabiás nas palmeiras, ainda há esperança no Brasil.

*

Vamos pela estrada, e de vez em quando divisamos a sede de uma fazenda. Esses fazendeiros das margens do Rio Preto e do Paraibuna eram todos barões, pelo menos. E tanto mais fidalgos quanto maiores suas senzalas e seus terreiros de café. Diante das casas plantavam palmeiras-imperiais.

As enxurradas arrastaram o húmus de seus cafezais, abriram voçorocas; os negros libertos viraram erosão social e as casas imensas ficaram mal-assombradas. Restaram os morros de pasto, hoje pintalgados de vacas holandesas. Dentro das capoeiras altas os pés de café velhos se escondem, como árvores nativas; viraram mato. Agora, de vez em quando, um bisneto derruba o mato, planta café novo, com mão de obra cara e difícil. Revejo com alegria essa eterna paisagem de minha infância, os morros penteados de cafezais, entre rios tortos. Mas as novas gerações não aprenderam nada e não esqueceram nada. Os cafeeiros continuam a ser plantados morro acima, sem obedecer à curva de nível, sem nenhuma defesa contra as águas precípites dos temporais estrondosos de verão. O penoso trabalho de meio século da natureza vai ser outra vez desperdiçado; voltamos a plantar decadência.

Ah, no lugar de palmeiras-imperiais refaçam suas aleias com palmeiras finas e líricas de palmitos. Assim pelo menos os seus netos cortarão as palmeiras e comerão os palmitos, antes de partir definitivamente para um emprego em qualquer iapeteque.

*

Mas ainda há cercas vivas de bambu, no lombo dos morros. Ainda há céu; ainda acontecem nuvens de leite nas amplas tardes morenas. E os rios, talvez mais magros, continuam a rolar entre pedras sob os ramos pensativos das ingazeiras pardas e verdes. E nos beirais continua a haver andorinhas.

Passo a tarde à toa, à toa, como o poeta, vendo andorinhas. Amo seu azul metálico, a elegância aguda de suas asas em voo, seu chalrear álacre dos mergulhos enviesados, quando caçam insetos. Onde vivia a andorinha, no tempo que não havia casas? Ela é amiga da casa do homem. Arquiteto, meu amigo arquiteto, nenhuma casa é funcional se não tiver lugar para a andorinha fazer seu ninho.

Mas é na casa da fazenda que a andorinha está à vontade. Melhor do que nessas casas imensas dos coronéis e dos velhos barões, elas só se dão mesmo nas grandes casas de Deus, as velhas igrejas escuras e úmidas que elas povoam de vida e de inquietação. Nenhuma outra ave do céu é mais católica.

*

É noite na fazenda; e a lua nasce, atrás do morro. Fico sozinho na varanda assistindo com uma vaga, irracional emoção, a esse antigo mistério. Luar, amar... Seria preciso amar alguém, talvez aquela sinhá tão moça e tão antiga, cujo retrato está no salão de jogos. A mesma que aparece com seus 45 anos, ainda bela, no quadro ao lado. Essa já viveu na República. Ouvi contar suas histórias. Era mesmo linda, e foi feliz; o marido a adorava.

Ah, se eu fosse daquele tempo ela não seria minha, a bela sinhá. Ela seria a moça fazendeira e eu seria um colono pobre e feio, sempre meio barbudo e calado.

Penso de repente essa coisa triste, triste, e deixo a varanda, abandono a lua, regresso ao governo Kubitschek.

Estado do Rio, setembro, 1957

SOBRE O AMOR, DESAMOR...

Chega a notícia de que um casal de estrangeiros, nosso amigo, está se separando. Mais um! É tanta separação que um conhecido meu, que foi outro dia a um casamento grã-fino, me disse que, na hora de cumprimentar a noiva, teve a vontade idiota de lhe desejar felicidades "pelo seu primeiro casamento".

E essas notícias de separação muito antes de sair nos jornais correm com uma velocidade espantosa. Alguém nos conta sob segredo de morte, e em três ou quatro dias percebemos que toda a cidade já sabe – e ninguém morre por causa disso.

Uns acham graça em um detalhe ou outro. Mas o que fica, no fim, é um ressaibo amargo – a ideia das aflições e melancolias desses casos.

*

Ah, os casais de antigamente! Como eram plácidos e sábios e felizes e serenos...

(Principalmente vistos de longe. E as angústias e renúncias, e as longas humilhações caladas? Conheci um casal de velhos bem velhinhos, que era doce ver – os dois sempre juntos, quietos, delicados. Ele a desprezava. Ela o odiava.)

*

Sim, direis, mas há os casos lindos de amor para toda a vida, a paixão que vira ternura e amizade. Acaso não acreditais nisso, detestável Braga, pessimista barato?

E eu vos direi que sim. Já me contaram, já vi. É bonito. Apenas não entendo bem por que sempre falamos de um caso assim com uma ponta de pena. ("Eles são tão unidos, coitados.") De qualquer modo, é mesmo muito bonito; consola ver. Mas, como certos quadros, a gente deve olhar de uma certa distância.

*

"Eles se separaram" pode ser uma frase triste, e às vezes nem isso. "Estão se separando" é que é triste mesmo.

*

"Adultério" devia ser considerado palavra feia, já não digo pelo que exprime, mas porque é uma palavra feia. "Concubina" também. "Concubinagem" devia ser simplesmente riscada do dicionário; é horrível.

Mas do lado legal está a pior palavra: "cônjuge". No dia em que uma mulher descobre que o homem, pelo simples fato de ser seu marido, é seu "cônjuge", coitado dele.

*

Mas no meio de tudo isso, fora disso, através disso, apesar disso tudo – há o amor. Ele é como a lua, resiste a todos os sonetos e abençoa todos os pântanos.

Rio, setembro, 1957

SÃO COSME E SÃO DAMIÃO

Escrevo no dia dos meninos. Se eu fosse escolher santos, escolheria sem dúvida nenhuma São Cosme e São Damião, que morreram decapitados já homens feitos, mas sempre são representados como dois meninos, dois gêmeos de ar bobinho, na cerâmica ingênua dos santeiros do povo.

São Cosme e São Damião passaram o dia de hoje visitando os meninos que estão com febre e dor no corpo e na cabeça por causa da asiática, e deram muitos doces e balas aos meninos sãos. E diante deles sentimos vontade de ser bons meninos e também de ser meninos bons. E rezar uma oração.

"São Cosme e São Damião, protegei os meninos do Brasil, todos os meninos e meninas do Brasil.

Protegei os meninos ricos, pois toda a riqueza não impede que eles possam ficar doentes ou tristes, ou viver coisas tristes, ou ouvir ou ver coisas ruins.

Protegei os meninos dos casais que se separam e sofrem com isso, e protegei os meninos dos casais que não se separam e se dizem coisas amargas e fazem coisas que os meninos veem, ouvem, sentem.

Protegei os filhos dos homens bêbados e estúpidos, e também os meninos das mães histéricas ou ruins.

Protegei o menino mimado a quem os mimos podem fazer mal e protegei os órfãos, os filhos sem pai, e os enjeitados.

Protegei o menino que estuda e o menino que trabalha, e protegei o menino que é apenas moleque de rua e só sabe pedir esmola e furtar.

Protegei ó São Cosme e São Damião! – protegei os meninos protegidos pelos asilos e orfanatos, e que aprendem a rezar e obedecer e andar na fila e ser humildes, e os meninos protegidos pelo SAM, ah! São Cosme e São Damião, protegei muito os pobres meninos protegidos!

E protegei sobretudo os meninos pobres dos morros e dos mocambos, os tristes meninos da cidade e os meninos amarelos e barrigudinhos da roça, protegei suas canelinhas finas, suas cabecinhas sujas, seus pés que podem pisar em cobra e seus olhos que podem pegar tracoma – e afastai de todo perigo e de toda maldade os meninos do Brasil, os louros e os escurinhos, todos os milhões de meninos deste grande e pobre e abandonado meninão triste que é o nosso Brasil, ó Glorioso São Cosme, Glorioso São Damião!"

Rio, setembro, 1957

A PRIMEIRA MULHER DO NUNES

Hoje, pela volta do meio-dia, fui tomar um táxi naquele ponto da praça Serzedelo Correia, em Copacabana. Quando me aproximava do ponto notei uma senhora que estava sentada em um banco, voltada para o jardim; nas extremidades do banco estavam sentados dois choferes, mas voltados em posição contrária, de frente para o restaurante da esquina. Enquanto caminhava em direção a um carro, reparei, de relance, na senhora. Era bonita e tinha ar de estrangeira; vestia-se com muita simplicidade, mas seu vestido era de um linho bom e as sandálias cor de carne me pareceram finas. De longe podia parecer amiga de um dos motoristas; de perto, apesar da simplicidade de seu vestido, sentia-se que nada tinha a ver com nenhum dos dois. Só o fato de se ter sentado naquele banco já parecia indicar tratar-se de uma estrangeira, e não sei por que me veio a ideia de que era uma senhora que nunca viveu no Rio, talvez estivesse em seu primeiro dia de Rio de Janeiro, entretida em ver as árvores, o movimento da praça, as crianças que brincavam, as babás que empurravam carrinhos. Pode parecer exagero que eu tenha sentido isso tudo de relance, mas a impressão que tive é que ela tinha a pele e os cabelos muito bem tratados para não ser uma senhora rica ou pelo menos de certa posição; deu-me a impressão de estar fruindo um certo prazer em estar ali, naquele ambiente popular, olhando as pessoas com um ar simpático e vagamente divertido; foi o que me pareceu no rápido instante em que nossos olhares se encontraram.

Como o primeiro chofer da fila alegasse que preferia um passageiro para o centro, pois estava na hora de seu almoço, e os dois carros seguintes não tivessem nenhum chofer aparente, caminhei um pouco para tomar o que estava em quarto lugar. Tive a impressão de que a senhora se voltara para me olhar. Quando tomei o carro e fiquei novamente de frente para ela, e enquanto eu murmurava para o chofer o meu rumo – Ipanema – notei que ela desviava o olhar; o carro andara apenas alguns metros e, tomado de um pressentimento, eu disse ao chofer que parasse um instante. Ele obedeceu. Olhei para a senhora, mas ela havia voltado completamente a cabeça. Mandei tocar, mas enquanto o velho táxi rolava lentamente no longo da praia eu fui possuído pela certeza súbita e insistente de que acabara de ver a primeira mulher do Nunes.

*

— Você precisa conhecer a primeira mulher do Nunes – me disse uma vez um amigo.

— Você precisa conhecer a primeira mulher do Nunes – me disse outra vez outro amigo.

Isso aconteceu há alguns anos, em São Paulo, durante os poucos meses em que trabalhei com o Nunes. Eu conhecera sua segunda mulher, uma morena bonitinha, suave, quieta – pois ele me convidara duas vezes a jantar em sua casa. Nunca me falara de sua primeira mulher, nem sequer de seu primeiro casamento. O Nunes era pessoa de certo destaque em sua profissão e afinal de contas um homem agradável, embora não brilhante; notei, entretanto, que sempre que alguém me falava dele era inevitável uma referência à sua primeira mulher.

Um casal meu amigo, que costumava passar os fins de semana em uma fazenda, convidou-me certa vez a ir com eles e mais um pequeno grupo. Aceitei, mas no sábado fui obrigado a telefonar dizendo que não podia ir. Segunda-feira, o amigo que me convidara me disse:

— Foi pena você não ir. Pegamos um tempo ótimo e o grupo estava divertido. Quem perguntou muito por você foi a Marissa.

— Quem?

— A primeira mulher do Nunes.

— Mas eu não conheço...

— Sei, mas eu havia dito a ela que você ia. Ela estava muito interessada em conhecer você.

A essa altura eu já sabia várias coisas a respeito da primeira mulher do Nunes; que era linda, inteligente, muito interessante, um pouco estranha, judia italiana, rica, tinha os cabelos castanho-claros e os olhos verdes e uma pele maravilhosa – "parece que está sempre fresquinha, saindo do banho", segundo a descrição que eu ouvira.

Quando dei de mim eu estava, de maneira mais ingênua, mais tola, mais veemente, apaixonado pela primeira mulher do Nunes. Devo dizer que nessa ocasião eu emergia de um caso sentimental arrasador – um caso que mais de uma vez chegou ao drama e beirou a tragédia e em que eu mesmo, provavelmente, mais de uma vez, passei os limites do ridículo. Eu vivia sentimentalmente uma hora parda, vazia, feita de tédio e de remorso; a lembrança da história que passara me doía um pouco e me amargava muito. Além disso minha situação não era boa; alguns amigos achavam – e um teve a franqueza de me dizer isso, quando bêbado – que eu estava decadente em minha profissão. Outros diziam que eu estava bebendo demais. Enfim, tempos ruins, de moral baixa, e ainda por cima de pouco dinheiro e pequenas dívidas mortificantes. Naturalmente eu me distraía com uma ou outra historieta de amor, mas saía de cada uma ainda mais entediado. A imagem da primeira mulher do Nunes começou, assim, a aparecer-me como a última esperança, a única estrela a brilhar na minha frente. Esse sentimento era mais ou menos inconsciente, mas tomei consciência aguda dele quando soube que ela ganhara uma bolsa esplêndida para passar seis meses nos Estados Unidos. Senti-me como que roubado, traído pelo governo norte-americano. Mas a notícia veio com um convite – para o jantar de despedida da primeira mulher do Nunes.

*

Isso aconteceu há quatro ou cinco anos. Mudei-me de São Paulo, fiz algumas viagens, resolvi parar mesmo no Rio – e naturalmente me aconteceram coisas. Nunca mais vi o Nunes. Aliás, nos últimos tempos de nossas relações, eu me distanciara dele por um absurdo constrangimento, o pudor pueril do que ele pudesse pensar no dia em que soubesse que entre mim e sua primeira mulher... Na realidade nunca houve nada entre nós dois; nunca sequer nos avistamos. Uma banal gripe me impediu de ir ao jantar de despedida; depois eu soube que sua bolsa fora prorrogada, depois ouvi alguém dizer que a encontrara em Paris – enfim, a primeira mulher do Nunes ficou sendo um mito, uma estrela perdida para sempre em remotos horizontes e que jamais cheguei a avistar.

Talvez fosse mesmo ela que estivesse pousada hoje, pelo meio-dia, na praça Serzedelo Correia, simples, linda e tranquila. Assim era a imagem que eu fazia dela; e tive a impressão de que seu rápido olhar vagamente cordial e vagamente irônico tentava me dizer alguma coisa, talvez contivesse uma espantosa e cruel mensagem: "eu sei quem é você; eu sou Marissa, a primeira mulher do Nunes; mas nosso destino é não nos conhecermos jamais..."

Rio, outubro, 1957

A MULHER ESPERANDO O HOMEM

O tema da mulher esperando o homem há muito, muito tempo me fascina; sei que é velho, já serviu para sonetos, contos, páginas de romance, talvez quadro de pintura, talvez música. E eu que não sei fazer nada disso sou, entretanto, perseguido por histórias de mulher esperando homem, das mais banais às mais terríveis.

Agora mesmo, quando passou o aniversário da revolução húngara, eu me lembrei que de todos os relatos, alguns dolorosos, horríveis, de gente que fugiu da Hungria, havia o de uma mulher que contou com simplicidade sua história; e foi o que mais me impressionou quando o li, de madrugada, no meu quarto de hotel em Nova York. O marido saíra para a revolução e lhe disse que ela não saísse de casa de maneira alguma, esperasse sua volta. Chegou a noite e ele não veio; passou a noite inteira acordada, e ele não veio; no outro dia entraram na rua tanques russos atirando, e veio outra vez a noite, e veio outro dia, e veio outra noite, e ela esperando; cochilava um pouco sentada, acordava assustada julgando ouvir os passos ou a voz dele, até que chegou por um parente a notícia de que ele morrera.

Ela então saiu de casa e – "como eu não tinha mais nada que esperar", segundo disse – fugiu para a fronteira da Áustria.

Não sei por quê, achei que essa mulher sentiu um alívio ao saber que não devia esperar mais; acontecera, naturalmente, o pior. Mas a angústia de esperar cessara.

O homem ausente era como um carcereiro que a prendia no lar transformado em câmara de torturas. Ela agora estava desgraçada, mas livre.

*

Mas não é preciso haver guerra nem nenhum perigo; nesta madrugada em que escrevo, em Ipanema, quantas mulheres não estarão esperando os maridos? Aquela pequena luz acesa em um edifício distante é talvez o apartamento da mulher insone que já telefonou meio envergonhada para várias casas amigas perguntando pelo marido, que já olhou o relógio vinte vezes e tomou comprimido para dormir, ligou a Rádio Relógio, tentou ler uma revista velha, fumou quase um maço de cigarros.

Não importa que seja a esposa vulgar de um homem vulgar; e que no fim a história do atraso dele seja também completamente vulgar. Neste momento ela é a mulher esperando o homem; e todas as mulheres esperando seus homens se parecem no mundo, e se ligam por invisível túnel de solidariedade que atravessa as madrugadas intermináveis.

Todas: a mulher do pescador, a mulher do aviador, e a do revisor de jornal, a do milionário e a do ministro protestante...

Devia haver um santo especial para proteger a mulher esperando o homem, devia haver uma oração forte para ela rezar; ela está desamparada no centro de um mundo vazio.

Ela começa a odiar os móveis e as paredes; a torneira da pia lhe parece antipática; a geladeira, que aliás precisa ser pintada, é estúpida, porque ronca de repente e depois o silêncio é mais quieto. A cama é insuportável.

*

Devia haver um número de telefone especial para a mulher que está esperando o homem chamar, reclamar providências, ouvir promessas, insistir, tocar outra vez, xingar, bater com o fone. Devia haver funcionários especiais, capazes de abastecer essa mulher de esperança de quinze em quinze minutos, jurar que todas as providências já foram tomadas, "estamos seguros de que dentro de poucos minutos teremos alguma coisa a dizer à senhora..."

E diria que pelo menos no necrotério ele não está, nem no pronto-socorro, nem em delegacia nenhuma; mas não diria isso de uma só vez, e sim através de informes espaçados, que fossem formando etapas de ansiedades, que quadriculassem lentamente a insônia.

*

A mulher que está esperando o homem está sujeita a muitos perigos entre o ódio e o tédio, o medo, o carinho e a vontade de vingança.

Se um aparelho registrasse tudo o que ela sente e pensa durante a noite insone, e se o homem, no dia seguinte, pudesse tomar conhecimento de tudo, como quem ouve uma gravação numa fita, é possível que ele ficasse pálido, muito pálido.

Porque a mulher que está esperando o homem recebe sempre a visita do Diabo, e conversa com ele. Pode não concordar com o que ele diz, mas conversa com ele.

Rio, novembro, 1957

COISAS ANTIGAS

Já tive muitas capas e infinitos guarda-chuvas, mas acabei me cansando de tê-los e perdê-los; há anos vivo sem nenhum desses abrigos, e também, como toda gente, sem chapéu. Tenho apanhado muita chuva, dado muita corrida, me plantado debaixo de muita marquise, mas resistido. Como geralmente chove à tarde, mais de uma vez me coloquei sob a proteção espiritual dos irmãos Marinho, e fiz de *O Globo* meu *paraguas* de emergência.

Ontem, porém, choveu demais, e eu precisava ir a três pontos diferentes de meu bairro. Quando o moço de recados veio apanhar a crônica para o jornal, pedi-lhe que me comprasse um chapéu de chuva que não fosse vagabundo demais, mas também não muito caro. Ele me comprou um de pouco mais de trezentos cruzeiros, objeto que me parece bem digno da pequena classe média, a que pertenço. (Uma vez tive um delírio de grandeza em Roma e adquiri a mais fina e soberba *umbrella* da Via Condotti; abandonou-me no primeiro bar em que entramos; não era coisa para mim.)

Depois de cumprir meus afazeres voltei para casa, pendurei o guarda-chuva a um canto e me pus a contemplá-lo. Senti então uma certa simpatia por ele; meu velho rancor contra os guarda-chuvas cedeu lugar a um estranho carinho, e eu mesmo fiquei curioso de saber qual a origem desse carinho.

Pensando bem, ele talvez derive do fato, creio que já notado por outras pessoas, de ser o guarda-chuva o objeto do mundo moderno mais infenso a mudanças. Sou apenas um quarentão, e praticamente nenhum objeto de minha infância existe mais em sua forma primitiva. De máquinas como telefone, automóvel etc., nem é bom falar. Mil pequenos objetos de uso mudaram de forma, de cor, de material; em alguns casos, é verdade, para melhor; mas mudaram.

O guarda-chuva tem resistido. Suas irmãs, as sombrinhas, já se entregaram aos piores desregramentos futuristas e tanto abusaram que até caíram de moda. Ele permaneceu austero, negro, com seu cabo e suas invariáveis varetas. De junco fino ou pinho vulgar, de algodão ou de seda animal, pobre ou rico, ele se tem mantido digno.

Reparem que é um dos engenhos mais curiosos que o homem já inventou; tem ao mesmo tempo algo de ridículo e algo de fúnebre, essa pequena barraca ambulante.

Já na minha infância era um objeto de ares antiquados, que parecia vindo de épocas remotas, e uma de suas características era ser muito usado em enterros. Por outro lado, esse grande acompanhador de defuntos sempre teve, apesar de seu feitio grave, o costume leviano de se perder, de sumir, de mudar de dono. Ele na verdade só é fiel a seus amigos cem por cento, que com ele saem todo dia, faça chuva ou sol, apesar dos motejos alheios; a estes, respeita. O freguês vulgar e ocasional, este o irrita, e ele se aproveita da primeira distração para sumir.

Nada disso, entretanto, lhe tira o ar honrado. Ali está ele, meio aberto, ainda molhado, choroso; descansa com uma espécie de humildade ou paciência humana; se tivesse liberdade de movimentos não duvido que iria para cima do telhado quentar sol, como fazem os urubus.

Entrou calmamente pela era atômica, e olha com ironia a arquitetura e os móveis chamados funcionais: ele já era funcional muito antes de se usar esse adjetivo; e tanto que a fantasia, a inquietação e a ânsia de variedade do homem não conseguiram modificá-lo em coisa alguma.

Não sei há quantos anos existe a Casa Loubet, na rua 7 de Setembro. Também não sei se seus guarda-chuvas são melhores ou piores que os outros; são bons; meu pai os comprava lá, sempre que vinha ao Rio, e herdei esse hábito.

Há um certo conforto íntimo em seguir um hábito paterno; uma certa segurança e uma certa doçura. Estou pensando agora se quando ficar um pouco mais velho não comprarei uma cadeira de balanço austríaca. É outra coisa antiga que tem resistido, embora muito discretamente. Os mobiliadores e decoradores modernos a ignoram; já se inventaram dela mil versões modificadas, mas ela ainda existe na sua graça e leveza original. É respeitável como um guarda-chuva, e intensamente familiar. A gente nova a despreza, como ao guarda-chuva. Paciência. Não sou mais gente nova; um guarda-chuva me convém para resguardo da cabeça encanecida, e talvez o embalo de uma cadeira de balanço dê uma cadência mais sossegada aos meus pensamentos, e uma velha doçura familiar aos meus sonhos de senhor só.

Rio, novembro, 1957

DESCULPEM TOCAR NO ASSUNTO

Vocês desculpem tocar nesse assunto, mas a verdade é que está morrendo muita gente. Outro dia peguei por acaso num antigo caderninho de endereços que estava no fundo de uma gaveta, comecei a folhear e esfriei: quanto telefone de gente que já morreu!

Eu e um amigo estivemos imaginando uma Cidade dos Mortos que funcionasse mais ou menos como esta em que vivemos: uma cidade em que estivessem vivendo os mortos nossos conhecidos, os nossos mortos. Tinha muita gente, e gente ótima; é verdade também que alguns chatos; isso faz parte. Mas havia bons companheiros de praia, bons amigos de bar, excelentes papos. Poucas, raras mulheres de nossa estima; as mulheres, pelo visto, não costumam falecer.

O pior – dizia meu amigo, e eu batia a cabeça tristemente, a concordar – o pior é que esse "lado de lá" vai aumentando, e se a gente demorar muito por aqui acaba falando sozinho.

Outro dia vi um velho na rua; andava lentamente e movia os lábios, como quem fala para si mesmo. Devia estar conversando com algum amigo morto. A certa altura ficou quieto, com o ar contrariado de quem está ouvindo alguma coisa de que não gosta. Depois recomeçou a falar com mais veemência.

Súbito, calou-se outra vez. O morto estava lhe dizendo poucas, porém boas. Ele tinha o ar ofendido.

O pior dos mortos é que nunca telefonam. Aparecem sem avisar, sentam-se numa poltrona e começam a falar. Tocam em assuntos que já deviam estar esquecidos, e fazem perguntas demais. Subitamente fazem silêncio. Esse silêncio é constrangedor. O morto tem um ar de queixa e ao mesmo tempo um invisível sorriso de superioridade. Outro dia eu perdi a paciência com um:

— Está bem, meu caro. Eu sei que V. tem toda razão, e a prova de sua superioridade é que V. já está morto e eu ainda não cheguei a essa fase. Mas você está me gozando e abusando um pouco de sua qualidade de morto. Sei que não devia dizer isso, devia ser mais delicado com você, mas acontece...

Parei de falar; ele tinha sumido. Não achei isso muito fino de sua parte. Ele devia se abster de um truque assim, que eu, como vivo, não posso usar. Essa ideia não me impedia de ter certo remorso.

O que mais me irritou foi que uns quinze minutos depois ouvi sua risada no ar, perto de minha janela. Não moro em nenhum arranha-céu, apenas em um quinto andar. Mesmo assim já é abuso, um sujeito ficar parado no ar, invisível, ali fora, fingindo que já se foi.

*

Está visto que era um morto relativamente recente, ainda um pouco novo-rico de sua própria morte. Imagino que todo morto vai ficando um pouco mais discreto à medida que seus amigos e conhecidos também morrem. Quando não resta mais nenhum mesmo na terra é que ele começa a viver sossegado sua vida de morto.

Não tenho nada contra o espiritismo, mas não acredito muito nessa história de sujeitos que baixam em sessões de subúrbio, cem, duzentos anos depois de morrer. Acho que depois de certa idade (idade de falecido) o morto não acredita mais em espiritismo. Considera-o uma impertinência dos vivos.

*

Tenho poucas mortas. Mas como são queridas! O engraçado é que à medida que o tempo passa elas vão ficando um pouco parecidas, vão-se fazendo irmãs, mesmo as que jamais se conheceram. Aparecem raramente e sempre caçoam um pouco de mim, mas com um jeito de carinho. Não faz mal que não me levem muito a sério; não mereço.

Mas a verdade é que nos piores momentos de minha vida sempre senti uma imponderável mão em minha cabeça; então fecho os olhos e me entrego a esse puro carinho, sem sequer me voltar para ver se é minha mãe, minha irmã ou uma doce, infeliz amiga ou apenas a leve brisa em meus cabelos.

Rio, dezembro, 1957

AI DE TI, COPACABANA!

1. Ai de ti, Copacabana, porque eu já fiz o sinal bem claro de que é chegada a véspera de teu dia, e tu não viste; porém minha voz te abalará até as entranhas.
2. Ai de ti, Copacabana, porque a ti chamaram Princesa do Mar, e cingiram tua fronte com uma coroa de mentiras; e deste risadas ébrias e vãs no seio da noite.
3. Já movi o mar de uma parte e de outra parte, e suas ondas tomaram o Leme e o Arpoador, e tu não viste este sinal; estás perdida e cega no meio de tuas iniquidades e de tua malícia.
4. Sem Leme, quem te governará? Foste iníqua perante o oceano, e o oceano mandará sobre ti a multidão de suas ondas.
5. Grandes são teus edifícios de cimento, e eles se postam diante do mar qual alta muralha desafiando o mar; mas eles se abaterão.
6. E os escuros peixes nadarão nas tuas ruas e a vasa fétida das marés cobrirá tua face; e o setentrião lançará as ondas sobre ti num referver de espumas qual um bando de carneiros em pânico, até morder a aba de teus morros; e todas as muralhas ruirão.
7. E os polvos habitarão os teus porões e as negras jamantas as tuas lojas de decorações; e os meros se entocarão em tuas galerias, desde Menescal até Alaska.
8. Então quem especulará sobre o metro quadrado de teu terreno? Pois na verdade não haverá terreno algum.
9. Ai daqueles que dormem em leitos de pau-marfim nas câmaras refrigeradas, e desprezam o vento e o ar do Senhor, e não obedecem à lei do verão.
10. Ai daqueles que passam em seus cadilaques buzinando alto, pois não terão tanta pressa quando virem pela frente a hora da provação.
11. Tuas donzelas se estendem na areia e passam no corpo óleos odoríferos para tostar a tez, e teus mancebos fazem das lambretas instrumentos de concupiscência.

12. Uivai, mancebos, e clamai, mocinhas, e rebolai-vos na cinza, porque já se cumpriram vossos dias, e eu vos quebrantarei.
13. Ai de ti, Copacabana, porque os badejos e as garoupas estarão nos poços de teus elevadores, e os meninos do morro, quando for chegado o tempo das tainhas, jogarão tarrafas no Canal do Cantagalo; ou lançarão suas linhas dos altos do Babilônia.
14. E os pequenos peixes que habitam os aquários de vidro serão libertados para todo o número de suas gerações.
15. Por que rezais em vossos templos, fariseus de Copacabana, e levais flores para Iemanjá no meio da noite? Acaso eu não conheço a multidão de vossos pecados?
16. Antes de te perder eu agravarei a tua demência – ai de ti, Copacabana! Os gentios de teus morros descerão uivando sobre ti, e os canhões de teu próprio Forte se voltarão contra teu corpo, e troarão; mas a água salgada levará milênios para lavar os teus pecados de um só verão.
17. E tu, Oscar, filho de Ornstein, ouve a minha ordem: reserva para Iemanjá os mais espaçosos aposentos de teu palácio, porque ali, entre algas, ela habitará.
18. E no Petit Club os siris comerão cabeças de homens fritas na casca; e Sacha, o homem-rã, tocará piano submarino para fantasmas de mulheres silenciosas e verdes, cujos nomes passaram muitos anos nas colunas dos cronistas, no tempo em que havia colunas e havia cronistas.
19. Pois grande foi a tua vaidade, Copacabana, e fundas foram as tuas mazelas; já se incendiou o Vogue, e não viste o sinal, e já mandei tragar as areias do Leme e ainda não vês o sinal. Pois o fogo e a água te consumirão.
20. A rapina de teus mercadores e a libação de teus perdidos; e a ostentação da hetaira do Posto Cinco, em cujos diamantes se coagularam as lágrimas de mil meninas miseráveis – tudo passará.
21. Assim qual escuro alfanje a nadadeira dos imensos cações passará ao lado de tuas antenas de televisão; porém muitos peixes morrerão por se banharem no uísque falsificado de teus bares.

22. Pinta-te qual mulher pública e coloca todas as tuas joias, e aviva o verniz de tuas unhas e canta a tua última canção pecaminosa, pois em verdade é tarde para a prece; e que estremeça o teu corpo fino e cheio de máculas, desde o Edifício Olinda até a sede dos Marimbás porque eis que sobre ele vai a minha fúria, e o destruirá. Canta a tua última canção, Copacabana!

Rio, janeiro, 1958

HOMENAGEM AO SR. BEZERRA

O incorporador é um sr. Bezerra. Não chega a ser um bonito nome, é verdade, mas para mim é simpático, pois conheci vários cidadãos agradáveis com esse nome, quase todos do Nordeste, especialmente do Rio Grande do Norte – os Bezerra Dantas, por exemplo. A ideia fundamental do sr. Bezerra parece ter sido esta: tirar a minha vista do mar. Imagino que o sr. Bezerra seja meu leitor e notou que muitas vezes começo minhas crônicas falando do mar que vejo de minha varanda; é verde aqui, azul ali, nordeste semeando espumas, o raivoso e frio sudoeste, e barcos passando, e o farol da ilha e não sei mais o quê – e o sr. Bezerra se encheu. Imaginou então construir um edifício bastante largo e alto para me tapar a paisagem e o assunto. Deve ter gasto um bom dinheiro para prestar esse grande serviço às letras nacionais, pois na esquina da praia havia uma sólida casa revestida de pedras e rodeada de um parque. Uma grande equipe de trabalhadores desmantelou a casa e cortou as árvores, inclusive um belo pé de magnólia e um casal de pinheiros que há muitos anos faziam parte de minha paisagem. Sim, era alguma coisa *minha* que eles estavam derrubando – mas o advogado me disse que a lei não reconhece esse direito de propriedade visual e sentimental.

Erguido um grande tapume – onde seu nome brilha em uma tabuleta na qualidade de incorporador – o sr. Bezerra mandou fazer um imenso buraco, cavando a terra e a areia, para as fundações. Depois não sei o que aconteceu, com certeza alguma dificuldade de financiamento; sei que os operários se foram, ficando apenas um melancólico vigia, cuja função é olhar com tristeza aquele buraco.

Toda manhã, quando vou à praia, vejo o nome do sr. Bezerra na tabuleta – e fico a imaginar com certa delícia que deve ser um senhor de meia-idade, muito bem falante e de sotaque potiguar, que prometeu entregar o edifício prontinho em tantos meses e agora coça a cabeça e dá desculpas, falando em banco, na Caixa, no Instituto, que faltam certas formalidades, houve dificuldades imprevisíveis, de qualquer modo ele deseja evitar um reajustamento, aliás acredita que no mês próximo as obras poderão ser reiniciadas, o senhor compreende a culpa é dessa política estúpida do governo etc. etc.

Dois outros edifícios iniciados muito antes já estão quase prontos, mas o prédio do sr. Bezerra é apenas um sonho pairando sobre um buraco. À medida que as outras obras progridem, o sr. Bezerra deve coçar a cabeça com mais raiva, o que estimo sinceramente. Há casos de obras que ficam paradas anos e anos, e esse pensamento me parece encantador. É verdade que no caso do sr. Bezerra ainda não se pode falar propriamente em obras, mas em desobras, pois ele não fez nada, só desfez. Talvez o sr. Bezerra passe à história como um emérito construtor de buracos, título a que vários estadistas nossos fazem jus.

Enfim, enquanto o sr. Bezerra estiver mal, tudo irá bem. Ele me roubou as árvores, mas me deixou um pedaço de mar com brisa e ondas. Os cavalheiros que entraram com dinheiro adiantado para ter um apartamento devem estar com raiva do sr. Bezerra; eu, entretanto, desejo de todo o coração ao sr. Bezerra uma excelente saúde, muitas alegrias, bons vinhos e boas mulheres – e um encalacramento financeiro prolongado e sutil, que entretenha com fúteis esperanças, anos a fio, o coração dos ex-futuros condôminos.

Um encalacramento que se prolongue através dos tempos e se torne tão crônico e dramático que acabará comovendo a todos, e só terminará no dia em que o sr. Bezerra for enterrado (homenagem especial) no buraco enorme que ele abriu ali na esquina.

Rio, maio, 1958

UM MUNDO DE PAPEL

"O senhor imagina o que é isso para uma pessoa moça que se esforça para melhorar de vida? As taxas pagas, o dinheiro dos professores, das passagens, o tempo perdido, a decepção..."

A história que essa carta me conta é triste e banal. Houve um concurso para escriturário de determinada autarquia. A moça inscreveu-se, tomou cursos, estudou meses, fez as provas, foi aprovada, foi classificada, chorou de alegria quando a mãe a beijou, ficou esperando a nomeação, passaram-se dois anos, ela não foi nomeada e o concurso não vale mais.

O Estado, no Brasil, é um brincalhão.

Um homem me conta história idêntica: "gastei tempo, dinheiro e saúde, passei noites em claro, fiquei até doente dos olhos... deixei de levar minha filhinha a passear nos domingos... tudo em troca de nada... Sou um 'otário'..."

O pior é que os dois me pedem conselho. Só posso dizer que continuem a se esforçar e a ser bonzinhos, pois Deus protege os inocentes. Ou então o remédio é nascer outra vez, em uma família conveniente. Eu poderia fornecer aqui o nome de algumas famílias convenientes, isto é, famílias onde as mocinhas e os rapazes são nomeados, sem concurso nenhum, para cargos esplêndidos.

É verdade que há sujeitos admiráveis que, mesmo não pertencendo a essas famílias, conseguem coisas impressionantes. O diabo é que eles não revelam sua técnica. O Dasp deveria requisitar um desses cavalheiros e encarregá-lo de escrever um livro no estilo de Dale Carnegie: *Como fazer amigos e arranjar uma galinha-morta no Serviço Público Federal*.

*

Foi em Minas, creio, que um secretário de Estado mandou afixar em sua repartição esta frase com um conselho aos funcionários: "Não basta despachar o papel, é preciso resolver o caso".

Quem fez isso devia ser um empírico, sem uma verdadeira e fina vocação burocrática. O exemplo mais brilhante dessa vocação deu-o anos atrás um cavalheiro cujo nome não sei; era presidente da Câmara Municipal de São João de Meriti.

Foi o caso que morreu um vereador, e seu suplente quis tomar posse. O presidente exigiu dele a certidão de óbito do vereador. O suplente disse que não a trouxera, mas podia providenciar depois; achava, entretanto, que não havia inconveniente em tomar posse naquela mesma sessão...

O presidente respondeu:

— Não é questão de conveniência ou inconveniência. O que há é impossibilidade. O suplente não pode se empossar sem estar provada a morte do vereador.

— Mas V. Ex.ª não ignora que o vereador morreu...

— A prova do falecimento é a certidão de óbito.

— Mas V. Ex.ª tomou conhecimento oficial da morte; V. Ex.ª, como presidente da Mesa, praticou vários atos oficiais motivados por essa morte!

— A prova do falecimento é a certidão de óbito.

— Mas o morto foi velado neste recinto. O enterro saiu desta sala, desta Câmara.

— A prova do falecimento é a certidão de óbito.

— Mas V. Ex.ª segurou uma das alças do caixão!

— A prova do falecimento é a certidão de óbito.

E não se foi adiante, enquanto o suplente não apresentou a certidão de óbito. Todos os argumentos esbarravam naquela frase irretorquível, perfeita, quase genial, que mereceria ser gravada em mármore no frontispício do Dasp: "A prova do falecimento é a certidão de óbito". Só os medíocres, os anarquistas e os pobres-diabos, condenados a vida inteira a ser suplicantes ou requerentes e que jamais serão Autoridade, não percebem a profunda beleza dessa frase. Eles jamais compreenderão que uma pessoa não pode existir sem certidão de nascimento nem pode deixar de existir sem certidão de óbito. Que acima da vida e da morte, do bem e do mal, da felicidade e da desgraça está esta coisa sacrossanta: o papel.

Eu também quero fazer uma frase. Proponho que o Dasp investigue o nome daquele antigo presidente da Câmara Municipal de São João de Meriti e, no dia em que ele morrer, mande gravar em seu túmulo (depois, naturalmente, de apresentada a certidão de óbito) esta frase de suprema consagração burocrática: "Ele amou o papel".

Rio, maio, 1958

SIZENANDO, A VIDA É TRISTE

Está provado que acordar mais cedo faz o dia maior. Esta frase não é minha, e desgraçadamente não consegui saber o nome de seu autor, pois acordei muito cedo, mas não bastante cedo; quando liguei o rádio às 6h10 a aula já tinha começado; ouvi o programa até o fim, mas não fiquei sabendo o nome do professor. *"La verando estas vera jardeno, plena de floroi."* Nunca estudei esperanto, mas suponho que a varanda ou o verão está com muitas flores no jardim; de qualquer modo é uma boa notícia, algo de construtivo.

Confesso que a certa altura mudei de estação; sou um espírito inquieto. A estação logo à direita dava telegramas de Argel, crise na França; fui mais adiante, sintonizei um bolero; tentei ainda outra, dizia anúncios; voltei para o meu jardim florido em esperanto.

O professor estava agora respondendo cartas de ouvintes. O Sr. Sizenando Mendes Ferreira, de Iporá, Goiás, escrevera dizendo que achara suas aulas muito interessantes e queria se inscrever entre seus alunos.

Sou um homem do interior, tenho uma certa emoção do interior, às vezes penso que eu merecia ser goiano. A manhã estava escura e chuvosa em Ipanema; e me comoveu saber que naquele instante mesmo, a um mundo de remotas léguas, no interior de Goiás, havia um Sizenando, brasileiro como eu, aprendendo que o *jardeno* está *plena de floroi* – e talvez escrevendo isso em um caderno.

Não importa que neste momento haja milhões de brasileiros dormindo insensatamente, enquanto outros milhões tomam café ou banho de chuveiro ou já marchem para o trabalho, ou que minha amada Joana esteja neste minuto saindo do Sacha's e entrando no carro daquele *stompanato* de Botafogo. Eu e Sizenando cultivamos o jardim da cultura, *plena de floroi*; nós somos, de certo modo, a elite do Brasil; amanhecemos em flor.

Então o professor, talvez estimulado pela atenção do ouvinte goiano, fez uma pequena dissertação sobre a utilidade do esperanto e também sobre a vantagem de acordar cedo. Está provado que acordar mais cedo faz o dia maior. Não será uma frase muito sutil, mas é tão pura e bem-intencionada que poderia figurar no decálogo do escoteiro. No fundo deve haver alguma ligação entre o escotismo, o esperanto e o acordar cedo. Eis uma falha de minha vida; nunca fui escoteiro; agora é tarde para quebrar coco na ladeira, mas talvez ainda seja tempo de aprender um pouco de esperanto; eu e Sizenando.

"Tenho um amigo" – dizia o professor – "que me confessou que nunca ouvira o meu programa, pois dorme até tarde. Pois bem. Ele ontem acordou cedo e ouviu o meu programa. Disse-me que passou o dia inteiro com uma excelente disposição, achou o dia maior e mais útil, ficou realmente satisfeito."

O próprio professor estava satisfeito com a declaração de seu amigo; sentia-se isso em sua voz. Murmurei para mim mesmo que o golpe é este: todo dia acordar cedo, ouvir minha aula de esperanto e depois se houver alguma aula de ginástica pelas imediações topar também, *mens sana in corpore sano*; no fim de um mês os amigos vão ficar espantados, como o Braga está bem! Este pensamento me reconfortou; estendi a mão para pegar um cigarro na mesinha de cabeceira, mas fumei com um certo remorso. No fundo o esperanto deve ser contra o tabagismo, assim como é favorável ao escotismo.

Mi estas brunas. Isto quer dizer: eu sou moreno. *Mi estas brunas*, ó filhas de Jerusalém, dizia a Sulamita. A esta hora Joana deve estar no carro daquele palhaço, toda aconchegada a ele, meio tonta de uísque, vai para o apartamento dele – um imbecil que não sabe uma só palavra de esperanto! A vida é triste, Sizenando.

Rio, junho, 1958

LEMBRANÇAS DA FAZENDA

Na fazenda havia muitos patos. As patas sumiam, iam fazer seus ninhos numa ilha lá em cima. Quando os patinhos nasciam, elas desciam o rio à frente de suas pequenas esquadrilhas amarelas e aportavam gloriosas no terreiro da fazenda. Apareceu uma romã de vez com sinal de mordida de criança. Um menino foi acusado. Negou. A prima já moça pegou a romã, meteu na boca do menino, disse que os sinais dos dentes coincidiam. O menino continuou negando, fez má-criação, foi preso na despensa. Ficou chorando, batendo na porta como um desesperado para que o tirassem daquele lugar escuro. Ninguém o tirava. Então começou, em um acesso de raiva, a derrubar no chão sacos de milho e arroz. Estranharam que ele não estivesse mais batendo, e abriram a porta. Escapou com a violência de uma fera acuada que empreende uma surtida.

As primas da roça passavam no meio da boiada sem medo nenhum, mas os meninos da cidade ficavam olhando a cara dos bois e achavam que os bois estavam olhando para eles com más intenções. A linguagem crua das moças da roça sobre a reprodução dos animais os assustava.

Na outra fazenda havia um córrego perdido entre margens fofas de capim crescido. O menino foi tomar banho, voltou com cinco sanguessugas pegadas no corpo. Havia um carpinteiro chamado "seu" Roque e uma grande mó de pedra no moinho de fubá onde a água passava chorando. Quando pararam o moinho, veio um silêncio pesado e grosso dos morros em volta e caiu sobre todas as coisas.

Gosto lento de descascar cana e chupar cana. A garapa escorrendo grossa de uma bica de lata da engenhoca. O café secando no terreiro de terra batida. Mulheres de panos na cabeça trabalhando na roça. O homem doente deitado gemendo no paiol de milho. Havia um pari, onde se ia toda manhã bem cedo pisar as pedras limosas na água tão fria, apanhar peixes.

A estrada onde se ia a cavalo, a estrada úmida aberta de pouco no seio escuro da mata. A lembrança do primo que caiu do cavalo, foi arrastado com um pé preso no estribo mexicano, a cabeça se arrebentando nas pedras.

Defronte da fazenda havia uma pedra grande, imensa, escura, onde de tarde, no verão, se ajuntavam nuvens pretas e depois relampejava e trovoava e chovia com estrondo uma chuva grossa que acabava meia hora antes da hora de o sol descer, e então os meninos saíam da varanda da fazenda e iam correr no pasto molhado.

A travessia do ribeirão no lugar fundo que não dava pé, debaixo da ponte, a água escura e grossa, o medo de morrer. O jacaré pequeno que uma roda do carro de boi pegou. Os bois atravessando o rio a nado, o menino a cavalo confiante no seu cavalo nadador. As balsas lentas, as canoas escuras e compridas, pássaros tontos batendo com o peito na parede e morrendo, gaviões súbitos carregando pintos, a história da onça que veio até o porão.

E subir morro e descer morro com espingarda na mão, e a cobra vista de repente e os mosquitos de tarde e o bambual na beira do rio com rolinhas ciscando. Os bois curados com creolina, as vacas mugindo longe dos bezerros, o leite quentinho bebido de manhã, a terra vermelha dos barrancos, a terra preta onde se cava minhoca, a tempestade no milharal, o calor e a tonteira da primeira cachaça, e os pecados cometidos atrás do morro com tanta inocência animal.

E, de repente, uma paixão.

Rio, junho, 1958

ELE SE CHAMA PIRAPORA

Chama-se Pirapora, o meu corrupião; eu o trouxe lá da beira do São Francisco muito feio, descolorido e sem cauda. Consegui uma licença escrita para poder conduzi-lo; apesar disso houve um chato da companhia aérea que implicou com ele na baldeação em Belo Horizonte. Queria que ele viesse no compartimento de bagagens, onde certamente morreria de frio ou de tédio. Houve muita discussão, da qual Pirapora se aproveitou para conquistar a amizade de um negro carregador, limpando-lhe carinhosamente a unha com o bico. Encantado com o passarinho, esse carregador me ajudou a ludibriar o exigente funcionário, e fizemos boa viagem.

A princípio eu me preocupava em saber o que o bicho comia. Hoje me pergunto o que ele não come. Carne de vaca; verduras, tomate, laranja, goiaba, miolo de pão, mamão, sementes, gema de ovo, palitos de fósforos e revistas ilustradas, praticamente tudo ele come. É mesmo um pouco antropófago, porque devora qualquer pedacinho de pele da mão da gente que descobre. Os alimentos mais secos ele os põe n'água e faz uma espécie de sopinha fria. Come e descome com uma velocidade terrível; tem um metabolismo alucinado, mas respeita rigorosamente a limpeza do canudo de palha em que mora. Adora tudo o que brilha, pedras preciosas ou metais, e fica bicando essas coisas com uma teimosia insensata, como a lamentar que não sejam comestíveis. Passa horas brincando com um pedaço de barbante, mas isso parece que lhe faz um pouco mal aos nervos. Peço às damas visitantes que retirem os anéis quando se aproximam da gaiola.

*

Agora ele está de rabo comprido, penas negras lustrosas e penas alaranjadas vibrantes de cor. Está realmente bonito, voa um pouco pela casa todo dia e toma banho duas vezes ao dia. Enfim, tenho todos os motivos para me orgulhar de meu corrupião; e devia estar contente.

Mas a verdade é muito outra. Há um pequeno drama de família; estamos de mal.

*

    Conheço muitas histórias de corrupião; corrupião que assobia o Hino Nacional; corrupião que só gosta de mulher, não tolera homem; corrupião que quando o dono da casa chega ele assobia até que abram a gaiola e ele pouse no ombro do homem; corrupião que passeia pelo bairro inteiro e volta para casa ao escurecer etc.
    O meu, não. Talvez a culpa seja minha, que o educo mal. Sei como deveria proceder com ele: movimentos sempre lentos, chantagem na base do miolo de pão, não lhe dando comida demais para que ele venha comer na mão; certa mistura de disciplina e carinho, sistema de prêmios e castigos. Enfim, aquele negócio dos reflexos condicionados.
    Ele já estava bastante meu amigo quando cometi o primeiro erro; e ele reagiu. Afastava-se de mim; se eu aproximava o dedo, ele o bicava com força. Despeitado com esse tratamento, eu devo ter sido um pouco brusco. Um dia em que ele não queria de jeito nenhum sair da gaiola eu o agarrei e o trouxe para fora à força. Não gostou.
    O pior é que tomei gosto em irritá-lo. Estalo os dedos sobre sua cabeça, o que o faz emitir estranhos grunhidos, enchendo o papo de vento, esticando o pescoço e dando grandes assobios; fica parecendo um galo de briga; uma gracinha. Mas com essas provocações ele foi, devagar, devagarinho, criando um certo ódio de mim.
    Não, ainda não será ódio. De outras vezes ele já levou um dia inteiro, até dois, sem me dirigir a palavra e mesmo sem me olhar; mas logo o rancor sumiu de sua alminha leve, e voltamos às boas. Desta vez ele está há quatro dias completamente hostil, e minha presença o incomoda visivelmente. Por acinte trata bem qualquer pessoa estranha, o rufião. Mas creio que sua amizade é um bem ainda recuperável.
    O pior é que eu digo essas coisas assim, mas no fundo sou um pouco rancoroso, e estou criando uma certa mágoa desse bicho ingrato que eu trouxe da roça para a Capital da República, até cheguei a ir à feira só para comprar comidinhas melhores para ele, dei gaiola grande e bonita, uma vez gastei oitenta cruzeiros de táxi só para vir em casa livrá-lo de uma chuva súbita. Não, não sei se ainda lhe tenho a mesma estima. Nosso último incidente foi há três dias, e

ele ainda hoje à tarde me tratou com uma antipatia suprema e ainda por cima se desmanchou em graças e carinhos com o *boy* que veio buscar a crônica.

Acho que vou dar esse corrupião – ou despedir esse *boy*.

Rio, agosto, 1958

VIÚVA NA PRAIA

Ivo viu a uva; eu vi a viúva. Ia passando na praia, vi a viúva, a viúva na praia me fascinou. Deitei-me na areia, fiquei a contemplar a viúva.

O enterro passara sob a minha janela; o morto eu o conhecera vagamente; no café da esquina a gente se cumprimentava às vezes, murmurando "bom dia"; era um homem forte, de cara vermelha; as poucas vezes que o encontrei com a mulher ele não me cumprimentou, fazia que não me via; e eu também. Lembro-me de que uma vez perguntei as horas ao garçom, e foi aquele homem que respondeu; agradeci; este foi nosso maior diálogo. Só ia à praia aos domingos, mas ia de carro, um Citroën, com a mulher, o filho e a barraca, para outra praia mais longe. A mulher ia às vezes à praia com o menino, em frente à minha esquina, mas só no verão. Eu passava de longe; sabia quem era, que era casada, que talvez me conhecesse de vista; eu não a olhava de frente.

A morte do homem foi comentada no café; eu soube, assim, que ele passara muitos meses doente, sofrera muito, morrera muito magro e sem cor. Eu não dera por sua falta, nem soubera de sua doença.

E agora estou deitado na areia, vendo a sua viúva. Deve uma viúva vir à praia? Nossa praia não é nenhuma festa; tem pouca gente; além disso vamos supor que ela precise trazer o menino, pois nunca a vi sozinha na praia. E seu maiô é preto. Não que o tenha comprado por luto; já era preto. E ela tem, como sempre, um ar decente; não olha para ninguém, a não ser para o menino, que deve ter uns dois anos.

Se eu fosse casado, e morresse, gostaria de saber que alguns dias depois minha viúva iria à praia com meu filho – foi isso o que pensei, vendo a viúva. É bem bonita, a viúva. Não é dessas que chamam a atenção; é discreta, de curvas discretas, mas certas. Imagino que deve ter 27 anos; talvez menos, talvez mais, até trinta. Os cabelos são bem negros; os olhos são um pouco amendoados, o nariz direito, a boca um pouco dentucinha, só um pouco; a linha do queixo muito nítida.

Ergueu-se, porque, contra suas ordens, o garoto voltou a entrar n'água. Se eu fosse casado, e morresse, talvez ficasse um pouco ressentido ao pensar que, alguns dias depois, um homem – um estranho, que mal conheço de vista, do café – estaria olhando o corpo de minha mulher na praia. Mesmo que olhasse sem impertinência, antes de maneira discreta, como que distraído.

Mas eu não morri; e eu sou o outro homem. E a ideia de que o defunto ficaria ressentido se acaso imaginasse que eu estaria aqui a reparar no corpo de sua viúva, essa ideia me faz achá-lo um tolo, embora, a rigor, eu não possa lhe imputar essa ideia, que é minha. Eu estou vivo, e isso me dá uma grande superioridade sobre ele.

Vivo! Vivo como esse menino que ri, jogando água no corpo da mãe que vai buscá-lo. Vivo como essa mulher que pisa a espuma e agora traz ao colo o garoto já bem crescido. O esforço faz-lhe tensos os músculos dos braços e das coxas; é bela assim, marchando com a sua carga querida.

Agora o garoto fica brincando junto à barraca e é ela que vai dar um mergulho rápido, para se limpar da areia. Volta. Não, a viúva não está de luto, a viúva está brilhando de sol, está vestida de água e de luz. Respira fundo o vento do mar, tão diferente daquele ar triste do quarto fechado do doente, em que viveu meses. Vendo seu homem se finar; vendo-o decair de sua glória de homem fortão de cara vermelha e de seu império de homem da mulher e pai do filho, vendo-o fraco e lamentável, impertinente e lamurioso como um menino, às vezes até ridículo, às vezes até nojento...

Ah, não quero pensar nisso! Respiro também profundamente o ar limpo e livre. Ondas espoucam ao sol. O sol brilha nos cabelos e na curva de ombro da viúva. Ela está sentada, quieta, séria, uma perna estendida, outra em ângulo. O sol brilha também em seu joelho. O sol ama a viúva. Eu vejo a viúva.

Rio, setembro, 1958

HISTÓRIA TRISTE DE TUIM

João-de-barro é um bicho bobo que ninguém pega, embora goste de ficar perto da gente; mas de dentro daquela casa de joão-de-barro vinha uma espécie de choro, um chorinho fazendo tuim, tuim, tuim...

A casa estava num galho alto, mas um menino subiu até perto, depois com uma vara de bambu conseguiu tirar a casa sem quebrar e veio baixando até o outro menino apanhar. Dentro, naquele quartinho que fica bem escondido depois do corredor de entrada para o vento não incomodar, havia três filhotes, não de joão-de-barro, mas de tuim.

Você conhece, não? De todos esses periquitinhos que tem no Brasil, tuim é capaz de ser o menor. Tem bico redondo e rabo curto e é todo verde, mas o macho tem umas penas azuis para enfeitar. Três filhotes, um mais feio que o outro, ainda sem penas, os três chorando. O menino levou-os para casa, inventou comidinhas para eles; um morreu, outro morreu, ficou um.

Geralmente se cria em casa é casal de tuim, especialmente para se apreciar o namorinho deles. Mas aquele tuim macho foi criado sozinho e, como se diz na roça, criado no dedo. Passava o dia solto, esvoaçando em volta da casa da fazenda, comendo sementinhas de imbaúba. Se aparecia uma visita fazia-se aquela demonstração: era o menino chegar na varanda e gritar para o arvoredo: tuim, tuim, tuim! Às vezes demorava, então a visita achava que aquilo era brincadeira do menino, de repente surgia a ave, vinha certinho pousar no dedo do garoto.

Mas o pai disse: "menino, você está criando muito amor a esse bicho, quero avisar: tuim é acostumado a viver em bando. Esse bichinho se acostuma assim, toda tarde vem procurar sua gaiola para dormir, mas no dia que passar pela fazenda um bando de tuins, adeus. Ou você prende o tuim ou ele vai-se embora com os outros; mesmo ele estando preso e ouvindo o bando passar, você está arriscado a ele morrer de tristeza."

E o menino vivia de ouvido no ar, com medo de ouvir bando de tuim.

Foi de manhã, ele estava catando minhoca para pescar quando viu o bando chegar; não tinha engano: era tuim, tuim, tuim... Todos desceram ali mesmo em mangueiras, mamonas e num bambuzal, divididos em pares. E o seu? Já tinha sumido, estava no meio deles, logo depois todos sumiram para uma roça de arroz; o menino gritava com o dedinho esticado para o tuim voltar; nada.

Só parou de chorar quando o pai chegou a cavalo, soube da coisa, disse: "venha cá". E disse: "o senhor é um homem, estava avisado do que ia acontecer, portanto, não chore mais".

O menino parou de chorar, porque tinha brio, mas como doía seu coração! De repente, olhe o tuim na varanda! Foi uma alegria na casa que foi uma beleza, até o pai confessou que ele também estivera muito infeliz com o sumiço do tuim.

Houve quase um conselho de família, quando acabaram as férias: deixar o tuim, levar o tuim para São Paulo? Voltaram para a cidade com o tuim, o menino toda hora dando comidinha a ele na viagem. O pai avisou: "aqui na cidade ele não pode andar solto; é um bicho da roça e se perde, o senhor está avisado".

Aquilo encheu de medo o coração do menino. Fechava as janelas para soltar o tuim dentro de casa, andava com ele no dedo, ele voava pela sala; a mãe e a irmã não aprovavam, o tuim sujava dentro de casa.

Soltar um pouquinho no quintal não devia ser perigo, desde que ficasse perto; se ele quisesse voar para longe era só chamar, que voltava; mas uma vez não voltou.

De casa em casa, o menino foi indagando pelo tuim: "que é tuim?" perguntavam pessoas ignorantes. "Tuim?" Que raiva! Pedia licença para olhar no quintal de cada casa, perdeu a hora de almoçar e ir para a escola, foi para outra rua, para outra.

Teve uma ideia, foi ao armazém de "seu" Perrota: "tem gaiola para vender?" Disseram que tinha. "Venderam alguma gaiola hoje?" Tinham vendido uma para uma casa ali perto.

Foi lá, chorando, disse ao dono da casa: "se não prenderam o meu tuim então por que o senhor comprou gaiola hoje?"

O homem acabou confessando que tinha aparecido um periquitinho verde sim, de rabo curto, não sabia que chamava tuim. Ofereceu comprar, o filho dele gostara tanto, ia ficar desapontado quando voltasse da escola e não achasse mais o bichinho. "Não senhor, o tuim é meu, foi criado por mim." Voltou para casa com o tuim no dedo.

Pegou uma tesoura: era triste, era uma judiação, mas era preciso: cortou as asinhas; assim o bicho poderia andar solto no quintal, e nunca mais fugiria.

Depois foi lá dentro fazer uma coisa que estava precisando fazer, e, quando voltou para dar comida a seu tuim, viu só algumas penas verdes e as manchas de sangue no cimento. Subiu num caixote para olhar por cima do muro, e ainda viu o vulto de um gato ruivo que sumia.

Acabou-se a história do tuim.

Rio, setembro, 1958

BILHETE A UM CANDIDATO

"Olhe aqui, Rubem. Para ser eleito vereador, eu preciso de 3 mil votos. Só lá no Jóquei, entre tratadores, jóqueis, empregados e sócios eu tenho, no mínimo, mas no mínimo mesmo, trezentos votos certos; vamos botar mais cem na Hípica. Bem, quatrocentos. Pessoal de meu clube, o Botafogo, calculando com o máximo de pessimismo, seiscentos. Aí já estão mil.

Entre colegas de turma e de repartição contei, seguros, duzentos; vamos dizer, cem. Naquela fábrica da Gávea, você sabe, eu estou com tudo na mão, porque tenho apoio por baixo e por cima, inclusive dos comunas: pelo menos oitocentos votos certos, mas vamos dizer, quatrocentos. Já são 1 500.

Em Vila Isabel minha sogra é uma potência, porque essas coisas de igreja e caridade tudo lá é com ela. Quer saber de uma coisa? Só na Vila eu já tenho a eleição garantida, mas vamos botar: quinhentos. Aí já estão, contando miseravelmente, mas mi-se-ra-vel-men-te, 2 mil. Agora você calcule: o Tuzinho no Méier, sabe que ele é o médico dos pobres, é um sujeito que se quisesse entrar na política acabava senador só com voto da Zona Norte; e é todo meu, batata, cem por cento, vai me dar pelo menos mil votos. Você veja, poxa, que eu estou eleito sem contar mais nada, sem falar no pessoal do Cais do Porto, nem postalistas, nem professoras primárias, que só aí, só de professoras, vai ser um xuá, você sabe que minha mãe e minha tia são diretoras de Grupo. Agora bote choferes, garçons, a turma do clube de xadrez e a colônia pernambucana, sabe que meu velho é pernambucano, e sabe pernambucano como é que é!

E o Centro Filatelista? Sabe quantos filatelistas tem só no Rio de Janeiro? Mais de 4 mil! E nesse setor nem tem graça, o papai aqui está sozinho! É como diz o Gonçalves: sou o candidato do olho de boi!

E fora disso, quanta coisa! Diretor de centro espírita, tenho dois. E o eleitorado independente? E não falei no meu bairro, poxa, não falei de Copacabana, você precisa ver como é lá em casa, o telefone não para de tocar, todo mundo pedindo cédula, cédula, até sujeitos que eu não vejo há mais de dez anos. E a turma da Equitativa? O Fernandão garante que só lá tenho pelo menos trezentos votos. E o Resseguro, e o reduto do Goulart em Maria da Graça, o pessoal do Fórum... Olhe, meu filho, estou convencido de que fiz uma grande besteira: eu devia ter saído era para deputado!"

Passei uma semana sem ver o meu amigo candidato; no dia 30 de setembro, três dias antes das eleições, esbarrei com ele na avenida Nossa Senhora de Copacabana, todo vibrante, cercado de amigos; deu-me um abraço formidável e me apresentou ao pessoal: "este aqui é meu, de cabresto!"

Atulhou-me de cédulas.

Meu caro candidato:

Você deve ter notado que na 122ª Seção da Quinta Zona, onde votei, você não teve nenhum voto. Palavra de honra que eu ia votar em você; levei sua cédula no bolso. Mas você estava tão garantido que preferi ajudar outro amigo com o meu votinho. Foi o diabo. Tenho a impressão de que os outros eleitores pensaram a mesma coisa, e nessa marcha da apuração, se você chegar a trezentos votos ainda pode se consolar, que muitos outros terão muito menos do que isso. Aliás, quem também estava lá e votou logo depois de mim foi o Gonçalves dos selos.

Sabe uma coisa? Acho que esse negócio de voto secreto no fundo é uma indecência, só serve para ensinar o eleitor a mentir: a eleição é uma grande farsa, pois se o cidadão não pode assumir a responsabilidade de seu próprio voto, de sua opinião pessoal, que porcaria de República é esta?

Vou lhe dizer uma coisa com toda a franqueza: foi melhor assim. Melhor para você. Essa nossa Câmara Municipal não era mesmo lugar para um sujeito decente como você! É superdesmoralizada. Pense um pouco e me dará razão. Seu, de cabresto, o

Rubem.

Rio, outubro, 1958

ENTREVISTA COM MACHADO DE ASSIS

São trechos de um programa de televisão em que Machado de Assis é entrevistado cinquenta anos depois de sua morte. Suas respostas são frases que ele mesmo escreveu em crônicas, contos ou romances.

Repórter – O senhor gostava muito de jogar xadrez com o maestro Artur Napoleão, não é verdade?

Machado – "O xadrez, um jogo delicioso, por Deus! Imagem da anarquia, onde a rainha come o peão, o peão come o bispo, o bispo come o cavalo, o cavalo come a rainha, e todos comem a todos. Graciosa anarquia..."

— Por falar em comer, é verdade que o senhor era vegetariano?

— "... eu era carnívoro por educação e vegetariano por princípio. Criaram-me a carne, mais carne, ainda carne, sempre carne. Quando cheguei à idade da razão e organizei o meu código de princípios, incluí nele o vegetarianismo; mas era tarde para a execução. Fiquei carnívoro."

— Que tal acha o nome da capital de Minas?

— "Eu, se fosse Minas, mudava-lhe a denominação. Belo Horizonte parece antes uma exclamação que um nome."

— E a respeito da ingratidão?

— "Não te irrites se te pagarem mal um benefício; antes cair das nuvens que de um terceiro andar."

— E a imprensa de escândalo?

— "O maior pecado, depois do pecado, é a publicação do pecado."

— E esses camaradas que estão sempre na oposição?

— "O homem, uma vez criado, desobedeceu logo ao Criador, que aliás lhe dera um paraíso para viver; mas não há paraíso que valha o gosto da oposição."

— E o trabalho?

— "O trabalho é honesto, mas há outras ocupações pouco menos honestas e muito mais lucrativas."

— E a herança?

— "Há dessas lutas terríveis na alma de um homem. Não, ninguém sabe o que se passa no interior de um sobrinho, tendo de chorar a morte de um tio e receber-lhe a herança. Oh, contraste maldito! Aparentemente tudo se recompunha, desistindo o sobrinho do dinheiro herdado; ah! mas então seria chorar duas coisas: o tio e o dinheiro."

— E a loteria?

— "Loteria é mulher, pode acabar cedendo um dia."

— O senhor já ouviu falar da cantora Leny Eversong?

— "Quando eu era moço e andava pela Europa, ouvi dizer de certa cantora que era um elefante que engolira um rouxinol."

— E sobre dívidas?

— "Que é pagar uma dívida? É suprimir, sem necessidade urgente, a prova do crédito que um homem merece. Aumentá-la é fazer crescer a prova."

— Pode me dar uma boa definição do amor?

— "A melhor definição do amor não vale um beijo de moça namorada."

— E as brigas de galos?

— "A briga de galos é o Jockey Club dos pobres."

— O amor dura muito?

— "Marcela amou-me durante quinze meses e onze contos de réis; nada menos."

— E a honestidade?

— "Se achares três mil-réis, leva-os à polícia; se achares três contos, leva-os a um banco."

— E o Brasil?

— "O país real, esse é bom, revela os melhores instintos; mas o país oficial, esse é caricato e burlesco."

— E o sono?

— "Dormir é um modo interino de morrer."

— E os filhos?

— "Não tive filhos, não transmiti a nenhuma criatura o legado da nossa miséria."

— Muito obrigado, o senhor é muito franco em suas respostas.

— "A franqueza é a primeira virtude de um defunto."
— De qualquer modo, desculpe por havê-lo incomodado. Mas é que neste programa sempre entrevistamos alguém que já morreu...
— "Há tanta coisa gaiata por esse mundo que não vale a pena ir ao outro arrancar de lá os que dormem..."

Rio, outubro, 1958

O PAVÃO

Eu considerei a glória de um pavão ostentando o esplendor de suas cores; é um luxo imperial. Mas andei lendo livros, e descobri que aquelas cores todas não existem na pena do pavão. Não há pigmentos. O que há são minúsculas bolhas d'água em que a luz se fragmenta, como em um prisma. O pavão é um arco-íris de plumas.

Eu considerei que este é o luxo do grande artista, atingir o máximo de matizes com o mínimo de elementos. De água e luz ele faz seu esplendor; seu grande mistério é a simplicidade.

Considerei, por fim, que assim é o amor, oh! minha amada; de tudo que ele suscita e esplende e estremece e delira em mim existem apenas meus olhos recebendo a luz de teu olhar. Ele me cobre de glórias e me faz magnífico.

Rio, novembro, 1958

OS TROVÕES DE ANTIGAMENTE

Estou dormindo no antigo quarto de meus pais; as duas janelas dão para o terreiro onde fica o imenso pé de fruta-pão, à cuja sombra cresci. O desenho de suas folhas recorta-se contra o céu; essa imagem das folhas do fruta-pão recortadas contra o céu é das mais antigas de minha infância, do tempo em que eu ainda dormia em uma pequena cama cercada de palhinha junto à janela da esquerda.

A tarde está quente. Deito-me um pouco para ler, mas deixo o livro, fico a olhar pela janela. Lá fora, uma galinha cacareja, como antigamente. E essa trovoada de verão é tão Cachoeiro, é tão minha casa em Cachoeiro! Não, não é verdade que em toda parte do mundo os trovões sejam iguais. Aqui os morros lhe dão um eco especial, que prolonga seu rumor. A altura e a posição das nuvens, do vento e dos morros que ladeiam as curvas do rio criam essa ressonância em que me reconheço menino, assustado e fascinado pela visão dos relâmpagos, esperando a chegada dos trovões e depois a chuva batendo grossa lá fora, na terra quente, invadindo a casa com seu cheiro. Diziam que São Pedro estava arrastando móveis, lavando a casa; e eu via o padroeiro de nossa terra, com suas barbas, empurrando móveis imensos, mas iguais aos de nossa casa, no assoalho do céu – certamente também feito assim, de tábuas largas. Parece que eu não acreditava na história, sabia que era apenas uma maneira de dizer, uma brincadeira, mas a imagem de São Pedro de camisolão empurrando um grande armário preto me ficou na memória.

Nossa casa era bem bonita, com varanda, caramanchão e o jardim grande ladeando a rua. Lembro-me confusamente de alguns canteiros, algumas flores e folhagens desse jardim que não existe mais; especialmente de uma grande touceira de espadas-de-são-jorge que a gente chamava apenas de "talas"; e, lá no fundo, o precioso pé de saboneteira que nos fornecia bolas pretas para o jogo de gude. Era uma grande riqueza, uma árvore tão sagrada como o fruta-pão e o cajueiro do alto do morro, árvores de nossa família, mas conhecidas por muita gente na cidade; nós também não conhecíamos os pés de carambola das Martins ou as mangueiras do Dr. Mesquita?

Sim, nossa casa era muito bonita, verde, com uma tamareira junto à varanda, mas eu invejava os que moravam do outro lado da rua, onde as casas dão fundos para o rio. Como a casa das Martins, como a casa dos Leão, que depois foi dos Medeiros, depois de nossa tia, casa com varanda fresquinha dando para o rio.

Quando começavam as chuvas a gente ia toda manhã lá no quintal deles ver até onde chegara a enchente. As águas barrentas subiam primeiro até a altura da cerca dos fundos, depois às bananeiras, vinham subindo o quintal, entravam pelo porão. Mais de uma vez, no meio da noite, o volume do rio cresceu tanto que a família defronte teve medo.

Então vinham todos dormir em nossa casa. Isso para nós era uma festa, aquela faina de arrumar camas nas salas, aquela intimidade improvisada e alegre. Parecia que as pessoas ficavam todas contentes, riam muito; como se fazia café e se tomava café tarde da noite! E às vezes o rio atravessava a rua, entrava pelo nosso porão, e me lembro que nós, os meninos, torcíamos para ele subir mais e mais. Sim, éramos a favor da enchente, ficávamos tristes de manhãzinha quando, mal saltando da cama, íamos correndo para ver que o rio baixara um palmo — aquilo era uma traição, uma fraqueza do Itapemirim. Às vezes chegava alguém a cavalo, dizia que lá para cima, pelo Castelo, tinha caído chuva muita, anunciava água nas cabeceiras, então dormíamos sonhando que a enchente ia outra vez crescer, queríamos sempre que aquela fosse a maior de todas as enchentes.

E naquelas tardes as trovoadas tinham esse mesmo ronco prolongado entre morros, diante das duas janelas do quarto de meus pais; eles trovejavam sobre nosso telhado e nosso pé de fruta-pão, os grandes, grossos trovões familiares de antigamente, os bons trovões do velho São Pedro.

Cachoeiro, dezembro, 1958

NATAL DE SEVERINO DE JESUS

Severino de Jesus não seria anunciado por nenhuma estrela, mas por um mero disco voador.

Que seria seguido pela reportagem especializada.

O qual disco desceria junto à Hospedaria Getúlio Vargas, em Fortaleza, Ceará, abrigo dos retirantes.

Porém, Jesus não estaria na Hospedaria, por falta de lugar.

Nem tampouco estaria no conforto de uma manjedoura.

Jesus estaria no colo de Maria, em uma rede encardida, debaixo de um cajueiro.

Porque é debaixo de cajueiros que vivem e morrem os meninos cujos pais não encontram lugar na Hospedaria.

E Jesus estaria desidratado pela disenteria.

Mas sobreviveria, embora esquelético.

E cresceria barrigudinho.

E não iria ao templo discutir com os doutores, mas à televisão responder a perguntas.

E haveria muitas perguntas cretinas.

Tais como:

Por que, sendo filho do Espírito Santo, você foi nascer no Ceará e não em Cachoeiro de Itapemirim?

Jesus sorriria. E desceria para o Nordeste.

E para viver, Jesus iria para o mangue catar sururu.

E desceria depois em um pau de arara até o Rio.

Onde faria vários serviços úteis, tais como:

Levar a trouxa de roupa suja de Maria.

Tocar tamborim.

Entregar cigarros de maconha.

Então Herodes ordenaria uma batida no morro.

Porém Jesus escaparia.

E seria roubado por um mendigo que o poria a tirar esmola na porta da igreja.

E sendo lourinho e de olhos azuis, parecido com Cristo, Jesus faria grandes férias.

Porém, tendo desviado uma notinha para comprar um picolé, levaria um sopapo na cara.

E escaparia do mendigo e seria protegido por Vitinho do Querosene.

Inocentemente, participaria de seu bando.

Inocentemente seria internado no SAM.

Depois seria egresso do SAM.

E aqui é que a porca torce o rabo, porque não sei mais o que vou fazer com meu herói.

Mesmo porque até hoje ninguém sabe o que fazer com um egresso do SAM.

Ele não tem posses bastantes para ingressar na juventude transviada.

Quem não ingressa continua egresso.

Os meninos se dividem em externos, internos, semi-internos e egressos.

O lema da bandeira se divide em ordem e progresso.

Enquanto o verdadeiro Cristo nasce em todo Natal e morre em toda Quaresma.

Eu conto esta história de Jesus menino, Severino de Jesus, para lembrar que:

Aquele Jesus que era o Cristo, que Ele nos abençoe.

Mas eu duvido um pouco que Ele nos abençoe.

Ele está preocupado com seu irmão Severino de Jesus, que eu, autor, abandonei.

Em vista do que ele se tornou o conhecido menor abandonado.

É impossível socorrer o menor abandonado, pois se assim se fizer ele deixará de ser abandonado.

E se não houver menores abandonados várias senhoras beneficentes ficarão sem ter o que fazer.

E vários senhores que falam na televisão sobre o problema dos menores abandonados não terão o que dizer.

E esta minha crônica de Natal não terá nenhuma razão de ser.

Rio, dezembro, 1958

MONTANHA

Outro dia fui, à noite, a Santa Teresa, e ontem, à tarde, visitei um amigo na Clínica São Vicente. São raras, porém, minhas excursões pelas montanhas do Rio, por essa outra cidade – ou melhor, por essas outras cidades que há no Rio e dominam o Rio. Essas árvores antigas, esses muros imensos cercando o mistério dos parques e dos casarões, tudo isso tem um poder de beleza e de sossego.

O ar é mais fino; as coisas sonham em um quiriri fidalgo, desdenhando os vagos ruídos que vêm lá de baixo, da cidade. Por um instante a gente imagina viver assim, fora de toda agitação vã, para pensar com mais sossego a vida.

Por um curto instante; e se uma tristeza me pegar aqui, uma tristeza me bater no fim da tarde ou no começo da madrugada? Odiarei, com certeza, essas árvores lentas, e minha angústia recuará até o fim do século passado – as melancolias imperiais são longas, tediosas, sufocantes, lentas. Adoecerei, com certeza, de tédio monárquico, e me aplicarão enormes sanguessugas negras e roxas, fecharão todas as janelas com longos panos pretos, haverá um cheiro de vela apagada e de remoto mofo, e receberei a extrema-unção de um padre gordo e lerdo de imensa batina desbotada. Homens pálidos, de luto, me enterrarão em uma cova demasiado úmida e quando eu estiver bem defunto, no total escuro, vestido de preto, calçado com enormes botinas pretas, minha amada estará nadando em luz no Arpoador matinal, entre gaivotas e espumas, quase nua.

Rio, junho, 1959

ARDENDO SOBRE O ROCHEDO

... Foi então que, tendo repelido os apalaches, fiz meus quartéis de verão nas ilhas Ébrias.

Ora, em uma dessas ilhas, a que tem o nome de Almenara, havia um homem chamado Emiliano;

Que vivia em uma choupana diante de uma pequena Angra, por isso mesmo conhecida como Angra Emiliana.

Pois há homens que são como cabos, outros que semelham ilhas, outros que parecem cubos de concreto.

Mas Emiliano é como que uma angra; nele todos os barcos têm porto inseguro, mas franco; e farta aguada.

Embora o perigo das cascavéis.

O clima é harto quente, mas chuvoso; e há ninfas.

No Calendário Emiliano os dias não se juntam em meses e anos, mas em procissões e piracemas.

E as noites são negras e brilhantes como auroras secretas. São como auroras.

Nossos baralhos tinham passado pelas mãos de muitas gerações, e mal se distinguia neles um rei de uma sota.

Jogávamos incessantemente, apostando cocos, siris e barregãs.

E o fumo de nossos vícios formava uma nuvem sobre nossas cabeças.

E jogávamos sempre e sempre, dizendo blasfêmias.

Até que essa nuvem, pejada e enegrecida, se rompia em raios e aguaceiros. Sobre as nossas cabeças.

Quando o mulungu dava suas flores, esse dia era chamado domingo.

E frequentávamos as moitas de pitangueiras e comíamos tristes jenipapos que as velhas mulheres da aldeia assavam com açúcar preto em seus fornos de barro.

Porém, quando soprava o Sudoeste, Emiliano d'Almenara envolvia-se no silêncio de seus brocados barrocos.

Então não havia chamá-lo para os jogos nem para as danças e cauim;

Porque seu coração era enegrecido de soberba.

Emiliano d'Angra

D'Angra d'Almenara.

Assim chamada por um facho que em muitas noites antigas era visto ardendo sobre o rochedo.

Era o coração de Emiliano ardendo sobre o rochedo.

Rio, julho, 1959

A TARTARUGA

Moradores de Copacabana, comprai vossos peixes na Peixaria Bolívar, rua Bolívar, 70, de propriedade do Sr. Francisco Mandarino. Porque eis que ele é um homem de bem.

O caso foi que lhe mandaram uma tartaruga de cerca de 150 quilos, dois metros e (dizem) duzentos anos, a qual ele expôs em sua peixaria durante três dias e não a quis vender; e a levou até a praia, e a soltou no mar.

Havia um poeta dormindo dentro do comerciante, e ele reverenciou a vida e a liberdade na imagem de uma tartaruga.

*

Nunca mateis a tartaruga.

Uma vez, na casa de meu pai, nós matamos uma tartaruga. Era uma grande, velha tartaruga do mar que um compadre pescador nos mandara para Cachoeiro.

Juntam-se homens para matar uma tartaruga, e ela resiste horas. Cortam-lhe a cabeça, ela continua a bater as nadadeiras. Arrancam-lhe o coração, ele continua a pulsar. A vida está entranhada nos seus tecidos com uma teimosia que inspira respeito e medo. Um pedaço de carne cortado, jogado ao chão, treme sozinho, de súbito. Sua agonia é horrível e insistente como um pesadelo.

De repente os homens param e se entreolham, com o vago sentimento de estar cometendo um crime.

*

Moradores de Copacabana, comprai vossos peixes na Peixaria Bolívar, de Francisco Mandarino, porque nele, em um momento belo de sua vida vulgar, o poeta venceu o comerciante. Porque ele não matou a tartaruga.

Rio, julho, 1959

QUARTO DE MOÇA

Alguém me fala do apartamento em que você morou em Paris, em uma pequena praça cheia de árvores; outra pessoa esteve em sua casa de Nápoles; eu me calo. Mas, eu conheci seu quarto de solteira. Era pequeno, gracioso e azul; ou é a distância que o azula na minha lembrança? Junto à janela havia uma grande amendoeira antiga; às vezes o vento levava para dentro grande folha cor de cobre – gentileza da amendoeira. Que tinha outras: pássaros, quase sempre pardais, às vezes um tico-tico, ou uma rolinha, ou um casal de sanhaços azulados. E no verão, como as cigarras ziniam! Lembro o armário escuro e simples, onde cabiam seus vestidos de solteira, que não eram muitos; e lembro alguns deles, um roxinho singelo, um estampado alegre, de flores, um outro de linho grosso, cor de areia. Havia uma pequena estante; e, entre os livros, o meu primeiro livro, com uma dedicatória tímida. Na parede, uma fotografia, uma imagem de santa, e uma reprodução de Piero della Francesca, não era?

Era simples, seu quarto de menina e de moça; mas tinha uma graça leve e singela, e você o amava. Dali partiu para tantas outras casas e hotéis em outras cidades do mundo, e um dia soube que haviam derrubado sua casa. Contaram-me, achando graça, você chorou quando teve a notícia, chorou como se tivesse perdido pai ou mãe, alguém muito querido. Contaram-me, achando graça – e eu não disse nada, mas me comovi.

Nossa amizade se perdeu no acaso das viagens; outros homens sabem muito mais sobre você, viveram sua alegria e seu sofrimento; de mim você terá apenas uma lembrança distante e, espero, boa. Mas, se um dia você se sentisse vazia e sem apoio, e achasse as coisas tão sem sentido, eu imagino que você gostaria que eu reconstruísse no ar, como um presente, um presente para proteger e embalar você, o seu pequeno quarto azul que não existe mais.

Conheci seu quarto de solteira; lembro a cama, o armário, a estante, a cômoda, a mesinha, o abajur e o grande espelho. O grande espelho onde às vezes, ainda mocinha, vinda do banho, você se olhava demoradamente – pensativamente – nua.

Rio, setembro, 1959

A DEUS E AO DIABO TAMBÉM

Ela então me contou seus pecados; primeiro, o primeiro, quando ainda era mocinha; depois o mais feio, que foi uma coisa que ela não queria, foi resistindo, mas você compreende, chegou a um ponto em que não dava mais jeito. O pior é que nessa ocasião tinha um rapaz de quem ela gostava muito e queria ser fiel a ele; "foi sujeira", confessa, "foi sujeira minha"; mas a verdade é que a coisa veio devagar, foi aceitando presentes, depois não sabia o que seria mais vigarista: negar-se ou dar-se; aliás tinha uma simpatia sincera pelo sujeito; mas gostar mesmo era do outro. E contou mais algumas coisas. Disse uma palavra feia a respeito de si mesma e pediu minha opinião:

— Não é verdade? – me olhando nos olhos.

Calei-me; ela insistiu, eu fiz uma evasiva meiga:

— Você é um amor.

Então, meu Deus, ela se pôs filosófica. Esticou o longo corpo no sofá, sustentou a cabeça nas mãos:

— Esta vida...

E disse coisas; mas sempre queria saber minha opinião. Que eu era um homem vivido, eu sabia as coisas, era um escritor. Ponderei que essas coisas quem sabe melhor é padre; de preferência padre velho, que já ouviu muita história, sabe dar conselho. Disse que não; que padre, ela já sabe o que padre vai dizer, de maneira que não adianta; "não gosto de padres".

— Mas você não é católica?

Era, mas não gostava de padres. Isto é, conheceu um padre que era formidável, aliás, era um frade. "Qual é a diferença?" Dei uma resposta vaga, ela fez "ahn..." e virou-se, ergueu uma longa perna no ar, em um movimento perfeito: "Preciso voltar a fazer *ballet*, eu ando muito preguiçosa".

Depois, com o olho triste, confessou que às vezes danava a pensar no futuro, tinha medo. Notei:

— "Pensava no futuro e tinha medo." Isto é um verso de Augusto dos Anjos, você disse quase igual.

Ficou encantada em ter dito uma coisa parecida com o verso de um poeta; pensei em dizer que ela fazia poesia como *monsieur* Jordan fazia prosa, mas a citação era muito trivial e, no caso, daria muito trabalho explicar. Agora ela estava deitada com as mãos atrás da cabeça (os seios quase sumiam) e erguendo as pernas fazia flexões de joelho, perfeitas.

— Quanto livro você tem aí! Eu sou tão ignorante! Precisava ler muitos livros.

Ergueu-se, tirou um livro da estante. Era *Soviet economic aid*, de Berliner. Pegou outro, era *O fantasma da inflação*, de Humberto Bastos. Olhou as capas, comentou apenas:

— Eu sou burra...

— Por que você usa esse penteado assim?

Então ela confessou que tinha a testa muito feia. Aliás achava que tinha muitas coisas feias.

— Eu sou cheia de complexos.

Eu disse com severidade:

— Você devia toda manhã agradecer a Deus, ajoelhada, tudo o que Ele lhe deu.

Ela riu, ensaiou uns passos de *ballet*, elevou no ar um pé nu:

— A Deus ou ao Diabo?

— Ao Diabo também.

Sem interromper o exercício, ela me olhou de lado:

— Você é gozado.

Rio, outubro, 1959

VISITA DE UMA SENHORA DO BAIRRO

Um casal tinha almoçado comigo e saíra. Fiquei sozinho em casa, pensando numas coisas que tinham me dito sobre aquele casal, imaginando o que seria verdade, o que seria exagero. Era hora de fazer crônica, mas eu estava sem vontade nenhuma de escrever. Foi então que bateram à porta e eu abri.

— Posso entrar?
— Claro.

Era bonita, morena. Tinha um lenço na cabeça, óculos escuros, uma blusa de cores alegres, saia branca, as pernas nuas, sandálias sem salto. De seu corpo vinha um cheiro fresco de água-de-colônia.

— Você não me conhece não.

Morava no bairro, já tinha me visto uma vez na praia e era casada: "Vivo muito bem com meu marido. Mas se ele soubesse que eu vim aqui ficaria furioso, você não acha?"

— Claro.

Perguntou se eu só sabia dizer "claro". Bem lhe haviam dito que eu às vezes sou inteligente escrevendo, mas falando sou muito burro. Para irritá-la, concordei:

— Claro.

Mas ela sorriu. Perguntou se eu fazia questão de saber seu nome; era melhor não dizer, aliás eu conhecia ligeiramente seu marido, já estivera com ele em mesa de bar, mas talvez não ligasse o nome à pessoa. Tive vontade de dizer outra vez "claro", mas seria excessivo; fiquei quieto. Então ela disse que há muito tempo lia minhas coisas, gostava muito, isto é, às vezes achava chato, mas tinha vezes que achava formidável:

— Você uma vez escreveu uma coisa que parecia que você conhecia todos os meus segredos, me conhecia toda como eu sou por dentro. Como é que pode? Como que um homem pode sentir essas coisas? Você é homem mesmo?

Respondi que sim; era, mas sem exagero. Aliás, está provado que cada pessoa de um sexo tem certas características do sexo oposto, ninguém é totalmente macho nem fêmea.

— Quer dizer que você é mais ou menos?

— Mais ou menos.

— O que você é, é muito cínico. Engraçado, escrevendo não dá ideia. Tem umas coisas românticas...

— Todo mundo tem umas coisas românticas. Mas na minha idade ninguém é realmente romântico, a menos que seja palerma.

Perguntou-me a idade, eu disse. Espantou-se:

— Puxa, quase o dobro da minha! É mesmo, você já está muito velho. Isto é, velho, velho mesmo, não, mas para mim está. Que pena!

— "Que pena" digo eu. Se eu soubesse teria pedido a meus pais para me fazerem mais tarde, depois de outros filhos; mas não poderia prever que só iria encontrá-la em 1959. Agora acho que já fica difícil tomar qualquer providência. Uma pena.

Ela disse que eu estava lhe fazendo "um galanteio gaiato"; mas não deve ter ficado aborrecida, porque me fez um elogio:

— Você não é burro, não.

Agradeci gravemente, e perguntei a que devia, afinal de contas, o prazer de sua visita.

— Besteira. Uma besteira minha. Eu gosto muito de meu marido.

E então, subitamente, jogou-se na poltrona e desandou a chorar. Pus a mão em seu ombro e delicadamente aconselhei-a a ir-se embora. Ergueu-se, refazendo-se, abriu a bolsa, retocou a pintura, espiou o reloginho de pulso – "é mesmo, está na hora de meu psicanalista" – despediu-se com um *ciao* e foi-se embora para nunca mais aparecer.

Rio, outubro, 1959

A PALAVRA

Tanto que tenho falado, tanto que tenho escrito – como não imaginar que, sem querer, feri alguém? Às vezes sinto, numa pessoa que acabo de conhecer, uma hostilidade surda, ou uma reticência de mágoas. Imprudente ofício é este, de viver em voz alta.

Às vezes, também a gente tem o consolo de saber que alguma coisa que se disse por acaso ajudou alguém a se reconciliar consigo mesmo ou com a sua vida de cada dia; a sonhar um pouco, a sentir uma vontade de fazer alguma coisa boa.

Agora sei que outro dia eu disse uma palavra que fez bem a alguém. Nunca saberei que palavra foi; deve ter sido alguma frase espontânea e distraída que eu disse com naturalidade porque senti no momento – e depois esqueci.

Tenho uma amiga que certa vez ganhou um canário, e o canário não cantava. Deram-lhe receitas para fazer o canário cantar; que falasse com ele, cantarolasse, batesse alguma coisa ao piano; que pusesse a gaiola perto quando trabalhasse em sua máquina de costura; que arranjasse para lhe fazer companhia, algum tempo, outro canário cantador; até mesmo que ligasse o rádio um pouco alto durante uma transmissão de jogo de futebol... mas o canário não cantava.

Um dia a minha amiga estava sozinha em casa, distraída, e assobiou uma pequena frase melódica de Beethoven – e o canário começou a cantar alegremente. Haveria alguma secreta ligação entre a alma do velho artista morto e o pequeno pássaro cor de ouro?

Alguma coisa que eu disse distraído – talvez palavras de algum poeta antigo – foi despertar melodias esquecidas dentro da alma de alguém. Foi como se a gente soubesse que de repente, num reino muito distante, uma princesa muito triste tivesse sorrido. E isso fizesse bem ao coração do povo; iluminasse um pouco as suas pobres choupanas e as suas remotas esperanças.

Rio, novembro, 1959

O HOMEM E A CIDADE

Agora, que não preciso mais ir à cidade todo dia, descubro um prazer novo em andar por essas velhas ruas do centro onde tanto vaguei outrora.

E pego um estranho dia de verão: há um alto nevoeiro aéreo sob o céu azul, mas o vento espanta alegremente as nuvens esgotadas de chover; o ar é fino, a luz é clara, a manhã é assanhada, com uma alegria de convalescente que pela primeira vez, depois de longa doença, sai a passear entre as árvores, o mar e as montanhas azuis.

Parece que estamos em maio ou setembro, num desses dias cambiantes e leves em que as folhas têm um brilho mais feliz. E sinto prazer em andar pela calçada larga da rua do Passeio, em espiar as grandes vitrinas coloridas de presentes de Natal. (Não quero comprar nada, não preciso ganhar mais nada, não é verdade que recebi na minha porta a graça juvenil de uma rosa amarela?)

A calçada está cheia de gente, e é doce a gente se deixar ir andando à toa. Na rua Senador Dantas vejo livros, camisas, aparelhos elétricos, discos, fuzis submarinos, gravatas; e os cartazes dizem que tudo é muito barato e fácil de comprar, os cartazes me fazem ofertas especiais para levar agora e só começar a pagar em fevereiro... Muito obrigado, muito obrigado, mas não preciso de nada. Entretanto, gosto de ver essa fartura de coisas: fico parado numa porta de mercearia contemplando reluzentes goiabadas e frascos de vinho, bebidas e gulodices de toda a espécie que vieram de terras longes se oferecerem a mim.

Mas de repente houve alguma coisa – a visão de um muro, o som de uma vitrola distante, algum rosto no meio da multidão? – alguma coisa que me devolveu ao meu ser antigo. Sou um rapaz magro nesta mesma rua, sou o verdadeiro estudante de 1929 e talvez cruze numa esquina, sem conhecê-la ainda, aquela que há de ser a minha amada, e tire do bolso a minha carteirinha da faculdade para ter direito ao abatimento no cinema. Mas logo, por um instante, sou o homem dramático e silencioso de 1938, e caminho carregado de angústia por essa calçada que, entretanto, é a mesma de hoje – há o vento palpitando nos vestidos coloridos de mulheres finas que sorriem com dentes muito brancos entre os lábios úmidos. E vou andando, tomo um café, sinto uma grande ternura pela cidade grande onde outrora te amei tanto, tanto, oh! para sempre perdida Lenora.

Lenora... E me dá uma humildade entre o povo, completo o dinheiro da entrada de um menino que quer ir ao cinema, espero um bonde, ajudo uma senhora gorda a subir com seu embrulho, ela agradece e sorri, é cinquentona e pobre, mas seu sorriso é bom, ela e eu somos cidadãos da mesma cidade e antes de saltar ela me desejará boas-entradas. Vem o condutor, tem cara de alemão e é gordo, mas ágil e paciente, todos pagam sua passagem na boa ordem civil e cordial. Um homem conduz uma gaiola dentro do bonde, todos querem ver o passarinho – é um pintassilgo, diz ele.

Quieto, vou repetindo sem voz, para mim mesmo, teu nome, Lenora – perdida, para sempre perdida, mas tão viva, tão linda, batendo os saltos na calçada, andando de cabelos ao vento dentro de minha cidade e de minha saudade, Lenora.

Rio, janeiro, 1960

A MINHA GLÓRIA LITERÁRIA

"Quando a alma vibra, atormentada..."
Tremi de emoção ao ver essas palavras impressas. E lá estava o meu nome, que pela primeira vez eu via em letra de forma. O jornal era *O Itapemirim*, órgão oficial do Grêmio Domingos Martins, dos alunos do Colégio Pedro Palácios, de Cachoeiro de Itapemirim, estado do Espírito Santo.

O professor de Português passara uma composição: "A lágrima". Não tive dúvidas: peguei a pena e me pus a dizer coisas sublimes. Ganhei dez, e ainda por cima a composição foi publicada no jornalzinho do colégio. Não era para menos:

"Quando a alma vibra, atormentada, às pulsações de um coração amargurado pelo peso da desgraça, este, numa explosão irremediável, num desabafo sincero de infortúnios, angústias e mágoas indefiníveis, externa-se, oprimido, por uma gota de água ardente como o desejo e consoladora como a esperança; e esta pérola de amargura arrebatada pela dor ao oceano tumultuoso da alma dilacerada é a própria essência do sofrimento: é a lágrima."

É claro que eu não parava aí. Vêm, depois, outras belezas; eu chamo a lágrima de "traidora inconsciente dos segredos d'alma", descubro que ela "amolece os corações mais duros" e também (o que é mais estranho) "endurece os corações mais moles". E acabo com certo exagero dizendo que ela foi "sempre, através da História, a realizadora dos maiores empreendimentos, a salvadora miraculosa de cidades e nações, talismã encantado de vingança e crime, de brandura e perdão".

Sim, eu era um pouco exagerado; hoje não me arriscaria a afirmar tantas coisas. Mas o importante é que minha composição abafara e tanto que não faltou um colega despeitado que pusesse em dúvida a sua autoria: eu devia ter copiado aquilo de algum almanaque.

A suspeita tinha seus motivos: tímido e mau falante, meio emburrado na conversa, eu não parecia capaz de tamanha eloquência. O fato é que a suspeita não me feriu, antes me orgulhou; e a recebi com desdém, sem sequer desmentir a acusação. Veriam, eu sabia escrever coisas loucas;

dispunha secretamente de um imenso estoque de "corações amargurados", "pérolas da amargura" e "talismãs encantados" para embasbacar os incréus; veriam...

Uma semana depois o professor mandou que nós todos escrevêssemos sobre a Bandeira Nacional. Foi então que – dá-lhe, Braga! – meti uma bossa que deixou todos maravilhados. Minha composição tinha poucas linhas, mas era nada menos que uma paráfrase do Padre-Nosso, que começava assim: "Bandeira nossa, que estais no céu..."

Não me lembro do resto, mas era divino. Ganhei novamente dez, e o professor fez questão de ler, ele mesmo, a minha obrinha para a classe estupefata. Essa composição não foi publicada porque *O Itapemirim* deixara de sair, mas duas meninas – glória suave! – tiraram cópias, porque acharam uma beleza.

Foi logo depois das férias de junho que o professor passou nova composição: "Amanhecer na fazenda". Ora, eu tinha passado uns quinze dias na Boa Esperança, fazenda de meu tio Cristóvão, e estava muito bem informado sobre os amanheceres da mesma. Peguei da pena e fui contando com a maior facilidade. Passarinhos, galinhas, patos, uma negra jogando milho para as galinhas e os patos, um menino tirando leite da vaca, vaca mugindo... e no fim achei que ficava bonito, para fazer *pendant* com essa vaca mugindo (assim como "consoladora como a esperança" combinara com "ardente como o desejo"), um "burro zurrando". Depois fiz parágrafo, e repeti o mesmo zurro com um advérbio de modo, para fecho de ouro:

"Um burro zurrando escandalosamente."

Foi minha desgraça. O professor disse que daquela vez o senhor Braga o havia decepcionado, não tinha levado a sério seu dever e não merecia uma nota maior do que cinco; e para mostrar como era ruim minha composição leu aquele final: "um burro zurrando escandalosamente".

Foi uma gargalhada geral dos alunos, uma gargalhada que era uma grande vaia cruel. Sorri amarelo. Minha glória literária fora por água abaixo.

Rio, janeiro, 1960

QUEM SABE DEUS ESTÁ OUVINDO

Outro dia eu estava distraído, chupando um caju na varanda, e fiquei com a castanha na mão, sem saber onde botar. Perto de mim havia um vaso de antúrio; pus a castanha ali, calcando-a um pouco para entrar na terra, sem sequer me dar conta do que fazia.

Na semana seguinte a empregada me chamou a atenção: a castanha estava brotando. Alguma coisa verde saía da terra, em forma de concha. Dois ou três dias depois acordei cedo, e vi que durante a noite aquela coisa verde lançara para o ar um caule com pequenas folhas. É impressionante a rapidez com que essa plantinha cresce e vai abrindo folhas novas.

Notei que a empregada regava com especial carinho a planta, e caçoei dela:

— Você vai criar um cajueiro aí?

Embaraçada, ela confessou: tinha de arrancar a mudinha, naturalmente; mas estava com pena.

— Mas é melhor arrancar logo, não é?

Fiquei em silêncio. Seria exagero dizer: silêncio criminoso – mas confesso que havia nele um certo remorso. Um silêncio covarde. Não tenho terra onde plantar um cajueiro, e seria uma tolice permitir que ele crescesse ali mais alguns centímetros, sem nenhum futuro. Eu fora o culpado, com meu gesto leviano de enterrar a castanha, mas isso a empregada não sabe; ela pensa que tudo foi obra do acaso. Arrancar a plantinha com a minha mão – disso eu não seria capaz; nem mesmo dar ordem para que ela o fizesse. Se ela o fizer, darei de ombros e não pensarei mais no caso; mas que o faça com sua mão, por sua iniciativa. Para a castanha e sua linda plantinha seremos dois deuses contrários, mas igualmente ignaros: eu, o deus da Vida; ela, o da Morte.

Hoje pela manhã ela começou a me dizer alguma coisa – "seu Rubem, o cajueirinho..." – mas o telefone tocou, fui atender, e a frase não se completou. Agora mesmo ela voltou da feira; trouxe um pequeno vaso com terra e transplantou para ele a mudinha.

Veio me mostrar:

— Eu comprei um vaso...
— Ahn...
Depois de um silêncio, eu disse:
— Cajueiro sente muito a mudança, morre à toa...
Ela olhou a plantinha e disse com convicção:
— Esse aqui não vai morrer, não senhor.

Eu devia lhe perguntar o que ela vai fazer com aquilo, daqui a uma, duas semanas. Ela espera, talvez, que eu o leve para o quintal de algum amigo; ela mesma não tem onde plantá-lo. Senti que ela tivera medo de que eu a censurasse pela compra do vaso, e ficara aliviada com minha indiferença. Antes de me sentar para escrever, eu disse, sorrindo, uma frase profética, dita apenas por dizer:

— Ainda vou chupar muito caju desse cajueiro!

Ela riu muito, depois ficou séria, levou o vaso para a varanda, e, ao passar por mim na sala, disse baixo, com certa gravidade:

— É capaz mesmo, seu Rubem; quem sabe Deus está ouvindo o que o senhor está dizendo...

Mas eu acho, sem falsa modéstia, que Deus deve andar muito ocupado com as bombas de hidrogênio e outros assuntos maiores.

Rio, janeiro, 1960

É DOMINGO, E ANOITECEU

Chego cansado e empoeirado ao hotel melhorzinho da cidade e peço um quarto para passar a noite. Tomo um banho, janto com tédio na saleta de mau gosto e saio para dar uma volta.

Não tenho nada para fazer, e não conheço ninguém. Estou por acaso nesta cidadezinha do estado do Rio como poderia estar em qualquer outra. É domingo, e anoiteceu. As moças da terra fazem o mesmo que milhões de moças brasileiras estão fazendo neste domingo de verão, nas cidades do interior: tomaram um banho à tarde, jantaram, foram ainda uma vez ao espelho ver os cabelos e os lábios, e saíram para passear na praça. Muitas irão ao cinema, sessão das oito; outras ficarão girando lentamente, em grupos, em volta desses canteiros floridos, até a hora de ir para casa.

"Hoje não tem domingueira no Ideal." Ouvi por acaso essa informação: a sede do clube está em obras, o salão vai ser melhorado para o carnaval.

No Rio também as moças passeiam em muitas praças, ao longo das praias, ou em volta dos jardins de bairro; mas esse passeio dominical das moças, nesta cidade do interior, é um rito austero e delicado, e tão antigo que eu já nem me lembrava mais. Limpas e arrumadinhas em seus vestidos claros, elas passam entre os rapazes que as olham, parados a um lado e outro da calçada. Os rapazes às vezes também circulam; elas, porém, nunca param à margem da calçada: ou estão passeando ou sentadas em um banco, um desses bancos oferecidos à comunidade pela Panificação Real ou pelas Casas Pernambucanas.

Aparentemente as moças não tomam conhecimento desses grupos de rapazes que as vigiam. Vá que cumprimentem os conhecidos na primeira passada – e os cumprimentam discretamente, com um leve gesto de cabeça e a voz baixa. Mas na segunda vez já passam olhando em frente, murmurando uma para outra seus pequenos segredos.

Certamente este senhor melancólico, este cansado forasteiro que de longe contempla a cerimônia municipal, não sabe seus mistérios. Mal se lembra que ele também em outros tempos, em outra cidade do interior, foi um desses rapazes endomingados. Há trocas de olhares – às vezes tão leves, tão aparentemente ocasionais, que o moço ou a moça não fica sabendo se esse olhar teve algum sentido – e espera, para saber, uma outra volta. São poucos minutos até que os passos lentos façam o contorno da pracinha; ela ainda olhará como distraída e encontrará os olhos dele? Passará conversando com a amiga sem nada ver, ou como se nada visse? Ou ele não estará mais ali, ou não voltará a cabeça?

E o desfile continua. É um desfile só para jovens: a moça que chega aos 26, 27 anos sem, ao fim de tantas voltas à praça, através daquela doce e lenta cerimônia, encontrar o moço que há de passear a seu lado (noivo) antes de poder lhe dar o braço (casado), essa já deixa de vir ao *footing,* como se fosse inútil ou ficasse feio; apenas virá um domingo ou outro, no mais ficará em casa tomando conta dos sobrinhos, quando a irmã casada for ao cinema com o marido.

A campainha do cinema atraiu uma boa parte dos que passeavam. Consigo um lugar em um banco e fico ali, num vago tédio lírico, vendo as pessoas. Noto que duas moças me olham e cochicham. Quando me levanto para ir para o hotel vejo que elas me espreitam, como hesitando em me falar. Aproximo-me, indago se querem me perguntar alguma coisa.

— O senhor não é da família Morais, de Niterói?

Não, pobre de mim; não sou de Niterói, nem Morais. Elas pedem muitas desculpas.

Rio, fevereiro, 1960

HISTÓRIA DE PESCARIA

O velho era eu; o mar, o nosso; mas a novela é bem menor que a de Hemingway.

Na véspera ouvíramos uma notícia espantosa: um marlim fora visto na Praia Azedinha. Não contarei onde fica a Azedinha; quem sabe, sabe, quem não sabe procure no mapa; não achará, e a nossa prainha continuará como é, pequena e doce, escondida do mundo. A notícia era absurda: os marlins costumam passar a muitas milhas da costa, assim mesmo só quando tem iate de gente bem lá, como o sr. Raymundo Castro Maya, o sr. Betty Faria, por exemplo. Pois uma senhora o viu no rasinho, junto da pedra. As senhoras veem muita coisa no mar e no ar, que não há: mas Manuel também viu, e Manuel é pescador de seu ofício, e quando lhe mostramos a fotografia de um marlim disse: "Era esse mesmo".

Não acreditamos – mas passamos a manhã inteira no barco, para um lado e outro. Fomos até a ilha d'Âncora; de lá inda botamos proa para leste muito tempo, até chegar à água azul, e nada. Matamos uma cavala, um bonito, dois flaminguetes, pescamos de fundo e de corrico, voltamos sem esperança, de repente vimos uma coisa preta no mar. Que monstro do mar seria? Era grande o bicho dono daquela nadadeira, talvez um enorme cação; chegamos lá, era um peixe imenso e estranho que eu nunca tinha visto, e Zé Carlos diagnosticou ser peixe-lua, com uma cabeça enorme e um corpo curto, e Manuel confirmou: "Lá fora, no Mar Novo, eles tratam de rolão". O bicho rolava sobre si mesmo, na verdade, perto da laje da Emerência.

Na volta eu peguei o caniço menor com linha de nove libras, quem sabe que naquela laje perto de terra eu não matava uma enchovinha distraída? Botei o menor corocoxó de penas, passamos rente à laje do Criminoso, senti um puxão forte. Dei linha. Zé Carlos me orientava aos berros, Manuel achava que o anzol tinha é pegado na pedra, eu no fundo do meu coração achei que era o marlim. Não era, como vereis. Só ficamos sabendo o que era no fim de meia hora, na primeira vez que o bicho consentiu em vir à tona: um olho-de-boi que tinha seus 25 quilos; no mínimo vinte, isso nem tem dúvida, na pior hipótese deixo por dezoito; mas sei que estou fazendo uma injustiça.

Era grande e forte; logo disparou para o fundo, eu rodava a carretilha para um lado, ele puxava a linha para o outro; no que ele cansava um pouco, eu fazia força, ele vinha vindo a contragosto como um burro empacado, depois ganhava distância outra vez.

Tinha uma marca amarela na linha, parecia que lá do fundo ele estava vendo aquela marca. Quando chegava nela, e a marca ia sendo enrolada, ele disparava novamente. Meu braço esquerdo já estava doído de aguentar a iba na cortiça, o polegar da mão direita ferido no molinete, eu suava litros.

"Agora vem..." Eu sentia que ele tinha desistido no momento de se entocar numa pedra, estava mais perto da flor d'água, porém muito longe. "Está velando", dizia o Manuel; mas afundava outra vez, eu travava a linha quase toda, baixava o caniço para folgar um instante, puxava, ele ganhava mais cinco, dez braças para o fundo. Duas vezes Manuel chegou a pegar o bicheiro para fincar no animal, que sumia novamente. Meu polegar estava em carne viva, eu tinha de pegar a manivela com os outros dedos contra a palma da mão; dava vontade de desistir, mais de uma hora e quinze de briga, meu braço tenso tremia, eu tinha de passar a mão na testa para afastar o suor que escorria para os olhos, estava praticamente exausto de músculos e de nervos, tive de apelar para o caráter – eu não podia ter menos caráter que aquele miserável olho-de--boi que no Nordeste eles tratam de arabaiana!

Determinei que ele não havia de me partir a linha; aproveitava a mínima folga para puxá-lo. De uma vez que veio à tona ele entendeu de se meter debaixo do barco; agora ele surge à popa, dá uma súbita guinada para boreste, volta... Estou de pé, o cabo do caniço fincado na barriga, suando, fazendo força, Manuel ergue o bicheiro...

Acabou a novela: Zé Carlos fizera a hélice rodar, o arabaiana viu tudo, deu uma volta a ré, afundou, andou em roda, a hélice pegou a linha e partiu, adeus, olho-de-boi, meu recorde internacional de linha de nove libras, para sempre adeus! Ficaste por esse mar de Deus com meu corocoxó de penas, meu anzol, uma quina amarela e umas braças de linha, adeus!

Rio, março, 1960

A traição das elegantes

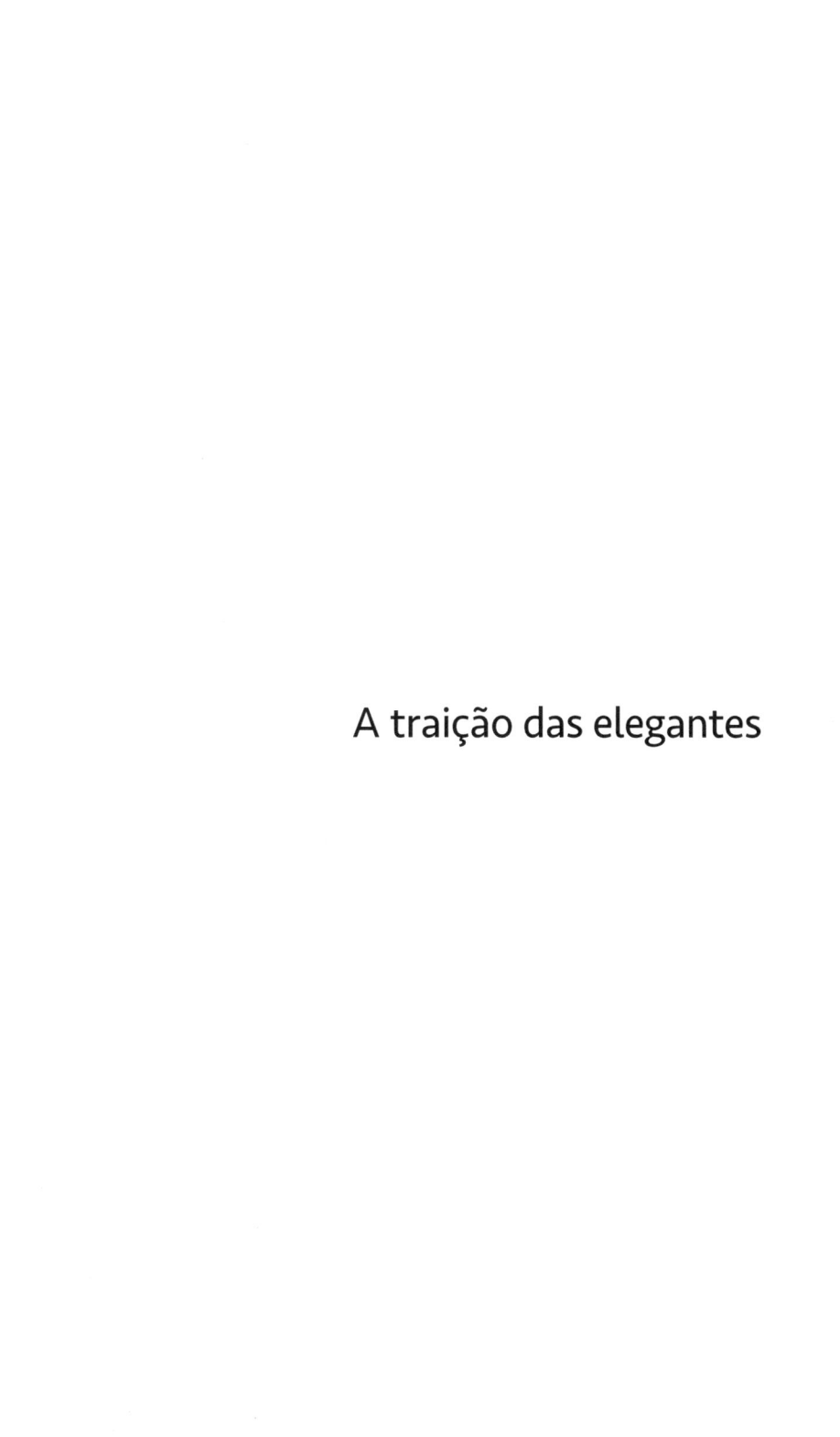

O MISTÉRIO DA POESIA

Não sei o nome desse poeta, acho que boliviano; apenas lhe conheço um poema, ensinado por um amigo. E só guardei os primeiros versos: *"Trabajar era bueno en el Sur. Cortar los árboles, hacer canoas de los troncos".*

E tendo guardado esses dois versos tão simples, aqui me debruço ainda uma vez sobre o mistério da poesia.

O poema era grande, mas foram essas palavras que me emocionaram. Lembro-me delas às vezes, numa viagem; quando estou aborrecido, tenho notado que as murmuro para mim mesmo, de vez em quando, nesses momentos de tédio urbano. E elas produzem em mim uma espécie de consolo e de saudade não sei de quê.

Lembrei-me agora mesmo, no instante em que abria a máquina para trabalhar nessa coisa vã e cansativa que é fazer crônica.

De onde vem o efeito poético? É fácil dizer que vem do sentido dos versos; mas não é apenas do sentido. Se ele dissesse: *"Era bueno trabajar en el Sur"* não creio que o poema pudesse me impressionar. Se no lugar de usar o infinito do verbo *cortar* e do verbo *hacer* usasse o passado, creio que isso enfraqueceria tudo. Penso no ritmo; ele sozinho não dá para explicar nada. Além disso, as palavras usadas são, rigorosamente, das mais banais da língua. Reparem que tudo está dito com os elementos mais simples: *trabajar, era bueno, Sur, cortar, árboles, hacer canoas, troncos.*

Isso me lembra um dos maiores versos de Camões, todo ele também com as palavras mais corriqueiras de nossa língua:

"A grande dor das coisas que passaram."

Talvez o que impressione seja mesmo isso: essa faculdade de dar um sentido solene e alto às palavras de todo dia. Nesse poema sul-americano a ideia da canoa é também um motivo de emoção.

Não há coisa mais simples e primitiva que uma canoa feita de um tronco de árvore; e acontece que muitas vezes a canoa é de uma grande beleza plástica. E de repente me ocorre que talvez esses versos me emocionem particularmente por causa de uma infância de beira-rio e de beira-mar. Mas não pode ser: o principal sentido dos versos é o do trabalho; um trabalho que era bom, não essa "necessidade aborrecida" de hoje. Desejo de fazer alguma coisa simples, honrada e bela, e imaginar que já se fez.

Fala-se muito em mistério poético; e não faltam poetas modernos que procurem esse mistério enunciando coisas obscuras, o que dá margem a muito equívoco e muita bobagem. Se na verdade existe muita poesia e muita carga de emoção em certos versos sem um sentido claro, isso não quer dizer que, turvando um pouco as águas, elas fiquem mais profundas...

Fevereiro, 1949

CONVERSA DE COMPRA DE PASSARINHO

Entro na venda para comprar uns anzóis, e o velho está me atendendo quando chega um menino da roça com um burro e dois balaios de lenha. Fica ali, parado, esperando. O velho parece que não o vê, mas afinal olha as achas com desprezo e pergunta: "Quanto?" O menino hesita, coçando o calcanhar de um pé com o dedo de outro: "Quarenta". O homem da venda não responde, vira a cara. Aperta mais os olhos miúdos para separar os anzóis pequenos que eu pedi. Eu me interesso pelo coleiro-do-brejo que está cantando. O velho:

— Esse coleiro é especial. Eu tinha aqui um gaturamo que era uma beleza, mas morreu ontem; é um bicho que morre à toa.

Um pescador de bigodes brancos chega-se ao balcão, murmura alguma coisa; o velho lhe serve cachaça, recebe, dá o troco, volta-se para mim: "O senhor quer chumbo também?" Compro uma chumbada, alguns metros de linha. Subitamente ele se dirige ao menino da lenha:

— Quer vinte e cinco pode botar lá dentro.

O menino abaixa a cabeça, calado. Pergunto:

— Quanto é o coleiro?

— Ah, esse não tenho para venda, não...

Sei que o velho está mentindo; ele seria incapaz de ter um coleiro se não fosse para venda; miserável como é, não iria gastar alpiste e farelo em troca de cantorias. Eu me desinteresso. Peço uma cachaça. Puxo o dinheiro para pagar minhas compras. O menino murmura: "O senhor dá trinta..." O velho cala-se, minha nota na mão:

— Quanto é que o senhor dá pelo coleiro?

Fico calado algum tempo. Ele insiste: "O senhor diga..." Viro a minha cachaça, fico apreciando o coleiro.

— Não quer vinte e cinco vá embora, menino.

Sem responder, o menino cede. Carrega as achas de lenha lá para os fundos, recebe o dinheiro, monta no burro, vai-se. Foi no mato cortar pau, rachou cem achas, carregou o burro, trotou léguas até chegar aqui, levou 25 cruzeiros. Tenho vontade de vingá-lo:

— Passarinho dá muito trabalho...

O velho atende outro freguês, lentamente.

— O senhor querendo dar quinhentos cruzeiros, é seu.

Por trás dele o pescador de bigodes brancos me faz sinal para não comprar. Finjo espanto: "QUINHENTOS cruzeiros?"

— Ainda a semana passada eu rejeitei seiscentos por ele. Esse coleiro é muito especial.

Completamente escravo do homem, o coleirinho põe-se a cantar, mostrando suas especialidades. Faço uma pergunta sorna: "Foi o senhor quem pegou ele?" O homem responde: "Não tenho tempo para pegar passarinho".

Sei disso. Foi um menino descalço, como aquele da lenha. Quanto terá recebido esse menino desconhecido por aquele coleiro especial?

— No Rio eu compro um papa-capim mais barato...

— Mas isso não é papa-capim. Se o senhor conhece passarinho, o senhor está vendo que coleiro é esse.

— Mas QUINHENTOS cruzeiros?

— Quanto é que o senhor oferece?

Acendo um cigarro. Peço mais uma cachacinha. Deixo que ele atenda um freguês que compra bananas. Fico mexendo com o pedaço de chumbo. Afinal digo com a voz fria, seca: "Dou 200 pelo coleiro, 50 pela gaiola".

O velho faz um ar de absoluto desprezo. Peço meu troco, ele me dá. Quando vê que vou saindo mesmo, tem um gesto de desprendimento: "Por 300 cruzeiros o Sr. leva tudo".

Ponho minhas coisas no bolso. Pergunto onde é que fica a casa de Simeão pescador, um zarolho. Converso um pouco com o pescador de bigodes brancos, me despeço.

— O senhor não leva o coleiro?

Seria inútil explicar-lhe que um coleiro-do-brejo não tem preço. Que o coleiro-do-brejo é, ou devia ser, um pequeno animal sagrado e livre, como aquele menino da lenha, como aquele burrinho magro e triste do menino. Que daqui a uns anos quando ele, o velho, estiver rachando lenha no Inferno, o burrinho, o menino e o coleiro vão entrar no Céu – trotando, assobiando e cantando de pura alegria.

Novembro, 1951

OS EMBRULHOS DO RIO

Encontro o amigo Mário em seu escritório, à volta com papéis e barbantes, fazendo um grande embrulho. São encomendas e presentes que vai mandar para sua gente em Santa Catarina. Inábil e carinhosamente ele compõe o grande embrulho, que sai torto e frágil. Não me proponho a ajudá-lo, porque sou seu irmão em falta de jeito. Aparece, a certa altura, um rapazinho, que olha em silêncio a faina de Mário. Este compreende a ironia e compaixão do tímido sorriso do rapaz e, com um gesto, pede sua ajuda. Em meio minuto, o moço desmancha tudo e faz daquele embrulho informe e explosivo um pacote simples, sólido e firme.

Mas não estou pensando nessa qualidade que sempre me pareceu milagrosa, essa certeza das mãos em ordenar as coisas para nós rebeldes e desconjuntadas, para esses privilegiados, obedientes e fáceis. Penso nas mãos que, em uma praia distante, vão desembrulhar essas coisas; na alegria com que no fundo da província a gente recebe os presentes.

Quando meus pais ou minha irmã voltavam de um passeio ao Rio, nós todos, os menores, ficávamos olhando com uma impaciência quase agônica as malas e valises que o carregador ia depondo na sala. A alegria maior não estava no presente que cada um recebia, estava no mistério numeroso das malas, na surpresa do que ia surgindo. Uma grande parte, que despertava exclamações deliciadas das mulheres, não nos interessava: eram saias, blusas, lenços, cortes de trapos e fazendas coloridas, joias e bugigangas femininas. A mais distante das primas e a mais obscura das empregadas podia estar certa de ganhar um pequeno presente: a alegria era para todos da casa e da família, e se derramava em nossa rua pelos vizinhos e amigos. Além dos presentes havia as inumeráveis encomendas, três metros disto ou daquilo, um sapatinho de tal número para combinar com aquele vestidinho grená, fitas, elásticos, não sei o que mais.

Se esse mundo de coisas de mulher nos deixava frios e impacientes, os brinquedos e os presentes para homens e coisas para uso caseiro eram visões sensacionais. Jogos de papelões coloridos, coisas de lata com molas imprevistas, fósforos de acender sem caixa, abridores de latas, sopa juliana seca, isqueiro, torradeiras de pão, coisas elétricas, brilhantes e coloridas – todo o mundo mecânico insuspeitado que chegava ao nosso canto de província. E também programas de cinema, cardápios de restaurantes...

Seriam, afinal de contas, coisas de pouco valor: os grandes engenhos modernos estrangeiros estavam fora de nossas posses e de nossa imaginação. Mas para nós tudo era sensacional; e depois de esparramado sobre a mesa ou pelo chão o conteúdo da última valise, e distribuídos todos os presentes, ainda ficávamos algum tempo aturdidos por aquela sensação de opulência e de milagre. E o dia inteiro ouvindo a conversa dos grandes, que davam notícias de amigos, comentavam histórias, falavam da última revista de Aracy Cortes, no Recreio, da última comédia de Procópio ou de Leopoldo Fróes ou da doença dos nossos parentes de Vila Isabel – ainda ficávamos tontos, pensando nesse Rio de Janeiro fabuloso, tão próximo e tão distante.

Aos 9 anos de idade, vim pela primeira vez ao Rio, trazido por minha irmã. Voltei muitas vezes; estou sempre voltando. Aqui já me aconteceram coisas. Mas o grande encanto e o máximo prestígio do Rio estavam nas malas e nos embrulhos abertos diante dos olhos assombrados do menino da roça.

Março, 1952

O MATO

Veio o vento frio, e depois o temporal noturno, e depois da lenta chuva que passou toda a manhã caindo e ainda voltou algumas vezes durante o dia, a cidade entardeceu em brumas. Então o homem esqueceu o trabalho e as promissórias, esqueceu a condução e o telefone e o asfalto, e saiu andando lentamente por aquele morro coberto de um mato viçoso, perto de sua casa. O capim cheio de água molhava seu sapato e as pernas da calça; o mato escurecia sem vaga-lumes nem grilos.

Pôs a mão no tronco de uma árvore pequena, sacudiu um pouco, e recebeu nos cabelos e na cara as gotas de água como se fosse uma bênção. Ali perto mesmo a cidade murmurava, estalava com seus ruídos vespertinos, ranger de bondes, buzinar impaciente de carros, vozes indistintas; mas ele via apenas algumas árvores, um canto de mato, uma pedra escura. Ali perto, dentro de uma casa fechada, um telefone batia, silenciava, batia outra vez, interminável, paciente, melancólico. Alguém, com certeza já sem esperança, insistia em querer falar com alguém.

Por um instante, o homem voltou seu pensamento para a cidade e sua vida. Aquele telefone tocando em vão era um dos milhões de atos falhados da vida urbana. Pensou no desgaste nervoso dessa vida, nos desencontros, nas incertezas, no jogo de ambições e vaidades, na procura de amor e de importância, na caça ao dinheiro e aos prazeres. Ainda bem que de todas as grandes cidades do mundo o Rio é a única a permitir a evasão fácil para o mar e a floresta. Ele estava ali num desses limites entre a cidade dos homens e a natureza pura; ainda pensava em seus problemas urbanos – mas um camaleão correu de súbito, um passarinho piou triste em algum ramo, e o homem ficou atento àquela humilde vida animal e também à vida silenciosa e úmida das árvores, e à pedra escura, com sua pele de musgo e seu misterioso coração mineral.

E pouco a pouco ele foi sentindo uma paz naquele começo de escuridão, sentiu vontade de deitar e dormir entre a erva úmida, de se tornar um confuso ser vegetal, num grande sossego, farto de terra e de água; ficaria verde, emitiria raízes e folhas, seu tronco seria um tronco escuro, grosso, seus ramos formariam copa densa, e ele seria, sem angústia nem amor, sem desejo nem tristeza, forte, quieto, imóvel, feliz.

Novembro, 1952

O COMPADRE POBRE

O coronel, que então já morava na cidade, tinha um compadre sitiante que ele estimava muito. Quando um filho do compadre Zeferino ficava doente, ia para a casa do coronel, ficava morando ali até ficar bom, o coronel é que arranjava médico, remédio, tudo.

Quase todos os meses o compadre pobre mandava um caixote de ovos para o coronel. Seu sítio era retirado umas duas léguas de uma estaçãozinha da Leopoldina, e compadre Zeferino despachava o caixote de ovos de lá, frete a pagar. Sempre escrevia no caixote: CUIDADO É OVOS – e cada ovo era enrolado em sua palha de milho com todo carinho para não se quebrar na viagem. Mas, que o quê: a maior parte quebrava com os solavancos do trem.

Os meninos filhos do coronel morriam de rir abrindo o caixote de presente do compadre Zeferino; a mulher dele abanava a cabeça como quem diz: qual... Os meninos, com as mãos lambuzadas de clara e gema, iam separando os ovos bons. O coronel, na cadeira de balanço, ficava sério; mas, reparando bem, a gente via que ele às vezes sorria das risadas dos meninos e das bobagens que eles diziam: por exemplo, um gritava para o outro – "cuidado, é ovos!".

Quando os meninos acabavam o serviço, o coronel perguntava:

— Quantos salvaram?

Os meninos diziam. Então ele se voltava para a mulher: "Mulher, a quanto está a dúzia de ovos aqui no Cachoeiro?" A mulher dizia. Então ele fazia um cálculo do frete que pagara, mais do carreto da estação até a casa e coçava a cabeça com um ar engraçado:

— Até que os ovos do compadre Zeferino não estão me saindo muito caros desta vez.

Um dia perguntei ao coronel se não era melhor avisar ao compadre Zeferino para não mandar mais ovos; afinal, para ele, coitado, era um sacrifício se desfazer daqueles ovos, levar o caixote até a estação para despachar; e para nós ficava mais em conta comprar ovos na cidade.

O coronel me olhou nos olhos e falou sério:

— Não diga isso. O compadre Zeferino ia ficar muito sem graça. Ele é muito pobre. Com pobre a gente tem de ser muito delicado, meu filho.

Novembro, 1952

UM SONHO DE SIMPLICIDADE

Então, de repente, no meio dessa desarrumação feroz da vida urbana, dá na gente um sonho de simplicidade. Será um sonho vão? Detenho-me um instante, entre duas providências a tomar, para me fazer essa pergunta. Por que fumar tantos cigarros? Eles não me dão prazer algum; apenas me fazem falta. São uma necessidade que inventei. Por que beber uísque, por que procurar a voz de mulher na penumbra ou os amigos no bar para dizer coisas vãs, brilhar um pouco, saber intrigas?

Uma vez, entrando numa loja para comprar uma gravata, tive de repente um ataque de pudor, me surpreendendo assim, a escolher um pano colorido para amarrar ao pescoço.

A vida bem poderia ser mais simples. Precisamos de uma casa, comida, uma simples mulher, que mais? Que se possa andar limpo e não ter fome, nem sede, nem frio. Para que beber tanta coisa gelada? Antes eu tomava a água fresca da talha, e a água era boa. E quando precisava de um pouco de evasão, meu trago de cachaça.

Que restaurante ou boate me deu o prazer que tive na choupana daquele velho caboclo do Acre? A gente tinha ido pescar no rio, de noite. Puxamos a rede afundando os pés na lama, na noite escura, e isso era bom. Quando ficamos bem cansados, meio molhados, com frio, subimos a barranca, no meio do mato, e chegamos à choça de um velho seringueiro. Ele acendeu um fogo, esquentamos um pouco junto do fogo, depois me deitei numa grande rede branca – foi um carinho ao longo de todos os músculos cansados. E então ele me deu um pedaço de peixe moqueado e meia caneca de cachaça. Que prazer em comer aquele peixe, que calor bom em tomar aquela cachaça e ficar algum tempo a conversar, entre grilos e vozes distantes de animais noturnos.

Seria possível deixar essa eterna inquietação das madrugadas urbanas, inaugurar de repente uma vida de acordar bem cedo? Outro dia vi uma linda mulher, e senti um entusiasmo grande, uma vontade de conhecer mais aquela bela estrangeira: conversamos muito, essa primeira conversa longa em que a gente vai jogando um baralho meio marcado, e anda devagar, como a patrulha que faz um reconhecimento. Mas por que, para que, essa eterna curiosidade, essa fome de outros corpos e outras almas?

Mas para instaurar uma vida mais simples e sábia, então seria preciso ganhar a vida de outro jeito, não assim, nesse comércio de pequenas pilhas de palavras, esse ofício absurdo e vão de dizer coisas, dizer coisas... Seria preciso fazer algo de sólido e de singelo; tirar areia do rio, cortar lenha, lavrar a terra, algo de útil e concreto, que me fatigasse o corpo, mas deixasse a alma sossegada e limpa.

Todo mundo, com certeza, tem de repente um sonho assim. É apenas um instante. O telefone toca. Um momento! Tiramos um lápis do bolso para tomar nota de um nome, um número... Para que tomar nota? Não precisamos tomar nota de nada, precisamos apenas viver – sem nome, nem número, fortes, doces, distraídos, bons, como os bois, as mangueiras e o ribeirão.

Março, 1953

OS TEIXEIRAS MORAVAM EM FRENTE

Para não dar o nome certo digamos assim: os Teixeiras moravam quase defronte lá de casa.

Não tínhamos nada contra eles: o velho, de bigodes brancos, era sério e cordial e às vezes até nos cumprimentava com deferência. O outro homem da casa tinha uma voz grossa e alta, mas nunca interferiu em nossa vida, e passava a maior parte do tempo em uma fazenda fora da cidade; além disso seu jeito de valentão nos agradava, porque ele torcia para o mesmo time que nós.

Mas havia as Teixeiras. Quantas eram, oito ou vinte, as irmãs Teixeiras? Sei que era uma casa térrea muito, muito longa, cheia de janelas que davam para a rua, e em cada janela havia sempre uma Teixeira espiando. Havia umas que eram boazinhas, mas em conjunto as irmãs Teixeiras eram nossas inimigas, acho que principalmente as mais velhas e mais magras.

As Teixeiras tinham um pecado fundamental: elas não compreendiam que em uma cidade estrangulada entre morros, nós, a infância, teríamos de andar muito para arranjar um campo de futebol; e, portanto, o nosso campo natural para chutar a bola de borracha ou de meia era a rua mesmo.

Jogávamos descalços, a rua era calçada de pedras irregulares (só muitos anos depois vieram os paralelepípedos, e eu me lembro que os achei feios, com sua cor de granito, sem a doçura das pedras polidas entre as quais medrava o capim; e achei o nome também horroroso, insuportável, *paralelepípedos*, nome que o prefeito dizia com muita importância, parece que a grande glória de Cachoeiro e o progresso supremo da humanidade residia nessa palavra imensa e antipática – paralelepípedos); mas, como eu ia dizendo, a gente dava tanta topada que todos tínhamos os pés escalavrados: as plantas dos pés eram de couro grosso, e as unhas eram curtas, grossas e tortas, principalmente do dedão e do vizinho dele. Até ainda me lembro de um pedaço do "campo" que era melhor, era do lado da extrema direita de quem jogava debaixo para cima, tinha uma pedra grande, lisa, e depois um meio metro só de terra com capim, lugar esplêndido para chutar em gol ou centrar.

Tenho horror de contar vantagem, muita gente acha que eu quero desmerecer o Rio de Janeiro contando coisas de Cachoeiro, isto é uma injustiça; a prova aqui está: eu reconheço que o Estádio do Maracanã é maior que o nosso campo, até mesmo o Pacaembu é bem maior. Só que nenhum dos dois pode ser tão emocionante, nem jamais foi disputado tão palmo a palmo ou pé a pé, topada a topada, canelada a canelada, às vezes tapa a tapa.

Não consigo me lembrar se a marcação naquele tempo era em diagonal ou por zona; em todo caso a técnica do futebol era diferente, o jogo era ao mesmo tempo mais cavado e mais livre, por exemplo: não era preciso ter onze jogadores de cada lado, podia ser qualquer número, e mesmo às vezes jogavam cinco contra seis pois a gente punha dois menores para equilibrar um vaca-brava maior.

Eu disse que as partidas eram emocionantes; até hoje não compreendo como as Teixeiras jamais se entusiasmaram pelos nossos prélios. Isso foi um erro, e na semana que vem eu contarei por quê.

Abril, 1953

AS TEIXEIRAS E O FUTEBOL

Com os Andradas tínhamos feito uma espécie de pacto; a gente não jogava bola na rua defronte da casa deles, mas um pouco para cima, onde havia um muro que dava para o quintal da casa; em compensação, eles deixavam a gente pular o muro e apanhar a bola quando ela caía lá. Mas o muro não era bastante comprido, e assim o nosso campo abrangia, como eu ia dizendo, algumas janelas das Teixeiras. As quais, eu também já disse, não apreciavam o futebol.

Quando a gritaria na rua era maior, uma das Teixeiras costumava nos passar um pito da janela, mandando a gente embora. O jogo parava um instante, ficávamos quietos, de cara no chão – e logo que ela saía da janela a peleja continuava. Às vezes aquela ou outra Teixeira voltava a gritar conosco – começavam por nos chamar de "meninos desobedientes" e acabavam nos chamando de "moleques", o que nos ofendia muito ("Moleque é a senhora!" – gritou Chico uma vez), mas de modo algum nos impedia de finalizar a pugna.

Uma das Teixeiras era mais cordial, chamava um de nós pelo nome, dizia que éramos uns meninos inteligentes, filhos de gente boa, portanto poderíamos compreender que a bola poderia quebrar uma vidraça. "Não quebra não senhora! Não quebra não senhora!" – gritávamos com absoluta convicção, e tratávamos de tocar o jogo para a frente para não ouvir novas observações.

Um dia ela nos propôs jogar mais para baixo, então o Juquinha foi genial: "Não, senhora, lá nós não podemos porque tem a Dona Constança doente", desculpa notável e prova de bom coração de nosso time.

"Então por que vocês não jogam mais para cima?" – propôs ela com certa astúcia, e falando um pouco baixo, como se temesse que os vizinhos de cima ouvissem. "Ah, não, lá o campo não presta!", argumento, aliás sincero, de ordem técnica, e portanto irresponsível.

"Eu vou falar com papai! Quando ele chegar vocês vão ver" – gritou certa vez uma das Teixeiras mais antipáticas. Pois naquele momento o coronel de bigodes brancos ia chegando, o jogo parou, ele perguntou à filha o que era, ela disse "esses meninos fazendo algazarra aí, é um inferno, qualquer hora quebram uma vidraça" – mas o velho ouviu calado e entrou calado, sem sequer nos olhar, nem dar qualquer importância ao fato. Sentimos que o velho, sim, era uma pessoa realmente importante e um homem direito, e superior, e continuamos nossa partida.

As queixas que algumas Teixeiras faziam em nossa casa eram muito bem recebidas por mamãe, que lhes dava toda razão – "esses meninos estão mesmo impossíveis" –, e uma ou duas vezes nos transmitiu essas queixas sem convicção. De outra feita, como a conversa lá em casa versasse sobre as Teixeiras, ouvimo-la dizer que fulana e sicrana (duas das irmãs) eram muito boazinhas, muito simpáticas, mas beltrana, coitada, era tão enjoada, tão antipática, "ainda ontem esteve aqui fazendo queixas de meus filhos".

Mamãe era a favor de nosso time; mamãe, no fundo, e papai também (hoje, que o time e eles dois morreram, esta súbita certeza, ao meditar no distante passado, tem um poder absurdo, inesperado de me comover, até sentir um ardor de lágrimas nos olhos) – eles sempre foram a favor de nosso time!

E nosso caso com as Teixeiras foi se agravando, como se verá.

Abril, 1953

A VINGANÇA DE UMA TEIXEIRA

A troca da bola de meia para a bola de borracha foi uma importante evolução técnica do *association* em nossa rua. Nossa primeira bola de borracha era branca e pequena; um dia, entretanto, apareceu um menino com uma bola maior, de várias cores, belíssima, uma grande bola que seus pais haviam trazido do Rio de Janeiro. Um deslumbramento; dava até pena de chutar. Admiramo-la em silêncio; ela passou de mão em mão; jamais nenhum de nós tinha visto coisa tão linda.

Era natural que as Teixeiras não gostassem quando essa bola partiu uma vidraça. Nós todos sentimos que acontecera algo de terrível. Alguns meninos correram; outros ficaram a certa distância da janela, olhando, trêmulos, mas apesar de tudo dispostos a enfrentar a catástrofe. Apareceu logo uma das Teixeiras, e gritou várias descomposturas. Ficamos todos imóveis, calados, ouvindo, sucumbidos. Ela apanhou a bola e sumiu para dentro de casa. Voltou logo depois e, em nossa frente, executou o castigo terrível: com um grande canivete preto furou a bola, depois cortou-a em duas metades e jogou-a à rua. Nunca nenhum de nós teria podido imaginar um ato de maldade tão revoltante. Choramos de raiva; apareceram mais duas Teixeiras que davam gritos e ameaçavam descer para nos puxar as orelhas. Fugimos.

A reunião foi junto do cajueiro do morro. Nossa primeira ideia de vingança foi quebrar outras vidraças a pedradas. Alguém teve um plano mais engenhoso: dali mesmo, do alto do morro, podíamos quebrar as vidraças com atiradeiras, e assim ninguém nos veria. — Mas elas vão logo dizer que fomos nós!

Alguém informou que as Teixeiras iam todas no dia seguinte para uma festa na fazenda, um casamento ou coisa que o valha. O plano de assalto à casa foi traçado por mim. A casa das Teixeiras dava os fundos para o rio e uma vez, em que passeava de canoa, pescando aqui e ali, eu entrara em seu quintal para roubar carambolas. Havia um cachorro, mas era nosso conhecido, fácil de enganar.

Falou-se muito tempo dos ladrões que tinham arrombado a porta da cozinha da casa das Teixeiras. Um cabo de polícia esteve lá, mas não chegou a nenhuma conclusão. Os ladrões tinham roubado um anel sem muito valor, mas de grande estimação, com monograma, e tinham feito uma desordem tremenda na casa; havia vestidos espalhados pelo chão, um tinteiro e uma caixa de pó de arroz entornados em um quarto, sobre uma cama. Falou-se que tinha desaparecido dinheiro, mas era mentira; lembro-me vagamente de uma faca de cozinha, um martelo, uma lata de goiabada; isso foi todo o nosso butim.

O anel foi enterrado em algum lugar no alto do morro; mas alguns dias depois caiu um temporal e houve forte enxurrada; jamais conseguimos encontrar o nosso tesouro secretíssimo, e rasgamos o mapa que havíamos desenhado.

Durante algum tempo as famílias da rua fecharam com mais cuidado as portas e janelas, alguns pais de família saltaram assustados da cama a qualquer ruído, com medo dos ladrões; mas eles não apareceram mais.

Nosso terrível segredo nos deu um grande sentimento de importância, mas nunca mais jogamos futebol diante da casa das Teixeiras. Deixamos de cumprimentar a que abrira a bola com o canivete; mesmo anos depois, já grandes, não lhe dávamos sequer bom-dia. Não sei se foi feliz na existência, e espero que não; se foi, é porque praga de menino não tem força nenhuma.

Abril, 1953

A CASA VIAJA NO TEMPO

Volto, como antigamente, a esta grande casa amiga, na noite de domingo. Recuso, com o mesmo sorriso, a batida que o dono da casa me oferece, e tomo a mesma cachacinha de sempre. O dono da casa é o mesmo, a cachaça é a mesma, a casa, eu... E tantas vezes vim aqui que não tomo consciência das coisas que mudaram.

Sento-me, por acaso, ao lado de uma jovem senhora, amiga da família, e a conversa é tranquila e morna. Mas de repente, a propósito de alguma coisa, ela diz que se lembra de mim há muito tempo. "Você vinha às vezes jantar, sempre assim, de paletó e sem gravata. Sentava calado, com a cara meio triste, um ar sério. Eu me lembro muito bem. Eu tinha seis anos..."

Seis anos! Certamente não me lembro dessa menina de seis anos; a casa sempre esteve cheia de meninas e mocinhas, há pessoas que eu conheço de muitos domingos através de muitos anos, e das quais nem sequer sei o nome. Pessoas que para mim fazem parte desta casa e desses domingos, visitando esta casa.

A primeira recordação que tenho dessa jovem é de uma adolescente que às vezes dançava no jardim. Era certamente linda; mas não creio que tivéssemos trocado, através dos anos, mais de duas ou três frases ocasionais. Sempre tive a vaga impressão de que, por algum motivo imponderável, ela não simpatizava comigo. Só agora me dou conta de que a vi crescer, terei sido uma distraída testemunha de seus flertes, seu namoro; lembro-me de seu noivado, lembro-me quando se casou, sei que hoje, ainda tão moça, tem dois filhos – e a maternidade veio definir melhor sua radiosa beleza juvenil.

Inutilmente procuro reconstruir a menina de seis anos que me olhava na mesa, e me achava triste. E não faço a menor ideia do que ela soube ou viu a meu respeito durante esses inumeráveis domingos. Certamente fui sempre, para ela, uma figura constante, mas vaga – um senhor feio e quieto, que ela se acostumou a ver distraidamente de vez em quando – às vezes com um ano ou mais de intervalo, que viaja e reaparece com a mesma cara e o mesmo jeito. Tomo consciência de que é a primeira vez que conversamos os dois, ao fim de tantos anos de vagos "boa-noite" e "como vai?" mas nossa conversa tranquila e trivial me emociona de repente quando ela diz: "eu tinha seis anos…"

Penso em tudo o que vivi nestes anos – tanta coisa tão intensa que veio e foi – e penso na casa, no dono da casa, na família, na gente que passou por aqui. A casa não é mais a mesma, a casa não é mais casa, é um grande navio que vai singrando o tempo, que vai embarcando e desembarcando gente no porto de cada domingo: dentro em pouco outra menina de seis anos, filha dessa menina, estará sentada na mesma sala, sob a mesma lâmpada, e com seus dois olhinhos pretos verá o mesmo senhor calado, de cara triste – o mesmo senhor que numa noite de domingo, sem o saber, se despedirá para sempre e irá para o remoto país onde encontrará outras sombras queridas ou indiferentes que aqui viveram também suas noites de domingo – e não voltaram mais.

Junho, 1953

LEMBRANÇAS

Lendo, outro dia, as reminiscências infantis de um escritor sobre a Abolição e a República fiquei a pensar nos acontecimentos políticos que me impressionaram no começo da vida. Lembro-me (tinha 5 anos) de estar no caramanchão de minha casa quando alguém disse que o Brasil tinha ganho a guerra da Alemanha. Não me recordo de ter ouvido falar dessa guerra antes. A primeira notícia que dela tive foi essa da vitória: fiquei contente na hora, mas creio que não pensei mais no assunto.

O que muito me impressionou (9 anos) foi o Centenário da Independência; esperei com ansiedade o dia 7 de setembro. Houve grande ajuntamento na Praça Jerônimo Monteiro, com banda de música e oradores falando do coreto. Depois, a multidão, com archotes acesos, caminhou pela rua, atravessou a Ponte Municipal; do lado norte, subimos um morro onde haviam armado um grande cruzeiro. Não me lembro se houve missa ou reza, lembro-me de um discurso de um chefe político, o Sr. Fernando de Abreu. Eu estava achando bonito andar assim todo mundo no meio da noite, mas tenho a lembrança de uma certa decepção. Achei que a festa acabou cedo demais; por mim eu caminharia léguas ainda, principalmente se tivesse um archote (não me deram nenhum), depois achei a ideia de cruzeiro meio sem graça; eu esperava vagamente que aparecesse uma coisa assim como a estátua de Pedro I a cavalo, como havia no meu livro escolar. As palavras "Centenário da Independência" me faziam prever algo de mais estupendo, como se as pessoas devessem ficar maiores e brilhar, toda a terra estremecer, porque era o Centenário.

Coisa de um ano depois, outra lembrança: eu ia para a escola quando encontrei com meninos que já vinham voltando, pois não ia haver aula. Perguntei por que, e eles gritaram alegremente: Rui Barbosa morreu! Rui Barbosa morreu! Juntei-me a eles e também comecei a gritar para todo o mundo: Rui Barbosa morreu! Nunca ouvira falar de Rui Barbosa, mas na mesma hora, pela conversa de gente grande, fiquei informado de que: a) era o homem mais inteligente do Brasil, grande patriota que tinha assombrado o mundo inteiro; b) não valia nada porque tinha votado o estado de sítio e era um vendido, porque era o advogado da Light. Fiquei um tanto perplexo com estas informações e ainda mais (perplexidade alegre) por não haver aulas.

Tenho outra recordação que acredito ser dos 12 anos: o batalhão do meu colégio formou (não me lembro se ainda era anspeçada ou já chegara a terceiro-sargento, posto máximo que atingi e do qual fui logo rebaixado a cabo; acho que era cabo) e fomos à estação esperar a Força Pública do Espírito Santo que estava voltando da Revolução de São Paulo. Lembro-me de nosso orgulho em formar juntamente com soldados de verdade, que vinham da guerra e tinham ganho a guerra; muitos deles usavam barbas e todos nos pareciam heróis. Grande foi a minha estranheza quando nosso pelotão, não sei por que, ficou parado junto ao meio-fio, e ouvi a conversa de uns homens que estavam ali na calçada. Diziam que aqueles soldados tinham feito um papel muito feio em São Paulo e eram covardes e ladrões, tinham roubado muita coisa, inclusive automóveis, que certos oficiais estavam carregando para eles. Efetivamente vi alguns automóveis em um trem de carga, o que me impressionou.

Bolas! Eu preferia que Rui Barbosa fosse um grande homem para todo o mundo e a nossa Força Pública tivesse feito uma bela guerra contra Isidoro; mas nas ruas de Cachoeiro nunca faltou um espírito de contradição, algum homem do povo de palavra solta para envenenar a nossa alegria cívica e nos ensinar desconfiança. Mesmo quando injusto, esse espírito de porco ainda hoje me parece útil, e temo qualquer regime que o suprima, ou tente suprimi-lo.

Setembro, 1953

NÓS, IMPERADORES SEM BALEIAS

Foi em agosto de 1858 que correu na cidade o boato de que havia duas baleias imensas em Copacabana. Todo mundo se mandou para essa praia remota, muita gente dormiu lá em barracas, entre fogueiras acesas, e Pedro II também foi com gente de sua imperial família ver as baleias. O maior encanto da história é que não havia baleia nenhuma. Esse imperador saindo de seus paços, viajando em carruagem, subindo o morro a cavalo para ver as baleias, que eram boato, é uma coisa tão cândida, é um Brasil tão bobo e tão bom!

Pois bem. No começo da última guerra havia uns rapazes que se juntavam no Bar Vermelhinho, para beber umas coisas, ver as moças, bater papo.

Ah! – como dizia o Eça – éramos rapazes! E entre nós havia um poeta que uma tarde chegou com os olhos verdes muito abertos, atrás dos óculos, falando baixo, portador de uma notícia extraordinária: a esquadra inglesa estava ancorada na lagoa Rodrigo de Freitas!

Ah!, éramos rapazes! Visualizamos num instante aquela beleza, a esquadra amiga, democrática, evoluindo perante o Jockey Club, abençoada pelo Cristo do Corcovado entre as montanhas e o mar. Eu me ri e disse: poeta, que brincadeira, como é que a esquadra ia passar por aquele canal? Ele respondeu: pois é, isto é que é espantoso!

Em volta, as moças acreditavam. Em que as moças não acreditam? Elas não sabem geografia nem navegação, são vagas a respeito de canais, e se não acreditarem nos poetas, como poderão viver? Mas houve protestos prosaicos: não era possível! O poeta tornou-se discreto, falava cada vez mais baixo: está lá. E como as dúvidas fossem crescendo, grosseiras, ele confidenciou: quem viu foi Dona Heloísa Alberto Torres!

Ficamos um instante em silêncio. O nome de uma senhora ilustre, culta, séria e responsável era colocado no mastro-real da capitânia da esquadra do Almirante Nélson pelas mãos do poeta. E o poeta sussurrou: eu vou para lá. Então as moças também quiseram ir, e como é bom que rapazes e moças andem juntos, nós partimos todos alegremente – ah!, éramos rapazes! –, mesmo porque lá havia outro bar, no Sacopã.

Já havia o Corte do Cantagalo? Não havia o Corte do Cantagalo? A tarde era fresca e bela, não me lembro mais de nosso caminho, lembro da viagem, as moças rindo. Tudo sobre nossas cabeças de jovens era pardo, o governo era nazista, a gente lutava entre a cadeia e o medo, com fome de liberdade – e de repente a esquadra inglesa, tangida pelo poeta, na lagoa Rodrigo de Freitas! Fomos, meio bebidos, nosso carro desembocou numa rua, noutra, grande emoção – a lagoa! Estava mais bela do que nunca, levemente crespa na brisa da tarde, debaixo do céu azul de raras nuvens brancas perante as montanhas imensas.

Não havia navios. Rimos, rimos, rimos, mas o poeta, de súbito, sério, apontou: olhem lá. Céus! Na distância das águas havia um mastro, nele uma flâmula que a brisa do Brasil beijava e balançava, antes te houvessem roto na batalha que servires a um povo de mortalha! O encantamento durou um instante, e nesse instante caiu o Estado Novo, morreram Hitler e Mussolini, as prisões se abriram, raiou o sol da liberdade – mas um desalmado restaurou a negra, assassina, ladravaz ditadura com quatro palavras: é o Clube Piraquê de mastro novo! Aquilo é o Clube, não é navio nenhum!

Então bebemos, o entardecer era lindo na beira da lagoa, as moças ficaram meigas, eu consolei a todos com a história do imperador sem baleias. O poeta Vinicius disse: nós somos imperadores sem baleias! Ah!, éramos rapazes!

Março, 1954

NÃO AMEIS À DISTÂNCIA!

Em uma cidade há um milhão e meio de pessoas, em outra há outros milhões; e as cidades são tão longe uma da outra que nesta é verão quando naquela é inverno. Em cada uma dessas cidades há uma pessoa; e essas pessoas tão distantes acaso pensareis que podem cultivar em segredo, como plantinha de estufa, um amor à distância?

Andam em ruas tão diferentes e passam o dia falando línguas diversas; cada uma tem em torno de si uma presença constante e inumerável de olhos, vozes, notícias. Não se telefonam mais; é tão caro e demorado e tão ruim e além disso, que se diriam? Escrevem-se. Mas uma carta leva dias para chegar; ainda que venha vibrando, cálida, cheia de sentimento, quem sabe se no momento em que é lida já não poderia ter sido escrita? A carta não diz o que a outra pessoa está sentindo, diz o que sentiu na semana passada... e as semanas passam de maneira assustadora, os domingos se precipitam mal começam as noites de sábado, as segundas retornam com veemência gritando – "outra semana!", e as quartas já têm um gosto de sexta, e o abril de de-já-hoje é mudado em agosto...

Sim, há uma frase na carta cheia de calor, cheia de luz; mas a vida presente é traiçoeira e os astrônomos não dizem que muita vez ficamos como patetas a ver uma linda estrela jurando pela sua existência – e no entanto há séculos ela se apagou na escuridão do caos, sua luz é que custou a fazer a viagem? Direis que não importa a estrela em si mesma, e sim a luz que ela nos manda; e eu vos direi: amai para entendê-las!

Ao que ama o que lhe importa não é a luz nem o som, é a própria pessoa amada mesma, o seu vero cabelo, e o vero pelo, o osso de seu joelho, sua terna e úmida presença carnal, o imediato calor; é o de hoje, o agora, o aqui – e isso não há.

Então a outra pessoa vira retratinho no bolso, borboleta perdida no ar, brisa que a testa recebe na esquina, tudo o que for eco, sombra, imagem, um pequeno fantasma, e nada mais. E a vida de todo dia vai gastando insensivelmente a outra pessoa, hoje lhe tira um modesto fio de cabelo, amanhã apenas passa a unha de leve fazendo um traço branco na sua coxa queimada pelo sol, de súbito a outra pessoa entra em *fading* um sábado inteiro, está-se gastando, perdendo seu poder emissor à distância.

Cuidai amar uma pessoa, e ao fim vosso amor é um maço de cartas e fotografias no fundo de uma gaveta que se abre cada vez menos... Não ameis à distância, não ameis, não ameis!

Setembro, 1955

AO CREPÚSCULO, A MULHER...

Ao crepúsculo a mulher bela estava quieta, e me detive a examinar sua cabeça com a atenção e o extremado carinho de quem fixa uma flor. Sobre a haste do colo fino estava apenas trêmula: talvez a leve brisa do mar; talvez o estremecimento de seu próprio crepúsculo. Era tão linda assim, entardecendo, que me perguntei se já estávamos preparados, nós, os rudes homens destes tempos, para testemunhar a sua fugaz presença sobre a terra. Foram precisos milênios de luta contra a animalidade, milênios de milênios de sonho para se obter esse desenho delicado e firme. Depois os ombros são subitamente fortes, para suster os braços longos; mas os seios são pequenos, e o corpo esgalgo foge para a cintura breve; logo as ancas readquirem o direito de ser graves, e as coxas são longas, as pernas desse escorço de corça, os tornozelos de raça, os pés repetindo em outro ritmo a exata melodia das mãos.

Ela e o mar entardeciam, mas, a um leve movimento que fez, seus olhos tomaram o brilho doce da adolescência, sua voz era um pouco rouca. Não teve filhos. Talvez pense na filha que não teve... A forma do vaso sagrado não se repetirá nestas gerações turbulentas e talvez desaparença para sempre no crepúsculo que avança. Que fizemos desse sonho de deusa? De tudo o que lhe fizemos só lhe ficou o olhar triste, como diria o pobre Antônio, poeta português. O desejo de alguns a seguiu e a possuiu; outros ainda se erguerão como torvas chamas rubras, e virão crestá-la, eis ali um homem que avança na eterna marcha banal.

Contemplo-a... Não, Deus não tem facilidade para desenhar. Ele faz e refaz sem cessar Suas figuras, porque o erro e a desídia dos homens entorpecem Sua mão: de geração em geração, que longa paciência Ele não teve para juntar a essa linha do queixo essa orelha breve, para firmar bem a polpa da panturrilha. Sim, foi a própria mão divina em um momento difícil e feliz. Depois Ele disse: anda... E ela começou a andar entre os humanos. Agora está aqui entardecendo; a brisa em seus cabelos pensa melancolias. As unhas são rubras; os cabelos também ela os pintou; é uma mulher de nosso tempo; mas neste momento, perto do mar, é menos uma pessoa que um sonho de onda, fantasia de luz entre nuvens, avideusa trêmula, evanescente e eterna.

Mas para que despetalar palavras tolas sobre sua cabeça? Na verdade não há o que dizer; apenas olhar, olhar como quem reza, e depois, antes que a noite desça de uma vez, partir.

Abril, 1956

O CRIME (DE PLÁGIO) PERFEITO

Aconteceu em São Paulo, por volta de 1933, ou 4. Eu fazia crônicas diárias no *Diário de S. Paulo* e além disso era encarregado de reportagens e serviços de redação; ainda tinha uns bicos por fora. Fundou-se naquela ocasião um semanário humorístico, *O Interventor*, que depois haveria de se chamar *O Governador*. Seu dono era Laio Martins, excelente homem de cabelos brancos e sorriso claro, boêmio e muito amigo. Pediu-me colaboração; o que podia pagar era muito pouco, mas eu não queria faltar ao amigo. Escrevi algumas crônicas assinadas. Depois comecei a falhar muito, e como Laio reclamasse, inventei um pretexto para não escrever. Seu jornal era excessivamente político (perrepista, se bem me lembro) e eu não queria tomar partido na política paulista, mesmo porque tinha muitos amigos antiperrepistas. Laio não se conformou: "Então ponha um pseudônimo!"

Prometi de pedra e cal, mas não cumpri. Laio reclamou novamente, me deu um prazo certo para lhe entregar a crônica. No dia marcado eu estava atarefadíssimo, e quando veio o contínuo buscar a crônica para *O Interventor* eu cocei a cabeça – e tive uma ideia. Acabara de ler uma crônica de Carlos Drummond de Andrade no *Minas Gerais*, órgão oficial de Minas, com um pseudônimo – algo assim como Antônio João, ou João Antônio, ou Manuel Antônio, não me lembro mais; ponhamos Antônio João. Botei papel na máquina, copiei a crônica rapidamente e lasquei o mesmo pseudônimo.

Dias depois recebi o dinheiro da colaboração, juntamente com o pedido urgente de outra crônica e um recado entusiasmado do Laio: a primeira estava esplêndida!

Daí para a frente encarreguei um menino da portaria, que estava aprendendo a escrever a máquina, de bater a crônica de Drummond para mim; eu apenas revia, para substituir ou riscar alguma referência a qualquer coisa de Minas. Pregada a mentira e praticado o crime, o remédio é perseverar nesse rumo hediondo; se às vezes senti remorso, eu o afogava em chope no bar alemão ao lado, e o pagava (o chope) com o próprio dinheiro do vale do Antônio João.

O remorso não era, na verdade, muito: Carlos não sabia de nada, e o que eu fazia não era propriamente um plágio, porque nem usava matéria assinada por ele, nem punha o meu nome em trabalho dele. E Laio Martins sorria feliz, comentando com meu colega de redação: "O Rubem não quer assinar, mas que importa? Seu estilo é inconfundível!"

O estilo era inconfundível e o chope era bem tirado; mas você pode ter a certeza, Carlos Drummond de Andrade, que muitas vezes eu o bebi à sua saúde, ou melhor, à saúde do Antônio João, isto é, à nossa. Dos 25 mil-réis que Laio me pagava, eu dava 5 para o menino que batia à máquina; era muito dinheiro para um menino naquele tempo, e isso fazia o menino feliz. Enfim, lá em São Paulo, todos éramos felizes graças ao seu trabalho: Laio, o menino, os leitores e eu – e você em Minas não era infeliz.

Não creio que possa haver um crime mais perfeito.

Agosto, 1956

AS PITANGUEIRAS D'ANTANHO

Tem seus 23 anos, e eu a conheço desde os oito ou nove, sempre assim, meio gordinha, engraçada, de cabelos ruivos. Foi criada, a bem dizer, na areia do Arpoador; nasceu e viveu em uma daquelas ruas que vão de Copacabana a Ipanema, de praia a praia. A família mudou-se quando a casa foi comprada para a construção de um edifício.

Certa vez me contou:

— Em meu quarteirão não há uma só casa de meu tempo de menina. Se eu tivesse passado anos fora do Rio e voltasse agora, acho que não acertaria nem com a minha rua. Tudo acabou: as casas, os jardins, as árvores. É como se eu não tivesse tido infância...

Falta-lhe uma base física para a saudade. Tudo o que parecia eterno sumiu.

*

Outra senhora disse então que se lembrava muito de que, quando era menina, apanhava pitangas em Copacabana; depois, já moça, colhia pitangas na Barra da Tijuca; e hoje não há mais pitangas. Disse isso com uma certa animação, e depois ficou um instante com o ar meio triste – a melancolia de não ter mais pitangas, ou, quem sabe, a saudade daquela manhã em que foi com o namorado colher pitangas.

Também em minha infância há pitangueiras de praia. Não baixinhas, em moitas, como aquelas de Cabo Frio, que o vento não deixa crescer; mas altas; e suas copas se tocavam e faziam uma sombra varada por pequenos pontos de sol. O que foi dito em um soneto lido na adolescência (acho que o soneto é de B. Lopes) onde "o sol bordava a pino, sobre a areia, um crivo de ouro num cendal de prata", o que pode ser um tanto precioso mas é lindo, mesmo a gente não sabendo o que é cendal. Nesse soneto havia um bando alegre de gente moça – esqueci as palavras, mas me lembro que as moças colhiam pitangas e os rapazes, namoradas.

E lembrei-me de meu espanto de menino quando ouvi dizer que uma família conhecida nossa, de Cachoeiro, estava querendo vender a casa.

Vender a casa... Casa, para mim, era alguma coisa que fazia parte da própria família, algo que existia desde sempre e para sempre com a mesma família. Fiz uma pergunta ingênua e alguém respondeu: "É, eles vão vender a casa porque vão-se mudar para Minas."

Fiquei quieto, mas também não entendi. Como é que uma família que mora em uma casa, em uma rua, em uma cidade, pensava eu confusamente no íntimo, pode mudar para outra? Aquilo me parecia contra a ordem natural das coisas.

Também me lembro de achar estranho que casas pudessem ser alugadas. Mas também me lembro de que a primeira vez que tive notícia da existência de edifícios de apartamentos, com umas pessoas morando em cima das outras e sem precisar subir escada porque havia elevador, achei a ideia genial, e pensei comigo mesmo: "Eu vou querer morar no último andar". Mas pensei, confesso, sem nenhuma esperança, como quem pensa em fazer uma coisa que deve ser boa mas, com certeza, a gente mesmo não vai fazer, como, por exemplo, andar de balão. Como um menino pobre pensa em ser rei.

Janeiro, 1957

PESCARIA DE BARCO

Às 6 horas apontamos a proa para a ilha Rasa e às doze e meia já estávamos de volta. Foi uma pescaria curta e modesta, pois trouxemos apenas um dourado de 10 quilos que o patrão do barco fisgou, eu ajudei a tentear e Chico Brito puxou com o bicheiro.

Não o choreis. Era na verdade lindo, a correr e saltar na água azul, todo verde e dourado e azul; lutou pela vida, foi bravo e morreu. Não o choreis: era um belo animal cruel e, além disso, guloso. Quando foi aberto o seu bucho, havia dentro dele várias sardinhas e vários baiacus, todos abocanhados inteiros, alguns evidentemente há bem pouco tempo. Ele estava, portanto, de barriga cheia, e com uma grande parte da digestão por fazer; se engoliu nossa modesta sardinha não foi por fome e sim por mania predatória. Como somos democratas e defensores dos fracos e pequenos, choramos as sardinhas e baiacus. Quanto ao dourado o dividimos em postas e o almoçamos tranquilamente, ao som de um vinho branco Santa Rita, devidamente chileno. Após o que deitei-me, na minha branca e cearense rede, cuja varanda é bordada de leões, e cochilei cerca de meia hora, a sonhar vagamente com minha amada e com o mar.

Enfim, tudo isso são prazeres que um intelectual modesto pode usufruir em um país subdesenvolvido a esta altura do século, após 30 anos de labor relativamente honesto. Nos prazeres referidos não vai incluída a amada, que, por desamante, antes seria motivo de melancolia; mas, se sua presença é esquiva, sua lembrança às vezes é doce, principalmente quando servida com peixe, vinho e rede.

Como o leitor está vendo, ao fim de tudo isso deixei a rede e abri a máquina de escrever. Aqui estou. Que poderia contar além da minha pequena experiência pessoal do dia de hoje? Não sou homem de inventar coisas, mas de contá-las. Seria preciso talvez dar-lhes um sentido, mas não encontro nenhum.

As coisas, em geral, não têm sentido algum.

Fevereiro, 1957

AQUELE FOLHETO PERDIDO

Um tanto cansado das coisas de hoje, compro o *Jornal do Commercio* para me engolfar na leitura do jornal de um século atrás.

Estamos a 30 de dezembro de 1865 e talvez esse mesmo Sudoeste espanque as espumas desse mesmo oceano verde-cinza. Onde estará a esta hora o pardo Januário? Ele fugiu há mais de três anos da casa do Comendador Barroso, que todavia não cessa de procurá-lo. Deve valer alguma coisa o pardo escravo, pois o comendador promete 300 mil-réis a quem o prender, e ameaça quem lhe tenha dado homizio e escapula. Esconde-te bem, pardo Januário!

Quem chegou foi o Braguinha, e chegou botando falação pelos jornais, o Braguinha da Fama do Café com Leite. Trouxe para vender novos aparelhos e máquinas, maravilhoso café, chá superior, belo chocolate, mas é desagradável o Braguinha ao chamar os fregueses e dizer: "Aqui se encontra tudo do bom e do melhor, contanto que tragam os cobrinhos porque vales não se recebem cá." E ainda nos diverte que "quanto aos afamados sorvetes de 320 réis, só haverão em noite de espetáculo, e isto quando não chover; e quem os quiser saborear nos camarotes deve prevenir com antecedência para não haver falta". Dá vontade de ir lá, bater à porta do Braguinha, e perguntar: "Hoje haverão sorvetes?"

O jornal reclama contra a demora na saída das mercadorias da Alfândega, que dá prejuízos ao Comércio, e diz candidamente: "estamos certos de que o governo não deixará de prestar a devida atenção". Pois sim, colega.

Há outras notas – uma reunião de conservadores para estudar a resposta à Fala do Trono, o anúncio de um professor de caligrafia, "inventor da letra corrida comercial", leilão de bens incluindo dois escravos, um bote e um oratório de ouro e prata, o que tudo pode ser visto da casa do finado, na Praia Pequena –, mas triste, triste me parece este aviso:

"Perdeu-se ou roubaram, na noite de 15 do corrente, a uma preta embriagada, uma trouxa de roupa suja, em que havia também uma panela de barro e um folheto."

Penso nessa remota negra embriagada, nessa humilde trouxa de roupa suja, nessa panela de barro e nesse famoso folheto. Que dizia o folheto? Ah, negra cachaceira, que fizeste do folheto? Cem anos depois de tua bebedeira eu fico cismando nesse folheto; e olhando o mar e pensando na vida e na minha impossível amada, e na tristeza dos tempos que vão, imagino que talvez esse folheto trouxesse a palavra essencial; ali devia estar escrita a explicação das coisas, ali o consolo de nosso peito, ali a senha de nosso destino.

Perdeu-se, perdeu-se para sempre o folheto escondido numa panela de barro dentro da trouxa de roupa suja, nas mãos de uma negra bêbada. Venta, Sudoeste frio, venta, acabrunha esse mar e este país tristonho, que se perdeu o folheto; e como encontrá-lo agora, cem anos depois, o folheto que seria a salvação do povo; que traria a última palavra de esperança, e se perdeu na noite?

Maio, 1957

MEU IDEAL SERIA ESCREVER...

Meu ideal seria escrever uma história tão engraçada que aquela moça que está doente naquela casa cinzenta quando lesse minha história no jornal risse, risse tanto que chegasse a chorar e dissesse – "ai meu Deus, que história mais engraçada!" E então a contasse para a cozinheira e telefonasse para duas ou três amigas para contar a história; e todos a quem ela contasse rissem muito e ficassem alegremente espantados de vê-la tão alegre. Ah, que minha história fosse, como um raio de sol, irresistivelmente louro, quente, vivo, em sua vida de moça reclusa, enlutada, doente. Que ela mesma ficasse admirada ouvindo o próprio riso, e depois repetisse para si própria – "mas essa história é mesmo muito engraçada!"

Que um casal que estivesse em casa mal-humorado, o marido bastante aborrecido com a mulher, a mulher bastante irritada com o marido, que esse casal também fosse atingido pela minha história. O marido a leria e começaria a rir, o que aumentaria a irritação da mulher. Mas depois que esta, apesar de sua má vontade, tomasse conhecimento da história, ela também risse muito, e ficassem os dois rindo sem poder olhar um para o outro sem rir mais; e que um, ouvindo aquele riso do outro, se lembrasse do alegre tempo de namoro, e reencontrassem os dois a alegria perdida de estarem juntos.

Que nas cadeias, nos hospitais, em todas as salas de espera a minha história chegasse – e tão fascinante de graça, tão irresistível, tão colorida e tão pura que todos limpassem seu coração com lágrimas de alegria; que o comissário do distrito, depois de ler minha história, mandasse soltar aqueles bêbados e também aquelas pobres mulheres colhidas na calçada e lhes dissesse – "por favor, se comportem, que diabo! eu não gosto de prender ninguém!" E que assim todos tratassem melhor seus empregados, seus dependentes e seus semelhantes em alegre e espontânea homenagem à minha história.

E que ela aos poucos se espalhasse pelo mundo e fosse contada de mil maneiras, e fosse atribuída a um persa, na Nigéria, a um australiano, em Dublin, a um japonês, em Chicago – mas que em todas as línguas ela guardasse a sua frescura, a sua pureza, o seu encanto surpreendente; e que no fundo de uma aldeia da China, um chinês muito pobre, muito sábio e muito velho dissesse: "Nunca ouvi uma história assim tão engraçada e tão boa em toda a minha vida; valeu a pena ter vivido até hoje para ouvi-la; essa história não pode ter sido inventada por nenhum homem, foi com certeza algum anjo tagarela que a contou aos ouvidos de um santo que dormia, e que ele pensou que já estivesse morto; sim, deve ser uma história do céu que se filtrou por acaso até nosso conhecimento; é divina".

E quando todos me perguntassem – "mas de onde é que você tirou essa história?" – eu responderia que ela não é minha, que eu a ouvi por acaso na rua, de um desconhecido que a contava a outro desconhecido, e que por sinal começara a contar assim: "Ontem ouvi um sujeito contar uma história..."

E eu esconderia completamente a humilde verdade: que eu inventei toda a minha história em um só segundo, quando pensei na tristeza daquela moça que está doente, que sempre está doente e sempre está de luto e sozinha naquela pequena casa cinzenta de meu bairro.

Julho, 1957

UMA CERTA AMERICANA

Muito me inibia o cortante nome de Hélice, minha ternura do Natal de 1944 durante a guerra, na Itália.

Hélice era como ela pronunciava e queria que eu pronunciasse o seu nome de Alice. Como era enfermeira e tinha divisas de tenente eu às vezes a chamava de *lieutenant*, o que é muito normal na vida militar, mas impossível em momentos de maior aconchego.

Falei no Natal de 1944; foi para mim um Natal especialmente triste. É verdade que recebi notícia de que o "48th Evacuation Hospital" tinha avançado para perto de nosso acantonamento. A notícia me deixou sonhador; vejam o que é um homem que ama: eu repetia com delícia: "48th Evacuation Hospital"...

Evacuation é um nome bem pouco lírico para alguém de língua portuguesa, e nem "48th" nem "Hospital" parecem muito poéticos; mas era o hospital em que trabalhava Alice, e isso me alegrava. A alegria aumentou quando um correspondente de guerra americano, acho que o Bagley, me avisou de que haveria uma festa de Natal no 48, e eu estava convidado.

Era inverno duro, a guerra estava paralisada nas trincheiras e *foxholes*, caía neve aos montes. Cheguei da frente, tomei banho, fiz a barba, limpei as botas, meti o capote, subi em um jipe, lá fui eu. No bolso do capote, por que não confessar, ia uma garrafinha de um horrível conhaque de contrabando que eu arranjara em Pistoia. A festa era em uma grande barraca de lona armada um pouco distante das outras barracas que serviam de enfermarias. Naquela escuridão branca e fria da noite de neve, era um lugar quente, iluminado, com música, onde Alice me esperava...

Não, não me esperava. Teve um "oh" de surpresa quando me viu; e como abri os braços veio a mim abrindo também seus belos braços, gritando meu nome, e dizendo votos de Feliz Natal; como, porém, me demorei um pouco no abraço e lhe beijava a face e o lóbulo da orelha esquerda com certa ânsia, murmurou alguma coisa e se afastou com um ar de mistério, me chamando de *darling*, mas me empurrando suavemente.

Havia coisa. A coisa era um coronel cirurgião louro e calvo que logo depois saía da barraca. Alice saiu atrás dele, e eu atrás dela. O homem estava sentado em um caixote de munição vazio, no escuro, os cotovelos apoiados nos joelhos e as mãos na cara. Não me viu; fiquei atrás dele enquanto Alice insistia para que ele fosse para dentro, ali estava terrivelmente frio, a neve caía em sua careca – *don't be silly, darling*, repetia ela docemente; ele murmurou coisas que eu não entendia, ela insistia para que ele entrasse, *please*...

Enfim, havia um *lieutenantcolonel* no Natal de minha *lieutenant*. A certa altura ele foi chamado a uma enfermaria, para alguma providência urgente, e eu quis raptar Alice, mas para onde, naquele descampado de neve, sem condução? Nem ela queria ir, dizia que não podia deixar a festa; tivemos um *clinch* amoroso (o que chamamos pega em português) atrás de uma barraca de material, mas emergiram da escuridão dois feridos de guerra com seus roupões *bordeaux* deixando entrever ataduras; e Alice, que estava fraquejando, repeliu-me para reconduzir os feridos a seus leitos.

O "48th Evacuation Hospital" mudou de pouso novamente e só voltei a ter notícias dela em abril do ano seguinte, no fim da guerra: Alice casara-se com o doutor tenente-coronel, por sinal um dos mais conhecidos cirurgiões de New York, e, através de um capitão brasileiro que me conhecia, me mandara um bilhete circunspectamente carinhoso participando suas núpcias e me desejava as felicidades que eu merecia.

Não merecia, com certeza; não as tive. Também, para dizer a verdade, não cheguei a ficar infeliz; guerra é guerra; apenas guardei uma lembrança um pouco amarga daquele Natal distante. Santo Deus, mais de 20 anos! Feliz Natal onde estiveres, Hélice ingrata!

Setembro, 1957

MARINHEIRO NA RUA

Era um marinheiro, um pequeno marinheiro com sua blusa de gola e seu gorro, na rua deserta que a madrugada já fazia lívida. Talvez não fosse tão pequeno, a solidão da rua é que o fazia menor entre os altos edifícios.

Aproximou-se de uma grande porta e bateu com os nós dos dedos. Ninguém abriu. Depois de uma pausa, voltou a bater. Eu o olhava de longe e do alto, do fundo de uma janela escura, e ainda que voltasse a vista para mim ele não poderia me ver. Esperei que a grande porta se abrisse e ele entrasse; ele também esperava, imóvel. Quando bateu novamente, foi com um punho cerrado; depois com os dois – e com tanta força que o som chegava até mim. Chegava uma fração de segundo depois de seu gesto; assim na minha infância eu via as lavadeiras baterem roupa nas pedras do outro lado do rio, e só um instante depois ouvia o ruído.

Essa recordação da infância me fez subitamente suspeitar que o marinheiro fosse meu filho, e essa ideia me deu um pequeno choque. Se fosse meu filho eu não poderia estar ali, no escuro, assistindo impassível àquela cena. Eu deveria me reunir a ele, e bater também à grande porta; ou telefonar para que alguém lá dentro abrisse, ou chamar outras pessoas – a imprensa, deputados da oposição, bombeiros, o Pronto-Socorro, que sei eu.

Fosse o que fosse que houvesse lá dentro, princesa adormecida ou um animal ganindo em agonia, seria urgente abrir. Caso necessário eu telefonaria para o Presidente da República e para o Cardeal e faria divulgar um apelo pelo rádio: quem dispusesse de um aríete deveria trazê-lo imediatamente, e estou seguro de que os atletas do Flamengo não se negariam a cooperar; aliás eu aceitaria a ajuda de homens de bem de outros clubes, notadamente do Botafogo, pois naquele momento não deveria haver distinção entre brasileiros.

Essas ideias risíveis me passaram pela cabeça com uma grande rapidez, pois quase imediatamente depois de pensar que o marinheiro poderia ser meu filho, me veio a suspeita de que era eu mesmo; talvez lá dentro, no bojo do imenso prédio, estivesse estirada numa rede, meio inconsciente, minha impassível amada, talvez doente, talvez sonhando um sonho triste, e eu precisaria estar a seu lado, segurar sua mão, dizer uma palavra de tão profunda ternura que a fizesse sorrir e a pudesse salvar.

Cansado de bater inutilmente, o marinheiro recuou vários passos e ergueu os olhos para a porta e para a fachada do edifício, como alguém que encara outra pessoa pedindo explicações. Ficou ali, perplexo e patético, e assim olhando para o alto, me parecia ainda menor sob seu gorro, onde deveria estar escrito o nome de um desconhecido navio. Olhava. A fachada negra permaneceu imóvel perante seu olhar, fechada, indiferente. Caía uma chuva fina, na antemanhã filtrava-se uma débil luz pálida.

Vai-te embora, marinheiro! Onde estão teus amigos, teus companheiros? Talvez do outro lado da cidade, bebendo vinho grosso em ambiente de luz amarela, entre mulheres ruivas, cantando... Vai-te embora, marinheiro! Teu navio está longe, de luzes acesas, arfando ao embalo da maré; teu navio te espera, pequeno marinheiro...

Quando ele seguiu lentamente pela calçada, fiquei a olhá-lo de minha janela escura, até perdê-lo de vista. A rua sem ele ficou tão vazia que de súbito me veio a impressão de que todos os habitantes haviam abandonado a cidade e eu ficara sozinho, numa absurda e desconhecida sala de escritório do centro, sem luz, sem saber por que estava ali, nem o que fazer.

Sentia, entretanto, que estava prestes a acontecer alguma coisa. Olhei a fachada escura do prédio em que ele tentara entrar. Olhei... Então lá dentro todas as luzes se acenderam, e o edifício ficou maior que todos na rua escura; sua fachada oscilou um pouco; alguma coisa rangeu, houve rumores vagos, e o prédio começou a se mover pesadamente como um grande navio negro – e, lentamente, partiu.

Mas suas luzes estavam acesas; e eu senti confusamente que, estirada em sua rede, minha triste amada receberia bem cedo a brisa do mar, e despertaria, e se sentiria feliz em viajar para muito, muito longe, feliz, sem pensar em mim, sem precisar de mim.

Março, 1958

A MOÇA CHAMADA PIERINA

"Pierina existiu mesmo?"

Uma leitora de S. Paulo me faz essa pergunta; e eu lhe digo que se trata de uma pergunta comovente – e comprometedora. Comprometedora para a idade de quem a faz: não pode ser uma senhora muito moça quem revela ter conhecido uma pessoa que existiu há tanto tempo – e de quem, depois, ninguém mais se lembrou, nem falou. Comovente para mim, que alguém se lembre de Pierina.

Foi lá por 1934. Cheguei a São Paulo, onde não conhecia ninguém, e comecei a fazer uma crônica no *Diário de S. Paulo*. Volta e meia eu citava ali uma certa Pierina, jovem amada minha. Às vezes, quando eu dava minha opinião sobre alguma coisa, dava também a de Pierina, em geral diversa e surpreendente. Creio que jamais lhe descrevi o tipo, embora fizesse às vezes alusão a seus cabelos, sua boca, sua cintura, etc. Não cheguei assim, nem era minha intenção, a criar uma personagem; Pierina aparecia uma vez ou outra em uma crônica para animá-la e dar-lhe graça. Sentia-se apenas que era muito jovem, filha de pai italiano bigodudo e mãe gorda e severa.

Sim, amável leitora, Pierina existiu. Chamava-se Pierina mesmo, pois escreveu esse nome em grandes letras, que me mostrou de sua janela de sobrado para a minha janela em um terceiro ou quarto andar de um hotelzinho que havia ali perto da ladeira da Memória. Sua família não tinha telefone. A gente se correspondia por meio de sinais e gestos, de janela a janela. De vez em quando eu lhe jogava alguma coisa – flores ou fruta – mas quase nunca acertava o alvo.

Mandei-lhe uma vez um recado escrito em um aeroplano de papel que, depois de várias voltas, embicou em direção à sua janela e lhe foi bater de encontro aos seios. Foi um êxito tão grande da aeronáutica internacional quanto o do foguete que chegou à Lua muitos anos depois. Sou, na verdade, um precursor sentimental dos mísseis teleguiados; e os seios de Pierina eram para mim remotos e divinos como a Lua.

E pouco mais houve, ou nada. Eu pouco parava em casa, pois trabalhava à tarde e à noite; gastava as madrugadas nos bares, ou locais ainda menos recomendáveis; eu era um rapaz solteiro de vinte e um anos e tinha um namoro muito mais positivo que esse de Pierina com uma jovem alemã de costumes muito menos austeros que os seus.

Depois fui para o Rio, do Rio para o Recife, e até hoje ando "pela aí", como diz a nossa boa Aracy de Almeida. Pierina entrou por uma crônica, saiu pela outra, acabou-se a história.

Tivemos um só encontro marcado junto à fonte da Memória; quando eu descia as escadas ela saiu a correr. Depois me disse por sinais (fazia-se grandes bigodes e beijava a própria mão) que naquele instante tinha aparecido seu pai. Talvez fosse mentira.

Creio que ela nunca soube que foi minha personagem, pois não sabia sequer que eu era jornalista; perguntou-me uma vez, por meio de gestos, se eu era estudante, e lhe respondi que sim; mas todas essas novas "conversas" foram mais raras e espaçadas do que parecem, contadas assim.

Sim, minha leitora, Pierina existiu. Era linda, viva, ágil, engraçada e devia ter uns dezesseis ou dezessete anos. Hoje terá, implacavelmente, quarenta e quatro ou quarenta e cinco, talvez leia esta crônica e se lembre de um rapaz que uma vez lhe jogou de uma janela um avião de papel onde estava escrito "meu amor" ou coisa parecida; talvez não.

Maio, 1958

MONOS OLHANDO O RIO

Como é que foi feito o mundo, por que é que aqui tem este bicho e ali não tem? Olhem que já não pergunto por que não há girafas no Piauí nem hipopótamos no Acre. Não há, acabou-se. Mas o pequeno mistério do mono é que me fascina.

Na linguagem comum "mono" pode ser qualquer macaco, mas no interior do Brasil, onde as pessoas falam certo, assim se chama apenas um certo macaco, cujo cartão de visitas em latim é *Eriodes arachnoides*. É exatamente o maior macaco do Brasil, país, como se sabe, de grande macacada; como nas Américas não temos gorilas, o rei da macacada é o nosso prezado mono, com seus setenta centímetros de corpo e mais setenta de cauda. É fácil de distinguir – ensina Rodolpho von Ihering –, pelo seu polegar atrofiado, um simples coto sem unha. Goeldi (não o nosso querido gravador, mas o pai dele) diz que a gente encostando o dedo na extremidade da cauda de um mono morto de fresco, ele (o mono) agarra o dedo da gente. Nunca brinquei com mono morto para conferir.

Para ser entendido pelos caçadores direi que o mono também é conhecido por "buriqui" ou "muriquina", e seu pelo é um amarelo desbotado. Sei que há monos no estado do Rio, em Minas, em S. Paulo, até onde ele existe no Sul não sei. Mas para o Norte o mono tem uma divisa, e é isso que me invoca e fascina: ele só vai até o Rio Doce, um rio que nasce em Minas e atravessa o Espírito Santo. Quem me contou isso foi um caçador da terra, o Luís Alves, de Cachoeiro, que hoje mora em Vitória. Depois perguntei a muitos caboclos da beira do Rio Doce e todos confirmaram: "Naquele lado tem muito mono, neste não é capaz".

Ora, uma noite destas eu estava sozinho em minha casa, e contrariado com umas histórias de mulher; me deu insônia. De repente, não sei por que, comecei a pensar no mono, e mais tarde, quando dormi, o mono entrou pelo meu sonho; acordei logo, com o mono na cabeça. Quanta angústia não passaram os monos quando começaram a ser derrubadas as matas de S. Paulo, do estado do Rio, do Espírito Santo! Assustados pelos caçadores e tangidos pela falta de comida, eles foram emigrando para o Norte e com certeza subiram muita serra e passaram muito rio com o rabo agarrado a uma ponta de cipó.

Mas quando chegaram ao Rio Doce, pararam. Ali no Espírito Santo o rio tem centenas de metros de largura. A derrubada e os incêndios começaram do lado de cá, na margem sul. Imagino os olhos tristes dos grandes monos olhando, dos altos galhos da floresta, a grande massa líquida – e, do outro lado, a Floresta Proibida, ou a Terra Prometida dos Monos Perseguidos.

Hoje há pontes sobre o grande rio; mas onde há essas pontes – em Colatina e em Linhares – o mono não ousa passar porque ali enxameiam esses estranhos monos sem cauda, os homens, bichos cruéis que matam outros bichos só pelo prazer de matar.

Devo fazer um apelo patético pela salvação dos monos do Brasil? Não, ele não seria ouvido. Mas me deixem a liberdade de ter pena desses nossos tristes irmãos peludos e condenados. Levá-los para o outro lado do Rio Doce já pouco adiantaria, que o machado e o fogo já passaram em sua frente. Talvez pudéssemos levar um casal de monos para a Amazônia…

Mas seria preciso que nós, os homens, fôssemos, pelo menos, humanos.

Abril, 1960

APARECEU UM CANÁRIO

Mulher, às vezes aparece alguma; vêm por desfastio ou imaginação, essas voluntárias; não voltam muitas vezes. Assusta-as, talvez, o ar tranquilo com que as recebo, e a modéstia da casa.

Passarinho, desisti de ter. É verdade, eu havia desistido de ter passarinhos; distribuí-os pelos amigos; o último a partir foi o corrupião "Pirapora", hoje em casa do escultor Pedrosa. Continuo a jogar, no telhado de minha água-furtada, pedaços de miolo de pão. Isso atrai os pardais; não gosto especialmente de pardais, mas também não gosto de miolo de pão. Uma vez ou outra aparecem alguns tico-ticos; nas tardes quentes, quando ameaça chuva, há um cruzar de andorinhas no ar, em voos rasantes sobre o telhado do vizinho. Vem também, às vezes, um casal de sanhaços; ainda esta manhã, às 5h15, ouvi canto de sanhaço lá fora; frequentam ou uma certa antena de televisão (sempre a mesma) ou o pinheiro-do-paraná que sobe, vertical, até minha varanda. Fora disso, há, como em toda parte, bem-te-vis; passam gaivotas, mais raramente urubus. Quando me lembro, mando a empregada comprar quirera de milho para as rolinhas andejas.

Mas a verdade é que um homem, para ser solteiro, não deve ter nem passarinho em casa; o melhor de ser solteiro é ter sossego quando se viaja; viajar pensando que ninguém vai enganar a gente nem também sofrer por causa da gente; viajar com o corpo e a alma, o coração tranquilo.

Pois nesse dia eu ia mesmo viajar para Belo Horizonte; tinha acabado de arrumar a mala, estava assobiando distraído, vi um passarinho pousar no telhado. Pela cor não podia ser nenhum freguês habitual; fui devagarinho espiar. Era um canário; não um desses canarinhos-da-terra que uma vez ou outra ainda aparece um, muito raro, extraviado, mas um canário estrangeiro, um *roller*, desses nascidos e criados em gaiola. Senti meu coração bater quase com tanta força como se me tivesse aparecido uma dama loura no telhado. Chamei a empregada: "Vá depressa comprar uma gaiola, e alpiste..."

Quando a empregada voltou, o canarinho já estava dentro da sala; ele e eu, com janelas e portas fechadas. Se quiserem que explique o que fiz para que ele entrasse eu não saberei. Joguei pedacinhos de miolo de pão na varanda; assobiei para dentro; aproximei-me do telhado bem devagarinho, longe do ponto em que ele estava, murmurei muito baixo: "Entra, canarinho..." Pus um pires com água ali perto. Que foi que o atraiu? Sei apenas que ele entrou; suponho que tenha ficado impressionado com meus bons modos e com a doçura de meu olhar.

Dentro da sala fechada (fazia calor, estava chegando a hora de eu ir para o aeroporto) ficamos esperando a empregada com a gaiola e o alpiste. O que fiz para que ele entrasse na gaiola também não sei; andou pousado na cabeça de Baby, a finlandesa (terracota de Ceschiatti); fiquei completamente imóvel, imaginando – quem sabe, a esta hora, em Paris ou onde andar, a linda Baby é capaz de ter tido uma ideia engraçada, por exemplo: "Se um passarinho pousasse em minha cabeça..."

Depois desceu para a estante, voou para cima do bar. Consegui colocar a gaiola (com a portinha aberta, presa por um barbante) bem perto dele, sem que ele o notasse; andei de quatro, rastejei, estalei os dedos, assobiei – venci. Quando telefonei para o táxi ele já tinha bebido água e comido alpiste, e estava tomando banho. Dias depois, quando voltei de Minas, ele estava cantando que era uma beleza.

Está cantando, neste momento. Por um anel de chumbo que tem preso à pata já o identifiquei, telefonando para a Associação dos Criadores de *Rollers*; nasceu em 1959 e seu dono mudou-se para Brasília. Naturalmente deixou-o de presente para algum amigo, que não soube tomar conta dele. (Seria o milionário assassinado da Toneleros? Um dos assaltantes carregou dois canários e depois os soltou, com medo.)

Está cantando agora mesmo; como canta macio, melodioso, variado, bonito... Agora para de cantar e fica batendo as asas de um modo um pouco estranho. Telefono para um amigo que já criou *rollers*, pergunto o que isso quer dizer. "Ele está querendo casar, homem: é a primavera..."

Casar! O verbo me espanta. Tão gracioso, tão pequenininho, e já com essas ideias!

Abano a cabeça com melancolia; acho que vou dar esse passarinho à minha irmã, de presente. É pena, eu já estava começando a gostar dele; mas quero manter nesta casa um ambiente solteiro e austero; e se for abrir exceção para uma canarinha estarei criando um precedente perigoso. Com essas coisas não se brinca. Adeus, canarinho.

Maio, 1960

OS POBRES HOMENS RICOS

Um amigo meu estava ofendido porque um jornal o chamou de boa-vida. Vejam que país, que tempo, que situação! A vida deveria ser boa para toda gente; o que é insultuoso é que ela o seja apenas para alguns.

"Dinheiro é a coisa mais importante do mundo." Quem escreveu isso não foi nenhum de nossos estimados agiotas. Foi um homem que a vida inteira viveu de seu trabalho, e se chamava Bernard Shaw. Não era um cínico, mas um homem de vigorosa fé social, que passou a vida lutando, a seu modo, para tornar melhor a sociedade em que vivia – e em certa medida o conseguiu. Ele nos fala de alguns homens ricos:

"Homens ricos ou aristocratas com um desenvolvido senso de vida – homens como Ruskin, William Morris, Kropotkin – têm enormes apetites sociais... não se contentam com belas casas, querem belas cidades... não se contentam com esposas cheias de diamantes e filhas em flor; queixam-se porque a operária está malvestida, a lavadeira cheira a gim, a costureira é anêmica, e porque todo homem que encontram não é um amigo e toda mulher não é um romance... sofrem com a arquitetura da casa do vizinho..."

Esse "apetite social" é raríssimo entre os nossos homens ricos; a não ser que "social" seja tomado no sentido de "mundano". E nossos homens de governo têm uma pasmosa desambição de governar.

Vi, há tempos, um conhecido meu, que se tornou muito rico, sofrer horrorosamente na hora de comprar um quadro. Achava o quadro uma beleza, mas como o pintor pedia tantos contos ele se perguntava, e me perguntava, e perguntava a todo mundo se o quadro "valia" mesmo aquilo, se o artista não estaria pedindo aquele preço por sabê-lo rico, se não seria "mais negócio" comprar um quadro de fulano. Fiquei com pena dele, embora saiba que numa noite de jantar e boate ele gaste tranquilamente aquela importância, sem que isso lhe dê nenhum prazer especial. Fiquei com pena porque realmente ele gostava do quadro, queria tê-lo, mas o prazer que poderia ter obtido uma coisa ambicionada era estragado pela preocupação do negócio. Se não fosse pelo pintor, que precisava de dinheiro, eu o aconselharia a não comprar.

Homens públicos sem sentimento público, homens ricos que são, no fundo, pobres-diabos – que não descobriram que a grande vantagem real de ter dinheiro é não ter que pensar, a todo momento, em dinheiro...

Maio, 1961

MOSCAS, E TETO AZUL

Amigos dizem-me: pinte o teto de sua cozinha de azul, assim não entrarão moscas.

Desço a escada sonhador e perplexo; será verdade? Quem descobriu que moscas não amam teto azul, esse delicadíssimo segredo da construção civil, fino mergulho na sensibilidade aérea do inseto aborrecido para nós, mas em si mesmo respeitável como todo ser?

Faz o homem sua casa e não quer moscas, pinta de azul seu teto, moscas chegam até a janela, olham lá dentro para cima, pensam: pintou de azul o teto, ele não nos ama, adeus.

A relação mosca-homem é incessante no mundo, tanto que o homem a chama oficialmente *musca domestica*, celebrando seu amor à casa do homem, imaginando talvez que não havia moscas antes de haver casas, como certamente não existiam andorinhas sem beirais para viver e fios telefônicos onde se encontrarem as amigas e bater um papo olhando a tarde; uma criança nascida em Brasília que não sair de lá morrerá sem ver andorinhas, triste sina.

Cuida o leitor que estou escrevendo bobagens, e é certo. Mas eu sei das bobagens minhas, elas têm um enredo íntimo. Estou escrevendo assim à toa e já estou vendo para onde vou indo; comecei a falar de mosca, já passei para andorinhas, o resto é fácil de imaginar, estou pensando nessa andorinha cigana que apareceu na minha varanda e sozinha, sozinha, não fez verão, mas fez uma súbita, ainda úmida, inquietante primavera, com seus ventos e frias luas.

Vai durar? Tenho a secreta certeza de que não, mas me pergunto às vezes, e dirijo aqui esta pergunta aos homens que sabem as coisas, que são os homens poetas: acaso se pode prender mulher como quem prende passarinho na gaiola? Nosso deleite com mulher e passarinho não se estraga assim no seu mais íntimo sentido, que é de ter num instante o que é em si mesmo uma elusiva criatura – a posse do evanescente? Na minha varanda já apareceu canário, até beija-flor, até uma deusa, oh, tu, Diana, caçadora de brisas, que presides ao destino das nuvens errantes e das espumas do mar.

Sei como faço: fico sério, trêmulo por dentro, mas dono do mundo e de mim, sentindo na cabeça a leve mão de Deus e o cicio inaudível de Sua voz dizendo: "Eis aí".

Assim também A ouvirei quando reconhecer que foi a Morte que desceu em minha varanda: "Eis aí". E me irei, talvez com um pouco de pena de mim, mas sem medo e sem verdadeira tristeza, me irei como se vão as moscas ao recuarem, atônitas, perante o teto azul de uma cozinha.

Outubro, 1961

LEMBRANÇA DO COMPADRE JOAQUIM

Tenho um afilhado, que se chama João.

Foi o caso que Joaquim Capixaba, antigo pescador, tinha combinado com meu pai que este seria o padrinho de seu próximo filho – isso foi na praia de Marataízes, estado do Espírito Santo. "No verão que vem, coronel." Mas o coronel Chico Braga morreu antes do tempo, e não teve mais nenhum verão de praia, que tanto o regalava. A família ficou pobre, a viúva teve de vender a casa da praia e mais uns terreninhos; a primeira vez que voltei lá, estava jogando um sete e meio na casa do professor Jorge Kafuri e quando ia saindo veio falar comigo o Capixaba, que tinha sabido de minha chegada, e estava há uma porção de tempo me esperando lá fora, acanhado. Era para eu ser padrinho da criança, no lugar do falecido. Pois não, Joaquim, muito obrigado.

— Então nesse domingo, compadre?

Depois ficamos conversando, eu vendo que o Joaquim estava querendo me dizer mais alguma coisa, porém sem jeito. Afinal desembuchou: e o nome da criança? Perguntei se era menino ou menina. Era menino. João, "João mesmo, compadre?" Aí eu disse uma dessas bobagens que a gente aprende quando é criança e não tem jeito de esquecer: "que for mulher chamaria Maria, que for homem chamarão João". E acabou a conversa.

No outro dia minha irmã me contou que o Joaquim tinha conversado com ela uma conversa muito embrulhada, no fim era para dar a entender que estava meio sem graça com o nome que tinha escolhido para o menino, sendo eu um rapaz tão preparado, com tantos estudos, podia escolher um nome bonito, ia botar nome de João. Se minha irmã não podia falar comigo com muito jeito... Eu, como era rapazinho, até que estava agradado de ser padrinho de alguém, mas ao mesmo tempo era uma estopada ter de botar sapato e ir à Vila (naquele tempo não havia igreja na praia) logo numa manhã de domingo, quando o banho tem mais movimento com o pessoal que chega de Cachoeiro no sábado. Assim, quando encontrei o Joaquim, fiz um ar meio amuado, disse a ele com toda delicadeza que tinha ficado muito contente dele me convidar para compadre, mas como sabia que ele não estava satisfeito com o nome que eu tinha escolhido para o menino, se ele quisesse até era melhor, para ele, escolher uma pessoa melhor para padrinho, pois eu já vivia fora do estado, era capaz de nunca mais vir a Marataízes, assim que para o menino era também melhor ter um padrinho que morasse mesmo no Cachoeiro, ou então alguém duma dessas famílias de Muqui, de Alegre, que vêm todo ano; que ele não se acanhasse de convidar outro, pois eu não ficaria zangado.

— O senhor nem me diga isso, compadre!

O Joaquim ficou tão envergonhado e tão triste que nem sabia o que dizer, e, para encurtar conversa, domingo lá estava eu na igreja da Vila do Itapemirim de vela na mão, com o diabo do menino chorando que era um desespero.

Filho de pobre é feito criação de peru, perde-se muito. Anos depois eu soube que tinha dado uma peste na casa do compadre Joaquim Capixaba e ele perdera vários filhos, inclusive o maiorzinho que já ajudava; mas meu afilhado João, esse se salvara. E o Joaquim dizia a diversas pessoas:

— Devoção forte é essa do compadre *Rubes* em São João! E o Santo reconhece!

Junho, 1962

PESSOAS QUE ACONTECEM

Uma vez contei a história de um mito que nós, famélicos estudantes moradores de uma pensão do Catete, nos anos 30, criamos para zombar uns dos outros. Se, por exemplo, Rui atendia o telefone e era para o Miguel, e o Miguel lá de cima perguntava quem é que queria falar com ele, Rui respondia sério: "É um sujeito que lhe quer dar quinhentos mil-réis..."

A graça verdadeira da história é que um dia me chamaram ao telefone. Era um amigo velho de Cachoeiro, o Antônio Olinto Gonçalves:

— Rubem, como vai? Há quanto tempo a gente não se vê! Como vai de saúde? E de dinheiro? Hem? Bem, acontece o seguinte: entrei agora nuns dinheiros e queria saber se você não estava precisando assim de uns quinhentos mil-réis...

Não era trote. Vinte minutos depois ele passava pela pensão, e, na frente de três ou quatro colegas por mim convocados para solenizar o ato, me entregava uma grande nota de quinhentos mil-réis, naquele tempo conhecida como "tapete d'alma". O "homem dos quinhentos mil-réis" existia mesmo.

Não estranho muito quando sei que um sujeito a quem jamais fiz nenhum mal está fazendo força contra mim em algum setor. Não me acho simpático, e suponho que, se eu conhecesse outro sujeito igual a mim, nossas relações nunca chegariam a ser grande coisa.

O que me espanta na vida é a aparição súbita da Providência Divina disfarçada em uma pessoa qualquer. Podia fazer uma lista dessas pessoas, mas prefiro citar apenas um caso.

Uma vez, em Cachoeiro, João Madureira e eu, ainda rapazolas, saímos a passarinhar. Creio que ele levava um pio de inhambu ou de macuco. Eu levava apenas minha espingarda; sou homem de ouvido ruim, tanto que contam que uma vez que piei um macuco, meia hora depois apareceu o "soberbo galináceo" (é assim que se diz no disco de vozes de aves do Brasil feito pela família Coelho, fabricante de pios de caça na ilha da Luz, e que vocês não encontram em nenhuma casa de discos, mas em casas de armas) e quando eu levava a arma à cara o macuco levantou uma pata e disse: "Não atire não, moço, eu só vim ver quem é que estava piando macuco tão mal".

Bem; eu e João subimos por uma capoeira, atravessamos um roçado, contornamos um brejo, entramos na mata, andamos, andamos, e a horas tantas começou a escurecer e a chover. Escureceu e choveu tanto que ficamos molhados e sem rumo; tocamos por um caminho qualquer até ver, como nas histórias antigas, uma luzinha lá longe.

Nenhum de nós dois conhecia o dono da fazenda: era o senhor Oscar, irmão do finado governador do Espírito Santo, Nestor Gomes. Ele nos deu jantar, cama para dormir, roupa seca, e ainda despachou um camarada a cavalo para ir até uma estação próxima pedir para avisarem a nossas famílias em Cachoeiro que nós íamos dormir lá na Cachoeirinha.

*

Em 1935 houve um dia que fiquei desarvorado e sem saber onde dormir. Meus amigos mais íntimos estavam presos, e eu escapara por muito pouco, dormindo cada noite em um lugar diferente.

A certa altura, procurei pouso por uma noite em uma casa de Vila Isabel, mas a família, assustada, me negou abrigo.

Com minha maleta na mão entrei em um café do bulevar e telefonei para um amigo perguntando se ele tinha alguma ideia. Ele pediu o número do telefone do café em que eu estava, e dali a dez minutos ligou para mim. Disse que tinha telefonado a um amigo que morava em Grajaú; era um senhor protestante que não se metia em política, mas homem de excelente coração, que estava disposto a correr o risco de me esconder em sua casa até que eu arranjasse outro rumo.

Tomei um táxi e fui para essa casa em Grajaú, onde passei alguns dias, fiquei doente, fiz uma pequena operação e fui cuidado com o maior carinho pelo dono da casa, sua senhora e duas filhas mocinhas. O dono da casa era o mesmo dono da fazenda da Cachoeirinha.

Julho, 1963

NEGÓCIO DE MENINO

Tem dez anos, é filho de um amigo, e nos encontramos na praia:
— Papai me disse que o senhor tem muito passarinho...
— Só tenho três.
— Tem coleira?
— Tenho um coleirinha.
— Virado?
— Virado.
— Muito velho?
— Virado há um ano.
— Canta?
— Uma beleza.
— Manso?
— Canta no dedo.
— O senhor vende?
— Vendo.
— Quanto?
— Dez contos.
Pausa. Depois volta:
— Só tem coleira?
— Tenho um melro e um curió.
— É melro mesmo ou é vira?
— É quase do tamanho de uma graúna.
— Deixa coçar a cabeça?
— Claro. Come na mão...
— E o curió?
— É muito bom curió.
— Por quanto o senhor vende?
— Dez contos.
Pausa.

— Deixa mais barato...
— Para você, seis contos.
— Com a gaiola?
— Sem a gaiola.
Pausa.
— E o melro?
— O melro eu não vendo.
— Como se chama?
— Brigitte.
— Uai, é fêmea?
— Não. Foi a empregada que botou o nome. Quando ela fala com ele, ele se arrepia todo, fica todo despenteado, então ela diz que é Brigitte.
Pausa.
— O coleira o senhor também deixa por seis contos?
— Deixo por oito contos.
— Com a gaiola?
— Sem a gaiola.
Longa pausa. Hesitação. A irmãzinha o chama de dentro da água. E, antes de sair correndo, propõe, sem me encarar:
— O senhor não me dá um passarinho de presente, não?

Rio, março, 1964

EM ROMA, DURANTE A GUERRA

"Se algum dia eu partir para a guerra..." Pois aconteceu, meus netinhos, que um dia eu parti para a guerra. Não, não farei como esses veteranos de cinema que, sentados em suas cadeiras de rodas, contam lances terríveis e arrasam o inimigo a bengaladas. Também não vou afirmar que foi minha presença no teatro de operações que motivou a ruína de Hitler e Mussolini; deixo isso ao julgamento da Posteridade, ou, como dizia o nosso finado imperador, à Justiça de Deus na Voz da História. O zíper da modéstia me fecha a boca.

Contarei hoje apenas uma aventura minha de retaguarda. Um dia, num bar de Roma, havia uma elegante senhora loura que tinha cigarro mas não tinha fósforos. Um galante correspondente de guerra que estava na mesa ao lado sacou de seu isqueiro e pediu-lhe licença para acender seu cigarro. Depois, com muita delicadeza e timidez, disse que havia chegado aquele dia em Roma, e não conhecia ninguém; queria saber se ela não levaria a mal sua ousadia de convidá-la para sua mesa. Assim eu (que outro não era, como já adivinhastes, o galante correspondente) travei relações com uma espiã, pois é evidente que mulher loura com cigarro e sem fósforo só pode ser espiã. Ela falava um italiano perfeito, o que também faz parte de seu ofício; mas apesar disso perguntei-lhe se era italiana. Disse que era e não era. Bonita resposta, pensei eu, reparando em seus olhos de um azul cinzento, e brinquei: "não vai me dizer que é da Abissínia!" Ela riu; era de Trieste; confessei-lhe que eu era de Cachoeiro de Itapemirim, ela repetiu o nome de minha cidade com tanta graça que me apaixonei.

Dois ou três dias nos encontramos, até que certa noite eu a convidei a jantar no hotel em que eu estava alojado, com os demais correspondentes de guerra – um pequeno e simpático hotel de Via Sistina, perto da Igreja de Trinità dei Monti. Estávamos ainda no aperitivo – se lembra, Squeff, daquele *rum con limone*? – quando ela deixou a mesa um momento para ir ao toalete. Imediatamente aproximou-se de mim um major inglês de grandes bigodes e muito polidamente me pediu que o procurasse mais tarde em seu apartamento no mesmo hotel. Adiantou que trabalhava na contraespionagem, e que a senhora que estava em minha companhia era suspeita; mas que eu não a deixasse perceber que fora informado disso.

No dia seguinte o major me esclareceu: a minha amiga era tcheca de raça alemã, filha de um industrial ligado aos nazistas. Prometi ao major transmitir-lhe qualquer pergunta ou pedido suspeito que ela me fizesse; mas eu devia voltar logo para a linha de frente e a minha encantadora mata-harizinha não havia meio de me tentar extorquir o segredo da futura bomba atômica nem o esquema da próxima ofensiva aliada.

No dia seguinte almoçamos num restaurante e tomamos três garrafas de tinto; depois, num bar fiquei a alisar ternamente a sua mão fina, de veias azuis. Mão de espiã – pensava eu – e senti uma ternura especial, uma fraqueza dentro de mim. Aquele dia mesmo eu ia voltar para a frente, para aquele mundo desagradável de homens, lama e explosões; senti que ia ter saudades dela, e lhe disse isso.

Mão de espiã... Mas além, ou antes de ser uma espiã, ela era também mulher; não tinha nascido espiã; teria tido algum prazer verdadeiro em minha companhia? Foi então que ela me pediu um favor: que através de minha correspondência eu mandasse um recado para um seu tio, que morava em São Paulo, dizendo que ela estava em Roma e pedindo que lhe enviasse, em meu nome, através de meu jornal e do Banco do Brasil, uma determinada importância em dinheiro. Escreveu o nome do tio em um papelzinho e me entregou.

Beijamo-nos na Piazza di Spagna; subi a escadaria lentamente. Se eu entregasse aquele papelzinho ao major inglês, um homem seria preso em São Paulo; pensei em nossa polícia, nos seus "hábeis interrogatórios"; e se o homem fosse inocente?

Na portaria do hotel liguei para o P.R.O. pedindo um jipe que me levasse ao aeroporto; depois, num impulso, pedi à telefonista que me desse o apartamento do major inglês. Não atendia; mas o porteiro me informou que ele estava no hotel, provavelmente no salão de chá que ficava no terceiro andar. Tomei o elevador, mas então resolvi ir até o meu apartamento arrumar a mala. Tirei o papelzinho do bolso e fiquei um instante na janela a olhar a paisagem de Roma lá embaixo. O vento ainda era frio, naquele começo de primavera. Fiz uma bolinha com o papelucho e o joguei fora; acompanhei-o com os olhos até que o vi cair num toldo, e depois na rua. E acabou-se a história.

Agosto, 1963

A MULHER E SEU PASSADO

Ela conta a história de uma freira que a atormentava no internato, em seu tempo de menina; de um homem que a fez viver longamente entre o desespero e o tédio, a revolta e a humilhação. E fica meio magoada porque a tudo eu sorrio, porque eu não pareço participar do sentimento com que ela fala contra essa gente que passou. Afinal ela também sorri: "Você é meu amigo ou amigo da onça?"

Sou seu amigo. Mas rico ri à toa, e eu me sinto vertiginosamente rico porque essas histórias, alegres ou tristes, ela me conta de mãos dadas, junto de mim. Digo-lhe isso; mas não lhe confesso que aprovo e abençoo todas as coisas e pessoas que povoam seu passado, e tenho vontade de dizer:

"Benditos teu pai e tua mãe; benditos os que te amaram e os que te maltrataram; bendito o artista que te adorou e te possuiu, e o pintor que te pintou nua, e o bêbedo de rua que te assustou, e o mendigo que disse uma palavra obscena; bendita a amiga que te salvou e bendita a amiga que te traiu; e o amigo de teu pai que te fitava com concupiscência quando ainda eras menina; e a corrente do mar que te ia arrastando; e o cão que uivava a noite inteira e não te deixou dormir; e o pássaro que amanheceu cantando em tua janela; e a insensata atriz inglesa que de repente te beijou na boca; e o desconhecido que passou em um trem e te acenou adeus; e teu medo e teu remorso a primeira vez que traíste alguém; e a volúpia com que o fizeste; e a firme determinação, e o cinismo tranquilo, e o tédio; e a mulher anônima que te vociferou insultos pelo telefone; e a conquista de ti por ti mesma, para ti mesma; e os intrigantes do bairro que tentaram te envolver em suas teias escuras; e a porta que se abriu de repente sobre o mar; e a velhinha de preto que ao te ver passar disse 'moça linda...'; bendita a chuva que tombou de súbito em teu caminho, e bendito o raio que fez saltar teu cavalo, e o mormaço que te fez inquieta e aborrecida, e a lua que te surpreendeu nos braços de um homem escuro entre as grandes árvores azuis. Bendito seja todo o teu passado, porque ele te fez como tu és e te trouxe até mim. Bendita sejas tu."

Abril, 1964

MESTRE AURÉLIO ENTRE AS PALAVRAS

Ora, resolvi enriquecer o meu vocabulário e adquiri o livro *Enriqueça o seu vocabulário* que o sábio Professor Aurélio Buarque de Holanda Ferreira fez, reunindo o material usado em sua página de *Seleções*.

Afinal de contas nós, da imprensa, vivemos de palavras; elas são nossa matéria-prima e nossa ferramenta; pode até acontecer (pensei eu) que, usando muitas palavras novas e bonitas em minhas crônicas, elas sejam mais bem pagas.

Confesso que não li o livro em ordem alfabética; fui catando aqui e ali o que achava mais bonito, e tomando nota. Aprendi, por exemplo, que a calhandra grinfa ou trissa, o pato gracita, o cisne arensa, o camelo blatera, a raposa regouga, o pavão pupila, a rola turturina e a cegonha glotera.

Tive algumas desilusões, confesso; sempre pensei que trintanário fosse um sujeito muito importante, talvez da corte papal, e mestre Aurélio afirma que é apenas o criado que vai ao lado do cocheiro na boleia do carro, e que abre a portinhola, faz recados, etc. Enfim, o que nos tempos modernos, em Pernambuco, se chama "calunga de caminhão". E sicofanta, que eu julgava um alto sacerdote, é apenas um velhaco. Cuidado, portanto, com os trintanários sicofantas!

Aprendi, ainda, que Anchieta era um mistagogo e não um arúspice, que os pelos de dentro do nariz são vibrissas, e que diuturno não é o contrário do noturno nem o mesmo que diário ou diurno, é o que dura ou vive muito.

Latíbulo, jiga-joga, julavento, gândara, drogomano, algeroz... tudo são palavras excelentes que alguns de meus leitores talvez não conheçam, e cujo sentido eu poderia lhes explicar, agora que li o livro; mas vejo que assim acabo roubando a freguesia de mestre Aurélio, que poderia revidar com zagalotes, ablegando-me de sua estima e bolçando-me contumélias pela minha alicantina de insipiente.

Até outro dia, minhas flores.

Fevereiro, 1966

A TRAIÇÃO DAS ELEGANTES

"As fotos estão sensacionais, mas algumas das elegantes não souberam posar" – confessou Ibrahim Sued a respeito da reportagem em cores sobre as "Mais Elegantes de 1967" publicada em *Manchete*.

A verdade é mais grave, e todos a sentem: as "Mais Elegantes" estão às vezes francamente ridículas, às vezes com um ar boboca e jeca, às vezes simplesmente banais. A culpa não será de Ibrahim, nem do fotógrafo, nem da revista, nem das senhoras; o que aconteceu é misterioso, desagradável, mas completamente indisfarçável: alguém ou, digamos, Algo, Algo com maiúscula, fez uma brincadeira de mau gosto, ou talvez, o que é pior, uma coisa séria e não uma brincadeira; como se fossem as três palavras de advertência que certa mão traçou na parede do salão de festim de Baltazar; apenas não escreveu nas paredes, mas nas próprias figuras humanas, em seus olhos e semblantes, em suas mãos e seus corpos: "Deus contou o dia de teus reinos e lhes marcou o fim; pesado foste na balança, e te faltava peso; dividido será o teu reino".

Oh, não, eu não quero ser o profeta Daniel da rua Riachuelo; mas aconteceu alguma coisa, e essas damas que eram para ser como símbolos supremos de elegância e distinção, mitos e sonhos da plebe, Algo as carimbou na testa com o Mane, Tekel, Fares da vulgaridade pomposa e fora de tempo. Oh, digamos que escapou apenas uma e que há uma outra que não está assim tão mal. Mas as 12 restantes (pois desta vez são 14) que aura envenenada lhes tirou o encanto, e as deixou ali tão enfeitadas e tão banais, tão pateticamente sem graça, expostas naquelas páginas coloridas como risíveis manequins em uma vitrina de subúrbio?

Que aconteceu? Ninguém pode duvidar da elegância dessas damas, mesmo porque muitas não fazem outra coisa a não ser isto: ser elegantes. Elas são parte do patrimônio emocional e estético da Nação, são respeitadas, admiradas, invejadas, adoradas desde os tempos de Sombra; vivem em nichos de altares invisíveis, movem-se em passarelas de supremo prestígio mundano – e subitamente, oh! ai! ui! um misterioso Satanás as precipita no inferno imóvel da paspalhice e do tédio, e as prende ali, com seus sorrisos parados, seus olhos fixos a fitar o nada, estupidamente o nada – quase todas, meu Deus, tão "Shangai", tão "Shangai" que nos inspiram uma certa vergonha – o Itamaraty devia proibir a exportação desse número da revista para que não se riam demasiado de nós lá fora!

Não sou místico; custa-me acreditar que algum Espírito Vingador tenha feito esse milagre ao contrário. A culpa será talvez da "Revolução", que tornou os ricos tão seguros de si mesmos, tão insensatos e vitoriosos e ostentadores e fátuos que suas mulheres perderam o desconfiômetro, e elas envolvem os corpos em qualquer pano berrante que melífluos costureiros desenham e dizem – "a moda é isto" – e se postam ali, diante da população cada vez mais pobre, neste país em que minguam o pão e o remédio, e se suprimem as liberdades – coloridas e funéreas, ajaezadas, e ocas, vazias e duras, sem espírito e sem graça nenhuma.

Há poucos meses, ao aceno de uma revista americana, disputaram-se algumas delas a honra de serem escolhidas, como mocinhas de subúrbio querendo ser "misses", e no fim apareceram numas fotos de publicidade comercial, prosaicamente usadas como joguetes de gringos espertos. Desta vez é pior: não anunciam nada a não ser a inanidade de si mesmas, tragicamente despojadas de seus feitiços.

Direi que essa derrota das "Mais Elegantes" não importa... Importa! As moças pobres e remediadas, a normalista, a filha do coronel do Exército que mora no Grajaú, a funcionária da coletoria estadual de Miracema, a noiva do eletricista – todas aprenderam a se mirar nessas deusas, a suspirar invejando-as, mas admirando-as; era o *charme* dessas senhoras, suas festas, suas viagens, suas legendas douradas de luxo que romantizavam a riqueza e o desnível social; eram aves de luxo que enobreciam com sua graça a injustiça fundamental da sociedade burguesa.

Elas tinham o dever de continuar maravilhosas, imarcescíveis, magníficas. É possível que pessoalmente assim continuem; mas houve aquele momento em que um vento escarninho as desfigurou em plebeias enfeitadas, em caricaturas de si mesmas, espaventosas e frias.

Quero frisar que dessas senhoras são poucas as que conheço pessoalmente, e lhes dedico a maior admiração e o mais cuidadoso respeito. Não há, neste caso, nenhuma implicação pessoal. Estou apenas ecoando um sentimento coletivo de pena e desgosto, de embaraço e desilusão:

nossas deusas apareceram de súbito a uma luz galhofeira, ingrata e cruel; sentimo-nos traídos, desapontados, constrangidos, desamparados e sem fé.

É duro confessar isto, mas é preciso forrar o coração de dureza, porque não sabemos se tudo isso é o fim de uma *era* ou o começo de uma *nova era* mais desolada e difícil de suportar.

Janeiro, 1967

200 crônicas escolhidas (1977)

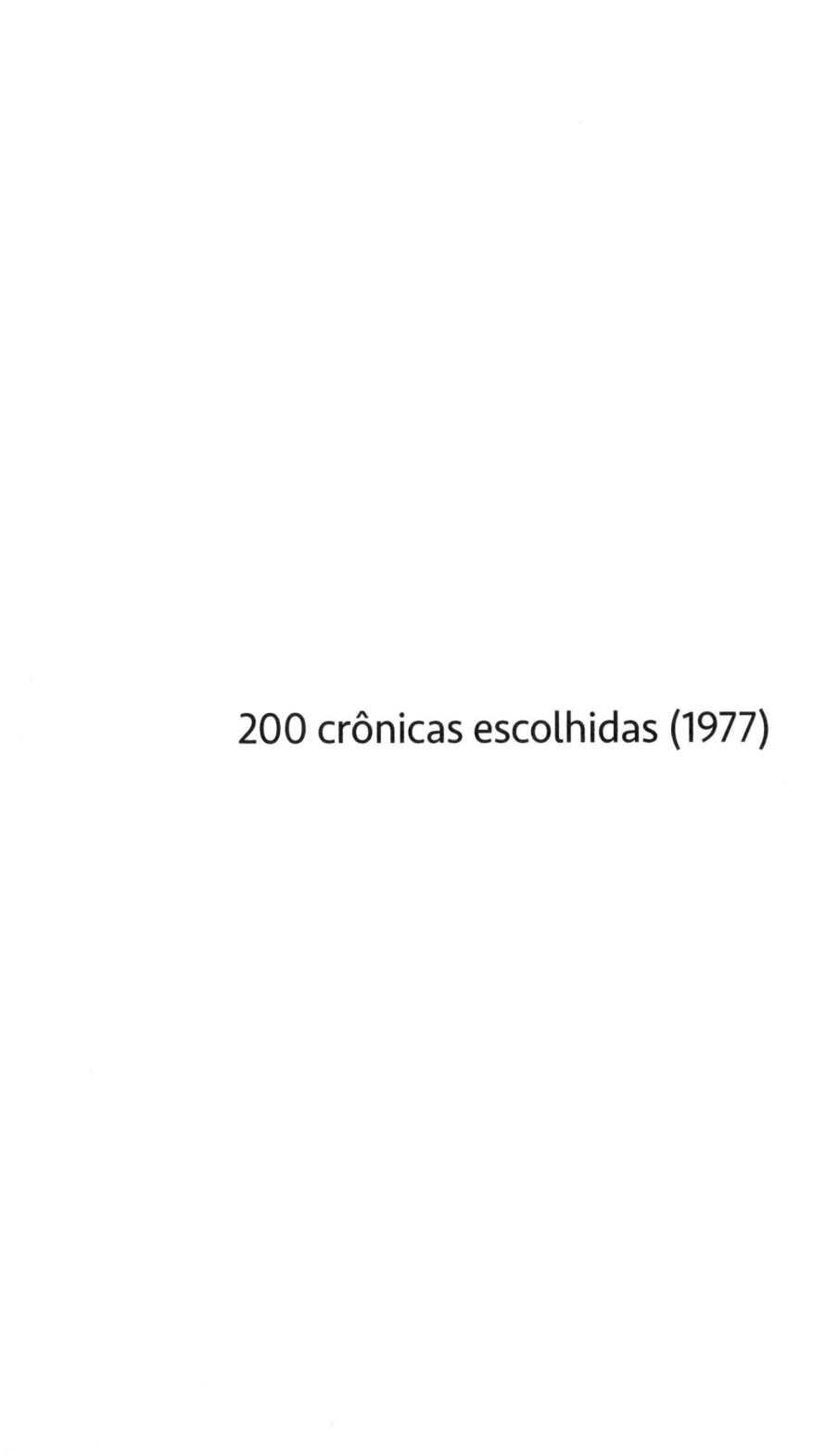

OS SONS DE ANTIGAMENTE

Conta-se na família que, quando meu pai comprou a nossa casa de Cachoeiro, esse relógio já estava na parede da sala; e que o vendedor o deixou lá, porque naquele tempo não ficava bem levar.

(Hoje, meu Deus, carregam até uma lâmpada de 60 velas, até o bocal da lâmpada, e deixam aquele fio solto no ar.)

Há poucos anos trouxe o relógio para minha casa de Ipanema. Mais velho do que eu, não é de admirar que ele tresande um pouco. Há uma corda para fazer andar os ponteiros, outra para fazer bater as horas. A primeira é forte, e faz o relógio se adiantar: de vez em quando alguém me chama a atenção, dizendo que o relógio está adiantado quinze ou vinte minutos, e eu digo que é a hora de Cachoeiro. Em matéria de som, vamos muito mais adiante. É comum o relógio marcar, digamos, duas e meia, e bater solenemente nove horas. "Esse relógio não diz coisa com coisa", comenta um amigo severo. Explico que é uma pequena disfunção audiovisual.

Na verdade, essa defasagem não me aborrece nada; há muito desanimei de querer as coisas deste mundo todas certinhas, e prefiro deixar que o velho relógio badale a seu bel-prazer. Sua batida é suave, como costuma ser a desses Ansonias antigos; e esse som me carrega para as noites mais antigas da infância. Às vezes tenho a ilusão de ouvir, no fundo, o murmúrio distante e querido do Itapemirim.

Que outros sons me chegam da infância? Um cacarejar sonolento de galinhas numa tarde de verão; um canto de cambaxirra, o ranger e o baque de uma porteira na fazenda, um tropel de cavalos que vinha vindo e depois ia indo no fundo da noite. E o som distante dos bailes do Centro Operário, com um trombone de vara ou um pistom perdidos na madrugada.

Sim, sou um amante da música, ainda que desprezado e infeliz. Sou desafinado, desentoado, um amigo diz que tenho orelha de pau. Outro dia fiquei perplexo ouvindo uma discussão de jovens sobre um som que eu achava perfeito e eles acusavam de *flutter*, *wow*, *rumble*, *hiss* e outros males estranhos.

Meu amigo Mario Cabral dizia que queria morrer ouvindo *Jesus, Alegria dos Homens*; nunca soube se lhe fizeram a vontade. A mim, um lento ranger de porteira e seu baque final, como na fazenda do Frade, já me bastam. Ou então a batida desse velho relógio, que marcou a morte de meu pai e, vinte anos depois, a de minha mãe; e que eu morra às quatro e quarenta da manhã, com ele marcando cinco e batendo onze, não faz mal; até é capaz de me cair bem.

Abril, 1977

Recado de primavera

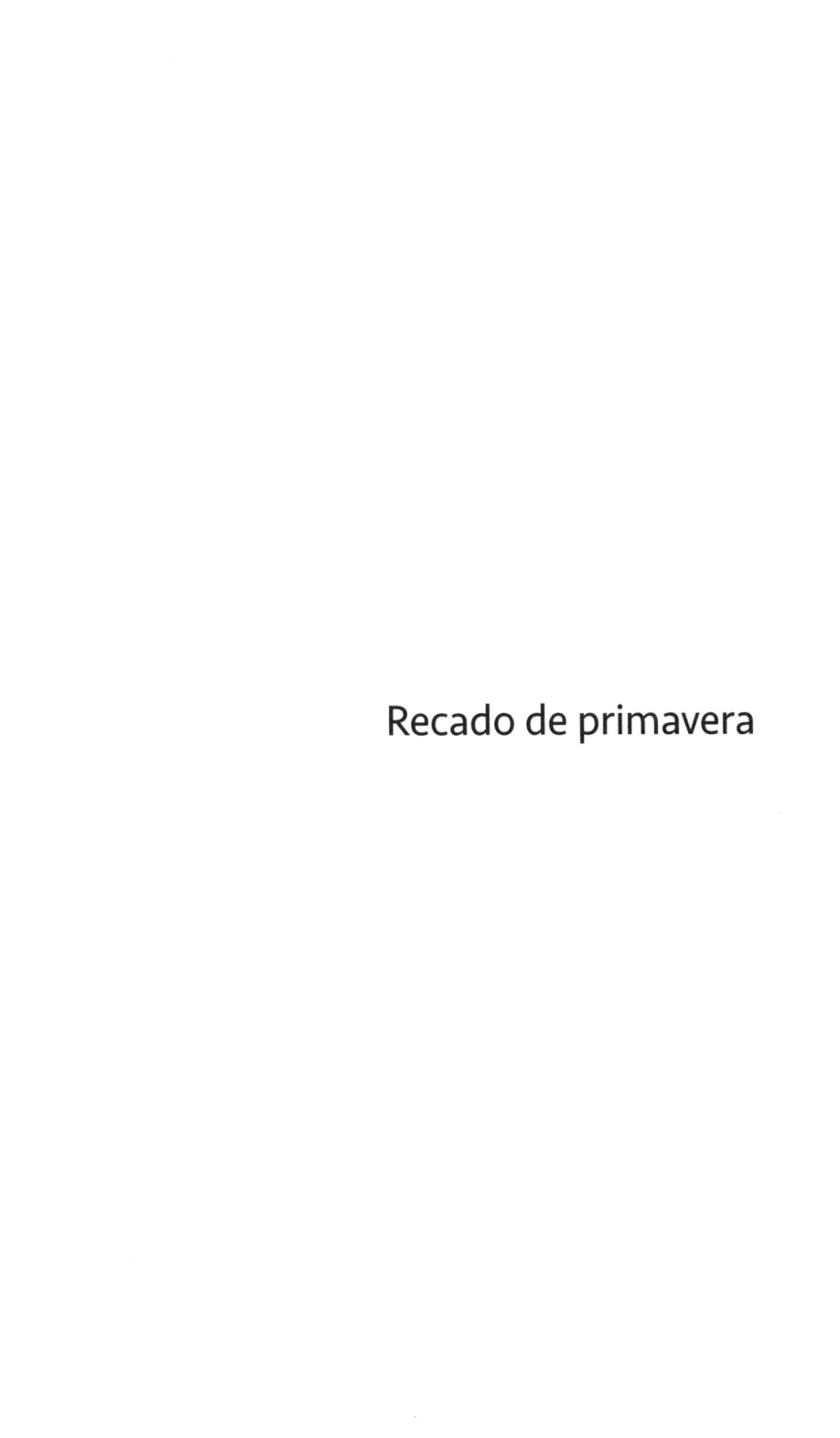

O MACUCO TEM OVOS AZUIS

Ah, eu sou do tempo em que todos os telefones eram pretos e todas as geladeiras eram brancas.
Os restaurantes do Rio tinham um prato chamado silveira de galinha. E, como sobremesa, *petit-suisse* com mel.
Lembro-me de que a novidade mais excitante vinda da civilização americana, pouco depois do cinema falado, era o restaurante automático. Punha-se a moeda e o prato vinha feito, expelido de uma gaveta de vidro!
Lia-se a revista *Eu Sei Tudo* que era tradução da revista *Je Sais Tout*. Tinha sempre uma seção chamada "O problema do espaço no lar", trazendo por exemplo a fotografia de uma cama-escrivaninha-cabide-estante com espaço para guardar talheres e também copos e garrafas, pois era facilmente transformável em bar e sofá. A gente achava formidável e lamentava não ter nenhum problema de espaço no lar.
Havia também uma seção chamada "A pretensa arte moderna" em que apareciam fotografias de quadros por exemplo de Picasso e Modigliani e esculturas por exemplo de Brancusi e através da qual eu aprendi a gostar da (pretensa) arte moderna.
Mas eu ainda era pequenino (um a três anos) quando, morando em Paris durante a Primeira Guerra, Medeiros e Albuquerque dedicou-se aos amores mercenários e durante "pouco mais de um ano" conheceu "quatrocentos e tantas", passando depois disso a conquistar mulheres de todo tipo graças a uma engenhosa combinação de vários elementos, tais como: a) farda de oficial da Guarda Nacional do Brasil, com cinco dourados galões; b) cartões-torpedos distribuídos principalmente no metrô; c) fichário feito pelo mordomo Antônio; d) investigações encomendadas a policiais públicos ou particulares; e) presentes; f) exame grafológico; g) hipnotismo; h) classificação das damas para 1) encontro em hotel, 2) chá na Rumpelmayer ou 3) passeio pelo Bois de Boulogne. (Ler *Quando eu era vivo*, de Medeiros e Albuquerque, editora Record, Rio, 1982.)
Confessarei publicamente que mais tarde, entre os anos 1926 e 1928, sendo meu pai assinante do *Jornal do Comércio* (cujo quilo, depois

de lido, eu vendia no armazém de seu Duarte por dez tostões, ao passo que outros jornais, de menor formato, só alcançavam oitocentos réis), a leitura dominical do dito Medeiros e Albuquerque confirmou a minha vocação de adolescente para o ateísmo.

E também que nos seguintes anos de 1929 e 1930 fui habitar em Icaraí, Niterói (naquele tempo era Icarahy, Nictheroy, mas em compensação a praia era limpinha), na casa de contraparentes entre os quais uma jovem professora pública do Rio que era obrigada a assinar (desconto em folha), com grande raiva, o *Jornal do Brasil,* órgão oficial da Prefeitura do Distrito Federal, e graças a isto eu fortalecia meu espírito na leitura de Benjamim Costallat e João Ribeiro. O que não me impediu de escrever um soneto. Mau.

Assim pois, contemplando minha vida pregressa nesta bela tarde de verão quando há evanescentes nuvens róseas lá longe sobre o mar de Ipanema, e me sentindo mais ou menos conformado com minha solidão, lembro-me de que o nome latino desse nobre galináceo e caça fidalga, o macuco, é *Tinamus solitarius,* e me recordo de ter visto ovos de macuco, e retorno à primeira frase desta pequena composição jornalística chamada crônica, e digo: todos os telefones eram pretos e todas as geladeiras eram brancas, mas os ovos do macuco já eram e ainda são – azuis. Esverdeados, porém azuis.

Maio, 1982

O CHAMADO BRASIL BRASILEIRO

Comecemos por opiniões antigas, como esta de uma carta de Capistrano de Abreu a João d'Azevedo:

> *O jaburu... a ave que para mim simboliza a nossa terra. Tem estatura avantajada, pernas grossas, asas fornidas, e passa os dias com uma perna cruzada na outra, triste, triste...*

Paulo Prado abre seu livro *Retrato do Brasil* com esta afirmação:

> *Numa terra radiosa vive um povo triste.*

Tão triste que em 1925, em Petrópolis, Manuel Bandeira, que tinha "todos os motivos menos um de ser triste", resolveu "tomar alegria".

> *Uns tomam éter, outros cocaína.*
> *Eu já tomei tristeza, hoje tomo alegria.*
> *[...]*
> *Eis aí por que vim assistir a este baile de terça-feira*
> *[gorda.*
> *[...]*
> *Ninguém se lembra de política...*
> *Nem dos 8 mil quilômetros de costa...*
> *O algodão do Seridó é o melhor do mundo?... Que me*
> *[importa?*
> *Não há malária nem moléstia de chagas nem ancilóstomos.*
> *A sereia sibila e o ganzá do jazz-band batuca.*
> *Eu tomo alegria!*

E Sérgio Buarque de Holanda, na primeira página de suas *Raízes do Brasil*:

> *... Somos ainda hoje uns desterrados em nossa terra.*

O consolo é lembrar aquela coisa de Euclides da Cunha em *Os sertões:*

> *O sertanejo é, antes de tudo, um forte.*

Enchemos o peito de orgulho. Mas Euclides prossegue dizendo:

> *Não tem o raquitismo exaustivo dos mestiços neurastênicos do litoral.*

Viram? Para falar bem do homem do sertão ele desmerece o homem da praia. Mas o próprio sertanejo, embora possa se transformar em "um titã acobreado e potente", não é figura muito boa:

> *... É desgracioso, desengonçado, torto... reflete no aspecto a fealdade típica dos fracos...*

E mais adiante Euclides proclama:

> *Não temos unidade de raça. Não a teremos, talvez, nunca. Predestinamo-nos à formação de uma raça histórica em futuro remoto, se o permitir dilatado tempo de vida nacional autônoma...*
> *Estamos condenados à civilização. Ou progredimos ou desaparecemos.*

Este dilema me faz lembrar um outro que me assustava quando eu era menino. Não sei se era frase de homem célebre ou propaganda de algum formicida: "Ou o Brasil acaba com a saúva ou a saúva acaba com o Brasil".

Isto me dava aflição; eu me perguntava por que é que nós todos não íamos urgentemente matar saúvas.

Não matamos. Não morremos. Convivemos.

Oswald de Andrade exclama, no seu "Manifesto antropofágico", de 1928:

> *Tupi or not tupi that is the question.*

E é outro paulista Andrade, Mário, que faz uma comovente confissão brasileira.

> *Não vê que me lembrei que lá no norte, meu Deus!*
> *Muito longe de mim*
> *Na escuridão ativa da noite que caiu,*
> *Um homem pálido, magro, de cabelo escorrendo nos olhos,*
> *Depois de fazer uma pele com a borracha do dia,*
> *Faz pouco se deitou, está dormindo.*
> *Esse homem é brasileiro que nem eu...*

Essa fundamental solidariedade me impressionou quando uma lavadeira que eu tinha aqui no Rio, Sebastiana, me disse que não tinha podido dormir aquela noite: uma chuva com vento invadira o seu barraco no morro do Cantagalo. Seu menino amanhecera doente, e ela também sentia uma dor no peito.

"Mas enfim", disse, "isso é bom para a lavoura".

A velha Sebastiana viera de Carangola e não tinha mais lavoura nenhuma; e até a casinha que ela fizera lá em Minas, "perto do comércio", fora registrada em nome do seu marido, que não era seu marido porque era casado com outra. E ela descia os caminhos perigosos, escorregadios, do morro, com a trouxa de roupa na cabeça, e me dizia: "É bom para a lavoura".

É uma maneira de dizer na roça. Pode ser maneira de pensar. O Brasil é, principalmente, uma certa maneira de sentir.

Janeiro, 1980

A RAINHA NEFERTITE

Vi no Cairo o mais solene espetáculo do mundo. Quem, na França, já viu iluminado à noite um castelo do Loire ou o de Versalhes, num desses espetáculos *Son et Lumière* em que as luzes vão cambiando suavemente suas cores enquanto a música se alteia e uma voz se eleva para evocar, solene e poética, a passagem dos séculos sobre aqueles monumentos de pedra – viu apenas o prelúdio do que se faz no Cairo. Nunca houve uma cena de teatro mais ampla no mundo. Versalhes tem uma fachada de 550 metros; ali, entre o Nilo e o deserto, ao ocidente do Cairo, a cena é de dois quilômetros de extensão por mais de um de profundidade, e até 146 metros de altura. Abrange as três pirâmides de Gizé: Quéops, Kéfren e Mikerinos – as pirâmides menores das rainhas e ministros, os templos de pedra, e a Esfinge.

E a história que ouvimos é bem mais antiga que a dos castelos franceses: aqui a História tem 5 mil anos.

Sob o céu puro do deserto – um pouco à esquerda, Vênus e a lua minguante descem para o horizonte – uma estranha luz de alvorada banha a face da Esfinge, e ouvimos a sua voz:

"A cada nova aurora eu vejo erguer-se o Sol na outra margem do Nilo. Seu primeiro raio é para a minha face, voltada para o Oriente. Há 5 mil anos vejo erguerem-se todos os sóis de que os homens guardam memória."

Evoca depois a construção da maior das pirâmides, do Faraó Quéops, há 4500 anos. Cem mil homens a ergueram, assentando sabiamente 3 milhões de pedras, com o peso médio de duas toneladas e meia; as mais belas dessas pedras vinham das jazidas de Assuã, descendo o Nilo em balsas imensas. Ali desfilou uma longa teoria de reis, as dinastias sucederam-se, os reis e os conquistadores curvaram-se diante daquelas gigantescas sentinelas do deserto à margem do rio sagrado. Ali esteve Heródoto. Ali surgiram um dia os cristãos e depois os muçulmanos. "Ali, perante os monumentos eternos, pasmaram Alexandre, o Grande, César e Napoleão; e tudo o que fizeram foi erguer com seus passos, por instantes, um pouco de poeira do deserto."

Mas de todos esses tronos e esses túmulos de uma gravidade impressionante, dessa geometria da Morte e do Eterno, o que mais importa é uma flor de graça e fragilidade: a rainha Nefertite. Ali foram encontradas imagens suas; a mais bela, porém, está no museu de Berlim, onde fui vê-la com emoção há três anos.

Dizem que é a mais linda mulher do mundo de todos os tempos.

Talvez por isto eu esperasse ver algo de perfeito. Vi apenas uma fina cabeça de mulher encimada por um imenso barrete real de azul e ouro. O pescoço é fino e gracioso como um colo de cisne ou a haste de uma flor. A linha firme do queixo, a delicadeza da orelha, o rasgado estranho dos olhos, a boca sensual e triste com um indefinível sorriso... Não, ela não é perfeita. Um dos olhos parece maior que o outro; o nariz reto é ligeiramente achatado na ponta. O perfil esquerdo é diferente do direito: mais expressivo, com o desenho dos músculos e dos ossos da face magra mais em relevo. Mas são essas irregularidades mínimas que dão uma impressionante graça humana a essa cabeça imperial e melancólica; o que vemos não é apenas a imagem de uma rainha de poderes divinos, é o mistério e a fragilidade de uma linda mulher que há milhares de anos fascina os que a contemplam.

Vendo e ouvindo o imenso espetáculo da história daqueles monumentos eternos, uma noite no Cairo, era na frágil Nefertite que eu pensava – mulher, flor, sonho de arte que vive para sempre.

Abril, 1979

RECADO DE PRIMAVERA

Meu caro Vinicius de Moraes:

Escrevo-lhe aqui de Ipanema para lhe dar uma notícia grave: A primavera chegou. Você partiu antes. É a primeira primavera, de 1913 para cá, sem a sua participação. Seu nome virou placa de rua; e nessa rua, que tem seu nome na placa, vi ontem três garotas de Ipanema que usavam minissaias. Parece que a moda voltou nesta primavera – acho que você aprovaria. O mar anda virado; houve uma lestada muito forte, depois veio um sudoeste com chuva e frio. E daqui de minha casa vejo uma vaga de espuma galgar o costão sul da ilha das Palmas. São violências primaveris.

O sinal mais humilde da chegada da primavera vi aqui junto de minha varanda. Um tico-tico com uma folhinha seca de capim no bico. Ele está fazendo ninho numa touceira de samambaia, debaixo da pitangueira. Pouco depois vi que se aproximava, muito matreiro, um pássaro-preto, desses que chamam de chopim. Não trazia nada no bico; vinha apenas fiscalizar, saber se o outro já havia arrumado o ninho para ele pôr seus ovos.

Isto é uma história tão antiga que parece que só podia acontecer lá no fundo da roça, talvez no tempo do Império. Pois está acontecendo aqui em Ipanema, em minha casa, poeta. Acontecendo como a primavera. Estive em Blumenau, onde há moitas de azaleias e manacás em flor; e em cada mocinha loira, uma esperança de Vera Fischer. Agora vou ao Maranhão, reino de Ferreira Gullar, cuja poesia você tanto amava, e que fez cinquenta anos. O tempo vai passando, poeta. Chega a primavera nesta Ipanema, toda cheia de sua música e de seus versos. Eu ainda vou ficando um pouco por aqui – a vigiar, em seu nome, as ondas, os tico--ticos e as moças em flor. Adeus.

Setembro, 1980

ONDE NOMEIO UM PREFEITO

Joel Silveira costuma dizer que está esperando a minha morte para então escrever "a verdadeira história da guerra dos brasileiros na Itália". Alega que se o fizer agora, eu sou capaz de desmentir tudo. É inútil eu jurar que não o desmentirei nunca; acho de estrito dever, como companheiro de guerra, confirmar todas as patacoadas e pataratas que ele urdir. Confio em que ele faça o mesmo em relação a mim.

Dito o que, vou contar como há quase quarenta anos me aconteceu nomear um prefeito – ou, mais precisamente, um *sindaco*, que é a palavra italiana.

Éramos três no jipe: Raul Brandão, correspondente do *Correio da Manhã*, o motorista Machado (Atilano Vasconcelos Machado, de Bagé, será que você ainda está vivo?) e eu, correspondente do *Diário Carioca*. Tínhamos vindo do outro lado dos Apeninos, descendo para o vale do Pó ao longo do Panaro, até Vignola. Utilizando as viaturas da artilharia, a tropa brasileira avançava para Noroeste, para impedir a passagem das tropas alemãs; era abril de 1945, a guerra estava no fim. A certa altura, procurando encontrar o nosso esquadrão de Reconhecimento, seguimos um caminho diferente e fomos dar em um lugarejo chamado Montecavolo.

A aldeia parece vazia. Encontramos com dificuldade um velho, a quem pedimos informações, pois não estamos seguros se os alemães já abandonaram ou não Quattro Castella, que fica pouco além. Quando nota que somos aliados, o velho se põe a gritar, e minutos depois estamos cercados de gente – principalmente mulheres velhas e moças. São faces rosadas que avançam para nós, trêmulas de emoção, rindo entre lágrimas, vozes estranguladas de prazer. Uma jovem de tranças alouradas se aproxima de mim, abrindo caminho no pequeno grupo e, com um ar de louca, pergunta se eu sou mesmo aliado, *vero, vero?* Seus olhos estão cheios de luz e empoçados d'água. Ela ergue os dois braços, põe devagar as mãos nos meus ombros, e suas mãos tremem. Quer falar e soluça. Dois homens me puxam pelos braços, uma mulher me beija, todos se disputam a honra de nos levar para casa. Afinal, um casal de velhos ganha a partida e nos leva para uma sala, e toda a casa se enche de gente. A todo momento chegam retardatários, que ficam nas pontas dos pés para nos ver, para ver esses estranhos seres, tão longamente, tão ansiosamente esperados: os soldados aliados.

— Há tanto tempo que vos esperávamos! Há tanto tempo! *Liberatori! Brasiliani!*

Trazem queijo, abrem garrafas de vinho espumante, obrigam-nos a beber. Dezenas, centenas de olhos nos fixam, como se estivessem vendo três deuses – e não dois feios correspondentes de guerra e um pracinha chofer. Somos os primeiros aliados a chegar ali. Os alemães partiram horas antes.

— *Liberatori!...*

Explicamos que não somos libertadores de ninguém, e de modo algum. Estamos fardados de oficiais, mas somos repórteres, homens desarmados. Não somos soldados... Mas é inútil. Para aquela gente somos heróis perfeitos e acabados. E as mulheres começam a dar vivas ao Brasil, a esse país desconhecido cujo nome vem escrito em nossas mangas.

Uma italiana diz que tem irmão em São Paulo, agricultor, chama-se Guido Monteverdi, será que eu conheço? Uma pobre mulher, que tem os olhos cheios d'água, diz:

— Tenho um irmão na Austrália!

E se abraça comigo. Alguém diz que a Austrália nada tem a ver com o Brasil, que o Brasil fica na América. A mulher me pergunta se o Brasil é muito longe da Austrália. Eu estou comovido:

— *Vicino, vicino...*

Sim, tudo é perto no mundo, todos os povos são vizinhos e amigos.

Tocamos para a frente. Estamos perto de S. Ilario d'Enza. Chegamos às primeiras casas. Mando parar o carro para fazer perguntas. Um pequeno grupo de pessoas nos olha com hostilidade e o homem, que é o único a dizer alguma coisa, responde evasivamente a tudo o que pergunto. Afinal, reparam que somos aliados – e começa, ali também, a gritaria. As mulheres saem correndo para dentro das casas e voltam com vinho e ovos. Já atrás ganhamos ovos. Agora enchem o nosso carro de ovos. É o que aquela pobre gente tem para nos dar – quer dar alguma coisa. Já temos seguramente umas três dúzias de ovos dentro do jipe, e aparece uma velhinha que me traz ainda uma cesta cheia. Recuso: aqueles ovos irão quebrar-se dentro do jipe. Mas a mulher chora e banha os ovos com suas lágrimas, implorando que os aceitemos. Começamos a rir; outra mulher aparece com uma garrafa de lambrusco – e ovos. Outra ainda traz uma garrafa de conhaque – e mais ovos. Mostramos que é absurdo carregar tantos ovos, mas nenhuma delas abre mão do direito de dar o seu presente. Há duas jovens que choram perdidamente de alegria.

— Como vocês demoraram! Ah, mas vieram! Nós sabíamos, vocês viriam! Nós esperamos sempre. Muito obrigada! Muito obrigada!

Partimos carregados de centenas de ovos, mas ao chegar à praça principal vemos uma verdadeira multidão. Somos os primeiros aliados a chegar aqui, e nosso jipe é rodeado. Palmas rebentam de todos os lados, homens e mulheres nos abraçam, nos beijam, há velhos chorando. Pergunto onde se pega a Via Emília. "A Via Emília é aquela rua mesmo." Um homem aparece e explica com dificuldade, em meio ao alarido, que ele é o chefe do Comitê de Libertação Nacional. Quer saber se pode assumir o governo da cidade. Explico que é melhor esperar os americanos – há tanques americanos em Montecchio. Tanques americanos em Montecchio! A notícia desperta novos vivas aos Estados Unidos, depois à Inglaterra, ao Brasil, ao mundo inteiro. O homem insiste: enquanto não chega o comandante americano poderá ele provisoriamente governar a cidade? Há muito o que fazer imediatamente. Brandão abstém-se.

Não represento coisa alguma a não ser o *Diário Carioca*, mas acho melhor concordar:

— Bem, o senhor assume provisoriamente. Quando chegarem outras forças o senhor procure o comandante.

Machado buzina para abrir caminho na multidão. Ninguém se move. Sinto que todos esperam um gesto. Faço subir no jipe o homem, ergo-lhe o braço como se ele fosse um pugilista vitorioso e eu o juiz da partida e declaro:

— *Lei è il sindaco di S. Ilario d'Enza!*

Vivas delirantes. O homem não fora apenas nomeado, mas também eleito por aclamação.

Maio, 1984

GAITA DE FOLES E "MARINGÁ"

Uma vez fiz uma viagem do Havre ao Rio de Janeiro em um navio do Loide já bastante velho, que, não sei por que, vinha todo o tempo adernando para bombordo. Em Portugal, encheu-se de imigrantes e de ex-emigrantes: "patrícios" que tinham prosperado no Brasil e agora retornavam com toda a família de uma viagem de passeio à terrinha. Tudo muito boa gente, mas não muito divertida. Lembro-me da alegria com que saudamos, na noite do segundo dia, um rapaz de boina que apareceu tocando uma gaita de foles... Fez um sucesso tão grande que o comandante o convidou a vir para a primeira classe, dizendo, inclusive, que ele podia fazer as refeições ali.

Nunca me esquecerei daquele vasto refeitório do navio, cheio de pesadas famílias portuguesas a comerem com afinco e a palitarem os dentes com distinção, as mãos em concha a taparem a boca... O médico de bordo sempre com seu vago ar de exilado ou asilado. O comandante, honrando as pessoas com o convite para sua mesa, muito formal; eu sempre o imaginava com um ar nobre, entre os vagalhões, no naufrágio, a declarar que seria o último homem a deixar o navio. Isso devia ser bonito, mas não houve. O mar era implacavelmente liso, dia após dia, a tal ponto que, embora o navio assim tombado sobre o ombro esquerdo não merecesse muita confiança, a gente torcia para haver alguma turbulência no ar e no mar para fazer mal àquelas simpáticas e imensas famílias e prendê-las em suas cabines, destroçadas pelo enjoo. Nada. Bom tempo; sete, oito nós de velocidade... E o tocador de gaita de foles? Cada dia ele parecia mais alegre e tocava com mais afã. O primeiro sinal de que a plateia estava cansada foi o desaparecimento de sua gaita, uma noite. Ele ficou na maior aflição e andava de popa a proa vasculhando e indagando. Houve um passageiro com cara de pateta que sugeriu: "Vai ver, ela caiu n'água..." A resposta continha um palavrão, que deu motivo a protestos em nome das famílias presentes.

Só no dia seguinte, pela manhã, a gaita foi encontrada em um escaler, metida debaixo de uma lona. O homem e sua gaita sumiram, e só de muito longe a gente ouvia o seu som, vindo das profunduras da terceira classe. Respiramos com alívio.

Lembrei-me disso há pouco tempo, quando fui à Escócia em um grupo de brasileiros, e fomos recebidos em um restaurante por grandes e vermelhos homens de saia (*kilt*) a tocar suas gaitas de foles (*bagpipes*). Ficamos encantados, mas depois de algum tempo de ouvir gaita e beber, alguns do grupo encetaram uma reação com sambas e marchinhas, e pastorinhas e teu cabelo não nega, mulher rendeira, prenda minha, luar do sertão... Foi pior. Brasileiro que aqui dentro não canta jamais, dana-se a batucar cantando aurora e amélia mulher de verdade, essas coisas.

Razão tinha o Vinicius de Moraes. Ele dizia que não há bar no mundo melhor do que bar de navio; bebida boa, barata, o mar, o embalo do mar... Mas navio sem brasileiro: por algum misterioso motivo, a partir do segundo dia de viagem, quando o barco deixa as águas territoriais, os brasileiros começam a cantar maringá, maringá, né? – dizia ele, contristado.

Março, 1982

O DOUTOR PROGRESSO ACENDEU O CIGARRO NA LUA

"Eu sou apenas o pai do Chico" – dizia Sérgio Buarque de Holanda quando alguém pretendia entrevistá-lo. Modéstia do orador e ao mesmo tempo orgulho (justíssimo) de pai. Esse homem que morreu há dois anos ocupava um lugar todo especial em nossa cultura pela penetração e equilíbrio de seus ensaios de História e Psicologia Social. Mostrou-se grande logo em seu primeiro livro, *Raízes do Brasil*, tão famoso que faz esquecer os outros. Afonso Arinos protestava outro dia contra o relativo esquecimento em que caiu o livro *Do Império à República*; eu por mim tive um grande prazer há pouco tempo em ler *Caminhos e fronteiras*, que fui encontrar, com uma dedicatória carinhosa, mas todo fechado ainda, no caos de minha estante. Um livro de grande erudito, mas livro saboroso em que aprendemos muita coisa séria através de trivialidades antigas – o monjolo, a rede, a tanajura, a canoa, o moquém, a cutia, o mel de pau...

Mas para nós, de Cachoeiro de Itapemirim, Sérgio Buarque de Holanda era também o doutor Progresso.

Foi o caso que, em 1925, o jornalista e caricaturista Vieira da Cunha fundou em Cachoeiro um jornal diário chamado *Progresso*. Vejo, em uma publicação antiga, o clichê muito reduzido da primeira página do número 11, de 1º de maio de 1925. Aí um correspondente do Rio manda opiniões de vários escritores sobre o jornal. São elogios de Graça Aranha, Prudente de Moraes Neto, Américo Facó, José Geraldo Vieira, Elói Pontes, Olegário Mariano e, entre outros, Sérgio Buarque de Holanda. Pouco depois, Vieira da Cunha convenceu Sérgio a ir para Cachoeiro dirigir o jornal. Ele partiu. Manuel Bandeira saudou essa "aventura" dizendo que ele era o coronel Fawcet de Cachoeiro de Itapemirim, lembrando um explorador inglês que se perdeu na Amazônia...

Não sei quanto tempo Sérgio ficou lá em Cachoeiro. Lembro-me que logo pegou o apelido de doutor Progresso, e que usava óculos. Pouco antes, segundo atestam Afonso Arinos e Manuel Bandeira, ele usava monóculo. Escreve Bandeira em uma crônica recolhida no livro *Flauta de papel*:

Nunca me esqueci de sua figura certo dia em pleno largo da Carioca, com um livro debaixo do braço e no olho direito o monóculo que o obrigava a um ar de seriedade. Naquele tempo não fazia senão ler. Estava sempre com o nariz metido num livro ou numa revista – nos bondes, nos cafés, nas livrarias. Tanta eterna leitura me fazia recear que Sérgio soçobrasse num cerebralismo...

E mais adiante:

Lia todas as novidades da literatura francesa, inglesa, alemã, italiana e espanhola. Sérgio não soçobrou: curou-se do cerebralismo caindo na farra. Dispersou a biblioteca, como se já a trouxesse de cor (e trazia mesmo, que memória a dele!) e acabou emigrando para Cachoeiro de Itapemirim.

Escreve, a seguir, Bandeira, que quem poderia contar as andanças de Sérgio em Cachoeiro era... o Rubem Braga, que naquele tempo era ainda menino, e suspeito que fez parte das badernas que acompanhavam de assuada os passos malseguros do doutor Progresso.

Por um triz que Sérgio se perde, e foi quando pretendeu ser professor no Ginásio de Vitória. O Estado do Espírito Santo até hoje não sabe a oportunidade que botou fora quando o seu governador de então voltou atrás do ato que nomeava professor de História Universal e História do Brasil o futuro autor de Raízes do Brasil. *Benditos porres de Cachoeiro de Itapemirim! Eles nos valeram a devolução, em perfeito estado, de Sérgio, enfim descerebralizado, pronto para a aventura na Alemanha, de volta da qual já era a figura sem-par a que me referi no começo destas linhas.*

Sérgio já não lia mais nos cafés, desinteressara-se bastante da poesia e da ficção, apaixonara-se pelos estudos de história e sociologia, escrevia Raízes do Brasil *e* Monções *– escreveu Bandeira.*

Sim, eu me lembro do doutor Progresso; seus porres afinal não eram tão grandes, e ele nunca ofendia ninguém. Costumava tomar umas e outras com o saudoso coronel Ricardo Gonçalves e outros bons homens da terra, que formavam o Clube do Alcatrão, assim chamado porque um deles era o representante local do Conhaque de Alcatrão de São João da Barra, que todos bebiam de brincadeira. Sérgio foi promotor adjunto. Logo que saiu de Cachoeiro ele embarcou para a Alemanha, de onde mandava artigos e reportagens para *O Jornal*. O pessoal de Cachoeiro via aquele nome no jornal: será o doutor Progresso? Que o quê!, dizia alguém. Então o Chateaubriand ia mandar um bêbado daquele para a Europa? Mas o Motinha do nosso *Correio do Sul* dizia que sim; ficassem sabendo que Sérgio era um homem muito culto, muito preparado, tanto assim que trocava língua com os alemães da fábrica de cimento. "Vocês acham que ele não vale nada é porque ele não ia mostrar o que sabia, a verdade é esta, não tinha com quem conversar, nós aqui somos todos umas bestas!", argumentava o bom Motinha.

Lembro-me sobretudo de uma noite de verão de lua cheia, na saída de um baile – não em Cachoeiro, mas na Vila de Itapemirim. Ele dizia que ia acender o cigarro na Lua. E partiu, cambaleando entre as palmeiras. Vai ver que acendeu.

Janeiro, 1982

EM PORTUGAL SE DIZ ASSIM

São notas de minha última viagem a Portugal. "Devido ao rebentamento dum pneu de uma das rodas da retaguarda, despistou-se um autocarro..." – é assim que se conta, em Portugal, a história de um ônibus que derrapou. Ele pode ter colhido um peão (pedestre) na berma (acostamento) da estrada, ou "um miúdo (menino) que estava a jogar à bola". O corpo "encontra-se de velação (velório) hoje a partir das dezesseis horas".

Pagar a renda do andar é pagar o aluguel do apartamento. O avião não decola, descola, e não aterrissa, aterra; e o sujeito que vem consertar a pia não é o bombeiro, é canalizador. Diga betão armado no lugar de cimento idem, e prefira dizer caixilharias a alumínio, no lugar de esquadrias de alumínio. Sua geladeira deve ser promovida a frigorífico e seu banheiro a casa de banho. O aquecedor é esquentador, e o exaustor é "de fumos"; manicure é manucura; e não chame um empalhador, e sim um palheireiro de cadeiras. Caminhão é camião, e quando ele bate não bate, embate; seu motorista é camionista. A casa (mobilada e não mobiliada) vende-se com "o recheio". Oferecem-se marçanos e turnantes, e mulheres a dias. Lanterneiro é mais logicamente bate-chapas e cardápio é ementa; esquadra é a delegacia de polícia. Quando lemos que "a equipa deixou o relvado depois de fazer o golo da igualdade", isso dá para entender. Caixa postal é apartado, aparelho de rádio é telefonia, parada é paragem e pedágio é portagem; carona é boleia, autoclismo é caixa de descarga da latrina, que não é latrina, é retrete. Panamenho é panamaiano, Oran é Orão, Moscou é Moscovo, loteria é lotaria, bolsista é bolseiro, romaria é romagem, Leningrado é Leninegrado, suéter é camisola, e meia de homem é peúga, jazida de minério é jazigo, trecho de estrada é troço, mamão é papaia, troco é demasia, presunto cozido é fiambre, sorvete é gelado, travão é freio, marcha a trás é marcha à ré, *band-aid* é penso, e durex é fita-cola, bonde é elétrico, berlinde é bola de gude (mas é masculino: jogar ao berlinde), cabedal é couro. A madeira é cortada na serração e não na serraria, a estrada não é asfaltada, é alcatroada, a sopa não esfria, arrefece; tomada de eletricidade é ficha, nota oficiosa quer dizer nota oficial, estoque de mercadorias é existência, e liquidar é vender ao desbarato; a guimba ou bagana de cigarro no Brasil é beata em Portugal, e a equipa não deixa a concentração para fazer uma excursão, deixa o estágio para uma digressão; papel-carbono é químico, não se diz que um sujeito é monarquista, diz-se que o gajo é monárquico.

Quando dizemos que "tinha muita gente lá", eles dizem que "tinha lá imensa gente", quando falamos de "uma porção de coisas", eles falam de "uma data de coisas". Não se anuncia uma casa "em primeira locação", mas simplesmente "a estrear". As resoluções da Câmara são deliberações "camarárias"; e quando escrevemos, nos jornais do Brasil, "na localidade de Perdizes", eles escrevem "no lugar de Perdizes", o que é mais simples e melhor.

Uma palavra portuguesa de que Guimarães Rosa gostava muito e que sumiu no Brasil é "azinhaga", que o dicionário dá como "caminho estreito no campo, entre muros ou sebes"; sempre me lembro dessa palavra quando viajo em certos trechos da Estrada União e Indústria, depois de Petrópolis; Rosa também gostava de "azenha", que é moinho movido a água.

Aqui dizemos que um cadáver, um corpo, "foi recolhido ao Instituto Médico-Legal". Lá se diz que "o corpo recolheu ao Médico-Legal", o que é igualmente triste, porém mais elegante. Quanto aos feridos, eles no hospital são "devidamente pensados" antes de seguirem para suas casas. A pessoa não fica sob as rodas de um carro, fica "sob o rodado". O final de um jogo de futebol não é "zero a zero", é "zero-zero". A nossa ducha é o duche deles, e o nosso toca-discos lá é gira-discos. Não se diz "nu em pelo", diz-se "nu em pelote"; e não se dá uma surra ou uma sova, mas uma tareia.

Pois, pois.

Em uma crônica recente dei exemplos de diferenças usuais da linguagem em Lisboa e no Rio. Enviei essa crônica para o amigo Irineu Garcia que está morando em Lisboa. Ele manda, a meu pedido, uma listinha suplementar de palavras que estranhou lá. A que lhe parece mais curiosa é "ardina" no sentido de vendedor de jornais, "jornaleiro". Outra que também lhe pareceu estranha é "patilha", no lugar de "costeleta" de cabelo, que é um brasileirismo; se você disser ao barbeiro para diminuir sua costeleta, ele não entenderá. O curioso é que "patilha" parece ser gíria, pois no Morais a palavra não aparece no sentido capilar, no sentido de "suíças".

Português antigo, que lá continua em uso, é "paródia", no sentido de farra ou pagodeira, quando no Brasil é apenas imitação burlesca de alguma coisa.

Há diferenças conhecidas de todos, como "comboio" que é o nosso "trem", "carruagem" que é o nosso "vagão", e "caminho de ferro", que é a nossa "estrada de ferro"; mas a nossa "baldeação" lá é "transbordo", coisa menos sabida.

Se você entrar em um teatro com seu "chapéu de chuva" (forma muito mais usada que o "guarda-chuva") é obrigado a deixá-lo no "bengaleiro", que é o nosso "chapeleiro". Isto ao Irineu parece elegante, e ele fica a imaginar se o seu querido Fernando Pessoa usava bengala; acha que sim.

Acredita meu missivista que é uma falta de respeito chamar "gerânios" de "sardinheiras"; e completamente misteriosa a palavra "diospiro", que designa a fruta que nós conhecemos por "caqui". Irineu comenta que o regionalismo em Portugal é um fato: no Porto, se você quiser comprar "meias" (de homem) é melhor pedir "coturnos" e não "peúgas", como em Lisboa. Se precisar de um "cadeado", peça um "aluguete", e no lugar de "nêsperas" peça "hagnólios". No Algarve é comum chamar o "amendoim" de "alcagoita" (esta palavra o Morais registra) e também se diz "alcagota", tanto no sentido de "amendoim" como de "homem de pouco valor". Não confundir com "alcaguete" que tanto o Morais como o "Pequeno" do Aurélio dão como "alcoviteiro", "mexeriqueiro", quando o sentido mais comum hoje, pelo menos no Brasil, é o de informante da polícia.

"Ventoinha" é o nosso "ventilador", e "papeleira" é aquela "escrivaninha" de tampa inclinada e gavetas para guardar papéis. "Utente" é o mesmo que o nosso "usuário", "herdade" é "fazenda", e "carrinha" é "caminhonete". A gente não pede comumente o "endereço" de uma pessoa e sim a sua "morada", isto é, "endereço" de sua "residência"; esta última palavra é mais usada no sentido coletivo.

"Candeeiro" no Brasil a gente entende que é de querosene, óleo ou gás: lá é também o elétrico, a nossa armação de abajur. O "caseiro" é mais conhecido como "quinteiro", e "sertã" é o nome mais comum de nossa "frigideira"; "alguidar" é usado comumente no sentido de bacia de lavar roupa...

A nossa "turma" ou, em ipanemês, "patota", lá é "malta" e às vezes se mete em algum "sarilho", que é a palavra mais usada para "briga", confusão.

Irineu me manda ainda "refilar" no sentido de "estrilar", "reagir", e "fato macaco" no lugar de nosso feio "macacão". No Brasil é muito raro o uso de "fato" como "roupa" e corrente no sentido de coisa feita, acontecimento – que lá é "facto", com "C", que se escreve e pronuncia.

O vendedor de bilhetes de loteria, nosso "bilheteiro", em Lisboa é "cauteleiro", e não é raro ouvir "apitadela" no lugar de "telefonema". Um tipo "gira" não é adoidado como no Brasil, é um bom tipo, é bonito. O amigo "legal", "cem por cento" lá é "fixe". No lugar de "vagem" usa-se mais "feijão-verde", e, no lugar de "açougue", "talho".

Em um restaurante de certa classe, depois de ler a "ementa" e encomendar a comida, você chama o "escanção" para escolher o vinho. A palavra é antiga, e designava o oficial da casa real que deitava o vinho na copa e o apresentava ao rei. Aqui no Bife de Ouro ninguém chama o "escanção", e sim o *sommelier,* palavra francesa que parece induzir a gente a ter acanhamento de pedir um modesto Granja União gaúcho e mandar descer um Chateau ruinoso.

Mas a verdade é que eu já conhecia a palavra "escanção" porque ela figura em um poema de Vinicius de Moraes no sentido de garçom de bar; está na "Balada de Pedro Nava", poema de amigo, que tem até música, e começa assim:

> *Meu amigo Pedro Nava*
> *Em que navio embarcou:*
> *A bordo do Westphalia*
> *Ou a bordo do Lidador?*

Os navios citados são, naturalmente, bares, e o mais frequentado por essa turma era o Recreio, na praça José de Alencar. Ali se juntavam

Vinicius, Carlos Leão, o engenheiro Juca Chaves, Pedro Nava, o médico Chico Pires, o jornalista José Auto, e outros; só mais tarde vim a conhecer essa malta.

Na segunda quadra o poeta perguntava:

> *Em que antárticas espumas*
> *Navega o navegador*
> *Em que brahmas, em que brumas*
> *Pedro Nava se afogou?*

Mas longe é que veio a quadra com a palavra:

> *Se o tivesse aqui comigo*
> *Tudo se solucionava*
> *Diria ao garçom: "Escanção!*
> *Uma pedra a Pedro Nava!"*

Aposto que a palavra "escanção" quem a meteu na roda foi o próprio Nava, amante de boas palavras antigas.

Julho, 1982

A GRANDE MULHER INTERNACIONAL

A grande mulher internacional eu a vi uma vez – minto! – eu a vislumbrei uma vez no antigo aeroporto do Galeão, numa hora tipo 4:45 da manhã, e apenas por um instante. Eu chegava num inverossímil avião de Bogotá; ela ia... meu Deus, ela transitava de... de uma certa maneira intransitiva, como se apenas acontecesse ali, de passaporte na mão e carregando uma pele no braço quase a tocar o solo. Sim, foi apenas um instante, mas me feriu os olhos de beleza para sempre.

A segunda vez, anos depois, foi em Munique – eu digo Munique e vocês estranhariam se eu confessasse que também poderia ser Zurique e até mesmo Frankfurt; na verdade eu não sei. Como? – perguntará um filisteu – o senhor não sabe em que aeroporto se achava? Calma, houve o seguinte. Eu estava em Paris e fui a Orly tomar um avião da Panair para o Rio. Alguém me explicou que tinha havido uma alteração: nosso avião iria primeiro a Munique (ou Frankfurt? ou Zurique?) e lá deixaria de ser da Panair para ficar sendo da Varig; não houve isso, não houve um dia em que houve isso? Lembro-me de que na volta conversei com um comandante – da Varig? da Panair? – que era irmão ou tio da escritora Gilda de Mello e Souza, que é mulher do crítico Antonio Candido, me lembro do tempo em que eles se namoravam na Confeitaria Vienense, na rua Barão de Itapetininga, em São Paulo, faziam parte de uma roda que tinha o Paulo Emílio, pessoal de uma revista chamada *Clima*, eles bebiam leite maltado, noutra mesa eu com o João Leite ou o Arnaldo Pedroso d'Horta tomávamos cerveja Original, de Ponta Grossa, Paraná, que a Antártica miserável comprou e destruiu; aliás a Gilda é também (?) sobrinha de Mário de Andrade – será que o comandante era parente de Mário? Deixo as indagações à pesquisa dos universitários paulistas.

Na verdade não seria difícil estabelecer dia e lugar certos da aventura; creio que no avião ia também o depois presidente da Varig, senhor Eric de Carvalho, ele antes não foi da Panair?, ou faço confusão? O que interessa é que num aeroporto de língua predominantemente alemã fiquei algum tempo a pasmar pela madrugada. De súbito começaram a chegar e partir aviões. Num deles – de Atenas, conexão para Estocolmo?

de Oslo para Turim? – de súbito surgiu aquela mulher. Linda! Tão linda assim, só mesmo sendo mulher de aeroporto internacional. Por quê? A sua qualidade de transiente (ela jamais está embarcando ou chegando, é sempre passageira em trânsito) lhe dá um leve ar de fadiga e também de excitação. E as pernas longas e os sapatos desnecessariamente tão altos parecem ter prazer em pisar, deter-se, avançar, voltar-se; a mão, cujo dorso é de uma cor de marfim levemente dourado, segura uma ficha, e uns óculos, mas se ergue para pegar a mecha de cabelos que tombou, então levanta um pouco a cabeça e podemos ver os olhos, inevitavelmente azuis, e diz *no,* ou *non* ou *nein*, e quando um homem uniformizado lhe murmura algo ela faz com a cabeça que sim, e sorri – e que iluminação, que matinalidade inesperada no sorriso dessa mulher entretanto madura! Madura, não. Digamos: de vez.

(Aurélio Buarque de Holanda, mestre e amigo: eu não gosto de inventar modas nem palavras em português, mas lá atrás tive de escrever "qualidade de transiente" porque não temos a palavra "transiência", que não custava a gente roubar do inglês; e agora escrevo "de vez", quando na verdade isso já é um adjetivo que devia ser uma palavra só, querendo dizer "quase madura"; peço-lhe uma providência, professor, para facilitar a vida da gente, que vive de escrever nesta língua.)

Não, nunca haverá mulher tão linda no mundo como essa grande mulher de aeroporto internacional quando mal amanhece, há um langor, e ao mesmo tempo um imponderável nervosismo e uma leve confusão dos fusos horários – e ela surge de uma porta de vidro dessas que se abrem sozinhas quando a gente avança, e ela avança com uma grande sacola de couro e lona e se detém...

Ou não se detém.

Março, 1979

As boas coisas da vida

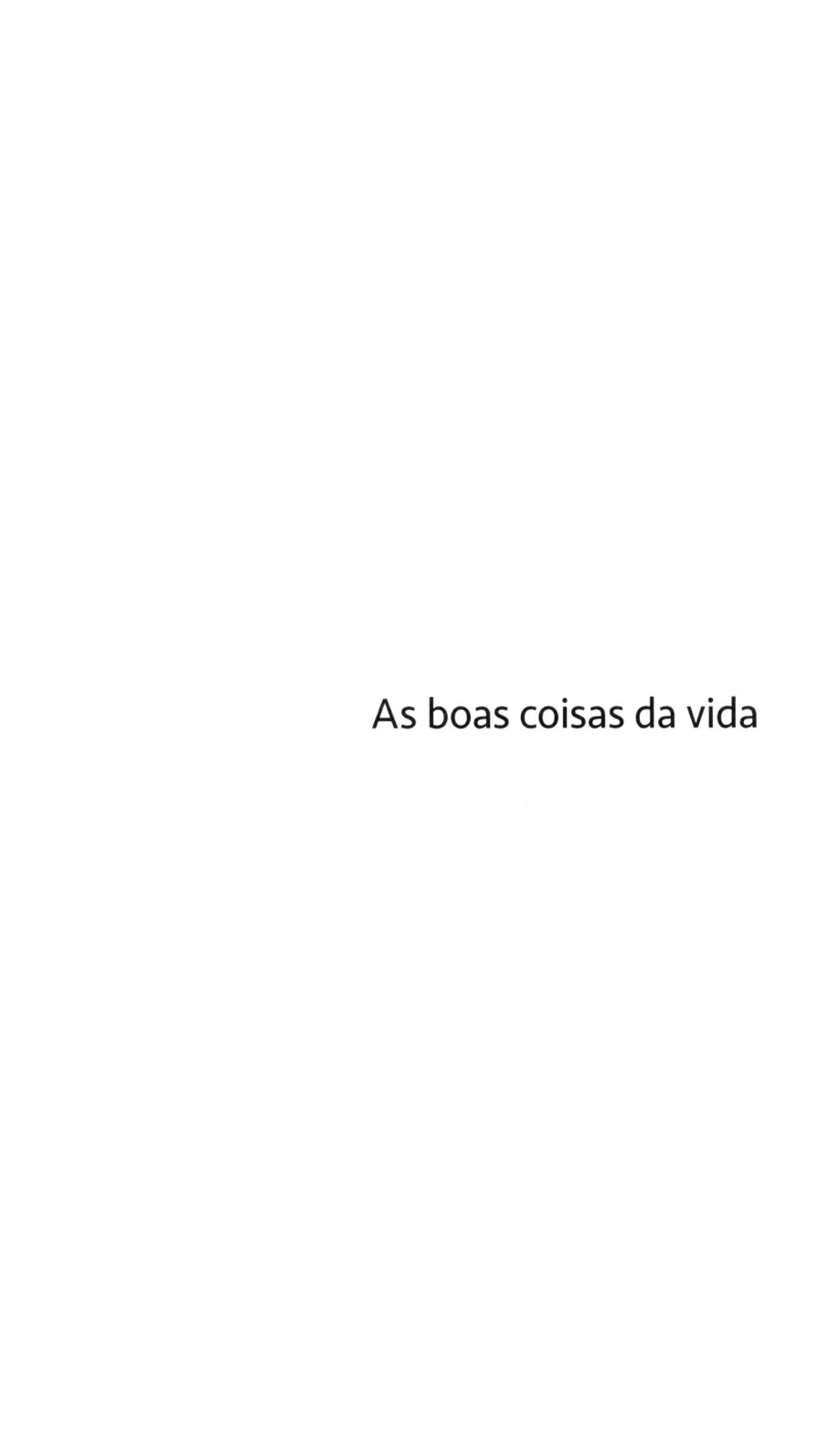

LEMBRANÇA DE CASSIANO RICARDO

Apesar de ter lido toda a sua obra poética, a certa altura, para fazer uma antologia para a Editora do Autor, nunca fui amigo do Cassiano Ricardo. Considero-o um dos grandes poetas do Brasil de todos os tempos, principalmente pelo que ele escreveu depois dos 50 anos de idade.

Nunca li a "Marcha para o Oeste" e como um amigo dele, e meu, insistisse em que eu lesse o ensaio, respondi de brincadeira: "Para quê? Aposto como esse livro todo é para provar que os bandeirantes eram partidários do dr. Getúlio Vargas".

Estávamos, exatamente, sob o Estado Novo, na fase mais direitista do ditador, ali por 1940. Cassiano sempre me pareceu um homem da direita. Lembro-me de um jornal diário, dirigido por ele, o *Anhanguera*, órgão de um movimento bandeirista subvencionado pelo Governo de Armando Sales de Oliveira, com o propósito de fazer concorrência, em seu campo, ao integralismo.

Lembro-me também de que Mário de Andrade, então diretor do Departamento de Cultura da Prefeitura de São Paulo, assinou o manifesto que lançava esse movimento, fato que lamentei em uma revista de Minas, para maior horror de Mário, que já me detestava. Ele explicava aos amigos que fora compelido a assinar o manifesto para não perder o lugar em que acreditava (com razão) estar realizando uma grande obra, o Departamento Municipal de Cultura.

Mas, se eu estranhava a atitude de Mário, achava natural a de Cassiano, velho companheiro de Plínio Salgado, na *Anta*. Ele sempre me pareceu um escritor oficioso, escrevendo para o governo ou jornal do governo. Seu nacionalismo era coisa de caçar papagaios, com borrões de verde e amarelo – para lembrar os títulos de seus livros modernistas.

Soube que Cassiano acolheu com bom humor minha piadinha sobre seu ensaio. Muitos anos depois, quando fiz sua antologia e me correspondi com ele para acertar pequenas coisas, ficamos de nos encontrar para um papo tranquilo, mas isso não aconteceu.

Relendo agora seus últimos livros, confirmo a minha opinião de que raramente terá havido no Brasil um poeta com maior carga de emoção libertária e social. Por uma circunstância ou outra, essa fase da poesia de Cassiano não teve o impacto que merecia na juventude de nosso tempo.

"Quero escrever um poema/ no muro/ que dá para o amanhã...", disse ele a certa altura – e denunciava, a seu modo, a loucura institucionalizada do mundo moderno, com seus armazéns de bombas atômicas e seu desprezo pelo homem.

É verdade que seus versos estão longe da literatura que pretende fazer efeito político; era como que um anarquista lírico perdido no meio da rua, um bêbado falando sozinho entre o povo. Mas basta prestar atenção ao que ele diz para ver que ele tem momentos de alta beleza. E de força.

O ENXOVAL DA NEGRA TEODORA

Era uma negra velha, cozinheira antiga, escrava do inglês fazendeiro e diretor de mineração do ouro. Desde molecota vivera dentro de uma cozinha de fazenda. Trabalhava de manhã à noite, e nunca se casou. Dizem que sabia muitos segredos de comidas e doces, mas não ensinava a ninguém. Resmungava muito, não gostava de conversa, e quando estava de tromba as negrinhas e as mulatinhas não davam risada nem falavam alto, e até as moças e a senhora a tratavam com todo cuidado, pois a negra Teodora era uma escrava que sabia impor respeito, porque se dava ao respeito.

Até na hora de ser cachaceira, era uma negra de brio porque não era como essa gente que bebe nas horas que não deve e então faz os papéis mais tristes que uma pessoa pode fazer. Não. A negra tinha folga somente uma vez por mês, e era no primeiro domingo; depois de ir à missa, pegava uma garrafa de cachaça, sentava na cadeira de balanço e punha do lado uma bacia para cuspir; e então tomava a sua mona. Quando escurecia, estava bêbada como um gambá. Então se levantava e saía cambaleando pelo campo, falando sozinha. Depois desse passeio na escuridão, voltava para casa e dormia; na segunda-feira às cinco da manhã já estava trabalhando e era a mesma negra de sempre.

Fora disso tudo o que havia de especial na sua vida era a canastra; mas era muito especial. Naquela canastra ninguém tocava. Ela mesma só a abria de raro em raro, numa manhã de sol, mas então todo mundo ia espiar. A negra Teodora começava a tirar lá de dentro suas roupas brancas, e era tudo coisa fina de trabalho caprichado, tão bonito como poucas senhoras brancas têm roupa branca assim. Tinha uma bata toda de crochê, que naquele tempo se chamava "chimango", e uma saia branca com bordas de crochê e renda que ela mesma fizera. Estendia aquilo ao sol, com todo cuidado; e tinha umas meias de algodão e um par de botinas pretas com elástico, botinas estrangeiras compradas na Corte, artigo que até uma princesa era capaz de usar. Essas botinas ela comprara com as economias de muitos e muitos anos. As roupas ela mesma fizera e levara anos e anos fazendo, e com muito carinho e capricho. Depois de algum tempo a negra Teodora pegava suas coisas, engomava tudo outra vez, devagar, e guardava na canastra.

Esse enxoval precioso vocês vão pensar que era para um casamento que não houve. Não era. Nunca se soube que a negra Teodora quisesse casar com alguém, e nenhum preto de Minas Gerais podia se gabar de conhecer os seus dengues; era uma negra de muito respeito. O enxoval era para quando ela morresse. Para as criaturas ela não fazia questão de aparecer descalça e pobre; nem nos domingos de bebedeira se importava que alguém a visse na sua cadeira cuspindo e, o que era pior, quando cochilava, babando. Mas a negra Teodora sabia que quando morresse havia de ir para o céu; e então queria aparecer diante da glória de Deus bem arrumada e limpa; com suas botinas de elástico novinhas, sua saia de rendas, e seu chimango de crochê bem engomado; assim chegaria diante da glória de Deus.

Naquele primeiro domingo de fevereiro de 1871 ela foi à missa, engrolou suas rezas, depois pegou a cachaça, sentou-se na cadeira de balanço com vista para o pasto e se pôs a beber.

Bebia devagar numa canequinha de estimação. Depois de engolido um gole, fazia uma careta feia, e cuspia de lado. Seu olho ia ficando meio turvo e sua cara de negra velha ficava ao mesmo tempo mais tensa e mais bamba; mais tensa nas rugas da parte de cima da cara, mesmo porque ela apertava um pouco os olhos por causa do sol quente que ardia no pasto lá fora; mais bamba na beiçola, que pendia. Comer não comia coisa alguma no primeiro domingo de cada mês; nem precisava, porque a negra era bem gorda. E como ia ficando muito bêbada não ligava para mais nada, nem para cachorro que vinha cheirar sua mão, nem para moscas pousando na sua testa e até bem no meio da cara. Fazia um calor danado: e a negra suava, mas não parava de tomar cachaça.

Pelas quatro da tarde, depois de uma boa madorna, levantou-se penosamente e, arrastando os pés, foi encher a canequinha; sentou-se outra vez na cadeira, soltou um suspiro e passou a mão pela cara suada como uma pessoa que está cansada de tanto trabalhar neste mundo de Deus. Feito o quê, virou mais um trago.

Ela de vez em quando resmungava alguma coisa que ninguém entendia; e não era para ninguém entender. O calor estava tão forte que a negra cochilava um pouco e acordava com o corpo quente, banhada de suor; e então aproveitava para tomar mais um trago de cachaça.

De repente deu um vento, e tudo escureceu e o trovão roncou. Uma tempestade feia logo desabava com tanto trovão e tanta faísca que muita gente se pôs a rezar, com medo de raio. Mas a negra nem se levantou para fechar a porta. Ficou ali, diante da tempestade, bebendo cachaça. Não deixou que fechassem a porta nem a janela; estava achando bom beber diante do temporal, pegando na cara aquele vento de chuva.

A chuva caiu noite adentro, ora estiando, ora apertando. Mas pelas nove horas da noite a negra Teodora, como sempre fazia, meteu o pé na lama e saiu para seu passeio pelo pasto escuro.

Levava na mão a garrafa com um resto de cachaça; e sumiu resmungando na escuridão.

De manhã cedinho notaram que a negra não tinha voltado; e então saíram Chico Vaqueiro e o preto Licenço para procurar. Andaram por toda parte debaixo da chuva fina, procuraram no paiol, no curral, na manga dos porcos, por dentro e por baixo do moinho. Viram atrás do barracão, saíram pela estrada, foram de um lado até a fazenda do coronel Duarte, de outro lado até a fazenda da Boa Esperança, e não acharam a negra. Teria entrado pela mata ou ido para a vila; ou, como o ribeirão estava muito grosso, era capaz de ter-se afogado. Chegou a hora do almoço e a negra não apareceu. Saiu mais gente para procurar, e perguntaram por toda parte, e nada da negra Teodora.

Apareceu no dia seguinte, mas não na fazenda. Ia um carro de boi da fazenda do coronel Duarte para a vila, carregado de sebo de sabão, quando, no atravessar o córrego, o menino candeeiro viu uma coisa preta meio boiando num canto, e assustou; era o corpo da negra. Com certeza escorregara ao atravessar a pinguela; mesmo com a água da enxurrada o ribeirão era capaz de dar pé, mas a negra com aquela mona tinha-se afogado, e estava ali com a cara emborcada na lama.

O carreiro puxou o corpo pela perna e levou para o seco. Estava inchado e feio; qualquer corpo fica inchado e feio, que dirá o da negra Teodora, velha e gorda, com o bucho tão cheio de cachaça.

— Isso é a negra Teodora da fazenda do inglês – disse o carreiro.

E resolveu fazer uma caridade. Estava perto da vila. Com muito esforço, e ajuda do menino, baldeou o corpo quase nu para dentro do carro, botando-o em cima do sebo de sabão. Dali até a vila era coisa de meia hora; mas apesar de estar um sol danado de quente havia muito lameiro no caminho, e num deles o carro afundou uma roda que foi uma trabalheira para arribar.

Quando o carro chegou à vila estava um mau cheiro horrível; mas pior que o cheiro era a vista. Com o sol quente e os solavancos, o corpo da negra estava todo ensebado, parecendo um volume enorme de sabão preto. Onde se pegava nele escorregava, bambo. Duas mulheres que viram o corpo gritaram e saíram chorando; um menino teve uma coisa e desmaiou; e estava tão horrível que foi preciso botar energia para dois escravos puxarem o volume de cima do carro. E todos acharam que a melhor caridade era enterrar logo a pobre da negra, e ali mesmo, junto da estrada, na boca da vila, se abriu um buraco e se enterrou.

Assim, pois, vejam que coisa é este mundo. A negra que queria ser enterrada como uma rainha com sua bata de crochê e sua saia de rendas e sua botina de elástico foi jogada no buraco como um bicho morto, e muito mais feia do que qualquer bicho morto. Todo mundo na fazenda sentiu muita pena, mandou-se rezar missa pela alma da negra. Na canastra ninguém teve coragem de tocar; aquilo era como coisa sagrada, coisa do céu que tinha sobrado na terra.

Aqui, a história, que se conta na família até hoje, entra numa encruzilhada. Tomemos o pior caminho, que é este: para dizer a verdade, primeiro tiraram a botina de elástico, e isso foi quando a dona Yayá, prima-irmã de dona Erotides, mulher do sr. Amâncio, a quem a prima estava devendo um presente de uma louça vinda da Corte, que ele não quis receber por nada – quando dona Yayá teve de ir a Ouro Preto. Ora, depois que a botina andou, o resto do enxoval foi atrás – uma tira isso, outra tira aquilo, dizem que até houve briga. Enfim, coisas de família o melhor é a gente não se meter. E quando uma das moças teve um sonho ruim, onde viu a negra nua chorando e xingando, e se assustou dizendo que vinha castigo do céu, e todo mundo ficou meio assim, quem teve coragem mesmo de dar uma opinião foi "seu" Juca. "Seu" Juca era um homem de maus bofes, não gostava de preto de jeito nenhum, tanto que daí a alguns anos, quando veio a Abolição, ele virou republicano. Sua opinião foi que afinal tudo estava direito, e Deus é que quisera assim para castigar a vaidade da negra: e tinha sido muito bom para "negro deixar de ser besta".

Enfim, "seu" Juca já morreu, como a negra Teodora, e todo mundo nesta história já morreu. O que cada um fez de bom e de mau sua alma a estas horas está sabendo. É melhor não falar mais nisso. Até me pergunto se não fiz mal em ter falado.

APROVEITE SUA PAIXÃO

Um amigo me escreve desolado e pede conselhos. Não se trata de um rapaz, mas de um senhor como eu, de muito uso e algum abuso; e lhe ocorreu uma coisa que há muitos anos não tinha: apaixonou-se. "E isso", diz ele, "da maneira mais inadequada e imprópria, pois o objeto de minha paixão é pessoa a respeito da qual não posso nem devo ter qualquer esperança, devido a circunstâncias especiais. A coisa já dura algum tempo, e tenho a impressão de que não passará nunca..."

Passa sim, meu irmão; acaba passando. Pode, entretanto, durar muito, e convém tomar providências para atenuar seus malefícios. E, mesmo, transformá-los em benefícios. Por exemplo: como quase todo sujeito de nossa idade, você tem alguma barriga, e certamente já pensou várias vezes em suprimi-la. Em princípio, a paixão do tipo da sua tende a dilatar o estômago e ampliar o ventre, pois a inquietação constante faz com que a pessoa procure inconscientemente se distrair, bebendo e comendo. Isso realmente produz melhoras de momento, pois depois de uma copiosa feijoada qualquer pessoa tem uma tendência sonolenta a não sofrer. Com o passar do tempo, entretanto, a obesidade agrava os sofrimentos do apaixonado e a angústia sentimental aumenta na proporção direta dos quilos. Aconselho-o a entregar-se a disciplinas desagradáveis e úteis, uma das quais é exatamente fazer regime para emagrecer.

Quando, ao voltar da praia, sentir vontade de tomar um chopinho com o amigo no bar da esquina, "ofereça" à sua amada, em espírito, essa sua sede; se o convidarem a um "caju amigo", compareça, aceite um copo, mas sacrifique o seu desejo de tomá-lo, em holocausto ao seu amor. Nada de "beber para esquecer"; você deve "não beber para lembrar", o que do ponto de vista sentimental é mais digno – e descansa o fígado.

Alimente-se exclusivamente de verduras e legumes sem tempero. Isso lhe dará, ao fim de cada refeição, uma desagradável sensação de fome e vazio. Você se sentirá muito infeliz. Aproveite então para pensar que essa infelicidade é produzida pela sua paixão. Isso o ajudará a suportar estoicamente sua dieta e, ao mesmo tempo, irá fazendo com que a imagem do ser amado se torne ligeiramente odiosa. Ao tomar o café sem açúcar, diga somente estas palavras: "paixão amarga!"

Assim, em dois meses e meio poderá perder de oito a dez quilos e cerca de 45 por cento de sua paixão atual. Experimente e me escreva. Bola em frente, meu irmão.

O VERDADEIRO GUIMARÃES

Aconteceu há alguns anos, na Cinelândia. Vi um senhor de certa idade e senti que o conhecia de algum lugar. Ele também deu sinais de me reconhecer. Detive-me para lhe apertar a mão. Trocamos algumas palavras vagas, enquanto eu me esforçava por localizá-lo. Comecei a sofrer; todos os leitores conhecem essa pequena angústia. Para esconder minha perplexidade, tratei-o da maneira mais cordial, tive realmente muito prazer em vê-lo, há quanto tempo, o senhor está muito bem, está mais moço, francamente etc.

Quando ele disse qualquer coisa a respeito de Belo Horizonte, suspirei com alívio. Era o Guimarães! Seria realmente insultuoso não reconhecer o Guimarães, sempre tão camarada meu – um velhinho agente de publicidade que sempre aparecia na redação em que eu trabalhava, e até mais de uma vez me deu dinheiro para redigir alguma "matéria paga". Um desses antigos cavadores de anúncio, um bom sujeito. Fiquei ainda mais cordial, perguntei se ele se demorava no Rio. Respondeu que agora estava morando aqui.

— E como vai de vida?

Respondeu modestamente que ia indo. Muito trabalho... Comentei que a vida no Rio estava cara, a gente tinha de fazer força para aguentar. Ele concordou. Indaguei se não pensava em voltar para Minas, ele disse que não, estava mesmo fixo no Rio. Acompanhei-o carinhosamente até a esquina e, ainda com remorso de não havê-lo reconhecido no primeiro instante, me despedi:

— Pois olhe, fiquei muito contente em saber que você se arranjou bem aqui no Rio. Felicidades, hem!

*

Depois que ele se afastou é que me ocorreu que talvez ele é que não me tivesse reconhecido. Afinal só me dissera coisas mais ou menos vagas, e eu não me lembrava de que ele tivesse pronunciado meu nome. Também era natural – há tanto tempo que eu não via o Guimarães!

Pois ia vê-lo dias depois. Eu me encontrava na calçada da Biblioteca Nacional com o Adauto Lúcio Cardoso e Olavo Bilac Pinto e vinha andando com eles quando apareceu o Guimarães em direção contrária. Os dois precipitaram-se a cumprimentá-lo com a maior deferência – e eu também.

Quando continuamos os três a nossa marcha, comentei com Adauto: "Que velhinho simpático esse, não?" Não sei se minhas palavras foram bem essas, sei que Adauto estranhou minha maneira de falar e desconfiou que eu não reconhecera o velhinho simpático.

Era o ministro Orozimbo Nonato, presidente do Supremo Tribunal Federal e meu antigo professor de Processo Civil.

O pior é que o Guimarães, o verdadeiro Guimarães, o tal agente de publicidade que só anos depois vim a identificar em Belo Horizonte – não era Guimarães; era Magalhães.

POR QUEM OS SINOS BIMBALHAM

Escrever mal é fácil; há pessoas que escrevem naturalmente mal, sem nenhum esforço no sentido de escrever muito bem. São os maus escritores vulgares. Neste momento estou pensando é nos outros, nos iluminados (iluminados aqui, naturalmente, quer dizer, demoníacos) da arte de escrever mal.

O primeiro caso que me ocorre não é o de um mau escritor habitual; não. Trata-se de um homem que normalmente até escreve bem, com certa dignidade e limpeza; mas um dia lhe deu um estalo... Vou contar.

Joel Silveira dirigia um semanário, e há muito tempo aquele amigo lhe prometia um artigo. Seria sobre política ou economia; ou talvez as duas coisas embrulhadas em História, pois o amigo, além de poeta, era historiador. Mas não havia jeito de o artigo sair. Joel cobrava, o amigo dizia que estava caprichando. Até que chegou o dia fatal. O escritor entrou na redação e, em silêncio, tirou o artigo do bolso e o pôs na mesa, sob os olhos de Joel.

— Oh, até que enfim!

Silveira abriu-se num sorriso, ergueu-se para abraçar o amigo; depois sentou-se outra vez, pegou o artigo, leu apenas duas palavras e ficou de uma palidez mortal. Com um gesto de invencível repulsa afastou as laudas de sua frente e mal conseguiu articular:

— Não!

O outro estacou surpreso. Joel parecia ir sucumbir; apelou para todas as energias sergipanas, ergueu-se novamente e, pegando o artigo sem lhe lançar mais os olhos, devolveu-o ao autor:

— Não!

O outro ficou sem saber se aquilo era de brincadeira ou deveras; mas Joel Silveira recobrou sangue, e recobrou até demais. Estava rubro, seus olhos faiscavam:

— Você está louco? Eu fecho este jornal, mas este artigo não sai!

E berrou para mim, a duas mesas de distância, como quem pede socorro:

— Rubem!

Quando me aproximei, ele retomou o artigo da mão do amigo e me mostrou:

— Veja se é possível publicar isto! Leia só as três primeiras palavras: você não chegará à quarta! Ninguém, no mundo, conseguirá chegar até a quarta palavra, a linotipo vai engasgar na hora de compor isso!

Olhei – mas Joel já bradava para toda a redação ouvir, aquele começo genial: "Tirante, é óbvio, ..."

E indignado:

— A gente tropica na primeira vírgula, passa por cima desse óbvio, bate com a cabeça na segunda, morre!

*

O outro caso foi o de uma senhora. Uma senhora que tinha seus encantos, usava perfume francês. Estava muito bem recomendada. Caio de Freitas, que era o secretário da redação, tinha ordem de publicar a sua crônica. Ela entrou na sala com seu andar musical, abriu a bolsa, meteu lá a longa mão branca (lembro-me das veias azuis) e com um sorriso encantador estendeu o original:

— Aqui está...

Caio sorria com seus olhos verdes, encantado com aquela presença. Vi, porém, que seu sorriso murchava. Por um instante senti que seus lábios tremiam ligeiramente, como se estivesse reprimindo um acesso de cólera. Conteve-se. Fechou a cara. Meteu a crônica na gaveta. Fez um ar apressado, levou a senhora até o elevador, beijou-lhe a mão, conseguiu forjar um sorriso de despedida, mas quando voltou sua expressão era de ódio impotente misturado com desalento.

Tirou a crônica da gaveta e me mostrou: "Natal! Natal! Bimbalham os sinos..."

O demônio é forte. Até hoje sou incapaz de ouvir falar em Natal ou ver aqueles horríveis anúncios com Papai Noel na televisão sem me lembrar daquelas palavras, que me perseguem há mais de trinta anos: "Natal! Natal! Bimbalham os sinos..."

E muitas vezes, quando me sento diante da máquina, principalmente nos dias de mormaço e tédio, sinto que o demônio me domina e me vem a tentação terrível de começar com as palavras fatais: "Tirante, é óbvio, ...".

O SR. ALBERTO, AMIGO DA NATUREZA

O livro é impresso em Prudentópolis, no interior do Paraná, e se chama *Manual do caçador ou Caçador brasileiro*. Seu autor é o sr. Alberto de Carvalho, que não tem prática de escrever, mas de caçar tem. Fala de cães, e como usá-los; e de bichos do mato, e como matá-los.

O sr. Carvalho nos avisa que os poetas têm falado do mavioso canto do sabiá, mas não dizem nada de sua saborosa carne. Ele, o sr. Carvalho, come sabiá. De resto come tudo, inclusive macaco.

Para caçar rolas, aconselha-nos fazer cevas com milho, quirera ou arroz. As rolinhas se acostumam a ir comer toda manhã, e uma bela manhã – pum! O sr. Carvalho conta, com exclamações deliciadas, que já viu um só tiro matar dezesseis rolas.

Mais difícil é caçar papagaios, cuja carne, aliás, não presta. Mas assim mesmo vale a pena, porque "a chegada de um caçador carregado de papagaios é sempre aplaudida em consequência da beleza da plumagem". (É um esteta, o sr. Carvalho.)

Falando-nos de tucanos ele não informa se a carne é boa ou má, mas a verdade é que fala bem dos tucanos: "Pela beleza da plumagem constituem um belo alvo". Garante que é possível mestiçar uru com galinha garnisé, e que é mesmo infalível a receita de desentocar tatu com o auxílio de um pauzinho ou do dedo aplicado em certo lugar, convindo "segurá-lo fortemente com a outra mão pela cauda, porque do contrário ele espirrará pela porta afora com assombrosa agilidade".

Quanto aos veados, não há dificuldade: "Em geral eles têm seu lugar de morada ou paradouro, de onde não se afastam para longe, exceto quando corridos".

O sr. Carvalho ensina também como asfixiar cutias com fumaça, no oco do pau. Enfim, o sr. Carvalho é, como ele mesmo diz, um amante da Natureza!

ORIGEM DAS CRÔNICAS

O conde e o passarinho
* "Sentimento do mar", "A empregada do doutor Heitor", "Batalha no Largo do Machado", "O conde e o passarinho", "Chegou o outono", "Véspera de São João no Recife" e "Luto da família Silva".

Morro do Isolamento
* "Almoço mineiro", "Mar", "Coração de mãe", "Nazinha" e "Os mortos de Manaus".

Crônicas da Guerra na Itália
* "A menina Silvana" e "Cristo morto".

Um pé de milho
* "Eu e Bebu na hora neutra da madrugada", "Foi uma senhora", "Aula de inglês", "Passeio à infância", "A companhia dos amigos", "Um pé de milho", "Dia da Marinha", "Conversa de abril", "Não mais aflitos", "Da praia", "História do corrupião", "História do caminhão", "Os fícus do Senhor", "Aventura em Casablanca", "Fim da aventura em Casablanca", "Verdadeiro fim da aventura em Casablanca", "Louvação", "Receita de casa", "Eu, Lúcio de Santo Graal", "Sobre o vento Noroeste", "História de São Silvestre", "Em Cachoeiro" e "As velhinhas da Rue Hamelin".

O homem rouco
* "Sobre o amor, etc.", "Sobre o inferno", "Lembrança de um braço direito", "Biribuva", "O homem rouco", "Procura-se", "Histórias de Zig", "Aconteceu com Orestes", "Conto de Natal", "A secretária", "Uma lembrança", "Os romanos", "Pedaços de cartas", "O barco *Juparanã*", "O motorista do 8-100", "O vassoureiro", "A visita do casal", "Os saltimbancos", "O funileiro", "O jabuti" e "Nascem varões".

A borboleta amarela

* "A que partiu", "A navegação da casa", "Dona Teresa", "Pedaço de pau", "Marcha noturna", "O afogado", "A velha", "O sino de ouro", "A morta", "Queda do Iguaçu", "Força de vontade", "O telefone", "A praça", "O senhor", "Quermesse", "Os jornais", "Quinca Cigano", "Partilha", "Manifesto", "Do Carmo", "Natal", "Imigração", "No mar", "A viajante", "Mangue", "Cinelândia", "Um sonho", "Os amantes", "Os perseguidos", "A borboleta amarela", "Visão", "A grande festa", "A equipe" e "Impotência".

O verão e as mulheres

* "Opala", "Homem no mar", "Recado ao senhor 903", "Lembranças", "Madrugada", "O homem dos burros", "O verão e as mulheres", "Galeria Cruzeiro", "O jovem casal", "O morto", "O outro Brasil", "A Revolução de 30", "Neide", "A feira", "Mãe", "A casa das mulheres", "A casa dos homens", "Caçada de paca", "O lavrador", "Cajueiro", "Rita", "Buchada de carneiro" e "O gesso".

Ai de ti, Copacabana!

* "As luvas", "Os amigos na praia", "O padeiro", "A casa", "Fim de semana na fazenda", "Sobre o amor, desamor...", "São Cosme e São Damião", "A primeira mulher do Nunes", "A mulher esperando o homem", "Coisas antigas", "Desculpem tocar no assunto", "Ai de ti, Copacabana!", "Homenagem ao sr. Bezerra", "Um mundo de papel", "Sizenando, a vida é triste", "Lembranças da fazenda", "Ele se chama Pirapora", "Viúva na praia", "História triste de tuim", "Bilhete a um candidato", "Entrevista com Machado de Assis", "O pavão", "Os trovões de antigamente", "Natal de Severino de Jesus", "Montanha", "Ardendo sobre o rochedo", "A tartaruga", "Quarto de moça", "A Deus e ao Diabo também", "Visita de uma senhora do bairro", "A palavra", "O homem e a cidade", "A minha glória literária", "Quem sabe Deus está ouvindo", "É domingo, e anoiteceu" e "História de pescaria".

A traição das elegantes

* "O mistério da poesia", "Conversa de compra de passarinho", "Os embrulhos do Rio", "O mato", "O compadre pobre", "Um sonho de

simplicidade", "Os Teixeiras moravam em frente", "As Teixeiras e o futebol", "A vingança de uma Teixeira", "A casa viaja no tempo", "Lembranças", "Nós, imperadores sem baleias", "Não ameis à distância!", "Ao crepúsculo, a mulher...", "O crime (de plágio) perfeito", "As pitangueiras d'antanho", "Pescaria de barco", "Aquele folheto perdido", "Meu ideal seria escrever...", "Uma certa americana", "Marinheiro na rua", "A moça chamada Pierina", "Monos olhando o Rio", "Apareceu um canário", "Os pobres homens ricos", "Moscas, e teto azul", "Lembrança do compadre Joaquim", "Pessoas que acontecem", "Negócio de menino", "Em Roma, durante a guerra", "A mulher e seu passado", "Mestre Aurélio entre as palavras" e "A traição das elegantes".

200 crônicas escolhidas (1977)

* "Os sons de antigamente".

Recado de primavera

* "O macuco tem ovos azuis", "O chamado Brasil brasileiro", "A rainha Nefertite", "Recado de primavera", "Onde nomeio um prefeito", "Gaita de foles e 'Maringá'", "O doutor Progresso acendeu o cigarro na Lua", "Em Portugal se diz assim" e "A grande mulher internacional".

As boas coisas da vida

* "Lembrança de Cassiano Ricardo", "O enxoval da negra Teodora", "Aproveite sua paixão", "O verdadeiro Guimarães", "Por quem os sinos bimbalham" e "O sr. Alberto, amigo da natureza".

SOBRE O AUTOR

Rubem Braga nasceu a 12 de janeiro de 1913, em Cachoeiro de Itapemirim, Espírito Santo, e já em 1928 começou a escrever para o *Correio do Sul*, jornal fundado por seus irmãos. Graduou-se em Direito em 1932, e consta que nem foi apanhar o diploma porque nesse mesmo ano se profissionalizou no jornalismo. Escreveu para os mais importantes jornais e revistas brasileiros, como cronista, repórter, comentarista político, comentarista de artes e espetáculos. Residiu em várias capitais brasileiras e por sua franca oposição a determinados governos (tal como o de Getúlio Vargas), se viu perseguido e detido várias vezes pela polícia política. Entre as décadas de 1940 e 1950, viveu alguns anos na Europa. Primeiro, com a Força Expedicionária Brasileira na Itália, como correspondente do *Diário Carioca* durante a Segunda Guerra Mundial; logo em seguida, como cronista e correspondente do *Correio da Manhã*, em Paris. Também como jornalista, viajou por diversos países das Américas, África e Ásia. Chefiou o escritório comercial do Brasil em Santiago do Chile, em 1955, foi embaixador do Brasil no Marrocos, África, de 1961 a 1963, e durante uma década, na companhia de Fernando Sabino, criou e dirigiu a Editora do Autor e a Editora Sabiá. Refinado poeta bissexto (integrante da famosa antologia de Manuel Bandeira), destacou-se ainda na tradução e adaptação de clássicos (traduziu *Terra dos homens*, de Antoine de Saint-Exupéry, adaptou a *Carta a El Rey Dom Manuel*, de Caminha) e teve intensa atuação como comentarista de arte, apaixonado que era, principalmente, por artes plásticas. A partir de 1975, trabalhou no jornalismo da TV Globo, com reportagens que marcaram época pela rara qualidade poética que imprimia aos textos televisivos. Estreou em livro com *O conde e o passarinho* (1936), e a seguir publicou obras clássicas no gênero, tais como *Um pé de milho* (1948), *O homem rouco* (1949), *A borboleta amarela* (1953), *A cidade e a roça* (1957), *Ai de ti, Copacabana!* (1960), *A traição das elegantes* (1967) e *Recado de primavera* (1984), entre muitas outras. Faleceu a 19 de dezembro de 1990 e suas cinzas foram, conforme seu pedido, jogadas no rio Itapemirim, nas proximidades do local onde nasceu e passou a sua infância.

SOBRE O SELECIONADOR

André Seffrin nasceu em Júlio de Castilhos, Rio Grande do Sul, em 1965. Entre 1975 e 1986, residiu no Paraná. Em 1987 se fixou no Rio de Janeiro, onde no mesmo ano começou a colaborar com jornais e revistas. Crítico literário, ensaísta e pesquisador independente, escreveu mais de uma centena de apresentações, prefácios e posfácios para edições de autores clássicos brasileiros. Foi colaborador de *Última Hora, Jornal do Brasil, Jornal da Tarde, O Globo, Manchete, Gazeta Mercantil, EntreLivros* etc., e coordenou coleções de literatura para diversas editoras. Autor de ensaios críticos e biográficos, alguns em edições de arte (*Joaquim Tenreiro, Paulo Osorio Flores, Sérgio Rodrigues*), organizou cerca de 35 antologias; destas, quatro são de Rubem Braga: *A poesia é necessária* (2015), *Os segredos todos de Djanira* (2016), *150 crônicas escolhidas* (2023) e estas *200 crônicas escolhidas*.

LEIA TAMBÉM:

RUBEM BRAGA
A poesia é necessária
Organização ANDRÉ SEFFRIN

global

Neste livro, foram reunidos poemas dos poetas brasileiros que Rubem Braga divulgou na sua seção "A poesia é necessária", durante o tempo em que trabalhou na revista *Manchete* (1953 a 1956) e na *Revista Nacional* (1979 a 1990, ano de sua morte). Assim, como diria Mario Quintana, esta obra é um baú de espantos, repleto de curiosidades sobre poetas e poesia.